BASTEI
LÜBBE

Ein lange gehütetes Geheimnis ist endlich gelüftet. Hinter dem Pseudonym WILLIAM SARABANDE steckt in Wirklichkeit eine Frau, und ihr klangvoller Name – nach Meinung ihres amerikanischen Verlegers zu romantisch angehaucht, um damit als seriöse Autorin Fuß fassen zu können – lautet: JOAN LESLEY HAMILTON CLINE.

Geboren und aufgewachsen in einer Schauspielerfamilie in Hollywood (ihr Vater war unter anderem Double von Errol Flynn, ihre Mutter stand als Shakespeare-Darstellerin auf der Bühne), konzentrierte sich Joan Cline schon früh auf ihre schriftstellerische Karriere. Bereits mit siebzehn Jahren veröffentlichte sie ihre erste Kurzgeschichte, mit *The Lion and the Cross* folgte ihr erster Roman, bevor sie sich dann ganz ihrer Leidenschaft für die Prähistorie Amerikas verschrieb.

Mit ihrem Werk *Die Großen Jäger* schuf Joan Cline eine Urzeit-Saga, die auf faszinierende Weise längst vergangene Welten, Menschen und Mythologien zum Leben erweckt. Ein eindrucksvolles Epos, das seinesgleichen sucht.

Joan Cline ist verheiratet, hat zwei Kinder und lebt in dem kalifornischen Ort Fawnskin, der im Big Bear Valley in der Nähe von Los Angeles liegt.

BASTEI
LÜBBE

WILLIAM SARABANDE
im BASTEI-LÜBBE-Taschenbuchprogramm:

13 432 Land aus Eis
13 465 Land der Stürme
13 510 Das verbotene Land
13 554 Land der vielen Wasser
13 610 Land der Heiligen Steine
13 662 Land des Donners
13 705 Land am Ende der Welt
13 793 Land des Wachenden Sterns

DIE
URZEIT-SAGA

William Sarabande

LAND DES WACHENDEN STERNS

DIE GROSSEN
JÄGER

Prähistorischer Roman

Ins Deutsche übertragen
von Bernhard Kempen

BASTEI
LÜBBE

BASTEI-LÜBBE-TASCHENBUCH
Band 13 793

Erste Auflage
September 1996

Published By Arrangement with
Book Creations Inc., Canaan NY
12029/USA

Deutsche Lizenzausgabe 1996
Bastei-Verlag Gustav H. Lübbe
GmbH & Co., Bergisch Gladbach
Originaltitel:
Shadow of the Watching Star
Lektorat: Beate Stefer
Titelbild: Mark Harrison
Umschlaggestaltung:
Quadro Grafik, Bensberg
Satz: KCS GmbH,
Buchholz/Hamburg
Druck und Verarbeitung:
Brodard & Taupin,
La Flèche, Frankreich
Printed in France

ISBN 3-404-13793-0

Der Preis dieses Bandes
versteht sich einschließlich der
gesetzlichen Mehrwertsteuer

Widmung

Für Pat Jones, Dean Allen und Donna Caltrider von Edelweiss Books in Big Bear Lake, Kalifornien, mit Dank für die vielen guten Gespräche und guten Bücher, mit denen sie mich versorgt haben!

Für Charles Cline – für die viele Bohnensuppe!

Und für Mary Ward – für ihre Aufmerksamkeit, ihre Hilfsangebote und dafür, daß sie den Geist des weißen ›Büffels‹ im Mammut gesehen hat!

DER GROSS
DAS ENDE DER WELT

Tundra
Wald
Grasland
LAURENTISCHES INLANDEIS
SEE
Laurentisches Inlandeis
Kartenausschnitt
Nordamerika vor etwa 12.000 Jahren
©BOOK CREATIONS INC. '94

Die drei Stämme

Stamm der Roten Welt

Kosar-eh – Häuptling
Ta-maya – seine zweite Frau
Gah-ti*, Ka-neh, Kho-neh, Kiu-neh, Klah-neh – seine Söhne
Doh-teyah – seine Tochter
Siwi-ni* – seine erste Frau, die Mutter seiner Kinder
Cha-kwena – Schamane
Mah-ree – seine Frau
U-wa – seine Mutter
Joh-nee – seine Schwester
Tla-nee – Schwester von Mah-ree und Ta-maya
Ha-xa* – Mutter von Mah-ree und Ta-maya
Kahm-ree – Großmutter von Ban-ya

Stamm des Wachenden Sterns

Tsana – Häuptling
Ban-ya – Priesterin, stammt aus der Roten Welt
Jhadel – Schamane
Warakan – Sohn des legendären Mystischen Kriegers Masau
Indeh – Krieger aus dem Grasland
Hrak, Unai, Xanahay – Krieger
Ysuna* – Tochter der Sonne, Priesterin

Stamm des Graslands

Shateh* – Oberhäuptling und Schamane, Großvater von Warakan
Xohkantakeh, Zakeh, Ranamal, Ynau – Krieger
Shan, Neeracheela – Zakehs Frauen
Lahontay* – alter Krieger, Ältester der Jäger

* gestorben

Axwahtal – Häuptling der nördlichen Stämme des Graslands, ehemaliger Verbündeter von Shateh, jetzt an seiner Stelle Häuptling
Ika, Xree, Lana – Mädchen aus den nördlichen Stämmen

Die Eule kommt,
Hay yah! Aus dem schwarzen Mantel der Nacht.
Der Tod kommt,
Hay yah! Im Schatten des Wachenden Sterns.
Der Seelenfänger kommt,
Hay yah! Auf den Flügeln der Vier Winde zerstreuen sich die Menschen.
Die Eule kommt,
Hay yah! Jetzt leben Maus und Mensch in Furcht!

Prolog

Also sang sie:

Ein junger Mann wollte weise sein.
Ein junger Mann wollte tapfer sein.
Er verließ den Ort, den er kannte.
Er kam zum Tal des Todes …
Er zerbrach den Stein des Lebens …
Er tötete meinen Freund, den Bären …

Und Iya sagte: »Ho, sing, was du willst. Es ist dein Lied des Todes, und diese Musik wird mein Hez erfreuen.«

Bad Wound (Taopi-sica)
aus *Lakota Myth*
von James R. Walker

»Schamane!«

Der Geist des Windes rief aus den schwarzen Tiefen der eiszeitlichen Nacht. Er wehte stöhnend über das von Stürmen heimgesuchte Hochland, heulte wie ein wildes Tier, das um einen verlorenen Gefährten trauert, bis sich die Augen des schlafenden Jungen schließlich in der kalten Dunkelheit öffneten.

Warakans Herz pochte, und seine Gedanken rasten so schnell wie der Wind. *Es ist in den Wald zurückgekehrt, das Wesen, das in der Winterdunkelheit ruft! Der Geist mit der traurigen Stimme, der sich in die unsichtbare Haut des Nordwindes hüllt, während er das verlassene Dorf der Toten heimsucht, zu dem Jhadel mir die Rückkehr verboten hat!*

Mit den Fingerknöcheln rieb sich der Junge die Reste des Schlafs aus den Augen und blieb noch eine Weile auf dem Rücken liegen, auf dem Haufen aus getrockneten Farnblättern, Federn und Streifen aus grob behandelten Tierfellen, der ihm als Matratze diente. Er hielt den Atem an, lauschte und versuchte seine Furcht zu verdrängen, während er sich erinnerte: *Alles Böse kommt aus dem Norden … alles, was dunkel und kalt ist … alles, was mit Tod und Gefahr zu tun hat.*

Neben ihm lagen der schlafende alte Schamane und das verwaiste Bärenjunge der braunen Bärin, deren dichter, zottiger Pelz nun seinen eigenen dünnen, haarlosen Körper umhüllte. Außerhalb der kuppelförmigen, mit Fellen bedeckten und mit jungen Baumtrieben gestützten Hütte aus Rinde und Reisig stöhnte der Nordwind nicht mehr. Statt dessen heulte er jetzt wie ein tödlich verwundeter Riesenwolf durch die Wälder.

Die Hütte ächzte und zerrte an ihren Pflöcken aus Hartholz, bis sie heftig erzitterte. Warakan erzitterte ebenfalls, doch obwohl ihm der zunehmende Wind nicht gefiel, fürchtete er sich nicht vor dem Sturm, der daraus entstehen würde. Seine Behausung hatte schon schlimmere Unwetter überstanden, seit der Große Weiße Winter wieder die Welt beherrschte. Die Hütte war zwar nicht sehr groß, aber sie stand auf einem Streifen dünnen Waldlandes unter einer überhängenden Klippe am Ufer eines Flusses, wo sie vor der ungebrochenen Gewalt des Sturmes geschützt waren. Er und Jhadel hatten gemeinsam das runde, knietiefe Loch in die Haut der Erde gegraben, das als Boden für die Hütte diente, und es mit Rinde und Reisig überbaut, bis kaum noch ein Schlupfloch für den eiskalten Wind übrig gewesen war. Jeder Luftzug wurde zusätzlich durch den Ring aus schweren Steinen gebrochen, der die Ränder des Hüttendachs am Boden festhielt. Warakan fühlte sich hier so wohl wie eine Waldratte in ihrem Winterbau und war überzeugt, daß seine Unterkunft auch diese neuen Unbilden des Wetters überstehen würde. Doch es gab andere Dinge, die ihn beunruhigten, viel flüchtigere Dinge, die womöglich weitaus gefährlicher waren. Vor diesen nicht greifbaren Dingen hatte er wirklich Angst.

Er lag reglos in der Dunkelheit da und atmete leise, während er darauf horchte, ob der Geist erneut rief. Eine ganze Weile geschah nichts. Draußen tobte der Nordwind weiter durch die Bäume, doch falls er eine Sprache der Menschen sprach, konnte der Junge seine Worte nicht verstehen. Er schloß die Augen, als könnte er durch die Löschung dieses Sinnes sein Gehör schärfen, und allmählich bemerkte er tatsächlich andere Geräusche: das leise Reiben von Lederriemen gegen Holz, ein loses Stück Fell, das flatternd gegen das Dach schlug, das unregelmäßige Schnaufen des träumenden alten Schamanen Jhadel, der träge durch seine breiten Nasenlöcher die Luft einsog. Er hörte auch das leise, pfeifende Schnarchen des etwa ein Jahr alten Bären, der seinen Winterschlaf hielt, in einem Nest aus Gras ein gutes Stück von der Feuergrube entfernt, wo die Herzglut des heiligen Feuers in einem Aschehaufen glühte, damit sie nicht erkaltete und vor der Dämmerung erstarb.

Der Junge erzitterte, aber nicht vor Kälte, sondern vor Verzweiflung. Der jüngste Schneesturm hatte ihn und Jhadel mehr als drei Nächte und vier Tage lang in der Hütte gefangengehalten. Da er den alten Mann nicht beunruhigen wollte, hatte Warakan ihm nicht verraten, daß sie nur deshalb Fleisch in ihrem Kochbeutel, Fett für ihre Talglampe und Zunder für ihr Feuer hatten, weil er seit einiger Zeit ihre Vorräte an Trockenfleisch, brennbaren Zweigen, Gras und Fett aus den vielen Vorratsgruben ergänzte, die sie zu Beginn des Winters vorsorglich angelegt hatten. Der Gesichtsausdruck des Jungen verfinsterte sich noch mehr, als er sich fragte, ob der alte Mann vielleicht längst Bescheid wußte. Es gab nur wenige Dinge, die ein Junge, der noch nicht einmal das Ende seines zehnten Winters erlebt hatte, vor einem Schamanen in Jhadels hohem Alter geheimhalten konnte – auch wenn dieser Junge Warakan war, der Enkel des Kriegshäuptlings Shateh und der Sohn des legendären Mystischen Kriegers Masau.

Sie sind beide tot, und du befindest dich hier am Ende der Welt, von deinem Stamm verstoßen, während nur noch ein alter Mann und ein Bär zu dir halten. Ein deutlicher Beweis für die Macht des großen Jhadel!

Als Warakan sich mit einem schicksalsergebenen Seufzer dieser bitteren Wahrheit fügte, drang ihm mit plötzlicher Deutlichkeit der Geruch der Hütte in die Nase. Es war eine äußerst unangenehme Empfindung. Der ranzige Gestank nach verschmutzten Schlaffellen und Kleidungsstücken, nach verkohltem Holz, Dung und Knochen und nach schimmelnden Fellen vermischte sich mit dem Körpergeruch des ungewaschenen alten Schamanen und des jungen Bären.

Viel zu lange hat der Große Weiße Winter uns in dieser Hütte festgehalten! Wird der Mond der Wärme niemals aufgehen? Werden die Mächte der Schöpfung nie wieder den süßen Atem des Südwindes zu uns schicken, damit er uns vom Frühling erzählt?

Als wollte er auf die unausgesprochene Frage des Jungen antworten, lebte der Wind wieder auf und zerrte an den äußeren Riemenschnüren der Hütte. Dann fuhr plötzlich Warakans Kopf in der Dunkelheit hoch. Er öffnete die Augen. Sein Herz klopfte wild. Da war es wieder – nicht die Stimme des Windes, sondern eine Stimme im Wind, ein ferner wortloser Ruf von so unsagbarer Traurigkeit, daß der Junge vor Mitleid beinahe selbst aufgeheult hätte. Vor Mitleid ... und vor Furcht.

Was ist das? Warum schreit es? Und wenn Jhadel wirklich ein Schamane ist, warum hört er dann nicht, wie der Geist im Wind nach ihm ruft?

Von dunklen Ahnungen beunruhigt, die er nicht einfach abzutun wagte, setzte Warakan sich auf. Die alte Furcht packte ihn an der Kehle. Doch die Stimme des Windes ließ schon wieder nach. Er horchte angestrengt, aber seine Bewegung hatte einen schneidenden, allzu vertrauten Schmerz in seinem zerschundenen Brustkorb aufleben lassen, so daß er sich nur mit Mühe konzentrieren konnte. Er stieß ein Zischen durch die zusammengepreßten Zähne aus und ärgerte sich über seine eigene Schwäche.

Eines Tages werde ich ein Krieger sein! rief Warakan sich mahnend ins Gedächtnis, als er in die tiefe Finsternis im Innern der Hütte starrte. *Ganz gleich, was der Alte sagt, eines Tages werde ich diesen dunklen, vom Winter verfluchten Wald verlassen, in den wir vor unseren Feinden fliehen mußten. Eines Tages werde ich der aufgehenden Sonne den Rücken zukehren und gegen die Festung jener ziehen, die mich geprügelt und mein Gesicht vernarbt haben. Ich werde ihr »Geschenk« in Form von Schmerzen erwidern. Und ich werde ihnen ein zusätzliches Geschenk machen. Mit der großen Macht des heiligen Amuletts der Vorfahren werde ich es ihnen bringen, mein Gesicht und mein Körper mit dem Blut von Lebensspender bemalt, dem weißen Mammut und Totem der Menschen. In die Haut des Gelben Wolfes gehüllt, des Schamanen der Roten Welt, der alle Herzen bis auf das Jhadels mit Haß auf mich erfüllt hat und der meinen Großvater dazu trieb, mich einen Ausgestoßenen zu nennen, werde ich es ihnen bringen. Ich werde all jenen, die meinen Vater, meinen Großvater und meine Schwester niedermetzelten, den Tod bringen!*

»Eines Tages ...« Dieser geflüsterte Schwur floß aus Warakans Mund wie Blut aus einer Wunde. Er preßte die Lippen zusammen und spannte absichtlich den erst vor kurzem verheilten Riß, der von seiner Oberlippe bis in das rechte Loch seiner gebrochenen Nase verlief. Als diesmal der Schmerz aufflammte, hieß der Junge ihn als Lehrer willkommen. In einer Welt voller kriegerischer Stämme, in der nur wenige Jungen zu Männern aufwuchsen, konnte der Schmerz ihm die wichtigste Lektion eines künftigen Kriegers erteilen – wie er seinem Körper befahl, sich dem Willen seines Geistes zu unterwerfen.

Er knirschte mit den Zähnen, als er den Schmerz in seinem Brustkorb spürte, und suchte im Dunkeln nach seinen Wintermokassins. Er konnte nichts sehen, aber er hörte, wie die Luft rastlos um die Hütte herumstrich. Dann erkannte er, daß die Stimme, die im Wind geklagt hatte, nun verstummt war. Seine Verzweiflung wurde zu einem irritierenden Kribbeln. Bald würde der Sturm vorbei sein. Wenn der Nordwind sich zurückgezogen hatte, wußten nur die Mächte der Schöpfung, wann der Geist das nächste Mal nach ihm rufen würde – wenn er es überhaupt je wieder tat. Und falls dieser Ruf ihn vor einer drohenden Gefahr warnen wollte, wie er befürchtete, dann könnte es schon zu spät für ihn sein, diese Warnung zu befolgen.

Ob es nun ein Windgeist ist oder nur ein verwundeter Wolf oder Löwe oder eine Säbelzahnkatze, wie Jhadel behauptet, wenn ein Junge es fangen kann, dann wird Warakan es tun, auch wenn der Alte es verboten hat! Ich werde in die Nacht hinausgehen! Ich werde unsere Fallen in einem größeren Umkreis aufstellen. Und wenn ich es fange, sei es nun ein Tier oder ein Geist, werde ich wissen, ob ich Grund habe, mich davor zu fürchten!

Seine Finger suchten nach den langen Riemen, und als er sie gefunden hatte, zog er die dazugehörigen Mokassins in seinen Schoß. Dann tastete er nach den zwei langen, mit Federn gepolsterten Gamaschen aus Wildleder, die er sich um die Füße und Waden wickeln würde, bevor er die schweren, dreisohligen und kniehohen Mokassins anzog, die Jhadel für ihn aus geräuchertem Elchfell gefertigt hatte. Kurz darauf hielt er die wärmenden Gamaschen in den Händen und hatte bald seine Füße verpackt. Dann legte er die Mokassins an, verschnürte die Riemen kreuzweise, damit die bissigen, zehenfressenden Frostgeister nicht eindringen konnten, denen er auf seiner verbotenen Reise über das gefrorene Land bestimmt begegnen würde.

Ich muß mich genauso lautlos auf den Weg machen, wie der Nachtfalke vor dem Gesicht des Mondes vorbeifliegt, ermahnte er sich selbst. *Denn wenn ich den Kleinen Bärenbruder aufwecke, wird er mir folgen und die Jagd verderben, wie er es schon oft getan hat, und wenn ich Jhadel aufwecke, wird er niemals zulassen, daß ich gehe. Doch wenn ich nicht gehe und der Geist im Wind ruft, um uns zu warnen …*

Furchtsam verdrängte Warakan den Rest dieses Gedankens, bevor sich in seinem Geist ein klares Bild der Bedrohung formen konnte. In einer Nacht wie dieser wußte er nicht, welche unsichtbaren Wesen aus der Welt jenseits dieser Welt in der Dunkelheit lauern mochten und nur darauf warteten, die unachtsamen Worte und Gedanken eines ängstlichen kleinen Jungen mit dem Wind zu den Mächten der Schöpfung zu tragen.

Warakan versuchte seine zunehmende Besorgnis niederzukämpfen, während er sich langsam aufrichtete und bemüht war, kein Geräusch zu machen. Seine Vorsicht bewahrte ihn davor, zu heftig anzustoßen, als er mit dem Kopf die Hüttendecke berührte. Zuerst fragte er sich in plötzlicher Begeisterung, ob er seit dem Anbruch der Nacht größer geworden war. Doch dann wurde ihm klar, daß die Hütte nur wieder ein Stück unter dem Gewicht des Neuschnees zusammengesackt war, so daß er nur größer schien, worauf ihn für einen Augenblick jeder Mut verließ.

Ein Wolf begann in hohen, traurigen Tönen zu heulen. Warakan runzelte die Stirn, als ihm der Gedanke kam, Jhadel könnte recht gehabt haben, als er das Geisterlied den Wölfen zugeschrieben hatte. Warakan wußte, wie das Geheul eines Wolfes klang, und dies war ein Wolf, der sogar ziemlich nahe war.

Er erstarrte. Wölfe waren nicht die einzigen Raubtiere, die in diesen Tagen in der Umgebung der Hütte im winterlichen Wald auf die Jagd gingen. Er und Jhadel hatten die Spuren wilder Hunde und größerer, wesentlich gefährlicherer Tiere gefunden, nämlich zweier ausgewachsener Löwen, einer Sprungkatze, die ihr rechtes Hinterbein nachzog, und schon vor den ersten heftigen Schneefällen die Fährte eines Bären, dessen Pfotenabdrücke weiter auseinanderstanden, als die Schultern des alten Mannes breit waren.

Warakan spannte und entspannte seine Hände. Irgendwo in der Hütte befanden sich seine Knochenlanzen, seine Handschuhe und Überhosen, seine glückbringende Feder eines

Goldadlers, der Hirschfellbeutel mit seinen Ersatzspeerspitzen und die wasserdichten Ledertaschen, in denen sein Werkzeug zum Feuermachen und die Sehnenschnüre zum Fallenstellen untergebracht waren. Er brauchte zumindest einige dieser Dinge, um auf die Jagd gehen zu können – und um sich überhaupt in den Wald hinauswagen zu können, wenn er diese mehrtägige Reise zur Schlucht und wieder zurück überleben wollte. Doch wie sollte er an seine Sachen gelangen, ohne dabei über den verstreuten Abfall zu stolpern, den er und der alte Mann wahllos auf den fellbedeckten Boden ihrer Winterbehausung hatten fallen lassen?

Vorsichtig, dachte er, als er einmal schluckte und sich langsam zu bewegen begann.

Da er Jhadel auf keinen Fall wecken wollte, versuchte Warakan sich angestrengt zu erinnern, wo sich die kleinen Haufen aus weggeworfenen Markknochen und die Splitter der zur Hälfte bearbeiteten Steinwerkzeuge und Speerspitzen zwischen der ausgezogenen Kleidung und den Tierfellen befanden. Doch seine Erinnerung ließ ihn im Stich. Sein rechter Fußballen trat plötzlich auf etwas Unerwartetes, und bevor er seine Vorwärtsbewegung aufhalten konnte, rollte das Objekt unter seinen Fußspann. Zu spät erinnerte er sich an die Lanze aus Bärenknochen, die er neben der Feuerstelle repariert hatte. Schon im nächsten Augenblick glitt sie unter seine Ferse. Er geriet aus dem Gleichgewicht, wedelte mit den Armen, ohne einen Halt zu finden, und ging zu Boden.

Irgendwo in der Nähe seufzte das Bärenjunge und brummte sich leise wieder in den Schlaf. Das laute Schmatzen der dünnen Lippen verriet Warakan jedoch, daß er Jhadel geweckt hatte. Der Junge lag auf dem Bauch und verfluchte sich innerlich, während er darauf wartete, daß der alte Mann wieder einschlief und weiterträumte. Aber es kam anders.

»Ich erlaube dir nicht, allein in den Sturm hinauszugehen, Warakan.« Die Stimme des Schamanen war ein rauhes Krächzen in der Dunkelheit.

Wütend erhob sich Warakan auf die Knie. »Dann komm mit mir. Der Sturm wird bald vorbei sein.«

»Wird er das?« Die Frage des alten Mannes schnitt durch die Luft wie eine zweischneidige Steinklinge.

Warakan spürte, daß Jhadels Blick auf ihn gerichtet war, nicht auf die Weise, wie ein Mensch den Schleier der Nacht zu durchdringen versuchte, sondern eher wie ein Raubtier, das bei Dunkelheit genauso gut sah wie bei Tageslicht.

»Es wird noch lange dauern, bis die Dämmerung anbricht, Warakan«, sagte Jhadel. »Kehre unter deine Schlaffelle und zu deinen Träumen zurück.«

Warakan konnte durchaus einen Befehl von einem Vorschlag unterscheiden, aber er wußte genau, daß er diesem Befehl nicht gehorchen würde. Als er aufstand, folgte er einer spontanen Eingebung und verkündete: »Auf der Hütte liegt wieder eine schwere Schneelast!« Es gab keinen Grund zu lügen, wenn er seine Täuschung mit der Wahrheit maskieren konnte. »Ich muß das zusätzliche Gewicht entfernen, bevor die Dachstreben zu sehr beansprucht werden. Laß dich nicht stören, während ich meine Handschuhe und den Schaber suche ...«

»Und wenn du damit fertig bist, Warakan, welche andere Aufgabe wirst du dir dann vornehmen?«

Der Junge wußte, daß Jhadel längst seine beabsichtige Täuschung durchschaut hatte.

Jetzt hörte er in der Hütte das Rascheln und Flüstern der Schlaffelle und der Kleidung aus Tierhäuten, als Jhadel sich aufsetzte und seine dürren tätowierten Arme um seine angezogenen Knie schlang.

»Ein Wolf singt im Wald«, stellte der Alte fest.

»Ich fürchte mich nicht vor Wölfen.«

Jhadel ließ ein kurzes Schweigen eintreten, bevor er weitersprach. »Der Wind weht in dieser Nacht wieder aus dem Norden, von den kalten Höhen der Bergschlucht, von den Überresten gefallener Hütten und vom verlassenen Dorf, wo die Knochen der toten Anhänger des Schamanen der Roten Welt, des Gelben Wolfes, unter dem Schatten des Wachenden Sterns liegen.« Er hielt kurz inne. »Das, was du im Wind rufen gehört hast, wirst du nicht ohne weiteres finden können, Warakan, und es läßt sich auch nicht einfach so in den Fallen eines kleinen Jungen fangen. Du wirst nicht in den Sturm hinausgehen, um danach zu suchen!«

Warakan verzog wütend das Gesicht, als er erkannte, daß der alte Mann nicht nur seine Gedanken erraten hatte, sondern schon die ganze Zeit wach gewesen sein mußte. Ein heftiger Schmerz stach in den Mund des Jungen, in seine Wangenknochen und seinen gebrochenen Nasenrücken. Doch als Warakan diesmal zischend den Atem ausstieß, war es keine unkontrollierte Reaktion auf den Schmerz, sondern ein trotziger Protest gegen Jhadel. »Ich *werde* gehen!« Seine Stimme krächzte vor Furcht. Die alte Angst war jetzt wieder in ihm aufgelebt und eiterte wie eine entzündete Wunde unter dem schützenden Schorf seiner hart erkämpften Selbstbeherrschung. »Der Geist ruft nach dir, Jhadel! Wenn du nicht immer mehr deine Kräfte verlieren würdest, hättest du ihn gehört und ihm geantwortet!«

»Ein Schamane antwortet den Täuschungen des Windes nicht.«

»Und wenn es mehr als nur das ist?«

Wieder trat ein längeres Schweigen zwischen ihnen ein. Dieses Schweigen war dunkler als das Innere ihrer Behausung, schwerer und bedrohlicher als der Schnee, der sich in der Nacht auf dem Dach der Hütte angehäuft hatte. Schließlich sagte Jhadel völlig ruhig, in der Art eines allwissenden, unerschütterlichen Sehers: »Kein Mensch kennt die Geheimnisse des Windes, Warakan. Nichts ist gewiß unter dem schwarzen Mantel von Vater Himmel, doch als Schamane sage ich dir, daß wir in dieser kleinen Hütte sicher sind vor jedem ...«

»Wie kannst du es wissen, wenn du die Geheimnisse des Windes nicht kennst?« Der Junge hatte nicht die Absicht gehabt, den alten Mann anzuschreien. »Was ist, wenn der Geist uns eine Warnung zuruft, Jhadel? Was ist, wenn er uns zu sagen versucht, daß jene, die uns hinter das Ende der Welt getrieben haben, uns immer noch jagen? Sie werden uns finden, wenn wir an einem Ort bleiben – zumindest das ist sicher! Und wenn die Krieger des Stammes des Wachenden Sterns uns finden, werden wir sterben – auch das ist sicher!

Du bist ein alter Mann, und vielleicht bist du zum Sterben bereit, aber ich bin noch ein Junge, und ich bin nicht dazu bereit! Ich werde das Geheimnis des Windes ergründen. Wenn der Geist wirklich ein Geist ist, und wenn er uns tatsächlich warnen will, dann müssen wir schnell vor den Kriegern des Wachenden Sterns fliehen, denn du hast nicht mehr die Kraft, um gegen sie zu kämpfen, und ich kann noch nicht über sie siegen. Erst wenn ich ein Mann bin, ein Krieger und …«

»Ich bin alt, sagst du? Ich habe meine Kräfte verloren, sagst du?« fuhr Jhadel ihn in plötzlicher Wut an. »Die Mächte der Schöpfung haben dich in meine Obhut gegeben, Warakan! Um dich am Leben zu erhalten, habe ich den Willen und das Vertrauen meines Stammes verraten! Deinetwegen nennen mich jene ihren Feind, die dir den Kopf abgeschlagen und dich enthäutet hätten, obwohl du einer von uns warst, ein Kind, das unter dem Wachenden Stern geboren wurde und ihm geweiht war, bis die Vier Winde dich zu einem anderen Stamm trieben, so daß deine Treue den Kriegern des Graslandes galt …«

»Ich habe mich selbst getrieben!« unterbrach Warakan ihn mit trotzigem Zorn. »Die Sitten unseres Stammes waren nicht meine Sitten. Ich habe ihn mit offenen Augen und stolzem Herzen verraten!«

»Hmm. Genauso wie ich. Deshalb gibt es deinetwegen jetzt nie mehr einen Ehrenplatz für Jhadel an den Feuerstellen jener Menschen, die ihn einst mehr als jeden anderen ehrten. Doch das Opfer dieses Schamanen für den Stamm des Wachenden Sterns war ein guter Entschluß und nicht ohne einen tieferen Sinn. Einst waren alle Menschen ein Stamm, Warakan! Die Menschen des Wachenden Sterns, die Menschen des Graslandes und sogar die eidechsenfressenden Menschen der Roten Welt – alle waren ein Stamm, von einem Blut und von einem Geist. Und so wird es wieder sein. Doch nicht bevor wir den Schamanen Gelber Wolf gefunden haben, der den heiligen Stein der Vorfahren gestohlen und Lebensspender, das weiße Mammuttotem unserer Ahnen, über das Ende der Welt getrieben hat. Diesen Mann und das Totem zu suchen – das ist eine Lebensaufgabe. Also sage ich dir jetzt folgendes, Junge: Dieser Tag, nach dem wir beide uns sehnen, ist noch weit von dieser heutigen Nacht entfernt. Kehre zu deinen Schlaffellen und zu deinen Träumen zurück, Warakan, denn solange Jhadel lebt, wirst du vieles sein, aber niemals ein Krieger!« Der Junge zitterte vor Entrüstung, die sich zu gerechtem Zorn steigerte. »Dann *stirb*!« kreischte er. Die volle Bedeutung seiner Worte wurde ihm zuerst gar nicht klar, sondern erst nachdem er von Furcht und Wut getrieben aus dem Dunkel der Hütte in die stürmische Unermeßlichkeit der Nacht hinauspreschte.

Er rannte.

Ohne Handschuhe oder Speere, ohne einen Gedanken an seine glückbringende Adlerfeder oder die Beutel mit seinen Speerspitzen und Feuerwerkzeugen stürmte Warakan hinaus in Wind und Dunkelheit. Obwohl rings um ihn dichter Wald war, hatte er keine Probleme, seinen Weg zu erkennen. Das schneebedeckte Land verströmte ein eigenes schwaches und kaltes Licht, und der Nordwind hatte alle Wolken vom Himmel gefegt. Der Sturm ließ tatsächlich bereits nach. Sterne glitzerten wie funkelnde Eissplitter im Mondlicht durch das vom Wind zerwühlte Dach des Waldes.

Warakan kämpfte sich nordwärts gegen den Wind, während Dünen aus Kristallen sein Vorankommen behinderten. Er blickte auf. Es war kein Mond zu sehen. Hier und dort erkannte er das Schimmern des riesigen Bogens des Himmelsflusses und wußte, daß irgendwo dort über den Baumwipfeln der Große Bär hing, auf dem schwarzen Mantel von Vater Himmel, neben der Sternengruppe, die sein Stamm als Große Schlange bezeichnete. Und dort in der Nähe des Kopfes der Schlange war der Stern, um den sich alle anderen drehten – der Wächterstern, der Nordstern –, und der Junge zuckte zusammen, als er sich erinnerte: *Alles Böse kommt aus dem Norden … alles, was dunkel und kalt ist … alles, was mit Tod und Gefahr zu tun hat.*

Warakan drang tiefer in den Teil des Waldes ein, aus dem

der Geist gerufen hatte. *Wenn du dort bist, werde ich dich finden. Ich werde dich zum Sprechen bringen. Ich werde von dir erfahren, warum du in der Winterdunkelheit rufst und heulst!*

Er schritt kräftiger aus, als sein Entschluß ihm neuen Mut verlieh, während das Fell der großen Bärin ihn warmhielt. Obwohl er seine glückbringende Adlerfeder vermißte, stellte Warakan fest, daß bereits der Gedanke daran ihn stärkte. Die Feder war ihm am Todestag seines Großvaters von den Himmelsgeistern geschenkt worden, als wäre Shateh selbst zu ihm gekommen, um eine Verbundenheit zu bekräftigen, die niemals sterben konnte. Der Goldadler war der Bruder der Sonne, der Vermittler zwischen Erde und Himmel, und der helfende Tiergeist seines Großvaters. Und jetzt auch seiner – gemeinsam mit dem Geist der großen Bärin.

Unter den Wintersternen ging er weiter und weigerte sich, Angst zu haben. Gelegentlich hörte er den langen, klagenden Ruf eines Wolfes, und zweimal stieß er auf Fährten, die ihm verrieten, daß das Tier nur ein kleines Stück vor ihm war. Nach einer Weile konnte er weder die Spuren des Wolfes erkennen noch sein Lied im Wald hören, aber Warakan hatte trotzdem Angst. Sosehr er sich auch anstrengte, er konnte einfach nicht die Worte vergessen, die er gegen den alten Mann gesprochen hatte. Sie kreisten in seinem Kopf wie ein Rudel gereizter Hunde und bissen mit jedem seiner Schritte und jedem keuchenden Atemzug an seinem Gewissen.

Dann stirb! Stirb! Stirb! Stirb!

»Nein!« schrie er, blieb unvermittelt stehen und blickte zum Himmel und zum Wind hinauf. »Mögen die Vier Winde und alle Mächte der Schöpfung diesen Jungen hören und erhören. Warakan nimmt seine Worte gegen Jhadel zurück. Möge dieser alte Schamane so lange wie die Berge leben, und möge er nie wieder ein feindseliges Wort von Warakan hören!«

Er rannte weiter, huschte zwischen den Bäumen hindurch und achtete genau darauf, wohin er im Neuschnee trat. Mit Sprüngen setzte er über abgebrochene Äste hinweg und wich Unterholz und Felsblöcken aus, in denen sich ein nachlässiger Fuß verfangen konnte. War es möglich, seine Worte zurückzunehmen, wenn der Wind sie bereits davongetragen hatte? Jhadel hatte ihn immer wieder gewarnt, daß es nicht so einfach war. Und hatten nicht die alten Frauen im Dorf seiner Kindheit gesagt, daß sorglose Worte und ungerechtfertigte Flüche sich wie Füchse, die ihren eigenen Schwanz jagten, im Kreis zu dem zurückbewegen konnten, der sie ausgesprochen hatte, um ihm die Zunge abzubeißen? Er fühlte sich schuldig. Er bedauerte seine Worte, aber nicht seinen Ungehorsam gegenüber dem alten Mann. *Wenn unsere Feinde dort draußen sind, muß ich es wissen. Ich werde nicht zulassen, daß sie sich unbemerkt anschleichen können!*

Jetzt stieg der Untergrund an, während er gelegentlich auf weiten, freiliegenden Eisflächen ausrutschte und dann knietief in Schneewehen aus weichem Puder versank. Reibend und pustend wärmte er seine Hände, während er vor Anstrengung bald laut keuchte. Er sehnte sich nach seinen Handschuhen und den Schneeschuhen mit dem Rahmen aus Weidenzweigen und einem Netz aus geflochtenen Sehnen, aber jetzt konnte er nicht mehr zurückkehren, um sie sich aus der Hütte zu holen. *Ich werde nicht eher zurückkehren, bis ich irgendein Zeichen des Geistes gefunden habe. Nicht bevor ich weiß, ob er wirklich ist und uns vielleicht vor den Kriegern des Wachenden Sterns warnen …*

Der Gedanke verflüchtigte sich, als rings um ihn herum etwas Seltsames geschah. Allmählich bemerkte er, daß der Schnee unter seinen Füßen rot geworden war. Überrascht und verwirrt blieb der Junge erneut stehen und starrte nach unten, bis sein Blick nach oben gezogen wurde. Sein Atem stockte ihm in der Kehle. Der Himmel brannte! Gewaltige, pulsierende Ströme aus rotem Licht waberten über den Bäumen und überstrahlten die Sterne. Und unter diesem himmlischen Glühen hatte die Welt die Farbe des Blutes angenommen.

»Die Tänzer des Nordens!« rief Warakan gleichzeitig verwirrt und eingeschüchtert von dieser Erscheinung, über die er zwar schon gehört, die er aber noch nie selbst gesehen hatte. Seine Augen weiteten sich, als er sich an uralte Erzählungen und Weissagungen erinnerte. Was hatten die Alten vor langer Zeit gesagt, in den Tagen vor dem großen Überfall, der das Dorf seiner Kindheit verwüstet und ihn und seine Halbschwester zu Waisenkindern gemacht hatte? *Wenn die Tänzer des Nordens den Himmel in ein Flammenmeer verwandeln, dann wird ein großer Wind kommen, der Sturm des Krieges, der Tod über die Menschen bringt!*

»Aiee!« Warakan machte sofort kehrt und lief zur Hütte zurück, da er überzeugt war, daß sich all seine Befürchtungen bewahrheiten würden. *Ich muß Jhadel warnen! Ich muß ...* Er blieb unvermittelt stehen, als er feststellte, daß seine panische Flucht ihn in einen unbekannten Teil des Waldes geführt hatte, wo unter einer dünnen Schicht aus frischem Pulverschnee nur schwach die Spuren eines sehr großen Tieres zu erkennen waren. Die länglichen, unförmigen Fußspuren stammten von keinem Tier, das Warakan jemals zuvor gesehen hatte. Nervös und ängstlich drehte er sich nach rechts und links um, während er nach vertrauten Landmarken Ausschau hielt, doch der Schnee hatte die Umgebung bis zur Unkenntlichkeit verhüllt.

Dann, als er nach vorn blickte, sah Warakan, wie etwas Großes, Pelziges und Unbeholfenes zwischen den Bäumen verschwand. Das Wesen war in zerrissene Nebelfetzen gekleidet, und in dem Augenblick, bevor es im Wald verschwand, hatte es sich über eine behaarte Schulter zu ihm umgesehen, so daß der Junge in das häßliche, halb menschliche und halb tierische Gesicht des Windgeistes gestarrt hatte. Es war genauso schnell verschwunden, wie es aufgetaucht war, und während Warakan verblüfft und entsetzt dastand, wußte er, daß das Wesen nicht deswegen im Wind geheult hatte, um ihn vor einer Gefahr aus dem Norden zu warnen, sondern um ihn mit seinem schlimmsten Alptraum zu konfrontieren.

Die Körper bemalt und mit Kriegsfedern geschmückt, das fußknöchellange Haar zum Kampf gelöst und im Wind wehend, kamen die großen tätowierten Krieger des Stammes des Wachenden Sterns durch die Bäume auf ihn zu, in die sich kurz zuvor der Windgeist geflüchtet hatte. Begleitet von ihren Kampfhunden in vollem Kriegsschmuck bedrohten sie ihn mit ihren schweren Speeren und grinsten mordlüstern, während ihre hagere, hohläugige Priesterin ihnen stumm unter dem brennenden Himmel vorausging.

Warakan wollte sich umdrehen und fliehen, um Jhadel wenigstens noch warnen zu können, doch er schien wie angewurzelt, ein gelähmter Gefangener des Schreckens dieses Augenblicks – und der Vergangenheit.

Er sah sich wieder als Gefangenen. Geprügelt und eingeschüchtert kauerte er in der gewaltigen Höhle im Feuerschein, die die Festung des Stammes des Wachenden Sterns war. Warakan sah, wie die Priesterin mit ihren vielen Kriegern und Kampfhunden im Gefolge näher kam. Sie trug einen Umhang aus der Haut seiner, Warakans, geopferten Schwester, dazu einen zeremoniellen Halsschmuck aus menschlichem Haar und Fingerknochen. In ihrem Gesicht funkelten schräggestellte Augen. Sie drückte einen gierigen Säugling mit rundem Gesicht und fettiger Haut an die bloßen Brüste. Ihre Haut roch nach fauliger Milch und dem stinkenden Öl, das aus den zerquetschten weiblichen Geschlechtsdrüsen derselben Wölfe stammte, deren Felle auch ihren skelettartigen Rumpf bekleideten. Sie reichte ihm einen Dolch, der flach auf ihrer blutigen, tätowierten Handfläche lag.

Warakans Blick saugte sich an der Klinge fest. Er konnte seine Augen nicht mehr abwenden. Er kannte dieses Messer. Er hatte gesehen, wie dieses lange, schlanke und kunstvoll geschnitzte Blatt aus Mammutknochen dazu benutzt worden war, seine Schwester zu erstechen und zu enthäuten. Genauso war es schon mit anderen Gefangenen während jenes Rituals geschehen, von dem er einmal geglaubt hatte, er wäre davon ausgenommen. Doch er war nicht ausgenommen. Das wußte er jetzt genauso sicher, wie er wußte, daß der Name des Dolches in der Hand der Priesterin Tod lautete, und daß er damit ausgeweidet und enthäutet werden sollte.

»Warakan!«

Der Junge zuckte zusammen, als er seinen Namen hörte. Hatte *sie* gesprochen? Oder die anderen? Oder hatte der Windgeist seinen Namen gerufen? Er wußte es nicht. Aber er wollte auch nicht abwarten, bis er es herausgefunden hatte. Warakan zwang seinen Körper und seinen Geist, seinem Willen zu gehorchen, bis er herumwirbelte und in die Deckung eines dichten, verschneiten Gebüschs aus immergrünen Sträuchern lief.

Dann hastete er tief gebückt weiter, wich den Bäumen aus und hielt sich in die Richtung, in der sich die Hütte befand, wie er hoffte. Vielleicht hatten die Feinde den kleinen Unterschlupf noch nicht gefunden und waren noch nicht über Jhadel hergefallen. Vielleicht gab es noch Hoffnung, den alten Schamanen zu warnen und ihn zusammen mit dem schlafenden Bärenjungen in Sicherheit zu bringen. Warakans Eingeweide krampften sich zusammen, während er weiterlief. Wie sollten sie den Bären davonschaffen, wenn es ihnen nicht gelang, ihn zu wecken? Im Alter von fast zwölf Monden war der ›Kleine‹ Bärenbruder inzwischen schwerer als Warakan und Jhadel zusammen.

Ja, alter Mann, der Windgeist ist Wirklichkeit! Und es wäre für uns alle besser gewesen, wenn du den Sorgen dieses Jungen Beachtung geschenkt hättest! Plötzlich zerstreuten sich seine Gedanken wie Kaninchen, die vor dem Schein einer Fackel flüchteten.

Eben noch rannte der Junge über eine feste Schneedecke, doch im nächsten Augenblick stieg der Boden an. Es schien sich um einen der vielen flachen, schneeverhüllten Felsen zu handeln, die wahllos im Wald verstreut lagen, als wären sie von der Hand eines Riesen dort hingelegt worden, um seinen Weg zu markieren. Warakan nahm Anlauf und sprang. Er rechnete mit einem kurzen Flug, bis er auf der anderen Seite wieder auf den Füßen landete, doch zu seinem Entsetzen war da plötzlich gar nichts mehr. Der Felsblock war ein steiler Felsabhang, und sein Sprung beförderte ihn mitten in die leere Luft. Sein Schock war so groß, daß er nicht einmal schreien konnte, sondern während des Falls nur instinktiv mit den Armen ruderte, als wären sie Flügel, mit denen er vor der scheinbar unausweichlichen Katastrophe davonfliegen könnte.

Seine Anstrengung war tapfer, aber dennoch vergeblich. Warakan landete mit den Füßen in einer steilen Schneewehe, die seinen Aufprall dämpfte. Seine Arme und Beine entspannten sich, wie um sein Gewicht zu verteilen, und einen Moment lang war er überzeugt, diesen Zwischenfall unbeschadet überstanden zu haben. Doch als er aufzustehen versuchte, versank sein Mokassin in frischem Pulverschnee und brach dann durch eine eisverkrustete Schicht tiefer in den Schnee.

Bevor Warakan etwas dagegen tun konnte, folgte sein Körper dem Bein in die Tiefen einer kalten und erstickenden Weiße. Aus Angst, lebendig begraben zu werden, ruderte er mit Armen und Beinen, um sich gegen die Schneemassen zu stemmen. Vor langer Zeit – in einem anderen Leben, wie es ihm jetzt schien – war er schon einmal unter Schnee begraben gewesen. Der unerfahrene Junge hatte sich nackt und flach auf dem Rücken in eine Schneegrube legen müssen, während ein Schilfrohr seine einzige Verbindung zur Luft und zum Leben dargestellt hatte. Es war eine Prüfung seines Mutes und seiner Ausdauer gewesen, für einen Jungen, der sich dreist vorgenommen hatte, mit den anderen Jungen des Stammes, der ihn adoptiert hatte, auf die Jagd zu gehen und seinen ersten Bären zu töten.

»Wenn du jemals die Macht von Große Tatze erlangen willst, mußt du selbst zu einem Bären werden. Du mußt dich in die Erde zurückziehen. Du mußt fasten. Du mußt träumen. Du mußt die kalte Umarmung des winterlichen Mutterleibs von Mutter Erde erdulden, bevor du wiedergeboren werden kannst.«

Warakan hörte die Worte des schon lange toten Ältesten genauso deutlich wie damals. Und genauso wie damals schöpfte er daraus Kraft. Er legte eine Luftröhre für seinen Kopf frei, indem er mit den Händen nach oben stieß und dabei die unsichtbaren Frostgeister verfluchte, die in seine Finger bissen. Ständig machte er sich bewußt, daß er damals seine Prüfung in der Schneegrube überlebt hatte. Völlig nackt, ohne Handschuhe oder Mokassins, sogar ohne einen Lendenschurz, um sein wertvolles männliches Glied zu schützen, hatte er überlebt. Und er hatte die Probe sogar völlig unversehrt überstanden! Obwohl sich das Schicksal gegen ihn verschworen zu haben schien, hatte er die große Bärin getötet, deren warmes, dickes Fell seinen Körper nun davon abhielt, der frostigen Umklammerung des tödlich kalten Schnees zum Opfer zu fallen. Warakan dankte dem Geist der getöteten Bärin. Ihr Tod hatte ihm schon viele Male das Leben gerettet.

»Sei jetzt bei mir, Großer Geist der Bärin!« betete er, während er die Zähne zusammenbiß, damit kein Schnee in seinen Mund drang. »Erinnere dich daran, daß dieser Junge, auch wenn er dich getötet hat, dein Fleisch, deine Knochen und dein Fell in Ehren gehalten hat und zur Bärenmutter für dein Junges geworden ist. Gib Warakan deine Kraft, um dieser Schneewehe zu entkommen, Große Mutter vieler Bären, weil der Windgeist die Feinde Warakans über das Ende der Welt hinaus zu ihm geschickt hat, um ihn zu töten! Ich muß den alten Schamanen und dein Kind warnen, sonst werden auch sie den sicheren Tod erleiden!«

Dann spürte Warakan einen Windhauch an den nach oben gestreckten Fingern seiner linken Hand. Seine Haut brannte bei dieser eisigen Berührung, und er glaubte, daß seine Finger vor Kälte zersplittern würden. Doch es war ihm gleichgültig. Er hatte die Oberfläche der Schneewehe durchstoßen! Überwältigt vor Dankbarkeit war er überzeugt, daß der Geist der getöteten Bärin sein Gebet erhört hatte. In wenigen Augenblicken würde er sich auf den Weg zur Hütte machen können! Gleich würde er unter dem brennenden Himmel weiterlaufen, um Jhadel vor der bevorstehenden Gefahr durch ihre Feinde zu warnen! Nicht mehr lange, und er und der alte Mann würden es irgendwie geschafft haben, das schlafende Bärenjunge zu wecken – auch wenn sie ihm eine steinerne Ahle in die Hinterseite rammen mußten!

Warakan ließ sich von seiner überwältigenden Erleichterung mitreißen und seufzte auf. Das war ein Fehler. Mit diesem Atemzug drang Schnee in seine Nasenhöhlen ein und ließ seine Lungen gefrieren. Er keuchte und hustete, schnappte nach Luft, doch seine Lungen wollten nicht mehr atmen. Als er vor Luftmangel bereits das Bewußtsein zu verlieren drohte, zwang er seinen rechten Arm nach oben und strampelte verzweifelt mit den Beinen, versuchte durch den Schnee nach oben zu »schwimmen«, wie er es schon so oft bei Ottern beobachtet hatte, die aus einem tiefen, klaren Teich an die Oberfläche stiegen. Als er gerade glaubte, er würde es schaffen, wurden seine Handgelenke plötzlich von einem starken und harten Griff gepackt.

Als Warakan diesmal nach Luft schnappte, hatte es nichts mit Erleichterung zu tun, sondern es war eine Reaktion des nackten Entsetzen.

Jemand hielt ihn gepackt.

Jemand hob ihn aus dem Schnee, mit kräftigen und harten Händen, die Knochen zerquetschen konnten.

Würgend und hustend wurde er durch den Schnee in das rote Leuchten der brennenden Nacht gezerrt. Er schrie, oder zumindest wollte er schreien. Doch seine kältestarren Lungen hatten nicht genügend Luft, um den Laut hervorzubringen. Als er emporgehoben wurde und seine durch Sauerstoffmangel verwirrten Sinne zu versagen drohten, fühlte Warakan sich so hilflos wie ein kleines Tier, das an den Vorderpfoten aus einer Falle gezogen wurde. Seine Todfeinde hielten ihn gepackt, und es gab nichts, was er dagegen tun konnte. Die Krieger des Stammes des Wachenden Sterns würden ihn töten. Obwohl der Tod noch das Harmloseste war, was sie einem Jungen antun konnten, der in ihrem Stamm geboren worden war und sie zweimal verraten hatte. Erinnerungen flackerten auf, von anderen Tötungsritualen, von seiner Schwester Neea, wie sie enthäutet und zerstückelt worden war …

Warakan schluchzte. Er war dankbar, als ihn die Bewußtlosigkeit umfing.

»Warakan, wach auf!«

Der Junge öffnete die Augen und stellte zu seiner Überraschung fest, daß er noch lebte. Doch er war sich nicht sicher, ob er über seinen Zustand froh sein sollte. Jemand stand über ihm, eine männliche Gestalt, die nur als Umriß zu erkennen war, ein Mann wie eine düstere Sturmwolke, ein Mann in schweren Fellen und mit einem Speer in der Hand, den er aufrecht in den brennenden Himmel reckte.

Obwohl die Gestalt über dem Jungen sich nicht von der

Stelle rührte, drückte plötzlich etwas mit enormem Gewicht auf Warakans Brust. Er schrie vor Schmerz und Angst auf, als er überall Tatzen spürte. Die breite, warme Schnauze eines Tieres drängte sich schmerzhaft gegen seinen Kopf und Hals. Dann spürte er, wie Zähne an seinem Kiefer entlangglitten. Große Zähne, scharfe Reißzähne, die mindestens doppelt so lang wie sein Daumen waren.

Ein entsetzlicher Schrecken überkam Warakan. Der in Felle gekleidete Mann mußte ein Krieger des Wachenden Sterns sein, denn er hatte einen Kampfhund auf sein unglückliches Opfer gehetzt. Und dies war bestimmt das größte Tier des Rudels, der schwerste und kräftigste Hund in dieser und der nächsten Welt! Instinktiv nahm der Junge eine defensive Haltung an, zwang sich dazu, reglos wie ein Toter dazuliegen. Er schloß die Augen, hielt den Atem an und machte keine Bewegung, die das Tier zu einem heftigeren Angriff veranlassen könnte. Als das Tier ihn beschnupperte und abschleckte, fragte sich Warakan, warum es so lange zögerte, bevor es ihn tötete. Vielleicht wartete es noch auf den Rest des Rudels. Er zweifelte nicht daran, daß seine Feinde auf diese Weise seinem Leben ein Ende setzen wollten, denn im Stamm des Wachenden Sterns galt es als die größte Entehrung für einen Gefangenen, wenn die Hunde auf ihn gehetzt wurden. Dann verspottete man seine Schwäche, wenn er um Gnade schrie, während er in Stücke zerrissen und bei lebendigem Leib gefressen wurde.

Dann verwandelte sich Warakans Schrecken in Wut. *Ich bin kein Mann. Ich bin nur ein kleiner Junge! Aber ich werde nicht um Gnade winseln. Und ich werde auch nicht schreien. Ich bin Warakan, der Enkel von Shateh und der Sohn von Masau! Ihre Seelen leben in mir weiter! Obwohl Jhadel das Gegenteil geschworen hat, wird Warakan doch ein Krieger sein! Indem er bis zum Ende gegen seine Feinde kämpft, wird Warakan tapfer in den Tod gehen! Oder … wird er diesmal entkommen?*

Diese Aussicht erfüllte Warakan noch einmal mit einer wilden Entschlossenheit. Mit einem heftigen Ruck bäumte er seinen schlanken Körper unter dem des Hundes auf. Er packte den großen pelzigen Kopf des Tieres mit den Fäusten und stieß ihn mit aller Kraft von sich fort, während er schrie: »Fort, Hund des Wachenden Sterns! Fort, sage ich! Warakan hat keine Angst vor dir! Wenn du diesen Jungen fressen willst, sollst du wissen, daß seine Knochen deine Eingeweide durchbohren werden und daß auch du durch seinen Tod sterben wirst und ...«

Er verstummte, als das Tier plötzlich ein lautes Gebrüll von sich gab, das überhaupt nicht zu einem Hund paßte. Im nächsten Augenblick hatte es sich aufgerichtet, während der Junge immer noch seinen Kopf festhielt. Es bäumte sich auf und brüllte erneut. Dann schüttelte es so heftig den Kopf, daß Warakan zum zweiten Mal in dieser Nacht in hohem Bogen durch die Luft flog. Doch diesmal landete er nicht auf den Füßen, sondern mit einem schmerzhaften Aufprall auf dem Hintern. Benommen starrte er dann zurück auf die Gestalt eines gereizten Tieres, das aus seiner neuen Perspektive nicht mehr die geringste Ähnlichkeit mit einem Hund hatte.

»Kleiner Bärenbruder?« Warakan wollte seinen Augen nicht trauen. Dennoch war aus der Ferne und im Licht des rotglühenden Himmels nun deutlich und unbestreitbar der junge Bär zu erkennen. Er stand aufrecht zwischen den Bäumen und wischte mit den Pfoten über sein zerschundenes Gesicht, während es wie ein verwirrtes und geprügeltes Menschenkind heulte.

»Steh auf, großer Krieger, der vor einem Schatten flieht und einen Bären nicht von einem Hund unterscheiden kann!« Die Stimme des Mannes war ein tiefes und verächtliches Krächzen, als er nun in Warakans Blickfeld trat. Er rammte das stumpfe Ende seines Speers in den Schnee und zog mit einem Handschuh die Kapuze aus dunklem Fell zurück, unter der sein Gesicht verborgen war.

»Jhadel!« Der Junge fiel beinahe in Ohnmacht. Der Weise war bei jedem Licht ein beeindruckender Anblick, doch im roten Glühen des Polarlichts war seine unverhoffte Gegenwart geradezu furchteinflößend. Seine kleinen, blinzelnden Augen, die dicht neben dem schnabelgleichen Nasenrücken standen, musterten Warakan wie ein Kondor, der seine Beute beobachtete. Ohne das Stirnband aus Rabenfedern, das gewöhnlich die blassen, ausgedünnten Strähnen seines Haars zurückhielt, wirkte sein markanter Schädel auf dem langen Hals, der viel zu dünn schien, um die Last aus Haut, Knochen, Muskeln und Hirn tragen zu können, viel größer als sonst. Er ruckte vor und zurück, wie ein Raubvogel, der nach Beute Ausschau hielt. Sein gesamtes Gesicht – einschließlich seiner Ohren, Augenlider, Lippen und des mächtigen Bergrückens seiner Nase – war tiefschwarz tätowiert.

»Ich habe dir gesagt, ich würde nicht zulassen, daß du allein in den Sturm hinausgehst, Warakan«, ermahnte Jhadel ihn.

Der Junge war gleichzeitig erleichtert, fassungslos und vorübergehend verlegen, als er erkannte, daß es der alte Schamane gewesen war und kein Krieger des Wachenden Sterns, der ihn gerettet hatte. Dann wurde er von seiner Dankbarkeit überwältigt. »Du hast sie fortgejagt! Aber wie, Jhadel? Mit welchem Zauber hast du sie dazu gebracht, daß sie ...«

»Von wem sprichst du, Junge?«

»Von *ihnen!*« enthüllte Warakan mit einem ängstlichen Flüstern, als er sich aufrappelte und den Arm ausstreckte. »Dort, über und hinter dem hohen Felsen. Bevor ich herunterfiel, sah ich den Windgeist und diejenigen, die der Windgeist auf unsere Spur gelockt hat – die Krieger des Stammes des Wachenden Sterns! Sie riefen meinen Namen und jagten mich mit ihren Speeren und Hunden. Wir müssen fliehen, bevor sie zurückkehren, mitsamt ihrer verfluchten Priesterin und ...«

»In diesem verbotenen Teil des Waldes sind wir ganz allein, Warakan.« Jhadel knurrte, wie er es immer tat, wenn er verärgert war. »Ich war es, der deinen Namen gerufen hat. Ich war es, der dich aus dem Schnee gezogen hat, in den du wie ein verängstigtes Kaninchen gesprungen bist.«

Warakan rieb sich die schmerzenden Handgelenke. »Aber du bist alt und nicht mehr stark. Du bist nicht mehr ...«

»In der Lage, gegen meine Feinde zu kämpfen? Hmm. Es gibt viele Mittel, um einen Feind zu besiegen, Warakan. Und ich bin immer noch stark genug, um dir auf den Fersen zu bleiben und dich aus einer Schneewehe zu ziehen, du kleiner Welpe. An diesem Ort des Todes erstaunt es mich nicht, daß du die Verkörperungen deiner Furcht gesehen hast. Komm jetzt! Wir wollen von hier verschwinden, bevor der Geist des toten Anhängers von Gelbem Wolf sich zornig erhebt, weil wir uns an diesem Ort aufhalten, wo seine Knochen zurückgelassen wurden, damit sie für immer in den Himmel blicken.«

Zum ersten Mal nahm Warakan seine Umgebung wahr und erkannte sie wieder. Er blickte sich entsetzt um. Seine Flucht durch den Wald hatte ihn zum größeren der zwei verlassenen Dörfer geführt, die er und Jhadel auf ihrer Reise nach Osten gefunden hatten. Der Schnee verwischte die Umrisse der Hüttenreste und der kleinen Anordnung von Pfählen und Zweigen, unter denen das verkohlte Skelett eines einarmigen Mannes lag. Der Junge erschauerte. Der Tote war für ihn kein Fremder. Das einarmige Skelett konnte nur das des jungen Mannes Gah-ti sein, des Sohnes von Kosar-eh aus der Roten Welt. Warakan hatte ihn gut gekannt. Er hatte sogar alle der Anhänger des Schamanen Gelber Wolf aus der Roten Welt gekannt, als er eine kurze Zeit bei ihnen gelebt hatte, während sie sich dem Jagdlager seines Großvaters Shateh angeschlossen hatten.

Unter dem brennenden Himmel schien dieser Platz des zurückgelassenen Toten in Blut getaucht zu sein, als Erinnerungen Bilder von vertrauten Gesichtern aus der Vergangenheit wachriefen – lachende Kinder, hübsche Frauen, starke Männer und Jungen, die eifrig dazulernen wollten, ein helläugiges, ungestümes Mädchen, das den Schamanen ihren Mann nannte, und den Schamanen selbst, Gelber Wolf, der von den Menschen der Roten Welt Cha-kwena genannt wurde – und von seinen Feinden Betrüger – ein junger, kluger Mann mit wachsamen Augen wie die eines gefangenen Kojoten und genauso gefährlich wie ein solches Tier.

Der alte Mann knurrte wieder, diesmal jedoch weniger aus Verärgerung, sondern vor Nervosität, während er den Blick nach oben richtete. »Ich habe einen solchen Himmel nicht mehr gesehen, seit ...« Er hielt inne, starrte lange nachdenklich auf die Polarlichter und blickte dann wieder auf Warakan hinab. »Die Vorzeichen sind wirklich besorgniserregend.

Deine Befürchtungen waren nicht unbegründet. Komm! Wir können hier nicht bleiben. Ich habe deine Handschuhe und Schneeschuhe mitgebracht. Das rote Glühen der Lagerfeuer der Tänzer des Nordens wird uns den Weg weisen, wenn wir dem Kleinen Bärenbruder zurück zu unserem Unterschlupf folgen.«

»Aber der Geist, die Stimme im Wind!« Verwirrt sah Warakan, daß das Bärenjunge tatsächlich durch die Bäume zurückwankte. Das Tier heulte und brummte immer noch unglücklich, als es sich auf den Rückweg zur Hütte und zu seinem Nest neben der Feuerstelle machte.

»Der Bär sagt uns, was wir tun müssen«, stellte der alte Mann fest. »Und du mußt lernen, weise mit deiner Furcht umzugehen, Junge, sonst wird sie dich immer wieder zur kopflosen Flucht veranlassen, die in einer Schneewehe endet, statt deine Furcht dazu zu nutzen, dich von der Gefahr fortführen zu lassen. Du hast dein Kind unnötigerweise aus seinem Winterschlaf geweckt. Der Große Weiße Winter beherrscht immer noch die Welt. In den fernen Jagdgründen unserer Feinde ist jetzt die Zeit, in der die Hasen ihr Hungerlied pfeifen. Es ist die Zeit des tiefen Schnees und der kurzen Tage, die Zeit der frostigen Winde und heulenden Geister. Die, vor denen du dich fürchtest, können uns jetzt nicht folgen, Warakan. Auch sie müssen abwarten, bis sich der Große Weiße Winter zurückgezogen hat. Wir sind vor ihnen in Sicherheit, denn wir haben uns weit hinter das Ende der Welt geflüchtet.«

Noch nicht ganz überzeugt blickte sich Warakan im verlassenen Dorf des Schamanen aus der Roten Welt um. »Gelber Wolf hatte keine Angst, mit seinen Anhängern an diesen Ort zu kommen. Nachdem er all jene verriet, die ihm vertrauten, nachdem er meinen Großvater und seinen Stamm in das Land ihrer Feinde lockte und die Stämme wieder zum Krieg anstachelte, kam er hierher, und genauso sicher werden die von ihm Verratenen ihm folgen.«

»Alle Menschen suchen nach der Macht des heiligen Steines«, gestand Jhadel ein. »Ohne ihn kann kein Stamm im Krieg siegreich sein. Alle jagen das weiße Mammut, und wenn es geschlachtet ist, werden jene, die von seinem Fleisch essen und von seinem Blut trinken, seine lebenserhaltende Kraft in sich aufnehmen und für immer leben.«

»Doch als wir vor mehreren Monden sahen, wie der Rest des Stammes der Roten Welt diesen Wald in Richtung Westen verließ, waren Gelber Wolf und das Mammut nicht bei ihnen. Die Anhänger des Schamanen der Roten Welt folgen ihm und ihrem Totem nicht mehr. Warum nicht, Jhadel?«

»Ich habe es dir schon früher gesagt, Warakan. Kein Mensch kann die Geheimnisse des Windes wissen! Aber ich kann dir versichern, wenn die ehemaligen Anhänger von Gelbem Wolf ohne den Schutz ihres Schamanen, des Totems und des heiligen Steines in die winterlichen Jagdgründe der kriegerischen Stämme eindrangen, dann hat der Geist, den du im Wind heulen hörtest, vielleicht um sie geweint, denn jetzt wissen nur die Mächte der Schöpfung, was ihnen widerfahren sein mag.«

Warakan runzelte die Stirn. Wieder gingen ihm vertraute Gesichter durch den Kopf. Abgesehen von Gelbem Wolf und seiner kleinen Frau Mah-ree waren sie ein guter und liebevoller Stamm gewesen. Als der Junge jetzt auf die schneeummantelte Hütte blickte, in der die verkohlten Knochen ihres Toten mit unendlicher Sorgfalt angeordnet worden waren, erinnerte er sich an die Schamanenfrau Mah-ree, worauf seine Gedanken besänftigt wurden. Auch wenn sie immer wieder für Schwierigkeiten gesorgt hatte, war sie eine freundliche und aufmerksame Seele gewesen. Außerdem war sie recht hübsch. Cha-kwena hatte eine solche Frau nicht verdient. Hatte Gelber Wolf sie verraten und den einarmigen Mann im Stich gelassen, genauso wie er es zuvor mit allen anderen getan hatte, die ihm jemals vertrauten? Warakans Stirn legte sich noch tiefer in Falten, und dann erkannte er mit einem plötzlichen Schrecken, daß die Knochen vom Schnee befreit dalagen, ohne daß sie von Raubtieren in Unordnung gebracht worden waren. Wie war das möglich? Es sah aus, als würden sie von jemandem – oder etwas – bewacht werden. Dieser Gedanke kam ihm lächerlich vor, bis er sich mit einen angewiderten und entsetzten Schauder an das Wesen aus Nebel erinnerte, das zwischen den Bäumen verschwunden war.

»Komm, Warakan!« Jhadels Befehl riß den Jungen aus seinen Gedanken. »Der Wind erhebt sich wieder aus dem Norden, und wir müssen noch einen weiten Weg zurücklegen, bis wir uns in Sicherheit ausruhen können.«

Warakan war nicht überrascht, als der alte Mann ihm seine Handschuhe und Schneeschuhe vor die Füße legte, bevor er sich umdrehte und dem Bärenjungen folgte. Dennoch riß der Junge die Augen auf. Das Licht aus dem roten Himmel sammelte sich in den Fußabdrücken des Menschen und des Bären – als würden sie eine blutige Fährte hinterlassen. Er hielt den Atem an, als er die schreckliche Bedeutung dieses Vorzeichens erkannte, und zog hastig seine Handschuhe an. Dann ging er in die Knie, um seine Schneeschuhe an seinen Füßen festzuschnüren, während er dachte: *Der Windgeist ist wirklich. Ich habe ihn mit eigenen Augen gesehen. Wir sind an diesem Ort in großer Gefahr. Aber ich werde zurückkommen. Ich werde meine Fallen aufstellen, und wenn die Mächte der Schöpfung diesen Jungen und seinen Schamanen nicht vergessen haben, wird Jhadel bald die Wahrheit sehen und erkennen!*

Der Wind wurde tatsächlich wieder stärker, und die Luft war bitterkalt geworden. Warakan blickte auf. Über den vom Sturm zerzausten Baumwipfeln verblaßte bereits der Nachthimmel. Doch als Warakan aufstand, sah er, daß der Große Bär immer noch mit seinen Sternentatzen nach der Großen Schlange griff. Neben dem Kopf der Schlange funkelte der Nordstern eisig auf ihn herab – der Wachende Stern, der eine Stern, um den sich alle anderen drehten und unter dessen Schatten seine Feinde immer wieder mächtig geworden waren.

Alles Böse kommt aus dem Norden … alles, was dunkel und kalt ist … alles, was mit Tod und Gefahr zu tun hat.

Diese Worte waren eine unwillkommene Mahnung, und Warakan hatte hier ganz allein im verlassenen Dorf der Toten nicht den Wunsch, sich damit auseinanderzusetzen. Als er hinter Jhadel und dem Bärenjungen hereilte, wandte der Junge sein Gesicht der aufgehenden Sonne zu. Eines Tages würden jene, vor denen er sich fürchtete, über das Ende der Welt zu ihm kommen. Daran gab es für ihn keinen Zweifel.

Doch der Geist, der ihn aus dem Schlaf gerissen hatte, blieb jetzt stumm. Vielleicht hatte Jhadel recht. Vielleicht weinte er jetzt um andere Menschen. Auf jeden Fall gab es nichts, was er tun konnte, um ihnen zu helfen. Der Tag der Gefahr war noch weit entfernt, und vorerst konnte Warakan darüber froh sein.

Teil I

Nordwind

Er stieg selbst herab, er ging aus freiem Willen an den Ort, wo er sterben sollte.

aus *The Florentine Codex*
von Fray Bernardino de Sahagun

1

Endlich Sonnenaufgang.

Der große Mann starrte über die schneeweißen Ödländer nach Osten. Der Wind hatte nachgelassen. Der überraschende Sturm der vergangenen Nacht war nach Osten davongeweht. Kosar-eh stellte erleichtert fest, daß der Himmel ohne Wolken war. Trotzdem machte er sich Sorgen, während er zusah, wie die Sonne über den fernen Hügeln aufging. Das Auge von Vater Himmel wirkte riesig, angeschwollen und von dunklen Adern durchzogen – wie der Bauch einer Frau, die kurz vor der Niederkunft stand. Kosar-ehs breites, bemaltes Gesicht spannte sich unter seiner Kapuze aus Dachsfellen an. Er war ein Mann, der nicht mehr an Vorzeichen glaubte, aber trotzdem gefiel es ihm nicht, wie die Sonne an diesem Morgen aussah. Ihr Anblick hatte etwas Obszönes und Unnatürliches.

»Kho-neh! Kiu-neh!« Er sprach zu einem braunen Hügel aus kraushaarigem Bisonfell in der Nähe, unter dem zwei seiner jungen Söhne schliefen. »Wacht auf! Wir müssen uns auf den Rückweg zum Lager machen. Wir sind schon viel zu lange fort. Unsere Frauen, euer Bruder Ka-neh und die Kleinen werden sich Sorgen machen.«

Der Hügel bewegte sich. Ein schwarzhaariger Kopf erhob sich daraus, blickte blinzelnd zur Sonne und verzog das Gesicht zu einer mürrischen Miene, bevor er sich wieder unter das Bisonfell zu seinem jüngeren Bruder gesellte. »Laß uns noch eine Weile schlafen, Vater.« Der Junge gähnte hörbar unter dem Fell. »Die anderen wissen, daß wir bei dir in Sicherheit sind, Mann, der seinen Feinden ins Gesicht spuckt.«

»Aber wer außer deinem Bruder Ka-neh wird für *ihre* Sicherheit sorgen, solange wir fort sind, Kiu-neh?« erwiderte Kosar-eh düster und dachte an den Dreizehnjährigen, den er zurückgelassen hatte, damit er auf die anderen achtgab. Kaneh war tapfer und bereit, die Verantwortung eines erwachsenen Mannes zu übernehmen, aber trotzdem war er noch ein unerfahrener Junge.

Ein Löwe brüllte irgendwo im Süden – ein Geräusch, das

Kosar-eh als zutiefst beunruhigend empfand. Seine behandschuhte rechte Hand klammerte sich um den mit Federn geschmückten Schaft seines Speeres. Daß der zehnjährige Kiu-neh seinen Kriegsnamen benutzt hatte, hatte seine Sorge noch vertieft. Er war in der Tat der Mann, der seinen Feinden ins Gesicht spuckte, ein mutiger und bewährter Krieger unter den ständig in Kämpfe verwickelten Stämmen des Nordens, aber er war nicht in diesen Stämmen geboren. Vor vielen Sommern war Kosar-eh zusammen mit einer recht großen Gruppe von Menschen aus der Roten Welt durch kriegerische Überfälle von seinem Dorf am See der Vielen Singvögel in den Norden verschlagen worden. Er hatte gehofft, zu einem Kämpfer der Prärie zu werden, bis er durch seine schlecht gewählte Treue zu einem Schamanen seines Stammes für immer von seinen mühsam gewonnenen Verbündeten und Jagdbrüdern im Stamm des Graslands ausgeschlossen wurde. Gleichzeitig hatte er jede Verbindung zum übrigen Teil seines eingeborenen Stammes und zu seinen uralten Feinden, dem Stamm des Wachenden Sterns, verloren. Also überwinterte der große Mann allein mit den wenigen überlebenden Mitgliedern seiner Familie in der Trostlosigkeit dieser Ödländer und war dankbar für die Einsamkeit der großen und einzeln stehenden Hügel und unbewohnten Täler. Er bezweifelte, daß es in einem der großen nördlichen Stämme noch irgendeinen Mann gab, der ihn nicht sofort töten und seinen winzigen Stamm der Roten Welt versklaven würde.

Wo sind meine Feinde jetzt?

Diese unausgesprochene Frage ließ in Kosar-eh eine dunkle Ahnung aufsteigen, die wie eine Herde stechender Ameisen über seinen Rücken, seine Arme und seine Kopfhaut wanderte. Er bewegte seine Schultern, um seine Nerven zu beruhigen, und schalt sich einen Narren. Seine Feinde waren nicht in diesem Land. Er wandte sich von der aufsteigenden Sonne ab, um nach Westen zu blicken. Dort waren die Berge während der vergangenen zwei Monde fast ständig unter einer tiefen Wolkendecke verborgen gewesen, während der ganzen Zeit, in der sein kleiner Stamm sich unentwegt westwärts vorangekämpft hatte, bis sie durch den Großen Weißen

Winter gezwungen waren, sich in ihrem letzten und recht unbefriedigenden Winterlager häuslich einzurichten. Kosar-eh hob nachdenklich die Augenbrauen, als er die gewaltige Kette aus steilen, weißen Graten und vergletscherten Berghängen betrachtete. Soviel Schnee! Der Anblick schmerzte seine Augen, trotzdem starrte er weiter darauf, als er erkannte, daß er in der Tat einen weiten Weg zurückgelegt hatte, denn die Gipfel waren schon viel näher, als er für möglich gehalten hätte. Die grellweißen, gezackten Spitzen, die im scharfen Licht der Dämmerung leuchteten, erinnerten ihn an Zähne, die aus dem Unterkieferknochen eines toten Raubtiers aufragten.

Er runzelte die Stirn, denn dieser Vergleich war bedrückend. Das Land seiner Vorfahren lag hinter dem fernsten dieser Gipfel. Weit dahinter und in einer ganz anderen Welt, wie es schien. Und zwischen jenem Land und den Ödländern erstreckten sich die unermeßlichen hoch gelegenen Jagdgründe seiner Feinde. Wieder fragte er sich, wo sie sein mochten, die Sieger und Besiegten des letzten großen Krieges zwischen den Stämmen, seine ehemaligen Freunde unter den siegreichen Stammesbrüdern des großartigen Shateh und die tätowierten Schreckgestalten des Stammes des Wachenden Sterns, dessen Krieger heulend von verborgenen Bergfestungen herabgekommen waren, um die Söhne und Töchter geringerer Stämme zu töten und zu versklaven – bis sie schließlich selbst getötet und versklavt worden waren. Jetzt war ihr einstmals vielköpfiger Stamm wie Staub vom Wind auseinandergerissen und zerstreut worden.

Kosar-ehs Stirn arbeitete, während er weitergrübelte. Er hatte kein Anzeichen irgendeines anderen Stammes gesehen, seit er sich von seinem Schamanen losgesagt und seine Gefährten aus den östlichen Wäldern in Richtung Heimat geführt hatte. Es war zu erwarten, daß Shateh seine Hütten abgebrochen hatte und mit seinen vielen Anhängern durch die Berge in das reiche, goldene Grasland der nördlichen Vorfahren des großen Häuptlings zurückgekehrt war. So hätte jedenfalls Kosar-eh entschieden, wenn er vor einer solchen Wahl gestanden hätte. Kein Land hatte ihm besser gefallen als die weiten, hohen, ständig vom Wind durchwehten Prärien aus saftigem Gras und voller gutem Jagdwild, das jetzt für immer seinen Feinden vorbehalten war. Und was die Überreste des Stammes des Wachenden Sterns betraf, so sah er in ihnen jetzt keine Gefahr mehr. Nachdem sie im Krieg vernichtend geschlagen wurden und Shateh anschließend viele blutige Überfälle gegen die Überlebenden angeführt hatte, versteckten sich die letzten des Stammes des Wachenden Sterns jetzt höchstwahrscheinlich in kleinen Gruppen zwischen den fernen Bergen und leckten sich wie Hunde ihre Wunden.

Kosar-ehs Gedanken hätten ihn eigentlich beruhigen müssen, doch sie taten es nicht. Während er sich weit von der Wärme seiner Hütte entfernt befand, lauschte er auf das Gebrüll des Löwen. Als einziger erwachsener Mann in einem Stamm, der aus einer Handvoll Frauen und Kindern und einem einzigen Heranwachsenden bestand, wußte er, daß es außer seinen verschwundenen Feinden noch viele andere Gefahren gab.

Seine Eingeweide krampften sich zusammen, als die Ameisen wieder über seine Haut wanderten. Falls ihm irgend etwas zustieß, was würde dann aus seinem Stamm werden? Die Antwort war auf schmerzhafte Weise eindeutig, genauso wie sein folgendes Eingeständnis: Die einzige Überlebenschance seines Stammes lag fern im Südwesten in der ausgetrockneten Roten Welt ihrer Vorfahren, wo die Männer den Krieg verachteten und glücklich zusammen mit ihren Frauen alt wurden, während sie zufrieden ihr Leben damit verbrachten, nach Samen und Maden und den Beeren des Trockenlandes zu suchen und Jagd auf jede mögliche Art von Reptilien und Nagetieren zu machen, die den größten Anteil ihrer Nahrung darstellten.

Kosar-eh verzog das Gesicht. Die Lebensweise seines Stammes hatte ihn schon seit langem angewidert. Es war ein guter Tag gewesen, als er beschloß, für immer das Land seiner Heimat zu verlassen.

Seine Fingerspitzen suchten an seinem Mund und auf seiner Stirn nach den alten Narben der Jagd und des Kampfes.

Dann strichen sie über die Schicht aus mit Fett und Kalk versetzter Farbe, die ihn als Krieger auswies. Es waren drei abgeknickte Linien, eine schwarz, eine weiß und die andere golden wie Gras, die zusammen einen breiten Streifen bildeten, der von der rechten Schläfe bis zu seinem linken Kiefer verlief. Das Muster und die Farben waren sein ureigenes Zeichen und zierten auch seinen Speer und das knielange Winterjagdhemd aus Kamelfell, das er mit der behaarten Seite nach innen trug, um sich zusätzlich zu wärmen. Als der Löwe wieder brüllte, gab dieses Zeichen ihm neuen Mut.

Kosar-eh starrte auf die Berge. Wenn der Mond der Wärme aufging und die großen Bären aus ihren Höhlen kamen, wenn der Himmel sich unter den Schwärmen der Wasservögel verdunkelte, die aus ihren Winterquartieren zurückkehrten, dann würde auch er auf die Ankunft des Frühlings hin handeln. Dann würde er die Berge überqueren. Er würde seine Anhänger in die Wärme und Sicherheit des Landes ihrer friedliebenden Vorfahren zurückführen. Er würde einen Weg durch das Land seiner Feinde finden, ohne von ihnen entdeckt oder bedroht zu werden. Das würde er tun. Doch jetzt war noch nicht an den Frühling zu denken, und Kosar-eh war immer noch ein Krieger – auch wenn sein Name in der Roten Welt ›Lustiger Mann‹ war und eine Stellung bezeichnet hatte, die ihm durch Umstände aufgezwungen worden war, die er nicht hatte bestimmen können.

Laß den Löwen brüllen! dachte er voller Trotz. *Der Mann, der seinen Feinden ins Gesicht spuckt, hat keine Angst. Er hat schon früher Löwen getötet. Und er wird es jederzeit bereitwillig wieder tun!*

Die dunklen, schrägstehenden Augen des großen Mannes verengten sich, als hinter seinen Lidern unwillkommene Erinnerungen auflebten. Erinnerungen an ein Höhlenlabyrinth in einem Bergtal, wohin sich ein heiliges weißes Mammut zum Sterben zurückgezogen hatte und wo Krieger verfeindeter Stämme sich zum letzten Kampf gestellt hatten. Erinnerungen an Gah-ti, seinen ungehorsamen erstgeborenen Sohn, der so leichtsinnig gewesen war, einen Höhlenlöwen zu verfolgen und ihn allein in der Dunkelheit in die Enge zu treiben. Erinnerungen an Blut, an einen geliebten Jungen, der für immer verkrüppelt war ...

Kosar-eh konnte keinen weiteren Rückblick ertragen. Die Höhle im Bergtal war schon seit langer Zeit verlassen. Der Höhlenlöwe war tot – genauso wie sein Sohn. Und jetzt frischte der Wind wieder auf, wehte böig aus dem Süden und verstärkte die Stimme des Löwen. Wieder verkrampften sich seine Eingeweide, doch diesmal als Reaktion auf das tiefe Vibrieren, das nur aus dem gewaltigen Brustkorb eines großen Löwenmännchens kommen konnte. Das Tier sprach deutlich aus, daß es Hunger hatte.

Kosar-eh runzelte die Stirn. Der zunehmende Wind und der brüllende Löwe machten ihm klar, daß ein einsamer Jäger, der sich mit zwei Jungen weit von seinem Lager entfernt hatte, kein tapferer Krieger, sondern ein dummer Narr war, wenn er nicht daran dachte, daß er und seine Söhne leicht zur Beute von Raubtieren werden konnten.

»Steht auf!« befahl Kosar-eh seinen Jungen. In plötzlicher, beinahe unerträglicher Unruhe drehte er sich zu den weißen Hängen der umgebenden Hügel um, die ihm sagten, daß er noch fast einen vollen Tagesmarsch vom versteckten Lager seines Stammes entfernt war. Er schüttelte den Kopf, weil er durch die Knappheit des Jagdwildes dazu gezwungen gewesen war, sich auf der Suche nach frischem Fleisch so weit in das Land hinauswagen zu müssen. Trotzdem hatte sich das Risiko gelohnt.

Er blickte sich zu einem Schneehügel in der Nähe um, unter dem die ungeschlachteten Kadaver einer großen Gabelantilope, mehrerer Hasen und Kaninchen und fast so viele Schneehühner wie die Finger zweier Hände begraben lagen. Im bleichen Licht der aufgehenden Sonne leuchtete der Vorratshaufen in einem wäßrigen Gelb, doch diese Farbe beruhte nicht allein auf dem Widerschein des Sonnenlichts. Bevor Kosar-eh am vergangenen Abend mit seinen Söhnen unter das provisorische Zelt gekrochen war, das er aus seinem wetterfesten Bisonfellumhang errichtet hatte, hatten sie gemeinsam auf den Schneehaufen uriniert.

Seine Unruhe ließ ein wenig nach, als er bei dieser Erinnerung kaum ein Lächeln unterdrücken konnte. Mit dem heftig und launisch wehenden Sturm im Rücken hatte er seinen Jungen gezeigt, wie man den Urin verteilte und eine Schicht aus schützendem Eis über dem Schneehaufen herstellte. Nachdem die Schicht festgefroren war, konnte der Geruch des Blutes nicht mehr aus dem Innern entweichen. Die Jungen, die nach einem erfolgreichen Jagdzug, bei dem sie während eines Tages je ein volles Bündel mit Schneehühnern und Kaninchen erbeutet hatten, voller Stolz auf sich selbst waren, hatten sich prächtig über diese Lektion amüsiert. Sie wollten unbedingt ein Spiel daraus machen, bis sie zu ihrer Bestürzung feststellen mußten, daß das gezielte Pissen im böigen und frostigen Wind genauso eine Kunst war, wie Fallen für Kleinwild aufzustellen, sich an eine Antilope anzupirschen oder eine brauchbare Klinge für eine Speerspitze von einer Steinknolle abzuschlagen. Kosar-eh gönnte sich das Lächeln. Kiu-neh und Kho-neh würden bald unter ihrem leichtfertigen Umgang mit dieser Lektion zu leiden haben, wenn die Menschen in der gemeinschaftlichen Familienhütte ihre ›Witterung‹ aufnahmen und sie beschimpften oder sie auslachten. Davon abgesehen war er zufrieden, daß sie die wichtigste Lektion gut gelernt hatten, denn kein Raubtier war in der vergangenen Nacht durch den Blutgeruch eines schlecht geschützten Fleischvorrats zu ihrem Jagdlager gelockt worden.

Kosar-ehs Lächeln zeigte noch größere Zufriedenheit, als er bemerkte, daß der Löwe schon seit einiger Zeit nicht mehr gebrüllt hatte. Die willkommene Stille machte ihm Mut. Außerdem stellte er voller Erleichterung fest, daß die Sonne inzwischen ihre normale Größe und ihr gewohntes Aussehen angenommen hatte. Sie stand nun ein gutes Stück über dem Horizont und strahlte an einem makellosen Himmel, der einen klaren Tag zu versprechen schien.

»Steht auf, Jungs!« wiederholte der große Mann seinen Befehl, weil alles in ihm danach drängte, sich schnellstens auf den Weg zu machen. Heute abend würden all jene, die der Mann, der seinen Feinden ins Gesicht spuckt, zu ernähren hatte, zum ersten Mal seit über einem Mond wieder reichlich zu essen haben. Heute abend würden zwei seiner Söhne in der Gemeinschaftsunterkunft als Fleischbringer gefeiert werden, und man würde dem jungen Ka-neh danken, daß er während der Abwesenheit seines Vaters mutig als Beschützer des Stammes gedient hatte. Und wenn heute abend die Kochbeutel geleert und die besten Markknochen ausgesaugt waren, nachdem die gut geschürte Glut in der zentralen Feuerstelle zu Asche zerfallen war, dann würde Kosar-eh zufrieden sein, wenn die Augen von Ta-maya, seiner geliebten schönen Frau, ihn voller Liebe und Stolz anblickten und sie ihren Körper einladend für ihn öffnete.

Ta-maya! Ihr Name war für ihn so warm und angenehm wie Sonnenlicht. *Die Lieblingstochter von Tlana-quah vom Dorf am See der Vielen Singvögel. Ta-maya! Die schönste und liebste aller Frauen.* Viele Krieger und Jagdhäuptlinge hatten darum gekämpft, sie besitzen zu dürfen. Dakan-eh, der Mutige Mann der Roten Welt, hatte sie gewollt. Masau, der Mystische Krieger aus dem Stamm des Wachenden Sterns, hatte sie genommen. Shateh, der Jagdhäuptling und Schamane des Stammes des Graslands, hatte Anspruch auf sie erhoben und sie zu seiner Frau gemacht. Doch als schließlich die Tage und Nächte des Krieges vorbei gewesen waren, war sie zu dem Mann, der seinen Feinden ins Gesicht spuckt, gekommen – unter allen anderen Männern hatte sie ihn zu ihrem Mann erwählt. Und Shateh hatte sie freigegeben.

Kosar-ehs Herzschlag beschleunigte sich vor Dankbarkeit gegenüber dem Häuptling, der später zu seinem Feind geworden war, und vor Liebe zu seiner Frau. Sein Mannknochen verhärtete sich bei dem Gedanken, sich wieder mit ihr vereinen zu können, denn obwohl Ta-maya jede Nacht warm und liebevoll in seinen Armen lag, hatten sie nicht miteinander geschlafen, seit sie den Wald im Osten verlassen hatten.

Die Stimmung des großen Mannes verdüsterte sich wieder. Seit mehr als zwei Monden hatte er sich des Vergnügens mit seiner Frau entsagt, weil er um den Tod von Gah-ti trauerte, seines geschätzten Sohnes, der den Verlust seines Armes nur überlebt hatte, um anschließend von Fiebergeistern heimgesucht zu werden, die im dunklen Wald mehrere Opfer in seinem Stamm gefordert hatten. Es war der Wald gewesen, in den ihr Schamane sie mit falschen Versprechungen über ein besseres Leben gelockt hatte. Ta-maya hatte mit ihm getrauert, nicht nur um Gah-ti, sondern auch um Ha-xa-ree, ihre neugeborene Tochter, und um Piku-neh, den einzigen Überlebenden aus der Familie der alten Großmutter Kahm-ree. Weder der Schamane noch das Totem oder die angebliche Macht des heiligen Steines war in der Lage gewesen, diese geliebten Menschen zu retten oder die Trauer jener zu lindern, die sie überlebt hatten. Kosar-eh erstarrte bei der Erinnerung an die dröhnende, zitternde Erde, die dampfenden, stinkenden Quellen und die großen Bäume, die auf seine Hütte gestürzt waren, um das Leben seines Kindes und den Arm seiner schönen Frau unter sich zu zerquetschen.

Und jetzt wartete Ta-maya in einem fernen, hungrigen Lager auf seine Rückkehr, zusammen mit der geistig verwirrten alten Kahm-ree, der nicht mehr ganz jungen U-wa und Ka-neh, einem dreizehn Sommer alten Jungen, der sie und die Kinder vor Raubtieren wie jenem, das er in den südlichen Hügeln gehört hatte, beschützen sollte. Er dachte über die Entfernung nach, die noch zwischen ihm und seinem Stamm lag, und kam zu der Einschätzung, daß sie wesentlich größer sein mußte, als ihm lieb gewesen wäre.

Plötzlich wurde er wütend, als sein Blick sich auf den Hügel aus Bisonfell richtete. Darunter hatte sich immer noch nichts gerührt. Seine Jungen weigerten sich nach wie vor, ihm zu gehorchen.

»Steht auf, habe ich gesagt!« Kosar-ehs Stimme wirkte wie ein Echo des Löwengebrülls, als er das Bisonfell packte und es mit einem kräftigen Ruck wegzerrte. Das Licht des Morgens fiel nun ungehindert auf zwei liegende, voll bekleidete Jungen, mehrere Speere und drei ordentlich zusammengerollte Reisebündel. »Kiu-neh und Kho-neh, Dritter Sohn und Vierter Sohn Kosar-ehs, dieser Mann will zu seinen Frauen und Kindern zurückkehren. Er wird gehen, ob nun mit oder ohne seine ungehorsamen Söhne! Und er wird sofort gehen! Bleibt hier! Schlaft weiter! Wenn der Löwe zu euch kommt, hat er vermutlich keinen Appetit auf so faule Jungen, die der

Mann, der seinen Feinden ins Gesicht spuckt, jetzt ohne Bedauern zurücklassen wird!«

Die Jungen waren sichtlich verblüfft über die Beleidigung, schienen seine Drohung, sie allein lassen zu wollen, jedoch nicht ernst zu nehmen, bis Kosar-eh ohne ein weiteres Wort oder einen weiteren Blick in ihre Richtung den Schlitten aufrichtete, der ihnen während der Nacht als Windschutz gedient hatte, den Schnee abklopfte und ihn entschlossen auf die Kufen stellte. Kurz darauf benutzte er das stumpfe Ende seines Speers, um die gefrorene Kruste über der Vorratsgrube aufzubrechen. Als er damit begann, die Bündel mit den steifen Kaninchen und Schneehühnern herauszuzerren und achtlos beiseite zu werfen, ohne sie für den Transport zum Dorf auf den Schlitten zu laden, sprangen die Jungen plötzlich entgeistert auf.

»Wir haben dieses Fleisch getötet!« protestierte Kiu- neh.

»Wie ihr seht, habe ich nicht die Absicht, es euch wegzunehmen«, erwiderte Kosar-eh mit einer Kälte, die er gar nicht empfand.

»A-aber du kannst unsere Beute d-doch nicht einfach hierlassen!« stammelte Kho-neh, wie er es oft tat, wenn er nervös oder aufgeregt war.

»Willst du diesem Krieger etwa sagen, was er tun und lassen soll, Vierter Sohn?« knurrte Kosar-eh seinen siebenjährigen Jungen wie ein zorniger Puma an. Dann wandte er sich voller Verachtung an seine beiden Söhne: »Dabei hat der Mann, der seinen Feinden ins Gesicht spuckt, tatsächlich geglaubt, ihr beide wärt alt und tapfer genug, um an seiner Seite auf die Jagd zu gehen. Ha! Seht euch nur an – zwei kleine Säuglinge, die nach den Zitzen ihrer Mutter schreien! Euer Vater wird eure Beute nicht für euch tragen!«

Es waren harte Worte. Aber sie zeigten Wirkung. Die Jungen, die bereits reisefertig gekleidet waren, tauschten einen betroffenen und besorgten Blick aus und griffen dann hastig nach den Fellumhängen mit Kapuze, auf denen sie geschlafen hatten. Als sie sie angelegt hatten, war Kosar-eh bereits dabei, die tote Gabelantilope aus der Grube zu zerren. Aus dem Augenwinkel beobachtete er, wie die zwei die Schneeschuhe anzogen, die sie am vergangenen Abend aufrecht in eine Schneewehe gestellt hatten. Sie fingerten hektisch an den Riemen herum, die nur deshalb biegsam geblieben waren, weil Kosar-eh darauf bestanden hatte, daß die Jungen sie von den Rahmen lösten und in ihrer Unterkleidung aus Hasenfell warm hielten. Dann schnallten sie sich die Schneeschuhe an die Füße, während ihr Vater die Antilope zusammen mit einem Bündel Hasen auf dem Schlitten verstaute. Als die Jungen fertig waren, hatte auch Kosar-eh seine eigenen Schneeschuhe angelegt. Kurz darauf erhob er sich, hüllte sich in seinen Bisonfellmantel, schnallte seine Trage auf den Rücken und stapfte davon, in der einen Hand seine Speere und in der anderen das Führungsseil des Schlittens.

Er war nur ein paar Schritte weit gegangen, als er hörte, wie seine Söhne ihm hastig folgten. Kosar-eh blickte sich weder zu ihnen um, noch verlangsamte er seine Schritte. Als die zwei verwirrten und atemlosen Jungen sich schließlich an seinen Seiten einfanden, mit ihrem eigenen Gepäck, ihren Speeren und den eilig aufgehobenen Bündeln an Kaninchen und Schneehühnern, fiel es dem großen Mann schwer, ein zufriedenes Lächeln zu unterdrücken. Sein Trick hatte funktioniert. Es war Ungehorsam gewesen, der zu Gah-tis Tod geführt hatte; damals hatte Kosar-eh diesen Charakterzug zugelassen und ihn fälschlicherweise für Mut gehalten. Er würde diesen Fehler bei seinen Söhnen, die ihm noch geblieben waren, nicht wiederholen, dazu waren sie ihm zu kostbar.

Er blickte zu Kiu-neh und Kho-neh hinüber. Sie mußten spüren, daß er sie ansah, doch sie blickten nicht auf, um nicht Triumph oder Mitleid in den Augen des Vaters sehen zu müssen. Wie alle seine Söhne von seiner verstorbenen ersten Frau Siwi-ni waren sie eigensinnige, harte Burschen, die zu beeindruckenden Männern heranzuwachsen versprachen. Glaubten sie wirklich, daß er dazu imstande wäre, sie einfach zurückzulassen? Es schien so. Er beobachtete, wie sie sich mit beharrlicher, klagloser Entschlossenheit abmühten, mit ihm Schritt zu halten und damit ihren Ungehorsam wettzumachen. Stolz erfüllte ihn, ein tiefer und köstlicher Stolz, der Stolz eines Vaters auf gutgeratene Söhne.

Was für Krieger wären aus euch geworden! dachte Kosar-eh mit tiefem Bedauern, als er sich an die trostlosen und lebensbedrohenden Umstände erinnerte, die ihn in seine gegenwärtige Situation gebracht hatten, und schritt schneller aus, um sich nicht von seiner Verzweiflung überwältigen zu lassen. Es gab Dinge, auf die ein Mann keinen Einfluß hatte. Er konnte nichts tun, um die Fehler und Tragödien der Vergangenheit ungeschehen zu machen, aber er konnte auf eine bessere Zukunft hinarbeiten. Ganz allein in diesen Ödländern ohne Schamane, ohne Totem und ohne die Macht des heiligen Steines der Vorfahren zu ihrem Schutz führten die Mitglieder seiner Familie vielleicht kein gutes Leben, aber immerhin lebten sie. Und einer Sache war Kosar-eh sich völlig sicher: Unter der Führung des Mannes, der seinen Feinden ins Gesicht spuckt, würden die Söhne Kosar-ehs unter den passiven Menschen der Roten Welt allesamt zu Häuptlingen werden!

Ein Lächeln spielte um seine Mundwinkel. Seine Gedanken waren überheblich und frevelhaft, und er wußte es. Aber es störte ihn nicht. Am Fuß der sonnenbeschienenen Berge, die unter ihrer schweren Schneelast lagen, brüllte der Löwe nicht mehr. Der Schlitten war voll mit Fleisch beladen. Das Lager des hungrigen Stammes war nicht mehr weit entfernt. Und Ta-maya, seine schöne und geliebte Frau, wartete in einem Land ohne Feinde auf seine Rückkehr.

Das Geschrei des Kindes riß Ta-maya aus dem Schlaf.

»Böse Dinge kommen! Böse Dinge! Böse!«

»Nein, meine Kleine. Nein ... sei ruhig. Du hast nur geträumt. Komm jetzt.« Sie legte das quengelnde zwei Jahre alte Mädchen an ihre Brust, und Doh-teyah begann sofort hungrig zu saugen. Nackt bis auf die Kaninchenfellschlinge um ihren gebrochenen linken Arm lag Ta-maya still auf der Seite unter den Schlaffellen, die sie innerhalb der Gemeinschaftshütte ihres Stammes mit dem Baby und ihrem Mann teilte. Normalerweise hätte die angenehme Berührung zwischen ihrem Körper und dem Kind sie beruhigt und wieder einschlafen lassen, doch Doh-teyah, die schon von Natur aus ein unruhiges Baby war, hatte die ganze Nacht über gequengelt. Ta-maya war wegen des Kindes besorgt, und daß Kosareh immer noch nicht von der Jagd zurückgekehrt war, wie sie sah, beunruhigte sie ebenso. Ihre Schlafstelle schien ohne ihn kalt und leer. Da sie kein Bedürfnis verspürte, sich länger darin aufzuhalten, setzte sie sich auf und hüllte sich in ihr Schlaffell, während sie das unruhige Kind ihres Mannes, das ihm seine gestorbene erste Frau geschenkt hatte, in die Beuge ihres gesunden Arms legte.

»Du mußt noch nicht aufstehen, Ta-maya«, sagte U-wa, die neben der Feuerstelle in der Mitte der Hütte kniete. »Wärme dich. Säuge das Kleine. Ka-neh hat gehört, wie sich die Raben im Licht der Dämmerung zum Festmahl gerufen haben. Er ist hinausgegangen, um die Fallen zu überprüfen.«

Ta-maya fand nur wenig Trost in U-was Worten, obwohl sie wußte, daß die Anwesenheit von Raben in der Umgebung fast immer bedeutete, daß sich irgendwelches »Fleisch« in den Fallen gefangen hatte, manchmal sogar Raben selbst. Sie runzelte die Stirn, als sie an das rötliche, faserige Fleisch dachte, das selbst in ihrem Heimatland, der Roten Welt, nicht als gutes Fleisch gegolten hatte, außer wenn es nichts anderes zu essen gab. Und hatte sie nicht gehört, wie sich die alten Frauen aus dem Stamm des Graslands erzählten, daß die Flügel des Raben ihren Schatten auf die Welt fallen ließen, wenn der Seelenfänger kam, der Räuber des Lebens, der Bringer des Todes? *Ja.* Sie erinnerte sich deutlich, daß die alte Xama und die alte Unal davon gesprochen hatten, wie sich der Rabe sowohl in den Tagen des Krieges wie auch in den Tagen der guten Jagd mit seinen schwarzgefiederten Artgenossen versammelte, um hoch über den Dörfern zu fliegen und krächzend die Ankunft der großen Herden in ihren Weidegründen oder die Annäherung feindlicher Krieger anzukündigen. Ganz gleich, welcher dieser beiden Fälle eintrat und welche Seite gewann oder verlor, der Schnabel des Raben wurde immer rot vom Blut der Bisons oder Menschen. Dem Raben war es gleichgültig. Wo der Tod Einzug hielt, warteten bereits die schwarzgefiederten Kinder des Seelenfängers auf ein

Festmahl. Deshalb aßen die Stämme des Graslandes das Fleisch des Raben nicht.

Obwohl Ta-maya nicht mehr zu ihnen gehörte und ihr Bauch sich vor Hunger verkrampft hatte, sagte sie zu U-wa: »Das Fleisch des Raben ist kein gutes Fleisch, und es ist nicht gut, wenn ein Junge allein auf die Jagd geht, vor allem wenn Kosar-eh seinem Sohn Ka-neh verboten hat, den Stamm während seiner Abwesenheit allein zu lassen. Der Junge soll auf Raubtiere achtgeben, die Kinder zurückbringen, wenn sie sich verirren, und uns bei unserer Arbeit helfen, und nicht ...«

»Der Sturm hat die Jäger aufgehalten«, warf U-wa ein. »Ihre Suche nach Fleisch muß sie weit über das Land geführt haben. Der Mann, der seinen Feinden ins Gesicht spuckt, hatte nicht die Absicht, die ganze Nacht fortzubleiben, aber wir beide wissen, daß er niemals zulassen würde, daß die Finger und Zehen seiner Jungen den bissigen Frostgeistern zum Opfer fallen, die im kalten Wetter umherstreifen. Und ich glaube auch nicht, daß seine Frauen und Kinder nicht die Gelegenheit nutzen sollten, wenigstens etwas kleines Fleisch in den Fallen zu fangen, solange er fort ist. Er wird bald zurückkommen. Und dann wird es sein Herz erfreuen, wenn er erfährt, daß einer seiner Söhne während seiner Abwesenheit seine Frauen und Kinder mit Fleisch versorgt hat.«

Ta-maya konnte keinen Fehler in diesen Worten entdecken, vor allem was die Bemerkung der Frau über die Gefahren der Frostgeister betraf. Bis heute litt sie unter einem leichten Humpeln, weil sie sich ihnen einmal während eines Sturmes allzu sorglos ausgesetzt hatte, wobei sie einen Teil ihrer Ferse hatte einbüßen müssen.

Ta-maya fragte sich, was Ka-neh wohl in den Fallen vorfinden würde. Der Winter hatte den Stamm schon viel zu lange in diesem Lager festgehalten. Die Jagd hatte das Wild der Umgebung dezimiert. Zu dieser Jahreszeit fanden selbst die Menschen aus der Roten Welt, die daran gewöhnt waren, mit minimaler Kost auszukommen, in diesem unbekannten Land kaum noch etwas, von dem sie sich ernähren konnten.

Beunruhigt blickte Ta-maya sich im vertrauten Zwielicht um, das in der kegelförmigen Unterkunft herrschte, die sie mit ihrer Familie bewohnte. Die alte Großmutter Kahm-ree schlief tief und fest auf der anderen Seite der Hütte. Die Kinder träumten ebenfalls unter den aufgehäuften Fellen. Tamaya konnte Kosar-ehs jüngsten Sohn Klah-neh nirgendwo sehen, doch der Vierjährige rollte sich gewöhnlich zu einem engen Bündel zusammen, so daß er völlig unter den Fellen verschwand. Die beiden sechsjährigen Mädchen – Ta-mayas jüngste Schwester Tla-nee und U-was Tochter Joh-nee – lagen in schwesterlicher Umarmung nebeneinander; ihre Abstammung vom selben Vater war an ihren zarten, ebenmäßigen Gesichtszügen zu erkennen.

Ta-maya runzelte die Stirn. Die Mädchen waren gewöhnlich mit dem ersten Licht auf den Beinen. Joh-nee war immer bereit, ihr dabei zu helfen, Doh-teyah zu versorgen, während Tla-nee ständig den jungen Ka-neh ärgerte und seine Bemühungen, mit der Würde eines Erwachsenen aufzutreten, zum Scheitern brachte. Doch in diesen Tagen dämpfte der Hunger den Drang der Kinder nach Aktivitäten, so daß sie lieber schliefen und von besseren Zeiten träumten, um sich nur dann aufzuraffen, wenn es etwas zu essen gab.

Ta-maya warf U-wa einen Blick zu. Die ältere Frau kniete an der Steinumfassung der Feuergrube und stocherte mit einem Stock in der Glut. Als einige Funken aufflammten, beugte sie sich vor, fügte vorsichtig ein wenig kostbaren Zunder hinzu und blies dann in die neu entfachten Flammen. Das Feuer lebte bald wieder auf, und als es heiß brannte, hob U-wa einen kleinen Kochbeutel auf.

Ta-maya sah zu, wie die starken, sicheren Hände der Frau den Beutel am dreibeinigen Kochgestell aus Knochen befestigte. Sie fragte sich, was U-wa kochen wollte, falls Ka-neh nichts in den Fallen fand und Kosar-eh nicht bald zurückkehrte. Oder diente diese sorgfältige, fast schon rituelle Vorbereitung des Kochfeuers nur dazu, ihre Zuversicht zu demonstrieren, daß die Jäger es schaffen würden, den Stamm mit Fleisch zu versorgen? Wenn dem so war, dann würden die Geister, die während der Jagd über die Menschen und die Tiere wachten, ihre Mühe und ihr Vertrauen vielleicht belohnen.

Ta-maya betrachtete U-wa, die mit sichtlicher Begeisterung arbeitete. Während ihr graues Haar in einem einzigen, mit Riemen umwickelten Zopf herabfiel, bewegte sie sich mit einer sicheren Leichtigkeit, die über ihre Jahre hinwegtäuschte. Ta-maya war beeindruckt. Sie wußte, daß U-wa alle ihre Finger mehr als dreimal hochhalten mußte, wenn sie die Zahl der Winter angeben sollte, die sie erlebt hatte. Nicht daß sie es gerne getan hätte. Die Witwe mochte es nicht, wenn man sie für eine alte Frau hielt, und im Vergleich zur Großmutter Kahm-ree war sie tatsächlich noch gar nicht so alt.

Ta-maya mußte lächeln, als sie sich daran erinnerte, daß U-wa aus der Roten Welt in den Jagdlagern von Shateh Werbungsgeschenke von Ranamal entgegengenommen hatte, einem der besten Fährtenleser des Häuptlings des Graslandes. Die ältere Frau war äußerst stolz auf seine Bemühungen gewesen, denn er war Witwer und eine gute Handvoll Jahre jünger als sie und dazu sehr begehrt unter den anderen Frauen des Stammes. Als Gerüchte davon sprachen, ein Wolf wäre gesehen worden, wie er sich im Morgennebel aus der Hütte der Witwe der Roten Welt geschlichen hatte, ließen sich weder U-wa noch Ranamal zu einem Kommentar herab, doch Ta-maya hatte gesehen, wie sie sich gegenseitig einen Blick zugeworfen hatten, der von gemeinsam gehüteten Geheimnissen sprach. Jeder hatte gewußt, daß Ranamals helfender Tiergeist der Wolf war und daß er zu zeremoniellen Anlässen die Felle dieses Tieres trug. U-was Tochter Joh-nee hatte Tamaya anvertraut, daß sie eines Nachts durch einen furchtbaren Traum wach geworden war, in dem sie gesehen hatte, wie ihre Mutter nackt und heulend unter einem großen, haarigen Wolf lag, der so groß wie ein Mann war. Er hatte seine menschlich aussehende Pfote auf U-was Mund gelegt, während er Joh-nee angeknurrt und ihr befohlen hatte, wieder einzuschlafen.

Als sie U-wa jetzt musterte, wußte Ta-maya, daß es für die Witwe bestimmt nicht einfach gewesen war, ihren gutaussehenden, liebgewonnenen Sohn zurückzulassen. Doch sie hatte in dieser Hinsicht kaum eine andere Wahl gehabt. Als Shatehs Stamm in große Not geraten war, hatte der Häuptling ihrem einzigen Sohn Cha-kwena, dem Schamanen der Roten Welt, und seiner gesetzesbrüchigen Frau die Schuld an all ihren Problemen gegeben. Die Menschen der Roten Welt – darunter auch U-wa – hatten vor der Wahl gestanden, Cha-kwenas Verlust hinzunehmen oder mit ihm in die Wälder des Ostens zu fliehen.

Ta-mayas Lächeln verschwand bei dieser Erinnerung. Sie blickte das Baby zärtlich und liebevoll an und sang leise, während sie nicht an die Vergangenheit zu denken versuchte und auch nicht daran, daß das kleine Mädchen an ihrer Brust blind und gar nicht ihr eigenes Kind war.

Sie wollte auch nicht an Cha-kwena denken, den Enkel Hoyeh-tays, des alten Schamanen der Roten Welt. Jetzt war Cha-kwena selbst Schamane, so mächtig wie Hoyeh-tay, die Alte Weise Eule, oder noch mächtiger. Kosar-eh war Cha-kwena gefolgt – der von manchen Gelber Wolf genannt wurde –, bis er die Sorgen und das Leid nicht mehr hatte ertragen können, die diese Treue ihm abverlangte. Sogar U-wa hatte sich in ihrer Verzweiflung vom Schamanen abgewandt. Danach war nur noch Ta-mayas gesetzesbrüchige Schwester Mah-ree als Frau des Schamanen an Cha-kwenas Seite geblieben. Und jetzt sagten alle, daß sie sich gemeinsam mit den Vier Winden verschworen hatten, um die Mächte der Schöpfung gegen jene zu wenden, die sie geliebt und ihnen vertraut hatten.

Nein! Ta-maya schloß die Augen. *Ich will nicht daran glauben. Trotz allem, was geschehen ist, glaube ich nicht daran!* Tränen brannten unter ihren Lidern. Sie kämpfte dagegen an, doch es hatte keinen Zweck.

Doh-teyahs kleiner Mund löste sich von Ta-mayas Brust, als hätte sie die Traurigkeit der jungen Frau gespürt. Die Kleine griff nach oben. Obwohl die Augen des Kindes schon in ihren ersten Lebensmonaten durch Fiebergeister geblendet worden waren, fanden ihre tastenden Fingerspitzen die Tränen ihrer Milchmutter und wischten sie fort. »Böse Dinge kommen?«

Ta-maya öffnete die Augen, als sie die Frage des Kindes hörte. »Nein, mein Kleines, keine bösen Dinge. Nicht jetzt.

Nie wieder!« Ihre Beteuerung sollte beruhigend klingen, doch sie hatte mit so leidenschaftlicher Inbrunst gesprochen, daß das Baby erstarrte und zu wimmern begann. Ta-maya beugte sich herab, um das Kind auf die Stirn zu küssen. Dann richtete sie sich wieder auf und lächelte auf das besorgte runde Gesicht hinab. »Keine bösen Dinge werden mehr zu uns kommen, Doh-teyah, Tochter von Kosar-eh. Keine bösen Dinge!« Diesmal waren ihre hoffnungsvollen Worte so sanft und liebevoll wie der Kuß, mit dem sie sie besiegelte. *So soll es sein! Mutter Erde und Vater Himmel, erhört diese Frau und macht ihre Worte wahr!*

Ta-maya drückte das Kind an sich und spürte, wie es wieder an ihrer Brust zu saugen begann. Als sie sich an ihr eigenes Baby Ha-xa-ree erinnerte, erzitterte sie ob des tiefen Schmerzes ihres Verlustes und dann ob der starken Liebe, die sie zu diesem Kind entwickelt hatte, das nicht aus ihrem Körper geboren war. Sie schloß wieder die Augen. Die Mächte der Schöpfung hatten entschieden, ihre neugeborene Tochter zu sich zu nehmen, doch in diesem wunderschönen Kind ihres Mannes und seiner ersten Frau hatte sie eine neue Tochter gefunden.

Ist es falsch, sie so sehr zu lieben? fragte sie sich und öffnete dann die Augen.

Doh-teyah quengelte wieder. Ihre kleinen Finger bearbeiteten drängend Ta-mayas Brust. »Es ist nicht sehr viel Milch für dich da, Blinde Tochter«, gab Ta-maya zu. *Doch Kosar-eh wird uns bald Fleisch bringen. Dann werden die Brüste dieser hungrigen Frau wieder anschwellen, und Doh-teyah wird von ihnen satt werden. Du wirst sehen, er wird schon bald wiederkommen!*

Von dieser Hoffnung getröstet, lächelte Ta-maya wieder. Aus Rücksicht auf ein uraltes Verbot hatte sie ihren Wunsch nicht laut ausgesprochen, denn im Gegensatz zu ihrer eigensinnigen, gesetzesbrüchigen Schwester Mah-ree wußte Tamaya, daß es nicht gut war, von Dingen zu sprechen, die noch nicht geschehen waren, damit keine böswilligen Geister zuhören konnten.

Sie begann zu summen, wiegte das Baby und bearbeitete

ihre Brüste, um den Fluß der letzten noch vorhandenen Milch anzuregen, bis sie außerhalb der Hütte das Geräusch von Schritten hörte. U-wa blickte von der Feuerstelle auf, als die Felltür zur Seite geworfen wurde. Licht flutete ins Innere der Unterkunft. Ka-neh betrat tief gebückt die Hütte, während er einen toten, blutenden Raben an den Füßen hielt.

Ta-mayas Herz machte einen Satz – nicht aus Entsetzen über den Anblick des Raben oder aus Freude über die Rückkehr des Jungen, sondern weil sie sah, daß Ka-neh nicht allein war, als er die Felltür über dem Eingang zur Seite hielt. »Kosar-eh!« rief sie freudig den Namen ihres geliebten Mannes, bis sie plötzlich überrascht den Atem anhielt.

Der Mann, der jetzt in die Unterkunft trat, war nicht Kosar-eh. Er war in die Felle von Wölfen gekleidet und bückte sich, als er sich in die Hütte schob.

U-wa ließ ihren Feuerstock fallen und stieß einen spitzen Schrei des freudigen Wiedererkennens aus. »Ranamal!«

»Er wartete zusammen mit dem Raben an der Falle, so daß nicht nur dieser Vogel, sondern auch ich gefangen wurde!« knurrte Ka-neh, der seine Kapuze zurückwarf und sein blutiges, zerschundenes Gesicht enthüllte, während er wütend und aufgebracht kreischte: »Willst du den Tod mit Freude begrüßen, du dumme Frau? Lauft, bevor die anderen kommen! *Lauft!*«

Die Warnung kam zu spät. Ein schockierter Ausdruck erschien auf dem Gesicht des Jungen, als ihm der Mann von hinten einen heftigen Stoß in den Rücken versetzte, durch den er nach vorne geschleudert wurde. Taumelnd warf Ka-neh die Arme hoch, ließ den Raben los und fiel auf die Knie.

Ta-maya blinzelte verwirrt, als der tote Vogel über die Feuerstelle ›flog‹ und genau vor ihren Schlaffellen landete.

Ka-neh stieß einen entsetzlichen Laut aus.

Ta-maya blickte den Jungen an. Er zitterte. Sein Gesicht war unnatürlich bleich geworden, und er hatte die Augen weit aufgerissen. Obwohl er genau in ihre Richtung blickte, wußte Ta-maya, daß er sie gar nicht sah. Seine Pupillen veränderten sich auf seltsame Weise, und Blut quoll aus seinen Mundwinkeln hervor.

»Mutter?«

Ta-maya zuckte zusammen, als sie Tla-nees wimmernden Ruf nach einer Frau hörte, die nicht mehr zu ihr kommen konnte, denn Ha-xa war schon seit langem tot.

Ranamal konnte sich in der Unterkunft nicht ganz zu seiner vollen Größe aufrichten. Er stand leicht vornübergebeugt und versuchte sich an das wenige Licht zu gewöhnen. Sein Körper war nicht bemalt. Sein Haar war wild und zerzaust, genauso wie seine einstmals gepflegte Fellkleidung. Er hielt einen kurzen Stoßspeer in der rechten Hand, knapp über der langen lanzettförmigen und vom Blut geschwärzten Spitze.

U-wa schien weder das mißhandelte Gesicht des Jungen noch die blutige Speerspitze zur Kenntnis genommen zu haben. Sie starrte den Mann immer noch in verzückter Überraschung an. »Ranamal! Ah! Du bist dieser Frau während all der langen Tage und Nächte gefolgt! Ah! Wie sehr ich mich nach dir gesehnt habe! Wie tief mein Herz betrübt war, als ich dich verlassen mußte, um meinem Sohn und seinem Stamm zu folgen, aber das Herz einer Mutter ist ... ist ...« Sie hielt inne, als sich ihre Aufmerksamkeit auf Ka-neh richtete, der mit dem Gesicht nach unten auf dem gepolsterten Boden lag. Blut war auf dem durchlöcherten Fell seines Mantels aus Kaninchenpelzen zu erkennen.

U-wa runzelte die Stirn. Auf den Knien kroch sie zu ihm hinüber, berührte fassungslos und mit leerem Blick seinen blutigen Rücken, bevor sie die Hand an seinen Hals legte und nach einem Puls tastete, der nicht mehr da war. Ihr Gesicht zeigte Bestürzung und Verwirrung, als sie zu ihrem ehemaligen Liebhaber aufsah. »Der Junge ... es war doch nicht nötig, daß du ihm etwas antust ...«

»Der Junge bedeutet mir nichts!« unterbrach Ranamal sie mit einem angewiderten Knurren. »Auch du bedeutest mir nichts, alte Frau! Du hast mir niemals etwas bedeutet. Der Stein, das Totem, die Macht deines Schamanensohnes – die Gunst dieser Dinge wollte ich gewinnen, indem ich mich mit dir einließ, doch Gelber Wolf hat meinem Stamm diese Macht gestohlen und ist mit seinen Anhängern wie der Kojote, der er ist, davongelaufen. Er hat uns in die Jagdgründe von Feinden gelockt, die wir längst für tot und vernichtet gehalten haben, so daß wir überrascht und im Kampf geschlagen wurden ...«

»Mein Sohn wurde von jenen, die das Vertrauen in seine Macht verloren hatten, dazu gezwungen, um sein Leben zu laufen!« widersprach U-wa mit selbstgerechter Entrüstung. Ihr ansehnliches Gesicht war verzerrt und ihr Stolz gebrochen, so daß sie jetzt alt aussah.

»Das war nur ein Teil seines Plans«, entgegnete Ranamal mit einem verächtlichen Schnaufen. »Aber wir haben ja gesehen, mit welchen Listen euer Gelber Wolf arbeitete. Es hat ihm nicht genügt, den Tod von Shatehs neugeborenem Sohn zu bewirken und dann das Herz des Häuptlings für immer von seinem Adoptivsohn Warakan abzuwenden, so daß der Junge vom Stamm in den sicheren Tod verstoßen wurde. Es hat ihm auch nicht genügt, Shateh und viele seiner besten Krieger und Frauen in den Tod zu treiben. Dein Sohn hat sich außerdem mit dem Großen Weißen Winter verschworen, um unser Leid noch zu vergrößern und die Pässe mit soviel Schnee zu füllen, daß die Überlebenden unseres Stammes nicht zu den Jagdgründen unserer Vorfahren jenseits der Berge zurückkehren konnten. Auf diese Weise können die Angreifer des Wachenden Sterns nach Belieben aus ihrer Festung kommen, um unsere Lager zu überfallen, so daß von uns jetzt nur noch eine Handvoll übrig ist, die nicht getötet oder versklavt wurde! Doch dieser Plan des Gelben Wolfes war ein großer Fehler. Ja! Bei allen Mächten dieser und der nächsten Welt sage ich dir, Mutter Cha-kwenas, daß dein Sohn zu weit gegangen ist. Er hat die Mächte der Schöpfung beleidigt! Der Rabe und die Vier Winde sind zu unseren Brüdern geworden und haben uns zu dem geführt, den wir suchen. Wir haben keine Angst mehr vor dem Zauber des Gelben Wolfes, denn was haben wir zu verlieren, nachdem wir seinetwegen bereits alles verloren haben?«

Ta-maya war entsetzt. Shateh war tot? Der Stamm des großen Jagdhäuptlings war in einer vernichtenden Schlacht geschlagen worden? Menschen der Roten Welt waren niedergemetzelt? Und die Krieger des Wachenden Sterns hatten sich wieder zu einem kampfstarken Stamm zusammengeschlossen? »Das wäre das letzte, was Cha-kwena sich wünschen würde, was sich irgend jemand von uns wünschen würde ... weder für deinen Stamm noch für unseren«, sagte sie.

Sein Blick griff nach ihr, so scharf wie die Krallen eines Raubvogels, der seine Beute packte. »Ich hole mir den heiligen Stein der Vorfahren! Ich hole mir das Fleisch und Blut des Totems und nehme seine Macht für mich und meinen Stamm in Besitz! Wo ist der Gelbe Wolf? Jetzt werden er und seine Anhänger dafür bezahlen, daß sie ...«

»Cha-kwena ist nicht bei diesem Stamm. Wir haben nur Kosar-eh, der für uns jagt«, platzte es aus Klah-neh heraus. »Wenn mein Vater zurückkommt, wirst *du* für das bezahlen, was du meinem Bruder angetan hast!«

Der Ausruf des arglosen kleinen Jungen hing drohend im Raum.

Ta-maya war überzeugt, daß ihre Knie nachgegeben hätten, wenn sie auf den Beinen gestanden hätte, als das Kind mit seinen Worten unbeabsichtigt einen großen Fehler beging. Jetzt wußte Ranamal, was Ka-neh ihm niemals verraten hätte – daß er auf einen Stamm von Frauen und Kindern ohne Schamanen und mit nur einem erwachsenen Mann zu ihrem Schutz gestoßen war. Und daß dieser Mann sich zur Zeit nicht im Lager aufhielt.

»Das Totem ist weit fort, und der heilige Stein gehört uns nicht mehr!« erklärte U-wa, die Stimme voller Verbitterung und Schmerz über ihren gebrochen Stolz. »Geh! Was du suchst, findest du hier nicht!«

»Nein?« Ranamal sprach so weich und geschwungen, wie er früher einmal die Brüste und Schenkel der alten Frau gestreichelt haben mochte, wenn er sich mit ihr hatte vereinigen wollen. »Du läßt mir keine andere Wahl, als deinem Kojotensohn zu folgen, alte Frau. Wenn Gelber Wolf nicht bei euch ist, wirst du mir sagen, wo ich ihn aufspüren kann.«

U-wa zögerte nicht, seiner Aufforderung zischend Folge zu leisten. »Mein Sohn und seine gesetzesbrüchige Frau ziehen dem Totem nach, in verfluchte Wälder, die hinter dem Ende der Welt liegen. Geh! Folge ihnen! Mir ist es gleichgültig. Sie haben all jenen, die ihnen vertrauten, nichts als Enttäuschung und Leid gebracht. Genauso wie du, *Wolf*! Bist du nur ein Stück besser als der Kojote? Geh, sage ich! Und mögen du und die deinen am Ende der Welt in den Himmel stürzen und für immer im Gesicht der aufgehenden Sonne brennen!«

Stille breitete sich in der Hütte aus. Sie schien alle Anwesenden zu ersticken.

Dann atmete Ranamal aus, und dieses leise Zischen klang gefährlicher als die Warnung einer Schlange.

»Böse Dinge kommen jetzt? Böse Dinge?« wimmerte Dohteyahs Säuglingsstimme leise.

»Ja, böse Dinge, *sehr* böse Dinge«, schwor Ranamal, als er U-wa als Antwort auf ihre Frechheit einen heftigen Tritt gab, der die Frau zu Boden warf.

Ta-maya hielt das Baby fest in den Armen. Sie war zu erschrocken, um etwas unternehmen zu können, während sie sich an Ka-nehs Worte erinnerte: *»Lauft, bevor die anderen kommen! Lauft!«* Ihr wurde übel. *Die anderen.* Jeden Augenblick würde sie ihre Schritte hören. Jeden Augenblick würden sie die Hütte betreten. Sie würden mit Sicherheit die alte Kahmree und die jüngeren Kinder töten, und wenn sie und U-wa und die Mädchen Glück hatten, würden auch sie sterben. Wenn nicht, wartete ein Leben in der Sklaverei auf sie. Tamaya schrak zusammen, vor Angst und vor Ranamals durchdringendem Blick.

Sein Blick hatte sich jetzt auf sie gerichtet, auf ihr Gesicht, dann auf ihre bloßen Brüste und schließlich wieder auf ihr Gesicht. Als er vortrat, wobei er dem getöteten Jungen auswich und U-wa mit der Spitze seines Speers bedrohte, während er langsam um die Feuerstelle herumging, auf sie zu, sah Ta-maya die Hitze des Begehrens in seinen Augen und wußte, was jetzt geschehen würde.

Langsam legte sie Doh-teyah ab, stand auf und stellte sich zwischen den Mann und das Kind. Mit erhobenem Kopf schüttelte Ta-maya ihr hüftlanges Haar zurück und ließ ihr Schlaffell von den Schultern gleiten, bis sie nackt vor Ranamal stand.

Sie wußte, daß sie schön war. Doch dieses Wissen hatte nichts mit Eitelkeit zu tun. Schon bevor sie das erste Mal als Frau geblutet hatte, war Ta-maya, die erstgeborene Tochter, das Lieblingskind von Tlana-quah, dem Häuptling des Dorfes am See der Vielen Singvögel, von allen Männern angeblickt worden. Alte Männer hatten wunderbare Geschenke gemacht, um das Vorrecht zu gewinnen, der erste Mann eines so hübschen und Fruchtbarkeit versprechenden Kindes zu werden. Junge Männer hatten dasselbe getan. Als Häuptling hatte ihr Vater ihr erlaubt, sich selbst einen Mann zu wählen, wenn es an der Zeit war, und durch diese eigene Wahl war sie weit vom Land ihres Volkes fortgebracht worden und hatte Krieg über ihren Stamm gebracht. Später hatten andere Männer sie begehrt, hatten um sie gekämpft und – dabei bildete sich ein Kloß in ihrer Kehle – waren für sie gestorben. In der Roten Welt, im Stamm des Wachenden Sterns und im Grasland war es immer dasselbe, ob nun Frieden oder Krieg herrschte: Wenn Männer das Gesicht und den Körper Ta-mayas betrachteten, hatten sie nur ein Bedürfnis. Und um die Kinder zu retten, wollte sie dieses Bedürfnis nun für ihre eigenen Zwecke nutzen.

Sie sah den Ausdruck des Verlangens auf Ranamals Gesicht. Sie erwiderte seinen Blick, hielt ihm stand. »Zwischen uns müssen keine bösen Dinge mehr sein«, sagte sie zu ihm. Sie senkte den Kopf und blickte durch halb geschlossene Lider zu Ranamal auf, während sie aufreizend lächelte. »Der Tod ist manchmal eine so große Verschwendung, nicht wahr?« Sie fuhr mit der Zungenspitze über ihre leicht geöffneten Lippen, um sie zu befeuchten. Sie erwiderte seinen Blick immer noch, als sie ihren rechten Arm unter ihre Brüste legte und sie anhob, sie ihm anbot. Dann gab sie U-wa einen leisen Befehl, der keinen Widerspruch duldete. »Kümmere du dich jetzt um die Kinder, U-wa. Du hast deinen Spaß mit diesem Wolf gehabt. Jetzt soll er mein Wolf sein, bevor die anderen kommen.«

Ranamals Gesicht verzog sich zu dem weiten, zähnefletschenden Grinsen eines Raubtieres. »Ja, alte Frau«, spottete er. »Kümmere dich um die Kinder!«

Ta-maya zitterte. Sie hörte Doh-teyah schluchzen, und dieses Geräusch war nicht ohne weiteres zu ignorieren. Doch jetzt stand Ranamal vor ihr und schätzte hungrig ab, was er sich zu nehmen beschlossen hatte. Während er mit der einen Hand weiterhin seinen Speer hielt, hob er die andere, um damit ihre Brüste zu packen und zu bearbeiten. Sein fester, schmerzhafter und herausfordernder Griff verriet ihr, wie es mit ihm sein würde. Sie ließ den Übergriff zu, kam ihm sogar entgegen, um ihn zu ermutigen, während sie ihren Befehl an U-wa wiederholte, aus Angst, er könnte seinen Speer benutzen, um das Baby zum Schweigen zu bringen.

»Böse Dinge?« jammerte das kleine Kind.

Ta-mayas Herz pochte. Sie spürte, daß sich etwas in der Dunkelheit der Hütte bewegte. Würde U-wa vernünftig reagieren, oder wäre die ältere Frau aufgrund ihrer Eifersucht nicht in der Lage, die Absicht hinter Ta-mayas Verhalten zu erkennen? Da sie noch keine Schritte oder Stimmen von außerhalb der Hütte gehört hatte, wagte sie zu hoffen, daß U-wa, wenn sie schnell genug handelte, sich selbst und die Kinder in Sicherheit bringen konnte, bevor die anderen kamen. Vielleicht fand sie sogar Kosar-eh, so daß sie ihn und die Jungen warnen konnte, damit sie bei ihrer Rückkehr nicht das Leben verloren, bevor sie auch nur begreifen konnten, was ihrem Stamm widerfahren war.

Ta-maya blickte Ranamal genau in die Augen, als er sie an sich drückte. Sie kannte Männer wie ihn. Sie hatte schon einige Male mit ihnen zu tun gehabt und jedesmal überlebt. Doch während jetzt die Flügel des Raben gebrochen zu ihren Füßen lagen, wußte sie, daß sie vom Tod umarmt wurde. Wenn der Räuber des Lebens sich gesättigt hatte, würde er sie genauso wie Ka-neh zurücklassen – und bestimmt auch die anderen, wenn sie nicht fliehen konnten. Also nahm sie seine Hand und führte sie zur Quelle der Lust. Um die Kinder ihres geliebten Kosar-eh zu retten, würde sie jetzt nicht vor dem Tod zurückweichen.

Die Sonne stand bereits ein gutes Stück über dem Horizont, aber der Morgen war immer noch bitterkalt. Kosar-eh blieb stehen und überblickte das Land. Der Sturm der vergangenen Nacht hatte die Berge tief im Schnee versinken lassen, doch hier in den Ödländern hatte er nur eine dünne Schicht zurückgelassen, die wie trockener, weißer Sand über dem Altschnee wehte. Mit Schneeschuhen kam man recht mühelos voran. Der große Mann war zufrieden. Wenn das Wetter so blieb und seine Jungen weiterhin mit ihm Schritt halten konnten, würden sie lange vor Sonnenuntergang schon wieder in der warmen, schützenden Hütte sitzen und essen.
Er bewegte sich in schnurgerader Linie nach Nordosten zum Lager, während Kiu-neh und Kho-neh ein Stück hinter ihm blieben. Trotzdem bewegten sie sich mit bemerkenswerter Geschwindigkeit, wenn man bedachte, welchen Weg sie schon hinter sich gebracht hatten. Kosar-eh kam die Idee, daß er sich die Zeit nehmen sollte, den Vier Winden und den Mächten der Schöpfung zu danken, weil sie ihm seine Heimreise so leicht machten. Die Tradition der Vorfahren schrieb es so vor, und er mußte den Jungen ein gutes Beispiel sein. Doch hatten nicht dieselben Mächte der Erde und des Himmels überhaupt erst den Sturm gebracht, der ihre Heimkehr verzögert hatte? Seine Lippen preßten sich gegen seine Zähne. Er würde ihnen nicht danken! Statt dessen beschleunigte er seine Schritte und zog sich auf seinen Trotz zurück, der nichts mit mangelndem Respekt für die Geistermächte zu tun hatte, die die Welt bewegten. Kosar-eh glaubte einfach nicht mehr daran, daß sie in der Lage waren, die Gedanken oder Bedürfnisse der Menschen wahrzunehmen oder sich darum zu kümmern.

Als er in den grellen Schein der Morgensonne blinzelte, bemerkte er dunkle Punkte, die sich am Horizont bewegten. Raben? Kondore? Oder die ersten Sinnestäuschungen einer beginnenden Schneeblindheit? Kosar-eh zog die Kapuze über den Kopf und senkte den Blick, damit seine Augen nicht vom hellen Widerschein des Sonnenlichts auf der unermeßlichen Fläche aus makellosem Schnee verbrannt wurden. Er sagte seinen Jungen, daß sie dasselbe tun sollten. Sie mußten seiner

Anweisung sofort Folge geleistet haben, denn ihre Blicke waren zu Boden gerichtet, als er sich zu ihnen umdrehte.

Kosar-eh lächelte. Glaubten sie immer noch, er könnte sie einfach so zurücklassen? Er schüttelte den Kopf, während er weitermarschierte und die zwei innerlich vor Augen hatte – wie sie sich niedergeschlagen und tief gebückt unter dem Gewicht ihres Gepäcks und ihrer Beute voranschleppten, wie ihr Atem in kurzen Stößen ging und Nebelwölkchen in der frostigen Luft bildete. Er hatte ihnen keine Verschnaufpause gegönnt, seit sie ihr Nachtlager abgebrochen hatten. Sie hatten sich nicht ein einziges Mal beschwert, obwohl er bislang nicht angehalten hatte, um zu essen oder zu trinken oder sich auch nur zu erleichtern. Er beschloß, daß sie sich jetzt eine Pause verdient hatten, und winkte ihnen, daß sie anhalten sollten.

Kho-neh ging sofort in die Knie. Kiu-neh wankte ein wenig, aber er hielt sich tapfer wie ein Krieger auf den Beinen. Nachdem sie schnell ihre Handschuhe ausgezogen, ihre Mäntel und Gürtel geöffnet hatten, entleerten sie gleichzeitig ihre Blasen. Die drei geraden Strahle dampften in der eiskalten Luft und schmolzen kleine Schluchten in den Schnee.

»Gut gemacht«, sagte Kosar-eh zu seinen Jungen, um ohne Gehässigkeit auf ihren Fehler in der vorigen Nacht anzuspielen, während er sich abschüttelte und sich wieder vollständig in den Schutz seiner Kleidung hüllte.

Kiu-neh verzog mürrisch das Gesicht. Die Erinnerung schien ihn ganz offensichtlich verletzt zu haben.

Kho-neh dagegen war so erleichtert darüber, daß er sich von einem beinahe unerträglichen Drang befreit hatte – und so stolz auf sich selbst, nicht schon vorher die Kontrolle verloren zu haben –, daß er rückwärts in den Schnee fiel und hörbar einen langen Seufzer von sich gab.

Kiu-neh warf seinem jüngeren Bruder einen vorwurfsvollen Blick zu.

»Wir werden essen«, kündigte Kosar-eh an. Er griff nach dem kleinen ledernen Vorratsbeutel, der am obersten Ende seiner Rückentrage aus Geweihknochen hing, knapp oberhalb seines Bündels mehrerer Hasen.

Die zwei Jungen hockten sich neben Kosar-eh und dem immer noch beladenen Schlitten in den Schnee, ohne ihre Rückentragen abzuschnallen. Jeder aß hungrig aus seinem eigenen Vorratsbeutel und genoß den köstlichen öligen Verwesungsduft der kleinen bleichen Bällchen aus ranzigem Fett, in das eine bescheidene, aber willkommene Auswahl an getrockneten Beeren gemischt worden war, die die Frauen in unermüdlicher Kleinarbeit vor den ersten Schneefällen gesammelt hatten.

Kosar-eh blinzelte in die Ferne, während er kaute. Nebensonnen bildeten sich links und rechts von der Sonne. Die kleinen kreisrunden Halos aus leuchtenden Eiskristallen schimmerten rosa und gelb im späten Vormittagshimmel. Diese Erscheinung kündigte eine Wetterveränderung an, und zwar immer zum Schlechteren, wie er wußte. Der Gedanke an einen weiteren Sturm behagte ihm überhaupt nicht, genausowenig wie die Erkenntnis, daß ganz offensichtlich ein Teratornis zusammen mit einigen Raben hoch über den verschneiten Hügeln kreiste, in denen sich sein Lager befand.

Der große Mann runzelte die Stirn. Die Flügel des großen Kondorvogels waren so breit, daß sie die Sonne verdunkelten, was ihm den Namen Sonnenfresser eingebracht hatte. Irgendwo im Schatten der Flügel des Teratornis lag höchstwahrscheinlich ein Tier im Sterben oder war bereits tot. Kosar-eh dachte an den Löwen, den er und die Jungen während der Dämmerung brüllen gehört hatten. Der Blutgeruch konnte ein solches Raubtier weit über das Land locken, und wenn das tote oder sterbende Geschöpf in der Nähe der Hütte seines Stammes lag, konnte seine Familie in Gefahr sein.

»Eßt schneller«, sagte er zu seinen Jungen. »Wir haben noch einen weiten Weg vor uns.«

»Die alte Kahm-ree sagt, wenn der Sonnenfresser mit den Raben fliegt, ist das ein böses Zeichen«, bemerkte Kho-neh, bevor er ein letztes Fettbällchen verschlang und dann seinen linken Mokassin auszog, um sich die Zehen zu reiben.

»Die alte Kahm-ree sieht in allen möglichen Dingen böse Zeichen!« gab Kiu-neh zurück.

Der kleinere Junge zuckte die Schultern und gestand dann

mit gesenkter Stimme: »Manchmal wünsche ich mir, Cha-kwena wäre noch bei uns, um uns Zeichen und andere Dinge zu deuten. Glaubst du, daß er dort draußen in den dunklen Wäldern noch irgendwo am Leben ist, Vater?«

Kosar-eh erstarrte. Seine Empfindungen waren so heftig, daß er zitterte, als er sprach. »Die Knochen des großen weißen Mammuttotems Lebensspender liegen im Tal der Toten, wo die letzte Schlacht des Krieges zwischen den Stämmen stattfand! Ich habe es gesehen. Die Herde, der Cha-kwena folgt, ist nicht mehr als genau das – eine Mammutherde, eine Gruppe von Rüsseltieren, nicht mehr und nicht weniger. Sie – und er – bedeuten uns gar nichts mehr!«

»Aber er hat geschworen, das Mammutkalb wäre der wiedergeborene Lebensspender«, sagte der Junge. »Und die alte Kahm-ree sagt, solange das weiße Mammut lebt, wird auch der Stamm leben und für immer stark in der Macht des Totems sein.«

Kosar-ehs Stimme klang verbittert, als er fragte: »Hast du oder sonst jemand anderer außer dem betrügerischen Schamanen Cha-kwena dieses neugeborene Totem jemals mit eigenen Augen gesehen?«

»Ich ... nein, aber Cha-kwena sagte, daß er es im heiligen Wald gesehen hat, ein kleines, weißes Mammutkalb, das direkt neben der Quelle stand und das ...«

Kiu-neh unterbrach seinen Bruder mit einem Stoß gegen die Schulter. »Die Söhne Kosar-ehs brauchen keine Schamanen oder Totems oder Amulette, solange ihr Vater bei ihnen ist!«

»Aber wir haben das Dorf ohne Cha-kwena verlassen!« protestierte Kho-neh und verriet damit eine bislang unausgesprochene Befürchtung. »Cha-kwena wäre irgendwann von seiner Traumreise zurückgekehrt! Nachdem seine Frau ihn gestört hatte, hätte er ohnehin nicht mehr lange fortbleiben können. Wir hätten auf die beiden warten sollen. Mah-ree hätte gute heilende Salbe für meine Zehen machen können. Seht nur, die Frostgeister haben mich gebissen!«

Kosar-eh wurde plötzlich gereizt und sagte dem Jungen, er sollte seinen Mokassin wieder anziehen. »Der Große Weiße

Winter kehrte in das Waldland des Todes zurück, in das Cha-kwena uns geführt hatte. Ich habe ihn gewarnt, daß wir uns dort nicht länger aufhalten würden. Wenn er in der Gemeinschaft dieses Stammes bleiben wollte, hätte er nicht so lange fortbleiben dürfen. Und wenn er später in das Dorf zurückgekehrt ist, hätte er uns folgen können, so wie auch seine kleine Frau, die nur Ärger macht, ihm immer gefolgt ist. Und was deine Zehen betrifft, Kho-neh, so behauptete Mah-ree wirklich, die Medizinfrau und selbst eine Schamanin zu sein. Doch diese dumme kleine Frau konnte weder die Krankheit von unserem Lager noch die Blindheit von Doh-teyahs Augen fernhalten, weil sie sich immer wieder über die Gesetze der Vorfahren hinwegsetzte und damit den Zorn der Mächte der Schöpfung über uns brachte! Auch wenn sie eine Schwester meiner Ta-maya ist, sagte ich, daß es gut für uns ist, sie nicht mehr bei uns zu haben, sie und einen Schamanen, dessen eigene Mutter U-wa ihm für immer den Rücken zugekehrt hat und lieber mit uns in die Rote Welt unserer Vorfahren zurückkehrt!«

Kho-neh war betroffen über die unerwartet heftigen Worte seines Vaters und schämte sich, weil er so gründlich vor seinem älteren Bruder getadelt worden war. Der Siebenjährige strengte sich an, seine Würde zu bewahren, während er sich Zeit dabei ließ, seinen Mokassin anzuziehen, und mit der gleichen Starrsinnigkeit erwiderte: »Joh-nee befürchtet immer noch, Cha-kwenas Geist könnte Kosar-eh verfolgen und bestrafen, weil er ihn und seine Frau im Stich gelassen hat.«

»Und seit wann hört ein Sohn Kosar-ehs auf das Geplapper eines Mädchens, das noch nicht einmal das Ende seines sechsten Winters erlebt hat? Joh-nee würde gut daran tun, ihren Schamanenbruder bald zu vergessen!« entgegnete Kosar-eh verärgert. »Gelber Wolf und seine Frau haben Unglück über alle gebracht, die jemals an sie geglaubt haben. Nur wegen Cha-kwenas Verrat und Mah-rees Mißachtung der Gesetze wurden wir für immer aus dem Land verstoßen, in dem ich mein weiteres Leben als ehrenvoller Jäger und Krieger des Häuptlings Shatehs verbringen wollte!«

Kiu-neh schob sich erregt über die Worte seines Vaters das

letzte Fettbällchen in den Mund und sagte ihm dann mit vollem Mund die Meinung. »Nachdem mein Vater jetzt mit Cha-kwena gebrochen hat, ist Shateh vielleicht einverstanden, uns wieder aufzunehmen. Andere Menschen aus der Roten Welt haben ein neues Leben im Schutz dieses großen Stammes begonnen. Ich habe nicht den Wunsch, in ein Land zurückzukehren, wo die Männer nichts vom Krieg wissen und damit zufrieden sind, Eidechsen und Ameisen zu fressen, weil die Herden der großen Tiere klug genug sind, ihre Kälber nicht in ein ausgetrocknetes Land zu bringen, wo es kein Gras gibt. Wir sollten nach Shateh suchen, Vater! Wir sollten ...«

»Shateh hat seine vielen Anhänger inzwischen über die Berge zu den Jagdgründen ihrer Vorfahren im Grasland zurückgeführt«, sagte Kosar-eh.

Kiu-neh ließ sich davon nicht beirren. »Wir könnten ihnen folgen, statt ...«

»Das können wir nicht!« fuhr Kosar-eh dazwischen. Die Worte des Jungen waren ein Echo seiner eigenen Sehnsucht, so daß sie seiner Seele große Schmerzen zufügten. »Hast du vergessen, was Shateh sagte, als Cha-kwena und Mah-ree vor seinem Zorn flohen, nachdem sie den Tod in die Hütte des Häuptlings gelockt hatten? Shateh entschied, daß die beiden und alle, die treu zu ihm standen, gejagt und getötet werden sollten! Hast du vergessen, daß in jener Nacht allen Menschen der Roten Welt, die in Shatehs Stamm bleiben wollten, befohlen wurde, ihre Treue zu ihrem Häuptling zu beweisen? Hast du vergessen, was man von diesem Mann verlangt hat?«

Die Jungen blickten zu ihrem Vater auf. Die unendliche Traurigkeit in seinen Augen hatte sie stumm gemacht.

Kosar-eh wußte, daß sie es nicht vergessen hatten. Trotzdem rief er es ihnen und auch sich selbst noch einmal ins Gedächtnis. »Unter den Vorfahren des Stammes des Graslands ist es Gesetz, daß die Lebensuntauglichen nicht am Leben erhalten werden dürfen. Für die Anhänger des Schamanen Gelber Wolf wurde eine Ausnahme gemacht. Bis zu jener Nacht.«

Kosar-eh schwieg, als die Erinnerungen seine Stimmung tiefer verdunkelten, als die Flügel des Teratornis jetzt den verschneiten Boden verdunkelten. Obwohl der Mann, der seinen Feinden ins Gesicht spuckt, neben den Männern des Graslandes im großen Krieg gekämpft hatte und an ihrem letztlichen Sieg beteiligt gewesen war, hatte man zu ihm gesagt, daß er seinen einarmigen Sohn aus seiner Hütte verstoßen und seine blinde Tochter dem Lagerfeuer des Dorfes übergeben mußte, wenn er ein Krieger Shatehs bleiben wollte. Er fragte sich, was seine Jungen wohl von ihm denken würden, wenn sie wüßten, wie knapp er davorgestanden hatte, der Forderung des Häuptlings nachzugeben. In Anbetracht seiner Ambitionen als Krieger und aufgrund der vielen Vorteile, die mit dem Leben in der großen, schützenden Gemeinschaft von Shatehs Stamm für seine Familie verbunden waren, hatte er seine gesamte Willenskraft aufgebracht, um das Undenkbare zu tun. Hätte Ta-maya es nicht geschafft, sein Herz mit ihrer Verzweiflung über das Schicksal der Kinder zu rühren, wäre Gah-ti nicht erst den Fiebergeistern im verfluchten Wald zum Opfer gefallen, und Doh-teyahs winzige Seele würde jetzt für immer blind vom Wind davongeweht werden.

Der große Mann schloß die Augen. Da er seiner geliebten schönen Frau nichts abschlagen konnte, hatte seine einzige Möglichkeit darin bestanden, sich Shateh zu widersetzen. Also war Kosar-eh mit seiner Familie aus dem Lager geflohen und Cha-kwena in einen herbstlichen Schneesturm gefolgt, auch wenn er wußte, daß diese Handlung ihn im einzigen Stamm, dem er sich jemals wirklich verbunden gefühlt hatte, als Verräter brandmarken würde. Und wie war ihm seine Treue zum Schamanen Cha-kwena belohnt worden? Mit Hunger, mit der Entfremdung von seinen Freunden, mit der Drohung, von alten Feinden vernichtet zu werden, und mit dem Tod seines ältesten Sohnes und einer neugeborenen Tochter.

Er öffnete die Augen. Seine Stimmung war noch düsterer als zuvor. Er wünschte sich, daß Doh-teyah und nicht die neugeborene Ha-xa-ree im Wald gestorben wäre. Noch besser wäre es gewesen, überlegte er, wenn sein blindes Kind sich niemals von der Krankheit erholt hätte, die ihm kurz nach der Geburt die Augen ausgebrannt hatte, und wenn Gah-ti seinen

Kampf mit dem Löwen nicht überlebt hätte. Dann würde seine Familie vielleicht noch heute zu Shatehs Stamm gehören.

Eine furchtbare Sehnsucht zerrte an Kosar-eh. Unter den schattenwerfenden Flügeln des Teratornis überblickte er die kalten, ungastlichen Weiten der Ödländer und wünschte sich inbrünstig, daß Doh-teyah starb. *Jetzt.* Je schneller, desto besser. Wenn das blinde Kind nicht mehr in seinem Stamm lebte, hätte er keine Angst mehr, sich Shateh wieder anzuschließen. Er würde sich sofort auf den Weg machen. Angesichts seiner bewährten Fähigkeiten als Jäger, als Kämpfer und als Steinarbeiter hatte er jeden Grund zu der Annahme, daß der Kriegshäuptling ihm seine Schwäche hinsichtlich seines mißgebildeten Kindes vergeben und ihm erlauben würde, wieder im Stamm des Graslandes zu leben. Dann wären seine Frauen und Kinder wieder in Sicherheit vor wilden Tieren und …

Noch bevor der Wind in einer kräftigen Böe aus dem Norden wehte, wurde Kosar-eh eiskalt, als er erkannte, welche entsetzlichen Gedanken er hegte. Er hätte Gah-ti niemals im Stich lassen können! Und jetzt erschütterte ihn seine Liebe zur kleinen Doh-teyah so tief, daß er einen Augenblick lang fürchtete, die Mächte der Schöpfung hätten seine Gedanken erkannt. Würden sie in diesem Fall vielleicht seinem Wunsch, das blinde Kind sterben zu lassen, nachkommen?

Diese Frage ließ ihn zusammenschrecken. Schon einmal hatte er sich den Tod eines Menschen gewünscht. Siwi-ni, seine erste Frau, die Mutter seiner Söhne und von Doh-teyah, war alt und durch die Schwangerschaft geschwächt gewesen. Sie hatte zu den Mächten der Schöpfung gebetet, ihre Seele zu befreien, damit sie für immer vom Wind davongeweht wurde. Daher bezweifelte er, daß sein Wunsch erhört worden war, für sie war es an der Zeit zum Sterben gewesen. Dann schalt er sich einen Narren, weil er sich vor den körperlosen Kräften der Geisterwelt fürchtete. Die Mächte der Schöpfung hatten bislang noch nie Rücksicht auf seine Wünsche genommen. Warum sollten sie es ausgerechnet jetzt tun?

»Steht auf!« befahl Kosar-eh seinen Söhnen. »Wir werden zum Lager zurückkehren. Vergeßt das Leben, das ihr einst als

Mitglieder von Shatehs Stamm geführt habt. Wir können nie wieder zu ihnen zurück. Und vergeßt den Gelben Wolf und die Medizinfrau. Dieser Mann hat auf schmerzhafte Weise gelernt, daß all jene, die den Traumpfad des Schamanen beschreiten, Betrüger sind, die nur ihren eigenen Vorteil suchen.«

»Aber Shateh hat an die Zauberkraft von Gelbem Wolf geglaubt!« warf Kho-neh ein, während er konzentriert mit den Riemen seiner Mokassins kämpfte, um einen richtigen und festen Knoten zu machen. »So sehr, daß er ihn gejagt hat, daß er ihn seinen Feind nannte und ihn zu töten versuchte!«

»Doch schließlich war er klug genug, die Jagd aufzugeben und zum Land seiner Vorfahren zurückzukehren, so wie auch ihr eure Angst aufgeben müßt, wenn wir in unsere Heimat zurückgehen. Cha-kwena kann euch nichts geben, was ihr braucht. Ein Mann sollte seine Kraft und seinen Mut nicht in der Macht von anderen Menschen suchen – auch nicht in Totems oder Amuletten, meine Söhne. Wenn ihr diese Dinge sucht, müßt ihr in eure eigenen Herzen blicken und euch an die Weisheit der Ahnen erinnern. Wenn ihr über das Wissen und Geschick jener verfügt, die lange vor euch in dieser Welt gejagt und überlebt haben, werdet ihr weder Schamanen noch Totems oder heilige Steine brauchen, damit ihr die *wahren* Zeichen deuten könnt.«

»Und was sollen das für wahre Zeichen sein, mein Vater?« fragte Kiu-neh, der aufgestanden und bereit zum Weitermarschieren war.

Kosar-eh zeigte zu den Nebensonnen hinauf, die sich jetzt zu einem einzigen dünnen Ring aus gebrochenem Licht erweitert hatten, der die Sonne umgab. »Dort, die Sonne in ihrem Hof ... das ist ein Zeichen, auf das ihr achtgeben müßt. Es verspricht eine Wetterveränderung, die Ankunft eines weiteren Sturms.«

»Vielleicht hat Joh-nee recht«, erwiderte der kleine Khoneh starrsinnig, nachdem er aufgestanden war, sich aber immer noch mit seinen Schnürsenkeln beschäftigte. »Vielleicht benutzt Cha-kwena tatsächlich die Macht des Totems und des heiligen Steines, um die Stürme des Winters zu uns zu schicken, weil wir ihn im Wald zurückgelassen haben.«

Kiu-neh verlor jetzt die Geduld mit seinem Bruder und warf den Jungen mit einem Fußtritt um. Doch Kho-neh hatte seinen Fuß packen können, so daß beide Jungen zu Boden stürzten.

Kosar-eh schüttelte den Kopf. Er lehnte seinen Speer gegen seine Schulter, packte beide Jungen an ihren Rückentragen und stellte sie wieder auf die Beine. »Wir haben genügend Feinde in der Welt, so daß wir nicht auch noch untereinander kämpfen müssen. Kommt! Begrabt euren Zank. Sprecht nie wieder über die ›Macht‹ von Cha-kwena. Unsere Frauen und Kinder erwarten uns in einem hungrigen Lager. Und ihr habt jede Menge zu prahlen, wenn wir mit diesem vielen Fleisch zurückkehren, das ihr durch euer Geschick – und nicht durch die Zauberkräfte irgendeines Schamanen – gewonnen habt!«

Es würde keine Prahlerei geben. Es würde auch kein Festmahl oder ein freudiges Wiedersehen mit geliebten Menschen geben.

Kosar-eh wußte es in dem Augenblick, als er und die Jungen in Sichtweite des Lagers kamen.

»Rauch ... so viel Rauch!« rief Kho-neh und zeigte darauf. »Ist das ein Grasfeuer, Vater?«

»Mitten im Winter, wenn das Land von Schnee bedeckt ist?« Kiu-neh schnaufte verächtlich. »Aber es scheint wirklich zuviel Rauch für ein Kochfeuer zu sein, vor allem da es hier nur wenig Holz und kaum Fleisch gibt, um es darauf zu rösten.«

»Seid still!« Kosar-eh blieb stehen und beobachtete die Szene. Die Sonne hatte ihren höchsten Punkt schon lange überschritten. Die Raben und der Teratornis waren vom Himmel verschwunden. Die Jungen hatten ein bemerkenswertes Tempo vorgelegt. Bis zu diesem Moment war die Seele des großen Mannes tief erfreut über diesen guten Tag gewesen. Doch als sich seine Augen jetzt auf die breite, unregelmäßig geformte Säule aus braunem Rauch richteten, der von den

Hügeln aufstieg, in denen sich sein Lager befand, erfüllte ihn eine so große Furcht, daß ihm der Atem stockte.

Kosar-eh hatte schon ähnliche Rauchwolken gesehen. Als Mann, der seinen Feinden ins Gesicht spuckt, hatte er selbst dafür gesorgt, daß sich nach einem Überfall auf jedes der verstreuten Lager des Stammes des Wachenden Sterns eine solche Säule über dem Land erhob. Er erinnerte sich an weinende Frauen, schreiende Kinder, blutige Speere und Kriegskeulen, und an die brennenden Hütten.

In ihm breitete sich kalt und dunkel eine schreckliche Leere aus, in die seine Gedanken zu stürzen schienen. *Alles, was ich gegen jene unternommen habe, die junge Frauen versklavten, abschlachteten und an ihren Mammutgott des Himmels verfütterten, geschah nicht ohne gerechten Grund. Der Stamm des Wachenden Sterns brachte den Menschen Krieg und Tod. Doch mein Stamm hat nichts Unrechtes getan! Meine Familie ist … ist …*

»Ohne Schutz«, keuchte Kosar-eh, und diese Erkenntnis ließ ihn schwanken. Er kämpfte darum, seine Nerven unter Kontrolle zu halten, und rief: »Das ist nicht möglich! Ein Überfall … nein! Nicht in diesem Land ohne Feinde! Das kann nicht sein!« Doch noch während er sprach, frischte der Wind auf und trieb den unverkennbaren Geruch nach verbranntem Fleisch und Haar heran. Als kurz darauf eine Wolke aus Raben sich über dem Lager in den Himmel erhob und ein einzelner Teratornis aufstieg, um die Sonne zu verdunkeln, erinnerte Kosar-eh sich wieder an seinen früheren Wunsch, sein blindes Kind möge sterben. Hatten die Mächte, an die er nicht mehr glaubte, seine Gebete schließlich doch wahrgenommen und erhört? Es gab nur eine Möglichkeit, wie er sich davon überzeugen konnte.

»Bleibt hier«, befahl er seinen Jungen. »Bewacht das Fleisch! Seid wachsam und versteckt euch gut, bis ich zurückkehre!«

Es war kurz vor Sonnenuntergang, als Kosar-eh die ausgebrannten Überreste des Lagers erreichte. U-wa stand ausgemergelt und erschöpft ganz allein inmitten des Gemetzels.

Fassungslos trat der große Mann zu ihr und lauschte angestrengt auf ihre Worte. Was sie sagte, war so entsetzlich, daß sein Gehirn es kaum zur Kenntnis nehmen wollte.

»Großmutter Kahm-ree und die kleine Tla-nee sind tot? Und Ka-neh auch? Alle getötet?« Kosar-ehs Körper und Geist waren taub geworden. Er schüttelte den Kopf und starrte U-wa an, während sich seine Miene verfinsterte. Sie war es nicht, die er hatte sehen wollen. »Und Ta-maya?«

U-wa antwortete zunächst nur zögernd, doch dann brach es in einem Wortschwall aus ihr heraus. »Es war der Anblick der Raben, die über unseren Fallen kreisten, wodurch die Kriegergruppe aus den Bergen angelockt wurde. Ka-nehs Spuren im Schnee führten sie zu unserem Lager. Zuerst kam Ranamal, dann weitere Krieger Shatehs. Sie haben Ta-maya und deinen kleinsten Jungen mit sich genommen.«

»Wohin? Und wie lange ist es her?«

»Es war, lange bevor das Auge von Vater Himmel seinen höchsten Stand erreicht hatte.« U-wa streckte eine angeschwollene, mit Brandblasen übersäte Hand aus und zeigte auf die fernen Hügel. Dann ließ sie tief bekümmert den Kopf hängen. »Ich habe getan, was ich konnte. Es gab keine Warnung, keine Zeit, etwas anderes zu tun, als ich getan habe! Ta-maya sagte mir, ich sollte mich um die Kinder kümmern. Ranamal waren sie gleichgültig, und auch mir schenkte er keine Beachtung. Er hatte nur Augen für Ta-maya. Also befahl ich den Kleinen, mit mir die Hütte zu verlassen. Als ich draußen war, sah ich, daß nur meine Joh-nee mir gehorcht hatte. Ich wollte zurückgehen und die anderen holen, aber ich wußte, daß es nicht einfach sein würde, die alte Großmutter Kahm-ree und den kleinen Klah-neh zu wecken oder Tla-nee zu überreden, ihre Schwester allein zu lassen. Die anderen Krieger Ranamals kamen näher. Wir hatten keine andere Wahl, als in die Hügel zu fliehen, wo wir uns versteckten und alles beobachteten, bis wir nicht mehr zusehen konnten. Schließlich gingen sie fort, nachdem sie die Hütte in Brand gesteckt hatten, und ...«

Das taube Gefühl in Kosar-ehs Körper und Geist schien sich immer weiter auszubreiten. Er mußte sich zusammenreißen, um nicht davon überwältigt zu werden, während er auf eingerissene und ausgeplünderte Vorratshütten blickte, auf zerbrochene und zerstreute Trockenrahmen und auf den rauchenden Haufen, der einmal die geräumige Gemeinschaftshütte seiner Familie gewesen war. Er neigte den Kopf zur Seite. U-wa redete immer noch und gestikulierte mit versengten Händen, doch ihre Worte waren ein entferntes, unverständliches Raunen in seinem Hinterkopf, auch wenn er jetzt begriff, daß sie sich verbrannt haben mußte, als sie versucht hatte, aus der brennenden Hütte zu retten, was noch zu retten war. Er kniff die Augen zusammen, als er die herumliegenden Dinge wiedererkannte, die nun merkwürdig fremd wirkten: seine bemalte und mit Federn geschmückte Rückenstütze aus Weidenzweigen, Doh-teyahs mit Federn geschmückte Kindertrage, Ta-mayas Lieblingskissen aus Wildleder, seine Falttasche mit den Steinwerkzeugen, Tla-nees Lieblingspuppe und mehrere Schlaffelle, die zu einem Haufen aufgeschichtet waren.

»Um die Vögel fernzuhalten«, erklärte U-wa, als sie sah, wohin sein Blick gewandert war. »Warte, Kosar-eh! Nein! Sieh nicht unter die Felle! Ich konnte die Leichen erst aus der Hütte holen, nachdem das Feuer am schlimmsten gewütet hatte. Tu es nicht ...!«

Kosar-eh hörte nicht auf sie. Er wußte, was er vorfinden würde, als er das spitze Ende seines Speeres benutzte, um die Felle zurückzuschlagen, doch er hatte nicht geahnt, welches Entsetzen ihm der Anblick verursachen würde. Die Leichen der geliebten Menschen waren fast bis zur Unkenntlichkeit verbrannt und starrten ihn aus geschwärzten Schädeln an, die Zähne ausgefallen und die Augäpfel eingedrückt oder durch die Hitze geplatzt, während sich die Haut in Fetzen abgeschält hatte. Sein Magen drehte sich um, und ein Schwindelanfall ließ ihn in die Knie gehen. Er mußte sich auf seinen Speer stützen, als er sah, daß man die Leichen der alten Kahm-ree und der Kinder skalpiert und verstümmelt hatte, bevor die Hütte in Brand gesteckt worden war. Allen drei Leichen fehlten irgendwelche Körperteile.

»Wenn die Pfosten und das Felldach der Hütte sich abgekühlt haben, müssen wir nach den Resten suchen«, sagte U-wa. »Wir können sie nicht so zurücklassen ... blind und hilflos, so daß sie weder essen noch ihren Weg durch den Wind finden können, wenn ihre Seelen für immer die Welt jenseits dieser Welt durchstreifen.«

Kosar-eh kämpfte seine Übelkeit zurück und schüttelte den Kopf. Das Raunen in seinem Kopf wurde immer heftiger, greller und schmerzhafter. Er schloß die Augen. Während seiner Überfälle auf die Lager seiner Feinde vom Stamm des Wachenden Sterns hatte er niemals eine Frau oder ein Kind absichtlich getötet und schon gar nicht verstümmelt.

Andere hatten es getan. Anschließend hatten Shatehs Krieger sich gegenüber den Kämpfern aus der Roten Welt damit gerechtfertigt, daß diese Verstümmelungen notwendig waren, weil sogar die Geister der Frauen und Kinder ihrer Feinde sich nach ihrem Tod versammeln könnten, um Rache an jenen zu nehmen, die sie abgeschlachtet hatten. Doch die alte Kahm-ree und seine Kinder gehörten gar nicht zum Stamm des Wachenden Sterns. Sie hatten in den Dörfern und Lagern Shatehs gelebt, vom selben Fleisch gegessen und an denselben Lagerfeuern geschlafen, hatten am Ufer vieler Bäche und Flüsse mit den Frauen, Töchtern und dem Adoptivsohn des Häuptlings gescherzt und gelacht. Sie hatten sich nur eins vom großen Häuptling der Stämme des Graslandes gewünscht – in Frieden mit ihm zu leben oder auch ohne ihn, ganz nach seinem Willen.

Kosar-eh zitterte. »Wie konnte ein Mann, der mich einst seinen Jagdbruder nannte, meinen Kindern so etwas antun? Ich habe meine Hand niemals gegen Shateh erhoben! Ich habe im Krieg an seiner Seite gekämpft, ich habe mit ihm Jagd auf die großen Herden gemacht, ich habe ...«

»Shateh ist tot.« U-wa hielt sich mit verschränkten Unterarmen die Rippen, um ihren Schmerz zu lindern, während sie Kosar-eh alles berichtete, was Ranamal über die Ereignisse im Stamm des Graslandes erzählt hatte, seit Kosar-ehs Stamm ihn zusammen mit Cha-kwena verlassen hatte.

Kosar-eh blickte auf. Die Worte trafen seine Seele wie ein

eiskalter Regen, als er erkannte, daß nun seine schlimmsten Befürchtungen eingetreten waren.

»Sie sind überzeugt, daß mein Schamanensohn die Vier Winde gegen sie gewendet hat.« U-was Kinn zitterte, und obwohl sich ihr Gesicht vor Qual verzog, konnte sie ihre Tränen zurückhalten. »Nachdem der Stamm des Graslandes jetzt wieder vom Stamm des Wachenden Sterns gejagt wird, suchen sie nach der Macht des Totems und des heiligen Steins, den Cha-kwena, mein einziger Sohn, von ihnen geraubt hat! Deshalb sind sie in dieses Lager gekommen und haben all das getan, was du hier siehst, weil wir Menschen der Roten Welt sind und sie glaubten, er sei bei uns.« Ihr Versuch, Würde zu bewahren, war tapfer, doch sie hatte an diesem Tag zuviel gelitten. Jetzt strömten Tränen über ihre rußgeschwärzten Wangen, als sie schluchzte: »Aiee! Wenigstens warst du mit zwei deiner Jungen nicht im Lager, Kosar-eh, denn nicht einmal der Mann, der seinen Feinden ins Gesicht spuckt, hätte gegen so viele kämpfen können! Wenn ich nicht geflohen wäre, würden jetzt auch meine Joh-nee und deine Doh-teyah und ich dort zu deinen Füßen liegen! Aiee! Wenn wir doch nur die Warnung deines blinden Kindes verstanden und beachtet hätten! Doh-teyah sagte, daß böse Dinge kommen. Sie ...«

»Sie hätten uns niemals gefunden, wenn wir im Wald bei meinem Bruder geblieben wären.«

Kosar-eh schrak bei den scharfen Worten des kleinen Mädchens zusammen. Er blickte nach rechts und sah, wie Joh- nee aus einem schneeüberkrusteten Gebüsch aus Eisenholz hervorkam, hinter dem sie sich versteckt hatte. Es war ein zartes, fast zerbrechliches Kind mit zerzaustem schwarzem Haar und großen dunklen Augen in einem ovalen Gesicht, das vor Schock erbleicht war. Die einzige Tochter U-was war in ein abgenutztes Schlaffell gekleidet und trug zwei schlecht sitzende Mokassins, die offenbar nicht ihre eigenen waren. Das Kind näherte sich ihm mit einem so haßerfüllten und unerbittlichen Blick, daß er gar nicht bemerkte, daß sie unter ihrem behelfsmäßigen Mantel etwas Schweres in den Armen trug.

»Es war falsch von Kosar-eh, meinen Bruder im Stich zu

lassen!« sagte Joh-nee mit Nachdruck, als sie stehenblieb und ihn wütend anstarrte. »Wo ist Kho-neh? Hast du auch meinen Freund im Stich gelassen?«

»Er ist bei seinem Bruder ... in *Sicherheit.*« Kosar-ehs Stimme klang schwach und fern, als käme sie nicht aus seiner Kehle, sondern von jenem leeren, kalten Ort, der sich in seiner Seele geöffnet hatte, als er zum ersten Mal den Rauch gesehen hatte, der über dem Lager aufstieg.

Joh-nees Stirn legte sich in Falten. »Dieses Mädchen hat zum Vierten Sohn von Kosar-eh gesagt, daß Cha-kwena seinen Vater bestrafen würde. Und jetzt hat er es getan. Sieh dir an, was mein Bruder dem angetan hat, der ihm seine Schwester geraubt hat und der ihn zurückgelassen hat, damit er für immer allein mit seiner Frau durch die dunklen Wälder ziehen muß, mit dem Totem und dem heiligen Stein der Vorfahren ...«

»Ich war es, nicht Kosar-eh, die euch dazu drängte, den Wald zu verlassen, meine Tochter!« widersprach U-wa. »Und obwohl mein Schamanensohn großes Unglück über uns gebracht hat, weiß ich, daß dein Bruder niemals einem Mitglied seiner Familie den Tod wünschen würde.«

»Seine Mutter und seine Schwester sind nicht tot«, erwiderte das Kind düster. Kosar-eh zuckte zusammen, doch nicht nur wegen der Bemerkung des Mädchens. Etwas bewegte sich in ihren Armen. Kurz darauf stellte sich dieses »Etwas« als ein ›Jemand‹ heraus, nachdem Doh-teyah zwischen den Schlaffellen hervorlugte.

»Koschree?« Die Zweijährige sprach den Namen ihres Vater aus, so gut sie konnte, und lächelte mit Grübchen in den Wangen, als sie blind ihre Arme nach ihm ausstreckte.

Der große Mann war über seine eigene Reaktion auf den Anblick dieser Tochter, der er den Tod gewünscht hatte, entsetzt. Er blickte zu Doh-teyah auf, dann auf die verbrannten Leichen von Kahm-ree, Tla-nee und Ka-neh und schließlich wieder zum blinden Säugling. Er lachte, aber es lag keine Spur von Heiterkeit in seinem Gefühlsausbruch. Es war ein hartes, bellendes Lachen über den grausamen Scherz, den die Mächte der Schöpfung sich mit ihm erlaubt hatten. Er sah zum Himmel auf und rief anklagend: »Also hört ihr doch auf mich! Also seid ihr doch nicht blind und taub gegenüber den Wünschen und Gedanken der Menschen! Also sprecht ihr doch zu mir … in der Sprache des Blutes, das meine Familie vergossen hat.«

Überwältigt von der grausamen Realität dieses Augenblicks sprang Kosar-eh auf und warf Doh-teyah einen Blick der tiefsten Abscheu zu. »Bei allen Geistermächten, die diese und die nächste Welt beherrschen! Ich werde dieses wertloseste meiner Kinder nicht mehr dulden, wenn die anderen entweder tot oder geraubt sind, gemeinsam mit meiner Frau!«

Joh-nees ausgezehrtes Gesicht erstarrte, als sie Doh-teyah schützend umschlang, während U-wa rief: »Kosar-eh, sieh! Du hast nicht alles verloren! Deine Jungen kommen!«

Kosar-eh wirbelte herum. Tatsächlich, Kiu-neh und Kho-neh näherten sich dem Lager, zwei kleine, schwer beladene Gestalten, die sich deutlich vor dem Schnee abzeichneten. Sie gaben sich sichtlich Mühe und arbeiteten sogar zusammen, um den mit Fleisch beladenen Schlitten zu bewegen. Die Hand des großen Mannes klammerte sich um seinen Speer. Er war nicht froh über ihren Anblick. Er hatte ihnen befohlen, sie sollten zurückbleiben, sich verstecken, das Fleisch bewachen und ihrem Vater gehorchen. Statt dessen hatten sie sich einfach über seinen Willen hinweggesetzt. Die Jungen setzten sich ständig über seinen Willen hinweg!

Kosar-eh zitterte vor Wut, während er sich fragte, ob vielleicht irgendein Wesenszug seiner Persönlichkeit für die ständige und gefährliche Respektlosigkeit seiner Söhne verantwortlich war. Oder lag der Fehler in seinen Söhnen? In diesem Fall spielten die Mächte der Schöpfung vielleicht gar nicht auf sadistische Weise mit ihrem Leben, sondern betrieben nur dieselbe brutale Auslese, mit der sie auch die lebensuntüchtigen Kälber aus den großen Herden auslöschten.

Dieser Gedanke war niederschmetternd. Die Dunkelheit in Kosar-ehs Seele war jetzt allumfassend. Während er die sich nähernden Jungen beobachtete, verkrampfte sich sein Körper angesichts der Wahrheiten, die kaum noch zu ertragen waren: Durch die Weigerung von Kiu-neh und Kho-neh, an diesem

Morgen aufzustehen und die Sonne zu begrüßen, war ihre Rückkehr zum Stamm verzögert worden, und während er fortgewesen war, hatte Ka-nehs unverfrorener Ungehorsam die Krieger zu diesem Lager gelockt. Jetzt waren von den fünf guten Söhnen, die seine erste Frau Siwi-ni ihm geboren hatte, nur noch drei am Leben, und der jüngste war gemeinsam mit seiner Frau aus dem Stamm entführt worden.

»Ta-maya!« rief Kosar-eh verzweifelt den Namen seiner Frau, und plötzlich spielte für ihn nichts anderes mehr eine Rolle. Er war mit den Kriegern Shatehs auf genügend Raubzügen gewesen, um zu wissen, daß sie seine Frau benutzen würden, bis sie zu ihren eigenen Frauen zurückgekehrt waren. Wenn Ta-maya diese Schrecken überlebte, wäre sie für den Rest ihrer Tage eine Sklavin mit gebrochener Seele. Wieder stockte ihm der Atem. Seine Liebe zu Ta-maya – zur zärtlichsten, liebevollsten und schönsten aller Frauen – war der Sinn seines Lebens. Der Gedanke, daß sie von Männern, denen er einmal vertraut und nachgeeifert hatte, gefangengehalten und vergewaltigt wurde, war mehr, als er ertragen konnte.

Kosar-eh stieß trotzig mit seinem Speer nach der untergehenden Sonne und rief: »Ich werde es nicht zulassen! Ob du mir Licht spendest oder nicht, ich werde meine Ta-maya suchen und sie zu ihrem Stamm zurückbringen!«

»Ta-maya ist schon lange fort, Kosar-eh!« sagte U-wa und legte ihm beruhigend eine Hand auf den Unterarm, doch in ihrem Gesichtsausdruck war keinerlei Beruhigung, als sie erkannte, daß er in seinem Kummer genauso blind wie Dohteyah und uneinsichtiger als jedes Kind war. »Du darfst uns jetzt nicht allein lassen! Die Kinder und ich brauchen dich jetzt mehr als je zuvor! Die Sonne ist fast untergegangen. Es gibt keine Hoffnung für dich, Ta-maya in der Dunkelheit wiederzufinden. Und selbst wenn du sie finden würdest, bist du doch nur ein einziger Krieger, und sie wird von vielen festgehalten. Außerdem war sie es, die Ranamal verführt hat, und als die anderen sie anschließend nackt aus der Hütte zerrten, um sich mit ihr zu vergnügen, habe ich sie nicht ein einziges Mal schreien gehört oder gesehen, daß sie ihnen zu entkommen versuchte, bevor ich meinen Blick voller Scham abwandte und …«

Er versetzte ihr einen heftigen Schlag und brüllte sie an, während sie zu Boden ging: »Meine Frau ist die Tochter eines Häuptlings! Ta-maya würde niemals schreien oder um Gnade flehen oder zulassen, daß ehrlose Worte ihren Mund beschmutzen, so wie du sie gerade gesprochen hast!«

U-wa wagte nicht zu protestieren. Sie war über die furchtbare Gewalt seines Schlages genauso schockiert wie über die boshaften Worte, die ihr in einem Anfall unkontrollierter Eifersucht über die Lippen gekommen waren. Sie schluchzte betrübt. »Vergib mir! Ich bin nur deshalb noch am Leben, weil Kosar-ehs Frau ihren Stolz geopfert hat, um einen Wolf mit ihrem Körper von seiner Beute abzulenken, so daß ich Gelegenheit hatte, die Kinder in Sicherheit zubringen. Wenn es mir nicht gelungen ist, sie alle zu retten, dann ist es meine Schuld, nicht ihre! Verzeih mir, Kosar-eh! Wenn nicht meinetwillen, dann um der Kinder willen!«

Ihre Entschuldigung kam zu spät. Kosar-eh kehrte ihr den Rücken zu und stapfte davon.

»Geht in die Hügel und sucht Schutz, bis ich zurückkehre«, rief er über die Schulter zurück. »Mit dem Fleisch, das meine Söhne gebracht haben, müßt ihr keinen Hunger leiden.« Er dachte nicht über die Frage nach, was mit ihnen geschehen würde, wenn er nicht mehr zurückkehrte. Es war ihm völlig gleichgültig. Er hatte die blutigen, unverwischten Fußspuren der Räuber gefunden, und als er sich jetzt mit dem Speer in der Hand an die Verfolgung machte, war nur der Wahnsinn seines Kummers in seinem Verstand.

Er würde Ta-maya finden und sie retten. Oder er würde nie wieder zurückkehren.

»Ich hoffe, er stirbt!« sagte Joh-nee, die im kalten Wind zitterte.

»Nimm sofort deinen Wunsch zurück!« befahl U-wa und stand wankend auf. »Wenn er stirbt, werden auch wir sterben.«

Das kleine Mädchen schüttelte entschieden den Kopf und drückte Doh-teyah trotzig einen Kuß auf die Stirn. »Chakwena wird niemals zulassen, daß uns etwas zustößt! Unser Schamane wird jetzt aus dem fernen Wald zurückkommen, nachdem der Mann, der ihn im Stich ließ, fortgegangen ist. Du wirst sehen. Mein Bruder wird kommen, mit dem heiligen Stein und dem Totem und ...«

»Du sollst deine Kraft nicht in der Macht von anderen suchen, auch nicht in Amuletten oder Totems, die es gar nicht gibt, kleines Mädchen!« Kiu-neh wiederholte den Rat seines Vaters mit verblüffender Autorität, die gar nicht zu diesem kleinen Jungen zu passen schien. Während die Sonne sich auf die westlichen Berge herabsenkte, erreichte er zusammen mit dem sichtlich erschütterten Kho-neh das Lager.

Der Jüngere der beiden ließ das Schleppseil des Schlittens los und blickte sich um. Während U-wa erklärte, was im Lager geschehen war, starrte er auf die Leichen, die in den tiefer werdenden Schatten lagen. »Mein Vater hat sich geirrt«, flüsterte er zitternd. »Wir haben doch böse Vorzeichen gesehen!«

Kiu-neh betrachtete den Himmel. Lange Wolkenketten näherten sich aus dem Nordwesten. Ohne mit der Wimper zu zucken, deckte er die Toten wieder mit den Fellen zu und blickte dann zu den Hügeln, vor denen Kosar-ehs Gestalt immer kleiner wurde. Die Stimme des Jungen war so kalt wie der auflebende Wind, als er sagte: »In einer Hinsicht hatte er recht. Es kommt wirklich ein weiterer Sturm. Und er überläßt es uns, wie wir damit fertigwerden.«

»Nein!« U-wa wollte es einfach nicht glauben. In ihren Ohren schwoll ein Lärm an, und hinter ihren Augen erstrahlte ein grelles, schmerzhaftes Licht. »Die Geister der Verzweiflung suchen euren Vater heim. Er muß so lange weiterlaufen, bis sie von ihm abgelassen haben. Dann wird er zurückkommen. Noch vor Anbruch der Dunkelheit. Ihr werdet sehen. Bis dahin bist du jetzt der älteste seiner Söhne, Kiu-neh. Bis dein Vater zurückkehrt, müssen wir zusammenhalten, um diese Frau und diese Kinder zu beschützen.«

Die Mundwinkel des jungen Kho-neh zogen sich herab. Es

gefiel ihm überhaupt nicht, daß man von ihm als einem Kind sprach, vor allem nicht vor Joh-nee. Beschämt richtete er sich zu seiner vollen, allerdings nicht sehr beeindruckenden Größe auf, um sich den Anschein von Männlichkeit zu geben. »Du mußt keine Angst haben, kleines Mädchen«, versicherte er Joh-nee. »Die Söhne des Mannes, der seinen Feinden ins Gesicht spuckt, werden dich beschützen!«

Joh-nee warf dem jungen Kho-neh einen abschätzigen Blick zu, verzichtete jedoch aus Rücksicht auf einen Freund auf eine herablassende Entgegnung seiner gut gemeinten Prahlerei. Sie hüllte sich und Doh-teyah tiefer in ihren Umhang und antwortete seinem Bruder mit klappernden Zähnen: »Es spielt keine Rolle, was du glaubst, Dritter Sohn von Kosar-eh. Nachdem dein Vater jetzt gegangen ist, wird mein Bruder seine Macht über das Land schicken, um uns zu helfen.«

U-wa brauste plötzlich auf. »Sei still, Tochter! Dein Bruder hat sich aus freien Stücken dazu entschieden, seine Sorge um eine Mammutherde höher zu stellen als die Verantwortung für seinen eigenen Stamm, so daß er den Mammuts über das Ende der Welt hinaus folgte und ...«

»Er folgt dem *Totem* in das Licht der aufgehenden Sonne«, erwiderte das Mädchen leidenschaftlich. »Er geht mit der Macht des heiligen Steins. Die Geister der Vorfahren und aller Tiere haben ihn dazu berufen, der Wächter des Totems zu sein. Er hat zu uns gesagt, daß wir mit ihm gehen sollen. Kosar-eh hat sich geweigert. Und jetzt sind wir ...«

»Und jetzt, an diesem Ort des Todes, verfluche ich den Tag, als ich ihn zur Welt brachte!« rief U-wa und hob in einer Geste der Verzweiflung ihre versengten Hände.

Joh-nees Augen wurden so groß und rund, daß sie wie zwei verfinsterte Vollmonde aussahen. »Das meinst du doch nicht wirklich!«

»Ich meine es ernst!« schrie U-wa ihre Tochter an. »Chakwena hat uns angelogen. Das Totem ist tot. Und der heilige Stein hat keine Macht.«

Das Baby in Joh-nees Armen erstarrte. »Böse Dinge kommen!« rief die Kleine. Sie hatte ihr Gesicht dem Himmel zugewandt, während alle ihre Sinne mit Ausnahme der Augen angespannt waren.

U-wa hatte ein unbehagliches Gefühl, als sie sah, wie Johnee das Kind küßte und ihm leise versicherte, daß jetzt sicherlich nichts Böses mehr kommen würde, nachdem Kosar-eh nun gegangen war. Ihre Nackenhaare sträubten sich, und ihr war übel. Das letzte Mal, als jemand solche Worte zu dem Baby gesprochen hatte, war der Augenblick kurz vor dem Eintreffen der Krieger gewesen. »Kommt!« sagte sie zu den Kindern. »Wir können hier nicht bleiben. Ein Sturm naht. Kosar-eh hat uns befohlen, in den Hügeln Schutz zu suchen. Wir müssen gehorchen.«

»Sollen wir unsere Toten genauso im Stich lassen, wie er uns im Stich gelassen hat?« Kiu-nehs bohrende Frage war wie eine Speerspitze, die er in der Wunde eines erlegten Tieres herumdrehte, für das er nur Verachtung übrig hatte. »Meinem Vater ist es gleichgültig, was aus uns wird. Sollen wir unsere geliebten Toten wirklich nicht nach der Art der Vorfahren betrauern, damit ihren verstümmelten Seelen wenigstens ein Weg geebnet ist, ehrenvoll in die Welt jenseits dieser Welt einzugehen?«

U-wa war hin und her gerissen. Im rötlichen Glühen des Sonnenuntergangs wurde der Wind heftiger, und die Sturmwolken türmten sich unmißverständlich auf. Ihr Kopf schmerzte, und sie runzelte die Stirn. Ihr war übel und schwindlig, aber der Junge hatte recht. Sie konnten nicht einfach fortgehen, ohne die Seelen ihrer Toten angerufen zu haben. Das wäre sicherlich auch nicht im Sinne Kosar-ehs. Wenn Kiu-neh, Kho-neh und Joh-nee zusammenarbeiteten, konnten sie bestimmt vor dem Beginn der Dunkelheit und des Unwetters die ausgebrannte Hütte nach den Körperteilen durchsuchen, die sie zuvor übersehen hatten. Nachdem sie sie zu den Toten gelegt hatten, würden diese wieder einigermaßen vollständig sein. Und wenn sie sich Mühe gaben, konnten sie genügend Zunder suchen, um ein Gebetsfeuer zu entzünden, damit sie nach Sitte der Vorfahren die Worte des Abschieds mit dem geweihten Rauch zu den Geistern aufsteigen lassen konnten.

»Ich denke, wir sollten lieber kein Feuer machen«, sagte Joh-nee, nachdem U-wa ihre Absicht erklärt hatte. »Der Rauch könnte von anderen Geistern gesehen und gerochen werden.«

»Die feindlichen Krieger sind wieder fortgegangen, Mädchen!« erwiderte U-wa.

Joh-nee seufzte. Sie war offensichtlich beunruhigt, als sie Doh-teyah auf die Beine stellte und sich nach Osten wandte. »Ach, Cha-kwena ...«, sagte sie. »Wo magst du nur sein, mein Bruder?«

»Was spielt das für eine Rolle?« antwortete Kiu-neh verächtlich. »Komm! Hilf uns dabei, denen Ehre zu erweisen, die jetzt durch seine Schuld tot sind.«

2

Cha-kwena kam allein zum See.

Vier Tage und vier Nächte lang hatte der Schamane gefastet. Jetzt ging der vierte Tag zu Ende, als die Sonne in der unermeßlichen weißen Weite des gefrorenen Wassers unterging, die sich vor ihm ausbreitete. Sein Geist sperrte sich immer noch dagegen, das Ausmaß des Sees zu erfassen, so wie auch der See sich dagegen gesperrt hatte, ihm einen Weg hinüber oder herum und zurück zu seinem Stamm zu ermöglichen.

Zweimal hatte die Mondgöttin ihr volles Gesicht der Erde zugewandt, seit der einzige Sohn U-was halb ertrunken auf einer teilweise überfluteten Kiesbank aufgewacht war, irgendwo am tief eingeschnittenen Ufer dieser gewaltigen Wasserfläche. Damals wie heute hielten die vereisten Tiefen das Land von Horizont zu Horizont genauso fest in ihrem Griff, wie sie seinen Körper festgehalten hatten, nachdem ein Rudel wilder Hunde ihn in eine aufgebrochene Stelle mit tückischem freiem Wasser getrieben hatte. Dort hätte er zweifellos das Leben verloren, wenn die Mammuts den

Bewußtlosen nicht auf das trockene Land geschleift hätten.

Seit endlosen Tagen und Nächten war Cha-kwena an diesem unendlichen Ufer auf und ab gewandert und hatte verzweifelt nach der Stelle gesucht, an der er aus dem Wald gekommen war, um zum ersten Mal einen Blick auf den See zu werfen. Doch die vielen Buchten sahen sich sehr ähnlich, und er hatte nur einen seiner mit roten und blauen Bändern geschmückten Speere gefunden, den er im See verloren zu haben geglaubt hatte. Unter der geschlossenen Wolkendecke wäre jeder Versuch, durch die Bäume den Rückweg zum Dorf zu finden, wo er seinen Stamm verlassen hatte, zum Scheitern verurteilt. Also war er bald hungrig und erschöpft und getrieben von der Notwendigkeit, vor dem Eintreffen des Großen Weißen Winters Schutz zu suchen, zögernd den Mammuts nach Nordosten gefolgt, bis sie eine triste schwarze Hügelgruppe und graue, abweisende Berge aus Eis erreicht hatten.

Wo immer die Mammuts grasen, werden auch die Menschen Fleisch finden. Die Weisheit der Vorfahren hatte ihm Kraft und Trost gespendet, als er der kleinen Mammutherde am Ufer entlang bis zur Schwemmebene eines großen Flusses gefolgt war. Von dort waren sie über eine kalte, windige Fläche aus Gletschergeröll aufgestiegen, die stellenweise von seltsamen Wäldchen mit verkümmerten Bäumen und breiten Streifen aus schwammigem Torf unterbrochen wurde. Dort war er wirklich auf Wild gestoßen, auf kleine braune Pferde mit breiten Bäuchen, auf hakennasige Antilopen, auf Elchbullen mit gewaltigen Geweihen, auf hohe, langbeinige Kamele und sogar auf zwei zottige Mastodonten. Sie alle hatten am Ende einer Schlucht gegrast. Unter ihnen waren viele Tiere, die Cha-kwena bisher nur mit seinem geistigen Auge gesehen hatte, denn sie waren Tiere der Legenden. Der Moschusochse war der Schwarze Alte Mann, der einen Hut aus Horn trägt, das Yak war der Fellbäuchige Bruder des Ochsen, das Karibu war der Kleine Hirsch, der nur Moos frißt, und das Rhinozeros, die Hornnase, das seltenste Tier von allen, mächtig wie ein Granitblock unter wolligem Haar, mit winzigen Augen, die überheblich aus einem ehrwürdig erhobenen Kopf blickten.

Mit dem Speer in der Hand und gekleidet in die Felle und Häute der legendären Tiere, die freiwillig von seiner Hand gestorben waren, blieb Cha-kwena auf einem steinigen Ufer stehen, das sich an der Spitze einer der vielen von Gletschern erodierten Halbinseln befand, die in die gefrorene Fläche des Sees vorstießen. Er fragte sich, ob es überhaupt möglich war, sich so einsam zu fühlen und nicht an der Trostlosigkeit zu sterben.

Er war ein kleiner, hagerer und muskulöser Mann, noch etwas jung für einen Schamanen, aber mit seinen fast zwanzig Wintern hatte er seine Jugend bereits weit hinter sich gelassen. Sein Gesicht war nach Art der heiligen Männer seines Stammes blau bemalt, wenn sie die Zwiesprache mit den Himmelsgeistern suchten. Über seinem schmucklosen Winterhemd und den Hosen trug er einen schweren Umhang aus geflochtenen Kaninchenfellen, den seine Frau vor vielen Monden für ihn gemacht hatte. Sein Kopf war mit dem abgenutzten heiligen Kopfschmuck bedeckt, der aus der mumifizierten Haut einer Ohreule bestand. Diese geschätzten Dinge wärmten Cha-kwenas Körper, aber nicht seine Seele. Im Gegenteil, sie verstärkten sogar noch seine Sehnsucht nach seiner Heimat und seinem Stamm.

Der Wind wehte ihm ins Gesicht. Der kalte Wind, der Nordwind, der feindliche Wind, der Bote der Stürme und des Todes. Er zischte und trug Staub mit sich, während er die Federn seines Kopfschmucks zerzauste und unter die vorstehende Kapuze fuhr, so daß seine Haut brannte und seine zusammengekniffenen Augen vor Kälte schmerzten. Er wandte sich ab, ging in die Hocke und starrte auf den westlichen Horizont, wo die untergehende Sonne durch dünne Streifen aus Sturmwolken blinzelte wie das hungrige und bösartige Auge eines Raubvogels.

Cha-kwena runzelte die Stirn, aber nicht nur aus Sorge wegen eines weiteren heranrückenden Sturms. Der Anblick der Sonne ließ ihn an Raben und Kondore mit blutigen Schnäbeln denken, die er in letzter Zeit immer wieder in seinen düsteren und schrecklichen Träumen gesehen hatte. Irgendwo war irgend etwas in dieser Welt aus dem Gleichgewicht geraten. Er wußte es, er spürte es. In der Luft, die er atmete, waren gefährliche Strömungen, die auf umwälzende Veränderungen hindeuteten, und tief im Mark seiner Knochen fühlte er, daß sich sein Stamm in großer Gefahr befand.

»Wie kann ich ihnen helfen, wenn sich das Land mit den Mächten der Schöpfung und dem Großen Weißen Winter verbündet hat, um mich an diesem fernen Ufer jenseits des Endes der Welt gefangenzuhalten?«

Cha-kwenas Gesichtsausdruck verfinsterte sich. Er hatte gefastet, weil er hoffte, daß sich ihm dadurch die genaue Bedeutung seiner Träume erschloß, doch der Nahrungsmangel, der gewöhnlich seine Sinne schärfte und die Kraft seiner Vision als Schamane konzentrierte, hatte ihm keinen tieferen Einblick verschafft – außer in sein Hungergefühl. Als sein Magen sich verkrampfte und knurrte, brachte ihn seine Verzweiflung wieder auf die Beine.

Die Sonne ging schnell hinter den Wolkenstreifen am Horizont unter. Der Schamane beobachtete sie gebannt und sah dann, daß sich in der Ferne Nebel über dem Eis bildete. Es war ein roter, ein blutroter Nebel, der sich ausbreitete,während Phantome darin Gestalt annahmen. Sie waren menschlich, aber gesichtslos. Sie waren in die roten Schleier der Entfernung gehüllt und hatten sich in einer langen Reihe aufgestellt, bis sie plötzlich auf ihn zukamen. Instinktiv wich er zurück und schrie auf. Dann beobachtete er erleichtert, wie sich die Gespenster beim Klang seiner Stimme erschrocken auflösten.

Oder hatten sie sich einfach nur an einen anderen Ort versetzt?

Cha-kwena erstarrte. Er war nicht mehr allein. Sein Schritt zurück hatte ihn in Berührung mit etwas gebracht, das größer als ein Felsblock und genauso fest war. Trotzdem war es am Leben, da er an seinem Rücken spürte, wie es warm gegen ihn atmete. Jedes Haar auf seiner Kopfhaut und in seinem Nacken richtete sich auf, als er vorsprang. Den Speer stoßbereit in der Hand, wirbelte er herum, da er damit rechnete, einem tödlichen Phantom gegenüberzustehen – doch was er statt dessen sah, ließ ihn laut über seine Dummheit auflachen.

Das zottige ›kleine‹ weiße Mammutkalb knurrte eine freudige Begrüßung, als es sich näher an ihn heranschob, sich schwer gegen die Seite des Schamanen drückte und ihm einen Rüssel mit winterlicher Behaarung um die Knie schlang. Cha-kwena wäre von dieser stürmischen Umarmung beinahe von den Beinen gerissen worden. Das Kalb war zwar noch kein Jahr alt, aber mit der nahrhaften Milch der gewaltigen, gescheckten Leitkuh der Herde war es seit seiner Geburt bereits um das Dreifache gewachsen. Auch seine Kraft war buchstäblich umwerfend.

»Ach, mein Kleiner, warum folgst du mir und nicht deiner Mutter? Sehe ich für dich vielleicht wie ein Mammut aus?« Cha-kwena lehnte sich gegen das Tier und ließ sich von seiner Wärme und Nähe trösten. Dann zog er einen Handschuh aus und schob dem Kalb seine Hand in den Mund, da es sehr gerne wie an der Zitze einer Ersatzmutter daran saugte. Der Schamane lächelte tief gerührt über die Zuneigung des Totemtieres seines Stammes. Trotzdem bildete sich ein Kloß in seiner Kehle, als ihn eine tiefe Reue überkam. Weil er dem Befehl der Geister der Vorfahren gehorcht hatte, in der Nähe des Totems zu bleiben, hatte er alles verloren, was er jemals geliebt und geschätzt hatte.

»Wenn doch nur Kosar-eh und die anderen meines Stammes dich sehen könnten! Dann würden sie wissen, daß es falsch war, an den Worten dieses Schamanen zu zweifeln und sich zu weigern, mir – und dir – ins Gesicht der aufgehenden Sonne zu folgen! In dir wurde der Geist des großen weißen Mammuttotems wiedergeboren. Die Macht Lebensspenders, des Großvaters aller Mammuts, ist in die Welt zurückgekehrt und durch dich auch zu diesem Schamanen. Sie wächst, während du wächst, und schon bald ...«

Seine Worte wurden durch das ohrenbetäubende Trompeten der großen Mammutkuh unterbrochen. Auf der Suche nach ihrem Kalb kam sie aus der Schlucht gestapft, in der sie und der Rest der Herde überwinterten, in der Nähe des Unterschlupfes aus Treibholz, abgeworfenen Geweihen, Knochen und Fellen, den Cha-kwena für sich gebaut hatte. Der Schamane wandte sich dem Geräusch zu, während das kleine weiße Mammut seine Hand losließ und gehorsam ostwärts zu seiner Mutter trottete.

Cha-kwena blickte über das Land auf die breite, steile Felswand, hinter der der Eingang zur Schlucht lag. In der Ferne konnte er die Herde erkennen – die große gescheckte Kuh, die höher aufragte als die anderen Kühe, heranwachsenden und älteren Kälber. Der Schamane hob respektvoll den Kopf. Diese Tiere hatten ihm das Leben gerettet, auch wenn er dem großen weißen Bullen ihrer Herde das Leben genommen hatte, dem uralten Totem, das er, von Kojoten und wilden Hunden tödlich verletzt, an einem Ort gefunden hatte, den sein Stamm später als Tal der Toten bezeichnet hatte. Der Gedanke an diesen Gnadenakt schmerzte ihn immer noch, vor allem jetzt. Obwohl er davon überzeugt war, daß die Seele des Totems in diesem kleinen weißen Kalb wiedergeboren worden war, wußte er genauso sicher, daß er ein alter Mann sein würde, bevor das Kalb zum vollen Umfang seiner ehrfurchtgebietenden Totemmacht herangereift war. Und es war in der Tat ernüchternd zu wissen, daß diese Mammuts, die er jetzt erblickte, höchstwahrscheinlich die letzten ihrer Art auf der ganzen Welt waren.

Wenn das letzte Mammut von der Erde verschwindet, wenn ihre Art ausgelöscht wird, werden mit dem Totem auch die Menschen für immer sterben.

Die Stirn des Schamanen legte sich in Falten. Diese Prophezeiung seiner Ahnen aus der Roten Welt beunruhigte ihn immer wieder. In den Ländern, durch die er seinen Stamm geführt hatte, waren die Mammuts gejagt worden, bis nur noch Knochen und Stoßzähne von ihrer Existenz Zeugnis ablegten. Doch obwohl die Menschen sich notgedrungen darauf verlegt hatten, anderes Wild zu jagen, behaupteten die Ältesten der nördlichen Stämme immer noch, daß ein Krieger, der seinen Speer noch nie in das Blut eines Mammuts getaucht hatte, niemals ein Mann sein würde. Cha-kwena wußte auch, daß es unter diesen ewig kriegführenden Stämmen Häuptlinge und Schamanen gab, die alles geben würden, um zu erfahren, wo sich das kleine, weiße Kalb befand. Denn eine Legende versprach, daß der Mann, der das weiße Mammut tötete, der von seinem Fleisch aß und von seinem Blut trank, selbst zum Totem wurde und Unsterblichkeit für sich selbst und Unbesiegbarkeit für seinen Stamm erlangte.

Cha-kwena schüttelte den Kopf. Vor nicht allzu langer Zeit hatten viele daran geglaubt, daß *er* zum Totem geworden war, nachdem er den Großvater aller Mammuts getötet hatte. Shateh, der Oberhäuptling der vielen Stämme des Graslandes, war so sehr von Cha-kwenas Totemmacht überzeugt gewesen, daß er seinen uralten Haß auf die Menschen der Roten Welt vergessen und ein Bündnis mit Cha-kwenas Stamm geschlossen hatte, um den Sieg über ihren gemeinsamen Feind, den menschenfressenden Stamm des Wachenden Sterns, zu gewährleisten. Als dieser Sieg errungen war, hatten sich die Feinde wie Blätter in einem Sturm über das Land verstreut. Dann war Cha-kwena vom Kriegshäuptling zum Totemtöter und zum Schamanen seines Stammes ernannt worden, den Shateh in allen Dingen um Rat gefragt hatte.

Bis Cha-kwena, der nach der Tradition seiner Vorfahren der heiligen Mammutherde gefolgt war, Shatehs Stamm nach Osten in ein Land geführt hatte, das so trocken und unfruchtbar wie der Schoß einer alten Frau war.

Bis der Stamm des Oberhäuptlings zunehmend unter Hunger und Durst gelitten hatte und Shatehs Jäger in einem Land mit wenig Regen und noch weniger Fleisch gierig auf die heilige Herde geblickt hatten und sich fragten, warum der Totemtöter ihnen dieses Fleisch verbot, die sie zuvor Mammutjäger gewesen waren.

Bis in den letzten Tagen und Nächten der Not die Milch der stillenden Mütter versiegt war und die Menschen voller Sehnsucht von vergangenen Festmählern sprachen, während die alten Frauen voller Mißtrauen die Unfehlbarkeit der Macht ihres neuen Schamanen anzweifelten.

Cha-kwena hätte die Stämme des Nordens zu diesem Zeitpunkt verlassen, wenn er die Wahl gehabt hätte. Doch selbst wenn Shateh es ihm erlaubt hätte, wären die Männer seines Stammes nicht bereit gewesen, ihr neues Leben aufzugeben.

Das Bündnis mit den Kriegern hatte sie verändert. Sie hatten die Sitten der kämpfenden Männer des fernen Graslandes angenommen. Hätten sie gewußt, daß Lebensspender sich vor seinem Tod gepaart hatte und daß das wahre Totem nun kaum geschützt im Bauch der großen Kuh lag, hätten sie nicht mehr auf einen Schamanen der Roten Welt gehört, der allmählich seine Macht verlor. Sie hätten versucht, die Leitkuh von der Herde zu trennen, sie mit Speerwürfen zu schwächen, bis sie zusammengebrochen wäre. Dann hätten sie unter der Führung Shatehs den lebenden Fötus aus ihrem Körper geschnitten, damit sie alle von seinem Fleisch essen und von seinem Blut trinken konnten, um dadurch die Macht des Totems in sich zu aufzunehmen.

Cha-kwena erzitterte. Er starrte auf das bleiche, zottige Geschöpf, das jetzt blökend mit erhobenem Schwanz und ausgestrecktem Rüssel auf seine Mutter zulief. Als es die große Kuh erreichte und es im Ring der Herde verschwand, wurde die Stimmung des Schamanen so grau und kalt wie die Dämmerung.

Er lauschte auf das Heulen ferner Wölfe, die sich offenbar weit im Norden befanden. Er konnte sogar verschiedene Stimmen unterscheiden. Es waren mehrere junge Tiere, die eifrig und nervös klangen, dazu drei erwachsene Weibchen, von denen eins wesentlich größer als die anderen war, die Stimme selbstbewußt, aber dennoch untergeordnet. Und außerdem ein erwachsenes Männchen, dessen Ruf tiefer, länger und volltönender klang. In der Dunkelheit würde dieses Tier die anderen zu einem Ort seiner Wahl bringen, und dann begann die ewige Suche des Raubtieres nach der Beute von neuem, in einem Land, das keinem von beiden das Leben leicht machte.

Die rechte Hand des Schamanen packte den Hartholzschaft seines Speeres fester. Er hatte keine große Angst vor Wölfen. Nur in Hungerzeiten zogen sie eine möglicherweise gefährliche Beute wie Menschen oder Mammuts in Betracht. Im Grunde war er eher neidisch auf das Rudel, auf ihre geordnete Gemeinschaft, auf den Zusammenhalt der Familie zur Sicherung des Überlebens aller. Cha-kwena starrte wieder nach Westen, während sein Herz voller Sehnsucht war, das Eis zu überqueren und zu seinem Stamm zurückzukehren.

Mah-ree! Ta-maya und Tla-nee! U-wa und Joh-nee! Die alte Kahm-ree und Kosar-eh und seine lauten Jungen! Wartet ihr immer noch im Walddorf auf mich? Der Schamane bezweifelte es. Er litt schwer unter der Ungerechtigkeit der Situation. Das Totem lebte warm und geborgen in der Gesellschaft seiner Mutter und Familie. Aber was war mit dem Schamanen, der geschworen hatte, es zu beschützen?

»Soll ich nie wieder in der Gemeinschaft von Menschen leben, nie wieder von meiner Mutter getröstet werden oder in der liebevollen Umarmung meiner Mah-ree liegen?« Cha-kwenas Stimme brach. Seine Sehnsucht, zu seinem Stamm und seiner kleinen Frau zurückzukehren, war so heftig, daß Tränen unter seinen Lidern brannten. »Mah-ree!« Er rief den Namen der geliebten Frau und verfluchte die Nacht, in der er sie allein ins Dorf zurückgeschickt hatte.

Mit geschlossenen Augen beschwor Cha-kwena das Bild seiner Mah-ree herauf – ihr Lächeln, bei dem sich Grübchen in den Wangen zeigten, ihr aufreizendes, dreistes Lachen, ihre Leidenschaft in der Liebe – bis er schließlich vor Verlangen und Bedauern zitterte. Sie könnte jetzt bei ihm sein, wenn er sie nicht im Zorn zurückgewiesen hätte! Ihr Platz war an seiner Seite als seine Frau! Sie hatte es so oft zu ihm gesagt, daß er es gar nicht mehr hatte zählen können: *Für immer und ewig! Cha-kwena und Mah-ree! Vereint im Leben dieser und der nächsten Welt, wie die Schwäne und Wölfe und Adler, wie der Erste Mann und die Erste Frau in den Erzählungen der Vorfahren!* Wenn doch nur Mah-rees hemmungslose Mißachtung der Gesetze der Ahnen während ihrer letzten gemeinsamen Nacht es nicht unmöglich gemacht hätte!

Er öffnete die Augen und starrte vor sich hin, doch er sah nichts außer der Vergangenheit. Schon als Kind hatte Mah-rees unbeschwertes, forschendes Temperament sie immer wieder dazu verleitet, sich über die Grenzen der Tradition hinwegzusetzen. Sie wollte wie die Erste Frau sein. Sie wollte mit einem Speer auf die Jagd gehen! Sie wollte auf dem doppelt gewölbten Kopf des großen weißen Mammuttotems durch unbekannte Länder reiten. Sie wollte als Mutter der Medizin mit den Mächten der Schöpfung in Verbindung treten, auf gleicher Stufe wie der Erste Mann und die Tiere und wachsenden grünen Dinge und wie alle Geister des Himmels und der Erde! All dies war natürlich unmöglich. Seit Anbeginn der Zeiten gab es und konnte es nur eine Erste Frau geben. Die Benutzung eines Speeres war nur Männern erlaubt. Jeder wußte, wenn eine solche Waffe von Frauenhänden berührt wurde, konnte es geschehen, daß alle Mannknochen des Stammes für immer erschlafften. Frauen durften nicht an Beratungen teilnehmen, außer wenn sie sich untereinander besprachen, und auch dann sollten sie sich nur um Dinge kümmern, die ihr Geschlecht betrafen. Und niemand ritt auf einem Mammut!

Doch Mah-ree, die zweitgeborene Tochter Tlana-quahs, des Häuptlings des Dorfes am See der Vielen Singvögel in der Roten Welt, hatte sich nicht von ihren Ideen abbringen lassen. Immer wieder hatte man sie gerügt, und immer wieder war sie hartnäckig ihrem eigenen Kopf gefolgt. Bis zu jenem sonnigen Tag, als der große Bär in Shatehs Dorf eingefallen war, um die Frauen des Häuptlings aufzuschrecken, die im Bach gebadet hatten, und die Männer zu überraschen, die sie hatten bewachen sollen. Da hatte Mah-rees verbotenes und heimlich geübtes Geschick mit dem Speer es ihr ermöglicht, das Tier mit einer Waffe zu töten, mit der einer der Männer sein Ziel verfehlt hatte. Mit diesem Wurf hatte sie ihr eigenes Leben gerettet und das einer der Frauen des Häuptlings. Doch nach den Traditionen ihres neuen Stammes hatte Mahree gleichzeitig die Vorfahren beleidigt, den Jäger entehrt, dessen Speer sie benutzt hatte, und den Geist des großen Bären beschämt. Als die Frau des Häuptlings später dem Tode nahe gewesen war, nachdem der Schock eine vorzeitige Niederkunft mit einem totgeborenen Sohn eingeleitet hatte, gaben alle der gesetzesbrüchigen Frau aus der Roten Welt die Schuld daran, daß Shateh das verlor, was er sich mehr als alles andere in der Welt gewünscht hatte. Dadurch hatte der Häuptling den letzten Rest seines Vertrauens in den Schamanen der Roten Welt verloren.

In jener Nacht hätte Mah-ree zur Strafe für ihren Ungehorsam gegenüber den Gesetzen der Vorfahren das Leben verlieren sollen. In jener Nacht hatten Shatehs Krieger erklärt, sie wollten Jagd auf die heilige Herde machen. In jener Nacht war Cha-kwena mit seiner gesetzesbrüchigen kleinen Frau geflohen. Nachdem Kosar-eh und die anderen sich ihnen angeschlossen hatten, waren sie auf die lange Reise gegangen, die ihn schließlich an diesen einsamen Ort geführt hatte.

Er seufzte niedergeschlagen, denn bis zu diesem Tag wußte er nicht, warum er von ihr erwartet hatte, sie würde sich ändern und ihm gehorchen, als er ihr in jener schicksalhaften Nacht befohlen hatte, bei den anderen zu bleiben, während er sich allein auf die Suche nach der heiligen Herde machte, um sie zum Dorf zurückzutreiben. Mah-ree hatte den heiligen Stein der Vorfahren aus der Schamanenhütte genommen, wo er ihn zurückgelassen hatte – um seinem Stamm während seiner Abwesenheit Mut zu machen. Doch sie hatte das Amulett dazu benutzt, nur ihrem eigenen Herzen Mut zu machen, als sie ihm durch die dunklen Wälder gefolgt war, in der leichtsinnigen Hoffnung, das kleine weiße Kalb zu Gesicht zu bekommen. Ihre Anwesenheit hatte die Mammuts nur tiefer in den Wald getrieben, und Cha-kwena hatte sie wutentbrannt beschuldigt, das Totem in Gefahr zu bringen, der Grund für das Unglück ihres Stammes zu sein und seine Macht als Schamane zu untergraben. Ohne auf ihr tränenreiches Versprechen zu hören, daß sie von jetzt an gehorsam sein wollte, hatte er ihr befohlen, sofort mit dem heiligen Stein zum Dorf zurückzukehren. Dann war er allein der Herde gefolgt.

Der heilige Stein! Wenn er doch nur das Amulett hätte! Diese kleine, zahnförmige Versteinerung, die eigentlich gar kein richtiger Stein war, sondern das letzte übriggebliebene Bruchstück der Knochen des Ersten Mannes und der Ersten Frau. Er befand sich seit Anbeginn der Zeiten in der Obhut der heiligen Männer seines Stammes, seit der Erste Mann und die Erste Frau, der Vater und die Mutter aller Generationen der Menschen, dem großen Mammut Lebensspender aus der Welt der Geister in die Welt der Lebenden gefolgt waren. Die

Ahnen hatten überliefert, daß die Seelen des Ersten Mannes und der Ersten Frau in diesem Amulett wohnten. Und Cha-kwena wußte, daß es die Wahrheit war, denn der Stein sprach zu denen, die bereit waren, die Stimmen der Vorfahren zu hören.

Die Macht des Steines hatte nachgelassen, je näher das alte Mammuttotem dem Tod gewesen war. Und als Lebensspender gestorben war, war auch die Macht des Steines gestorben. Aber nur kurz. Die Wiedergeburt des Totems hatte die schlafenden Geister im Amulett geweckt. Nachdem der Stein nun in der Obhut seines Stammes in Sicherheit war, würden sie wieder sprechen, um seinen Stamm zu führen und ihn vor allem Unglück zu schützen.

Doch warum konnte er dann vor seinem inneren Auge nicht sehen, daß Mah-ree bei ihrem Stamm und in Sicherheit lebte? Und warum wurde er dann von undeutlichen Visionen und Träumen heimgesucht, die nicht nur ihn, sondern auch sie und seinen Stamm bedrohten? Vielleicht, so überlegte er, war es nicht nur seine Sehnsucht nach dem Stamm, sondern auch seine anhaltende Liebe zu seiner gesetzesbrüchigen kleinen Frau, die ihm zusetzte. Denn in den langen Tagen und Nächten seit ihrer Trennung hatte sich Cha-kwena oft umgeblickt und halb gehofft, daß Mah-rees kleine schlanke Gestalt mit den hohen Brüsten ihm hartnäckig auf den Fersen blieb. Aber er hatte kein Anzeichen von ihr entdeckt und zu seiner tiefen Enttäuschung erkannt, daß sie ihm diesmal doch gehorcht hatte. Vielleicht hatte sich diese starrsinnige und bewundernswerte Tochter der Roten Welt unter Kosar-ehs strenger und vernünftiger Führung endlich gebessert. Doch er, der sie am meisten liebte, war nicht dabei, um ihre Veränderung zu erleben und zu feiern.

Von verzehrender Sehnsucht gequält, trat er mutig auf das Eis hinaus und rief der Dämmerung und den Sturmwolken und den Geistern, die sich mit dem Wind verbündet hatten, zu: »Ich habe niemals darum gebeten, Schamane zu werden! In jener Nacht, als ich meinen Stamm und meine Frau verließ, um der Herde zu folgen, hatte ich niemals die Absicht,diesen Weg für immer und ewig zu gehen! Zeigt mir den Weg, auf dem ich zu meinem Stamm zurückkehren kann! Das Totem und die Mammuts haben seit Anbeginn der Zeiten auch ohne meine Hilfe in dieser Welt überlebt. Sie werden es sicherlich auch an diesem trostlosen Ort schaffen, zu dem jene, die sie jagen wollen, niemals kommen werden!«

»Wirklich?«

Die Frage ließ ihn zusammenschrecken. Er blickte sich verwirrt um. Wer hatte gesprochen? Weit hinter der Krümmung des westlichen Horizonts begannen plötzlich Kojoten in hellen, kläffenden Tönen zu rufen, die die Wölfe verstummen ließen. Cha-kwenas Miene verdüsterte sich. Seit er der Herde durch den Wald in dieses trostlose Land gefolgt war, hatte er nicht einen einzigen Kojoten gesehen oder gehört. Er mochte diese Tiere nicht. Der Kojote war ihm immer wieder in den Träumen seiner Kindheit erschienen, war wie aus dem Nichts gekommen, um in schwierigen Zeiten an seiner Seite zu laufen, um ihn auf den Wegen seines Lebens und auf den Pfaden der Vision zu führen, die seine Berufung zum Schamanen bestätigt hatten. Doch der Kojote hatte ihn auch getäuscht und verwirrt und in den Morast der Unentschlossenheit gelockt, um ihn dann wegen seines Versagens zu verspotten. Und der Gelbe Wolf hatte sich mit den wilden Hunden verbündet, um das große weiße Mammut anzufallen.

»Warum rufst du mich jetzt?« schrie er wütend. »Du hast es nicht für nötig gehalten, aus dem Wald zu kommen und mir den Weg zu zeigen, auf dem ich zu meinem Stamm zurückkehren kann. Und du hast mich auch nicht in meiner Einsamkeit getröstet. Jetzt singst du zusammen mit deinen Artgenossen das Lied des sterbenden Tages, während ich mich ganz allein einem weiteren Sturm stellen muß. Ha! Kommt nur näher! Der Speer Cha-kwenas wird mit denen sprechen, die ihn so kühn verspotten!« Sein Herzschlag beschleunigte sich, als ihm ein Verdacht kam. »Oder wollt ihr mich warnen?«

Wieder spürte er, daß in der Welt etwas nicht in Ordnung war. Er wußte es, er konnte es fühlen. Sein Stamm war in Gefahr! Seine Mutter, seine Schwester, seine Frau!

»Ich muß zu ihr, zu ihnen!« rief er.

»Sie sind weit von diesem Ort entfernt, in einem Land des Blutes und Todes, wo Männer immer noch Jagd auf das Totem machen wollen. Du kannst nicht zu ihnen zurückkehren! Höre nicht auf den Betrüger! Wende dich von ihm ab! Erinnere dich, bevor es zu spät ist, daran, daß du Cha-kwena aus der Roten Welt bist, der Enkel Hoyeh-tays, der Bruder der Tiere und der Wächter des Totems ... der Schamane!«

Verblüfft blickte Cha-kwena sich um. Er hätte schwören können, sein Kopf wäre von den Flügeln eines großen Vogels gestreift worden, als er nach dem Sprecher dieser Worte suchte. Die Kojoten waren verstummt. Die Wölfe schwiegen. Die Mammuts wanderten zum Eingang der Schlucht. Doch draußen auf dem zugefrorenen See stand ein blaugesichtiger alter Mann mit einer Kopfbedeckung aus Grasbüscheln. Sein magerer Körper war nur in einen Lendenschurz aus Antilopenfell und einen kurzen Umhang aus Kaninchenfell gekleidet, seine Füße steckten in sommerlichen Sandalen aus Salbeifasern. Eine große Ohreule hockte auf seiner Schulter.

»Hoyeh-tay?« rief Cha-kwena den Namen seines vor langer Zeit gestorbenen Großvaters. Dann schloß er ungläubig die Augen. Als er sie wieder öffnete, waren die Geister des alten Mannes und seines helfenden Tiergeistes Eule – deren Gefieder Cha-kwena nun auf dem Kopf trug – verschwunden, doch auf dem Eis bildeten sich wieder Nebelphantome, nahmen jetzt vielfältige Gestalten an, diesmal nicht von Menschen ... sondern von Tieren.

»Bär!« gab Cha-kwena dem Phantom einen Namen und wußte, daß er dieses Tier schon einmal gesehen hatte – wie es in Shatehs Dorf auf einem Trockenrahmen gehangen hatte, nachdem es von Mah-ree getötet worden war – und seitdem in vielen weiteren Alptraumvisionen.

»Wenn du über das Eis zurückkehrst, Schamane, wer wird das Totem bewachen, wenn du getötet wirst, wenn der heilige Stein von Feinden gestohlen wird und wenn dein Stamm wie Samen vom Wind verweht wird?« fragte der Bär. »Die Raben deines Traumes versammeln sich, Bruder. Andere Schamanen verfolgen andere Ziele als du. Bald werden sie sich mit den Löwen verbünden und dir folgen. Sie suchen den heiligen

Stein. Sie jagen das Totem. *Ich* werde das Totem jagen. Und wenn das weiße Mammut stirbt, werden auch du und die Menschen für immer sterben!«

Der Wind wurde sehr kalt. Die große Mammutkuh trompete in der Schlucht. Cha-kwena erzitterte, als er sah, wie sich das Phantom wieder in Nebel auflöste. Er fühlte sich erschöpft und schwach vor Hunger, aber er wußte, daß er die Vision erlebt hatte, nach der er in den Tagen und Nächten des Fastens gesucht hatte. Wenn er das Leben seiner geliebten Menschen schützen wollte, mußten die Mammuts weiterhin seine wichtigste Sorge sein.

Während das Licht des Tages nachließ und sich ein Sturm hinter seinem Rücken zusammenbraute, drehte Cha-kwena sich um und folgte den Mammuts. Solange das Totem lebte, würden auch die Menschen leben. Sie würden wieder zu Kräften kommen, während das Mammut heranwuchs, und solange Kosar-eh seinen Stamm auf dem Weg der Vorfahren hielt, waren alle durch die Macht des heiligen Steines geschützt, den Mah-ree zu ihnen zurückgebracht hatte.

»Wirklich?«

Wieder drang das Wort ohne sichtbaren Ursprung in Chakwenas Geist, doch er lief unbeirrt zur Schlucht weiter und kehrte dem See und den nebligen Phantomen der Vergangenheit den Rücken zu. Nach vier Tagen und Nächten ohne Nahrung, Wasser oder Schlaf hatte er genug von Visionen. Er mußte essen, seinen Durst stillen und schlafen. Also antwortete er den Mächten der Schöpfung, die ihn über das Ende der Welt hinaus in ein Leben der Einsamkeit geführt hatten, mit einem trotzigen Knurren und setzte hinzu: »So muß es sein!« Dann ging er weiter und weigerte sich, über eine andere Möglichkeit nachzudenken.

3

Kosar-eh verfluchte die Nacht.

Er hielt an und blickte wütend zum Himmel hinauf, als könne er den Tag zur Rückkehr zwingen. Dann sah er die Unmöglichkeit eines solchen Unterfangens ein und eilte weiter.

Bis jetzt hatte er die Krieger ohne Mühe durch den Schnee verfolgen können. Sie bewegten sich mit hohem Tempo auf die Hügel zu, und eine Zeitlang waren Ta-mayas Fußspuren deutlich zwischen denen ihrer Entführer zu erkennen gewesen – die Spuren ihrer kleinen Wintermokassins mit den rauhen Sohlen, von denen sich der eine etwas tiefer in den eisüberkrusteten Schnee eindrückte, weil sie ihren frostgeschädigten rechten Fuß schonte. Falls Klah-neh bei ihnen war, wurde er entweder getragen, oder sein Gewicht war zu gering, um einen Abdruck im Eis zu hinterlassen. Doch jetzt hatte er schon eine ganze Weile nichts mehr von den Fußspuren seiner geliebten Frau gesehen, und an den deutlich vertieften Abdrücken des größten Mannes der Kriegergruppe war zu erkennen, daß sie nun ebenfalls getragen wurde.

»Dieser Mann wird als erster sterben!« schwor er verbittert, als er dazu gezwungen wurde, auf dem ansteigenden und felsiger werdenden Untergrund seine Schritte zu verlangsamen.

Eine dichte Wolkendecke verdunkelte bald die ersten Sterne des Abends, und in der zunehmenden Dunkelheit kläffte irgendwo in der Nähe ein Kojote. Der Laut hatte auf unheimliche Weise etwas Menschliches an sich, und Kosar-eh mußte unwillkürlich an Cha-kwena denken. »Du wirst mich nicht von meinem Vorhaben abbringen können!« erklärte er und verfluchte den Schamanen Gelber Wolf, weil er ihn in diese Lage gebracht hatte.

Irgendwann begann es zu schneien. Kosar-eh wurde immer verzweifelter. Wenn es ihm nicht gelang, die Krieger einzuholen, bevor der Schnee ihre Spuren überdeckt hatte, gab es kaum noch Hoffnung für ihn, seine Frau und seinen jüngsten Sohn jemals wiederzufinden. Er kämpfte gegen seine zunehmende Erschöpfung, ging jedoch unbeirrt weiter, während er verärgert knurrte, wenn gelegentlich – aber immer außer Speerwurfweite – ein Kojote vor ihm auftauchte. Es schien, als wollte er seine Spur über die der Entführer legen und ihm den Weg zeigen ... oder er wollte die Fährte verwischen, der Kosar-eh zu folgen versuchte.

Die Erschöpfung hatte Kosar-ehs Zorn längst abgekühlt, nicht jedoch seine Entschlossenheit. Mit dem Speer in der Hand trat er auf eine freie Fläche und blieb stehen. Der Kojote war verschwunden. Die Schneewolken teilten sich kurz und ließen genügend Sternenlicht hindurch, um die Umgebung zu erhellen. Kosar-eh erzitterte, als er zunächst Furcht, dann Wut und schließlich Entsetzen empfand. Im Schnee waren menschliche Spuren zu erkennen, die noch nicht völlig vom Neuschnee verdeckt worden waren. An diesem Ort hatte eine Art Versammlung stattgefunden ... und Gewalt. Trotz Wind und Schnee nahm er den Gestank nach Blut und den Moschusgeruch einer vor kurzem erfolgten Paarung wahr. Und genau in der Mitte der Fläche lag ein Fell auf dem Boden und noch etwas – etwas Kleines und nur allzu Vertrautes.

»Nein«, sagte er, als er weiter vortrat, langsam und voller Angst, daß sich seine schlimmsten Befürchtungen bestätigen würden. Kurz darauf hatte er sich Gewißheit verschafft. Er ging in die Knie und starrte hinunter auf Ta-mayas Schlaffell und eine der zwei mit Federn geschmückten Haarspangen aus Knochen, die er für sie gemacht hatte. Er streckte seine Hand aus und berührte mit tastenden Fingerspitzen etwas, dessen Berührung er kaum ertragen konnte ... ihr Blut auf dem Fell, das schon vor langer Zeit erkaltet und inzwischen gefroren war.

Dann hörte er Gelächter, ein tiefes, männliches Glucksen voller Hohn.

Kosar-eh erstarrte, drehte sich um und versuchte, durch den immer heftiger werdenden Schneefall etwas zu erkennen. Dann sah er, was ihm beim Betreten der freien Fläche entgangen war – die verschneite Gestalt eines in Felle gekleideten

Mannes, der sich gegen einen umgestürzten Baumstamm lehnte.

»Ich habe den anderen gesagt, daß du ihr folgen würdest«, sagte der Mann.

Kosar-eh zitterte. Er kannte diese Stimme. Sie war schwach, rauchig und kam irgendwie gepreßt aus der Kehle des Sprechers. »Ranamal!«

»Ah! Du hast diesen Wolf also nicht vergessen. Gut. Ja, das ist gut. Denn jetzt, Lustiger Mann der Roten Welt, wirst du diesem Wolf das geben, worauf ich gewartet habe … was ich brauche. Ja!«

Kosar-eh war aufgesprungen. »Wo ist meine Frau … Wo ist mein Sohn?«

Wieder lachte der Mann tief und pfeifend. »Sei dankbar,Mann der Roten Welt, daß der Junge seinen eidechsenfressenden Vater vergißt, wenn er als Krieger im Stamm des Graslands aufwächst. Hast du dir nicht genau dies für deine Söhne gewünscht? Ja. Du solltest mir dankbar sein. All deine anderen prächtigen Söhne, schon gar nicht dieser wimmernde Schwächling, dessen Leben ich in deinem armseligen, unbewachten Rattennest ein Ende setzte … sie werden niemals zu ehrenvollen Kriegern in einem mächtigen Stamm werden. Und deine Frau …? Ahh, sie war so eng, als ich in sie eindrang! Hat eure dreckige Nahrung aus Eidechsen und Ungeziefer deinen Mannknochen so klein gemacht, oder hast du sie nie richtig genommen, wie es vorhin jeder Mann aus unserer Gruppe …«

Kosar-ehs Speer flog bereits. Die Waffe hatte kaum seine Hand verlassen, als er schon wußte, daß die Steinspitze sich nicht in Ranamals Herz, sondern in seine Lenden bohren würde. Als es geschah, war Kosar-eh dankbar für das schwache Licht, in dem er die Entfernung unterschätzt hatte, so daß sein Speer in einem flacheren Bogen flog, als er sich in seiner Erregung gewünscht hätte. Er wollte Ranamal sterben sehen, doch zuvor wollte er von ihm noch erfahren, was er wissen mußte. Und als er sah, wie der Speer im Becken des Mannes steckte, empfand Kosar-eh ein tiefes, wenn auch nur vorübergehendes Gefühl der erfüllten Rache.

Dann trat er vor und baute sich vor Ranamal auf. »Du wirst mir sagen, wohin die anderen meine Frau und meinen Sohn gebracht haben!« forderte er. In seiner kalten Stimme klang ein kaum unterdrückter Zorn mit.

Ranamal hielt die Hände um den Schaft des Speeres geklammert und starrte mit schockgeweiteten Augen, während er seitlich wegsackte.

»Du wirst es mir sagen!« forderte Kosar-eh erneut und ging in die Knie. Er packte den Mann ungeduldig an seiner Fellkleidung, um ihn wieder halb aufzurichten. In diesem Augenblick bemerkte er verblüfft, daß Ranamals Rücken feucht vom Blut einer anderen Wunde war. »Was ist das?«

Ranamal lachte häßlich und gurgelnd über sich selbst. »Die alte Großmutter ... hat die ganze Zeit geschnarcht und sich schlafend gestellt ... Und als ich mich gerade heiß in deine Frau ergoß, kam sie von hinten ... stieß mir ein noch brennendes Stück Holz in den Rücken ... Ah, wer hätte gedacht, daß sie diesem Wolf eine so tödliche Wunde zufügen könnte! ... Und daß meine Gefährten mich hier zurücklassen würden, damit ich allein sterbe!«

Kosar-eh ließ sich nicht von Mitleid rühren. Er zog den Mann an den Schultern hoch und stieß ihn mit dem verletzten Rücken wieder gegen den Baumstumpf. »Wo ist meine Frau? Du wirst es mir sagen, oder du wirst heulend um deinen Tod flehen, Wolf!«

Ranamal starrte Kosar-eh lange an, das Gesicht vor Schmerzen verzerrt. Dann spuckte er ihm mit unverhohlener Verachtung ins Gesicht, um sich über den Kriegsnamen lustig zu machen, den der Mann aus der Roten Welt in seinem Stamm erworben hatte. »Ich werde zuerst dich heulen hören, wenn ich dir sage, daß sich an dieser Stelle alle mit Ta-maya, der Frau Kosar-ehs, vergnügt haben ... jeder Mann, bis sie ein Messer aus Ynaus Gürtel zog und ihn damit erstechen wollte. Diese schwache, winselnde Frau! Wir waren schon fertig mit ihr. Was konnte sie uns schon geben, mit ihrem gebrochenen Arm und ihrem lahmen Bein, wo wir doch unsere eigenen Frauen haben, die gesund und willig auf uns warten, in unserem Lager am ... nein, das werde ich dir nicht sagen. Aber ich werde dir sagen, daß wir deiner Frau das gaben, wofür sie sich selbst entschieden hatte – Ynaus Messer. Während wir aßen und unsere Kräfte für die Weiterreise sammelten, taumelte sie nackt zu den Hügeln … Sie blutete und schrie deinen Namen, Mann der Roten Welt. Aber du warst nicht da, um sie sterben zu sehen … dort … oder war es dort?« Ranamal deutete schwach in verschiedene Richtungen, um Kosar-ehs Hoffnung zunichte zu machen, seine geliebte Frau jemals wiederfinden zu können. Dann ließ das plötzliche Geheul der Kojoten die Bewegung seiner Hand erstarren. »Sie werden sie früher als du finden.«

Kosar-eh durchfuhr ein rasender Schmerz bei diesen Worten. »*Wo* ist sie gestürzt?«

Ranamals Atem ging jetzt flacher und angestrengter. Doch trotz der heftigen Schmerzen und der tödlichen Wirkung seiner inneren Blutungen, die ihn seit Stunden schwächten, lächelte er. »Vergiß die Toten, Krieger, der du keiner bist. Während du über eine verlorene Frau jammerst, werden der Rauch und der Gestank deiner brennenden Hütte längst andere Krieger zu den kläglichen Überresten deines Lagers gelockt haben. Jetzt werden die Krieger des Stammes des Wachenden Sterns auf deine Familie Jagd machen! Und wenn du sie wieder ohne den Schutz eines Schamanen, des heiligen Steins oder des Totems zurückgelassen hast, werden sie schon längst tot oder versklavt sein, wenn du zurückkehrst. Aber sei nicht betrübt, Kosar-eh. Die Tage und Nächte, die wir in dieser Welt der Lebenden verbringen, sind ohnehin nur kurz, nicht wahr? Ja, so ist es. Die Geister der Toten deines Lagers und deiner Frau Ta-maya warten schon im Wind auf dich. Ich werde bald bei ihnen sein. Und ich werde mich auch dort mit ihrem Körper vergnügen, in der Welt jenseits dieser Welt, genauso wie ich es in der Welt der Lebenden getan habe, bis du kamst …«

Kosar-eh wurde so wütend, daß er Ranamal mit einem Schlag gegen den Kopf zum Schweigen brachte. Seine geballte Faust hob den Mann ein Stück vom Boden und warf seinen Kopf rückwärts über den Baumstumpf, wobei er ihm das Genick brach. Noch im Tod hatte Ranamal einen Ausdruck höhnischer Genugtuung auf dem Gesicht.

Kosar-eh hörte und roch, wie das Leben aus Ranamal wich, als sein Körper über dem Stumpf zusammensackte. Zitternd rieb Kosar-eh sich die schmerzenden Knöchel seiner rechten Hand, während sein Zorn sich in quälende Verzweiflung auflöste. Das hatte er nicht beabsichtigt! Er beobachtete, wie die Schneeflocken auf das Gesicht des toten Mannes fielen, in seine offenen Augen und seinen auf groteske Weise lächelnden Mund, und wußte, daß er Ranamal genau das gegeben hatte, worauf er gehofft hatte: einen schnellen Tod, ein Ende seiner Schmerzen und nicht etwa eine Verlängerung seiner Qualen.

Kosar-eh wurde wieder von Zorn gepackt. Er stand auf. Dann stellte er einen Fuß auf den Bauch des toten Mannes und riß seinen Speer aus Ranamals Lenden. Immer wieder stieß er die lange Speerspitze aus Stein in die Leiche, durchstach die Felle, in die er gehüllt war, weidete ihn aus, trennte seine Genitalien ab und verstümmelte seinen Körper so sehr, daß es keine Hoffnung mehr für Ranamals kranke Seele gab, jemals unversehrt vom Wind in die Welt der Geister getragen zu werden. Dieser Wolf hatte Kosar-ehs Frau Gewalt angetan und zum Tode verurteilt und seine Familie abgeschlachtet. Jetzt waren ihre Seelen wenigstens im Land der Toten vor ihm sicher.

Als die Kojoten nun im Rudel heulten, wurde Kosar-eh von seiner Verzweiflung überwältigt. Er wandte sein Gesicht dem Wind und dem Schnee zu und heulte mit ihnen, um den Geist seiner Qualen freizulassen. Klah-neh war entführt worden, Ta-maya und Ka-neh waren tot. Und da sich rings um ihn ein Sturm zusammenbraute, hatte er keine Hoffnung mehr, die Spuren der Räuber seines jüngsten Sohnes zu verfolgen oder die Leiche seiner geliebten schönen Frau wiederzufinden. Ihm wurde eiskalt, als er sich an Ranamals Worte erinnerte: *Jetzt werden die Krieger des Stammes des Wachenden Sterns auf deine Familie Jagd machen! Und wenn du sie wieder ohne den Schutz eines Schamanen, des heiligen Steins oder des Totems zurückgelassen hast, werden sie schon längst tot oder versklavt sein, wenn du zurückkehrst.*

Zum ersten Mal, seit Kosar-eh den rauchenden Trümmern

seines Lagers so unbedacht den Rücken zugekehrt hatte, erinnerte er sich an jene, die er zurückgelassen hatte: U-wa und Joh-nee, seinen mutigen Kiu-neh und den tapferen Kho-neh und die blinde Tochter Doh-teyah, die Ta-maya so sehr liebte, daß sie lieber die Sklaverei oder den Tod in Kauf genommen hatte, als das Kind in Gefahr zu bringen.

Kosar-eh schämte sich zutiefst über seine Gefühllosigkeit gegenüber dem blinden Kind, dem er den Tod gewünscht hatte, und den anderen, die ihm vertrauten und auf seine Hilfe angewiesen waren. Er hob seinen Speer und säuberte ungeduldig die Steinspitze im Schnee. Dann kehrte er dem Toten den Rücken zu und wandte sich dem zurückgelassenen Schlaffell seiner geliebten Frau zu.

Er kniete sich hin und grub sich durch die bereits höher gewordene Schicht aus Neuschnee, bis er Ta-mayas Haarspange wiedergefunden hatte. Er hielt sie an die Lippen und schloß die Augen, während er ihr wunderschönes Bild heraufbeschwor. Sie zeigte ihr strahlendes Lächeln, während sie Doh-teyah an ihrer Brust stillte. Ihr hüftlanges schwarzes Haar war mitten auf ihrem Kopf geteilt und ließ ihr wunderschönes Gesicht frei. Es war an jeder Schläfe mit den Schmuckspangen befestigt, die er mit soviel Liebe und Sorgfalt für sie gefertigt hatte – zwei gegabelte Nadeln, jede so lang wie ihr Zeigefinger, beide aus Hirschgeweih geschnitzt und mit demselben schwarzweißen Streifenmuster versehen, mit dem auch Kosar-ehs Körper bemalt war, und mit einer einzelnen schwarzen Feder einer Elster geschmückt, die im Licht der Sonne, des Mondes oder der Sterne grün schillerte.

»Vergib mir!« flehte Kosar-eh den Geist seiner toten Frau an, und plötzlich begann er zu weinen – um sie, um sich selbst und um die Liebe und Freude, die sie gemeinsam erlebt hatten und nun nie wieder erleben würden.

Das anhaltende Heulen der Kojoten lenkte ihn von seinen qualvollen Gedanken ab. Er horchte. Die gelben Wölfe waren jetzt viel näher als vorher. Wieder dachte er an Chakwena,und wieder verfluchte er den Schamanen, weil jener ihn an diesen Ort gebracht hatte, wo er eine weitere Tragödie erleben mußte. Dann senkten sich seine Augenbrauen. Das

Kläffen der Kojoten verriet ihm, daß das Rudel sich aufgeteilt hatte und in Bewegung war. Einige Tiere liefen entgegen der Windrichtung und der Rest nach Süden und Osten, woher er gekommen war.

Zum Lager!

Ranamals Drohung schoß ihm wieder sengend durch den Kopf, woraufhin Kosar-eh aufstand, unter seine Kapuze griff und Ta-mayas Spange an seinem eigenen Haar befestigte. Selbst dieses winzige Erinnerungsstück ihrer Liebe gab ihm neue Kraft, und der große Mann wußte jetzt, was er tun mußte – was seine geliebte Frau ihm zu tun geraten hätte, wenn ihre freundliche Seele anwesend wäre, um ihn zu führen.

»Ich werde zurückgehen. Um der Kinder willen muß ich zurückgehen!« Obwohl sein Herz ihn dazu zwingen wollte, die Suche nach den Mördern seiner Frau fortzusetzen, machte er sich entschlossen auf den Rückweg zum Lager.

Mit dem Wind im Rücken hatte Kosar-eh keine großen Schwierigkeiten, seinen Weg durch die vom Schnee erhellte Dunkelheit zu finden. Auf dem langen und vertrauten Weg liefen ihm die Kojoten voraus, hinterließen ihre Spuren im frischen Pulverschnee und hielten gelegentlich an, um kläffend im Kreis zu springen, als wollten sie ein langsameres Mitglied des Rudels zur Eile antreiben.

»Ich bin nicht euer Artgenosse«, murmelte Kosar-eh, der durch ihre Anwesenheit und ihr Verhalten beunruhigt wurde. In seinem Geist sah er Bilder von kreisenden Raben und Kondoren, von Nebensonnen und Rauch, von Löwen, die im grellen Licht einer aufgedunsenen Sonne brüllten, und von den zerfleischten Gesichtern seiner ermordeten Söhne. Seine Eingeweide verkrampften sich. Doch er versuchte sich zu beruhigen. Trotz der haßerfüllten Drohungen Ranamals und trotz der Tatsache, daß die Krieger des Wachenden Sterns sich versammelt hatten, um in diesem Land Jagd auf ihre alten Feinde zu machen – was seinem Stamm im Licht der Morgensonne widerfahren war, konnte sich unmöglich ein zweites Mal unter demselben Himmel ereignen.

Trotzdem war Kosar-eh voller Sorge, als er weitereilte, denn er erinnerte sich daran, wie die Ältesten in der fernen Roten Welt jungen Jägern geraten hatten, sich um jeden Preis von den hohen Tafelbergen fernzuhalten, wenn es Sturm gab. Denn Blitze konnten immer wieder einschlagen, die Erde versengen, Steine sprengen und Lebewesen mit heißen, weißen Fingern aus Feuer berühren. Kosar-eh war Zeuge der verheerenden Wirkung der Blitze geworden, als ein Gewitter ohne Vorwarnung auf den weiten goldenen Ebenen des Graslandes zugeschlagen hatte. Dort hatten sie sich mit wirbelnden Winden verbündet, die Menschen, Bäume, Hütten und ganze Bisonherden in den Himmel gesogen hatten.

Das war vor langer Zeit an einem fernen Ort, dachte er. *In einer anderen Welt. In diesem Land gibt es keine Tafelberge!* Doch er wußte, daß er seinen Stamm in Jagdgründe geführt hatte, wo die Menschen leicht zum Opfer von Gefahren anderer Art werden konnten – zum Opfer von Feinden, von denen er angenommen hatte, sie wären längst tot oder über die Berge verschwunden.

Kosar-eh lief weiter, bis er endlich in Sichtweite des verwüsteten Lagers kam und stehenblieb. Die Kojoten schwiegen. Der Wind hatte sich gelegt. Der Schnee fiel senkrecht zu Boden. Die Welt war still, so still, daß er hören konnte, wie einzelne Flocken auf ihn fielen. Sein Instinkt und seine Lebenserfahrung als Jäger sagten ihm, daß es bald dämmern mußte. U-wa und die Kinder würden jetzt zwischen den steinigen Hügeln schlafen, wie er es ihnen befohlen hatte. Die Erleichterung durchströmte ihn wie ein Schluck von gut gegorenem Blut und Beerensaft. Sie lebten! Am Morgen würde er zu ihnen gehen. Jetzt wollte er sich ausruhen und versuchen, nicht an all das zu denken, was er ihnen sagen mußte, wenn …

Sein Gedankengang riß ab. Er hob den Kopf. Irgend etwas stimmte nicht, etwas war anders an diesem Lager. Seine Hand schloß sich fester um den Schaft seines Speers. Fast eine doppelte Handbreit Schnee war gefallen, seit er von hier losgezogen war, doch ein Stück von der verbrannten Haupthütte entfernt war ein neuer Unterschlupf errichtet worden. Er starrte durch das Schneetreiben, bis er erkannte, daß es sich um schneebeladene Felle handelte, die über einen Rahmen gelegt worden waren.

Er wurde wütend, weil wieder einmal einer seiner Befehle mißachtet worden war. Kosar-eh näherte sich ohne Vorsicht. Er würde die Frau und die Kinder, die dort schliefen, sofort aufwecken und in die Sicherheit der Hügel treiben! Er würde dafür sorgen, daß sie ihm gehorchten! Er würde ...

Wieder wurden Kosar-ehs Gedanken unterbrochen. Er blieb unvermittelt stehen und starrte ungläubig auf die Reihe der langen Speere mit den schweren Steinspitzen, die vor der Hütte im Schnee steckten – als würden sie dort Wache stehen. Noch bevor er das Murmeln mehrerer Männer und das leise Weinen einen kleines Mädchens hörte, wußte er, daß sich all seine schlimmsten Befürchtungen bewahrheitet hatten.

Der Rauch und der Gestank deiner brennenden Hütte werden längst andere Krieger zu den kläglichen Überresten deines Lagers gelockt haben. Jetzt werden die Krieger des Stammes des Wachenden Sterns auf deine Familie Jagd machen!

Kosar-eh lief es kalt über den Rücken, als er von den Worten eines toten Mannes verhöhnt wurde. Gleichzeitig hörte er Doh-teyahs ängstlich bebende Kinderstimme aus dem Innern der Hütte kommen.

»Böse Dinge! Böse Dinge!«

Er hielt den Atem an, aber nicht wegen der Worte seiner Tochter. Er hatte plötzlich das Gefühl, daß jemand hinter ihm stand. Im nächsten Augenblick drückte sich etwas Hartes und Scharfes in seinen Rücken. Kosar-eh machte einen Satz nach vorn, wobei er sich herumdrehte, um sich mit stoßbereitem Speer der Gefahr zu stellen. Doch es kam anders.

Man stellte ihm ein Bein, so daß er zu Boden stürzte, und dann versetzte ihm jemand einen heftigen Fußtritt und riß ihm den Speer aus der Hand. Während Kosar-eh nach Luft schnappte, starrte er zu zwei großen, in Felle gekleidete und im Gesicht tätowierten Kriegern auf. Einer von ihnen hielt jetzt Kosar-ehs Speer in der Hand. Der andere hielt den Speer, den er offenbar in Kosar-ehs Rücken gedrückt hatte. Jetzt berührte die Spitze seinen Bauch.

Die Sonne ging gerade irgendwo hinter den Schneewolken auf und spendete ihm genügend Licht, um die zwei Angreifer als Krieger des Wachenden Sterns erkennen zu können. Auch sie hatten zweifellos sofort die Farben erkannt, mit denen sein Körper, seine Kleidung und sein Speer bemalt waren. Erinnerten sie sich auch an Überfälle, die er in der Vergangenheit auf ihre Lager durchgeführt hatte? Kosar-eh verspürte eine Übelkeit, die nichts mit dem Schlag zu tun hatte, den man ihm gerade versetzt hatte. Jeder Mann, der ihn im Kampf erlebt und das Ereignis überlebt hatte, würde ihn bestimmt nie wieder vergessen.

»Benutzt eure Waffen oder nehmt sie fort!« forderte er sie heraus. Es war ihm gleichgültig, ob er mit dem Leben davonkam oder nicht, so daß er sich auf das gefaßt machte, was geschehen würde.

»Darüber entscheiden allein wir, nicht du, Mann der Roten Welt!«

Kosar-eh runzelte verblüfft die Stirn, als er den Sprecher als Indeh aus dem Grasland wiedererkannte. Indeh hatte Shatehs Stamm lange vor dem letzten Krieg verlassen, um sich den Kriegern des Wachenden Sterns anzuschließen. Kosar-eh hatte diesen Mann noch nie gemocht und ihm erst recht nicht vertraut. »Also bist du immer noch am Leben? Welch eine Schande!«

Indehs breite und wulstige Lippen verzogen sich vor Wut. »Für dich!« erwiderte er heftig und hätte Kosar-eh den Speer in die Eingeweide gerammt, wenn sein Gefährte ihn nicht zurückgehalten hätte.

»Warte! Sieh dir das an!« forderte der andere ihn auf und musterte die kunstvoll gearbeitete Spitze von Kosar-ehs Speer. »Kennst du diesen Mann, Indeh? Hat er diesen wunderbaren Speer gemacht, oder hat der Schamane, den wir suchen, diese Spitze aus Stein gezaubert? Ach, nachdem unsere besten Steinarbeiter tot sind, wäre es schön, wieder ...«

»Dieser Mann hat den Stein bearbeitet«, gab Indeh zu, während er die Spitze seines eigenen Speeres tiefer in Kosar-ehs Rumpf drückte. »Er hat das Geschick vor vielen langen

Monden von meinen eigenen Stammesgenossen gelernt. Er war in unserem Stamm als guter Steinarbeiter bekannt ... und als treuer Anhänger des Schamanen Gelber Wolf. Seine Gesichtsfarbe ist verblaßt, aber sieh dir sein Jagdhemd und den Speer an. Viele Männer unserer verstreuten Stämme haben vom schwarzweißen Krieger gesprochen ... vom Eidechsenfresser, der sich anmaßte, ein Mann zu sein!« Seine Augen durchbohrten Kosar-eh genauso gefährlich, wie die Speerspitze es zu tun drohte. »Wo ist Cha-kwena aus der Roten Welt jetzt? Und wo sind der heilige Stein und das Totem? Du wirst es uns sagen! Du wirst uns zu ihnen führen! Oder ...«

»Warum sucht ihr immer noch nach diesen Dingen? Es ist keine Macht mehr im Stein oder im Schamanen, und die Knochen des Totems liegen im Tal der Toten«, erwiderte Kosar-eh, als ihn eine furchtbare Erschöpfung überkam, die nichts mit der körperlichen Anstrengung der vergangenen Nacht zu tun hatte. Es war die kalte, leere, gefühllose Erschöpfung eines Mannes, der erkannt hatte, daß sein Tod nicht nur kurz bevorstand, sondern unausweichlich war. Doch es war ihm gleichgültig. Seine Kinder und alle anderen Menschen, die ihm vertrauten, waren getötet oder versklavt. Seine geliebte Ta-maya war tot. Und wenn die Krieger dieses Lager verließen, würden die Leichen von U-wa, Joh-nee, Kiu-neh, Kho-neh und der blinden Doh-teyah neben denen liegen, die ihre Feinde früher an diesem Tag zurückgelassen hatten.

»Warum sucht ihr den Gelben Wolf unter den Anhängern Kosar-ehs?« sprach er weiter. »Dieser machtlose Schamane hat diesen ebenso machtlosen Stamm im Stich gelassen und ist mit einem wertlosen Amulett hinter das Ende der Welt gegangen, wo er und seine geschätzten Mammuts und die unglückbringende Frau vermutlich längst vom Land in den Himmel gefallen sind. Geht! Folgt ihm nur! Dann ist diese Welt endlich von euch befreit!«

»Er spricht genauso wie die Frau«, sagte Indeh und riß das stumpfe Ende seines Speers hoch.

Kosar-eh verlor bei dem folgenden Schlag beinahe das Bewußtsein. Sein Kopf drehte sich, und in seinem Mund sammelte sich Blut. Trotzdem bemühte er sich, den Blick nicht von Indehs Gesicht abzuwenden, als er zur Seite spuckte, um seine Verachtung für den Mann zu zeigen. Die Anstrengung ließ ihn schwindeln, aber er verlor nur für einen kurzen Moment das Bewußtsein.

»Du, Krieger aus dem Grasland! Du wirst diesen Mann ansehen und auf das hören, was er jetzt zu dir sagt!«

Kosar-eh öffnete die Augen, als er den mit kalter Stimme gesprochenen Befehl eines Fremden hörte. Er blickte auf. Ein weiterer tätowierter Krieger stand vor ihm. Er war größer als die ersten beiden, hatte breitere Schultern und längere Arme und trug kunstvoll genähte und zueinander passende Felle. Er sah sehr kräftig aus und – mit einer mumifizierten menschlichen Hand, die an einem Riemen um seinen Hals hing, und einem Skalp mit langen grauen Haaren, der an seinen eigenen Haaren befestigt war – sehr gefährlich.

»Ich bin Tsana. Ich tötete Shateh und bin der Kriegshäuptling des Stammes des Wachenden Sterns«, sagte der Fremde. »In dieser Morgendämmerung im Licht der aufgehenden Sonne, obwohl Schnee und Wolken den Himmel verhüllen, enthülle ich jetzt mein Herz, wenn ich zum Mann, der seinen Feinden ins Gesicht spuckt, sage: Führe mich auf den Weg, den der Schamane Cha-kwena mit dem Totem und dem heiligen Stein gegangen ist, und ich schwöre beim Wachenden Stern und beim Leben meines Stammes, daß ich vergessen werde, daß du gegen uns gekämpft und den Tod in unsere Lager gebracht hast. Wenn du mir gibst, was ich von dir verlange, wird den Gefangenen, die ich an diesem Tag erbeutete, nichts zustoßen, und der Mann, der seinen Feinden ins Gesicht spuckt, wird als Krieger an meiner Seite leben, während wir gemeinsam jene jagen, die deine Frau geraubt und deine Söhne getötet haben.«

Kosar-eh hörte die Worte, aber konnte nicht daran glauben.

Als Tsana dies in seinen Augen sah, nickte er. »Indeh, Hrak, holt die anderen, damit er die Wahrheit in den Worten eures Häuptlings erkennt.«

Die zwei Männer verbeugten sich ehrerbietig und eilten dann zum Unterschlupf.

Kosar-eh blickte ihnen nach, sah, wie sie ein Fell beiseite zogen, und blinzelte, als helles Licht aus dem Innern drang. Dann wurden Kiu-neh und Kho-neh aus der Hütte geholt, begleitet von Indeh und Hrak und mehreren kräftig gewachsenen Männern. Joh-nee war ebenfalls bei ihnen, und Doh-teyah lag sicher in den Armen des Mädchens.

Kosar-eh war fassungslos. Die Kinder wirkten erschüttert, aber ansonsten schien man ihnen während ihrer Gefangenschaft keinen Schaden zugefügt zu haben. Er wußte nicht, ob er jubeln oder klagen sollte, bis er bemerkte, daß U-wa nicht bei ihnen war. Er sprach ihren Namen aus und vermutete bereits das Schlimmste.

»Eine tapfere Seele«, sagte Tsana. »Sie ehrte eure Toten, als wir dazu kamen. Furchtlos stellte sie sich uns entgegen. Mutig versuchte sie uns abzuwehren. Und als wir uns dann näherten, fiel sie wie ein Reh, das keinen Fluchtweg mehr sieht, einfach zu Boden. Sie hat sich seitdem weder gerührt noch ein einziges Wort gesprochen.«

Kosar-eh erbebte, als er sich an Ta-maya erinnerte, und rief anklagend: »Ihr habt sie getötet!«

»Nein, Vater«, teilte Kiu-neh ihm mit. »Es geschah genauso, wie er erzählt hat. Sie haben Medizinrauch für U-wa gemacht und ihr Gesicht und ihre Hände und Füße mit geschmolzenem Schnee eingerieben, aber …«

»Dein Sohn spricht die Wahrheit«, unterbrach Tsana ihn. »Die Krieger des Wachenden Sterns vergeuden nicht achtlos das Leben von Frauen, die Träger möglichen neuen Lebens sind, oder von Kindern, die zu Kriegern heranwachsen können. Der Krieg gegen jene, mit denen du dich unklugerweise verbündet hast, hat keinen wahren Heiler in meinem Stamm zurückgelassen, so daß es hier niemanden gibt, der das Wissen besitzt, die Seele der Frau U-wa von dort zurückzuholen, wohin sie gewandert sein mag. Ich bedaure es, aber wenn die Frau stirbt, kannst du nicht mir oder meinen Leuten die Schuld daran geben, daß sie diese Welt verlassen hat.«

Kosar-eh spuckte einen abgebrochenen Zahn aus. »An einem anderen Ort, vor vielen langen Monden, wurde meine Frau von Männern des Wachenden Sterns in euer Land gebracht. Wären ich und meine Leute ihr nicht gefolgt und hätten die Krieger des Graslandes sich nicht mit *mir* verbündet, wäre sie zum Fleischopfer für den menschenfressenden Dämon geworden, den euer Stamm Himmelsdonner nennt. Und sie wäre nicht die erste Frau gewesen, die auf diese Weise sterben sollte!«

Tsana blieb völlig ruhig. »Solcherlei Opfer wurden nur in Zeiten der anhaltenden Kälte, des Krieges und des Hungers vollzogen, wenn der Große Geist danach verlangte. Doch wir haben nur selten Grund gehabt, unser eigenes Fleisch und Blut zu opfern.«

»Nein ...« Kosar-eh sprach das Wort voller Haß und Abscheu aus. »Ihr habt nur ›Fleisch‹ geopfert, das ihr von anderen Stämmen geraubt habt, und während die Frauen eurer Feinde um ihre verlorenen Töchter weinten, habt ihr das Fleisch der Mädchen verschlungen und ...«

»Du weißt nichts von unseren Sitten und den Bedürfnissen des großen Mammutgeistes!« Tsana blickte zum Himmel auf. »Jetzt ist eine Zeit der anhaltenden Kälte, des Krieges und des Hungers. Jetzt beherrschen der Große Weiße Winter und seine Frauen, die Schwestern der Kälte – Schnee, Eis, Hagel und heulender Wind – die Welt. Während die Pässe über die Berge durch Schnee blockiert sind, muß der Stamm des Wachenden Sterns weit entfernt von den Jagdgründen unserer Vorfahren Schutz suchen. Und wir können unsere Kraft nicht im Fleisch der Mammuts suchen, sondern nur in dem, was wir von den Knochen eines toten Totems kratzen.« Er hielt kurz inne, während er Kosar-eh aus schmalen schwarzen Augen musterte. »Doch es gibt noch Hoffnung! Das Totem ist gestorben, aber seine Seele ist wiedergeboren worden und wächst in dieser Welt. Das wissen wir genau. Das spüren wir deutlich! Das wurde uns von den Mächten der Schöpfung mit der Stimme unserer Schamanen versprochen. Und um das Totem wiederfinden zu können, müssen wir das tun, was uns außer in Hungerzeiten ein Greuel wäre.« Sein Gesichtsausdruck spiegelte Verzückung. »Also sage ich es noch einmal: Schließ dich uns an, Mann, der seinen Feinden ins Gesicht spuckt! Führe uns zur Macht und zu dem, der sie gestohlen hat, sei es, um dich für den Tod deiner Frau und deiner Söhne zu rächen oder um deiner Kinder willen, die von dir erwarten, daß du ihr Leben schützt.«

Kosar-ehs Kopf schmerzte. Ihm war die Drohung nicht entgangen. Langsam und zitternd kam er auf die Beine und sah, wie Tsana Hrak zuwinkte. Der rangniedrigere Krieger erstarrte, reichte Kosar-eh jedoch sofort seinen Speer, den dieser ohne irgendeine Regung oder ein Wort des Dankes entgegennahm. Kosar-eh schien überhaupt keine Gefühle mehr zu haben, wie er feststellte, als wäre etwas in ihm gestorben. Sein Gesicht schmerzte, aber es war ihm gleichgültig. Der Wind war kalt, aber er war dagegen abgehärtet. Doch nachdem seine Kapuze aus Dachsfell nun locker auf seinen Schultern lag, wehte ihm der böige Wind um den Kopf und trieb ihm Schnee und die Feder von Ta-mayas Haarspange ins Gesicht. Diese Berührung war erschütternd, denn an der Feder war noch ihr Geruch. Sie duftete warm nach ihrer glatten, zarten Haut und ihren Lieblingsdüften – Salbei und Süßgras und Wiesenraute. Und die Erinnerungen an seine geliebte Frau quollen in Kosar-eh empor wie das Wasser aus einer kühlen, klaren Quelle. Er schloß die Augen, zitterte, als läge sie in seinen Armen, und öffnete dann wieder die Augen, als er sich plötzlich erfrischt und gekräftigt fühlte.

»Koschree!«

Der große Mann blickte in das Gesicht des blinden Kindes. Doh-teyah, die immer noch in Joh-nees Armen lag, streckte ihre Hände nach ihm aus. Seine Stirn legte sich in Falten. Tamaya hatte dieses Kind geliebt, sie hatte sogar das Leben des kleinen Mädchens über ihr eigenes gestellt. War ihr Geist jetzt bei ihm, um ihn daran zu erinnern, um ihn aufzufordern, dasselbe zu tun? Er trat vor und nahm den Säugling zu Joh-nees Überraschung in den Arm. Dann drehte er sich zu Tsana um. »Shateh wollte diesem blinden Kind das Leben verweigern. Welches Schicksal hat Tsana für Doh-teyah, die Tochter Kosarehs, bestimmt, wenn dieser Krieger einverstanden ist, ihm den Weg zum Gelben Wolf zu zeigen?«

»Nein, Kosar-eh! Tu es nicht!« Joh-nees ängstlicher Ausruf ließ ihre folgenden Worte nicht sehr glaubwürdig klingen.

»Dieses Mädchen fürchtet sich nicht vor dem Tod!« Ihr Kinn zitterte. Ihr ganzer Körper zitterte unter dem Schlaffell, als stünde sie mitten in einem Sturm. »Joh-nee wird ihren Bruder niemals verraten und seinen Feinden sagen, wohin er gegangen ist! *Niemals!*«

Tsana warf dem Mädchen einen nachdenklichen Blick zu, dann wandte er sich wieder Kosar-eh zu, während er mit seinem Speerarm auf Doh-teyah zeigte. »Die Schwester des Schamanen sagte, daß dieses blinde Kind zweimal gerufen hat, um ihren Stamm vor herannahenden Kriegern zu warnen, als noch nichts von ihnen zu sehen, zu hören oder zu wittern war. Ein solches Kind ist für den Stamm ein großes Geschenk der Mächte der Schöpfung. Sprich zu mir, wie du willst, Mann, der seinen Feinden ins Gesicht spuckt. Lebe als Krieger und räche den Tod deiner Frau und deiner Kinder oder stirb jetzt zusammen mit deinen letzten Söhnen. Du hast die Wahl. Auf jeden Fall wird der Stamm des Wachenden Sterns die Seherin des Windes ehren. Und dieses Mädchen Joh-nee werden wir schon noch überzeugen, uns zu enthüllen, was es über den Verbleib seines Schamanenbruders weiß.«

»Ich werde euch hinführen!« bot sich Kiu-neh an. Er blickte mit leuchtenden Augen zu Tsana auf – mit der Bewunderung eines Welpen, das darum buhlte, vom neuen Anführer des Rudels akzeptiert zu werden.

»Ich brauche die Augen eines Mannes, Kind!« wies Tsana den Jungen voller Verachtung zurecht. »Um mein Ziel zu erreichen, wirst du vielleicht als erster sterben. Dann wird dein Vater wissen, daß meine Drohungen genauso ernst gemeint sind wie mein Angebot der Freundschaft.«

Kosar-eh war erschüttert. Kiu-nehs Bereitschaft, seine Treue auf einen anderen Mann zu übertragen, hatte ihn tief getroffen. Trotzdem wußte er, daß sein Sohn guten Grund hatte, an diesem Tag das Vertrauen in seinen Vater aufzugeben. Er würde nicht einfach zusehen, wie sein Junge getötet wurde oder wie die störrische kleine Joh-nee aus Sorge um Cha-kwena litt. Der Schamane hatte keine Macht. Das Totem war tot. Das heilige Amulett war nicht mehr als ein Stück

Stein. Wenn die Krieger des Wachenden Sterns nicht daran glauben wollten, warum sollte er dann versuchen, sie von ihrem Irrglauben abzubringen, wenn er diesen dazu benutzen konnte, das Leben seiner Kinder zu retten?

»Der, den ihr sucht, ist den Weg gegangen, den er immer gegangen ist«, sagte er zu Tsana. »Er ist den Mammuts über das Ende der Welt hinaus ins Gesicht der aufgehenden Sonne gefolgt. Ich werde euch den Weg zeigen.«

4

»Geh! Geh *jetzt*!«

Cha-kwena schreckte aus dem Schlaf hoch. Er starrte zum verknoteten Gewirr aus Geweihen und Knochen hinauf, die das Gerüst seines Unterschlupfes bildeten, und unterdrückte einen Schrei. Karibus, Elche und Hirsche hatten sich über seinem Kopf in einen tödlichen Kampf geworfen! Er hörte das Krachen und Kratzen von Horn, das Klirren von Steinen, die unter gespaltenen Hufen aufspritzten, das Keuchen und Pfeifen des Todeskampfes, und sah und roch den Schweiß der Körper, die ihre Kräfte maßen, bis Geweihe brachen und Blut auf ihn herabfloß.

Der Schamane setzte sich heftig atmend auf. Jetzt waren die Geweihe und Knochen über seinem Kopf nur noch das, was sie waren. Er berührte sie, um ganz sicherzugehen. Sein Alptraum hatte sich verflüchtigt – wie schon so viele andere zuvor. Cha-kwena runzelte die Stirn. Die Stimme, die ihn im Traum gerufen hatte, hallte noch in seinem Geist nach, und der Gestank und die Hitze des Schweißes seines eigenen Körpers stachen ihm in die Nase.

Plötzlich drängte es ihn an die kalte, klare Luft. Er kroch auf den Knien zum Ochsenfell, das ihn vor dem Wetter schützte und schob sich nach draußen.

Außerhalb seines Unterschlupfes war nur Weiße. Endlose

Hügel aus Schnee bedeckten die Erde, so weit seine Augen durch den Schleier aus fallenden Flocken blicken konnten, der das Licht des bewölkten Morgens dämpfte. Er konnte nicht erkennen, wo das Land aufhörte und der Himmel begann. Der Schnee würde ihn noch viele lange Tage und Nächte festhalten. In seinem Unterschlupf hatte er reichlich Fleisch eingelagert, doch seine Vorratsgruben waren immer wieder von Wölfen, Füchsen und anderen Raubtieren geplündert worden, die klug genug waren, seine Verstecke zu finden. Wenn der Große Weiße Winter nicht in nächster Zeit das Land verließ, würde er, Cha-kwena, seine Fähigkeiten als Schamane und Jäger bald wieder unter Beweis stellen müssen. Dabei hatte er seit über einem Mond kein Wild mehr gesehen.

Als Cha-kwena die Mammuts in der Nähe knurren hörte, blickte er blinzelnd in ihre Richtung. Er wußte, daß er genau ins Herz der Schlucht schaute, und er stellte sie sich so vor, wie er sie zum ersten Mal am Ende des Herbstes gesehen hatte. Dunkle, vereiste Wände, die sich vor einem wolkenlosen Himmel erhoben, die steilen Granitfelsen von einem grauen, heftig schäumenden Fluß gespalten, dessen Stimme tosend dröhnte, während er in die felsige Tiefe stürzte. Vom Frost gebräunte Farne, verkümmerte Nadelbäume und blattlose, mit Flechten behangene Harthölzer hatten sich dicht am Ufer des Flusses in der Schlucht gedrängt. Die Wasserfälle waren in einem plötzlichen frühen Frost erstarrt, so daß sie in glitzernd weißer Stille von der Höhe stürzten. Jetzt hielt der Große Weiße Winter sogar den großen Fluß fest in seinem eiskalten Griff.

Wieder knurrte ein Mammut. Es war ein Laut gelangweilter Zufriedenheit mit einer Spur Unruhe. Cha-kwena konnte die Herde mit Mühe erkennen. Sie hatte sich tief in die Schlucht zurückgezogen und bildete einen schützenden Kreis um die Kälber. Sie standen im Windschutz eines Felspfeilers in der Nähe der Überreste eines Fichtengestrüpps, das die Tiere abgeweidet hatten.

»Wo die Mammuts Nahrung finden, ist Fleisch für den Menschen«, rief Cha-kwena sich ins Gedächtnis, doch diese oft wiederholte Überlieferung der Ahnen tröstete ihn nicht. »Wenn sich dieser Mann doch nur von Bäumen und Flechten und Grasbüscheln unter dem Schnee ernähren könnte!« An der Tiefe des Schnees und den abgenagten Fichten erkannte er, daß die Mammuts bald dazu gezwungen sein würden, sich neue Weidegründe zu suchen. Doch wo? Weiter im Osten, tiefer in der Schlucht? Vielleicht fanden sie dort Futter, aber was sollte der Mensch essen?

Die Frage war ernüchternd. Cha-kwena war zum Rand der Schlucht hinaufgestiegen und hatte gesehen, was dahinter lag – ein Gebirge aus festem Eis, das sich so weit erstreckte, wie er blicken konnte. Es war gleichzeitig die herrlichste und trostloseste Landschaft gewesen, die er je zu Gesicht bekommen hatte. Er starrte in die allgegenwärtige Weiße und stellte sich das umgebende Land vor, in das die heilige Herde ihn geführt hatte. Dann erzitterte er, als sich eine Stimme aus der Vergangenheit meldete und ihn verspottete.

Ist es nicht das, was du immer gewollt hast? Hast du dich nicht immer danach gesehnt, über das Ende der Welt hinaus zu reisen, um Länder zu sehen, die noch nie ein Mensch zuvor gesehen hat?

»Aber nicht allein!« rief Cha-kwena als Antwort auf die Stimme seines Großvaters. »Nicht ohne meinen Stamm!«

In diesem Augenblick überkam ihn plötzlich eine Vision. Wie ein heftiger flüsternder Wind bestürmte sie ihn und drang in seine Sinne ein. Ein inneres Licht explodierte grellweiß hinter seinen Augen. Der Schamane hörte überall seufzende Geisterstimmen und sah dann durch den Schnee und die Wolken – und durch die Zeit. Er sah nicht mehr die Schlucht vor sich, sondern einen anderen Spalt in der Erde der Roten Welt. Er war eine gewaltige, dunkle, vaginale Öffnung in der Erde. Während er darauf starrte, schien es, als würde die Haut von Mutter Erde von selbst zurückweichen und sich bloßlegen. Und dort, tief im Mutterleib der Erde sah Cha-kwena sich selbst als kleinen Jungen, der zusammen mit seinem Großvater unter dem kalten Licht des ewig Wachenden Sterns ging. Eine Eule flog ihnen voraus, die Lebensspender folgte, dem großen weißen Mammuttotem, das durch einen knietiefen Fluß aus Blut watete – und Mah-ree saß wie ein kleiner brauner Vogel hoch oben auf seinem gewaltigen Kopf.

Cha-kwena schnappte überrascht nach Luft. Seine kleine Frau war nicht so, wie er sich an sie erinnerte. Sie trug einen Umhang aus Rabenfedern über einem dunkleren Gewand, einem schimmelnden, schlecht gefertigten Kleidungsstück, das schlaff von ihrem skelettartigen Körper hing. Ihre Augen blickten starr geradeaus und lagen tief in einem bleichen, ausgemergelten Gesicht, das er gar nicht erkannt hätte, wenn sie nicht die Arme in seine Richtung gestreckt und seinen Namen gestöhnt hätte.

»Cha-kwena … mein Schamane … für immer und ewig …«

Und dann sah er den heiligen Stein. Sie hielt ihn in ihrer kleinen Hand. Er blutete, als sie den Griff um ihn löste und zu Boden fallen ließ.

Er keuchte auf, weil er diese Vision nicht sehen wollte, doch sie hielt ihn gefangen und riß ihn mit sich.

Jetzt heulten Wölfe. Er konnte sie deutlich hören, dazu das Krachen von Geweihen weit entfernt im Westen. Dann wurde der kleine Junge seines Traumes zu einem ganz anderen Jungen, und sein Großvater verwandelte sich in einen schwarzgesichtigen, tätowierten Fremden. Als die beiden im Gefolge des Mammuts durch den Fluß wateten, wurde der Junge zu einem Bären.

Das Tier fing den heiligen Stein mit dem Maul auf. Dabei weinte der Stein schluchzend – mit der Stimme von Cha-kwenas kleiner Schwester Joh-nee!

Cha-kwena schrie auf und schüttelte den Kopf, um sich von dieser Vision zu befreien, doch es nützte nichts. Der Bär griff das Totem an, stürzte sich auf das große weiße Mammut, um es zu töten. Der Schamane versuchte die Kontrolle über die Vision zu erlangen und warf einen Speer. Die Waffe flog schreiend in hohem Bogen. Als der Bär sie hörte, drehte er ihr unabsichtlich seine Brust zu, so daß sich der Speer genau in sein Herz bohrte. Doch das Tier starb nicht. Statt dessen erhob es sich auf die Hinterbeine. Mit seinen Tatzen, die fast wie menschliche Hände aussahen, zog er den Speer aus seinem

Körper und warf ihn dann mit der linken Tatze zu Cha-kwena zurück.

Der Schamane stand wie angewurzelt da. Er konnte sich nicht von der Stelle rühren. Er konnte nicht einmal schreien und den drohenden Tod abwehren. Alles um ihn herum schien plötzlich erstarrt zu sein: der Fluß, der Bär, das Mammut, der Junge, der schwarzgesichtige, tätowierte Fremde und das Gespenst, das seine Frau war. Alle schienen wie in unsichtbares Eis eingeschlossen. Nur der Speer bewegte sich noch. Und im kalten Licht des Wachenden Sterns konzentrierte sich Cha-kwena auf die fliegende Speerspitze – und sah, daß es der heilige Stein der Vorfahren war.

Der Stein fuhr mitten durch ihn hindurch, zerteilte ihn in zwei Hälften, die sich voneinander trennten und dann wieder miteinander verbanden, so daß er noch rechtzeitig herumwirbeln konnte, um zu sehen, wie der Speer das grasende Mammut traf. Er schrie. Das Totem war tödlich getroffen. Er wußte es, fühlte es, noch bevor er sah, wie das kleine weiße Mammut stürzte.

In diesem Moment löste sich die Vision auf. Benommen und verwirrt starrte Cha-kwena in den fallenden Schnee, und als er sah, daß die Mammuts ruhig dastanden, wäre er vor Erleichterung fast zusammengebrochen. Alles war so, wie es sein sollte. Die Herde war in Sicherheit und das Totem unversehrt. Waren die Dinge, die er gerade gesehen hatte, eine wahre Vision gewesen oder nur die Bilder der Ängste eines einsamen Menschen, der zuviel Krieg gesehen und zu oft die mörderische Seite der menschlichen Natur erlebt hatte? Cha-kwena sehnte sich nach der geistigen Klarheit zurück, über die er verfügt hatte, als er noch im Besitz des heiligen Steins gewesen war, und hob seine rechte Hand an die Kehle, als könnte die Berührung mit der Stelle, wo sich das Amulett so lange befunden hatte, ihm irgendwie dessen Kräfte zurückgeben. Er schloß die Augen. Er sehnte sich nach seiner Heimat und seiner Familie und flehte stumm die Mächte der Schöpfung an, seinen Stamm zu beschützen.

Fern in der Schlucht rief ein Häher nach seinem Gefährten. Cha-kwena öffnete die Augen und horchte, während er sich an eine Nacht erinnerte, in der er und seine kleine Frau sich unter ihre Schlaffelle gekuschelt hatten. In der Nähe hatte ein wärmendes Feuer gebrannt, das sie mit gesammelten blauen Daunenfedern von Hähern entfacht hatten. Die Erinnerung war so warm und angenehm wie das Feuer. Der Schamane zog sich in seinen Unterschlupf zurück, setzte sich auf sein Lager aus übereinander geschichteten Fellen und hüllte sich in den Umhang aus Kaninchenfell, den Mah-ree für ihn gemacht hatte.

»Mah-ree …« Cha-kwena seufzte. Ihr Name tröstete seine Seele. Er fragte sich, was sie wohl sagen mochte, wenn sie wüßte, wie sehr er sie inzwischen vermißte. Sie würde einen Schmollmund ziehen und ihn verspotten. Und dann würde sie ihre hübsche kleine Nase himmelwärts recken und behaupten, daß es ihm ganz recht geschah, weil es falsch von ihm gewesen war, ganz allein ohne sie weiterzugehen.

Doch die Wärme dieser Erinnerung währte nur kurz, denn nun dachte der Schamane wieder daran, wie seine Frau in seiner Vision ausgesehen hatte. Er erzitterte. *So dünn! So ausgemergelt! Nur noch ein Schatten ihrer selbst!* War sie in Gefahr? War sie verletzt? War sie den Fiebergeistern zum Opfer gefallen, die den fernen Wald heimgesucht hatten? Rief sie in diesem Augenblick über das Ende der Welt nach ihm? *Wenn ich doch nur Gewißheit hätte! Wenn ich doch nur zu ihr gehen könnte, sie sehen könnte, sie wieder in meinen Armen halten könnte!*

Cha-kwena sah sich niedergeschlagen im Innern seines Unterschlupfs um, bis sein Blick auf seinen Speer fiel. Er lag dort, wo er ihn hingelegt hatte, in der Nähe der Felltür, wo er ihn jederzeit ergreifen konnte, wenn es nötig war. Er betrachtete den mit Bändern geschmückten Schaft und die lange, kunstvoll gearbeitete Spitze, die Kosar-eh für ihn gefertigt hatte, bevor sie getrennte Wege gegangen waren. Wenn sie einen so mächtigen und willensstarken Mann als Häuptling ihres Stammes hatten, mußten Mah ree und die anderen einfach in Sicherheit sein!

Sie haben den heiligen Stein.

Sie haben einander.

Und solange das Totem lebt, werden auch sie überleben.

»Aber wie soll ich ohne sie überleben?«

Cha-kwena hörte, wie die Mammuts zufrieden schnauften und knurrten. Die große Leitkuh hatte ihre Familie um sich versammelt, und das weiße Kalb hatte es warm in ihrer sicheren, mütterlichen Umarmung. Und der Schamane, der geschworen hatte, das Totem und die heilige Herde zu beschützen, hatte es warm in seiner Hütte aus Knochen und Geweihen und Fellen. Er hatte genügend Fleisch gelagert, und nicht alle seiner Vorratsgruben waren geplündert worden. Trotzdem war er überzeugt, daß er bald an Einsamkeit sterben würde.

Er hing seinen Gedanken nach, beschwor noch einmal die Visionen herauf, die mit der Morgendämmerung zu ihm gekommen waren, sah Blut und kämpfende Bestien und Menschen, die zu Tieren wurden, während ihre Frauen weinten und klagten und das Totem in einem Fluß aus Blut gejagt wurde. Und dann verstand er plötzlich. Dies war die Welt, die er hinter sich gelassen hatte! Eine Welt des ewigen Krieges und Todes. Eine Welt, in der sich Menschen tatsächlich in Bestien verwandelten, in der die Frauen um die Toten weinten und die Kinder unter dem Schatten des Wachenden Sterns wimmerten. Kosar-eh, dem nichts wichtiger war als das Wohlergehen seiner Frau und seiner Kinder, würde nicht zulassen, daß sein Stamm in einer solchen Welt in ständiger Gefahr lebte! Wenn der Mond der Wärme aufging, würden die Narben der Trauer über den Tod seiner neugeborenen Tochter verheilt sein, so daß er erkennen konnte, daß es falsch gewesen war, das Vertrauen in seinen Schamanen zu verlieren. Dann würde Kosar-eh seinen Stamm durch den Wald zurückführen. In der ständig wachsenden Macht des heiligen Steines würden sie sich mit ihrem Schamanen wiedervereinen und ihren Feinden für immer den Rücken zukehren.

Cha-kwena lächelte. Er würde hier am Ende der Welt auf sie warten, zusammen mit dem Totem. Er schloß die Augen. Draußen hörte er, wie das kleine weiße Mammut ein helles Quieken von sich gab, das irgendwann einmal ein Trompeten sein würde. Die große Kuh antwortete mit einer Stimme, die wie Donner durch die Schlucht rollte. Der Schamane schöpfte neue Zuversicht. Das Kalb war tatsächlich in der Sicherheit der heiligen Herde geborgen. Bald würde der Große Weiße Winter das Land aus seinem eisigen Griff entlassen, und Kosar-eh würde zu ihm kommen. Zusammen mit Mah-ree, U-wa, Ta-maya und der alten Kahm-ree! Cha-kwena würde Signalfeuer am Ufer des großen Sees entfachen. Das Licht und der Rauch würden seinem Stamm den Weg zu ihm weisen. Und wenn Kosar-eh schließlich das Totem zu Gesicht bekam, würde der große Mann wissen, daß er sich richtig entschieden hatte, als er dem Wachenden Stern und den kriegerischen Traditionen der nördlichen Stämme den Rücken zugekehrt hatte, um wieder seinem Schamanen zu folgen und ihm in Freundschaft die Hand zu reichen.

Teil 2

Westwind

Unser Vater Sonne! Es ist Zeit für dich aufzugehen.
Ich will mit dir tanzen.

Mad Wolf
aus *The Old North Trail*
von Walter B. McClintock

1

Endlich hatte sich der Wind gedreht. Er wehte beständig aus dem Westen, aus der Heimat des Donnerers, und als Warakan im Licht des Morgens erwachte, wußte er, daß der Sturm vorbei war.

Und dann war es wieder da – das Heulen, das Jammern im Wind – doch diesmal war der Junge nicht der einzige, der es hörte.

»Es ruft wieder«, stellte Jhadel fest. »Und diesmal ist es näher. Viel näher!«

Warakans magerer junger Körper wurde von einer Welle der Erregung geschüttelt. Er neigte den Kopf zur Seite. Der Geist war zurückgekehrt. Vielleicht würde Jhadel jetzt das große bepelzte Wesen mit eigenen Augen sehen, das sich vor Warakan im blutroten Licht der Tänzer des Nordens zwischen die Bäume geflüchtet hatte. Und es klang wirklich sehr nahe. Die Richtung, aus der die Rufe kamen, ließ es sogar möglich erscheinen, daß sich das Wesen in einer der Trittfallen verfangen hatte, die Warakan am gestrigen Morgen aufgestellt hatte. Plötzlich machte er sich große Sorgen. Bis zu diesem Augenblick hatte er gar nicht daran geglaubt, Erfolg zu haben, also hatte er überhaupt noch nicht daran gedacht, was er mit dem Geist anstellen wollte, wenn er ihn tatsächlich gefangen hatte. Wie sollte er sich einem solchen Wesen nähern, ohne von seinen Zauberkräften verflucht zu werden? Wie sollte er es aus der Falle befreien, ohne daß ihm selbst etwas zustieß? Wesentlich beunruhigender war die Frage, was der alte Schamane sagen würde, wenn er herausfand, was sein Lehrling angestellt hatte.

Jhadel saß im Schneidersitz auf seinen Schlaffellen und lauschte angestrengt, die tätowierten Augenlider halb geschlossen. »Es schluchzte wie eine Frau unter Schmerzen. Und sein Jammern ist schwach, als würde es sterben.« Er blickte den Jungen an. »Es ist in deine Falle getappt.«

Warakan zuckte zusammen. »Ich …«

Der alte Mann brachte den Jungen mit einer ungeduldigen

Handbewegung zum Schweigen. »Dein Geist, der im Wind heult, war bis jetzt klug und vorsichtig und hat sich damit zufriedengegeben, in den Hügeln zu bleiben, in der Nähe der tiefen Schlucht. Ich weiß nicht, was ihn hierhergeführt hat, falls er nicht unwiderstehlich von deiner Falle angezogen wurde. Sag mir, was hast du als Köder benutzt?«

»Gebetslieder. Den Rauch von brennendem Salbei und Süßgras. Mein kleines Knochen-und-Stein-Spiel, das im Wind Musik macht. Außerdem ist es nicht ›mein‹ Geist! Und seit wann gibst du zu, daß es mehr als nur ein Wolf oder ein Löwe oder eine Sprungkatze ist?«

»Seit ich erkannt habe, daß nichts dich davon abhalten wird, seinen Rufen zu lauschen!«

In diesem Augenblick hörte das Jammern im Wind mit einem mitleiderregenden Schluchzen auf. Dann folgte ein schriller Schrei: »Schamane! Mein Schamane!« Schließlich verstummte es ganz.

Warakan riß die Augen vor Erstaunen weit auf. »Da! Hast du es gehört? Es ist so, wie ich sagte! Es ist wirklich! Und es ruft dich und nicht mich!«

»Hmm. Wir werden sehen. Dein Ungehorsam ist schuld, daß wir es jetzt suchen *müssen*. Wenn es gefangen ist, müssen wir es befreien. Und wenn es im Sterben liegt, müssen wir seinem Leid ein Ende setzen und es um Vergebung bitten, damit es nach seinem Tod nicht aus der Welt jenseits dieser Welt zurückkehrt, um uns zu verfolgen.«

Warakan war entsetzt und verwirrt. »Aber wie sollen wir einen Geist töten?«

Jhadel wirkte sehr besorgt. »Laß uns hoffen, daß wir nicht vor diesem Problem stehen werden.«

Gemeinsam traten sie mit Schneeschuhen und Knochenspeeren in das helle Licht des Morgens hinaus. Der Junge trug sein Bärenfell und seine glückbringende Goldadlerfeder im geflochtenen Haar und Jhadel seine abgenutzten goldbraunen Felle. Ein Stirnband aus Rabenfedern lag um den Kopf des alten Schamanen, während sein Körper gebeugt unter dem Gewicht seiner Medizintasche ging. Er stützte sich auf seinen heiligen Stab aus Pappelholz, der mit Bändern aus

Mammutfell, Büscheln aus geflochtenem Mammuthaar und vielen kleinen Perlen aus Vogelknochen behangen war, die im Morgenwind klapperten. Sie sangen, während sie gingen, wobei der alte Schamane die Worte vorgab, die dann vom Jungen wiederholt wurden.

»Wir kommen!«

»Wir kommen.«

»Geist des Windes, wir kommen!«

»Geist des Windes, wir kommen.«

»Auf dem Pfad des Schamanen gehen wir!«

»Auf dem Pfad des Schamanen gehen wir.«

»Wir kommen und suchen den rufenden Geist! Wir bieten die Hilfe des Menschen, denn obwohl der Geist weise und mächtig ist, könnte er unwissentlich in die Falle dieses dummen Jungen getreten sein. Wir kommen!«

Warakan warf dem alten Mann einen bösen Blick zu. »Wir kommen und suchen den rufenden Geist! Wir bieten die Hilfe des Menschen. Wir kommen.« Mehr wollte er nicht wiederholen.

Jhadel blieb stehen und sah den Jungen ernst an. »Die Geister dieser und der nächsten Welt wissen alles. Für sie ist der Mensch so durchsichtig wie klares Wasser. Auch wenn du schweigst, blickt das, was da ruft, in dein Herz. Und dort sieht es die Respektlosigkeit Warakans.«

»Wenn es wirklich so weise und mächtig wäre, wäre es niemals in meine Falle getappt!« entgegnete der Junge zu seiner Verteidigung.

»Die du niemals hättest aufstellen dürfen!«

Warakan konnte die Wahrheit dieser Worte nicht abstreiten. Und jetzt heulte der Geist wieder. Seine bebende Stimme hallte durch den Wald. Es klang wirklich, als wäre es gefangen und verzweifelt. Warakan erinnerte sich an das bepelzte Wesen, das er in der Nacht des brennenden Himmels gesehen hatte, und fragte sich, wie Sehnen und Faserschnüre ein so monströs und gefährlich aussehendes Wesen festhalten konnten.

Verwirrt formulierte er in Gedanken eine Frage, mit der er sich bislang noch gar nicht befaßt hatte: Wenn der Geist tatsächlich ein Geist war, ein Wesen aus Nebel und Luft und Macht, wie konnte es dann überhaupt gefangen werden? Er runzelte die Stirn, worauf ein Schmerz durch seinen gebrochenen Nasenrücken fuhr, doch er achtete nicht darauf. Statt dessen fragte er sich nun – nicht ohne zunehmendeFurcht –, ob der Geist vielleicht nur vortäuschte, sich gefangen zu haben, um den dummen Jungen in den Wald zu locken, der sich übermütig eingebildet hatte, er könnte es wagen, ihm eine Falle zu stellen!

Trotz des warmen Fells der großen Bärin, in das er gekleidet war, wurde Warakan plötzlich kalt. Er drehte sich zur Hütte um, die er und der alte Mann gerade verlassen hatten. Er konnte sie noch zwischen den Bäumen erkennen. Auch wenn sie sehr klein war und eher einem Rattennest glich, das vom Schnee bedeckt worden war, erschien sie ihm auf einmal warm und einladend. »Vielleicht sollten wir lieber umkehren«, schlug er eifrig vor.

»Das können wir nicht! Komm! Zeig diesem Mann, wo du deine verfluchte Falle aufgestellt hast.«

»Aber … ich …« Warakan wollte nicht zugeben, daß er Angst hatte, also brachte er die erste Entschuldigung vor, die ihm in den Sinn kam. »Was passiert mit dem schlafenden Bärenjungen, wenn wir nicht zurückkommen? Raubtiere streifen durch den Wald. Wenn Bruder Bär aufwacht und wir nicht da sind, um ihn zu schützen …«

»Genug!« entgegnete Jhadel. Er hatte die Absicht des Jungen sofort durchschaut. »Du hast guten Grund, dich zu fürchten. Um dich selbst, nicht um das Bärenjunge! Die Mächte der Schöpfung sind denen nicht freundlich gesonnen, die die Geister entehren und betrügen!« Er schüttelte den Kopf. »Ersatzmutter des Bären, die Tage, wo das Junge auf dich angewiesen ist, werden bald ein Ende haben. Mach dir keine Sorgen um sein Schicksal. Es wird bald seine eigenen Wege gehen, um nach seinen Artgenossen zu suchen. Was dich betrifft …«

»Der Bär ist mein Kind, mein Bruder!« protestierte der Junge. Diese Aussicht, der Bär könne ihn verlassen, über die er noch gar nicht weiter nachgedacht hatte, hatte ihn tief erschüttert. »Ich bin sein Artgenosse! Er braucht in dieser

Welt niemanden außer Warakan! Wenn ich ein Mann bin, wird Bruder Bär an meiner Seite gehen. Gemeinsam werden wir Krieger sein! Wir werden unsere Feinde und sogar die Geister vor Angst erzittern lassen, wenn sie ...«

Jhadel knurrte mißbilligend über die Dreistigkeit des Jungen und wollte gerade etwas erwidern, als der Geist erneut schrie.

Warakan erstarrte. Mit einer Windböe drang ein helles Klingeln durch die Bäume zu ihnen. »Mein Musikmacher!« rief der Junge und stellte sich die durchbohrten, auf Sehnen gezogenen Steine und hohlen Vogelknochen vor, die Jhadel an einem hölzernen Stab befestigt hatte, um ihm mit diesem Geschenk die Langeweile der Mittwintertage zu erleichtern. Wenn man es in der Hand bewegte oder aufhängte, so daß der Wind durch die Sehnen fahren konnte, erklangen außergewöhnliche und angenehme Töne. Warakan hatte sich gedacht, daß es den Geist vielleicht neugierig machte, so daß er durch den Wald gelockt wurde. Also hatte er das Klangspiel an den höchsten Ast des stämmigen jungen Nadelbaumes gehängt, an dem er dann seine Trittfalle aufgebaut hatte. Nach der Lautstärke des Klirrens zu urteilen, schien etwas – oder jemand – offenbar sehr heftig am Baum zu rütteln. Warakan war sicher, daß es der Geist war, der sich aus der Falle freizukämpfen versuchte, bis das unmißverständliche Kreischen einer Säbelzahnkatze die Luft zerriß.

Der Schamane erstarrte.

Warakan ebenfalls.

Das Heulen des Windgeistes war verstummt. Das Klangspiel klingelte immer noch wild, und obwohl die große Katze nicht noch einmal kreischte, hatte dieses Schweigen etwas Bedrohliches.

»Wenn du einen Geist aus der Welt jenseits dieser Welt gefangen hast und ihn jetzt den Gefahren der Raubtiere dieser Erde aussetzt, wirst du nicht mehr lange genug leben, um ein Krieger werden zu können, und du wirst ...«

Jhadel sprach seine Warnung nicht zu Ende. Warakan hatte sich, den Knochenspeer wurfbereit in der Hand, bereits auf den Weg durch die Bäume gemacht.

Nachdem sie eine Weile in den Westwind gestarrt hatten, blieben sie stehen, als sie den Geist sahen, der mit dem Rücken zu ihnen im Schnee lag. Er war neben einem jungen Nadelbaum zu Boden gegangen. Ein haariges Bein war nach oben gestreckt, das sich hoffnungslos in einer Sehnenschnur verfangen hatte, die an einem der oberen Äste befestigt war. Am selben Ast hing auch das Klangspiel, das durch jeden Lufthauch und sogar die leichtesten Bewegungen des Wesens in Schwingungen versetzt wurde. Rings um den Baum und den gefangenen Geist waren die frischen Spuren einer großen Katze zu sehen.

Warakan hörte, wie Jhadel zischend den Atem einsog und dann flüsterte: »Ist es das, was du im Licht der Tänzer des Nordens gesehen hast?«

»Ja!« antwortete der Junge, doch seine Begeisterung verflog schnell wieder. Das ›Wesen‹ sah gar nicht aus, als würde es aus Nebel, Luft oder reiner Macht bestehen, und es schien jetzt nicht einmal halb so groß wie in seiner Erinnerung zu sein.

»Dein ›Geist‹ ... sieht eher wie ein Bär aus«, stellte Jhadel fest.

»Die Bären sind noch nicht aus ihren Winterhöhlen gekommen. Sogar mein Bruder Bär schläft noch. Und es ist nicht ›mein‹ Geist! Wir beide haben gehört, wie es *deinen* Namen rief.« Trotz seiner Worte war der Junge nicht sicher, wie er auf das reagieren sollte, was er sah. Das Wesen im Schnee sah tatsächlich wie ein Bär aus, ein sehr kleiner, alter und kränklicher Bär, dessen dunkles Fell ergraut und fleckig geworden war, das ihm schlaff über die Knochen hing, während er schwach und hilflos sein pelziges Bein zu befreien versuchte. Warakan spürte, wie seine Verwirrung ihn erdrückte, als hätte er sich einen viel zu schweren Umhang über die Schultern gelegt. War dieses Wesen schließlich doch nur ein Tier, oder wollte es ihn mit dieser Erscheinung täuschen und ihn in den Tod locken?

»Ob es nun aus dieser Welt oder der nächsten stammt, wir müssen es auf jeden Fall befreien oder seinem Leid ein schnelles Ende machen, bevor die Säbelzahnkatze zurückkehrt!« sagte Jhadel und schnallte seine Medizintasche ab.

Warakan war verzweifelt. Als er vor langer Zeit die große Bärin getötet hatte, um von ihrem Fleisch zu überleben, sich in ihr Fell zu kleiden und die Verantwortung für ihre Jungen zu übernehmen, hatte er geschworen, nie wieder einen Bären zu töten oder von seinem Fleisch zu essen. Doch der Geist des Windes hatte ihn zu diesem Ort gerufen, und jetzt hielt er Spieße aus den Knochen der Bärin in der Hand und überlegte, ob er wieder einen ihrer Artgenossen töten sollte.

Doch dann kam auf der anderen Seite der Falle eine Säbelzahnkatze zwischen den Bäumen hervor. Der Smilodon hatte den schweren Kopf gesenkt und vorgestreckt, die kurzen Ohren angelegt und den zuckenden Stummelschwanz eingezogen, während er tief in seinem gewaltigen Brustkorb knurrte und die zwei Menschen warnte, sich von dem, was er offensichtlich als seine nächste Mahlzeit erwählt hatte, fernzuhalten.

Der Geist rührte sich nicht.

Warakan trat unwillkürlich einen Schritt zurück. Die Katze war beeindruckend. Sie sah aus wie eine Kreuzung zwischen Löwe und Luchs und war fast so groß wie ein Löwe. Sogar bei geschlossenem Maul waren ihre vorstehenden Fangzähne zu erkennen. Der Junge starrte mit offenem Mund. Die Säbelzähne des Tieres waren länger als seine Unterarme.

Jhadel wich nicht von der Stelle. »Einen Speer … wirf ihn jetzt.« Seine Worte kamen ruhig und gleichmäßig, ohne eine Gefühlsregung zu verraten, stellten aber dennoch einen zwingenden Befehl dar. »Dein Wurfarm ist gut. Ziele etwas kürzer. Ohne das Tier zu treffen. Gib ihm nur eine Antwort auf seine Warnung. Wenn die Mächte der Schöpfung mit uns sind, wird es sich zurückziehen.«

Für Warakan war es unmöglich, dem Befehl zu gehorchen. Die Sprungkatze war ein großartiges Tier. Als er in ihre goldenen Augen blickte, fragte er sich, ob ihn die Mächte der Schöpfung selbst aus dem Körper des großen Raubtieres anstarrten. Er neigte den Kopf, als ihm der Gedanke kam, daß er derjenige sein sollte, der zurückweichen mußte. Wenn er es tat, würde sich das Tier auf das Wesen in der Falle stürzen und es in Stücke reißen. Wenn der Geist wirklich ein Geist war, würde er sich zu verteidigen wissen – wenn nicht, dann sollte er lieber von einer Sprungkatze als von einem kleinen Jungen getötet werden. Ganz gleich, ob es nun ein Bär oder ein Geist war, wenn das Wesen das Ende seiner Tage erreicht hatte, wäre es besser, wenn es nicht Warakan dafür verantwortlich machte, es gefangen und in Todesgefahr gebracht zu haben. Vielleicht wäre es eher bereit, den Tod durch diese wunderbare Katze zu akzeptieren, und würde sich sogar geehrt fühlen, wenn es von einem Raubtier von so ungeheurer Macht und Schönheit verschlungen wurde.

»Warakan!« Jhadels Stimme klang jetzt ein wenig nervös.

Die Katze hörte es.

Der Junge hielt den Atem an. Die Muskeln an der Schnauze und am Unterkiefer der Katze spannten sich an, als sie knurrte. Warakan starrte in das rote Maul, das nur zum Töten gemacht war. Und als das Tiere gerade seine ganze Kraft sammelte, um sich auf den Sprung vorzubereiten, der es von den Bäumen in einem hohen Bogen des Todes zum hilflosen Wesen in der Falle bringen würde, geschah etwas Schreckliches.

»Verschwinde!« kreischte das Wesen plötzlich mit der hellen, ängstlichen Stimme einer jungen Frau, während es mit dem gefangenen Bein an den Riemen zerrte, die es festhielten. Das Klangspiel klirrte heftig.

Die Katze setzte unbeirrt zu ihrem Sprung an.

»Aiee!« schrie der Geist.

Warakan blinzelte fassungslos, als er sah, wie das Wesen in der Falle nun einen bislang verborgenen Speer zum Vorschein brachte, der mit Federn geschmückt und mit schwarzen und weißen Streifen verziert war. Die große Säbelzahnkatze, die sich bereits im Flug befand, sah die Waffe ebenfalls. Das Tier kreischte, erstarrte und versuchte der lanzettförmigen Speerspitze auszuweichen, die der Geist genau in die Flugbahn gerichtet hielt.

Die Katze landete ein Stück neben ihrer Beute auf dem Boden und hatte sich bereits in die andere Richtung gewandt. In dem Augenblick, als ihre Pfoten den Schnee berührten, setzte sie bereits zur Flucht an.

Verblüfft beobachteten Warakan und Jhadel, wie sie zwischen den Bäumen verschwand. Dann starrten sie sprachlos auf das Wesen in der Falle, das den Speer sinken ließ und vor Erleichterung schluchzend zusammenbrach.

Warakan hielt seine Spieße bereit und ging hinter Jhadel langsam näher an das Wesen heran, das jetzt reglos vor ihnen lag, bis er nahe genug war und neben dem alten Mann stehenblieb. Sie blickten auf den kleinen Haufen aus zitternden, von einem Bärenfell verhüllten Knochen herab.

»Sprechender Bär?« redete Jhadel das Wesen voller Ehrfurcht an. »Warum hast du diesen Schamanen gerufen? Warum hast du die Gestalt eines Bären angenommen, um dann eine Sprungkatze mit einem Speer zu bedrohen? Und warum hast du mit der Stimme einer Frau gesprochen?«

»Weil ich eine Frau *bin*!« fauchte der Geist. Er drehte sich schwach herum und blickte aus großen brauen Augen, die tief eingesunken in einem ausgezehrten, aber völlig menschlichen jungen Gesicht lagen, das vor Hunger wie skelettiert wirkte.

Es dauerte einen Moment, bis Warakan sie wiedererkannte. Dann rief er erstaunt und begeistert: »Mah-ree aus der Roten Welt!« Er sprang sofort vor, um ihr in zottiges Fell gekleidetes Bein aus der Falle zu befreien.

Sie starrte ihn an, während sich ihr Gesicht vor Verwirrung verzog. »Cha-kwena? Du bist wieder ein Junge! Wie ist das möglich, mein Schamane?«

»Gelber Wolf ist nicht hier. Ich bin Warakan«, teilte er ihr stolz in seinem männlichsten Tonfall mit. »Du hast mich doch bestimmt nicht vergessen! Ich bin der Sohn Masaus und der Enkel Shatehs!«

Mah-ree schien seine Worte gar nicht wahrzunehmen. Sie lächelte schwach, schloß die Augen und entspannte sich in ihren verdreckten Fellen. Während der Junge weiter an den Schnüren der Falle fingerte, seufzte sie erschöpft: »Ich wußte, daß du mich nicht für immer allein in diesem dunklen und verfluchten Wald zurücklassen würdest.« Als sie die Augen wieder öffnete, stand darin Panik, die ebenfalls in ihrer Stimme mitschwang. »Du hast zu dieser Frau gesagt, sie sollte zum Stamm zurückkehren, mein Schamane. Und diesmal hat sie dir gehorcht! Wirklich! Aber das Dorf war verlassen, die Menschen schon lange fort. Wie sollte sie ihnen allein durch die dunklen Wälder folgen? Also blieb sie zurück und kümmerte sich um die Knochen des armen Gah-ti und wartete darauf, daß ihr Schamane zurückkehrte. Statt dessen kam der Bär. Er war alt und hungrig und hätte fast diese kleine Frau gefressen! Aber dann kam Gah-tis Geist zu ihr, und mit dem Speer, den Kosar-eh für Gah-ti zurückließ, damit er ihn in die Welt jenseits dieser Welt mitnehmen konnte, hat diese Frau, diese gesetzesbrüchige Frau ...« Ihre Stimme versagte. Schluchzend schüttelte sie den Kopf. »Immer wieder hat diese Frau unter dem ewig wechselnden Gesicht der Mondgöttin, der Mutter der Sterne, im Wind nach ihrem Schamanen gerufen! Und jetzt ist er endlich gekommen!«

Sie schloß wieder die Augen. Jetzt war sie ruhiger, aber auch wesentlich geschwächter als zuvor. »Bald werden auch die anderen zurückkehren. Sie sind schon unterwegs. Der Wind hat mir mit dem Rauch aus Kosar-ehs Lagerfeuer den Lieblingsduft meiner lieben Schwester Ta-maya zugetragen – Salbei, Wiesenraute und Süßgras. Ja, bald werden wir alle wieder ein Stamm sein! Dann wirst du uns zum Totem führen, und Kosar-eh wird wissen, daß alles, was du gesagt hast, die Wahrheit war, und ...« Wieder brach Mah-ree ab, öffnete die Augen und blickte genau in Warakans Gesicht.

Der Junge wußte, daß Mah-ree jetzt jemand ganz anderen in ihm sah, aber es war ihm gleichgültig. Er hatte sie aus der Falle befreit und kniete jetzt über ihr. Wie klein und verletzlich sie war! Und als sie ihn jetzt anlächelte, zeigte ihr Gesicht eine so strahlende und bedingungslose Liebe, daß er tief erschüttert war. In seinem ganzen Leben hatte ihn noch nie jemand mit solcher Liebe angeblickt. Nicht einmal seine Mutter oder sein Vater. Und bestimmt nicht Jhadel.

»Ich habe dies für dich aufbewahrt«, flüsterte Mah-ree in verschwörerischem Tonfall, als sie nach der Hand des Jungen griff und sie an ihre Kehle führte.

»Was? Ich ...« Obwohl Warakan nervös und verwirrt

durch ihre Handlungsweise war, übten ihre Nähe und ihre Berührung einen solchen Zauber auf ihn aus, daß er sich nicht wehren konnte, als ihre magere Hand seine Finger an einen vertrauten Gegenstand drückten – so hart wie Stein, so rauh wie alter Knochen, kaum größer als der Daumen eines Mannes und so anmutig gebogen wie der Reißzahn einer kleinen Katze.

»Der heilige Stein der Vorfahren«, sagte er schockiert. Er wollte seine Hand zurückziehen, aber Mah-ree ließ es nicht zu. Ihre Hand kam zusammen mit seiner hoch, und dann zerriß die abgenutzte Schnur aus geflochtener Sehne, an der das Amulett befestigt war.

»Ja! Nimm ihn! Er ist für dich, mein Schamane«, drängte sie mit einem schwachen Seufzer.

Warakan spürte, wie ihre Hand erschlaffte und dann ihr Arm herabfiel. Sie hatte das Bewußtsein verloren.

Verblüfft hielt der Junge den Stein in der Hand und starrte fassungslos auf das Amulett, das im Licht des neuen Tages aufleuchtete. »Weiser Mann?« sagte er und sah zu Jhadel auf.

Der alte Mann, der zwischen Warakan und der Sonne stand, warf einen langen Schatten. Er trat langsam und bedächtig vor, lehnte dann seinen Speer gegen seine Schulter und beugte sich herab. Seine Hände schlossen die Finger des Jungen zu einer Faust um den heiligen Stein. »Jetzt beginnt es«, sagte er.

»Was?«

»Alles, was ich mir je geträumt habe … mehr, als du dir je gewünscht hast!«

2

U-wa war tot. Ihre Seele hatte beim ersten Licht der Dämmerung den Körper verlassen, und Joh-nee, die an ihrer Seite erschöpft eingeschlafen war, hatte nichts dagegen unternehmen können. Jetzt saß Cha-kwenas kleine Schwester mit starren und wachsamen Augen neben ihrer Mutter. Sie vergoß keine Tränen und reagierte auch nicht auf Doh-teyahs Bedürfnisse, so daß sich nun Kosar-eh und seine Jungen um das Baby kümmern mußten. Joh-nee saß reglos im vollen Licht des Morgens, hielt die Hände ihrer Mutter und wünschte sich, daß ihr Geist in ihren Körper zurückkehrte.

»Diesmal lasse ich nicht zu, daß deine Seele fortgeht. Bitte, Mutter, komm zurück! Dieses Mädchen wollte nicht einschlafen. Es wird jetzt besser auf dich achtgeben!«

Kosar-eh trat neben sie und sagte behutsam: »Komm. Die anderen bereiten sich auf die Weiterreise vor.«

Joh-nee blickte zu ihm auf. »Es ist mir gleichgültig, was die anderen tun. Ich werde hier auf meine Mutter warten.«

»Ihre Seele ist fortgegangen. Sie wird nicht mehr zurückkehren.« Dem großen Mann tat es leid, daß es keine schonendere Methode gab, es ihr beizubringen. In den letzten drei Tagen hatte U-wa wie eine Tote auf der Trage aus Fellen und vier gekreuzten Speeren gelegen, mit der Tsanas Krieger sie transportiert hatten. Joh-nee war fest davon überzeugt gewesen, daß ihre Mutter wieder aus der Trance erwachen würde, in die sie am Tag der zwei Angriffe auf das Lager gefallen war. Die ganze Zeit über war das Mädchen bei Tag an der Seite ihrer Mutter gegangen und hatte bei Nacht an ihrer fellbedeckten Pritsche Wache gehalten, während es die Puppe aus Wildleder an sich geklammert hielt, die seiner getöteten Halbschwester Tla-nee gehört hatte.

»Wenn du Mah-ree nicht im Wald zurückgelassen hättest, hätte sie meine Mutter mit ihrer Medizin gesund machen können, so daß ihre Seele nicht fortgegangen wäre!« erwiderte Joh-nee mit anklagendem und vorwurfsvollem Blick.

Kosar-eh fühlte sich zu ausgelaugt, um sich mit dem Kind

zu streiten. Er wußte, daß Joh-nee ihm die Schuld am Tod ihrer Mutter gab, daß sie ihm niemals verzeihen würde, daß er U-wa geschlagen und sie dann zusammen mit den anderen schutzlos dem zweiten Überfall ausgeliefert hatte. Er machte dem Kind deswegen keinen Vorwurf, denn er selbst würde sich diesen Fehler niemals verzeihen. »Komm jetzt«, sagte er wieder und streckte seine Hand aus.

»Nein!« Joh-nee funkelte ihn wütend und trotzig an. »Cha-kwena wird nicht zulassen, daß die Seele unserer Mutter für immer vom Wind davongeweht wird. Mein Bruder hat die Macht des Totems und des heiligen Steines! Er wird U-was Seele mit den Vier Winden zu uns zurückschicken. Ich werde auf sie warten – und auf ihn! Auf dem großen weißen Mammut wird er reiten, wenn er zu uns kommt und den heiligen Stein mitbringt, um unsere Feinde zu vertreiben und die Seelen meiner Mutter und meiner Schwester zurückzuholen …«

»Wir sind es, die zu ihm gehen!« warf Kiu-neh verdrossen ein. Er stand ein Stück abseits von seinem Vater. Er war reisefertig und dachte überhaupt nicht daran, Kho-neh zu helfen, der sich damit abmühte, die quengelnde Doh-teyah sicher in ihrer Kindertrage zu verstauen. »Cha-kwena ist jetzt unser Feind!«

»Niemals!« Joh-nees kleines Gesicht war voller Kummer und Entschlossenheit, als sie haßerfüllt zu Kosar-eh aufblickte. »Es wird dir noch leid tun, wenn du meinen Bruder an jene verrätst, die ihn jagen und das Totem schlachten und den heiligen Stein der Vorfahren rauben wollen!«

Kosar-eh schüttelte den Kopf. Joh-nee war genauso störrisch wie ihr Schamanenbruder. Er verstand einfach nicht, wie sie immer noch an Cha-kwena glauben konnte, nach allem, was sie gesehen und erlebt hatte. Trotzdem rührte ihn ihre Liebe und Treue. Um ein so tapferes Kind vor Tsanas Drohungen zu bewahren, würde er, ohne zu überlegen, diesen Bruder verraten.

»Wenn Cha-kwena jetzt bei uns wäre und es sein Wille wäre, würde deine Mutter noch am Leben sein.«

Kosar-eh war überrascht über die Worte des Häuptlings der Krieger. Sie waren wie geworfene Steine, hart, erbarmungslos und genau gezielt, dem ersten Eindruck nach gegen das Kind gerichtet, in Wirklichkeit jedoch gegen ihn. Er fühlte sich dadurch sowohl verletzt als auch gereizt, als er sich umdrehte und einen stirnrunzelnden Tsana anblickte, der offensichtlich durch Joh-nees Gefühlsausbruch irritiert war und sich von der Gruppe seiner Krieger des Wachenden Sterns löste. Kurz darauf stand der Häuptling neben Kosar-eh, und ihre Blicke trafen sich. Kosar-eh hob abwehrend den Kopf, als er in die kalten, schneidenden Augen Tsanas sah. Dann lächelte der Häuptling, ohne daß seine Augen an dieser Regung teilnahmen, bis er die menschliche Hand, die an seinem Hals hing, unter seine Felle schob und vor Joh-nee in die Knie ging.

»Verzweifle nicht wegen dieser Frau U-wa, Schwester des Schamanen«, sagte Tsana jetzt in freundlichem Tonfall, der voller Wärme und Mitgefühl war. »Wir werden ihr Leben ehren. Wir werden an diesem Ort eine Bahre für sie errichten und uns zu einem heiligen Kreis versammeln, wenn wir unsere Stimmen zu den Mächten der Schöpfung erheben, damit sie U-wa aus der Roten Welt niemals vergessen! So werden wir es tun, bevor wir weiterziehen. Der Tod kommt irgendwann zu uns allen, meine Kleine, aber du darfst nicht glauben, daß deine Mutter jetzt nicht mehr bei dir wäre. Als Tochter von U-wa mußt du nur den Geist deiner Mutter auffordern, in deinen Körper zu fahren, und dann wird sie bis zum Ende deiner Tage in dir leben. Das ist das große Versprechen von Donnerer, dem Großen Geist meines Stammes. Versprechen die Geister der Roten Welt den Kindern deines Stammes nicht dasselbe?«

Joh-nees Augen hatten sich geweitet. Ihr Gesicht war noch bleicher als gewöhnlich. Tsana war für sie der Feind, doch seine Worte und sein Tonfall verwirrten sie, wie es schien. Die Feindseligkeit, die sie gerade Kosar-eh gegenüber an den Tag gelegt hatte, war aus ihrer Stimme verschwunden, als sie Tlanees Puppe fester an sich drückte und flüsternd gestand: »Ja, das tun sie … So ist es.«

Kosar-eh war nicht überrascht über den Wandel der Stimmung des Mädchens. Tsana hatte etwas Besonderes an sich.

Es war, als könnte er eine unsichtbare Salbe austeilen, die die Geister der Menschen, die er für sich gewinnen wollte, tröstete und betäubte.

Der Häuptling hob die Hand und berührte Joh-nees Gesicht mit behutsam tastenden Fingerspitzen, während er beruhigend nickte. »Ja, ich sehe genau, wie der Geist U-was mich aus den Augen der Schwester des Schamanen anlächelt. Sie ist bei dir, meine Kleine ... und sie wird immer bei dir sein.«

Kosar-eh sah, wie Tränen in Joh-nees Augen traten. Sie neigte den Kopf, damit weder Tsana noch die anderen sahen, daß sie weinte, und wimmerte leise: »Aber es ist nicht dasselbe!« Und dann wurde sie plötzlich von einem heftigen Schluchzen geschüttelt. »Cha-kwena! Warum bist du uns nicht aus dem fernen Wald gefolgt, mein Bruder? Wir hätten dir doch verziehen! Und Mah-ree! Warum bist du nicht hier, um meine Mutter mit deinem heilenden Zauber zu behandeln und ...«

»Wir werden sie finden, meine Kleine«, versprach Tsana und drückte das weinende Kind in einer väterlichen Umarmung an sich. »Zwar nicht mehr rechtzeitig, um deine Mutter heilen zu können, aber wenn jene, die ihr die Medizinfrau nennt, bei deinem Bruder ist, werden wir sie mit Hilfe des Mannes, der seinen Feinden ins Gesicht spuckt, finden. Wir können eine Heilerin und einen Schamanen in unserem Stamm gut gebrauchen. Wir werden unsere Hände nicht gegen ihn erheben.«

Kosar-eh war sich nicht sicher, was ihn mehr erstaunte, die überraschend freundlichen Worte des Mannes oder der Anblick Joh-nees, die Tsanas Umarmung nicht nur zuließ, sondern sich geradezu an ihn klammerte. Er verstand das verzweifelte Bedürfnis des Mädchens, sich an jemandem festzuhalten – an jemandem, der stark war, auf den sie sich verlassen konnte, der sie davor bewahren würde, von den Stürmen des Schicksals davongeweht zu werden, die soeben die letzten Reste ihres geordneten Lebens zerstört hatten. Aber ausgerechnet Tsana? Hatte sie die Drohungen des Mannes gegen sie vergessen, sein Versprechen, Kiu-neh und Kho-neh zu töten, wenn Kosar-eh nicht bereit war, seine ›Freundschaft‹ anzunehmen und ihn zum Gelben Wolf zu führen? *Wir werden unsere Hände nicht gegen ihn erheben.* In der Tat! Erkannte sie nicht die Täuschung, die hinter jedem Wort des Häuptlings lag? Als ob Cha-kwena tatenlos zusehen würde, wie das Totem abgeschlachtet wurde! Als ob er den heiligen Stein zum Wohl seiner ältesten Feinde einsetzen würde …

Kosar-eh unterbrach seinen Gedankengang. *Es gibt kein Totem mehr*, rief er sich ins Gedächtnis zurück. *Und der heilige Stein hat keine Macht. Cha-kwena verbündete sich mit anderen Feinden, als eine solche Entscheidung seinem Ehrgeiz nützlich war. Dann verriet er den Häuptling des Graslandes genauso mühelos, wie er seinem eigenen Stamm den Rücken zukehrte. Außerdem waren es Krieger vom Stamm des Graslandes und nicht die Krieger des Wachenden Sterns, die meine Hütte niederbrannten und meine Frau und meine Kinder ermordeten!*

Kosar-eh beobachtete, wie Tsana das Mädchen hielt, und fragte sich, ob Joh-nee mit ihrem instinktiven Vertrauen womöglich recht hatte. Diese Aussicht war ernüchternd, denn sie stellte eine Möglichkeit dar, die Kosar-eh bisher noch gar nicht in Betracht gezogen hatte. Wenn er Tsana und seine Krieger nach dem beurteilte, was er von ihren Feinden über sie gehört hatte, war es dann möglich, daß er sie völlig falsch einschätzte?

»Komm jetzt, meine Kleine.« Tsana legte seinen Daumen unter Joh-nees Kinn und hob ihr tränenüberströmtes Gesicht an. »Die Weisheit des Mannes, der seinen Feinden ins Gesicht spuckt, hat uns jetzt zu einem Stamm gemacht, Schwester des Schamanen. Hab keine Angst. Die Sonne geht an diesem neuen Tag auf. Der Reiseproviant und das Fleisch, das dein Stamm mit uns geteilt hat, sind fast aufgebraucht. Es ist Zeit, daß wir zur Festung meines Stammes weiterziehen. Möchtest du nicht aus freiem Willen mit diesem Mann des Wachenden Sterns kommen, meine Kleine, an einen guten Ort, wo man dich voller Wärme aufnehmen wird und wo es Milchfrauen gibt, die die Seherin des Windes säugen werden? Deine Mutter wäre bestimmt nicht erfreut, wenn sie erfährt, daß das

Baby Doh-teyah wegen ihres Todes und deiner Weigerung, mit uns zu gehen, Hunger leiden muß!«

Joh-nee blinzelte und blickte zu Doh-teyah hinüber, die immer noch quengelnd in der Trage lag, während Kho-neh verzweifelt und mit gerötetem Gesicht versuchte, die letzten Riemen zu verknoten, die das Kind sicher festhalten sollten. »Ich … nein, aber …«

Tsana schnitt dem Mädchen das Wort ab, indem er sie mit einem starken Arm hochnahm, gleichzeitig mit einer eleganten Bewegung aufstand und sich umdrehte, um Indeh, Hrak und den anderen zuzurufen: »Bereitet das Gerüst vor, auf dem wir den Körper der Frau U-wa ehren und zurücklassen werden.« Er blickte sich zu Kosar-eh um und sagte: »An diesem winterlichen Ort gibt es kein trockenes Feuerholz oder Öl, um die Tote nach der Sitte eures Stammes zu verbrennen, also müssen wir es nach der Tradition meines Stammes tun.«

»Eine Totenehre für eine Eidechsenfresserin aus dem feindlichen Stamm der Roten Welt?« erwiderte Indeh höhnisch.

Kosar-eh erstarrte bei dieser Beleidigung, doch es war Tsana, der darauf antwortete.

»Diese Frau U-wa war die Mutter eines Schamanen!« erklärte der Häuptling. »Die Geister haben sie in dieser Welt geehrt. Tsana vom Stamm des Wachenden Sterns wird dasselbe tun! Will Indeh, ein ehemaliger Feind aus dem Grasland, den Befehl seines Häuptlings in Frage stellen?«

Indeh zuckte bei dieser Frage zusammen und ließ schweigend die tadelnden Blicke der Krieger des Stammes, der ihn aufgenommen hatte, über sich ergehen.

Kosar-eh war zufrieden. Er hob die Hand an sein zerschundenes Gesicht. Er hatte seine frühere Begegnung mit dem Überläufer aus dem Stamm des Graslandes nicht vergessen. Eines Tages, so schwor er sich, würde er einen Weg finden, den Mann für die Schmerzen und die Erniedrigung, die er durch ihn erlitten hatte, bezahlen zu lassen.

Tsana richtete seine nächsten Worte an Joh-nee. »Jetzt werden wir den Lebenskreis deiner Mutter schließen. Jetzt wird ihr Geist in der Schwester des Schamanen weiterleben und dir

Kraft geben, wenn du aus freiem Willen zum Stamm des Wachenden Sterns kommst.«

Kosar-eh bemerkte, daß der Mann schon zum zweiten Mal die Wendung ›aus freiem Willen‹ benutzt hatte. Welchen Unterschied machte es für den Häuptling, ob Joh-nee sich freiwillig in ihr Schicksal fügte oder nicht? Er wußte nicht, warum ihn dieser Umstand beunruhigte, und hatte auch keine Gelegenheit, weiter darüber nachzudenken. Denn Doh-teyah schrie und tobte plötzlich wie eine kleine Gewitterwolke, und Kho-neh, der die Geduld mit dem Baby verloren hatte, zog sie mitsamt der Trage zu ihrem Vater.

Die Zeremonie wurde still und voller Ehrfurcht durchgeführt. Am kleinen Bach, neben dem die Krieger und ihre Gefangenen die Nacht verbracht hatten, wurden vier gerade gewachsene, junge Pappelstämme ausgesucht. Nach einem kurzen Ritual, in dem die Geister der Bäume darum gebeten wurden, ihr Leben zu Ehren von U-wa aufzugeben, wurden sie mit Steinäxten gefällt und von Zweigen befreit. Dann trug man sie zur Stelle, wo die Zeremonie stattfinden sollte. Hier wurde schnell mit geschickten Händen eine einfache Plattform auf vier Pfosten errichtet, deren Ecken je einem der Vier Winde geweiht waren. Darauf wurde die Bahre mit der toten Frau gelegt, so daß die Füße nach Westen zeigten und ihre Augen für immer in Richtung des Landes blicken konnten, zu dem alle Seelen ihre letzte Reise unternahmen, wenn sie der untergehenden Sonne über das Ende der Welt hinaus folgten, zu jenem geheimnisvollen Ort, von dem die Sonne, wie der Stamm des Wachenden Sterns glaubte, eines Tages nicht mehr zurückkehren würde.

Nachdem Tsana die Abschiedsworte gesungen hatte, forderte er Kosar-eh auf, den Mächten der Schöpfung noch kurz über U-wa zu erzählen, damit ihr Leben von einem nahestehenden Menschen geehrt wurde, doch Kosar-ehs Kehle war wie verschnürt, und ihm kamen nur wenige Worte über die Lippen. Bald löste sich der Kreis der Trauernden auf. Die Männer des Wachenden Sterns wollten sich schnell aus einem Lager entfernen, in dem jemand gestorben war, und drängten ihre Gefangenen zurück zu der Stelle, wo sie ihre Rückentragen zurückgelassen hatten, um alles für den Aufbruch bereitzumachen.

Nur Joh-nee wurde erlaubt, noch eine Weile an der Bahre zu bleiben.

Dort stand sie ganz allein und hielt die Puppe an ihren Körper gedrückt, bis Tsana persönlich zu ihr kam, um ihr zu sagen, daß es Zeit zu gehen war. Sie gehorchte ohne Widerspruch und lief neben dem Häuptling her, als sie plötzlich an seinem Mantel zupfte und zu ihm aufblickte. »Was du vorhin gesagt hast … daß die Sonne nicht wiederkehren wird … In der Roten Welt heißt es, solange Lebensspender beim Stamm ist, wird die Sonne jeden Abend in ihrer Hütte im Westen schlafen gehen. Und sie wird jeden Morgen in ihrer Hütte im Osten wieder aufstehen, und die Menschen werden für immer leben.«

Der Häuptling blieb stehen und blickte eine Weile auf das Kind herab. Dann ging er in die Knie und sagte: »Deshalb müssen wir das weiße Mammut finden. Deshalb müssen wir Lebensspender zum Stamm zurückbringen, wohin dein Bruder das Totem auch immer gebracht haben mag.«

»Das Totem führt den Schamanen! Und zwar fort von denen, die es jagen und essen wollen, um seine Macht für sich selbst zu stehlen!«

»Hat dein Bruder dir das erzählt?«

»Ja. Cha-kwena wurde von den Geistern der Vorfahren dazu berufen, das Totem zu schützen.«

»Aber wer schützt ihn hinter dem Ende der Welt?«

»Der heilige Stein! Und die Medizinfrau. Und die Geister.«

»Ist er dort nicht sehr einsam, im Gesicht der Sonne, wo ihm nur die Geister, eine einzige Frau, ein Stein und eine Herde Mammuts Gesellschaft leisten? Vermißt du ihn nicht, meine Kleine? Möchtest du nicht gerne an seiner Seite gehen, so wie du jetzt an meiner gehst?«

Joh-nees Kinn zitterte.

Tsana lächelte freundlich und berührte ihr Gesicht. »Auch ich habe einen Bruder verloren, Schwester des Schamanen. Viele Brüder sogar. Und eine Frau. Die Mutter und den Vater, die mich ihren Sohn nannten. Meine ganze Familie. Der Krieg mit den Stämmen des Graslandes und der Roten Welt hat nicht nur auf meinem Körper und meinem Gesicht Spuren hinterlassen, sondern auch in meiner Seele. Siehst du diese Narben auf meiner Wange? Ich weiß, wie es ist, von Feinden gejagt zu werden, in einer Welt zu leben, wo einem alles, was man liebt und was einem wertvoll ist, genommen wurde. Und ich weiß auch, wenn ich eine kleine Schwester wie dich und eine so tapfere Mutter wie U-wa hätte, würde ich sie niemals im Stich lassen.«

Tränen traten in Joh-nees Augen. »Der Geist meiner Mutter ist bei mir! Du hast es versprochen!«

»Tsana hält, was er verspricht.« Seine Fingerspitzen fingen ihre Tränen auf und wischten sie über ihre Wange. »Weine nicht, Schwester des Schamanen. Dieser Mann vom Wachenden Stern ist jetzt dein Bruder.«

»Dieses Mädchen hat schon einen Bruder.«

»Er ist weit weg. Er macht sich nichts mehr aus dir, sonst wäre er jetzt hier. Dann wäre auch deine Mutter noch am Leben, und der Sohn Kosar-ehs würde nicht für immer vom Wind davongeweht werden, genauso wie deine kleine Freundin, deren Geist bei dir in der Puppe ist, die du in deinen Armen trägst.«

Joh-nee hielt erstaunt den Atem weil, weil Tsana sie durchschaut hatte. »Tla-nee ist meine Schwester«, verriet sie ihm flüsternd. »Unser Vater war Tlana-quah, der Häuptling des Dorfes am See der Vielen Singvögel, der zweite Mann von U-wa, nachdem der Vater Cha-kwenas schlechte Pilze aß und seine Seele seitdem im Wind weht.« Sie hielt inne, während sich ihre Augen weiteten. »Dieses Mädchen hat Doh- teyah aus der Hütte geholt und ist U-wa gefolgt. Tla-nee ist ihr nicht gefolgt. Dieses Mädchen wollte zurückgehen und sie holen, aber U-wa hat es nicht zugelassen! Selbst als dieses Mädchen hörte, wie ihre Schwester laut schrie, wollte U-wa es nicht erlauben. Also blieb meine Schwester in der brennenden Hütte zurück, doch später lief dieses Mädchen hin und fand sie. Jetzt ist ihr Geist bei mir in Sicherheit, bis ...« Doch diese Vorstellung war so erschreckend, daß das Kind sich nicht dazu überwinden konnte, den Gedanken auszusprechen.

»Bei mir ist ihr Geist in Sicherheit!« rief sie und streckte Tsana die Puppe hin. »Sieh nur! Da ist Tla-nee.«

Tsana betrachtete das schlaffe und vielgeliebte Ding – ein Bündel aus fleckigem Wildleder, das so zusammengenäht worden war, daß es einer menschlichen Gestalt ähnelte. Es war mit Flechten oder Vogeldaunen ausgestopft und trug ein Kleid aus Fell und eine Mütze. Kreuzstiche aus Pferdehaar bildeten ein hübsches kleines Gesicht. Ein paar Strähnen aus geflochtenen und mit Asche geschwärzten Pflanzenfasern stellten das Haar dar.

»Ta-maya hat sie für Tla-nee gemacht«, erklärte Joh-nee und hielt ihren Kopf nachdenklich zur Seite geneigt, als sie für einen Moment glücklichen Erinnerungen nachhing. »Sie hat auch für mich eine Puppe gemacht, eine Puppe ohne Mütze – weil ich keine Mützen mag. Aber meine Puppe ist in der Hütte verbrannt. Deshalb habe ich Tla-nees Puppe genommen und Tla-nees Geist gesagt, sie soll sich darin verstecken, und … und …« Sie erstarrte und runzelte die Stirn. »Ta-maya wird nie wieder eine Puppe machen. Sie haben ihr weh getan. Sie haben sie mitgenommen, als sie fortgingen! Kosar-eh ist ihnen gefolgt. Er sagte, daß sie … sie …«

Tsana hob die Augenbrauen. Kein Mann, der Ta-maya aus der Roten Welt zu Gesicht bekommen hatte, konnte jemals ihre außerordentliche und vollkommene Schönheit vergessen. Auch er stellte in dieser Hinsicht keine Ausnahme dar. Er schüttelte den Kopf und bedauerte, daß er nicht die Gelegenheit gehabt hatte, sich an ihr zu befriedigen, bevor sie von anderen geraubt und benutzt worden war. Jetzt wäre sie für die Leidenschaften eines Mannes bestimmt genauso stumpf und empfindungslos wie Joh-nees geistlose kleine Puppe. Als er das Mädchen anlächelte, dachte er belustigt daran, wie schockiert Joh-nee wäre, wenn sie seine Gedanken erraten könnte. »Psst, meine Kleine! Es ist nicht nötig, Worte zu sprechen, die in deinem Herzen brennen. Es ist gut, sich daran zu erinnern, daß Männer aus dem Grasland eure Hütte niederbrannten und das Leben deiner Schwester und der Frau Kosarehs nahmen. Die Krieger von Tsana haben euch so etwas nicht angetan. – Haben wir euch überhaupt irgend etwas angetan?«

Joh-nee schüttelte langsam den Kopf. »Nein, gar nichts«, bestätigte sie.

Der Häuptling stand auf und streckte dem Kind freundschaftlich seine Hand hin. »Komm, meine Kleine. Nimm meine Hand. Dein Bruder hat euch ungeschützt allen möglichen Gefahren ausgesetzt, aber jetzt wird Tsana sich um euch kümmern. Willst du nicht die Einsamkeit im Herzen dieses Mannes erleichtern, während er deinen Kummer erleichtert? Willst du nicht aus freiem Willen zu ihm gehen und diesen Mann deinen Bruder nennen?«

Sie blickte lange und angestrengt zu ihm auf. »Du wirst das Totem nicht jagen?«

Tsana hob eine schwarze Augenbraue. »Du wirst es niemals erleben.«

Joh-nee runzelte die Stirn, als würde sie sich über seine ausweichende Antwort wundern. Sie hatte das Gefühl, daß alles, was er sagte, entweder eine Frage zu sein schien oder eine verborgene Bedeutung hatte, die in seinen Worten niemals richtig zum Ausdruck kam. Sie kaute auf ihrer Unterlippe, wie es ihre Angewohnheit war, wenn sie nervös oder unentschlossen war. Dann blickte sie zu den anderen, die ihre Rückentragen aufgeschnallt hatten und sie und Tsana aufmerksam beobachteten, während sie zweifellos darauf warteten, daß der Häuptling das Zeichen zum Aufbruch gab. Kosar-eh trug Doh-teyah auf dem Rücken. Das war gut, dachte Joh-nee, ein Zeichen, daß er seine blinde Tochter nicht mehr zurückwies. Vielleicht erholte er sich sogar von seinem furchtbaren Zustand der wahnsinnigen Trauer, der ihn in einen Menschen verwandelt hatte, den sie weder kannte noch mochte. Trotzdem empfand sie tiefe eine Traurigkeit, als sie sah, daß Doh-teyah fest in ihrer Wiege schlief. Hatte das Baby sie so schnell vergessen?

Als ihr Blick zu Kiu-neh und Kho-neh wanderte, die neben ihrem Vater standen, wurde ihr plötzlich klar, daß sie trotz allem, was geschehen war, immer noch eine Familie waren, während sie selbst ganz allein auf der Welt war. Sie hatte nur noch einen Bruder, der ohne sie hinter das Ende der Welt gegangen war – ganz gleich, wie sehr sie ihn zu entschuldigen versuchte.

»Komm, Schwester des Schamanen«, forderte Tsana sie auf.

Diesmal nahm sie seine Hand. »Dieses Mädchen wird Tsana jetzt ihren Bruder nennen!«

3

Es war ein Fehler.

Joh-nee erkannte es in dem Augenblick, als sie sah, wohin sie geführt wurden. Trotzdem hatte Tsana es irgendwie geschafft, alles richtig aussehen zu lassen.

Bald würde die Sonne untergehen. Lange Schatten lagen über dem Land. Und vor ihnen lag der hohe, felsige Paß, der in das Tal der Toten führte.

»An diesem Ort wohnen böse Geister«, sagte sie zu ihm.

»Überall wohnen böse Geister!« erwiderte der Häuptling.

Joh-nee konnte ihm nicht widersprechen. Den ganzen Tag lang waren sie gelaufen, immer in Richtung der Berge – jener fernen, weißen und zerklüfteten Berge im Westen, an die sie sich noch gut erinnern konnte. Kosar-eh hatte gelegentlich angehalten und sich sehnsüchtig nach den Hügeln umgeblickt, die sie hinter sich gelassen hatten. Joh-nee beobachtete ihn. Sie wußte, daß er frei sein wollte, daß es ihn danach drängte, sie und seine Jungen und Doh-teyah wieder zu verlassen, seinen Speer zu nehmen und noch einmal über das Land zu laufen, um nach jenen zu suchen, die seinen jüngsten Sohn geraubt und seine geliebte schöne Frau getötet hatten.

Doch dazu kam es nicht. Die Krieger des Wachenden Sterns ließen ihre Gefangenen nicht einen Moment lang aus den Augen. Irgendwo unterwegs hatten sie angehalten, um etwas zu essen. Joh-nee wußte nicht, wo es gewesen war oder wann. Tsana war allein auf die Jagd gegangen, und noch bevor er mit leeren Händen zurückkehrte, hatte ein Krieger namens Unai weiche Stücke aus altem Antilopenfleisch gebracht, damit Doh-teyah darauf kauen konnte. Joh-nee hatte sich mit dem Wenigen, das ihnen zur Verfügung stand, bemüht, dem Kind die Windeln zu wechseln. Nachdem das Baby ein wenig die Beine hatte ausstrecken und herumtapsen können, bot Joh-nee sich an, Doh-teyah zu tragen, als die Gruppe zum Weitermarsch bereit war. Tsana jedoch war fest entschlossen, daß Kosar-eh selbst das blinde Kind tragen sollte. Kosar-eh schien es völlig gleichgültig zu sein, was mit der Kleinen geschah. Joh-nee war inzwischen davon überzeugt, daß sich sein Herz immer noch nicht für seine blinde Tochter erweicht hatte, so daß sie ihm gegenüber immer feindseliger wurde und sich schließlich ganz weigerte, ihm mit dem Kind behilflich zu sein. Trotzdem behielt sie das Baby ständig im Auge, denn außer ihrer Puppe war Doh-teyah nun die einzige Schwester, die ihr in diesem Stamm geblieben war. Außerdem wußte Joh- nee, daß die Geister von U-wa, Tla-nee, Ta-maya und der alten Kahm-ree dies von ihr erwarteten.

Als Tsana schließlich bemerkte, wie Kosar-eh immer wieder zurückblickte, trat er neben den großen Mann, und Johnee, die in ihrer Nähe lief, hörte den Häuptling sagen: »Deine Sehnsucht ist vergebens, schwarzweißer Krieger. Du könntest die Krieger des Graslandes im Schnee, der seitdem gefallen ist, niemals wiederfinden. Und wie weit würdest du mit diesem Kind auf deinem Rücken kommen? Selbst wenn du sie zurücklassen solltest, meinst du nicht, daß jene, die du jagen möchtest, nach dir Ausschau halten werden, daß sie auf dich warten und damit rechnen, daß du ihnen folgst?« Der Häuptling sprach seine Worte ohne besondere Gefühlsregung aus. »Wenn die Beute wachsam ist und auf den Jäger wartet, ist das die Zeit für den Jäger, sich auszuruhen und zu schlafen und durch seinen Hunger stark zu werden. Doch wenn die Beute sich beruhigt hat, wenn sie sorglos zu ihren Weidegründen zurückkehrt, dann darf der Jäger zuschlagen und sich seines Erfolges sicher sein.«

Joh-nee sah, wie eine Welle der Enttäuschung durch Kosar-eh hindurchging, als würde Wind durch hohes Gras fahren, unsichtbar, aber dennoch vorhanden. Diese verborgene Kraft erinnerte sie an die bebenden Muskeln eines Elchbullen, den sie einmal beobachtet hatte, nachdem er von Shatehs Jägern bis zur Erschöpfung gehetzt worden war. Das keuchende und schwitzende Tier war genau in das Dorf des Graslandes getrieben worden, wo es schließlich keinen Ausweg mehr gegeben hatte. Mit erhobenem Kopf, schwer atmendem Brustkorb, geblähten Nüstern und hängender Zunge war es mit wahnsinnigem Blick im Kreis gelaufen. Jeder hatte geglaubt, das Tier wäre schon so gut wie tot, als die Jäger näherrückten. Doch der Elch hatte sich aufgebäumt und war genau über sie hinweggesprungen, um in die Freiheit des weiten Landes zu entfliehen. Shateh war so beeindruckt von der unerwarteten Kraft und dem beispiellosen Mut des Tieres gewesen, daß er seinen Jägern befohlen hatte, ihre Speere zurückzuhalten und es laufen zu lassen.

An der Art, wie Tsana und seine Krieger Kosar-eh beobachteten, erkannte sie, daß sie ihm nicht trauten und damit rechneten, er könnte davonlaufen. Vielleicht ließen sie ihn aus diesem Grund Doh-teyah tragen, damit das Gewicht seiner blinden Tochter auf dem Rücken ihn ständig daran erinnerte, daß das Leben seiner Kinder von ihm und seinem Gehorsam abhing. Joh-nee kniff die Lippen zusammen, als ihr verbitterte Gedanken in den Sinn kamen. Es war klug von ihnen, Kosar-eh gut zu bewachen, denn er hatte seine Kinder schon einmal im Stich gelassen, und er war offensichtlich ohne Gewissensbisse bereit, ihren Bruder zu verraten.

Sie liefen in die langen Schatten des Tages, der sich seinem Ende zuneigte. Mit jedem Schritt gaben die Krieger des Wachenden Sterns sich Mühe, Kosar-eh und seinen Kindern die Reise zu erleichtern, bis schließlich ein Läufer in den schmalen Paß vorausgeschickt wurde und Joh-nee ihn nach Art eines Wolfes rufen hörte. Bald antworteten ihm andere »Wölfe«. Obwohl sie es in ihrem schweren Fellmantel und der weiteren Kleidung, die Tsana so sorgfältig für sie angefertigt hatte, warm hatte, erzitterte das Mädchen.

»Bei Mondaufgang werden wir in Sichtweite der Festung sein«, sagte Tsana.

Kosar-eh, der in der anbrechenden Dämmerung neben dem Häuptling hügelaufwärts ging, mußte über diese Ironie lächeln, während er die Augen im Westwind zusammenkniff. Er sagte sich, daß er von Anfang an hätte wissen müssen, daß Tsanas Krieger sie hierher führen würden, zurück ins furchtbare Tal der Toten, wo das große weiße Mammut gestorben war und wo die Knochen und Stoßzähne vieler Generationen dieser Tiere das Land übersäten.

Der höchste Punkt des Passes lag immer noch ein Stück voraus. Auf der anderen Seite sammelte sich dichter Nebel, der den weiteren Weg unsichtbar werden ließ. Die Luft roch nach Wolken und Schnee und kaltem Stein. Kosar-eh war nicht sicher, wann er die erste Wegmarke bemerkte. Sie war kurz im Nebel zu erkennen und schon im nächsten Augenblick wieder verschwunden. Dann ragte sie plötzlich genau vor ihm auf. Tsana und die anderen versammelten sich darum, und Joh-nee, die jetzt vom Häuptling auf der Hüfte getragen wurde, wandte stöhnend den Kopf in eine andere Richtung.

»Vater … s-sieh nur!« Kho-nehs Ausruf erinnerte an das helle Quieken einer erschrockenen Maus, die tapfer zu klingen versuchte in der Hoffnung, das Raubtier zu täuschen, das gerade mit einer Tatze nach ihm geschlagen hatte.

Kiu-neh hörte die Angst in der Stimme seines Bruder und tadelte ihn: »Hast du noch nie einen Toten gesehen?«

»Doch!« verteidigte sich der kleinere Junge. »Aber noch nie so einen!«

Leises Gelächter war von den Kriegern des Wachenden Sterns zu hören.

»Was denkst du?« wollte Tsana von Kosar-eh wissen.

Doch Kosar-eh blickte nur geradeaus und sagte nichts. Er hatte in seinem Leben schon viele tote Menschen gesehen, aber noch nie einen, der wie dieser hier war. Und obwohl man ihm vom Tod dieses Mannes erzählt hatte, hatte er bislang nicht recht daran glauben können. Bis jetzt.

Mit Eis überkrustet und in Nebel gehüllt standen der Kopf

und der nackte, ausgeweidete Körper von Shateh vor ihm, auf einen Pfahl aus Mammutknochen gespießt.

Kosar-eh empfand überhaupt nichts, als er die Überreste des Häuptlings aus dem Grasland betrachtete. *So geht also alles zu Ende, sogar für jemanden wie dich,* dachte er und empfand weder Freude noch Trauer für diesen Mann, der ihn früher einmal seinen Jagdbruder genannt hatte, bevor er sich gegen ihn wandte, als die Mächte der Schöpfung seinem Stamm nicht mehr wohlgesonnen waren.

Kosar-eh kniff die Augen zu schmalen Schlitzen zusammen. Vielleicht hatte er inzwischen schon zuviel Tod gesehen, um sich über den Zustand der Leiche entsetzen zu können. Nur noch im Kopf und Hals waren Knochen, und auch die Hände und Füße hatte man entfernt. Der Mann war ausgeweidet und dann wie das Fell eines Tieres zum Trocknen aufgehängt worden. Wind und Wetter, Vögel und kleine Tiere hatten ihre Spuren im Gesicht hinterlassen. Die wenige Haut war nur noch in Fetzen vorhanden. Wäre nicht Shatehs Kriegerhalsschmuck gewesen, eine Kette aus den Flugfedern eines Goldadlers, hätte man den Mann nicht wiedererkennen können. Der Schmuck war ebenfalls zerfetzt, und die Hauptfeder in der Mitte der Anordnung fehlte ganz.

Shatehs langes, ergrautes Haar war zusammen mit dem Skalp von seinem Kopf entfernt worden. Kosar-eh, der eine Zeitlang bei den nördlichen Stämmen gelebt hatte, wußte, daß dies getan worden war, um die Kriegerseele des toten Mannes zu entehren und zu verstümmeln, denn man glaubte daran, daß die Seele eines Menschen noch mehrere Tage nach dem Tod in seinem Haar und den Finger- und Fußnägeln wohnte. Wenn man ihm dieser Körperteile beraubte, konnte seine Seele nicht mehr von dieser in die nächste Welt überwechseln.

»Alle, die in der letzten Schlacht von unseren Händen fielen, sehen jetzt so aus«, teilte Tsana ihm stolz mit. »Die Überreste der Krieger Shatehs säumen den Weg zur Festung des Stammes des Wachenden Sterns. Damit zeigen wir allen, die sich gegen uns stellen wollen, wie sie ihr Leben beschließen werden. Das Fleisch und die Knochen werden an die Hunde verfüttert, ihre Haut an den Wind, und ihre Gesichter blicken in einen Himmel, den sie nie sehen werden, und zu einer Welt jenseits dieser Welt, die ihre Seelen niemals betreten werden!«

Kosar-eh hatte das Gefühl, durch Tsanas feurige Worte verbrannt zu werden. Und als der kalte Nebel jetzt um die grotesken und geschrumpften Reste eines ehemals mächtigen Mannes strichen, der von anderen gleichzeitig gefürchtet und bewundert worden war, flammte in Kosar-ehs Geist eine plötzliche Erkenntnis so hell auf, daß er zusammenschrak. Fassungslos wandte er seinen Blick Tsana zu. *Es war Shatehs Speerhand, die der Häuptling des Stammes des Wachenden Sterns um seinen Hals trug, und Shatehs Skalp, der seine Stirn zierte!*

Als Tsana bemerkte, was im Kopf des Mannes vor sich ging, nickte er in grimmiger Bestätigung. »Ja. *Seine* Kampfhand. Und *sein* Skalp. Und beides ist jetzt *meins*!« Er öffnete seinen Umhang und zog den geschrumpften Halsschmuck hervor, um ihn wie eine fünfbeinige, plattgedrückte Spinne auf seiner Handfläche zu präsentieren. Als Joh-nee erneut aufstöhnte und ihr Gesicht tiefer an seiner Schulter vergrub, neigte er den Kopf und streckte dem Kind seine Trophäe hin. Er sprach mit sanfter Leidenschaft: »Sieh es dir tapfer an, Kleine Schwester! Wende deinen Blick nicht ab! Wegen des Mannes, dem einst diese Hand gehörte, sind jetzt deine Mutter und Schwester und viele andere liebe Menschen tot. Freue dich darüber, daß diese Hand jetzt in meinem Besitz ist! Tsana hält Shatehs Seele in dieser Welt gefangen, so daß sie für immer vor den Geistern seiner Vorfahren entehrt ist. Nie wieder, weder in diesem oder einem anderen Leben, wird er Schmerz und Leid über meinen Stamm bringen. Oder über deinen.« Sein Blick wanderte zu Kosar-eh. »So wird es auch für dich sein, Mann, der seinen Feinden ins Gesicht spuckt, wenn du mit der Kraft deines neuen Stammes deinen geraubten Sohn zurückforderst und mit deinen eigenen Händen dem, der deine Frau nahm, dasselbe antust, was ich Shateh angetan habe!«

»Und ich habe den Wolf getötet und ihn als Fleisch für die Aasfresser zurückgelassen«, sagte Kosar-eh. Doch seine Worte verschafften ihm keine Befriedigung. Als er gebannt auf

Shatehs Leiche starrte, erkannte er, daß er nicht weniger unter dem Verlust seiner Frau litt, nachdem er Ranamal getötet hatte. Auch der Schmerz über das, was die Anhänger Shatehs, den er einmal mehr als jeden anderen Mann geschätzt hatte, ihm angetan hatten, war nicht geringer geworden.

Dann wirbelte eine Windböe den Nebel auf. Kosar-ehs Verbitterung und Enttäuschung war tief. Fröstelnd starrte er durch die vorübergehend aufgerissenen Wolken. Es sah aus, als würde sich bis zum höchsten Punkt des Passes eine Kette aus unregelmäßig angeordneten Bäumen ohne Äste und Zweige erstrecken. Es waren die aufgespießten Leichen der Mitglieder von Shatehs Kriegstrupp, die das Schicksal ihres Häuptlings teilten.

Kosar-eh kniff wieder die Augen zusammen. »So viele!« Jetzt verspürte er endlich eine gewisse Befriedigung, doch es war eine dunkle, kalte und schattenhafte Empfindung, die ihm keine Freude bereitete und ihn nur noch mehr dazu drängte, das zu vollenden, was er sich vorgenommen hatte. Er wandte Tsana den Blick zu und sagte: »Es gibt noch mehr von ihnen! In diesem Augenblick entfernen sie sich von uns, ziehen über ferne Hügel durch einen anderen Teil der Berge, von wo sie beim ersten Anzeichen, daß sich der Große Weiße Winter zurückzieht, in ein Land fliehen werden, in dem wir sie niemals wiederfinden, wenn wir ihnen nicht unverzüglich folgen!«

»Wir?« wiederholte Tsana das Wort und musterte nachdenklich den Mann, der es gesprochen hatte. Er mußte kein Schamane sein, um die Sehnsucht nach Rache in Kosar-ehs Augen und den konzentrierten Haß in seinem zerschundenen Gesicht zu erkennen. »Sind wir jetzt also wahrlich von einem Stamm?«

Sie zogen weiter. Kosar-eh schleppte sich voran, während Doh-teyah auf seinem Rücken in ihrer Trage schlief. Sie stiegen höher den Paß hinauf, durch ein Spalier aus Leichen, tiefer in den vom Wind zerrissenen Nebel und die zunehmenden bläulichgrauen Schatten des Abends.

Bei Einbruch der Dunkelheit legte sich der Wind. Der Nebel wurde dünner und verflüchtigte sich schließlich ganz. Als sie endlich den Paß überwunden hatten, gab Tsana das Zeichen zum Anhalten, damit die Kinder sich ausruhen konnten, bevor sie mit dem langen Abstieg in das Tal der Toten begannen.

»Dieser Junge ist kein Kind!« protestierte Kiu-neh. Er war beschämt, als er sah, wie sein Bruder sich bereits auf einen Baumstumpf gesetzt hatte und zuließ, daß Joh-nee ihm dabei half, seine Mokassins auszuziehen, damit er sich die Füße reiben konnte. »Dieser Junge ist anders als *sie*! Kiu-neh, der dritte Sohn Kosar-ehs, muß sich nicht ausruhen. Und er beklagt sich auch nicht über schmerzende Füße.«

»Ich beklage mich nicht!« entgegnete Kho-neh verärgert.

»Er kämpft tapfer gegen die Frostgeister«, erklärte Joh-nee mit einem Blick auf Kiu-neh. »Sieh selbst, wenn du es nicht glaubst. Sie haben wirklich in seine Zehen gebissen. Und er hat die ganze Zeit kein Wort gesagt, bis er es eben mir erzählt hat.«

Tsana hob nachdenklich eine Augenbraue, als er zu dem Jungen, zu Kiu-neh, blickte, der sich solche Mühe gab, ihn zu beeindrucken. »Willst du gar keine Rücksicht auf die Bedürfnisse deines jüngeren Bruders oder auf die Sorgen des Mädchens nehmen, das ich zu meiner Schwester ernannt habe?«

Als Kiu-neh klar wurde, daß er auf höfliche, aber nachdrückliche Weise getadelt wurde, schien er in seinen Fellen zusammenzusacken. »Ich ... ich ...«

»Wenn du zu einem Krieger des Wachenden Sterns geworden bist, Dritter Sohn des Mannes, der seinen Feinden ins Gesicht spuckt, wirst du wissen, daß man zuerst an das Wohl der Schwächsten denkt. Der starke Mann kann immer für sich selbst sorgen, aber was ist mit seinen Frauen und Kindern – oder in Zeiten des Krieges mit den verletzten Kriegern seines Stammes? Sie sind hilflos und können nicht jagen oder sich selbst verteidigen oder ohne Hilfe über längere Strecken reisen. Trotzdem liegt in ihnen die Zukunft unseres Stammes! Ein einzelner Mann kann die Feinde seines Stammes niemals abwehren! Und eines Tages muß sogar der stärkste Mann sterben. Aber der Stamm lebt weiter … für immer!«

Die Krieger murmelten zustimmend und waren stolz auf die Weisheit ihres Häuptlings.

Die Augen des jungen Kiu-neh weiteten sich vor Ehrfurcht. »Wenn ich zu einem Krieger des Wachenden Sterns geworden …«

Joh-nee blickte Tsana an, als hätte sie ihn noch nie zuvor richtig betrachtet. Langsam erschien ein strahlendes Lächeln auf ihrem verschmutzten und abgemagerten kleinen Gesicht.

Kosar-eh jedoch starrte in die Ferne und fragte sich, ob der Häuptling ihn mit diesen Worten absichtlich so tief ins Herz treffen wollte. Er hatte seine Frauen und Kinder hilflos zurückgelassen. Ohne einen Gedanken an ihre Sicherheit, war er allein losgezogen, um seine eigenen Ziele zu verfolgen, ohne Rücksicht auf das Überleben seines Stammes. Er runzelte die Stirn. Irgendwo in der Ferne bellten Hunde.

Plötzlich brach die Vergangenheit wieder über ihn herein. Er sah nicht mehr das verschneite Tal, das kalt im Licht eines aufgehenden Wintermondes schimmerte, sondern er sah es so, wie es vor langer Zeit unter den sonnenbeschienenen Flügeln eines kreisenden Pärchens weißköpfiger Adler gewesen war. Breite Hügel, hohe Wälder aus immergrünen Bäumen im Westen, Grasland im Osten, ein See, der blau im goldenen Licht der Spätsommersonne glitzerte, und Harthölzer, die mit den ersten flammenden Farben des Herbstes betupft waren. Er hörte die pfeifenden Rufe brünftiger Elche und das Rascheln des Grases im Wind, während große Schwärme von Wasservögeln aus dem Norden kamen, um sich auf dem See niederzulassen und nach Nahrung zu suchen.

Vor seinem inneren Auge sah Kosar-eh Kraniche und Reiher, die auf hohen Beinen durch das seichte Wasser des Sees wateten, während seine Söhne ihm mit hohen Hüten aus Schilf getarnt folgten und sich in schnatternde Schulen schwarzgefiederter, rotäugiger Wasserhühner schoben. Wie tapfer sie sich in seiner Nähe hielten, während sie zwischen den arglosen Vögeln trieben und dann genau im richtigen Moment das nächste Wasserhuhn am Fuß packten und ihm mit der anderen Hand den Hals brachen! Wie stolz seine starken Söhne zum Höhlenlager in den Hügeln zurückkehrten, während sie Bündel mit nicht weniger als sechs fetten Wasserhühnern trugen! Wie freudig sie von den Frauen begrüßt wurden! Wie die Hunde bellten und sich schwanzwedelnd und geifernd auf die Mahlzeit freuten! Ein Zittern durchlief seinen Körper. Die Erinnerung an das Lachen der Frauen und Kinder zerriß sein Herz – es waren seine getöteten Frauen, seine toten und vermißten Kinder! Wer hätte damals ahnen können, während jener köstlichen ersten Tage und Nächte im Tal, daß dies der sagenumwobene Ort war, an den sich die Mammuts zum Sterben zurückzogen, wo ein Höhlenlöwe darauf wartete, seinen ältesten Sohn zu zerfleischen, und wo heimtückische, krankheitsstiftende Geister in seinem Stamm wüteten, um seine Tochter erblinden zu lassen, seine Hunde verrückt werden zu lassen und das große weiße Mammuttotem in den See zu treiben, wo es für immer sterben sollte? Und wer hätte ahnen können, daß sie gleichzeitig von alten Feinden verfolgt wurden, daß bald der Krieg in das Tal gebracht werden sollte, worauf der Stamm bis ans Ende der Welt fliehen mußte, um fast völlig ausgelöscht zu werden …

Cha-kwena war der Schamane! Cha-kwena hätte es wissen müssen! Kosar-eh verzog das Gesicht bei diesem Gedanken und schüttelte dann den Kopf. *Und ich hätte erkennen müssen, daß er keine Macht hatte! Ich hätte ihn töten sollen, den verlogenen kleinen gelben Wolf, der meinen Stamm ins Verderben führte …* Er wollte nicht weiter darüber nachdenken.

Ein Schwächeanfall ließ ihn erzittern. Er fühlte sich ausgebrannt und wacklig auf den Beinen. Als dann plötzlich der Westwind in einer Böe durch das Tal der Toten fuhr, atmete er kalte, bittere Luft und fühlte sich auf unerklärliche Weise gestärkt, während er zu einem hohen Hügelzug hinüberblickte, der das dunkle Tal wie eine schwarze Wand verschloß. Dort sah er auf halber Höhe ein Licht glühen. Es war so gelb wie die Sommersonne, so ruhig wie das wachsame Auge eines Raubtiers auf der Jagd, und es zitterte leicht wie der Morgenstern. Es gab nur eine Möglichkeit, worum es sich handeln konnte.

»Die Festung!« verkündete Tsana ihm und zeigte mit dem ausgestreckten Arm darauf. »Sie haben ein Willkommensfeuer im Höhleneingang entfacht!«

Das Geräusch bellender Hunde war jetzt unregelmäßig zu hören, als wären die Tiere in Bewegung und würden sich nähern, doch es war ein anderes Geräusch, das Kosar-ehs Aufmerksamkeit weckte. Er erstarrte, drehte sich um und blickte durch den Paß zurück in die Ferne. Etwas hatte gerufen – nur kurz. Und für einen Moment war er fest davon überzeugt, die Stimme erkannt zu haben. *Ta-maya!* Sein Herz machte einen Satz vor Hoffnung auf das Unmögliche. Er wartete atemlos darauf, daß sich der Ruf wiederholte, doch statt dessen hörte er nur das helle, wütende Gekläff eines einzelnen Kojoten.

»Die Fleischfresser der Nacht erwachen. Wir sollten weitergehen«, drängte Hrak. »Der Kojote ruft, um sein Rudel zur Jagd zu versammeln. Er und seine Artgenossen sind nicht die einzigen Langzähne, die diese Hügel durchstreifen. Hier gibt es Löwen.«

»Ein gelber Wolf ... ist es das, was du gehört hast?« hakte Kosar-eh nach. »Nur das?«

»Hast du dir etwas anderes eingebildet?« fragte der Jäger mit einem Schulterzucken.

In diesem Augenblick erstarb jede Hoffnung in Kosar-eh. Er hatte gar nicht gehört, wie Ta-maya seinen Namen gerufen hatte. Er würde nie wieder hören, wie sie nach ihm rief, außer in seinen Träumen. Er hob seine Hand, um die Haarspange seiner geliebten Frau zu berühren, und als er auf das schrille Geheul der fernen Kojoten horchte, verhärtete sich der Haß in seiner Seele. Die Kojoten hatten ihn in jener Nacht mit ihrem Gekläff verspottet, als Ta-maya zu Tode gekommen war. Sie hatten es wieder getan, als er ihnen zum Lager gefolgt war, wo U-wa im Sterben gelegen hatte und seine Kinder versklavt worden waren. Er dachte an Cha-kwena, den Schamanen, der den Kojoten seinen Bruder genannt hatte. Kosar-eh erinnerte sich an das Spalier der Leichen, die er auf dem Weg hierher passiert hatte, und dachte daran, wie gut es sein würde, wenn auch der Kopf des Schamanen auf einem Mammutknochen aufgespießt wäre, zur Strafe für all das, was Cha-kwenas Verrat ihm und seinem Stamm zugefügt hatte.

»Kommt!« sagte Tsana. »Wir gehen weiter. Dritter Sohn, hilf deinem Bruder mit seinem Mokassin. Unai, nimm den kleineren der Brüder Huckepack, wenn er bereit ist. Falls ihm Frostgeister in die Zehen gebissen haben, will ich nicht, daß er noch mehr verletzt wird. Er hat ein tapferes Herz für einen so kleinen Jungen und wird wie sein älterer Bruder einmal ein guter Krieger werden. Neue Schwester, willst du deinen Bruder nicht ein Stück begleiten? Und du, Kosar-eh, komm, während dein blindes Kind noch schläft. Unser Stamm wartet auf die Rückkehr dieser Krieger des Wachenden Sterns, und auf dich und deine Kinder wartet ein neues Leben. Und wir alle werden im Tal darauf warten, daß der Große Weiße Winter das Land verläßt. Blick nicht mehr zurück! Dort gibt es nichts mehr für dich.«

»Siehst du es, Axwahtal?« Die Stimme des Riesen dröhnte wie Donnergrollen. »Dort drüben, auf der anderen Seite des dunklen Tals in den Hügeln. Ein Licht! Es sieht wie ein Freudenfeuer in einem großen Lager aus … *ihrem* Lager.«

»Ja, Xohkantakeh«, antwortete Axwahtal, der Anführer der Kriegergruppe aus dem Grasland. »Ein Blinder könnte es sehen.«

»Offenbar haben sie entschieden, in der Höhle zu überwintern, die der Schamane aus der Roten Welt vor dem letzten Krieg verlassen hat … im Tal der Toten.«

»Dann sollten wir weiterziehen«, sagte ein dritter Mann besorgt.

»Warum?« fragte ein vierter. »Sie haben uns nicht bemerkt!«

»Noch nicht!« sagte ein fünfter.

»Ich hatte keine Ahnung, daß wir so nahe am Eingang zum Tal der Toten sind«, stellte der vierte Mann gähnend fest.

»Du hast zuviel Zeit mit der gefangenen Frau verbracht. Dabei wurde nicht nur dein Mannknochen, sondern auch dein Hirn müde, Ynau!« knurrte der große Xohkantakeh.

»Ich war es nicht, der ihr den Knebel aus dem Mund genommen hat!«

»Sie konnte nicht mehr atmen. Außerdem glaube ich nicht, daß irgend jemand sie gehört hat.«

»Vielleicht, vielleicht auch nicht. Auf jeden Fall hat mein Ruf ihren Schrei übertönt.« Ynau hob den Kopf und stieß die beste Nachahmung der Stimme eines Kojoten aus, die Ta-maya jemals gehört hatte.

Sie saß ein Stück von ihren Entführern entfernt. Klah-neh lag zitternd in ihrem Schoß. »Hab keine Angst«, flüsterte sie dem Kind zu. »Ich werde nicht noch einmal rufen. Ich werde ihnen keinen weiteren Grund geben, dir noch einmal meinetwegen weh zu tun. Aber du mußt jetzt leise und tapfer sein.« Sie verzog vor Wut das Gesicht. Ynau hatte dem Jungen vorhin den kleinen Finger der linken Hand gebrochen, und Ta-maya zweifelte nicht daran, daß der falkenäugige Krieger dem Jungen noch mehr Schmerzen zufügen würde, wenn sie ihn erneut verärgerte.

»Dein Vater hat uns nicht vergessen«, sagte sie, um den Jungen und auch sich selbst zu beruhigen. »Kosar-eh wird kommen. Ich weiß es genau. Zweimal hat er sich schon durch Sturm und Krieg und viele Gefahren gekämpft, um diese Frau sicher wieder nach Hause zu bringen. Und wenn er weiß, daß du bei mir bist, wird er ganz bestimmt kommen. Du wirst sehen.«

Klah-neh vergrub seinen Kopf an Ta-mayas Busen. Er zitterte immer noch, obwohl sie ihn an ihrer nackten Haut unter dem schweren Bisonfellmantel wärmte, den der Riese ihr umgelegt hatte, als ihr eigenes dünnes und blutiges Schlaffell sich als ungeeigneter Schutz gegen die Kälte der Nacht erwiesen hatte. Der kleine Junge schniefte und schluchzte leise, während er an seinem geschwollenen und schmerzenden Finger nuckelte.

Ta-maya strich ihm mit der gesunden Hand über den Kopf. Trotz seiner frischen Verletzung war sie überzeugt, daß das Kind keineswegs in Lebensgefahr war. Sie hatte mitgehört, wie die Krieger darüber geredet hatten. Wenn Klah-neh das versteckte Dorf der Überlebenden des Stammes des Graslandes erreicht hatte, würden die Frauen um die Ehre wetteifern, seine Ziehmutter zu werden. Das Kind der Eidechsenfresser würde so aufgezogen werden, daß er seine Vorfahren vergaß und zu einem geachteten Mitglied eines Stammes wurde, der während des Krieges zu viele Söhne verloren hatte. Ta-maya empfand die bittere Ironie der Situation. Hatte sich Kosar-eh nicht genau dies für seine Söhne gewünscht? Daß sie zu Kriegern und Großwildjägern auf den goldenen Ebenen des Graslands wurden, das er so sehr liebte?

Aber nicht auf diese Weise!

In Ta-mayas Augen brannten Tränen, als sie in die Nacht hinausstarrte. Sie blickte nicht zu den Kriegern hinüber, die sich im Kreis zusammengehockt hatten, um zu reden. Wenn sie sie ansah, ging sie das Risiko ein, ihre Aufmerksamkeit zu erregen, und das wollte sie auf jeden Fall vermeiden. Sie schauderte. Gab es einen unter ihnen, der nicht mindestens einmal die feuchte Hitze seiner Leidenschaft in sie gepumpt hatte, seit sie von Ranamal übel zugerichtet worden war? *Nein.* Sie war von allen genommen worden. *Von allen!* Sie schauderte erneut. Das Licht der morgigen Sonne würde ihr zerschundenes Gesicht und ihren gepeinigten Körper enthüllen. Da ihr gebrochener rechter Arm, den Mah-ree im fernen Wald so behutsam gerichtet hatte, heftig schmerzte, wußte sie, daß die Knochen wieder ausgerenkt waren, als man sie mit Gewalt genommen hatte. Angesichts ihrer fiebrigen Schmerzen schloß Ta-maya die Augen, dachte an Ranamal und fragte sich, ob man auch sie einfach so zurücklassen würde, wenn sie die Männer dieser Kriegergruppe am Weiterkommen hinderte.

Als jetzt die leisen Worte der Männer zu ihr drangen, stellte sie überrascht fest, daß sie tatsächlich davon sprachen.

»Die Frau hat ein schlechtes Bein … und ihr rechter Arm ist gebrochen. Sie wird uns aufhalten, denke ich, und wenn wir sie mit zum Lager nehmen, wird sie für unsere Frauen nur von geringem Nutzen sein.«

Die Worte Axwahtals, des Anführers der Überfallgruppe, ließen Ta-maya erzittern, während gleichzeitig neue Hoffnung in ihr aufflammte. *Wenn sie mich zurücklassen, werde ich mich auf den Rückweg zu meinem Mann machen ... Bei den Mächten der Schöpfung, ich werde es schon irgendwie schaffen!*

»In ihren Brüsten ist Milch. Das ist nützlich.«

Ta-maya zuckte zusammen, als sie die sachliche Feststellung des großen Mannes hörte.

»Sie ist auch in anderer Hinsicht nützlich, sehr nützlich sogar«, erwiderte Ynau in anzüglichem Tonfall. »Eine Frau zwingen zu können, sich einem zu öffnen, ganz gleich, wann und wie man möchte ... Hmm. Es war sehr gut mit ihr. Sie war einmal Masaus Frau, wißt ihr. Die Frau des großen und legendären Mystischen Kriegers des Wachenden Sterns persönlich! Auch Shateh hat sie mit lüsternen Augen angeblickt, als ihr Stamm mit unserem verbündet war, und ...«

»Und jetzt sind sie beide tot!« entgegnete Axwahtal bissig.

»Nicht ihretwegen.« Xohkantakeh schien sie geradezu zu verteidigen.

»Nein«, stimmte Axwahtal zu. »Frauen haben keine solche Macht.«

»Der listige Schamane der Roten Welt ist schuld, daß sie nicht mehr leben und daß unser Volk durch den Krieg kleiner wurde!« Wieder hatte der Riese gesprochen.

Ta-maya schloß die Augen. Wie sehr sie Cha-kwena haßten! Sie machten ihn und ihren armen, verlorenen Stamm immer wieder für alles verantwortlich, was ihre eigene kriegerische Natur ihnen an Leid gebracht hatte!

»Gelber Wolf steht in der Macht des heiligen Steines und des Totems. Jeder weiß das«, brummte Xohkantakeh.

»Ich habe genug von verschwundenen Steinen und Totems!« Axwahtal klang zutiefst verärgert. »Du solltest dich selbst hören, Xohkantakeh, wie du hier von Macht und Zauber faselst, wie ein kleiner Junge, der sich vor seiner ersten Jagd nach einer Vision sehnt! Bah! Genauso wie du habe ich meine Jugend weit hinter mir gelassen, und ich sage dir, daß es meinem Stamm sehr gut ging, bevor wir aus dem Norden in das Land Shatehs kamen, um größeres und besseres Wild zu jagen. Es stimmt zwar, daß es in unserem Land keine Mammuts mehr gab und daß auch alle Feinde, gegen die es sich zu kämpfen lohnte, getötet oder versklavt oder hierher gezogen waren, doch die Speere unserer Jäger waren oft rot vom Blut der Bisons und Elche, und wir hatten viele Frauen und viele gute Söhne. Jetzt in diesem fernen Land sind zu viele meiner Söhne gestorben, und ich habe genug vom Krieg. In meinen Träumen kehre ich oft zu den Frauen und Jagdbrüdern zurück, die ich in den Jagdgründen meines Stammes zurückgelassen habe. Wenn der Große Weiße Winter es zuläßt, werde ich mit meinen Anhängern in das Grasland zurückkehren. Ich werde mir meine Frauen zurückholen. Ich werde bei ihnen liegen und neue Söhne machen. Und in den Hütten meiner alten Jagdbrüder werde ich viele gute Geschichten von meinen Kämpfen und Siegen erzählen.«

»Siegen?« höhnte Ynau.

Axwahtal schnaufte. »Schon das Überleben ist ein Sieg. Du, Ynau, und alle anderen, die sich nach Shatehs Tod mit meinen Kriegern verbündet haben, können mit mir ins Land meiner Väter und eurer zurückkehren. Oder hierbleiben. Die Entscheidung liegt nicht bei mir.«

»Und die Frau aus der Roten Welt?« fragte Xohkantakeh.

»Du denkst viel zu oft an sie, Xohkantakeh, wenn man berücksichtigt, wie sehr du gezögert hast, sie auch nur ein einziges Mal zu nehmen. Man könnte meinen ...« Axwahtal ließ seinen Satz unvollendet.

Ta-maya erstarrte. Aus dem fernen Tal waren jetzt Trommeln zu hören, ein tiefes und gleichmäßiges Dröhnen, das irgendwie gefährlich klang.

»Sie feiern einen Überfall ... *unseren* Überfall!« rief Ynau. »Als ob wir ihnen etwas zurückgelassen hätten, das einen Kampf lohnt!«

»Ihre Festung ist wirklich sehr nahe«, stellte Axwahtal mit offensichtlicher Besorgnis fest. »Es ist gut, daß wir kein Feuer gemacht haben. Ruht euch aus. Wir werden vor der Morgendämmerung aufbrechen. Und was die Frau betrifft – mir ist es gleichgültig, was mit ihr geschieht. Solange sie uns nicht behindert oder die Gefahr besteht, daß sie noch einmal unsere Feinde alarmiert.«

Ta-maya saß völlig still da und hielt den Atem an. Sie hoffte, daß sie sich schlafen legten und sie in Ruhe ließen, daß sie morgen weiterzogen und sie zurückließen. Ihr Herz klopfte rasend, während sie ein stummes Gebet sprach. *Chakwena, wo immer du sein magst, erhöre diese Frau! Erinnere dich an deinen Stamm, alter Freund! Wenn du noch über die Macht des Steines verfügst und wenn das Totem wirklich wiedergeboren wurde, vergib meinem Mann, daß er sich geweigert hat, auf dich zu warten! Vergib uns allen! Suche in deinen Träumen nach uns und erkenne …*

»Noch mal. Sofort!«

Als Ta-maya aufblickte, sah sie, daß Ynau über ihr stand. Er hatte seinen Umhang geöffnet, um das freizulegen, womit er sich auf ihre Kosten mit ihr vergnügen wollte. Mit den Augen eines Falken und dem Körper eines Pumas machte er sich bereit, aber er war allein, und sie sagte sich, daß sie dafür dankbar sein sollte. Unvermittelt riß er ihr Klah-neh aus den Armen. Bevor das Kind einen Laut von sich geben konnte, war es grob geknebelt und gefesselt.

»Der Junge hat einen Wert für unsere Frauen«, kam es aus der Dunkelheit. »Gib ihn mir! Ich werde dafür sorgen, daß er sich ruhig verhält.«

Ta-maya glaubte, die Stimme eines Kriegers namens Zakeh zu erkennen, aber sie war sich nicht sicher. Ynau ging vor ihr in die Knie. Er bearbeitete sich immer noch selbst, um sich bereitzumachen, sie wieder mit Gewalt zu nehmen. Von allen war er der Grausamste und der Unersättlichste, und ihn erregte es am meisten, ihr Schmerzen zufügen und Angst bereiten zu können. Seine Frau tat ihr leid. Und als er sie jetzt auf den Rücken warf, ihre Kleidung öffnete und mit der Vergewaltigung begann, tat sie sich selbst leid.

Ta-maya schloß die Augen und versuchte, sich nicht von den Schmerzen und dem brennenden Fieber überwältigen zu lassen, sondern nur an morgen zu denken. Wenn sie nur dalag und Ynau keinen Widerstand leistete, wenn sie sich nicht beklagte und kein Anzeichen für Angst oder Schmerz erkennen ließ, mochte selbst dieser gierigste undböseste der Männer schließlich das Interesse an ihr verlieren und mit den anderen fortgehen. Sie würde zu ihrem Stamm zurückkehren … zu Kosar-eh, dem zärtlichen Liebhaber, dem mächtigen und unbeugsamen Krieger. Sicherlich suchte er längst nach seiner geraubten Frau und seinem Sohn, genauso unbeirrbar wie die Trommelschläge, die jetzt durch die tiefe Nacht hallten.

4

Trommeln!

Kosar-eh fragte sich, ob sie jemals aufhören würden. Wie der Herzschlag eines unsichtbaren Riesen pulsierten sie in gleichmäßigem, monotonem Rhythmus durch die Nacht, um die Krieger nach Hause zu führen.

Als der Mond ganz aufgegangen war, tauchten endlich die Männer und Hunde aus der Dunkelheit auf, um die Reisenden zu begrüßen. Im matten Licht der funkensprühenden Fackeln aus ölgetränktem Baummoos und Fellstreifen hatte Kosar-eh bald die fernen Hügel erreicht, kletterte eine Leiter aus Knochen hinauf und trat durch einen Bogen aus gewaltigen Mammutstoßzähnen in die von Lagerfeuern erhellte Höhle des Stammes des Wachenden Sterns.

Als der große Mann dann neben Tsana anhielt, verstummten die Trommeln mit einem Mal. In der plötzlichen Stille fühlte Kosar-eh sich unendlich erschöpft, doch dann wurden seine Sinne von dem Anblick schockiert, der sich ihm bot.

Er spürte, daß Doh-teyah auf seinem Rücken unruhig wurde, aber er konnte sich kaum auf das Kind konzentrieren. Kiu-neh und Kho-neh drückten sich an seine Seiten wie zwei junge Bäume, die vor einem herannahenden Sturm Schutz im Schatten des Baumstammes suchten, dessen Samen sie entsprossen waren. Doch auch ihre Anwesenheit nahm er kaum wahr. Die kleine Joh-nee lugte mit weit aufgerissenen Augen hinter Tsanas Mantel hervor, aber er sah sie überhaupt nicht. Kosar-eh blickte nur geradeaus und konnte nicht verhindern, daß er wie ein eingeschüchtertes Kind mit offenem Mund gaffte.

Vor ihm brannte ein hoher Scheiterhaufen aus Holz und Fett in einem Kreis aus Mammutwirbelknochen. Auf beiden Seiten des Feuers war die Höhle voller Menschen und Hunde, die aus den dunklen Tiefen näher rückten. *So viele Menschen! So viele Hunde!* Der Krieg hatte den Stamm des Wachenden Sterns keineswegs geschwächt, er hatte ihn zu einer Macht zusammengeschweißt, die bedrohlicher als je zuvor war! In bemalten Häuten und Fellen und Federn standen sie selbstbewußt vor ihm. Aus tätowierten Gesichtern starrten sie auf den schwarzweißen Krieger und seine Kinder. Sogar die Hunde waren geschmückt, und einige von ihnen knurrten. Kosar-eh achtete nicht auf die Tiere und starrte zurück auf die Menschen, überwältigt von der Größe dieses Stammes, von dem er angenommen hatte, er wäre für immer ausgelöscht.

Irgendwann bemerkte er die Sklaven unter ihnen. Sie waren ausschließlich weiblich, Frauen und junge Mädchen. Er erkannte ihren Status am geschorenen Kopfhaar, an der dürftigen Kleidung, der geduckten Haltung und am Fehlen der Tätowierungen. Außerdem kannte er sie! Sie wurden nach vorne geschoben, um ihn zu beeindrucken – oder einzuschüchtern. Dort war Vral, die erste Frau des Mannes an Shatehs rechter Seite. Daneben Neela, Bhandi und Cheelapat, Shatehs drei jüngere Frauen, sowie Tinah, Khat und Oni, die Töchter des Häuptlings. Kosar-eh fragte sich, ob sie bei einem Überfall entführt worden waren oder ob man sie zurückgelassen hatte – was häufig die Strafe für die Frauen und Nachkommen eines Mannes darstellte, der den Stamm während eines Krieges in eine Niederlage geführt hatte.

Kosar-eh runzelte die Stirn, als er in der Versammlung nach den jungen Söhnen Vrals suchte. Dann entdeckte er sie nicht unter den Sklaven, sondern bei den anderen Jungen des Stammes. Ihr Haar war nicht geschnitten, dafür ordentlich gekämmt und ihre Gesichter gut eingeölt.

»So soll es auch mit den Söhnen des Mannes, der seinen Feinden ins Gesicht spuckt, sein!« verkündete Tsana, als er bemerkte, wohin Kosar-ehs Blick gewandert war. »Sie werden Krieger des Wachenden Sterns sein, wie dieser Mann es versprochen hat!«

Kosar-eh spürte, daß sich Kiu-neh an seiner Seite ein wenig entspannte. Er sah nach unten. Noch kurz zuvor waren seine Jungen von dem Anblick eingeschüchtert gewesen, der sich plötzlich ihren ermüdeten Augen geboten hatte. Jetzt zwang Kiu-neh sich dazu, mit erhobenem Kopf und vorgereckter Brust dazustehen und sich zu voller Größe aufzurichten. Kho-neh sah zu seinem Vater auf und bemühte sich um ein mattes Lächeln.

Dann holte der Häuptling Joh-nee aus ihrem Versteck hinter seinem weiten Wintermantel und drängte sie nach vorn. Die Schüchternheit und Beklommenheit des Mädchens brachte Tsana zum Lächeln, als er sie vom Boden aufhob und in den Armen hielt. »Seht die Schwester des Schamanen Gelber Wolf ... und jetzt die Schwester des Wachenden Sterns!«

Ein erstauntes Raunen ging durch die Versammlung.

»Das Mädchen ist aus freiem Willen zu uns gekommen?« fragte eine Frau mittleren Alters, die sich durch die Menge nach vorn schob und Joh-nee mit mißtrauischem Blick begutachtete. Ihr rundes Gesicht war ein einziger Knoten aus rötlichen Narben.

»Ja, Oan. Sie hat sich *freiwillig* entschieden, Tsana vom Stamm des Wachenden Sterns als ihren neuen Bruder zu bezeichnen«, bestätigte der Häuptling.

Kosar-eh sah, daß die häßliche Frau damit offenbar zufrieden war. Joh-nee errötete heftig, und wieder wunderte er sich über die Bedeutung, die Tsana und sein Stamm dem freiwilligen Einverständnis ihrer Gefangenen beimaßen, die nicht als Sklaven ein neues Leben bei ihnen beginnen sollten.

Eine einzige Handbewegung von Tsana veranlaßte den Stamm, sich vom Feuer zu entfernen, so daß Kosar-eh nun zum ersten Mal in die Tiefen der Höhle blicken konnte. Die Form war genauso, wie er sie in Erinnerung gehabt hatte – ein großer gewölbter Raum, in dem sein Stamm einst seine Schlaffelle ausgebreitet und seine Trockenrahmen und Kochfeuer eingerichtet hatte – doch sonst war nichts mehr wie früher. Die Decke war geschwärzt und mit einem großen dunklen Stern verziert worden. Bemalte Felle und kunstvoller Bänderschmuck waren an verschiedenen Stellen eingesetzt worden, um die Wohnbereiche der Jäger voneinander abzugrenzen. Und die Knochen von Lebensspender, dem großen weißen Mammut, waren aus dem See geholt worden, wo es von Cha-kwena getötet worden war und wo das Totem, wie Kosar-eh bisher geglaubt hatte, seine letzte Ruhestätte gefunden hatte. Er runzelte die Stirn. Ein Weg, der auf aberwitzige Weise von Wirbelknochen, Mahlzähnen und aufgerichteten Rippen gesäumt wurde, führte zum hintersten Ende der Höhle. Dort, wo sich die Decke mit dem Boden der äußeren Kammer traf, saß auf einem kompliziert geformten Backenzahn eines Mammuts …

»Seht die Geisterfrau, die Hohepriesterin des Wachenden Sterns!« rief Tsana.

Verblüfft, überrascht und fassungslos hielt Kosar-eh den Atem an. Er kannte diese Frau! Vor langer Zeit – und in einer anderen Welt, wie es ihm schien – hatte er einmal kurz die Geisterfrau gesehen, Ysuna, die Tochter der Sonne, die Vermittlerin zwischen dem Stamm des Wachenden Sterns und ihrem großen Mammutgott Himmelsdonner. Viele hatten behauptet, sie sei unsterblich, so daß Ysuna, als ihr Körper nicht mehr ihrem Willen gehorchte, im Fleisch von Sheela wiedergeboren wurde, dem Kind des jüngeren Bruders ihres Vaters. Doch Kosar-eh hatte mit eigenen Augen gesehen, wie Sheela getötet worden war. Obwohl die Kleidung der Geisterfrau sehr der ähnelte, die diese beiden Frauen getragen hatten, wie Kosar-eh sich erinnerte, sah er jetzt, daß das Gespenst auf dem Mammutzahnthron weder die eine noch die andere der zwei Frauen war, die diesen Namen zuvor getragen hatten. Es war eine ganz andere Frau! Und er kannte sie nur allzu gut.

»Ban-ya …?« Er sprach ihren Namen aus, als würde er damit etwas Übles in den Mund nehmen. Er spürte, daß Tsana ihn beobachtete, während er sie genauso intensiv anstarrte wie sie ihn. Es war ihm gleichgültig. Er konnte seinen Blick einfach nicht von ihr abwenden. Ban-ya trug einen Mantel aus erlesenen und zueinander passenden Wolfsfellen und einen Halsschmuck aus geflochtenem Haar und menschlichen Fingerknochen. Die Tochter der fernen Roten Welt, die in Kosar-ehs eigenem Stamm geboren war, musterte ihn aus einem tätowierten Gesicht mit schrägen Augen.

Fassungslos starrte Kosar-eh auf die Frau, von der er geglaubt hatte, sie hätte schon vor langer Zeit den verdienten Tod gefunden. Als er sie das letzte Mal gesehen hatte, war sie ohne jeden Besitz, ohne Winterkleidung, Waffen oder Nahrung im Tal der Toten ausgestoßen worden, damit sie starb, auch wenn sie behauptet hatte, sie würde das ungeborene Kind Shatehs in sich tragen. Es war nicht das erste Mal gewesen, daß er miterlebt hatte, wie Ban-ya voller Verachtung behandelt oder als Lügnerin bezeichnet worden war. Sowohl im Grasland als auch in der Roten Welt ihrer Vorfahren hatte dieses einzige Enkelkind der alten Kahm-ree ihrem Stamm nur Probleme gemacht. Ihr eigener Mann war an ihrer dreisten, ehrgeizigen und egoistischen Natur verzweifelt, so daß er sie Shateh zum Geschenk gemacht hatte, auch wenn er den einzigen Sohn behielt, den er mit ihr gezeugt hatte. Ihre heimtückischen Intrigen, mit denen sie sich eine bessere Stellung unter den Frauen des Häuptlings hatte verschaffen wollen, hatten mehrere Menschen getötet, unter ihnen auch Shatehs letzten überlebenden Sohn. Mit eigener Hand hatte Ban-ya dem Mann geködertes Fleisch gebracht, an dem er qualvoll zugrunde gegangen war.

Kosar-ehs Kiefer spannten sich an. Wie hatte diese verachtenswerteste aller Frauen es geschafft, nicht nur ihre Verbannung zu überleben, sondern außerdem von den alten Feinden ihres eingeborenen und ihres angeheirateten Stammes angenommen zu werden und sogar den Status einer Hohepriesterin zu erlangen? War dies wieder einer der grausamen Scherze, die die Mächte der Schöpfung mit ihm spielten – daß er von Feinden versklavt und zu einer lebenden Ban-ya gebracht wurde, während seine eigene geliebte Frau tot war? Er zitterte.

»Tritt vor, Geisterfrau!«

Kosar-eh zuckte zusammen, als er Tsanas scharfen Befehl hörte.

Die Geisterfrau gehorchte ihm sofort. Langsam, wie in Trance, erhob sie sich und schritt unter den Bögen aus Mammutrippen hindurch. Dann ging sie rechts am Feuer vorbei und blieb schließlich vor Kosar-eh und seinen Söhnen stehen.

Kosar-eh verzog das Gesicht, als ihm die Ironie dieser Situation bewußt wurde. Ban-yas geistig verwirrte Großmutter Kahm-ree – die man zusammen mit Ban-ya in den Tod geschickt hätte, wenn sein Stamm weniger gutherzig gewesen wäre – hatte also recht gehabt mit ihren hartnäckigen Beteuerungen, daß die verdammte Mörderin allen Widrigkeiten zum Trotz überlebt hatte und irgendwann wieder zu ihrem Stamm stoßen würde. Wenn die alte Frau doch nur noch am Leben wäre, um auf seine Kosten den Triumph dieses Augenblicks zu genießen!

»Ist das Gesicht der Geisterfrau dir und den Kindern deines Stammes nicht vertraut?«

Wieder zuckte Kosar-eh beim scharfen Klang von Tsanas Stimme zusammen. Zu seiner Überraschung ging es Ban-ya genauso. Doch ihr Gesicht blieb ausdruckslos, ihr Körper starr, und ihre Augen waren weit aufgerissen und seltsam leer.

»Sie spricht nicht oft.« Jetzt klang Tsanas Stimme sanfter. Seine Worte waren behutsam formulierte Stiche, die nicht gegen Kosar-eh, sondern gegen die Frau gerichtet waren. »Sie kennt weder den Mann, der seinen Feinden ins Gesicht spuckt, noch seine Söhne oder seine blinde Tochter oder meine neue kleine Schwester. Woher sollte sie sie auch kennen?«

Verwirrt über die Bedeutung der Frage des Mannes blickte Kosar-eh zu Tsana und bemerkte überrascht, daß der Häuptling Ban-ya anlächelte, als wäre er ein Raubtier, das seine Beute beobachtete. Er vermutete, daß sich zwischen diesen beiden Menschen mehr abspielte, als auf den ersten Blick ersichtlich war, und spürte instinktiv – und nicht ohne eine gewisse Genugtuung –, daß Ban-ya zwar zur Hohepriesterin des Stammes des Wachenden Sterns geworden war, gleichzeitig aber auch als Gefangene an diesem Ort gehalten wurde.

Ohne den Blick von Ban-ya abzuwenden, sagte Tsana mit derselben wohltönenden Stimme wie zuvor: »Als wir das erste Mal in dieser Höhle auf die heulende Geisterfrau stießen, erkannte Indeh, einst ein Krieger Shatehs, sie als Ban-ya, als eine Frau Shatehs aus der Roten Welt. Aber er hat sich geirrt. Mit ihrem eigenen Mund sprach sie die Wahrheit. Und jetzt lebt sie in dieser Gestalt, die ihr hier vor euch seht, unter uns, die Wiedergeburt von Ysuna und Sheela, die sich auf geheimnisvolle Weise im Fleisch einer Frau der Roten Welt verkörperten. Aber wer unter uns wagt es, den Willen der Mächte der Schöpfung in Frage zu stellen? Wenn die Töchter der Sonne, Ysuna und Sheela, entschieden, in einer Frau, die zum Sterben an diesen Ort verbannt wurde, wieder zum Leben zu erwachen, wer will da behaupten, daß es nicht möglich sei? Die Geisterfrau gebar zwei männliche Kinder in dieser Höhle. Vom Fleisch des einen überlebte sie, um das andere säugen zu können, bis wir kamen. Und an jenem Tag nannte sie dieses zweite Kind einen Sohn Shatehs und bot es als Köder an, um den Mann hier in seinen Tod zu locken.«

Diese Worte riefen einen tosenden Beifall in der Menge aus.

»Und so verdanken wir der Geisterfrau unseren Sieg im Krieg!« rief Tsana. »Indem sie das Fleisch der Söhne Shatehs opferte, hat sie für immer jede Hoffnung zunichte gemacht, daß die Seele dieses Mannes zu einem neuen Leben in diese Welt zurückkehren kann … auch wenn wir ihm dies nicht angetan hätten!« Er hob die mumifizierte Hand und lächelte zufrieden, als sein Stamm erneut jubelte. »Jetzt werden alle Kinder des Wachenden Sterns an die Brüste der Geisterfrau gelegt, um die erste Milch des Lebens von ihr zu trinken. Und jetzt seht, denn die Mächte der Schöpfung sind uns freundlich gesonnen, und viel Gutes geschieht dem Stamm Tsanas!«

Kosar-eh sah, daß sich ein Muskel an Ban-yas Oberkiefer bewegte, doch darüber hinaus zeigte sie keine Regung. Er hatte das Bedürfnis, sie zu fragen, wie sie sich von ihrem eigenen Kind hatte ernähren können, doch angesichts ihrer Vergangenheit darf mich so etwas eigentlich nicht überraschen, sagte er sich. Diese Frau würde alles tun, was ihrem Vorteil und ihrem Überleben diente.

Seine Aufmerksamkeit wurde von Doh-teyah in Anspruch genommen, die auf seinem Rücken plötzlich zu quengeln begann. Er griff nach oben, um die Riemen der Trage zu lösen und das Kind in seine Arme gleiten zu lassen, als Tsana zu seiner Überraschung auf geradezu brüderliche Weise Joh-nee absetzte, damit sie ihm helfen konnte. Kurz darauf war das Baby aus der Kindertrage befreit und wurde von Tsana hochgehalten.

»Seht die Tochter des schwarzweißen Kriegers!« rief Tsana. »Seht dieses blinde Kind, das den Wind sehen kann und weiß, was ihrem Stamm widerfahren wird! Wenn sie sich jetzt an der Milch der Geisterfrau nährt, wird das Blut der Seherin des Windes in das Blut des Wachenden Sterns verwandelt werden!«

Es geschah, bevor Kosar-eh reagieren oder gar Einwände erheben konnte. Ban-ya hob ihre Hände, öffnete ihren Mantel aus Wolfsfellen und bot dem hungrigen Kind ihre Brüste an. Kosar-eh starrte fassungslos. In der Roten Welt seiner Jugend waren die Brüste von Ban-ya, der Tochter von Xhet-li und den Enkelin von Kahm-ree, der Neid jeder Frau und jedes Mädchens im Stamm gewesen, während sie für jeden Mann den Gegenstand des Begehrens darstellten. Der Stamm konnte sich nicht erinnern, daß irgendeine Frau oder gar ein Mädchen jemals so große Brüste wie Ban-yas gewaltige, glatte und wunderbar geformte Halbkugeln gehabt hatte. Sie hatte ständig damit geprahlt und sie zur Verführung eingesetzt, bis jeder dem Gerücht glaubte, daß ihre verwitwete Mutter sie zur alten Kahm-ree geschickt hatte, nachdem Xhet-lis neuer Mann dabei erwischt worden war, wie er mit dem gespielt hatte, was er fälschlicherweise für sein Eigentum gehalten hatte. Damals wie heute konnte Ban-ya ihre Fülle kaum mit ihren kleinen Händen halten. Doch jetzt waren ihre Brüste nicht mehr schön.

Kosar-eh verzog das Gesicht beim Anblick der angeschwollenen Milchdrüsen in den Fleischhügeln, die von Dehnungsstreifen gezeichnet waren. Er sah, wie Ban-ya die Finger zusammenpreßte. Die Brustwarzen schwollen an, und Milch sickerte heraus. In diesem Augenblick ließ Tsana das blinde Kind herab, das die Brüste als Quelle seiner Lieblingsnahrung witterte und die Arme ausstreckte. Doh-teyah drückte sich dagegen und begann sofort gierig zu trinken, als Tsana sie in Ban-yas Arme legte.

»Ah!« rief der Häuptling. »Sie nimmt das Leben an, das wir ihr anbieten! Jetzt ist die Seherin des Windes eine Tochter des Wachenden Sterns!«

Kosar-eh fühlte sich von seinem Kind verraten. Wie lange war es schon her, seit Doh-teyah das letzte Mal an Ta-mayas Brüsten gestillt worden war? Er schloß die Augen, als er sich der beiden entsann, wie sie gemeinsam in seiner Hütte saßen, sich an das lächelnde Gesicht seiner Frau mit dem Baby an ihrer Brust erinnerte. Jetzt war seine geliebte schöne Frau tot, und dieses blinde, rücksichtslose Kind schien sie bereits vergessen zu haben, als es sich zufrieden die Milch des Lebens von einer anderen Frau holte.

Tsana winkte seinen Stamm heran. »Kommt und heißt die neuen Kinder des Wachenden Sterns willkommen! Und seht den Mann, der seinen Feinden ins Gesicht spuckt, der nun kein Feind mehr ist! Er wird uns auf der Jagd nach dem Gelben Wolf und zur allumfassenden Macht des Totems und des heiligen Steines führen.«

»Aber … aber du hast doch versprochen, daß du meinen Bruder nicht jagen wirst!« Joh-nees Protest klang wie das Gewinsel eines verletzten Welpen.

Tsanas Antwort bestand darin, das kleine Mädchen wieder auf den Arm zu nehmen. »Tsana ist jetzt dein Bruder, und alle Menschen des Stammes des Wachenden Sterns werden dich ihre Schwester nennen!« Er lief mit ihr in die Menge hinein. »Kommt! Alle! Zeigt diesem Mädchen und seiner Familie, daß die Worte Tsanas wahr sind. Heißt es willkommen! In dieser Nacht wollen wir die Vereinigung zweier Stämme feiern. Wie zu Anbeginn der Zeiten sollen die Menschen wieder ein Stamm sein!«

Die Worte des Häuptlings hallten in Kosar-ehs Kopf nach.

Wie zu Anbeginn der Zeiten sollen die Menschen wieder ein Stamm sein!

Die Trommeln wurden wieder geschlagen, nun jedoch in

einem leichteren und unbeschwerteren Rhythmus. Zwei Jungen spielten helle Töne auf Schilfpfeifen dazu, und jemand blies mit der Verzückung des Wahnsinns eine Flöte. Da Kosar-eh auf dem Ehrenplatz am Feuer saß, direkt neben dem Mann an Tsanas rechter Seite, konnte er den Flötenspieler nicht sehen. Eine hohe Wand aus Menschen umgab das Feuer, Frauen und Kinder auf einer Seite, die Männer auf der anderen, einige sitzend, andere stehend. Alle waren in fröhliche Gespräche vertieft, während die Sklaven Hörner mit Getränken und Knochenplatten voller Fleisch herumreichten. Die Hohepriesterin hatte sich ihm gegenüber auf ihrem ›Thron‹ aus Mammutknochen niedergelassen, wo sie immer wieder Doh-teyah stillte und liebkoste. Sie war ständig von ergebenen Dienerinnen umringt, die sie und das verwirrte Baby nicht einen Augenblick in Ruhe ließen. Joh-nee saß zu Füßen der Geisterfrau auf dem Boden, hielt ihre Puppe an sich geklammert und beobachtete aufmerksam das Baby, als hätte sie sich selbst zur Wächterin Doh-teyahs ernannt.

Kosar-eh entging nicht, daß man den Säugling gebadet und in frische Sachen gekleidet hatte. Auch Joh-nee war gewaschen und gekämmt und trug neue Mokassins. Sogar seine Jungen hatten es zulassen müssen, daß man ihnen die Gesichter sauberschrubbte. Die narbengesichtige Frau Oan hatte dafür gesorgt, daß Kho-nehs Füße langsam erwärmt und dann in Verbände aus feuchten Blättern gepackt wurden, die das Blut in die Haut ziehen und damit die zurückgebliebenen Frostgeister vertreiben sollten, bevor sie dauerhaften Schaden anrichten konnten.

Kosar-eh mußte zugeben, daß die Frauen des Wachenden Sterns sich alle Mühe gegeben hatten, sich großzügig um die Bedürfnisse seiner Familie zu kümmern. Ohne daß ein Befehl von Tsana nötig gewesen wäre, hatten sie ihm angefeuchtete Kaninchenfelle gebracht, mit denen er sein Gesicht säubern und erfrischen könnte. Dann hatten sie Schlaffelle, geflochtene Matratzen und Winterkleidung zu der Stelle gebracht, die vom Häuptling als privater Bereich seiner Familie ausgewählt worden war. Es war eine gute Stelle, mit direktem Zugang zum Feuer und zum Höhleneingang, ohne daß sich

Rauch oder Luftzüge dahin verirrten, wenn Regen oder Wind aus dem Süden kamen und in die Höhle drangen.

Während Kosar-ehs Körper von seiner Müdigkeit und dem, was er aus den Hörnern getrunken hatte, allmählich betäubt wurde, staunte er immer mehr über die Bereitschaft dieser Menschen, ihn und seine Familie in Tsanas Stamm aufzunehmen. Schließlich war er als Verbündeter des Mannes, dessen Überreste sie auf einen Mammutknochenpfahl gespießt hatten, ein ständiger, wenn nicht sogar berüchtigter Teilnehmer an den Überfällen auf die verstreuten Lager ihres Stammes gewesen. Allerdings würden sie Kosar-eh irgendwann dazu auffordern, sie zum Totem und zum heiligen Stein zu führen. Trotzdem war er immer noch der schwarzweiße Krieger, der Mann, der seinen Feinden ins Gesicht spuckt, und bis zu dieser Nacht waren sie immer seine Feinde gewesen. Er hatte auf dieselbe Weise gegen sie Krieg geführt, wie sie seinen Stamm und seine Verbündeten bekriegt hatten – brutal und ohne Gnade oder Rücksicht. Und nachdem sie jetzt das Leben seiner Kinder in der Hand hatten, hätten sie ihm genausogut das Halsband eines Hundes umlegen und ihn in der schmutzigsten Ecke der Höhle anleinen können. Dann hätte er immer noch alles getan, was sie von ihm verlangten, nicht um ihnen einen Gefallen zu tun, und auch nicht aus Sorge um sein eigenes Leben, sondern um das Überleben seiner Kinder zu gewährleisten.

Kosar-eh runzelte die Stirn. Als er die Menschen in ihrer eigenen Festung sah, ihr Lachen hörte, ihre spielenden Kinder und ihre Frauen mit Babys an den Brüsten beobachtete, erinnerte er sich an Tsanas Worte: *Du weißt nichts von unseren Sitten!* Der Häuptling hatte recht.

Wie zu Anbeginn der Zeiten sollen die Menschen wieder ein Stamm sein!

Diesmal trieben diese Worte wie der kühle Nebel durch seinen Geist, den er während des Aufstiegs zum Paß durchschritten hatte. Dieser Stamm – den er von allen anderen Stämmen am meisten gehaßt hatte – unterschied sich gar nicht so sehr von seinem eigenen. Er, der jeden Glauben an die angebliche Macht von Schamanen, Amuletten und Totems verloren hatte, erkannte nun, daß zumindest ein Aspekt der Sagen, die von den Vorfahren überliefert worden waren, der Wahrheit entsprechen mußte: Die Stämme der Roten Welt, des Graslandes und des Wachenden Sterns mußten einfach einen gemeinsamen Ursprung haben. Als der Erste Mann und die Erste Frau zu Anbeginn der Zeiten dem großen weißen Mammut aus der Welt der Geister in die Welt der Lebenden gefolgt waren, mußten die Mächte der Schöpfung das Leben ihrer vielen Kinder irgendwie auf unterschiedliche Weise gestaltet haben, bis sie vielleicht durch eine Art Sturm über die Welt in ferne Länder zerstreut worden waren, wo sie sich in getrennten Gruppen sammelten, die sich gegenseitig fremd wurden.

Es war eine erschütternde Erkenntnis. Während Kosar-eh den kriegerischen Stamm des Wachenden Sterns einzuschätzen versuchte, erinnerte er sich daran, daß ihm in den Tagen, bevor sein Stamm der Roten Welt zum ersten Mal Bekanntschaft mit dem Krieg machte, die Vorstellung, seinen Speer gegen ein anderes menschliches Wesen zu erheben, undenkbar gewesen wäre. Doch als er jetzt an die Leichtigkeit dachte, mit der er Ranamal nicht nur getötet, sondern seinen Körper verstümmelt hatte, fragte er sich, worin er sich eigentlich von diesen Kriegern des Wachenden Sterns unterschied, für die er so lange nur Verachtung übrig gehabt hatte. Wenn er jemals auf die Leute stieß, die seine Frau und seine Kinder niedergemetzelt hatten, würde er dann davor zurückschrecken, ihre Körper auszuweiden und ihre Köpfe auf Pfähle zu spießen?

Er erzitterte. Seine ehemaligen Feinde führten nun ein gutes Leben in diesem Tal, wo sein eigener Stamm soviel Kummer erlebt hatte. Er brachte es nicht übers Herz, ihnen Böses zu wünschen, auch wenn der Klang der Flöte eine leidvolle Saite in ihm mitschwingen ließ.

»Schwarzweißer Krieger, du mußt essen und trinken und unsere neue Brüderschaft feiern. Wie sonst willst du stark und entschlossen bleiben, um dem Ziel zu dienen, das uns vereint?«

Kosar-eh öffnete die Augen. Er starrte Tsana an, der ihm ein Widderhorn reichte. Er nahm wieder einen tiefen Schluck von der gegorenen Flüssigkeit, die nach Blut, Pilzen und schimmligen Beeren schmeckte. Sein Sehvermögen war für einen Moment beeinträchtigt, als eine Sklavin kam und mit gesenktem Kopf vor Tsana niederkniete. Auf den Handflächen hielt sie das Schulterblatt eines Pferdes, das mit Stücken gekochten Fleisches beladen war, das intensiv nach Salbei, Minze und Wacholderbeeren duftete, mit denen es gewürzt worden war. Als Kosar-eh wieder klar sehen konnte, betrachtete er das Fleisch und die Frau. Er konnte genug von ihrem Gesicht erkennen, um festzustellen, daß es sich um Cheelapat handelte, die jüngste von Shatehs Frauen. Die rachsüchtige, jähzornige, intrigante Cheelapat. Sie hatte keine Gelegenheit versäumt, ihre Grausamkeit und Verachtung an ihm und seinem Stamm auszulassen, sobald Shateh ihr den Rücken zugekehrt hatte. Es tat seinem Herzen gut zu sehen, wie sie vor Tsana niederkniete.

»Deine Augen blicken lange und nachdenklich auf diese Sklavin«, sagte der Häuptling zu Kosar-eh. »Wenn es dein Wunsch ist, kann sie für dich arbeiten und deinem Vergnügen dienen. Und deinem Hunger nach Fleisch. Nimm dir ihr Fleisch! Du mußt etwas essen, Mann, der seinen Feinden ins Gesicht spuckt!«

Kosar-eh kniff die Lippen zusammen. Hatte er sich in seinem ganzen Leben schon einmal so elend gefühlt wie jetzt? »Dieser Mann und seine Kinder sind warm und herzlich in diesem Lager aufgenommen worden, doch andere, die seinem Herzen nahestehen, sind nicht mehr bei ihm und werden auch nie wieder bei ihm sein. Dieser Mann trauert um sie. Er wird nicht essen, bevor vier Tage und vier Nächte vergangen sind, um die Vier Winde zu ehren, auf deren Schwingen ihre Seelen zur Welt jenseits dieser Welt getragen werden. Und er wird diese Sklavin nicht annehmen! Er wird sich auch kein Vergnügen mehr gönnen, bis jene, die seine Frau und seinen Sohn töteten und einen weiteren Sohn raubten, so wie Shateh und seine Krieger enden … ausgeweidet, ihr Fleisch den Hunden vorgeworfen, ihre Köpfe aufgespießt und ihre Haut im Wind flatternd!« Bei diesen Worten löste sich etwas in Kosar-ehs Seele. Als ihn plötzlich Wut und Verzweiflung überkamen, erklärte er Tsana und der gesamten Versammlung mit lauter Stimme: »Ist die Macht aller Krieger des Wachenden Sterns nicht groß genug, um jene zu jagen, die es wagten, Gefangene an einem Ort zu machen, von dem Tsana behauptet, ihn für seinen Stamm in Anspruch genommen zu haben? Dieser Mann hat keine Angst, die Räuber und Entführer allein zu jagen, aber Tsana vom Wachenden Stern hat seinen Rücken dem Wind zugekehrt und zugelassen, daß sie fliehen konnten. Wie könnt ihr euch voller Stolz zurücklehnen, wenn im Lager der Krieger aus dem Grasland Männer zusammensitzen, die euch und eure Vorfahren wegen eurer Schwäche verhöhnen?«

Tsana war aufgesprungen.

Cheelapat blickte ungläubig mit offenem Mund zu Kosar-eh auf und hätte beinahe den Knochenteller fallen gelassen.

Ein erstauntes Raunen ging durch die Menge, gefolgt von einem tiefen Schweigen. Es herrschte völlige Stille. Keine Trommel, Flöte oder Pfeife erklang. Kein Hund bellte, knurrte oder winselte, und sogar das Lachen der Kinder war erstorben. Aller Augen waren auf Kosar-eh gerichtet.

Er stand auf und erwiderte ohne ein Wimpernzucken den Blick der Menge. Würden sie ihn verdammen, weil er ihren Häuptling herausgefordert und ihre Krieger beleidigt hatte, oder würden sie den Mut bewundern, mit dem er gesprochen hatte? Eine lastende Übelkeit breitete sich in seinen Gedärmen aus. Was hatte ihn zum Sprechen getrieben, bevor er über die möglichen Konsequenzen seiner Worte nachgedacht hatte? Wie hatte er vergessen können, daß das Leben seiner Kinder nur vom Wohlwollen dieses Stammes abhing? Ein süßlicher, schleimiger Kloß in seiner Kehle erinnerte ihn daran, wieviel gegorenen Saft er schon aus den Hörnern getrunken hatte. Seine Zunge fühlte sich geschwollen und pelzig an. Das Getränk, was es auch immer sein mochte, hatte sie gelöst.

Tsanas Gesicht war ernst und seine Augen kalt, als er sagte: »Wagt es der Mann, der seinen Feinden ins Gesicht spuckt, in das Gesicht dieses Mannes zu spucken? Und in die Gesichter meiner Krieger und meines Stammes?«

Die Menschen gaben ein unmutiges Murren von sich.

Kosar-eh wußte, daß er sich der Situation stellen und die Gunst des Häuptlings und des Stammes zurückgewinnen mußte, wenn er nicht alles verlieren wollte. Ihm blieb nur die Möglichkeit, seine tiefsten Gefühle ehrlich auszusprechen. »Vergebt einem Mann seine Worte, der nicht über seinen Kummer hinausblicken kann. Wir alle haben den Krieg erlebt. Wir sind Feinde in den vergangenen Kriegen gewesen. Jetzt fragt dieser Mann, ob es nicht einen unter euch gibt, der nicht den Schmerz empfunden hat, den er jetzt empfindet, der kein Verständnis für seinen Drang hat, jene zu verfolgen und zu bestrafen, die seine Frau und seine Kinder getötet haben? Dieser Mann würde seine letzte Kraft dafür opfern, sich durch Kälte und Dunkelheit seinen Weg zu suchen, um jene zu finden, die er aufgespießt neben ihren Stammesgenossen sehen möchte, um sich für das zu rächen, was sie seiner Frau und seinem Stamm angetan haben – und eurem Stamm viel öfter, als jemand zählen kann!«

»Und wenn du deine letzte Kraft geopfert hast, wer soll dann den Stamm des Wachenden Sterns über das Ende der Welt hinaus zur Macht des Gelben Wolfes und des heiligen Steines und des Totems führen? Die Kinder deines Stammes? Nein. Sie sind jung und werden sich bald nicht mehr an den Weg erinnern.« Tsana hatte seine Augen zu schmalen Schlitzen zusammengekniffen, als er sich seinem Stamm zuwandte und auf Kosar-eh zeigte. »Dieser Mann ist hier, weil ihm das Wohl eines Menschen seines Stammes wichtiger als das Wohl des gesamten Stammes war. Jetzt sind er und seine Kinder Gefangene ... und Brüder und Schwestern unseres Stammes, gemäß dem Willen und der Großzügigkeit eines Mannes, der die Verantwortung eines Anführers kennt und seinen Stamm niemals hilflos zurücklassen würde.« Er schüttelte den Kopf. »Selbst wenn Tsana über die Vision des Schamanen Gelber Wolf und die Macht des heiligen Steines und des verschwundenen Totems verfügte, wäre er aus Rücksicht auf die Bedürfnisse seiner gefangenen Kinder an diesen Ort zurückgekehrt, wo sie Nahrung, Sorge und Ruhe vor den Schrecken, die sie erlebten, finden können. Was bedeutet das Leben einer Handvoll Eindringlinge aus dem Grasland im Vergleich zu zwei starken Jungen, die eines Tages große Krieger sein werden, einer zukünftigen Mutter und einem Kind, das den Wind sehen kann?«

Die Menschen pflichteten seinen Worten flüsternd bei.

Tsana hatte den Blick wieder Kosar-eh zugewandt, schien ihn abzuschätzen und zu einem Entschluß zu kommen, dessen er sich nicht ganz sicher war. »Wenn es der Wille der Mächte der Schöpfung ist, dann wirst du die Köpfe jener, die deine Frau töteten, neben ihren Stammesgenossen auf dem Weg zu dieser Festung aufspießen! Vielleicht noch nicht morgen und vielleicht auch noch nicht in den nächsten Monden, aber ich sage dir jetzt, Mann, der seinen Feinden ins Gesicht spuckt, daß die Vier Winde uns wegen eines viel größeren Ziels zusammengeführt haben. Von den Ahnen wurde uns prophezeit, daß irgendwann der Tag kommen wird, an dem der Stamm des Wachenden Sterns so zahlreich wie die Herden der großen Tiere ist. Unsere Zahl wird unermeßlich sein, und wenn wir über das Land ziehen, wird es wie Donner vom Himmel dröhnen. Und dann werden wir mit der Macht des heiligen Steines und des Totems, zu dem du uns jetzt führen wirst, alle anderen Stämme niederwerfen. Alle! Und an diesem Tag werden die Mammuts zurückkehren, um wieder im Land unserer Väter zu grasen. Und die Menschen werden wieder ein Stamm sein!«

Tsana wartete ab, bis sich die Versammlung beruhigt hatte, bevor er sich Kosar-eh zuwandte und sagte: »Du bist ein großer Kämpfer. Du besitzt großes Geschick als Steinarbeiter. Warum willst du ein demütiger, eingeschüchterter Sklave sein, wenn du statt dessen ein Krieger des Wachenden Sterns sein kannst? Vielleicht ist genau dies die Bestimmung, die die Mächte der Schöpfung dir und deinen tapferen Söhnen, deiner blinden Tochter und der Neuen Schwester von Anfang an zugewiesen haben.«

Für Kosar-eh kam diese Überlegung wie ein Schlag ins Gesicht. Als sein Blick durch die Höhle wanderte, bemerkte er verschiedene Anordnungen von Mammutknochen – den Bogen aus Stoßzähnen, den Kreis um die Feuerstelle, den

Weg, der zur Plattform der Hohepriesterin führte. Ohne daß es ihm jemand hatte sagen müssen, wußte er, daß es sich um die Knochen Lebensspenders handelte, des großen weißen Mammuts. Kein anderes Tier konnte so gewaltige Knochen haben. Während er sie anstarrte, war es ihm einfach unbegreiflich, wie die Krieger des Wachenden Sterns daran glauben konnten, ihr Totem wäre immer noch am Leben, nachdem sie seine Knochen und Stoßzähne mit eigenen Händen aus dem See geholt, zur Höhle geschleppt und die Überreste seines Skeletts hier angeordnet hatten. Sie müssen von Chakwenas Lüge über die Wiedergeburt des weißen Totems gehört haben, überlegte er, vielleicht von Shateh und seinen Kriegern, bevor sie getötet worden waren. Da die Legende von der Unsterblichkeit des großen weißen Mammuts ein fester Bestandteil des Glaubens ihrer Vorfahren war, mußten sie diese Geschichte ohne Bedenken akzeptiert haben. Auch Kosar-eh wollte sie nicht in Frage stellen, obwohl er wußte, daß es eine Lüge war. Aber er wagte es nicht, Kritik zu äußern, solange diese Lüge seine Kinder am Leben erhielt und ihm eines Tages die Möglichkeit zur Rache verschaffen würde.

»Hört!« Der scharfe Befehl einer Frau lenkte die Aufmerksamkeit aller Anwesenden in der Höhle auf sich.

Alle Augen richteten sich auf die Geisterfrau.

»Sie spricht!« flüsterte einer der Krieger überrascht.

Dem Tonfall des Kriegers und der Reaktion der Menge entnahm Kosar-eh, daß sich die Hohepriesterin nur selten an die Menschen wandte. Nun sah er, daß sie aufgestanden war und Doh-teyah an Joh-nee weiterreichte, die das Kind freudig in die Arme nahm. Die Arme und den Kopf erhoben, sprach die Geisterfrau mit einer Stimme, die er sofort als Ban-yas wiedererkannte, auch wenn sie dünner und trockener klang als früher einmal. Es war, als wären ihre Stimmbänder vernarbt.

»Es gibt einen Weg, den Kummer des schwarzweißen Kriegers zu lindern!« verkündete sie. »Und es soll jetzt geschehen, damit sein Platz in unserem Stamm gefestigt und ohne Zweifel bestätigt wird, daß er würdig ist, einer von uns zu sein!«

Kosar-eh spürte, daß Tsana an seiner Seite erstarrte. Als er den Häuptling ansah, bemerkte er, daß das Gesicht des Mannes einen Ausdruck angenommen hatte, als wäre ihm gerade ein schmerzhafter Schlag versetzt worden.

»Sind unter uns nicht die Frauen und Töchter des toten Häuptlings Shateh?« fragte die Geisterfrau. Sie hatte sich direkt an Tsana gewandt. »Warum sollen sie leben, wenn die Frauen und Kinder des Mannes, der seinen Feinden ins Gesicht spuckt, seinetwegen tot sind?«

Eine Welle der Erregung ging durch die Menge, wie ein kaum spürbarer Wind, der einen bevorstehenden Sturm ankündigte.

Kosar-ehs Nackenhaare sträubten sich. Die Geisterfrau blickte ihn an. In ihren Augen stand das Wiedererkennen – und noch mehr: Haß und der Wunsch nach Vergeltung. Sie hatte weder vergessen noch ihm verziehen, daß er ihr den Rücken zugekehrt hatte an jenem Tag, als Shateh und sein Stamm sie verstoßen hatten. Und sie kannte ihn gut genug, um zu wissen, wie sie ihn am besten für seine Herzlosigkeit leiden lassen konnte.

Tsanas Gesichtsausdruck hatte sich verändert. Seine Aufmerksamkeit hatte sich jetzt wieder Kosar-eh zugewandt, und er wirkte zufriedener als vorher, gleichzeitig aber auch angespannter. »Die Geisterfrau spricht die Wahrheit. Die Frau des Mannes, der seinen Feinden ins Gesicht spuckt, wurde von Männern aus dem Grasland geraubt, benutzt und getötet. Die Frau ihres Häuptlings Shateh sitzt dort zu deinen Füßen. Nimm sie dir! In ihrem Körper, in ihrem Blut und Leid wirst du deinen Schmerz lindern können, während du mit dem Stamm des Wachenden Sterns den Pfad der Krieger beschreitest.«

Cheelapat ließ den Knochenteller fallen.

Kosar-eh starrte entsetzt auf die Frau hinab.

Was Tsana vorschlug, war eine Beleidigung der Geister seiner Vorfahren. Bei allen Überfällen, an denen er beteiligt gewesen war, hatte er noch nie einer Frau absichtlich Schaden zugefügt und sie erst recht nicht verstümmelt. Wie konnte er es jetzt tun? Während außerdem seine Söhne zusahen!

Tsana packte Cheelapat an den Haaren, riß sie hoch und

zerrte sie vor Kosar-eh. Er drehte ihren Kopf herum, so daß sie den großen Mann ansehen mußte.

Er erkannte das Entsetzen in ihren Augen. Sie war eine kleine Frau, jung und immer noch hübsch genug, um die Blicke aller Männer auf sich zu lenken. Und Cheelapat bildete sich ein, schlau zu sein, aber sie war nicht intelligent genug, um zu erkennen, daß sie einen großen Fehler beging, als sie nun einen Versuch unternahm, mit dem sie ihn davon abbringen wollte, ihr etwas anzutun. Vielleicht hoffte sie auch, daß Tsana sich von ihrem Mut beeindrucken ließ und darauf verzichtete, sie zum Tode zu verurteilen. Sie spuckte Kosar-eh mutig ins Gesicht.

»Eidechsenfresser! Madenlutscher! Diese Frau spuckt in das Gesicht des Mannes, der unwürdig ist, ihr Feind zu sein!« beschimpfte Cheelapat ihn kreischend. »Du bist nicht würdig, dieser Frau das Leben zu nehmen oder auch nur im Schatten von Tsana oder irgendeinem Krieger des Wachenden Sterns zu stehen!«

Schockiert über diese unerwartete Beleidigung, wischte Kosar-eh sich mit dem Handrücken die Spucke aus dem Gesicht. Während er über den mutigen Versuch der Frau nachdachte, an den Stolz der anderen zu appellieren, fragte er sich, ob ihre Handlungsweise vielleicht gar nicht so unklug gewesen war.

Doch Cheelapat bewies ihm das Gegenteil. »Warum trauerst du um deine Frau, Eidechsenfresser? Meinst du nicht, daß sie, während sie starb, diejenigen pries, die ihr die Ehre erwiesen, ihre Mannknochen in das Blut eines Geschöpfes zu tauchen, das ihrer völlig unwürdig war?«

Ihre Worte waren eine deutliche Herausforderung, und sie weckten sofort Kosar-ehs heftigen Zorn.

Als Tsana die Reaktion des Mannes bemerkte, schob er die Frau in seine Richtung.

Im nächsten Augenblick war Cheelapat tot. Sie lag mit gebrochenem Genick zusammengesunken zu Kosar-ehs Füßen. Er blickte auf die Tote herab, die von seiner Hand gestorben war, auf die Frau von Shateh, dessen Anhänger einen seiner Söhne ermordet und einen zweiten zusammen mit seiner geliebten schönen Frau geraubt hatten, die seine Hütte in Brand gesteckt und weitere Menschen seines Stammes darin hatten sterben lassen. Alles, was noch an Rücksicht und Liebe in ihm übrig gewesen war, war damit gestorben.

»Jetzt soll es so zu Ende gebracht werden, wie es einem Krieger des Wachenden Sterns angemessen ist! Falls ein Mann, der in der Roten Welt geboren wurde, den Mut dazu hat!« Diese Stichelei kam von der Geisterfrau. »Wenn nicht, soll er in die Nacht hinausgehen und frei sein, seine Feinde zu verfolgen. Allerdings ist es fraglich, was er mit ihnen tun wird, wenn er sie gefunden hat, denn damit wird er bewiesen haben, daß er keinen Platz unter den Kämpfern des Stammes des Wachenden Sterns hat. Ganz gleich, wie er sich entscheidet, seine Söhne werden weiterhin bei uns leben, um zu Kriegern zu werden. Seine blinde Tochter wird mit der Milch des Stammes gestillt werden. Und die Neue Schwester wird als eine von uns ein neues Leben beginnen können.«

Tsanas Gesicht verzerrte sich. »Und wer wird uns hinter das Ende der Welt führen, um nach dem Totem und dem heiligen Stein zu suchen?«

»Der Dritte Sohn des Mannes, der seinen Feinden ins Gesicht spuckt, wird euch den Weg zeigen!« meldete sich Kiuneh, der tapfer vortrat, um sich zu beweisen.

Kosar-eh ließ sich keine Regung anmerken. Er wußte, daß er die Treue seines Sohnes endgültig verloren hatte. Und er wußte, daß Ban-ya ihn ködern wollte. Sie glaubte nicht, daß er zu dem fähig wäre, was sie jetzt von ihm verlangte – den Körper einer Frau zu verstümmeln, sie zu enthäuten und auszuweiden, ihr Fleisch an die Hunde zu verfüttern und ihren Kopf auf einem Pfahl neben dem von Shateh aufzuspießen. Sie wollte, daß er voller Abscheu vor einer Tat zurückschrak, die in ihrer Roten Welt als abscheulich galt, sie wollte, daß er statt dessen die Freiheit wählte und seine Kinder verließ, damit er in den Augen aller, die ihn jetzt so gebannt beobachteten, für immer erniedrigt wurde.

Kosar-eh durchbohrte sie geradezu mit seinem Blick. Er wußte, daß sie damit nicht nur ihn bestrafen, sondern auch Tsanas Urteilsvermögen herabwürdigen wollte. Und er wußte auch, daß er sich ihrem Willen nicht fügen würde. Die Rote Welt war weit entfernt. Die zwei Söhne, die ihm noch geblieben waren, würden mit ihm oder ohne ihn überleben. Seine geliebte Ta-maya war tot, und sein jüngster Sohn wurde vermutlich zusammen mit ihr vom Wind davongetrieben. Wer war noch in der Welt übrig, dem etwas daran lag, was Kosar-eh jetzt tat?

Also wich er nicht zurück, als ihm das Fleischmesser gebracht wurde.

Ta-maya öffnete ihre Augen in Kälte und Dunkelheit. Ynau hatte sie schon vor längerer Zeit verlassen. Danach war noch ein zweiter gekommen, um sich an ihr zu befriedigen, und dann war auch er wieder gegangen. Sie lag auf der Seite, unter den schweren Mantel von Xohkantakeh gekauert, und horchte auf die Geräusche des Lagers. Alles war still. Die Mondgöttin, die Mutter der Sterne, hatte sich in ihrer Hütte im Westen schlafen gelegt. Sogar der Wind schlief. Es dauerte eine Weile, bis sie erkannte, daß die Kriegergruppe ohne sie weitergezogen war. Sie war frei! Ihr Herz machte vor Begeisterung einen Sprung, dann kehrte jedoch sofort die Niedergeschlagenheit zurück. Was nützte ihr diese Freiheit? Die Männer hatten sie gefesselt und geknebelt zurückgelassen, so daß sie selbst den kleinsten Raubtieren der Nacht hilflos ausgeliefert war.

Hektisch versuchte sie sich in eine sitzende Position zu bringen, aber man hatte sie so zu Boden geworfen, daß sie auf ihrem gebrochenen Arm lag, und die Bewegungen verursachten so furchtbare Schmerzen, daß sie in den Knebel schrie und schließlich das Bewußtsein verlor. Die Schmerzen weckten sie wenige Augenblicke später wieder auf – oder waren inzwischen Stunden vergangen? Sie starrte in den Himmel. Der Schwanz der Großen Schlange hatte sich weiter um das stets wachsame Auge des Wachenden Sterns gewunden, und sie konnte sogar erkennen, daß die Finsternis im Osten zu verblassen begann. Bald würde es dämmern.

Jetzt waren wieder Trommeln zu hören. Sie lauschte. Das

Geräusch war anders als vorher, tiefer und eindringlicher, der Rhythmus schneller und irgendwie drängender. Neben den Trommeln nahm sie einen schwachen, fernen Gesang wahr. Ta-maya erinnerte sich an eine andere Dämmerung, an andere Trommeln und Gesänge, an eine große Plattform aus Mammutknochen, an hoch aufflackernde zeremonielle Lagerfeuer und daran, wie sie selbst beinahe den Opfertod durch die Hände des Stammes des Wachenden Sterns gefunden hätte.

Zitternd erinnerte sich Ta-maya an Ysuna, die Tochter der Sonne, und an Masau, den Mystischen Krieger und Schamanen des Stammes des Wachenden Sterns. In jener fernen Dämmerung hatte er sein Leben gegeben, um ihres zu retten. Tränen brannten unter ihren Lidern. *Aus welchem Grund mußte dieser mutige Mann, meine erste Liebe, sterben? Nie wurde ein Kind aus unserer Liebe geboren, so daß die Seele Masaus nun für immer gestorben ist. Wenn mein Leben jetzt endet, wenn das einzige Kind meines Körpers tot hinter dem Ende der Welt liegt, dann werde auch ich für immer sterben. Welchen Sinn hat mein Leben dann überhaupt gehabt?*

Ta-mayas Verzweiflung wurde immer furchtbarer und schmerzhafter, bis sie sich erinnerte: *Du hast den anderen eine Möglichkeit zur Flucht verschafft! U-wa und der alten Kahm-ree, Joh-nee und Tla-nee und den Jungen! Und Doh-teyah, der Tochter meines Herzens, wenn schon nicht meines Körpers. Und …* »Kosar-eh!« schluchzte sie seinen Namen. »Der Mann meines Herzens wird sie in Sicherheit gebracht haben! Und …«

Der Knebel machte ihr das Sprechen unmöglich, aber trotzdem flammte hell ihre Hoffnung auf. Vielleicht war Kosar-eh genau in diesem Augenblick zu ihr unterwegs. Ja! Bestimmt war es so! Sobald ihr geliebter Mann sich um die Sicherheit der anderen gekümmert hatte, würde er sich bestimmt auf den Weg zu seiner Frau machen – ganz gleich, wie lange er dazu benötigen mochte und wie weit die Reise sein würde!

»Kosar-eh!« Trotz des erstickenden und schmerzhaften Knebels sprach Ta-maya erneut seinen Namen, diesmal nicht schluchzend, sondern als Ausruf der Hoffnung.

Und dann hörte sie, wie sich Schritte näherten.

Sie öffnete die Augen. Ihr Herz machte vor Freude und vor Dankbarkeit einen Sprung. Trotz ihrer Schmerzen zwang sie sich dazu, sich aufrecht zu setzen, und diesmal ertrug sie gestärkt durch ihre Hoffnung die Qualen, die ihr diese Anstrengung verursachte.

Ein großer Mann kam auf sie zu. Sie sah ihn als bewegte Silhouette vor den verblassenden Sternen.

»Kosar-eh! Mann meines Herzens!« versuchte Ta-maya durch den Knebel zu sagen.

Kurz darauf schluchzte sie vor Enttäuschung auf, als sie die riesenhafte Gestalt Xohkantakehs erkannte, der sich wie ein großer Bison mit schwarzer Mähne an sie heranschlich.

Er ging vor ihr auf dem schneebedeckten Boden in die Knie. Ta-maya wünschte sich den Tod und wußte, daß wieder nur Vergewaltigung auf sie wartete. Der Gedanke, sich diesem riesigen Krieger öffnen zu müssen, sein Gewicht auf sich zu ertragen, von seinem gewaltigen, angeschwollenen Mannknochen durchdrungen zu werden, von ihm aufgerissen und zum Bluten gebracht zu werden, war zuviel für sie. Als er seine riesigen, bärenhaften Hände auf ihre Schultern legte, schrie sie auf und schüttelte den Kopf, um sich vom Knebel zu befreien. Sie wollte aufspringen und fliehen. Doch es war zwecklos. Die Schmerzen und der Schrecken vor dem, was kommen sollte, ließen sie wieder ohnmächtig werden.

Xohkantakeh knurrte verärgert, als er grob und ungeduldig Ta-mayas Umhang … nicht von ihrem zitternden Körper fortzerrte, sondern sie enger hineinhüllte. »Die anderen wollen dich nicht mehr. Sie sagen, daß du zu erschöpft und unbrauchbar geworden bist und daß es am besten ist, dich als Fleisch für die Wölfe und Löwen zurückzulassen – oder für die Krieger des Wachenden Sterns, die uns vielleicht noch folgen. Ihnen liegt nichts an einer schwachen Frau, wenn sie bald in ein Winterlager zurückkehren, in dem ihre Frauen und Kinder sie willkommen heißen werden. Doch Xohkantakeh sitzt an diesen Tagen allein an seiner Feuerstelle.« Er schüttelte den Kopf und warf der Frau einen düsteren Blick zu, die er fest an den Schultern gepackt hielt.

Ta-maya hatte schreckliche Angst vor ihm. Selbst wenn sie

nicht geknebelt gewesen wäre, hätte sie nicht sprechen können, um ihrer Furcht Ausdruck zu verleihen, als der Riese langsam eine Hand erhob und mit den Fingerspitzen ihr zerschundenes Gesicht berührte. Es war eine sinnliche und besitzergreifende Berührung.

»Auch ich trauere um getötete geliebte Menschen«, vertraute er ihr mit heiserer Stimme an. »Um meine Frau. Meine Töchter. Es ist nicht gut, allein zu sein. Also bin ich zu diesem Gebrochenem Flügel zurückgekehrt, der von den anderen fortgeworfen wurde. Ihnen ist es gleichgültig, solange ich diese Last allein trage. Im Winterlager gibt es jemanden, der sich um deinen gebrochenen Arm kümmern und die Geister des Schmerzes und des Fiebers lindern kann, die deinen Lebensmut geschwächt haben.«

Ta-maya keuchte auf, als der Riese ihr mit einer plötzlichen Handbewegung den Knebel herunterriß.

»Schrei jetzt nicht!« warnte er sie. »Du wirst nun Xohkantakehs Frau sein.«

»Ich bin die Frau von Kosar-eh aus der Roten Welt, für immer und ewig die Frau deines Feindes. Laß mich zu ihm zurückkehren – oder setze meinem Leben ein Ende … sofort … denn diese Frau wird niemals deine Frau sein! Und diese Frau hat keine Angst vor dem Sterben!«

Wieder schüttelte der riesenhafte Mann den Kopf. »Hörst du nicht die Trommeln, Gebrochener Flügel? Sie erzählen von Gefangenen und von einem Stamm, der aus dem Blut der Getöteten neue Kraft gewinnt. Ich glaube, daß dein Mann in dieser Nacht gestorben ist, zusammen mit deinem Stamm. Ich glaube, es ist ihr Blut, das im Trommelschlag pulsiert und unsere Feinde gestärkt hat. Bald wird der Stamm des Wachenden Sterns die Häute ihrer getöteten Gefangenen tragen und im Licht der aufgehenden Sonne tanzen. So haben sie es schon immer getan. Und wenn der Große Weiße Winter das Land verlassen hat, werden sie sich auf die Jagd nach dem Totem begeben. Wenn sie meinem Stamm zuvorkommen, werden sie es töten, es essen und durch seine Macht noch stärker werden. Dann werden sie, wie ich glaube, meinen Stamm jagen und uns alle vernichten! Doch während der Große Weiße

Winter noch das Land beherrscht, sage ich, daß dieser Mann genug Blut und Tod gesehen hat. Xohkantakeh wird nicht zulassen, daß die Seele von Gebrochener Flügel sich in dieser Nacht zu den Seelen ihres Stammes gesellt, die bereits im Wind wehen. Sie wird statt dessen ein neues Leben in einem neuen Stamm beginnen.« Er stand auf, warf sich Ta-maya über die Schulter und marschierte mit ihr in die Richtung los, aus der er gekommen war.

Sie sagte nichts, denn sie wußte, daß es keine Worte gab, die ihn von seiner Absicht abbringen konnten. Sie leistete auch keinen Widerstand, denn sie war zu schwach und gebrochen, um es auch nur versuchen zu können. Die Sterne verblaßten an einem Nachthimmel, der allmählich grau wurde. Ta-mayas Blick wurde nach oben gelenkt, als plötzlich ein heller Lichtspeer aus dem Sternbild schoß, das die Menschen als den Großen Bär kannten. Sie verfolgte den Flug des flammenden Sterns nach Osten, bis er hinter dem Horizont verschwand, und für einen Augenblick fand sie Trost im Gedanken an Cha-kwena und ihre Schwester Mah-ree, die zusammen und in Sicherheit hinter dem Ende der Welt in einem fernen Land lebten, in dem Kosar-eh nicht hatte bleiben wollen.

Mögt wenigstens ihr zwei von der schützenden Macht des heiligen Steines und des Totems behütet werden! Vergeßt mich nicht! Vergeßt niemanden von denen, die am heutigen Tag offenbar gestorben sind! Doch schaut nie wieder in diese Welt des Krieges zurück, denn es war ein weiser Entschluß von euch, sie hinter euch zurückzulassen!

Als Xohkantakeh jetzt mit ihr in eine schmale Schlucht einbog und seiner Kriegergruppe hinterhereilte, wurde Tamayas Herz eiskalt, als sie das ruhige und stetige Auge des Wächters sah, des Nordsterns, der unheilvoll auf sie herabblickte. Sie schloß die Augen. Die Trommeln im Tal der Toten waren verstummt. Mit der Dämmerung erhob sich der Ostwind. Im ersten Licht des neuen Tages wuchs Ta-mayas Befürchtung, daß sie ihren geliebten Mann und die anderen Menschen ihres Stammes niemals wiedersehen würde. Doch als sie jetzt ihr Gesicht in das Fell über Xohkantakehs Brust drückte und sich bedingungslos dem Schicksal ergab, das die Vier Winde für sie vorgesehen hatten, klammerte sie sich trotzdem mit den Fingern ihrer linken Hand um ihre einzige Verbindung zur Vergangenheit – eine von zwei knöchernen, mit Federn besetzten Haarspangen, die Kosar-eh ihr in lange zurückliegenden Tagen der Hoffnung und des Glücks geschenkt hatte. Diese Berührung spendete ihr Trost.

Doch auch wenn Ta-maya aus der Roten Welt unter ihren Feinden in Gefangenschaft lebte und ihr eigenes Leben vielleicht bald ein Ende fand, wußte sie, daß für ihren Stamm noch nicht alles verloren war. Xohkantakeh irrte sich mit dem, was er über ihren Stamm und ihren Mann gesagt hatte – er mußte sich einfach irren! Solange Cha-kwena über die Macht des heiligen Steines verfügte und Lebensspender seinen Schatten auf die Welt warf, würde ihr Stamm für immer leben.

Im selben Augenblick flammte weit hinter dem Ende der Welt ein Meteor in grellweißem Bogen über das graue Gewölbe der ersterbenden Nacht. Für den Zeitraum mehrerer Herzschläge brannte sich sein Weg in die Haut der Nacht. Cha-kwena, der früh aufgestanden war, um in feierlicher Meditation die Dämmerung zu begrüßen, saß mit untergeschlagenen Beinen am Ufer des großen gefrorenen Sees und mußte den vom Himmel fallenden Stern als Zeichen deuten, das ihm die Mächte der Schöpfung gesandt hatten.

»Vom Westen kommend … nach Osten fallend … hinterläßt er eine Spur, der meine Augen folgen können! Daß mein Stamm *mir* folgen kann …« Seine Gedanken zogen weitere Kreise. Vielleicht war es die Einsamkeit, die ihn zu seinen nächsten Schlußfolgerungen führte, die sein Leben für immer verändern sollten. Cha-kwena würde niemals absolute Gewißheit haben. Während das kleine weiße Mammut in der Schlucht im sicheren Schutz der Herde schlief, richtete sich sein Blick auf die Unermeßlichkeit des gefrorenen Wassers, das zwischen ihm und seinem Stamm lag, um dann wieder zur Sternenspur am Himmel zurückzukehren. »Oder vielleicht ist es der Weg, den *ich* nehmen soll, um zu *ihnen* zu gelangen.«

Der Schamane hätte die Empfindungen nicht beschreiben können, die sich in diesem Moment heftig in ihm regten. Später würde er darin viel zuviel Verzweiflung und Hoffnung auf eine Rückkehr zu geliebten Menschen erkennen und viel zuwenig Weisheit. Doch als Cha-kwena jetzt die verblassende Spur des Sterns am Himmel betrachtete, wandte sich sein Blick wieder ihrem Ursprung zu. »Solange das Eis noch dick genug ist, um das Gewicht eines Mannes zu tragen, werde ich zu meinem Stamm zurückkehren! Mein Stamm wird dort auf seinen Schamanen warten, unter dem Großen Bären! Die Mächte der Schöpfung haben mir endlich meinen Weg gezeigt!«

Teil 3

Ostwind

Ich sah den ›Meister‹ der Stimme und sprach mit ihm. Er unterwarf sich mir ... [und jetzt] kommt der kleine graue Vogel mit der blauen Brust zu mir und singt Schamanenlieder in der Asthöhlung ...

Schamane der Tschuktschen
aus *The Chuckchee*
von Waldemar Bogoras

1

Warakan starrte in die Dämmerung.

Er wußte nicht, was ihn aus der Hütte getrieben hatte, so daß er gerade noch rechtzeitig sah, wie der Meteor durch die verblassende Nacht flammte. In seinem ganzen Leben hatte der Junge noch nie eine so helle Sternschnuppe gesehen. Wie in Trance hatte er schnell seine Mokassins aus der Hütte geholt und war dann ohne ein Wort zu den Schlafenden zwischen den Bäumen hindurch gehastet, bis er den vertrauten, von Felsen übersäten Abhang bestiegen hatte, der einen Blick über die Bäume nach Osten erlaubte. Er war sich nicht sicher, was er eigentlich zu sehen erwartete. Der Stern war über das Ende der Welt hinaus geflogen, als er gerade die Anhöhe erreicht hatte, doch die Spur hing noch lange Zeit wie ein leuchtender Strahl am Himmel, wie der Faden des Netzes einer riesigen, unsichtbaren Spinne.

Jetzt war sie verblaßt und zusammen mit der Nacht verschwunden. Nur noch wenige Sterne waren zu sehen. Warakan wußte, daß auch sie bald erlöschen würden. Abgesehen von ein paar Wolkenstreifen am Horizont war der Himmel klar. Das Versprechen eines neuen Tages war noch frisch und sanft. Die Farben waren weder rot noch blau oder grau, sondern eine Mischung aus allen dreien. Der Junge empfand die Welt in diesen ersten zaghaften Augenblicken des Tageslichts gewöhnlich als wunderschön, doch als er jetzt den heiligen Stein der Vorfahren in der Hand hielt, erkannte er nichts Schönes in diesem Morgen. Der Himmel erschien ihm vielmehr durch die Sternschnuppe zerschnitten und verletzt.

Und dann sah er einen weiteren Stern, einen noch helleren. Der Morgenstern stand über dem Horizont, von einer roten Aura umstrahlt, als würde sein scharfes, stechendes Licht durch die Wolken brennen und den Himmel selbst zum Bluten bringen.

Warakans Stirnrunzeln wurde noch finsterer. Dieser Stern gefiel ihm überhaupt nicht. Er erinnerte ihn an Dinge, die er lieber schnell wieder vergessen wollte. Irgendwo weit entfernt im Westen befand sich sein Stamm, und wenn sie das Bedürfnis verspürten, die Mächte der Schöpfung günstig zu stimmen, würden sie es jetzt mit dem Blut ihrer Gefangenen tun, im Licht dieses Sterns. Der Junge verzog seine Mundwinkel. Er erinnerte sich an seine Schwester Neea, sah, wie sie erstochen wurde, wie ihr junger Körper enthäutet wurde, ihre Haare und Finger abgehackt wurden, um als Verzierung für den heiligen Halsschmuck der Geisterfrau zu dienen.

Der Junge erzitterte. Wieder empfand er sein altes Verlangen. *Eines Tages werde ich ein Krieger sein … eines Tages werde ich zu ihnen zurückkehren … eines Tages werde ich in ihrer Haut tanzen!* Und dieses Verlangen trieb Warakan dazu, seine linke Hand nach oben zu strecken, während er mit der anderen fest den heiligen Stein umschlossen hielt, um zu versuchen, den ärgerlichen Lichtpunkt vom Himmel zu pflücken.

Der Morgenstern leuchtete genauso hell wie zuvor, so daß Warakan, der sich plötzlich dumm vorkam, seine erhobene Hand wieder zurückzog. Mit einem Seufzer blickte er auf den heiligen Stein. Seit die Frau aus der Roten Welt, die immer noch im Fieberwahn lag, ihn seiner Obhut anvertraut hatte, war es für den Jungen ein unwiderstehlicher Drang gewesen, seine Macht zu erkunden. Doch bislang hatte er keinen Zugang zu seinen Zauberkräften gefunden.

Er blickte wieder nach Osten und konzentrierte sich auf den Stern. Er wußte, daß er bald vom Himmel verschwinden würde. Danach würde die Sonne aufgehen und ein neuer Tag beginnen. Auf den Fersen hockend, wartete Warakan ab, während er sich fragte, wohin der Stern wohl wanderte, und sich wünschte, daß die Macht des heiligen Steines ihn dort sterben ließ, so daß er nie wieder zurückkehren konnte. Dieser Wunsch reichte bereits aus, um seine Stimmung aufzuhellen. Und als der Stern nach einer Weile wirklich verschwand, empfand der Junge eine unendliche Genugtuung, bis …

»Er wird schon bald wieder zurückkehren!« rief Jhadel ihm vom Fuß des Abhangs warnend zu. Er winkte hektisch. »Ich habe dich schon überall gesucht. Komm jetzt! Dein Bärenjunges ist aufgewacht. Und der Sprechende Bär ist wieder von bösen Geistern besessen!«

Tod!

Mah-ree sah den Seelenräuber, der sie aus der Dunkelheit anstarrte. Er war eine riesige und bepelzte Drohung zwischen der Deckung hoher Bäume. Sein Körper und sein Atem stanken nach Verwesung und Verfall.

Mit dem Speer in der Hand stand sie ihm gegenüber und versuchte, den Tod mit ihrem starren Blick zu vertreiben.

Doch der Tod ließ sich davon nicht beeindrucken. Aus dem dunklen, haarigen Gesicht eines kranken und uralten Bären erwiderte der Seelenräuber ihren starrenden Blick.

»Worauf wartest du?« rief Mah-ree. »Komm, Seelenräuber! Diese Frau, die es verdient hat, zum Fleisch für die Kiefer von Großer Tatze zu werden, sieht, daß du dich hinter den Augen des Bären versteckst. Komm, sage ich! Diese Frau ist bereit, von dir für immer in die Welt jenseits dieser Welt gebracht zu werden! Ihr Tod wird eine Erlösung für sie sein. Dann wird diese gesetzesbrüchige und unglückbringende Frau nie wieder böse Geister zu ihrem Stamm locken oder ihrem Schamanen den Weg der Visionen versperren, der ihn zum Totem geführt hat!«

»Also sprechen die Zeichnungen auf der Wand der inneren Höhlenkammer im Tal der Toten doch die Wahrheit!«

Mah-ree blinzelte überrascht über den freudigen Ausruf eines kleinen Jungen und über das Licht, das plötzlich die bisherige Dunkelheit vertrieb.

»Ja, ja, Warakan, aber das ist jetzt nicht wichtig. Öffne den Wetterschutz, damit wir alle genau sehen können, wo und *wer* wir sind!«

Mah-ree runzelte die Stirn, als sie die Stimme eines alten Mannes hörte, und kniff die Augen vor dem grellen Morgenlicht zusammen. Dann konnte sie ihn besser erkennen, eine bizarr tätowierte Gestalt, die sich langsam, aber sicher von rechts um sie herum bewegte.

»Gib mir den Speer, Mah-ree aus der Roten Welt« , forderte der alte Mann sie freundlich auf. »Von dem, den du Große Tatze nennst, droht dir keine Gefahr. Dieser Bär ist nicht dasselbe Tier, das dich vor langer Zeit im winterlichen Wald angegriffen hat. Es ist nur der junge Bärenbruder dieses Jungen Warakan. Das Tier wird dir nichts antun, solange du es nicht herausforderst. Und wie du siehst, ist es immer noch nicht ganz aufgewacht.«

Mah-ree umklammerte den Speer noch fester. Der grauenhafte alte Mann kam ihr langsam näher. Sie kannte ihn – aber sie wußte dennoch nicht, wer er war. Verwirrt blickte sie sich im schattigen Innern einer unordentlichen Hütte um – nicht in einem dunklen Wald – und sah keinen angreifenden alten Bären, sondern ein junges, gesundes Tier, das benommen in einem Nest aus Gras hockte.

»Glaub mir, Mah-ree aus der Roten Welt, Bruder Bär wird dir nichts Böses antun.«

Mah-ree reagierte wieder überrascht auf die Stimme hinter ihrem Rücken und blickte sich diesmal zu dem Jungen um, der gesprochen hatte. Entsetzt bemerkte sie, was er um den Hals trug. »Der heilige Stein! Gib ihn mir! Er ist nicht für dich! Er ist für meinen Schamanen! Ich habe den Stein für ihn aufbewahrt, nur für ihn!« Immer noch mit dem Speer in der Hand, sprang sie vor. Ohne daß der Junge sie aufhalten konnte, griff sie mit ihrer freien Hand so fest nach dem Amulett und riß so heftig daran, daß die geflickte Schnur, an der er hing, durchriß. Von ihrer Kraft wurde der Junge zu Boden geworfen.

Ein tiefes, bedrohliches Knurren drang durch die Hütte.

Wieder drehte Mah-ree sich um. Als sie diesmal sah, wie der Tod sie bedrohte, wußte sie, daß es kein verschwommenes Bild ihres Alptraums war. Der Bär hatte sich überrascht und erzürnt über die plötzliche Gewalt, mit der sie den Jungen behandelt hatte, aufgerichtet. Sie hegte nicht den leisesten Zweifel daran, daß das Tier wirklich war. Verblüfft klappte ihr Unterkiefer herunter. Auch wenn es noch ein junger Bär war, stieß er mit dem Kopf gegen das Hüttendach, als er sich aufrichtete. Und er richtete sich noch weiter auf. Die Hütte begann zu knirschen und zu schwanken.

»Aiee!«

Mah-ree hörte den Warnruf des Jungen. Als der Bär seinen Kopf schüttelte und damit die gesamte Hütte erbeben ließ, machte sie sich bereit, ihren Speer zu werfen.

Kurz darauf ließ ein lauter Kriegsschrei ihre Hand erstarren, als der Junge quer durch den Raum sprang, sie von hinten packte und mit ihr zu Boden ging. »Du wirst mein Kind nicht töten!« schrie er.

Das waren die letzten Worte, die sie hörte, bevor die Hütte und der Bär rings um sie herum zusammenbrachen.

Die Klagelaute seines Bärenbruders trieben den benommenen Warakan nach oben durch die verworrenen Trümmer der Hütte. Jhadel saß neben ihm und hielt sich den Kopf, war aber anscheinend unverletzt. Mah-ree ging es genauso. Der Junge funkelte sie wütend an. »Wenn du meinem Bruder etwas angetan hast, dann …«

»Dein Bruder ist ein Bär!« unterbrach sie ihn. »Es ist gut, daß er fortgelaufen ist! Er hätte uns alle töten können, und dann …«

Warakan schnitt ihr mit einem Knurren das Wort ab. Er wollte ihr nicht zuhören. Nicht jetzt. Nie wieder! Während der vergangenen Tage und Nächte, in denen er Jhadel geholfen hatte, Mah-ree aus der Roten Welt zu pflegen, war der Junge von ihrer zerbrechlichen, fiebrigen Verletzlichkeit gerührt gewesen, so daß er sie ins Herz geschlossen hatte. Diese Gefühle waren jetzt völlig verschwunden. Er hatte gesehen, wie sie ihren Speer gegen sein Kind erhoben hatte! Sie hatte Bruder Bär in den Wald getrieben! Sogar jetzt noch konnte Warakan das ferne Heulen des Tieres hören. Plötzlich erinnerte er sich an die Fallen, die er aufgestellt hatte, um darin den Windgeist zu fangen. Die Angst traf ihn wie ein körperlicher Schlag. Seit er die Frau im Wald ›gefangen‹ hatte, war er so abgelenkt gewesen, daß er gar nicht mehr daran gedacht hatte, die übrigen Fallen zu überprüfen. Und jetzt wurde ihm klar, daß Bruder Bär in eine davon getappt sein mußte.

»Warakan! Warte! Wohin gehst du?«

Der Junge antwortete nicht, denn er wollte sich nicht durch einen Einwand oder einen Befehl Jhadels von seinem Vorhaben abbringen lassen. Ohne Speere oder irgendeinen anderen

Schutz stürmte er in den Wald hinaus und rannte kopflos davon. Er rief immer wieder nach dem Bären, um seinem Kind anzukündigen, daß er zu ihm unterwegs war. Als er hörte, wie der alte Mann ihm nachrief und ihn vor der Gefahr durch ein verletztes Tier von solcher Größe warnte, wollte er nicht auf ihn hören. Bruder Bär war mehr als nur ein Tier! Und Warakan, die Ersatzmutter des Bären, konnte seine Rufe unmöglich ignorieren.

Die einfache Falle bestand aus einem jungen Baum, dessen Krone fast bis zum Boden heruntergebogen und mit Schnüren befestigt war. Gehalten wurde sie von nur einer Knochennadel als Auslöser. Auf seiner Flucht durch den Wald war der Bär genau in die Falle getreten, hatte sie ausgelöst, sich mit der Vordertatze in den Riemen verheddert und sich irgendwie den Auslöser in die Vorderpfote gerammt.

Warakan sah, wie sein Kind im Schnee saß und immer noch wie ein kleines Baby heulte. Es hielt seine blutende Pfote hoch, als könnte die Knochennadel durch bloßes Anstarren dazu bewegt werden, sich daraus zu entfernen.

Der Junge stürmte ohne einen weiteren Gedanken näher. »Ach, Bärenbruder, ich werde dir helfen!«

»Nein, Warakan!« schrie Jhadel völlig außer Atem.

Warakan blickte sich über die Schulter um und stellte überrascht fest, daß der alte Mann ihm durch den Wald nachgehetzt war. Der Junge schüttelte nur den Kopf über die Dummheit des Weisen. Er schien tatsächlich zu glauben, daß sein Bärenkind ihm etwas antun könnte! Er sagte es dem alten Mann und wandte sich dann wieder seinem Kind zu.

»Nein!«

Diesmal war Jhadels Ruf so laut und schrill, daß der Junge und der Bär gleichzeitig zusammenschraken. Verwirrt und verängstigt erhob sich das Bärenjunge auf die Hinterbeine. Warakan riß die Augen auf. Sein Kind war größer und breiter als jeder Mann, den er jemals gesehen hatte! Bruder Bär schwankte und war offensichtlich noch etwas benommen und träge von seinem langen Winterschlaf. Er blickte ihn wie einen Fremden an. Auch wenn es der Junge kaum fassen konnte, verzog der Bär seine Schnauze und Lippen, um ihm in einer eindeutigen Geste der Warnung die Zähne zu zeigen.

Warakan, der nicht verstand, wieso sein Kind so reagierte, trat vor und erklärte ihm seine Absicht. »Ich werde dir den Knochendorn aus der Pfote ziehen. Was ist los mit dir? Wie kannst du deine Bärenmutter nach all den langen Monden vergessen haben, die wir gemeinsam verbracht haben, nachdem wir gemeinsam gewandert sind und du an meinen Fingern genuckelt hast, als wären es die Zitzen deiner eigenen Mutter …«

»Warakan!« rief Jhadel jetzt flehend. Seine Stimme zitterte vor Furcht und klang äußerst schwach.

Aber nicht so schwach, wie Warakans Knie wurden, als sein riesenhaftes Bärenkind einen Buckel machte, seinen Kopf vorstreckte, die Kiefer in tödlicher Drohung zusammenklappen ließ und dann angriff.

Der Junge schrie auf.

Der Bär schrie zurück und drehte erst im allerletzten Augenblick ab. Er humpelte auf drei Beinen davon und verschwand mit der Fallenschnur im Schlepptau zwischen den Bäumen.

Fassungslos und außer Atem vor Schreck starrte Warakan dem Bären nach. Er konnte nicht glauben, was gerade geschehen war, bis ihm allmählich klar wurde, daß Jhadels Rufe das verletzte Tier verängstigt und verwirrt haben mußten. Sein Kind hatte sich jedenfalls erst dann feindselig verhalten, als der alte Mann eingetroffen war. Aus seinem Schrecken war Wut geworden, als er sich umdrehte. Der alte Mann stand in seiner Nähe. Er war sehr ruhig und seine Haut ein wenig errötet, wie trotz seiner Gesichtstätowierung zu erkennen war. Eine knorrige Hand drückte gegen seine Stirn, die andere stützte seine zitternden alten Knochen an einem Baum ab.

»Du hättest mir nicht folgen dürfen! Mein Kind hätte mir niemals etwas angetan, solange …«

»Dein ›Kind‹ ist ein Bär, Warakan! Komm jetzt! Bevor ich an dem sterbe, was es mir angetan hat – und wahrscheinlich auch dir angetan hätte –, mußt du mir helfen, zu dem zurückzukehren, was das Tier noch von unserer Hütte übriggelassen hat.«

Erst in diesem Augenblick sah Warakan, daß Blut zwischen Jhadels Fingern hervorsickerte. Er runzelte die Stirn. Das Gesicht des Alten war nicht durch Anstrengung seines Waldlaufs gerötet, sondern es war von Blut überströmt.

Jhadel grinste verbittert und löste seine Hand vom Kopf. »Auf seinem Weg aus der Hütte hat dein Kind, das niemandem etwas zuleide tut, mir dies angetan.«

Jetzt brauchte Warakan einen Baum, um sich abzustützen. Jhadels Kopfhaut war von seiner linken Augenbraue quer über den Scheitel bis fast in den Nacken abgelöst worden.

Irgendwann auf dem Rückweg durch den Wald wurde Warakan klar, daß er Mah-ree haßte. Er wußte, daß sie als Medizinfrau bekannt war, und ihr Ruf als Heilerin war in allen Dörfern des Graslandes anerkannt gewesen, auch wenn sie aus den verachtenswerten Stämmen der Roten Welt kam. Immer wieder rief er nach ihr, schrie ihr zu, sie sollte kommen und ihm helfen, Jhadel zur Hütte zurückzubringen, bevor der alte Mann verblutete – und bevor er gezwungen war, vor sich selbst einzugestehen, daß er immer noch ein kleiner Junge war, der es kaum schaffte, einen ausgemergelten alten Mann sicher durch den Schnee zum Lager zurückzubringen.

»Wie konnte sie zulassen, daß du mir mit einer solchen Verletzung gefolgt bist?« fuhr er Jhadel wütend an.

»Ich war schon losgelaufen, bevor sie das Ausmaß meiner Verletzung erkennen konnte, bevor mir selbst klargeworden war, was ... Aber das ist jetzt unwichtig. Sie wird uns helfen, wenn wir zurückkehren. Sie wird ...« Jhadel ließ den Satz unvollendet.

Warakan fühlte sich elend vor Verzweiflung und Erschöpfung. Er kam nicht schnell genug voran, und den alten Mann verließen allmählich die Kräfte.

Dann hatten sie endlich die Hütte erreicht. Sie lag in Trümmern da, genauso wie sie sie verlassen hatten. Von Mah-ree war nichts zu sehen.

»Sie ist verschwunden ... und hat sicher den heiligen Stein mitgenommen!« Warakan raste vor Wut und Enttäuschung. Der Stein! Er hatte überhaupt nicht mehr daran gedacht. Setzte sie seine Macht jetzt gegen den alten Mann und den Jungen ein?

»Warakan ...« Jhadel seufzte seinen Namen, als er an einem der wenigen noch stehengebliebenen Stützpfeiler zusammensackte. »Komm. Du mußt jetzt meine Wunde nähen.«

»Aber ich ... ich habe noch nie ... ich weiß überhaupt nicht, wie ...«

»Suche meine Medizinsachen, Junge. Schnell. Es muß geschehen, bevor meine Gedanken zusammen mit dem letzten Blut aus meinem Kopf sickern.«

Warakan gehorchte sofort, aber er konnte den Medizinbeutel des Alten zwischen den Überresten der Hütte einfach nicht finden, sosehr er sich auch anstrengte. Er kehrte verzweifelt mit leeren Händen zurück. »Nach allem, was wir für sie getan haben, hat sie deinen Medizinbeutel gestohlen und ist davongelaufen. Wahrscheinlich hofft sie, mit dem heiligen Stein zu ihrem Stamm zurückzukehren oder ihrem Schamanen hinter das Ende der Welt zu folgen. Wie dem auch sei, ich verfluche den Tag, an dem wir sie gefunden haben! Und ich hoffe, sie stirbt an Hunger oder Kälte oder daß ein Tier sie frißt, bevor ...«

»Nein, Warakan! Wünsche es dir nicht!« Der alte Mann war plötzlich vor Furcht erstarrt. »Wenn sie den heiligen Stein mitgenommen hat, mußt du ihr folgen, sie finden und den Stein zurückholen, bevor er verloren ist und damit auch alles, was ich erträumt und erhofft habe, zunichte gemacht wird!«

Warakan war entsetzt. Jhadel lag offenbar im Sterben. »Ich werde dich nicht allein lassen!«

»Das werde ich auch nicht tun.«

Der Junge wirbelte herum, als er überraschend eine vertraute Stimme hörte. Mah-ree stand hinter ihm. Sie trug Reisekleidung, die sie aus der Hütte zusammengesucht hatte, und hielt die alte Falttasche aus bemaltem Wildleder in den

Armen, während der Medizinbeutel an ihrer Schulter hing. Sie trat scheu und reuevoll vor.

»Es wäre für euch beide besser gewesen, wenn ihr niemals diese unglückbringende Frau getroffen hättet, die in ihrem Leben noch nie wahren Heilzauber bewirken konnte« , sagte sie leise. »Ich bin fortgelaufen, weil ich nicht wollte, daß euch meinetwegen noch mehr Unglück widerfährt. Doch was du gerade über mich gesagt hast, Junge, ist wahr. Ich habe nur an mich selbst gedacht, als ich den heiligen Stein und die Medizinsachen des Alten nahm. Ich habe gedacht, daß ich vielleicht einen Weg durch den Wald finde und sie zu meinem Stamm bringen kann. Doch als ich dich rufen hörte, konnte ich einfach nicht mehr weitergehen. Mein Stamm und mein Schamane haben diesen Ort schon vor langer Zeit verlassen. Selbst mit dem heiligen Stein hat eine so unwürdige Frau wie ich kaum eine Chance, sie jemals wiederzufinden. Und ihr beide habt mich gut gesund gepflegt. Also muß ich dasselbe auch für euch tun. Ich habe gelernt, wie man eine Kopfwunde näht.« Sie ging vor Jhadel in die Knie. »Kommt, ich will sie mir mal ansehen. Junge, tritt zurück und geh mir aus der Sonne.«

»Ja, Warakan« , seufzte Jhadel. »Laß die Medizinfrau ihre Arbeit tun.«

Warakan war gleichzeitig erleichtert, beleidigt und verlegen. Da sie ihn ›Junge‹ nannte und noch ein Kind in ihm sah, wollte er nicht zurückweichen. »Der Weise hat mich gebeten, daß ich …«

»Nein, Warakan«, wurde er von Jhadel unterbrochen. »Nachdem die Medizinfrau jetzt zurückgekehrt ist, brauche ich deine Hilfe nicht mehr. Geh beiseite.«

Warakans Stolz war zutiefst verletzt. »Gib mir den heiligen Stein!« forderte er von der jungen Frau. »Der Zauber des Amuletts wird mir zeigen, wie ich meinen Schamanen heilen kann.«

»Er ist nicht für dich bestimmt«, erwiderte sie ernst. »Niemals!«

Warakans Entrüstung war grenzenlos. Mah-ree hatte sein Bärenjunges vertrieben und war schuld daran, daß es sich verletzt hatte. Ihr unangemessen aggressives Verhalten in der Hütte hatte letztlich Jhadels Verwundung zur Folge gehabt. Als er sie gerufen hatte, weil er ihre Hilfe brauchte, hatte sie sich geweigert, zurückzukehren, bis sie selbst den richtigen Zeitpunkt dazu bestimmt hatte. Wenn er genauer darüber nachdachte, erkannte der Junge, dann war es allein Mah-rees Schuld, falls Jhadel an seiner Verletzung sterben sollte. Ganz allein ihre Schuld. Doch dann beobachtete er mit absoluter Fassungslosigkeit, daß der alte Mann sich ganz ihren prüfenden Berührungen hingab, daß er trotz seiner Schmerzen lächelte und zu ihrem hageren Mädchengesicht aufblickte, als wäre sie ein schöner, wohltätiger Geist aus der Welt jenseits dieser Welt. Warakan wurde von Ärger und einer viel tieferen und ihm weniger bekannten Empfindung erschüttert – nämlich Eifersucht.

»Wenn ich hier nicht mehr gebraucht werde, suche ich eben nach meinem Kind!« erklärte er trotzig. »Wegen dieser Frau hat auch Bruder Bär heute eine Verletzung erlitten. Mein Kind braucht auch einen Heiler. Aber nicht diese Frau. Ob mit oder ohne den heiligen Stein – ich muß ihn wiederfinden. Wenigstens er braucht Warakan!«

»Nein, bleib bitte.« Mah-ree blickte zu ihm auf. In ihrem Blick lag Besorgnis und sogar noch mehr – eine tief empfundene Bitte. »Dein Bruder ist ein Bär, und diese Frau ist sehr betrübt über jeden Schmerz, den sie ihm zugefügt hat, aber seine Wunde muß warten! Dieser Weise dagegen ist ein Mensch, und seine Wunde kann nicht warten! Auch wenn du meinst, daß du die bescheidene Hilfe dieser Frau nicht brauchst, wenn du tapfer losziehst, um die Wunden deines Bruders zu heilen, Warakan, so braucht diese Frau deine Hilfe um so mehr, an diesem Ort und unter dieser aufgehenden Sonne.«

Warakan blieb.

In diesem Augenblick gehörte ihr sein Herz. *Für immer.* Er wußte es, er schwor es sich, aber natürlich konnte er sich in dieser Situation nicht dazu überwinden, von seiner Liebe zu sprechen. Es gehörte sich nicht für einen künftigen Krieger. Statt dessen befolgte er jede Bitte Mah-rees diensteifrig und ohne Frage oder Beschwerde. Er hatte ihr alles verziehen. Kein Hund, der seinem neuen Jagdherrn gefallen wollte, hätte fügsamer sein können. Wenn er dazu in der Lage gewesen wäre, hätte er mit dem Schwanz gewedelt.

Auf Mah-rees Anweisung hin rannte er los, um Wasser aus der zerstörten Hütte zu holen, während sie die Wunde des alten Mannes zusammendrückte.

Auf Mah-rees Anweisung hin hielt er Jhadel den Schlauch an die Lippen, während sie den Alten dazu ermutigte, reichlich zu trinken, weil sie von den Frauen der Roten Welt gelernt hatte, daß Wasser den Verletzten neues Blut machte. Als der alte Mann murmelte, daß die Ältesten des Stammes des Wachenden Sterns dasselbe sagten, hätte Warakan beinahe gerufen: »Und genauso ist es unter den Stämmen des Graslandes!« Doch als er Mah-ree ansah, hatte er plötzlich das Gefühl, überhaupt kein Wort mehr herausbringen zu können.

Auf Mah-rees Anweisung hin nahm er ihren Platz an Jhadels Seite ein und lernte, wie man die Wunde zusammendrückte, um den Blutfluß zu verringern, während sie aus der Medizintasche des alten Schamanen einen schon vorbereiteten getrockneten Verband hervorholte, der das Blut aufsaugen und die Geister des Schmerzes und möglicher Infektionen vertreiben sollte. Trotz seiner Schwäche lobte Jhadel das Wissen der jungen Frau, als sie unter mehreren Bündeln sofort das richtige aussuchte.

»Weiden und Flechten sind immer gut, um böse Geister zu vertreiben, und Flechten sind immer durstig nach allem Feuchten«, erwiderte sie.

»Und gut für Babywindeln«, stellte der alte Mann fest.

Mah-ree lächelte erfreut über seinen Versuch, trotz der schweren Umstände Heiterkeit aufkommen zu lassen.

Warakan runzelte nur ein wenig die Stirn und wußte, daß er nichts zu ihrem Gespräch beitragen konnte. Er hörte aufmerksam zu, als sie über die wohltätige Wirkung von Eichenwurzel sprachen, die gekaut oder gekocht zur Stillung von Blutungen diente, ganz im Gegensatz zu einer Mischung aus Beifußblüten, die zusammen mit der Rinde einer Hemlocktanne gesotten und dann direkt auf die Wunde aufgetragen wurde.

Warakan beschloß, von ihnen soviel wie möglich zu lernen, damit er sie beide in Zukunft mit seinem Wissen beeindrucken konnte. Als er den Verband auf Jhadels Wunde hielt, bemerkte er, daß Mah-ree, während sie die Nähsachen bereitlegte und einen Faden aus Pferdehaar durch eine Knochennadel zog, ihren Patienten bewußt mit unbeschwerten Gesprächen über verschiedene wachsende grüne Dinge ablenkte, von denen die alten Frauen der Roten Welt gesagt hatten, daß sie zum Heilen nützlich wären. Jhadel war so sehr von ihren Worten und ihrer freundlichen Art eingenommen, daß er es gar nicht zu bemerken schien, als sie Warakan mit einem Wink bedeutete, zur Seite zu gehen. Der alte Mann zuckte kaum zusammen, als sie mit geschickten Fingern begann, seine Kopfhaut zusammenzunähen.

Statt dessen zuckte Warakan zusammen.

Mah-ree bemerkte die Reaktion des Jungen, blickte kurz mit einem anerkennenden Lächeln zu ihm auf und wandte sich dann wieder ihrer Arbeit zu. »Diese Frau ist sehr verwirrt über die Beziehung Warakans zu seinem Bärenbruder und hat sich gefragt, wie ein Schamane, der die Tätowierungen des Stammes des Wachenden Sterns trägt, in die Gesellschaft eines angenommenen Sohnes von Shateh aus dem Grasland gekommen ist. Auch wenn ich überzeugt bin, daß ihr mir dies alles schon erklärt habt, als ich hilflos von eurer Pflege abhängig war, kann ich mir nicht vorstellen, wie es geschehen konnte, daß ihr beide hier in diesem fernen Land am Ende der Welt zusammenlebt.«

Jhadels vorherige Lethargie war durch die Schmerzen nun verschwunden, so daß er mit heiserer Stimme zu erzählen begann, wie es erneut zu Krieg und Verrat gekommen war, worauf ihn die Ereignisse schließlich mit Warakan zusammengeführt hatten. Obwohl Mah-ree offensichtlich fasziniert von den Enthüllungen des alten Mannes war, hatte der Junge zu wenig Geduld, um sie sich alle anzuhören.

»Warakan tötete auf seiner ersten Jagd als Mann des Graslandes eine große Bärin!« unterbrach er sie mit stolzer Prahlerei. »Der Mantel, den Warakan trägt, und die Knochenspeere, die er auf der Jagd benutzt, hat er mit eigenen Händen aus den Knochen und dem Fell der großen Bärin gemacht. Und nachdem Warakan sich jetzt als Jäger bewiesen hat, ist er gleichzeitig die Mutter und der Bruder des Jungen der großen Bärin!«

Wieder blickte Mah-ree zu ihm auf, diesmal jedoch mit gerunzelter Stirn, um ihren Unmut zum Ausdruck zu bringen. »Dann mußt du wirklich ein Mann sein, auch wenn du die Rede eines Schamanen unterbrichst, Junge.«

Warakan war irritiert. Sie hatte ihn schon wieder ›Junge‹ genannt! An ihrem Gesichtsausdruck konnte er nicht erkennen, ob er sich durch ihre Worte geschmeichelt oder beleidigt fühlen sollte. Da er eher das zweite vermutete, sagte er zu seiner Verteidigung: »Dieser Junge ist Warakan, der Sohn von Masau, dem Mystischen Krieger und Schamanen des Stammes des Wachenden Sterns, und der Enkel von Shateh, dem Kriegshäuptling und Schamanen des Stammes des Graslands! Beide sind tot, aber ihre Seelen leben in mir weiter, also sollten Frauen sich in acht nehmen, wie sie zu Warakan sprechen!«

Mah-ree war über die selbstbewußte Offenbarung des Jungen so verblüfft, daß sie ihren Patienten mit der Nadel stach.

»Aahh!« Jhadel fuhr plötzlich vor dem Hüttenpfahl in die Höhe, so daß die überraschte junge Frau die Nadel fallen ließ, die daraufhin an einem blutigen Stück Faden vor dem Gesicht des alten Mannes baumelte. »Sei ganz ruhig, Medizinfrau«, sagte er zu ihr. »Dieser Mann ist Schamane, aber er hat sehr viel Blut verloren und kann unter so schmerzhaften Stichen nicht stillsitzen!«

»Ich … ich … vergib dieser Frau ihre unsicheren Hände«, stammelte Mah-ree. »Aber was dieser Junge gerade gesagt hat, kann doch unmöglich wahr sein!«

Warakans Gesichtsausdruck verfinsterte sich. Er fragte sich allmählich, ob er Mah-ree immer noch liebte.

Jhadel setzte sich wieder an den Pfosten. Während die Nadel immer noch vor seinem Gesicht hing, schloß er die Augen und holte tief Luft, um sich zu beruhigen. Dann atmete er langsam wieder aus, bevor er sagte: »Der Junge hat die Wahrheit gesprochen. In ihm fließt das Blut beider Stämme. Eines Tages wird er ein großer Häuptling und ein großer Schamane sein, aber es gibt viele, die ihn dafür jagen möchten, um es zu verhindern, die ihn dafür töten möchten, auch wenn ich weiß, daß er nur zu diesem Zweck geboren wurde.« Er blickte die junge Frau an, und obwohl seine Stimme verriet, wie sehr er unter der Erschöpfung und den Schmerzen litt, lag darin auch eine Hoffnung, die sein gesamtes Wesen strahlend zu erhellen schien. »Und das ist der Grund, warum ich, Jhadel, der Schamane des Wachenden Sterns, meinem Stamm den Rücken zugekehrt habe, um diesen Jungen der zwei Stämme vor seinen Feinden in Sicherheit zu bringen. Eines Tages wird er über die Macht des heiligen Steines verfügen und das Totem jagen und seine Macht für sich beanspruchen, für den Zweck, den ich für ihn vorhergesehen habe. Dann, wenn er ein Mann und ein Schamane geworden ist, werden wir in das Land der Vorfahren zurückkehren! Ja! Dann wird mein Stamm erkennen – beide seit ewigen Zeiten verfeindeten Stämme werden erkennen, daß Jhadel recht hatte, als er Tsana und seine neue Geisterfrau als Betrüger bezeichnete! Und …«

»Es gibt drei Stämme, nicht nur zwei, alter Mann! Und der heilige Stein ist nicht für Warakan bestimmt – für niemanden aus seinem oder deinem Stamm!« Mah-ree war so aufgebracht, daß sie den Schamanen rücksichtslos unterbrach, ohne daran zu denken, daß sie Warakan zuvor genau deswegen getadelt hatte.

»Er gehört auch nicht den Ungläubigen aus deiner Roten Welt, die dem Totem den Rücken zukehrten, ihren eigenen Schamanen verstießen und dich und den heiligen Stein den Launen der Vier Winde überließen!«

»Was weißt du von meinem Stamm?« fragte sie verblüfft über das erstaunliche Wissen des alten Mannes.

»Jhadel ist Schamane!« teilte Warakan ihr hochmütig mit. »Er weiß alles!«

Der alte Mann schnaufte überrascht auf, als er diese unerwartete Unterstützung von seinem ständigen Herausforderer erhielt, doch sein Blick blieb auf Mah-ree gerichtet, als er sagte: »Schau nicht so fassungslos, Frau der Roten Welt, Mah-ree, Medizinfrau, gesetzesbrüchige und unglückbringende Frau – oder wie du dich auch immer selbst nennen magst! Soweit dieser Schamane gesehen hat, hast du dich als Sprechender Bär erwiesen – oder vielleicht einfach als die Frau, die viel spricht! Du hast uns deine ganze Geschichte immer wieder erzählt. Jetzt beende deine Arbeit an der Wunde dieses Mannes, damit er sich eine Weile ausruhen kann. Seine Seele ist erschöpft.«

Die Sonne stand schon hoch am Himmel, als es geschafft war.

Mah-ree war zufrieden. Es war eine schlimme Wunde, und der alte Mann hatte viel zuviel Blut verloren, doch sie wußte aus Erfahrung, daß Blut die Wunde reinigte, während die Verbände die Geister des Schmerzes und des Fiebers vertrieben und die Stiche – die so sorgfältig genäht waren wie der Saum eines kunstvollen Gewandes – so lange halten würden, bis die Zeit gekommen war, sie zu entfernen. Sie seufzte. Cha-kwena wäre stolz auf ihre Heilkunst. Wenn er nur hier wäre, um sie bewundern zu können!

»Ich muß jetzt mein Kind suchen«, erklärte Warakan und blickte gleichzeitig besorgt und erleichtert zu Jhadel hinüber, der an den Hüttenpfosten gelehnt eingeschlafen war. Sein Mund stand offen, und das Gesicht war immer noch von Erschöpfung und Schmerzen gezeichnet.

»Du wirst nicht gehen!« widersprach Mah-ree. Sie war müde. Ihre Arbeit mit Jhadel hatte von ihren ohnehin nicht großen Kraftreserven gezehrt. Auch wenn sie den heiligen Stein der Vorfahren verborgen unter ihren Fellen trug, war sie erschöpft. Der Stein, der an seinem sorgsam geflickten Riemen hing, gab ihr nichts von seiner Macht ab. Er hatte es noch nie getan. »Du mußt dieser Frau dabei helfen, die Hütte wieder aufzubauen, damit der alte Mann vor der Kälte der kommenden Nacht geschützt ist. Du mußt Fleisch und Fett aus den Vorratsgruben holen. Du mußt Feuer machen und Kochsteine suchen und erhitzen. Du mußt Pfosten für den Kochbeutel aufstellen und Schnee schmelzen, damit wir Wasser haben. Du mußt ...«

»Und was wird die Frau, die viel spricht, tun, während ich *alles* mache?«

Mah-ree war nicht überrascht, als sie die Verärgerung in der Stimme des Jungen hörte. Er war ein launenhaftes Kind, eben noch freundlich und wie einer ihrer verlorenen Hunde an ihrer Seite hechelnd, dann plötzlich mißmutig und arrogant. Sie neigte den Kopf, als sie ihn betrachtete. Sie konnte sich noch gut an ihn erinnern, aus der Zeit, die sie im Stamm Shatehs verbracht hatte. Das Findelkind, das aus dem Kriegslager ihrer Feinde geflüchtet war. Der adoptierte Sohn des Häuptlings. Der Junge, den die anderen Kinder hinter Shatehs Rücken verspotteten und ärgerten, über den die Frauen flüsternd Gerüchte verbreiteten und von dem die Männer sagten, daß er niemals einen Platz im Stamm finden würde, sobald Shateh einen Sohn von seinem eigenen Blut gezeugt hatte. Warakan hatte sich niemals beklagt und Shateh niemals davon erzählt, wie schlecht man ihn behandelte. Mah-ree hatte ihn manchmal gesehen, wenn er allein wie ein junger Adler auf einem Baum hockte, in seine Gedanken und Träume vertieft – genauso wie sie oft ihren geliebten Chakwena gesehen hatte, als er noch ein kleiner Junge gewesen war –, und sie hatte Warakan bald in ihr Herz geschlossen.

Und jetzt war es wieder genauso. Als sie die Feder eines Goldadlers sah, die in sein Haar geflochten war, fragte sie plötzlich: »Hat Shateh nicht den Adler seinen Bruder genannt? Und bist du demnach wirklich ein direkter Nachkomme von ihm? Und gleichzeitig von Masau? Ein Junge, der zu zwei Stämmen gehört? Ich verstehe nicht, wie das möglich ist, wo Shateh selbst doch nichts davon wußte, als mein Stamm in seinem Dorf lebte?«

Die länglichen obsidianfarbenen Augen des Jungen verengten sich, und seine vernarbten Lippen spannten sich über seinen Zähnen an. »Masau war ein Sohn aus Shatehs Jugendzeit. Während einer Hungersnot wurde er von Shateh ausgesetzt – das Opfer eines Häuptlings zum Wohl seines Stammes. Masau wurde von anderen gefunden, die ihn großzogen. In den Jagdgründen seines neuen Stammes wuchs Masau zu einem Krieger und Schamanen heran. Es heißt, daß er bei vielen Frauen lag, aber nur mit meiner Mutter zeugte er ein Kind, und da sie nicht seine Frau war, wußte nicht einmal ihr Mann, daß ich nicht sein Kind war. Und so stehe ich jetzt vor dir, Warakan, der Sohn von Masau und Enkel von Shateh ... der Abkömmling zweier Stämme, der von allen verstoßen ist! Ja, Shateh nannte den Adler seinen Bruder. Am Tag seines Todes schickte er diese Feder auf dem Wind zu Warakan, damit seine Seele für immer in mir weiterleben kann!«

Mah-ree hörte, wie seine Stimme brach, sah, wie er den Blick senkte, damit sie nicht die Tränen in seinen Augen bemerkte. Auch er hatte alles verloren, was er geliebt hatte. Sie streckte ihm ihre Hand hin. »Komm! Diese Frau wird Warakan bei allem helfen, was getan werden muß. Nicht ihretwegen oder seinetwegen, sondern zum Wohl des alten Mannes ... zum Wohl dieses Stammes.«

2

Warakans Herz gehörte wieder Mah-ree.

Sie arbeiteten zusammen, und obwohl die junge Frau durch ihre Zeit allein im Wald ausgezehrt war und sich des öfteren ausruhen mußte, stellte Warakan fest, daß Mah-ree – nachdem sie jetzt endlich wieder klar denken konnte – stärker und widerstandsfähiger war, als er für möglich gehalten hätte. Bald waren die Hüttenpfosten wieder aufgerichtet, das Gerüst wieder mit Fellen bedeckt und die Pflöcke wieder befestigt. Als die Dunkelheit hereinbrach, hatten es sich der Junge und das Mädchen zusammen mit dem alten Mann im Innern gemütlich gemacht.

»So ist es besser«, sagte Mah-ree, während sie mit zwei Stöcken einen erhitzten Stein aus der Feuerstelle angelte. Sie ließ ihn in einen Lederbeutel fallen, der über dem Feuer an einem dreibeinigen Gestell aus Knochen hing.

Warakan lauschte auf das Zischen und Blubbern des schmelzenden Schnees im Kochbeutel. Bald würde Mah-ree getrocknetes Fleisch und Fett zu ihrer Schneebrühe hinzufügen. Sein Magen knurrte, um ihn daran zu erinnern, daß er Hunger hatte. Trotzdem verkündete er: »Bruder Bär ist schon viel zu lange fort. Ich muß mich jetzt auf die Suche nach meinem Kind machen. Die Medizinfrau wird mir den heiligen Stein geben. Er wird mich beschützen, während ich im dunklen Wald unterwegs bin.«

Mah-ree blickte von ihrer Arbeit auf und sagte entschuldigend: »Diese Frau kann dir den heiligen Stein nicht anvertrauen, Warakan.«

»Und dieser Mann wird nicht erlauben, daß du bei Nacht allein in den Wald hinausgehst«, setzte Jhadel hinzu. Sein Kopf war in frische Verbände gewickelt und sein Körper in alte Felle gehüllt, während er sich gegen seine Rückenstütze lehnte. »Warakan muß essen und sich ausruhen und auf das Licht der Morgendämmerung warten. Außerdem wird Bruder Bär von selbst zu seiner Mutter zurückkehren, wenn er dazu bereit ist, oder er wird sich zu seinen eigenen Artgenossen gesellen.«

Warakan wollte es nicht glauben. »Ich bin für ihn Mutter und Bruder!«

Doch der alte Mann hörte nicht auf den Jungen, sondern wandte sich mit seinen nächsten Worten an Mah-ree. »Als die Medizinfrau aus der Roten Welt sagte, es sei besser so, was hat sie damit gemeint?«

»Daß die Hütte jetzt nicht mehr nach dreckigen Füßen und verschimmelten Dingen riecht. Und daß jetzt alles ordentlich ist«, antwortete sie. »Keine Steintrümmer mehr auf dem Boden, keine Knochenreste oder weggeworfene alte Fleischstücke oder ranziges Fett unter den Matratzen. Du brauchst eine Frau, die sich um dich kümmert, Jhadel vom Wachenden Stern, und auch du, Warakan von den Zwei Stämmen!«

»Er hätte schon längst zurückkehren müssen.« Der Junge machte sich Sorgen; wie es in der Hütte aussah, interessierte ihn im Augenblick überhaupt nicht. »Wir sind seine Artgenossen! Bruder Bär kennt keine anderen.«

Jhadel musterte die jungen Leute. »Eine Art, nicht drei. Ein Stamm, nicht viele. So muß es zu Anbeginn der Zeiten gewesen sein. Wie konnte es geschehen, daß von allen Schamanen aller zerstreuten Stämme dieser Mann der einzige ist, der nicht vergessen hat, daß alle Menschen zu Anbeginn der Zeiten ein Stamm waren? Eine einzige Familie, die in Frieden und Harmonie unter dem ewig wachsamen Auge des Wachenden Sterns zusammenlebte!«

Mah-ree erwiderte traurig: »Der Anbeginn der Zeiten liegt schon sehr lange zurück. In der jetzigen Zeit bringt das ewig wachsame Auge des Wachenden Sterns nur Krieg und Tod über die Welt, und die verfeindeten Zwillingsbrüder des Himmels haben die Stämme wieder einmal gegeneinander gehetzt, während jeder nach der Macht des Steines sucht, um sie für seine eigenen Zwecke einzusetzen – um die Herrschaft über alle anderen zu erlangen. Das ist der Grund, warum die Geister der Ahnen den heiligen Stein in die Obhut meines Stammes und meines Schamanen Cha-kwena gegeben haben, der ihn – und das Totem – außer Reichweite der kriegerischen Häuptlinge eurer Stämme gebracht hat.«

Warakan blickte sie an. Die Sorge um sein Bärenkind war durch etwas Wichtigeres ersetzt worden. »Wir werden den Gelben Wolf und das Totem finden!« versprach er. »Der heilige Stein wird uns den Weg zeigen. Und dann ...«

»Genug!« wurde er von Jhadel unterbrochen, der tadelnd eine Hand hob, als er die Rachegedanken in Warakans Blick durchschimmern sah. »Einmal gab es viele Steine, allesamt Bruchstücke der Knochen des Ersten Mannes und der Ersten Frau, und jeder befand sich in der Obhut eines Schamanen der vielen verstreuten Stämme. Jetzt gibt es nur noch einen.« Sein Blick wechselte zu Mah-ree.

Die junge Frau legte die hölzernen Feuerzangen ab und hob ihre rechte Hand an die Kehle, wo das Amulett unter ihrem grob gefertigten Hemd aus Bärenfell an einer geflochtenen Schnur hing. »Der heilige Stein wurde durch meinen Schamanen in meine Obhut gegeben, für meinen Stamm, für ...«

»Nein!« erwiderte der alte Mann erregt. »Der Zweck des heiligen Steines besteht darin, die Menschen für immer im Wissen zu vereinen, daß alle Stämme eins mit dem Ersten Mann und der Ersten Frau und dem großen weißen Mammuttotem Lebensspender sind! Der Stamm des Wachenden Sterns wußte dies schon lange vor Ysunas Tagen!«

»Ysuna ...«, wiederholte Mah-ree den Namen flüsternd und erschauderte.

Jhadel verlor sich in seinen Erinnerungen. »Ach ... als sie zum ersten Mal von den Ältesten zu mir gebracht wurde, die erste Frau, die dazu auserwählt wurde, die Weisheit der Ahnen zu lernen, da dachte ich, daß diese erste Hohepriesterin des Stammes des Wachenden Sterns mit ihrer angeborenen Weisheit und Schönheit und Sehergabe vielleicht diejenige sein würde, die die Stämme vereint.« Er starrte mit leerem Blick ins Feuer. »Doch so sollte es nicht sein. Es war Ysuna, die die Traditionen der Vorfahren zerstörte. Es war Ysuna, die in der Zeit des endlosen Winters und des Wildmangels die Stimme von Himmelsdonner hörte und den Befehlen dieses dunklen Geistes folgte, um in die Jagdgründe anderer einzufallen, um die Töchter anderer Stämme zum Zweck der Opferung zu rauben und auf der endlosen Suche nach Lebensspender über das Land zu ziehen.« Traurigkeit verzerrte sein tätowiertes Gesicht. »Ich habe sie gewarnt, daß darin nicht der Sinn des Totems oder des Steines lag. Ich habe ihr gesagt, dies sei nicht der Grund, warum in den Tagen ihrer Jugend der weiße Bär aus dem Sturm kam und sich zum Sterben niederlegte, damit sie, die von ihrem Stamm verstoßen worden war, zurückkehren und ihren verhungernden Stamm durch die Kraft seines Fleisches neues Leben schenken konnte. Denn genauso ist es in meiner Jugend mit mir gewesen. Der Bär erwählte mich auf meiner ersten Jagd zum Schamanen, genauso wie es mit Warakan geschah und ...« Er verstummte, blickte konzentriert die in Bärenfelle gekleidete junge Frau an, die ihm gegenüber vor dem Feuer kniete, und war offensichtlich über die Parallelen erschüttert.

Mah-ree war ebenfalls erschüttert und hatte die Augen weit aufgerissen. »Du bist es, von dem man in den Dörfern und Lagern Shatehs sprach – der Große Lehrer, der Weise Mann, der Herr der Geister des Stammes des Wachenden Sterns! Es hieß, du würdest alle heilenden Geheimnisse der Erde kennen und könntest Zauber bewirken, um Menschen ewig leben zu lassen. Du könntest bewirken, daß Männer ihren Frauen Babys machen, auch wenn diese Frauen ...«

»Wir alle sind durch unsere Kinder unsterblich, Frau aus der Roten Welt«, unterbrach Jhadel sie. »Und ich habe in meinem Leben nur wenige Männer kennengelernt, die meinen ›Zauber‹ benötigten, um mit ihren Frauen neues Leben zu machen.«

Mah-ree starrte niedergeschlagen ins Feuer und vertraute ihm an: »Mein Schamane hat mir kein neues Leben gemacht.«

Jhadel hob eine Augenbraue, zuckte dann vor Schmerz zusammen und sagte ihr schließlich in freundlichem Tonfall: »So ist es oft mit denen, die den Pfad der Träume beschreiten. Um ein Schamane zu sein, muß ein Mann mehr als nur ein Mann sein und eine Frau mehr als ...«

Mah-ree schien überrascht, in welche Richtung seine Worte führten. »In der Roten Welt ist es Frauen verboten, den Weg des Schamanen zu gehen!«

Warakan gefiel es nicht, wie sich dieses Gespräch am Feuer entwickelte. Er interessierte sich nicht für Kinderzauber oder Traumpfade oder ewiges Leben, solange es nicht aus dem Fleisch und dem Blut des Totems gewonnen wurde oder dazu diente, einen Kämpfer im Krieg gegen seine Feinde unüberwindlich zu machen. Außerdem spürte er eine unerwartete und wachsende Vertrautheit zwischen dem alten Mann und der jungen Frau, was ihm gar nicht gefiel. Da er sich mißachtet fühlte, sagte er eingeschnappt und trotzig: »Wenn die Frau, die viel spricht, heute nur Schnee kochen will, werde ich jetzt hinausgehen und mein Kind suchen. Ihr zwei braucht diesen Jungen nicht, wenn ihr über Babys und Zauber redet!«

»Nein!« gab Jhadel zurück. »Die Bärenmutter wird hier bleiben und Sprechenden Bär nicht noch einmal beleidigen. In diesem Augenblick liegt große Bedeutung ... und in dieser Nacht ist Zauber! Hör zu!«

Warakan ging verwirrt wieder in die Hocke. Als der alte Mann zu sprechen begann, spürte der Junge die Macht seines Zaubers in der uralten Geschichte, die er erzählte …

»Zu Anbeginn der Zeiten, als die Tiere und Menschen noch von einem Stamm waren, kam der Bär und wurde zum Ersten Schamanen. In jenen Tagen war der Bär sowohl männlich als auch weiblich. Weise war der Bär, der Schöpfer des Wissens, der Fleisch und Gras frißt, Pilze und Früchte und Rinde und alle wachsenden grünen Dinge. Niemals wurde der Bauch des Bären leer, und auch der Kopf des Bären war niemals ohne Gedanken. Ein Sucher der Wärme und aller guten Dinge für die Tiere und Menschen war der Bär.

Dann befahl die Sonne dem Bären in einem Tagtraum, die Menschen und Tiere zu warnen, daß der Große Weiße Winter vom Wachenden Stern geboren worden war. Der Große Weiße Winter hatte großen, frierenden Hunger und wollte sich von der lebenden Wärme der Welt ernähren. Also fiel er zusammen mit seinen Kalten Schwestern Schnee, Eis, Hagel und Heulender Wind aus dem nördlichen Himmel auf die Erde. Der Bär hörte diese Warnung, und der Bär folgte ihr.

Nach seinem Traum gab der Bär die Warnung an die Menschen und Tiere weiter, damit sie sich für die Ankunft des Großen Weißen Winters und seiner Kalten Schwestern bereitmachten. Der Bär fraß, bis er nicht mehr fressen konnte. Dann grub er sich einen Bau in das warme, weiche Fleisch von Mutter Erde. Der Bär zog sich in die Erde zurück, um die Zeit zu verschlafen, in der der Große Weiße Winter und die Kalten Schwestern sich von allen warmen, lebenden Dingen ernährten, die sich nicht vor ihrem großen Hunger zu verteidigen wußten.

Die Menschen hörten auf den Bären. Die Tiere hörten auf den Bären. Sogar die wachsenden grünen Dinge hörten auf den Bären und vertrauten die Wärme ihrer Lebensgeister ihren Samen und Sporen an, die sie in die Erde gruben oder von den Vier Winden in Sicherheit davontragen ließen. Und die Sonne lächelte, hüllte sich in ein Gewand aus Wolken und zog sich an einen fernen, warmen Ort im blauen Land des Himmels zurück.

Und erst nachdem der Große Weiße Winter und die Kalten Schwestern sich von der Lebenswärme der Welt ernährt hatten und wieder fortgegangen waren, zog die Sonne ihren Wolkenumhang aus und näherte sich wieder der Erde. Und erst dann wagte sich der Bär wieder aus dem warmen Fleisch von Mutter Erde hervor, um den Menschen und Tieren und wachsenden grünen Dingen zu sagen, daß auch sie ihre Behausungen der Kältezeit verlassen konnten.

Doch nun war der Bär nicht mehr allein. Tief in seinem Winterbau hatte der Große Schamanenbär den Ersten Schamanenmann und die Erste Schamanenfrau geboren. Dies war das Geschenk des Bären an die Menschen, damit auch sie genauso wie die Tiere die Stimme der Sonne vernehmen konnten.

Und deshalb ist es so, wenn ein Mann oder eine Frau berufen wird, mit dem Bären zu gehen, und an den versteckten Orten der Erde Tagträume empfängt und nach den heilenden Geheimnissen der wachsenden grünen Dinge sucht, daß dieser Mann oder diese Frau Schamane genannt wird, Schüler des Bären, Traumsucher, Erdweiser und Bringer des erneuerten Lebens für die Menschen und Tiere und alle wachsenden grünen Dinge.«

In der Hütte herrschte Totenstille. Sowohl Warakan als auch Mah-ree waren fasziniert von der Geschichte. Doch als sie Jhadels nächste Enthüllung hörten, konnten sie sie kaum glauben.

»Jetzt habe ich endlich erkannt, wohin der Weg führt! Jhadel vom Wachenden Stern wird Mah-ree aus der Roten Welt und Warakan aus dem Grasland alles lehren, was er weiß, denn in diesem fernen und einsamen Land, das auf dem Weg der aufgehenden Sonne hinter dem Ende der Welt liegt, sollen die drei Stämme vereint werden! In diesem Land ohne Menschen wird Warakan aus dem Grasland mehr sein als nur die Ersatzmutter des Bären, und Mah-ree aus der Roten Welt, obwohl sie in der Tat die Frau, die viel spricht, ist, wird mehr als nur der Sprechende Bär sein. Sie sind der Erste Mann und die Erste Frau, die durch den Bären wiedergeboren wurden, die beide Schamanen sind, zusammen männlich und weiblich, beide dazu bestimmt, in der Macht des heiligen Steines stärker zu werden als alle Männer und alle Frauen, die zuvor lebten.«

Jhadel hielt atemlos inne, als ihn die Erschöpfung, die Schmerzen, der Blutverlust und die Begeisterung seiner Offenbarung zu überwältigen drohten. »Der Stein gehört dir, Erste Frau, und dir, Erster Mann. Hier an diesem Ort werdet ihr gemeinsam mit dem Wissen und der Macht der Ahnen stark werden, bis der Schamane mit dem wiedergeborenen Totem aus dem Wald zurückkehrt ... und wir in seinem Schatten weiterziehen, nicht um Rache und Tod über unsere Feinde zu bringen, sondern um der Welt der Menschen das Geschenk des Friedens und der Einheit zu übergeben. Bis zu diesem Tag ... bis ... bis ...« Seine Stimme versagte, seine Augen verdrehten sich, seine Lider erzitterten und schlossen sich.

Mah-ree keuchte auf, da sie überzeugt war, Jhadel wäre in diesem Augenblick gestorben. Sie flog geradezu über das Feuer, um neben ihm niederzuknien, während Warakan außer Atem an ihre Seite eilte.

»Seine Seele ... ist sie ... ist sie noch in seinem Körper?« fragte der Junge.

Mah-rees Fingerspitzen berührten die Kehle des alten Mannes und suchten nach dem Pulsschlag des Lebens, aber nur sehr zaghaft, denn sie fürchtete sich vor der Feststellung, daß er nicht mehr vorhanden war.

Als Jhadel plötzlich heftig zu schnarchen begann, wurden ihre Befürchtungen mit einem Mal zerstreut.

Sie zog ihre Hand zurück und stieß einen Seufzer der Erleichterung aus, während sie denselben Laut von Warakan hörte, als er sich auf den Fersen niederhockte. Sie blickte den Jungen an, und er blickte sie an. Eine ganze Weile schien es, als würden die Worte Jhadels im Rauch des Feuers vor ihnen hängen.

Der Erste Mann und die Erste Frau, die durch den Bären wiedergeboren wurden, die beide Schamanen sind, zusammen männlich und weiblich, beide dazu bestimmt, in der Macht des heiligen Steines stärker zu werden als alle Männer und alle Frauen, die zuvor lebten.

Mah-rees Herzschlag beschleunigte sich. Die Vorstellung einer künftigen Vereinigung mit dem Jungen, der an ihrer Seite hockte, erschien ihr nicht nur lächerlich, sondern völlig unmöglich. Er war schließlich noch ein Kind, und sie war immerhin die Frau Cha-kwenas, jetzt und für immer. Doch als der alte Mann gesprochen hatte, waren all die Hoffnungen und Träume ihrer Kindheit wiedererweckt worden. Damals hatte sie sich danach gesehnt, wie die Erste Frau den Weg des Schamanenwissens zu beschreiten. War es möglich, daß die Vier Winde, nachdem so viele Jahreszeiten gekommen und gegangen waren, die heimlichen Gebete ihrer Jugend erhört und beantwortet hatten? Nur so kann es sein, dachte sie. Der alte Mann, der sie im Wald gerettet hatte, war nicht nur ein einfacher Schamane, er war *Jhadel!* Er war derjenige, von dem die Frauen des Graslandes mit solcher Ehrfurcht und Bewunderung gesprochen hatten. Er war der Herr der Geister, der Weise, der Große Lehrer! Durch seine Weisheit war Ysuna zur Macht gekommen und hatte die Stämme in den Krieg geführt! Doch jetzt sprach er zu ihr und Warakan von Einheit und friedlichem Zusammenleben zwischen den Stämmen. Und von viel mehr.

Mah-ree drückte ihre Hände aufs Herz, um das heftige Pochen zu beruhigen. Sie spürte ihre grobe Kleidung aus Bärenfell und erinnerte sich wieder an die Worte des alten Mannes: *Und deshalb ist es so, wenn ein Mann oder eine Frau berufen wird, mit dem Bären zu gehen, und an den versteckten Orten der Erde Tagträume empfängt und nach den heilenden Geheimnissen der wachsenden grünen Dinge sucht, daß dieser Mann oder diese Frau Schamane genannt wird, Schüler des Bären, Traumsucher, Erdweiser …*

Mah-ree schloß die Augen und erinnerte sich an andere Einzelheiten. Der Bär hatte sie in den Wald gerufen. Der Bär hatte sein Leben gegeben, damit das ihre gesichert wurde.

Durch das Fleisch des Bären hatte Mah-ree überlebt. Und im warmen Fell des Bären hatte Mah-ree nach den wachsenden grünen Dingen des Waldes gesucht, die ihr Körper als zusätzliche Nahrung brauchte, während der Große Weiße Winter durch den Wald streifte.

Im Bau des Bären – einer tiefen, dunklen Höhle unter den Wurzeln eines großen Baumes – hatte Mah-ree einen Bau für sich selbst gemacht, einen versteckten Ort, aus dem sie nur von Zeit zu Zeit hervorgekommen war, um Gah-tis Knochen zu pflegen oder zu den kalten, nebligen Höhen hinaufzuwandern, von wo sie über die Schlucht und in alle Richtungen über das Land blicken konnte. Dort hatte sie in Einsamkeit mit dem Wind geheult, nach ihrem Stamm gerufen und gefleht, sie mögen ihr vergeben, daß sie ihnen den heiligen Stein verwehrt hatte. Und sie hatte Cha-kwena angefleht, zu seiner verlorenen und einsamen kleinen Frau zurückzukehren, bevor sie an ihrer Sehnsucht nach ihm zugrunde ging. Doch war nicht ihr sehnlichster Wunsch der Tod gewesen?

Tränen standen in Mah-rees Augen, als sie sie öffnete, und ein dicker, warmer Kloß steckte in ihrer Kehle, den sie unmöglich hinunterschlucken konnte. Wenn Cha-kwena eines Tages mit dem Totem zu seinem Stamm zurückkehrte, konnte sie es dann wagen, ihm und ihnen wieder unter die Augen zu treten? Nicht mehr als unglückbringende Frau, sondern als die Medizinfrau, als wahre Heilerin und wie die Erste Frau als vollwertige Schamanin? Sie erzitterte. Es schien mehr, als sie sich erhoffen durfte.

Doch als Mah-rees Blick durch die Hütte wanderte, den ordentlich aufgereihten Besitz des Schamanen und des Jungen musterte, dann zum Schamanen selbst zurückkehrte, der fest in seinem Bärenfellumhang schlief, da war es für sie offensichtlich, daß der Geist des Bären das Leben aller drei hier versammelten Menschen berührt hatte.

Jeder von ihnen hatte einen Bären getötet, und jeder trug das Fell dieses Bären. Alle drei waren Verstoßene. Und alle waren von den Vier Winden zu diesem dunklen, kalten Wald am Ende der Welt geweht worden.

Mah-ree schloß wieder die Augen. Obwohl sie sich alle

Mühe gab, konnte sie keinen Grund finden, warum sie, der alte Schamane und der kleine Junge jetzt hier waren – außer es war, wie der alte Mann glaubte, eine wundersame Bestimmung dafür verantwortlich.

Und dann verstand sie plötzlich. Sie riß die Augen auf. Tränen strömten ihr über die Wangen, als sie ihre Gedanken laut aussprach. »Der Alte ist der Schamane der Vergangenheit – der Lehrer und Herr der Geister. Ich bin die Schamanin der Gegenwart, eine erwachsene Frau und auf meine bescheidene Art eine Medizinfrau. Und der Junge, dieser Sohn von Masau und Enkel von Shateh, ist der Schamane der Zukunft!« Alles ergab auf einmal Sinn, bis sie sich fragte: »Aber wo ist dann zwischen Vergangenheit, Gegenwart und Zukunft der Platz für meinen Schamanen ... meinen Mann ... meinen Chakwena?«

»Weine nicht, Frau, die viel spricht! Warakan wird dein Mann sein!« erklärte der Junge.

Mah-ree blinzelte verblüfft. Sie räusperte sich, wischte ihre Tränen fort und sagte leise, um den schlafenden alten Mann nicht zu wecken, und behutsam, um die Gefühle des Jungen nicht zu verletzen: »Diese Frau hat bereits einen Mann ... einen Mann für immer und ewig.«

Warakans Gesicht spannte sich an. »Dein Mann ist ein gelber Wolf! Dein Mann ist ein Betrüger, der Bruder des Kojoten! Dein Mann hat die Macht des Totems geraubt und ist damit hinter das Ende der Welt geflohen. Aber durch dich haben die Geister der Ahnen jetzt den heiligen Stein zu mir gebracht! Mit seiner Macht werde ich das Totem jagen! Ich werde es finden! Ich werde es töten und mit seinem Fleisch und Blut seine Macht in mich aufnehmen! Dann werde *ich* das Totem sein! Und bevor ich in das Land meiner Vorfahren zurückkehre, um Krieg gegen all jene zu führen, die meinen Vater, meinen Großvater und meine Schwester töteten, werde ich mir die Haut von Gelbem Wolf holen und darin tanzen, und du wirst meine Frau sein!«

Mah-ree hatte wieder die Augen aufgerissen. Der Junge hatte flüsternd gesprochen, aber er hätte sie nicht schwerer verletzen können, wenn er sie geschlagen hätte. »Und hast du deine Ziele diesem alten Schamanen anvertraut, der in seinen Träumen eine Aufgabe des Friedens und der Einheit für dich sieht, Sohn des Stammes des Wachenden Sterns?«

Warakan verzog das Gesicht vor Verachtung. »Jhadel sagt, daß Warakan kein Krieger sein wird. Jhadel irrt sich! Eines Tages wird der Stamm des Wachenden Sterns das gleiche Schicksal wie der Gelbe Wolf teilen, und dann ...«

»Nimm dich in acht vor dem, was du sagst, Junge!« unterbrach Mah-ree ihn. Sie sprach leise, aber so boshaft, wie sie nur konnte. »Die Geister des Windes hören alles, und die Mächte der Schöpfung können die Worte eines unbedachten Sprechers auf seiner Zunge umdrehen, so wie ein Hund, der sich in den eigenen Schwanz beißt.«

Warakans Gesicht war ausdruckslos, doch in seinen Augen stand Furcht.

Mah-ree war zufrieden. Sie wußte, daß ihm diese Warnung nicht unbekannt war. Sie schüttelte den Kopf und nutzte diesen Augenblick für sich. »Du kleiner Zweig von einem Jungen, nimm dich in acht, denn wenn mein Schamane schließlich an diesen Ort zurückkehrt, um das Totem zu seinem Stamm zu bringen, dann mögen die Mächte der Schöpfung mir erlauben, in der Nähe zu sein, um zu sehen, wie du ihm in den Weg trittst. Dann wirst du ein Zweig von einem Mann sein, und mein Schamane wird dich in zwei Hälften zerbrechen und ins Gesicht der Sonne werfen! So, wie ich es jetzt mache!« Mit diesen Worten hob sie einen Feuerstock auf, brach ihn entzwei und warf die Hälften ins Feuer.

»Und dann wird es nicht nur einen, sondern zwei von mir geben!« erwiderte der Junge mit einer schnelleren, heißeren und heftigeren Reaktion als das Aufflackern der Flammen im Kochfeuer, nachdem die junge Frau das Holz hineingeworfen hatte. »Vom Feuer gehärtet wie ein guter Speer, werde ich zurückfliegen, um den Gelben Wolf zu töten. Doch vorher werde ich mir noch voller Vorfreude sein Kojotengesicht ansehen, wenn er dich hier antrifft, Gesetzesbrecherin! Wird er sich freuen, wenn er die Ausreden hört, die die Frau, die viel spricht, von sich gibt, damit er versteht, warum sein Stamm diesen Ort verlassen hat, um durch die Jagdgründe seiner

Feinde nach Hause zurückzukehren, ohne den heiligen Stein mit sich zu führen, den du zu ihnen bringen solltest, wie er es dir befohlen hat?«

Mah-ree war plötzlich niedergeschlagen. In diesem kurzen Augenblick waren alle ihre Hoffnungen und Träume zerstört worden. Sie konnte nicht fassen, daß ein so junges Kind schon einen so aufmerksamen Verstand hatte und so grausam sein konnte. Er hatte mit einem Blick ihre tiefste Angst erkannt und mit seinen Worten zielgenau hineingestochen.

Warakan lächelte, als er ihr Unbehagen bemerkte. Doch dann drang plötzlich der kreischende Schrei einer Säbelzahnkatze durch den Wald in die Dunkelheit der Hütte. Der Junge erstarrte. »Mein Kind ... Bruder Bär ist ganz allein und verletzt draußen in der Nacht ... ohne seine Mutter!«

Bevor Mah-ree reagieren konnte, hatte Warakan seine Speere genommen, seinen Wintermantel und seine Schneeschuhe gegriffen und verließ eilig die Hütte. Der Junge war mit den Füßen genauso schnell wie mit seiner Zunge, wie Mah-ree erkannte, und in seiner Liebe und Treue zu einem Tier genauso ergeben wie Cha-kwena zum Totem.

»Junge!« rief Mah-ree. »Es ist dunkel. Der Mond ist noch nicht aufgegangen. Die Säbelzahnkatze streift durch den Wald! *Komm zurück!*«

»Ich bin kein Junge!« rief er über die Schulter zurück, als die Felltür gerade hinter ihm wieder zufiel. »Ich bin Mutter und Bruder des Bären. Ich werde nicht ohne mein Kind zurückkommen! Und ich bin Warakan, der Enkel von Shateh und der Sohn von Masau, dem Mystischen Krieger! Die Sprungkatze sollte sich vor *mir* in acht nehmen!«

Mah-ree konnte nicht glauben, wie tollkühn der Junge war. Einen Augenblick lang wünschte sie sich fast, daß er von der Katze gefressen werde. Dann meldete sich ihr mütterlicher Instinkt, und als sie an das mutige, wenn auch wenig verträgliche Kind dachte, das allein durch den dunklen, von Raubtieren verseuchten Wald davonlief, brach sie beinahe in Tränen aus. Sie eilte zur Felltür und blickte nach draußen. Sie rief noch einmal, starrte in die Dunkelheit und sah nur ... Schnee und Bäume und im Sternenlicht die Spuren eines Jungen, die in die Dunkelheit führten.

»Du mußt ihm folgen!«

Mah-ree drehte sich um. Jhadel hatte sich aufgesetzt und blinzelte sie tadelnd an. »Zweifelst du immer noch daran, daß der heilige Stein dir gehört, Tochter der Roten Welt … und ihm? Waren die Geister der Vorfahren nicht bis zu diesem Augenblick immer in der Macht des Amuletts bei dir? Geh, sage ich! Nimm deinen Speer und bring die Bärenmutter zu mir zurück … mit oder ohne sein Kind. Geh, sage ich, bevor mein Zögling in die Falle seines eigenen heißblütigen Stolzes tappt! Bewege dich wachsam und weise, Erste Frau, dann gibt es für dich keinen Grund zur Furcht. Die Geister der Ahnen sind mit dir. Du bist die Schamanin!«

Warakan hatte Angst.

Er war auch wütend und verwirrt – wütend auf Mah-ree, weil sie sich ihm gegenüber verhielt, als wäre er noch ein Kind, und verwirrt darüber, wie sein Herz auf sie reagierte. Eben noch war er bezaubert, bekam kaum ein Wort heraus und fühlte sich gleichzeitig männlich und erwachsen und so unbeschwert wie ein fröhliches Lied. Im nächsten Augenblick war er heftig erzürnt, weil sie ihn als klein und kindlich herabsetzte und sich weigerte, ihn so zu sehen, wie er wirklich war.

Wie bist du denn wirklich?

Diese unausgesprochene Frage versetzte Warakan einen tiefen Stich, und er zog eine finstere Miene, als er tiefer in die Nacht vordrang, um nach seinem verwundeten Kind zu suchen. »Ich bin Warakan!« rief er dem Wind und den Sternen zu. »Ich bin der Sohn von Masau, dem Mystischen Krieger des Stammes des Wachenden Sterns! Ich bin der Enkel von Shateh, dem Schamanen und Jagdhäuptling des Stammes des Graslandes! Ich bin der Bärentöter und der Bruder und die Mutter des Bären in einem!«

Warakan hatte schon vor längerer Zeit festgestellt, daß prahlerische Worte seiner Seele Mut machten. Auch diese

Rede bildete keine Ausnahme. Doch als das Kreischen der Säbelzahnkatze wieder durch den Wald schallte, zogen sich seine Eingeweide trotzdem vor Furcht zusammen, und seine linke Hand verkrampfte sich um seine Speere. »Bruder Bär, wo bist du?« rief er. Eigentlich hatte es ein lauter, mutiger Ruf werden sollen, doch erschrocken bemerkte er, daß nur ein verängstigtes Quieken über seine Lippen kam.

Die Sorge um sein Junges ließ Warakan dennoch weitergehen und festigte seine Entschlossenheit. Irgendwann hörte er, wie Mah-ree hinter ihm rief. Die plötzlich auflebende Stimme des Windes wehte ihm recht unverhofft ihre Schreie zu. Und da war noch etwas anderes, ein fauchendes Knurren, das jedoch nicht vom Wind kam. Auch nicht von einem Tier. Sondern von der Erde selbst!

Warakan hielt den Atem an. Zitterte die schneebedeckte Haut von Mutter Erde unter seinen Füßen? *Unmöglich!* Trotzdem war ihm auf unerklärliche Weise schwindlig. Zum ersten Mal, seit er die Hütte verlassen hatte, erkannte er nicht ohne gehörigen Schrecken, daß der Wald rings um ihn herum in Bewegung geraten war. *Wie kann das sein?* Mit ausgebreiteten Armen versuchte er sein Gleichgewicht zu halten, blickte nach links und rechts und dann zu den vom Wind gepeitschten Baumwipfeln hinauf. Obwohl der Boden sich jetzt offenbar wieder beruhigt hatte, wurde ihm erneut schwindlig, als er das Schwanken der massiven Baumstämme und Äste sah. *Sie werden umstürzen!* Von Panik überwältigt, rannte Warakan kopflos weiter.

Dann spürte er etwas – vielleicht eine Wurzel oder eine vom Winter getrocknete Ranke –, kurz bevor er darüber stolperte und zu Boden flog. Nachdem ihm die Luft aus den Lungen getrieben worden war, lag Warakan ganz still da und wartete darauf, daß der Wald über ihm einstürzte. Doch es geschah nicht, und als er nach einer Weile keine Bewegung der Erde mehr spürte und nur noch das normale Rauschen des Windes im Wald hörte, befahl er seinem Herzen, langsamer zu schlagen.

Er blickte auf. Die Bäume waren immer noch fest im Boden verwurzelt. Über dem seufzenden, bewegten Dach des Waldes schienen die Sterne wie Mücken an einem Sommertag über einem Sumpf zu schwirren. Unter dieser Unermeßlichkeit erkannte Warakan, daß er schließlich doch nur ein kleiner Junge war, ob es ihm gefiel oder nicht, daß er nicht mehr als ein Zweig war, wie Mah-ree ihn genannt hatte, ein verletzlicher Schößling, der sich einbildete, bereits ein großer Baum zu sein, der jeder Frau Schatten und Schutz geben konnte, sogar der Frau eines Schamanen.

Doch muß nicht jeder Schößling nach der Sonne streben, wenn er nicht absterben will? fragte er sich. *Und reifen mit der Zeit nicht sogar die zartesten Schößlinge zu großen Bäumen heran, wie sie mich jetzt umgeben?*

»Junge! Warakan! Ach … endlich! Hast du gespürt, wie die Erde gezittert hat? Sie hat sich seit den Monden des vergangenen Sommers nicht mehr so heftig bewegt, als sie so furchtbar bebte, daß die Bäume am Grund der fernen Schlucht einstürzten und die Hütten meines Stammes unter sich begruben. Ich habe dich fortlaufen gesehen. Ich habe dich stürzen gesehen. Hast du dir etwas gebrochen?«

Er blinzelte. Mah-ree beugte sich über ihn und befreite seinen verstrickten Knöchel, so wie er vor nicht allzu langer Zeit sie befreit hatte.

Seine Gefühle drohten ihn zu überwältigen. Es waren zu viele, die sich alle auf einmal konzentrierten und ihn verwirrten, während er sich zunächst aufsetzte und dann aufstand und zu voller Größe aufrichtete. »Du hast das bewirkt! Mit der Macht des heiligen Steins hast du Mutter Erde dazu gezwungen, zu zucken und zu knurren! Du hast versucht, Warakan angst zu machen. Aber Warakan hat keine Angst! Er mag in deinen Augen nur ein Zweig sein, aber er läßt sich nicht so leicht zerbrechen!«

Sie stand neben ihm und hielt etwas hoch, das wie das Ende einer Schnur aussah …

»Mein Fallstrick!« rief Warakan, griff danach, zerrte daran und stellte zu seiner unschätzbaren Freude und dann zu seiner Bestürzung fest, daß sich am anderen Ende ein verwundeter Bär befand.

Das Tier stand auf drei Beinen da, in ein Gebüsch verstrickt, und hatte vor Erschöpfung den Kopf gesenkt. Es geiferte vor Schmerzen und starrte die beiden wie Fremde an.

Warakan war zutiefst betroffen. »Mein Kind erkennt seine Mutter nicht mehr!«

»Dein Bär ist kein Kind mehr. Die Schmerzen haben ihn in die Einsamkeit getrieben, aber die Einsamkeit wird ihn nicht heilen, genausowenig, wie sie mich heilen konnte. Er braucht dich, Warakan. Dein Bruder hat dich nicht vergessen.«

Warakan schluckte. Im kalten Glitzern des Sternenlichts wurden ihm zum ersten Mal die Größe und die Kraft seines Kindes klar. Er erinnerte sich an die Nacht des brennenden Himmels, als das Gewicht des Tieres ihn zu Boden gedrückt hatte, als er sich darunter nicht mehr hatte rühren können, als seine Fangzähne, die doppelt so lang wie seine Daumen waren, seinen Kopf gestreift hatten. Bruder Bär hatte ihn in jener Nacht aus Freude angesprungen, und er spürte immer noch die Verletzungen, die ihm seine stürmische Umarmung verursacht hatte.

Wieder schluckte der Junge und versuchte seine aufsteigende Furcht zu bezwingen, als er sich an Jhadels Verwundung erinnerte. War das Bärenjunge dazu fähig, ihn so zu skalpieren, wie es den alten Mann zugerichtet hatte, wenn er sich näher heranwagte? Aber was sollte er sonst tun? Es waren sein Fallstrick und seine Knochennadel gewesen, die das Geschöpf verletzt hatten. »Ich muß zu ihm gehen«, sagte er.

»Nein, warte! Er wird zu dir kommen, wenn du ehrlich mit ihm sprichst … Ich zeige es dir …«

Dann erlebte der Junge an Mah-rees Seite eine ihrer besonderen Fähigkeiten, die außer Cha-kwena kaum ein Mensch je beobachtet hatte. Obwohl sie den heiligen Stein bei sich trug, holte Mah-ree ihn nicht hervor. Statt dessen ließ sie sich auf ein Knie fallen, legte den Speer neben sich auf den Boden, blickte dem Bären in die Augen und sprach zu dem Tier, als wäre es ein Mensch und könnte jedes Wort verstehen.

»Diese Frau möchte sich bei Warakans Bärenbruder entschuldigen. Böse Geister waren in ihrem Kopf, als sie ihn bedrohte. Er hatte recht, wütend auf sie zu werden. Aber jetzt haben die bösen Geister ihren Kopf verlassen, und Mah-ree aus der Roten Welt bittet Bruder Bär um Vergebung und sein Vertrauen.«

Das Junge neigte den Kopf zur Seite und gab leise knurrende Geräusche der Verwirrung und des Unbehagens von sich.

»Ja, Mah-ree versteht dein Zögern, aber sie sieht auch, daß du verstehst, was ich sage.« Mah-ree ließ sich auf beide Knie nieder und bewegte sich langsam vorwärts. Sie hatte sich bereits ein Stück von ihrer Waffe entfernt, als der Bär sie mit einem warnenden Schnaufen zum Anhalten zwang.

»Er warnt dich, nicht näher zu kommen!«

»Ja, aber nur für diesen Augenblick«, gab sie zu, doch sie blickte den Bären weiterhin unverwandt an, während sie mit einer Stimme zu ihm sprach, die so leicht und angenehm wie der erste warme Atem einer Morgendämmerung im Sommer war. »Mah-ree macht es dir nicht zum Vorwurf, daß du ihr nicht vertraust, Bruder Bär. Darf sie dich so nennen? Ach ja, natürlich, Mah-ree versteht es, wenn du immer noch wütend auf sie bist, aber sie ist dir dankbar, daß du immerhin über ihre Bitte nachdenkst. Wie du siehst, hat diese Frau ihren Speer zur Seite gelegt. Ohne ihn kann sie sich nicht gegen deine Macht zur Wehr setzen. Du mußt ihr glauben, wenn sie dir sagt, daß ihre Zähne nicht einmal dazu taugen, dir damit zu drohen.«

Warakan zuckte zusammen, als der Bär mehrere Male hintereinander schnaufte. Er schwankte vor und zurück, als würde die Erde wieder beben, aber das tat sie nicht. Es war die Unentschlossenheit, die den Bär schwanken ließ, und keine Furcht. Und noch etwas anderes. Der Junge sah, wie sein Kind den Kopf vorstreckte und sabbernd schnüffelte, und dann riß er vor Erstaunen die Augen weit auf, als er bemerkte, daß Mah-ree ihm ihren Atem entgegenblies, als wollte sie ein unsichtbares Feuer entfachen. Als sie die Hände hob und dem Bären damit ihren Atem zufächelte, war Warakan überzeugt, daß die Geister des Wahnsinns, die so lange in ihrem Kopf getobt hatten, plötzlich zurückgekehrt waren. Bis sie offenbar seine Gedanken erriet und wieder zu ihm und dem Bären sprach.

»Diese Frau schickt dem Bären ihren Lebensgeist mit dem Wind, um ihr innerstes Selbst zu offenbaren und mit ihm zu teilen. Wenn du tief den Atem von Mah-ree einatmest, weißt du, daß in ihrem Herzen weder Furcht noch Feindseligkeit noch Betrug ist, wenn sie zum Bären spricht ... Denn diese Frau ist die Frau des Schamanen, und ihr Mann ist Chakwena, der Wächter des Totems und der Bruder aller Tiere. Mit ihrem Atem und ihren Worten hat diese Frau zu vielen wilden Geschöpfen dieser Welt gesprochen, und einmal vor langer Zeit an einem freundlicheren Ort hat sie Lebensspender berührt, den Großvater aller Mammuts, mit diesen Händen, die sie jetzt dem Bären hinstreckt.«

Warakan war verblüfft. »Wirklich?« fragte er keuchend.

Mah-ree wagte weder, ihn anzusehen, noch, ihm direkt zu antworten, während sie weiter mit dem Bären sprach und ihre Hände mit gespreizten Fingern hochhielt. »Schau dir diese Hände an! Sie selbst haben keine Macht, die wirklich Kranken zu heilen. Doch in diesen Händen sind Mitgefühl und Besorgnis, und jetzt bieten diese Hände dir an, mit vorsichtigen, sanften Fingern den Dorn aus der Pfote des Bären zu ziehen, so wie Warakan, der Bruder des Bären, sein Bein aus dem Fallstrick befreien möchte.«

Warakan sah sofort die Gefahr in der Situation, in die Mahree ihn gerade mit ihren Worten gebracht hatte. Trotzdem wußte er, daß er sich auch ohne die Frau dasselbe Ziel gesetzt hätte. Aus diesem Grund war er doch überhaupt in die Nacht hinausgelaufen! Wegen seiner Nachlässigkeit war sein Kind verletzt und verhielt sich ihm gegenüber feindselig; wegen seiner Gedankenlosigkeit würde sein Bärenjunges vielleicht für immer mißtrauisch gegen ihn und andere Menschen sein.

Das Tier stand jetzt ganz ruhig da. Es hatte den Kopf wieder gesenkt, doch in seiner Haltung hatte sich etwas verändert, es war jetzt nicht mehr so angespannt.

»Komm, Junge. Leg deine Speere nieder. Geh neben mir in die Knie«, forderte Mah-ree ihn auf. »Zeig deinem Bruder, daß du ihm nichts Böses antun willst.«

Warakan gehorchte.

Und langsam – so langsam, daß Warakan in dieser Zeit

spüren konnte, wie die Sterne über seinem Kopf langsam ihre Positionen veränderten – näherte sich der Bär. Er humpelte auf drei Beinen, hatte das verletzte Vorderbein erhoben und zog den Fallstrick hinter sich her, an dem noch ein Teil des Gebüsches hing, in dem die Schnur sich verwirrt hatte. Schließlich hielt er vor ihnen an, beschnupperte sie, und als Mah-ree vorsichtig in seine riesigen, zitternden Nüstern atmete, sog das Tier ihren Geruch ein. Nachdem es den vertrauten Atem gewittert hatte, stieß es ein langgezogenes, vibrierendes Stöhnen aus, einen deutlichen Ausdruck seiner Schmerzen und seines Unglücks.

»Ich weiß«, sagte sie und küßte das Tier auf die Nase. »Wir sind gekommen, um dir zu helfen, dein Bruder und ich.«

Dann leckte der Bär plötzlich mit feuchter Zunge über ihr Gesicht, drehte sich herum und ließ sich mit einem tiefen Seufzer auf Warakans Schoß nieder.

Der Junge fiel hintenüber und kam unter einem haarigen Arm wieder hervor. Er juchzte begeistert auf, als er sich wild in die Arme seines verwundeten Kindes warf, über seinen Kopf streichelte, den kräftigen Nacken kraulte und seine Finger in das dicke, weiche Fell unter den Ohren und der Kehle grub. »Ach, Bruder Bär, ich hatte schon befürchtet, ich hätte dich für immer als Freund verloren!«

»Du warst es, der ihn nicht mehr als seinen Bruder angesehen hat«, warf Mah-ree ihm freundlich vor, während auch sie mit ihren Händen über den Körper des großen Bärenjungen strich. »Er hat dich nicht mit Feindseligkeit betrachtet. Du hast deine eigene Furcht gesehen, die sich in seinen Augen widerspiegelte. Das ist nämlich der grausamste Schmerz, wenn man in den Augen eines Freundes, dem man für immer sein Herz geschenkt hat, nur noch Mißtrauen sieht.«

Der Junge erkannte die Wahrheit in ihren Worten, und sie machten ihn zutiefst betroffen. Vor noch gar nicht allzu langer Zeit hatte in einem Land, das von einem großen, wahnsinnigen Fluß ertränkt worden war, Shateh ihn genauso angeblickt. An jenem Tag hatte der Häuptling Warakan aus dem Stamm verstoßen, damit er den Tod fand, weil die Lügen anderer den ganzen Stamm gegen ihn eingenommen hatten.

Er würde diesen Tag nie wieder vergessen, weder den Ausdruck auf Shatehs Gesicht noch jene ehrgeizigen Männer aus dem Stamm des Graslandes, die seinen Großvater so hinterhältig beeinflußt hatten, bis sie ihn schließlich in den Tod getrieben hatten. *Ranamal, Teikan, Ynau.*

»Warakan … lenke deinen Bruder ab.«

Mah-rees Anweisung holte den Jungen aus der Vergangenheit zurück. Erschrocken sah er, daß sie die verletzte Pfote des Bären in beiden Händen hielt und Bruder Bär wegen seiner bösen Wunde bemitleidete. Warakan riß die Augen auf. Sie spuckte auf die durchbohrte Pfote, blies darauf und machte sich bereit, nach der Knochennadel zu greifen. »Bruder Bär!« rief Warakan. »Schau hierher!«

Der Bär drehte den Kopf herum, und kurz darauf hatte Mah-ree die Knochennadel aus der Pfote des Tieres gezogen und hielt sie in der Hand. »Da!« rief sie glücklich triumphierend. »Dieser Dorn wird Warakans Bruder keine Schmerzen mehr bereiten!«

Warakan wurde übel. Er rechnete bereits damit, daß sein Bruder instinktiv auf die Schmerzen reagierte, indem er der Frau, die sie ihm zugefügt hatte, den Kopf einschlug oder abbiß. Doch es geschah nicht. Ohne auch nur mißmutig zu knurren, untersuchte Bruder Bär seine Pfote und leckte sie dann ab. Der Junge konnte kaum glauben, was geschehen war.

»Ich hätte nicht den Mut gehabt, so etwas zu tun!« Er fiel beinahe in Ohnmacht und bereute sofort sein Geständnis.

Mah-ree war aufgestanden und lächelte im Mondlicht auf ihn herab. »Doch, das hättest du. Wenn ich nicht hier gewesen wäre.«

Er starrte zu ihr auf. »Der heilige Stein hat dir die Macht dazu gegeben.«

»Alle Geschöpfe verstehen die Sprache der freundlichen Absichten, Warakan. Und dieser Bär sagt, daß du eine sehr gute Mutter für ihn warst, der trotz seines Wachstums immer noch ein Bärenjunges ist, das noch viel über die Welt und sich selbst lernen muß.«

Warakan war sich nicht ganz sicher, ob sie ihre Worte ernst

meinte oder nicht. Nachdem er lange Zeit für die Jungen aus Shatehs Stamm die Zielscheibe grausamer Scherze gewesen war, wurde er schnell mißtrauisch und versuchte zu vermeiden, in eine Position zu geraten, in der man ihn später lächerlich machen konnte. Er sah sie skeptisch an. »Das hat er zu dir gesagt? Ich habe nicht gehört, wie er diese Worte gesprochen hat.«

»Er brauchte dazu keine Worte. Seine Sprache wird über andere Sinne vermittelt.« Mah-ree verstummte. Weit entfernt schrie im windigen Wald eine Säbelzahnkatze. Sie erschauderte. »Dieses Tier beansprucht seinen Teil des Waldes. Es ist nicht allein. Hörst du? Es ruft nach seinem Gefährten. Es hat Fleisch gefunden. Und es wird nicht das einzige Raubtier sein, das unter den Sternen dieser Nacht auf die Jagd geht. Komm! Wir sollten zur Hütte zurückkehren.«

Warakan wußte, daß sie recht hatte. Er brauchte nicht lange, um den Fallstrick vom Bein des Bären zu lösen. Dann sprang er auf. »Wir werden gehen!« sagte er.

Mah-ree blickte den Bären an. »Du mußt auch mitkommen. Mach dir keine Sorgen wegen des alten Mannes. Er ist nicht böse auf Warakans Bruder. Jhadel ist nämlich ein Schamane! Er hat bestimmt längst in das Herz des Bären gesehen und erkannt, daß du ihm nichts Böses antun wolltest. Also komm mit, Bär! Die Nacht ist kalt und dunkel. Ein warmes Feuer brennt in der Hütte, und in ihrem Licht werden die Hände dieser Frau die Schmerzen in deiner Pfote mit heilender Salbe lindern. Also folge dieser Frau, Bär, und gehe wieder an der Seite deines Bruders Warakan.«

Ihre Worte brachten den Jungen zum Lächeln, und als er sah, wie Bruder Bär ihnen zwischen den Bäumen hindurch folgte, war er glücklich, bis Mah-ree nach einer Weile stehenblieb. Sie stützte sich auf ihren gut gearbeiteten schwarzweißen Speer, als wäre er ein Gehstock und blickte mit einem besorgten Seufzer zurück.

»Was gibt es?« fragte er und hielt seine Speere aus Bärenknochen fester. »Hier ist nichts. Nur der Wind. Und die Jäger der Nacht. Warakan wird dich beschützen.«

Mah-ree hatte an ihre Kehle gegriffen und drückte mit der

Hand den heiligen Stein, der unter ihren Fellen hing, während ihr Blick nach Westen gerichtet war. »Ja, Warakan ist tapfer. Der Bruder des Bären würde niemals zulassen, daß seinem Kind oder dieser Medizinfrau etwas zustößt. Und es kann schon sein, daß die Macht des heiligen Steines uns in diesem dunklen Wald beschützt. Aber was ist mit meinem Stamm? Wie werden sie ohne ihn vor ihren Feinden geschützt?«

Warakan zuckte achtlos die Schultern. »Sie sind weit weg. Niemand hat ihnen gesagt, sie sollten ohne ihre Medizinfrau weiterziehen, ohne ihren Schamanen, ohne das Totem oder den heiligen Stein der Vorfahren. Was immer jetzt mit ihnen geschehen mag, hat nichts mit uns zu tun.«

3

»Wir gehen auf die Jagd!«

Tsanas Ankündigung riß Kosar-eh aus seinem traumlosen Schlaf. Er stützte sich auf einen Ellbogen und blickte sich in der Festung des Stammes des Wachenden Sterns um. Alle waren bereits aufgewacht. Wie viele Tage und Nächte waren vergangen, seit er an diesem Ort eine Frau getötet und ihre Leiche verstümmelt hatte? Er hatte keine Ahnung. Die Zeit rauschte ohne spürbare Einschnitte vorbei. Er verbrachte sie allein, grübelte nach, starrte über das Tal, schickte die Sklavinnen fort, die Tsana ihm schickte, um seinen Bedürfnissen zu dienen, oder ignorierte sie. Er hatte keine Bedürfnisse, außer dem, zu trauern, und das hatte man ihm zugestanden. Bis jetzt.

»Steh auf, Mann, der seinen Feinden ins Gesicht spuckt! Du warst lange genug betrübt. Jetzt mußt du essen. Jetzt mußt du wieder ein Mann unter anderen Männern sein.«

Kosar-eh runzelte die Stirn. Die Höhle roch nach Rauch, brennendem Salbei und kochendem Fleisch, während die Frauen und Mädchen hastig die Mahlzeit des ersten Lichts zubereiteten. Die Männer, die bereits angezogen waren, ordneten ihre Speere, Speerwerfer und Jagdtaschen. Die Kinder waren damit beschäftigt, die Sehnengeflechte der Schneeschuhe einzufetten, und die älteren Jungen machten einige der Hunde bereit und kümmerten sich um die noch nicht zusammengebauten Schlitten.

»Komm!« forderte Tsana ihn auf, der an seiner eigenen Feuerstelle stand, wo mehrere Sklavinnen ihm demütig seinen Umhang über die Schultern legten.

»Ja! Komm mit uns, Frauentöter!«

Kosar-eh fühlte sich durch Indehs absichtliche Stichelei verletzt und hob eine Augenbraue. Als er Cheelapat getötet und anschließend verstümmelt hatte, war ihm die Bewunderung und Anerkennung aller Krieger und Frauen des Stammes des Wachenden Sterns zuteil geworden, doch seine Erinnerung an dieses Ereignis verursachte ihm immer noch Unbehagen, und Indeh wußte es. Er begegnete dem geringschätzigen Blick des Mannes und dachte: *Eines Tages, Lockere Zunge, wirst du die Stachel bereuen, mit denen du deine Worte schärfst, die du mir entgegenschleuderst!* Kosar-eh richtete sich mitsamt seinem Schlaffell auf und starrte den Mann finster an.

Indeh triumphierte über seinen Erfolg, den Neuankömmling lächerlich gemacht zu haben, und äffte Kosar-ehs Gesichtsausdruck nach, bevor er sich kichernd abwandte.

Der große Mann mußte sich beherrschen, um ihm nicht nachzusetzen und den Hals umzudrehen, doch während der kurzen Zeit, die er sich bei diesen Menschen aufhielt, hatte Kosar-eh gelernt, daß der Krieger aus dem Grasland mit dem fleischigen Gesicht innerhalb seines neuen Stammes ein angesehener Kämpfer war, auch wenn es ihm Spaß machte, sich auf Kosten anderer, die verletzlich genug waren, lustig zu machen. Es war allgemein bekannt, wie Kosar-eh erst in der letzten Nacht von Tsana erfahren hatte, daß es Indeh – als Shateh und seine rechte Hand Teikan in den Tiefen dieser Höhle in den Tod gelockt worden waren – großen Spaß gemacht hatte, sich als Frau zu verkleiden und zusammen mit einer Handvoll ähnlich zurechtgemachter männlicher ›Geiseln‹ unverfroren das Lager der Feinde aus dem Grasland zu betreten. Dort waren im entscheidenden Augenblick strategisch günstig plazierte Krieger des Wachenden Sterns zu ihnen gestoßen und über Shatehs ahnungslose Männer hergefallen. Sie hatten viele Feinde töten können, bis Shatehs Männer gezwungen waren, um ihr Leben zu laufen.

Kosar-ehs bereits düstere Stimmung verfinsterte sich weiter. Er mußte dem Mann immerhin großen Mut zugestehen, während er sich wünschte, daß Indeh und seine ›Frauen‹ in jener Nacht größeren Erfolg gegen ihre Feinde gehabt hätten. Wenn sie es doch nur geschafft hätten, alle zu töten! Dann wäre sein Stamm noch vollzählig, dann wären seine Frau und seine Kinder noch am Leben. Und dann wäre er jetzt nicht als Gefangener hier, zusammen mit seinen zwei Söhnen, einer blinden Tochter und der unausstehlichen kleinen Schwester des Schamanen Cha-kwena.

Er sah, daß Joh-nee ihn beobachtete. Sie saß in ihrem kleinen Bereich, den sie gleich neben den Mammutknochen der Schlafplattform der Geisterfrau für sich beansprucht hatte, sicherlich nur aus dem Grund, damit sie Doh-teyah ständig im Auge behalten konnte. Als würde das blinde Kind eine weitere Aufpasserin benötigen! Ban-ya hatte den Säugling an ihre Brust genommen, als wäre das Kind aus ihrem eigenen Körper geboren worden. Auch jetzt lag die Frau selig auf ihrer Schlafstelle, wo sie die Kleine säugte und umhegte.

Seine Stirn legte sich in tiefe Falten. Doh-teyah schien mit der Situation vollauf zufrieden zu sein. Doch seit dem Zwischenfall mit Cheelapat hatte Joh-nee mit niemandem mehr ein Wort gewechselt, und er hatte sie nicht ein einziges Mal lächeln gesehen, selbst als Tsana dem Mädchen besondere Fleischportionen und ein schönes neues Schlaffell aus Fuchsfellen gebracht hatte.

Jetzt kam der Häuptling zu ihm herüber. »Xanahay ist aus dem Tal zurückgekehrt«, sagte er mit leuchtenden schwarzen Augen. »Wir haben ihn zur Erkundung in den Teil des Landes geschickt, wo das Herbstgras hoch wächst und eine kleine Herde von behuften Tieren mit dunklen Buckeln und großen, weiten Hörnern und zottigen Bärten den Winter verbringt.«

Er hielt inne und musterte Kosar-eh aufmerksam, um zu sehen, ob der Mann verstanden hatte, daß er von Bisons sprach. Kein Mann irgendeines Stammes würde auf die Idee kommen, eine Beute vor der Jagd beim Namen zu nennen, damit die Geister des Windes nicht mithörten und die erwählten Tiere warnten.

Als er sah, daß Kosar-eh verstanden hatte, nickte Tsana und sprach weiter. »Es gibt mehrere kleine Herden der zottigen Tiere, die an verschiedenen Stellen überall im Tal überwintern. Dieser ständige Fleischvorrat ist ein Geschenk der Mächte der Schöpfung an den Stamm des Wachenden Sterns. Und jetzt wird die Jagd wieder durch die Schneeverhältnisse begünstigt. Also iß! Stärke deinen Körper! Und nimm deinen guten Speer und deinen Beutel mit Ersatzspeerspitzen und Steinwerkzeugen mit. Wir werden unseren neuen Bruder mit allem anderen versorgen, damit er an diesem Tag als Jäger aufbrechen kann. Komm! Für den Stolz deiner Söhne, deiner Tochter und der Neuen Schwester mußt du heute an Tsanas Seite auf die Jagd gehen … und Indeh, dem ehemaligen Mann aus dem Grasland, zeigen, was ein Mann der Roten Welt, der jetzt der Mann, der seinen Feinden ins Gesicht spuckt, ist, bewirken kann!«

Es war eine Einladung und eine Herausforderung, die Kosar-eh unmöglich ablehnen konnte.

In Winterkleidung und Schneeschuhen aus gebogenen Weidenzweigen marschierten sie durch das Tal und zogen Knochenschlitten mit ihrer Verpflegung hinter sich her. Wenn die Geister ihrer Beute und die Mächte der Schöpfung ihnen Erfolg bei der Jagd gönnten, würden sie später auf diesen Schlitten das erbeutete Fleisch zurückbringen.

Für Kosar-eh war es ein vertrautes Land – die breiten Hügel, die sich bis zum flachen, vereisten See hinunterzogen, die dunklen Waldausläufer, die tief in die verschneiten Senken hineinreichten, die zu Grasland und Salbeiflächen wurden, wenn der Große Weiße Winter schließlich mit den Kalten Schwestern zurück in den Norden gestürmt war.

Es war ein Morgen mit klarem Himmel. Bald schien die Sonne hell genug, um die Jäger in ihrer schweren Bekleidung zum Schwitzen zu bringen, und der Winkel, in dem das Auge von Vater Himmel über dem Horizont stand, bestätigte ihre Überzeugung, daß der Frühling eigentlich schon längst in diesem Land hätte Einzug halten müssen. Doch der Wind wehte immer noch heftig und kalt von den Bergen herab. Sein eisiger Atem überzog den verschneiten Boden mit einer dünnen Schicht aus Eis, so daß die Männer nur schwer vorankamen, weil sie mit jedem Schritt durch das Eis in den weicheren Schnee darunter einbrachen. Hätten sie keine Schneeschuhe gehabt, wären sie kaum von der Stelle gekommen. Die Hunde fuhren auf den Schlitten mit oder wurden von den Jägern auf den Schultern getragen. Im Sehnennetz und auf den Rahmen der Schneeschuhe sammelten sich dicke Klumpen aus Eis und Schnee, so daß ständig irgendwer zurückblieb, weil er sich von dieser beträchtlichen und äußerst hinderlichen Last befreien mußte.

Kosar-eh fragte sich unwillkürlich, wieso diese miserablen Bedingungen eine gute Voraussetzung für die Jagd darstellen sollten. Als er wieder einmal anhalten mußte, um den Schnee von seinen Füßen zu schütteln, blickte er auf und sah, wie Tsana ihn belustigt beobachtete.

»Für die Tiere, die wir jagen, ist es genauso wie für die Menschen«, erklärte der Häuptling und ließ einen großen, braunen Hund mit Wolfsohren von seinen Schultern gleiten. Als das Tier wieder auf eigenen Beinen stand, sagte er zu Kosar-eh: »Wir wollen ein Stück gemeinsam gehen. Beobachte dabei diesen Hund, und du wirst die Weisheit der Jäger des Wachenden Sterns verstehen.«

Als Kosar-eh seine Schneeschuhe gesäubert hatte, ging er an der Seite des Häuptlings weiter. Es dauerte eine Weile, bevor ihm klar wurde, was mit dem Hund geschah. Zunächst lief das Tier unbeschwert und froh über die wiedergewonnene Freiheit neben seinem Herrchen her. Gelegentlich brach es mit einer Vorder- oder Hinterpfote durch das Eis, doch der Hund kämpfte sich wieder auf festen Boden, schüttelte sich und trottete weiter. Doch bei jedem dieser Einbrüche blieben kleine Fetzen aus Schnee und Eis am warmen Brust- und Bauchfell des Tieres hängen. Bald waren sie zu gefrorenen Klumpen geworden, bis der Hund schließlich eine feste, eisige Masse über den Boden schleifte. Sie erstreckte sich wie ein großer Schneeball von seinen Genitalien bis zur Brust und erschöpfte und behinderte das Tier so sehr, daß es nach mehreren erfolglosen Versuchen, das Eis abzuschütteln, zusammenbrach und auf der Seite liegenblieb.

»Eine leichte Beute, nicht wahr?« Tsana öffnete seinen Mantel, zog ein Messer hervor, kniete sich nieder und schnitt die Schneemasse ab, die den gesunden, kräftigen Hund innerhalb eines Zeitraums hatte zusammenbrechen lassen, in dem die Sonne kaum zwei Handspannen weit über den Himmel gewandert war. »Genauso wird es den buckligen Tieren gehen, nach denen wir suchen. Komm! Wir haben die Stelle mit dem hohen Sommergras fast erreicht, wo die großen gehörnten Fleischspender auch im Winter Nahrung finden und an Tagen wie diesem die Gebete hungriger Männer, Frauen und Kinder erhören. Wir werden dem Wachenden Stern und dem Großen Mammutgeist Himmelsdonner danken, daß sie uns ein Leben in diesem Land geben, das von anderen – die nicht in der Gunst der Ahnen standen – fälschlicherweise als Tal der Toten benannt wurde!«

Die Sonne stand hoch, der Schnee blendete schmerzhaft, und am Himmel kreisten Raben, Kondore und Falken, als die Jäger die Herde mit etwa zwanzig Bisons sichteten, die reglos darauf wartete, zur Beute zu werden. Kosar-eh blinzelte im grellen Licht.

Die Jagdgruppe war Xanahay in einen weitläufigen Hügelzug innerhalb des Tals gefolgt, und jetzt blickten sie vom höchsten Punkt eines stumpfen Grats auf den Fluß und einen schmalen Streifen schneebedeckten Graslands hinab. Dort hatte die Herde aus Kühen, Kälbern und heranwachsenden Tieren sich entschieden, die Zeit des Winters und der Stürme zu verbringen. Kosar-eh wußte, daß die großen Herden gewöhnlich während des Sommers in größerer Anzahl zusammenkamen, um sich zu paaren, worauf sie sich später wieder auflösten. Die Bullen machten sich in kleinen Gruppen selbständig, um lautstark durch das herbstliche Land zu ziehen, während die Kühe und Jungtiere sich in größere Herden aufteilten, um sich um den Nachwuchs zu kümmern.

»In diesem Tal gibt es mehrere kleine Herden, die an verschiedenen Stellen überwintern«, erklärte Tsana. »Dort … siehst du? Das kleine Kalb mit dem gelben Fell … ein Neugeborenes. Der Schnee liegt wirklich sehr lange auf dem Land. Und diese Herde, die der alten Kuh mit den abgebrochenen Hörnern folgt – siehst du, daß sie von selbst in die Falle gelaufen ist?«

Kosar-eh betrachtete den schmalen Streifen Land, der unter ihm lag. Die Leitkuh dieser Herde hatte das Grasland zwischen den Hügeln während der letzten Tage der herbstlichen Wärme sicherlich aus guten Gründen ausgesucht. Wie die Herde aussah, mußten die Tiere reichlich zu fressen gehabt haben, so daß sie ihr Fett halten konnten, bis die letzten Stürme gekommen waren. Er versuchte sich vorzustellen, wie es für sie gewesen sein mußte – endlose Tage und Nächte, in denen der Schnee vom Himmel fiel, das Gras unter sich begrub und die Tiere dazu zwang, sich durch brusthohe Wehen aus gefrorenem Weiß zu wühlen. Dann hatten sie sich unter der Führung der alten Kuh ihre Nahrung in den Sträuchern gesucht, bis auch diese verschneit waren und sie nur noch von den Rinden der Bäume am Flußufer fressen konnten. Doch genau dort, wo der Fluß eine scharfe Kurve durch die Hügel machte und frei den Unbilden des Windes ausgesetzt war, waren die Schneeverhältnisse genauso wie die, die dem Hund zum Verhängnis geworden waren.

Kosar-eh starrte auf die Bisons und sah, daß die gesamte Herde feststeckte. Die Jungen, die Alten, die Neugeborenen, die Erwachsenen – es gab keinen Unterschied. Keins der Tiere konnte sich noch von der Stelle rühren, so daß alle hilflos den Raubtieren ausgeliefert waren, den aasfressenden Vögeln, die am Himmel kreisten, den menschlichen Jägern, die bereitstanden, um sich ihr Fleisch zu holen, und den zwei Wölfen, die in diesem Augenblick von der Kuh mit den krummen

Hörnern fraßen. Die alte Bisonkuh war noch am Leben und verfolgte mit schockiert aufgerissenen Augen und vor Schmerz geifernd und zitternd, wie sie ausgeweidet wurde. Ihr Körper stand aufrecht, getragen von der gewaltigen Schneemasse, die sich zwischen ihren Beinen angesammelt hatte.

»So wie Gelber Wolf Blut und Tod über jene brachte, die ihm vertrauten, so wird es auch für diese Herde sein, die dumm genug war, einem Anführer zu folgen, der für diese Aufgabe nicht geeignet ist.«

Kosar-eh runzelte die Stirn, als er den Vergleich des Häuptlings hörte.

Tsana nickte mit grimmiger Entschlossenheit. »Und so wird es auch für den Gelben Wolf sein, wenn du uns zu seinem Versteck hinter dem Ende der Welt führst und du ihn in Erinnerung daran, wie er deinen Stamm verraten hat, töten wirst, wie wir jetzt diese Herde töten werden!« Der Häuptling hob die Arme und stieß ein wildes Kampfgeheul aus, um seinen Gefährten das Zeichen zu geben, daß die Jagd begonnen hatte.

Die Männer stürmten in einem geschlossenen Pulk den Hügelabhang hinunter, schwenkten ihre Speere und schrien wie verrückt, bis die überraschten Wölfe die Flucht ergriffen und die Bisons den Fleischfressern überließen, die wesentlich effizienter und tödlicher als sie vorgingen.

Die Jäger töteten, bis der Schnee vom heißen Blut des Gemetzels rot wurde und schmolz. Die Männer mußten nicht einmal auf ihre eigene Sicherheit achtgeben. Bei dieser Jagd gab es keinerlei Gefahr, bis Tsana zum ersten Mal eine der größeren Kühe angriff und überrascht feststellen mußte, daß das Tier es schaffte, sich vom Boden zu erheben und ihm nachzusetzen.

Doch dieser Gegenangriff war genauso schnell zu Ende, wie er begonnen hatte. Denn der Schnee konnte das immense Gewicht des Tieres nicht tragen. Kaum hatten die Vorderbeine und Hufe des Bisons Halt auf der dicken, rauhen Eisoberfläche gefunden, so daß es aufstehen konnte, da brach die Kruste bereits ein, und das Tier, das seine ganze Kraft in die Vorwärtsbewegung gelegt hatte, stürzte kopfüber in den Schnee. Seine Hörner mit einer Spannweite von zwei Metern und der fette Buckel rissen das Tier mit solcher Gewalt nach unten, daß seine vergleichsweise schmalen Hüften über seine Schulter geschleudert wurden. Kosar-eh war kaum losgestürmt, um Tsana beizustehen, als er auch schon hörte, wie das Rückgrat der Kuh brach. Er warf seinen Speer fort und stieß den Häuptling mit solcher Kraft aus der Bahn des sich überschlagenden Bisons, daß der Zusammenstoß mit dem Mann ihn für einen Moment betäubte. Die beiden gingen in einem Durcheinander aus Armen und Beinen und zerbrechenden Schneeschuhen zu Boden. Als sie kurz darauf wieder auf die Beine kamen, die Köpfe schüttelten und Schnee ausspuckten, erntete Kosar-eh von allen Jägern anerkennende Blicke – mit Ausnahme von Indeh, der eine finstere Miene zog.

»Hier gibt es keinen Mann, der nicht dasselbe getan hätte, wenn er unserem Häuptling so nahe gewesen wäre wie der Mann aus der Roten Welt«, rief er trotzig. Er blickte zu der Stelle hinüber, wo die Bisonkuh keuchend mit gebrochenem Rückgrat im Schnee lag. Tsana wäre mindestens ebenso übel zugerichtet worden, wenn das Gewicht des gewaltigen Tieres ihn unter sich begraben hätte.

»Nichtsdestotrotz hat der schwarzweiße Krieger sein Leben riskiert, um einen Mann des Wachenden Sterns zu retten!« rief Hrak, der offen zeigte, wie beeindruckt er war. »Jetzt ist er wahrlich einer von uns geworden!«

»Die Hörner und die besten Stücke dieser Kuh gehören dir, Mann, der seinen Feinden ins Gesicht spuckt«, entschied der Häuptling, während er seine unbrauchbar gewordenen Schneeschuhe löste. Er stand mit unsicheren Beinen auf, bewegte seine Schultern und Arme, um sich von Verspannungen zu lösen, und blickte auf den Mann herab, der gerade sein Leben gerettet hatte. »Von diesem Augenblick an schuldet Tsana dem schwarzweißen Krieger sein Leben.«

Kosar-eh starrte zum Häuptling auf. Tsanas Gesicht war verzerrt. Lächelte er, oder unterdrückte er seinen Zorn? Kosar-eh konnte es nicht entscheiden, doch in den Augen des Mannes lag eine Schärfe, die ihn auf die Idee brachte, daß

Tsana entweder vor Schmerzen das Gesicht verzog oder sich maßlos darüber ärgerte, daß er nun in der Schuld eines Mannes aus der Roten Welt stand. Im Licht der untergehenden Sonne runzelte Kosar-eh die Stirn, während er über diese beunruhigende Frage nachdachte, bis Tsana lächelte und ihm seine Hand anbot.

»Steh auf, Bruder!« sagte der Häuptling. »Wir haben viel gutes Fleisch erlegt. Jetzt wollen wir es nach der Sitte des Stammes des Wachenden Sterns schlachten und gemeinsam ein Festmahl abhalten!«

Sie arbeiteten bis zum Anbruch der Dunkelheit.

Sie aßen genüßlich von Bisonhirn und Leber, von Zungen und Augen und zartem Nasenknorpel, sie schnitten sich durch die erlegten Kühe und Kälber und warfen die weniger geschätzten Stücke den Hunden vor. Die besten Felle legten sie beiseite, zusammen mit den Föten, auf die sie stießen, denn jeder wußte, daß sie das zarteste und mildeste Fleisch waren. Obwohl sie kaum die Hälfte der Bisonkadaver richtig geschlachtet hatten, suchten sie sich bald eine ebene Fläche im Windschatten und entfachten auf den dicksten der frischen Felle ein Feuer aus Totholz, das sie zwischen den Bäumen gesammelt hatten. Ringsherum breiteten sie dann die anderen Felle mit der Fleischseite auf dem Schnee aus und setzten sich an die Flammen, um sich auszuruhen und zu wärmen.

Jetzt war die Zeit für entspannte Gespräche – die Gespräche der Jäger nach einer erfolgreichen Jagd. Sie priesen die Bisons, die an diesem Tag gestorben waren. Sie lobten sich gegenseitig für die Gründlichkeit des Gemetzels. Sie erzählten von wagemutigen Taten, vor allem von Tsanas tapferem Angriff und Kosar-ehs Sprung quer durch die Bahn des Todes, um ihn zu retten. Während sie redeten, warfen sie Markknochen ins Feuer und rösteten kostbare Fleischstücke auf Spießen, bis der Saft herauslief. Als die Jäger sich satt gegessen hatten, wurden drei aufgespießte Euter gebracht und über dem Feuer erhitzt, bis die Milch darin blubbernd aufkochte. Dann wurden die Euter herumgereicht, damit jeder daran saugen konnte. Sogar Kosar-eh lachte mit, als Indeh einen Euter streichelte, als wäre es die Brust einer Frau, und meinte, es sei schade, daß nicht alle Frauen ›Brüste so groß wie die einer Bisonkuh‹ haben.

Kosar-eh dachte an Ban-yas große ›Euter‹ und wollte gerade eine entsprechende Bemerkung machen, als Indeh in diesem Augenblick begann, fest eine Zitze zu melken und die Anwesenden mit heißen Milchstrahlen zu bespritzen. Die Männer schrien überrascht auf, und kurz darauf waren alle drei Euter zu Waffen geworden. Die ›Schlacht der Euter‹ dauerte so lange, bis alle drei ausgequetscht und die Männer mit Milch übergossen waren, während sie so ausgelassen lachten, daß ihnen Tränen über die Wangen liefen. Viele brachen auf den Fellen zusammen und heulten vor Begeisterung.

Kosar-eh machte keine Ausnahme. Seit den glücklichen Tagen seiner Jugend hatte er nicht mehr eine solche fröhliche Feier erlebt. Jetzt wußte er, daß er wieder unter Freunden war. Es war sein erster völlig glücklicher Augenblick seit längerer Zeit, als er sich erinnern konnte. Er lag auf dem Rücken und fühlte sich auf angenehme Weise erschöpft. Seine Augen verfolgten den gewaltigen Strom des Himmelsflusses. Langsam verloren sich seine Gedanken zwischen den Sternen, ganz ohne Bedauern wegen der Vergangenheit oder Sorge um die Zukunft, bis sein Geist vom schimmernden Band in die Unendlichkeit gezogen wurde und in das willkommene Reich des Schlafes einging.

Er träumte von Bisons – von gewaltigen Bisonherden, die über den Himmel stampften – und von sich selbst, wie er sie als ein Mann unter vielen verfolgte. Unter dem gewundenen Sternenleib der Großen Schlange lief Tsana ihm voraus.

»Bruder!« rief Kosar-eh und holte Tsana ein. Dann liefen die beiden gemeinsam nebeneinander und jagten Bisons am Himmel – bis irgendwo in der Nacht ein Mammut trompetete.

»Das weiße Mammut!« rief Tsana.

»Wir werden es jagen!« bestätigte Kosar-eh.

Sie eilten weiter. Unter dem starren Blick des Wachenden Sterns jagten sie wie Wölfe dahin, bis …

»Kosar-eh! Mann meines Herzens! *Kosar-eh!*«

Er hielt nicht an, als die Stimme seiner Frau ihn von seinem Weg abbringen wollte. Ta-maya war tot. Und er war nicht mehr Kosar-eh. Er war der Mann, der seinen Feinden ins Gesicht spuckt, der Schwarzweiße Krieger des Wachenden Sterns. Zum ersten Mal, seit er seinen Stamm aus dem dunklen Wald geführt hatte, war er ohne Furcht. Er lief wie ein Wolf unter Wölfen, wie ein Mann unter Männern, ein Großwildjäger und Krieger der Ebenen! War es nicht genau das, wonach er sich immer gesehnt hatte?

»Ja!« rief er. Zufrieden mit den Umständen seines Traumes lief er weiter, ohne sich noch einmal umzublicken.

»Xohkantakeh! Zakeh sagt, daß du kommen sollst! Axwahtal und die anderen wollen weiterziehen, höher und tiefer in die Berge.«

Ta-maya öffnete die Augen, als sie hörte, wie das Geflüster der Frau durch die kalte Dunkelheit des schneebedeckten Unterschlupfes drang, wo sie in der Wärme neben dem schlafenden Riesen lag. Sie erkannte die Stimme. Sie gehörte zu Neeracheela, einer von Zakehs zwei Frauen. Ihre Kiefer verkrampften sich. Es waren Neeracheela und Shan gewesen, die sie gepflegt hatten, nachdem man sie in die armselige kleine Ansammlung von Behausungen getragen hatte, die die überlebenden Krieger von Shatehs Stamm schönfärbend als ihr ›Winterdorf‹ bezeichneten. Die zwei Frauen hatten gemeinsam ihren Arm gerichtet und das aufgerissene Fleisch ihrer übel zugerichteten Geschlechtsteile genäht. Und die ganze Zeit über, während Xohkantakeh sie festgehalten hatte, damit die beiden sich um Ta-maya kümmern konnten, hatten sie kein einziges freundliches Wort zu ihr gesprochen oder sich auch nur einmal für die Schmerzen entschuldigt, die sie ihr verursachten. Sie empfand tiefe Abscheu – sowohl für die zwei Frauen als auch für den Riesen, der mit seinem großen nackten Rücken an sie gedrängt schlief.

»Xohkantakeh!«

Ta-maya zuckte zusammen. Sie spürte, wie sich der Körper

des Riesen anspannte, als er erwachte. Kurz darauf setzte er sich knurrend auf, zog seine Mokassins an, griff nach seinem knielangen Winterhemd und kroch ohne ein Wort an sie aus der Unterkunft.

Ta-maya seufzte dankbar über seine Abwesenheit, die sie nicht häufig erlebte. Xohkantakeh hielt sie meistens in seiner Nähe, um sie zu beobachten und zu studieren, als wäre sie ein nie zuvor gesehenes Geschöpf, dessen Gestalt er immer wieder betrachten und berühren mußte. Jeden Tag kam er zu ihr, zog die Felle von ihrem Körper, und nachdem er sie ausgiebig mit seinen Augen erkundet und seine Hände auf sie gelegt hatte, trug er heilende Salben und Verbände auf, die in jedem anderen Lager nur von Frauen verabreicht werden durften. Und in jeder Nacht, wenn er mit ihr unter dem Felldach, das seine Hütte darstellte, allein war, zog er sich nackt aus und drückte sie an sich, streichelte und massierte sie, bis sie sich vor Angst krümmte und schluchzte. Denn sie war überzeugt, daß es nur eine Frage der Zeit war, bis er vor Ungeduld ihre Verletzungen vergaß, um sie für den Zweck zu benutzen, zu dem er sie mitgenommen hatte.

Jetzt hörte sie erschrocken mit, was Neeracheela ihm flüsternd vor ihrer Hütte mitteilte.

»Wie lange bestehst du noch darauf, daß wir dieses nutzlose Ding mitschleppen? Die anderen machen sich schon über dich lustig. Du wirst es niemals über den hohen Paß schaffen, wenn du all deinen Besitz und die verletzte Frau auf deinem Rücken trägst!«

»Bald wird Gebrochener Flügel wieder kräftig genug sein, um laufen zu können«, knurrte er.

»Wann wird das sein? Heute? Morgen? Irgendwann, bevor wir das Land unserer Vorfahren erreichen?«

»Stachle mich nicht mit Beleidigungen an, Frau von Zakeh. Xohkantakeh wird das behalten, was er sich genommen hat.«

Neeracheela antwortete mit einem herablassenden Zischen. »Nicht nur du, sondern jeder andere Mann im Stamm … und wie viele andere davor?«

Ta-maya ärgerte sich über die Ungerechtigkeit dieser Bemerkung. Sie biß die Zähne zusammen und machte sich auf die Schmerzen in ihrem gebrochenen Arm und in ihren Geschlechtsteilen gefaßt, als sie sich aufsetzte. Während sie in die Dunkelheit starrte, atmete sie tief durch, um die Schmerzen abklingen zu lassen. Bald würde Xohkantakeh zurückkommen, nachdem ihre Entführer gemeinsam gegessen und die morgendliche Beratung abgeschlossen hatten, wie an jedem Tag vor der Dämmerung, seit Ta-maya bei ihnen war.

Sie hatte gehofft, daß sie längere Zeit an einem Ort bleiben würden, nachdem sie sich wieder bei ihren Frauen und Kindern häuslich eingerichtet hatten. Doch das klare Wetter hatte Axwahtal dazu gedrängt, bald in das Grasland zurückzukehren. Und gestern früh waren Ynau und einige andere von einer Erkundung aus den Bergen mit einer unverhofften Fleischausbeute zurückgekehrt – mit drei großhörnigen Schafen – und mit der Nachricht, daß sie hinter dem Gebirge grünes Land gesichtet hatten. Ta-maya wußte, wenn sie frisches Fleisch hatten, um ihre Vorräte aufzufüllen, und die Ebene endlich in Sichtweite war, würde das letzte Stück der Reise über die Berge bald beginnen.

Sie schloß die Augen und stellte sich die quälende Strecke aus Fels und Eis vor, die sie noch überqueren mußten, bevor sie die Hügel im Westen erreicht hatten, ganz zu schweigen von der langen Wanderung durch das Grasland zu den Jagdgründen ihrer Vorfahren. Wenn sie die Reise überlebte, würde sie dort den Rest ihres Lebens verbringen, als Gefangene in der Heimat ihrer Entführer, wo ihre Seele für immer von ihrem Stamm und ihrem geliebten Kosar-eh abgeschnitten war. Diese Aussicht ließ sie bis ins tiefste Innere frösteln.

Ta-maya zitterte, als sie mit der gesunden Hand ihre federnbesetzte Haarnadel berührte. Vorsichtig löste sie die kleine Spange. Ihre Finger rieben über den kunstvoll geschnitzten Knochen, streichelten die daran befestigte glatte Elsterfeder, und wie jedesmal spendeten ihr die Erinnerungen an Kosar-eh Trost in ihrem Schmerz, ihrem Unglück und ihrer Verzweiflung.

Ta-maya lächelte, als sie an die zärtlichen Berührungen ihres geliebten Mannes dachte, an sein breites, strahlendes Lächeln, an seine starken Hände, die ihr das kostbare

Schmuckstück zum Geschenk gemacht hatten, das jetzt neben Klah-neh ihre einzige fühlbare Verbindung zu ihm und allem anderen darstellte, was das Leben lebenswert machte – die Liebe ihres Mannes, seiner Kinder und seines Stammes, die Hoffnung auf eine Zukunft, in der Söhne und Töchter, die aus ihrem Körper geboren waren, die Tage ihres Alters mit Lachen und ihren eigenen Kindern versüßten, während Kosar-eh als starker und liebevoller Großvater ihre Familie um sich versammelte und ihnen die uralten Geschichten erzählte, die schon die Kinder ihres Stammes seit Anbeginn der Zeiten immer wieder in Erstaunen versetzt hatten.

Wieder zitterte Ta-maya. Ihre Finger krümmten sich um die Feder. Sie stellte sich vor, wie ihr geliebter Mann an ihrer Seite war und die Worte ihrer Erinnerung sprach: *Für die Frau meines Herzens ist dieses kleine Geschenk ... als Zeichen der Liebe dieses Mannes ... für immer und ewig.*

Tränen brannten unter Ta-mayas geschlossenen Lidern. Dann öffnete sie ihre Augen in völliger Dunkelheit. Er war nicht hier! Kosar-eh und der kleine Stamm waren weit fort, in einer ganz anderen Welt, wie es schien. Sie und der kleine Klah-neh lebten allein unter Feinden, und sie war die Sklavin eines brutalen, räuberischen Riesen, in dessen Armen sie bis zum Ende ihrer Tage hilflos erdrückt würde, falls der Mann ihres Herzens sie nicht bald fand und rettete.

Wenn er mich bis jetzt noch nicht gefunden hat, ist es bestimmt so, wie Xohkantakeh gesagt hat, dachte sie. *Kosar-eh ist tot!*

»Nein!« Diese Aussicht war zu niederschmetternd, um sie ertragen zu können. »Ich werde nicht daran glauben!« Ta-mayas Finger ballten sich zu einer Faust. Sie spürte, wie sich die harte Form der knöchernen Haarspange in ihre Handfläche bohrte, bis sie mit einem überraschten Aufschrei bemerkte, daß sie die schmückende Feder zu sehr beansprucht hatte. Zu spät öffnete sie ihre Hand. In der Dunkelheit war sie nahezu blind, doch ihre tastende Fingerspitze verriet ihr die Wahrheit: Der Kiel der Feder war an zwei Stellen durchgebrochen.

Wieder erzitterte Ta-maya. Diesmal jedoch heftiger als zuvor. Die zerbrochene Feder war ein furchtbares Zeichen, eine niederschmetternde Bestätigung der Endgültigkeit, mit der die Verbindung zu ihrem geliebten Mann abgerissen war. Ihr wurde übel. »Nein … nein …«, flüsterte sie, als sie sachte, aber inbrünstig die Feder in ihre Hand drückte. Sie richtete den Kiel und überlegte, ob die Feder sich sorgsam behandeln ließ, bis sie wieder so gut wie neu war. Doch die Bewegung hatte den Schmerz in ihrem gebrochenen Arm geweckt, und Ta-maya erkannte mit betrübt gerunzelter Stirn, daß etwas, was einmal zerbrochen war, nie wieder so gut wie neu sein konnte.

Ihre Verzweiflung drohte sie zu überwältigen.

Und dann kam ihr mit einem Mal der Gedanke, daß es keinen Grund gab, warum sie in der Dunkelheit darauf warten mußte, bis Xohkantakeh zurückkam oder bis Kosar-eh sie rettete. Sie war keineswegs hilflos! Sie hatte sich in ihr Schicksal gefügt, weil sie befürchtete, man könnte dem kleinen Klah-neh etwas antun, wenn sie nicht dem Willen ihrer Entführer entsprach. Doch seit sie und der Junge im ›Winterdorf‹ angekommen waren, hatten die Frauen des Lagers den Jungen sofort in ihr Herz geschlossen und ihre Männer mit Lob überschüttet, weil sie ihren Stamm durch eine so kräftige und vielversprechende Kriegsbeute bereichert hatten.

Ta-maya lächelte. Klah-neh war in Sicherheit; darum mußte sie sich keine Sorgen mehr machen. Ganz gleich, was sie tat oder unterließ, der Junge würde zu einem Großwildjäger des Stammes des Graslandes heranwachsen. Die Ironie der Umstände ließ ihr Lächeln gefrieren. War es nicht genau das, was Kosar-eh sich immer wieder für seine Söhne gewünscht hatte? *Ja! Aber nicht auf diese Weise!* Sie zuckte zusammen, als sie sich wieder an den Überfall auf das Lager ihres Mannes erinnerte. Es war so lautlos geschehen – und mit so tödlicher Erbarmungslosigkeit. *Wenn er doch nur im Lager gewesen wäre, dann wären sie bestimmt nicht so mutig gewesen! Vielleicht wären sie dann sogar niemals gekommen! Ach, Kosar-eh, Mann meines Herzens, was hat dich so lange aufgehalten? Und wo bist du jetzt? Warum bist du mir nicht gefolgt?*

Ta-maya runzelte die Stirn. Sie wollte gar keine Antwort auf ihre letzte Frage wissen; sie wollte sich niemals seinen Tod eingestehen und sich niemals den dunklen, tödlichen Mächten hingeben, die sie von ihrer Familie getrennt hatten, damit sie als Gefangene unter ihren Feinden lebte. Und so konzentrierte sie ihre Entschlossenheit ganz auf ein Ziel und flüsterte in die Dunkelheit der kalten, engen Hütte: »Die Tochter Tlana-quahs, des Häuptlings des Dorfes am See der Vielen Singvögel, die ehemalige Frau von Masau, dem Mystischen Krieger des Wachenden Sterns, und von Shateh, dem Oberhäuptling der Stämme des Graslandes, und jetzt die Frau von Kosar-eh wird *keine* Sklavin sein! Diese Frau wird den Mann ihres Herzens suchen. Ta-maya wird in dieser Welt an seiner Seite leben, oder sie wird ihren letzten Atemzug auf der Suche nach ihm tun.«

Sie bemerkte, daß ihr Mund plötzlich wie ausgetrocknet war, als sie mit klopfendem Herzen und im Hochgefühl ihres zurückgekehrten Mutes in der Dunkelheit nach ihren Mokassins suchte, bis sie sie fand und anzog. Nachdem sie ihre Haarspange tief in einem Stiefel verstaut hatte, beugte sie sich über die steinerne Talglampe, tauchte ihre Finger ungeduldig in das Fett und verrieb es auf ihrer Haut, um sich vor der Kälte zu schützen. Dann zog sie sich ihr Schlaffell um die Schultern und hielt es mit ihrer gesunden Hand fest, um dann hinaus in die Nacht zu flüchten.

Die oberste Schicht des Schnees war hart und körnig unter Ta-mayas Füßen. Sie bewegte sich vorsichtig und lautlos, bis sie schließlich das Dorf weit hinter sich gelassen hatte. Benommen vom Gefühl der Freiheit und vor Sehnsucht nach ihrem geliebten Mann seufzend, beschleunigte sie ihre Schritte.

Kosar-eh war irgendwo dort draußen! Zusammen mit ihrem Stamm! Und den Kindern! Ta-maya weinte fast, als sie daran dachte. Sie eilte weiter, während sie sich angestrengt zu erinnern versuchte, welchen Weg sie gekommen waren. Als sie schließlich vertraute Landmarken erkannte, konnte sie sich nur mit Mühe zusammenreißen, um nicht laut vor Freude zu singen.

Vertraute Sterne leuchteten über ihr am Nachthimmel, während sie Gedanken auf die bevorstehende Reise richtete, den Weg zurück, den die Überfallgruppe genommen hatte, zurück in das ferne Land, in dem sie unter den Flügeln kreisender Raben ihr Herz und alles andere, was sie jemals liebte, verloren hatte.

Es war kalt, grausam kalt. Die Sohlen ihrer Wintermokassins – die aus miteinander verflochtenen Wildlederstreifen bestanden – boten ihr einen verhältnismäßig sicheren Halt, dennoch gelegentlich rutschte sie aus. Jedesmal stand sie trotz ihres gebrochenen Arms und ihres geschwächten Körpers wieder auf und war entschlossener zum Weitergehen als zuvor. Die Hoffnung trieb sie voran. Sie würde Kosar-eh finden oder sterben – jede dieser beiden Möglichkeiten war angenehmer als das Leben in der Hütte des Riesen, das sie jetzt hinter sich gelassen hatte. Sie eilte weiter, bis sie vor Erschöpfung zitternd in die Knie ging, während ihre Zähne klapperten und ihr Gesicht und die ungeschützten Hände taub geworden waren.

Ta-maya blickte auf. Die Nacht ging zu Ende. Bald würde es dämmern. Die Sterne schienen wie kleine Augen auf sie herabzublicken. Beobachteten sie ihre Bemühungen? Verspotteten sie die schwache Frau? Oder waren sie lediglich leidenschaftslose Beobachter? Sie seufzte schicksalsergeben. Sie wußte, daß es den Sternen gleichgültig war, ob es ihr gelang, ihren Mann wiederzufinden oder nicht. Und sie wußte auch, daß es keine Augen waren. Ihr Vater hatte ihr erzählt, daß die Sterne die Lagerfeuer der Toten waren und daß sie nicht über den Verlust geliebter Menschen trauern mußte, denn sie würden immer bei ihr sein, dort über ihrem Kopf am nächtlichen Himmel, wo sie an den Feuern saßen und ihre Geistkörper wärmten, wo sie darauf warteten, sie voller Liebe zu umarmen, wenn sie zu ihnen aufblickte und sich lächelnd an sie erinnerte.

Doch Ta-maya konnte nicht lächeln. Es waren zu viele Sterne, zu viele Erinnerungen an liebe Menschen, die gestorben waren. War Kosar-eh jetzt bei ihnen? Und U-wa und die alte Kahm-ree und die Kinder? *Nein! Das kann nicht sein! Ich will nicht daran denken!* Plötzlich öffnete sich dunkel und kalt eine tiefe Leere in ihrer Seele. Es war die nackte Verzweiflung.

Ta-maya zwang sich dazu, wieder aufzustehen. Sie hatte sich weit von ihren Feinden entfernt, aber nicht weit genug. Plötzlich hörte sie hinter ihrem Rücken in der Dunkelheit …

»Du wirst Xohkantakeh nicht davonfliegen, Gebrochener Flügel!«

Sie wirbelte herum, doch es war schon zu spät, um aufzuschreien, zu spät, um zu fliehen, als sie spürte, wie eine Hand des Riesen ihre Taille packte und sie zurückriß. Im nächsten Augenblick legte sich seine andere Hand auf ihren Mund, um jeden Schrei zu ersticken, den sie von sich gegeben hätte.

»Und du wirst auch nicht schreien, um unsere Feinde auf dich und deinen neuen Stamm aufmerksam zu machen!«

Ta-maya wußte kaum, wie ihr geschah, als sie plötzlich von seinen Armen aufgehoben wurde. Als ihr Mund wieder frei war, starrte sie in das große Gesicht ihres Entführers und sagte nur: »Dann mußt du meine beiden Flügel brechen, weil *du* mein Feind bist und dein Stamm niemals mein Stamm sein wird! Diese Frau wird zu ihrem Mann zurückkehren. Ob in dieser oder der nächsten Welt … Ta-maya gehört ihm, für immer und ewig!«

Jemand lachte.

Ta-maya schrak zusammen. Die Krieger und einige Frauen und Hunde waren Xohkantakeh gefolgt.

»Sie macht nur Ärger, diese Frau«, sagte Ynau und fügte dann spöttisch hinzu: »Brich ihr auch noch den anderen ›Flügel‹ und gib ihr den Tod, um den sie dich bittet, Xohkantakeh. Oder haben die Schmeicheleien einer Frau der Roten Welt einem Mann des Graslandes seinen Mut und seine Kraft geraubt?«

»Du wirst diesem Mann nicht sagen, was er mit seiner Frau tun soll!« entgegnete Xohkantakeh verärgert.

Ta-maya spürte, daß der Riese wütend und verlegen war.

»Die lahme Frau macht wirklich nur Ärger!« Axwahtals Bestätigung von Ynaus Worten war so scharf wie die Spitze seines Speeres. »Xohkantakeh wird die Gefangene hier zurücklassen. Das ist es, was sie will – sich von uns befreien und in der Welt der Geister nach ihrem Mann suchen. Ihr Tod wird gut für den Stamm sein.«

Ta-maya spürte, wie die Arme des Riesen sie fester packten, als er drohend den Häuptling anknurrte, weil dieser ihm mit seinem Speer den Weg versperrte.

»Xohkantakeh wird mit seiner Frau zum Dorf zurückkehren«, erwiderte der Riese störrisch. »Sie wird keinen Ärger mehr machen.«

»Laß sie hier!« Axwahtals Befehl duldete keinen Widerspruch. »Wir haben heute noch eine lange Reise vor uns. Sie wird uns nur behindern.«

Die Spannung wurde immer bedrohlicher. Ta-maya wagte kaum zu atmen.

»Dieser Mann wiederholt, was er in der Beratung vor der Dämmerung gesagt hat: Es ist nicht gut für unseren Stamm, jetzt die Berge zu überqueren. Es ist noch zu früh. Das Fleisch von ein paar Schafen wird nicht für uns reichen, wenn das Wetter sich wieder verschlechtert. Auch wenn sich jenseits der Berge im fernen Tiefland grünes Gras zeigt, so ist es noch weit, und der Weg ist schwierig und steil. Ynau hat damit geprahlt, daß er und seine Jagdgefährten keine große Mühe hatten, die Schneefelder des großen Passes zu überqueren, aber was ist mit ihren Frauen und Kindern? Wird ihnen die Reise genauso leicht fallen? Ich sage nein! Und das Risiko, daß sich das Wetter ändert, ist noch zu hoch. Der Große Weiße Winter herrscht nach wie vor über dieses Land. Bis der Mond der Wärme aufgeht und das Eis die Flüsse verlassen hat, sagt dieser Mann, daß wir in unserem Winterdorf bleiben sollten, statt uns der Gefahr auszusetzen, daß wir verhungern oder erfrieren, wenn wir versuchen, über die Berge ins Grasland zurückzukehren.«

»Xohkantakeh hat Angst!« beschuldigte Ynau ihn.

»Xohkantakeh ist vorsichtig!« erwiderte der Riese. »Wir haben auf dieser Seite der Berge viele Monde lang überlebt. Warum warten wir nicht, bis der Paß von Eis und Schnee befreit …?«

»Weil wir schon lange genug gewartet haben!« unterbrach Axwahtal ihn. »Vielleicht ist die Zeit der endlosen Dunkelheit und Kälte, von der unsere Vorväter in den uralten Geschichten erzählen, zurückgekehrt! Vielleicht wird dieser Winter niemals enden! Und wer unter euch hat die Trommeln schon vergessen, die wir aus dem Tal der Toten gehört haben? Dort leben unsere Feinde. Sie sind nah, zu nah. Also sage ich, solange es noch genügend Fleisch, Blut, Fett und Mark für unseren Stamm gibt, werden wir ins Land unserer Vorfahren zurückkehren. Die Eisfelder, die den großen Paß bedecken, können sicher überquert werden, wenn wir uns vorsichtig bewegen.«

»Das kannst du nicht wissen!« sagte Xohkantakeh.

Ta-maya war genauso schockiert wie alle anderen. Der Riese hatte den Ältesten offen herausgefordert.

»Was wir dagegen genau wissen …« Ynau ließ seinen Satz unvollendet, während er Ta-maya mit raubtierhaften Augen anstarrte. »Bin ich der einzige, der erkennt, was mit uns geschehen ist, seit *sie* unter uns lebt? Feindseligkeiten. Streitereien. Uneinigkeit bei den Beratungen. Die Menschen der Roten Welt bringen nur Unglück. So war es schon immer. Gelber Wolf, der Schamane des Stammes dieser gebrochenen Frau, hat uns zusammen mit dem Totem und dem heiligen Stein der Vorfahren unser Glück gestohlen. Jetzt sind Shateh und viele Kämpfer aus dem Grasland getötet, und obwohl der Betrüger hinter das Ende der Welt geflohen ist, setzt er immer noch seine Macht gegen uns ein … und zwar durch diese Frau! Nur ihre Listen sind schuld daran, daß der Große Weiße Winter uns immer noch in diesem Land gefangenhält und unsere Frauen und Kinder hungern läßt.«

»Nein!« Ta-maya wollte sich die Anschuldigungen des unausstehlichen Ynau nicht länger anhören. Sie wand sich vor Entrüstung, so daß der verblüffte Xohkantakeh gezwungen war, sie loszulassen. Kurz darauf stand sie auf eigenen Beinen und trat auf ihren Ankläger zu, während ihre Augen zornig funkelten. »Ihr selbst wart es, die mich aus meinem Stamm geraubt habt! Ich kann mich nicht erinnern, daß ich euch darum gebeten habe, mit euch gehen zu dürfen, um geprügelt, geschändet und erniedrigt zu werden, bevor ihr mich sterben laßt! Und als mein Leben von einem Mann gerettet wurde, der glaubt, daß er mich besitzen kann, habe ich nicht um seine ›Gnade‹ gebeten und auch keinerlei Dankbarkeit empfunden!«

Ta-maya blieb vor Ynau stehen. Sie erkannte an seiner Miene, daß ihre unerwartete Kühnheit ihn fassungslos gemacht hatte. Sie war froh darüber. Die anderen waren ebenfalls still. Sie konnte die Anwesenden rings um sich herum spüren – einen Kreis aus verärgerten Menschen, die ihre Feindseligkeit auf sie konzentrierten. Ihre Nackenhaare sträubten sich. Es war, als würden die anderen sie körperlich berühren, als würden sie mit ihren Blicken in ihren Körper dringen, um ihren Geist mit unausgesprochenen Vorwürfen zu brechen. Doch sie wollte es nicht zulassen! Sie war Ta-maya, die Tochter eines Häuptlings und die Frau von Kriegern, und jetzt zwang sie sich dazu, eine stolze Haltung einzunehmen, als sie wütend zu Ynau aufblickte und voller Verachtung verkündete: »Wenn ihr und Shateh und die kampfsüchtigen Männer aus dem Grasland nicht sinnlos Jagd auf Cha-kwena gemacht hättet, wärt ihr niemals in die Jagdgründe des Stammes des Wachenden Sterns geraten. Dann wärt ihr jetzt gar nicht hier, auf der falschen Seite der Berge, und ihr hättet eure Frauen und Kinder niemals den Gefahren des Wetters und der kriegerischen Stämme eurer Feinde ausgesetzt, die ihr für längst besiegt gehalten habt! Und bildet ihr euch wirklich ein, wenn diese Frau dazu fähig wäre, den Willen ihres Schamanen zu beeinflussen, daß sie dann nicht die Macht von Gelbem Wolf dazu eingesetzt hätte, um sich selbst vor euch zu retten?«

Ta-mayas Frage hing beunruhigend in der Luft. Ihr Herzschlag beschleunigte sich, als sie sah, wie sich die Hand des Mannes fester um den Schaft seines Speeres klammerte und seine Knöchel weiß hervortraten. Wenn sie jetzt ein falsches Wort sagte, würde er sie töten. »Trotz allem, was zwischen uns geschehen ist, Krieger aus dem Grasland, dieser Frau ist es gleich, was ihr tut. Bleibt auf dieser Seite der Berge oder überquert den großen Paß … kehrt zu euren Dorf zurück oder ins Land eurer Vorfahren … wenn ihr Ta-maya aus der Roten Welt zurückkehren laßt, damit …«

»Damit du weiter den Zauber deines Schamanen gegen uns einsetzen kannst?«

Ta-maya hörte Ynaus Anschuldigung im selben Augenblick, als er sie mit einem Stoß seines Speeres zu Boden warf. Ihr Sturz war schmerzhaft, genauso wie der Stoß in ihre Rippen.

Sie war überzeugt, daß nur ihr dicker Fellumhang verhindert hatte, daß die Speerspitze in ihre Haut eindrang. Noch während sie fiel, sah sie verschwommen, wie eine in Felle gehüllte Gestalt über sie hinwegsetzte, sich auf Ynau stürzte, der immer noch seinen Speer in der Hand hielt, und ihn rückwärts zu Boden warf. Ynau schrie vor Schmerzen und vor Wut auf.

»Genug!« brüllte Axwahtal.

Ta-maya krümmte sich und sah, wie Xohkantakehs riesige Gestalt wie eine drohende Wolke über dem am Boden liegenden Ynau hing und sich dann langsam zurückzog. Ynau knurrte und fluchte und schwor, daß der Riese es bereuen würde, einen Stammesbruder wegen einer Gefangenen angegriffen zu haben.

»Diese Gefangene gehört mir!« entgegnete Xohkantakeh. »Ynau kann mit seinen eigenen Frauen tun und lassen, was er will, aber diese Frau ist ...«

»Tot.«

Wieder krümmte Ta-maya sich vor Schreck, diesmal über Axwahtals mit eiskalter Stimme gesprochenen Befehl. Sie blickte zu ihm auf. Sein breites Gesicht war ernst und unerbittlich, und als sie in seine Augen sah, erkannte sie, daß er in ihr keine Frau sah, sondern nur ein ›Ding‹, das er nach Belieben an sich nehmen oder fortwerfen konnte.

Ein tiefes Murmeln kam jetzt von den anderen. In diesem Geräusch lag etwas Gefährliches, etwas Hungriges. Es war wie das tiefe Schnurren großer Raubkatzen, wenn sie sich zum Fressen bereitmachten. Ynau war wieder auf den Beinen und knurrte wie immer, wenn er wütend war. Xohkantakeh jedoch stand gebückt und mit gesenktem Kopf da. Offenbar bereute er, was er getan hatte. Seine Haltung erinnerte Tamaya an einen großen, alten Hund, den sie einmal gesehen hatte, wie er von einem nur halb so großen Leittier unterworfen worden war.

Axwahtal blickte auf den Riesen, aber er zeigte auf Tamaya, als er sagte: »Diese Gefangene macht nur Ärger. Ihre Anwesenheit in meinem Stamm ist nicht gut. Sie ist schwach und unfähig, die Arbeit einer Frau zu leisten oder mit uns durch die Berge in das Land unserer Vorfahren zu ziehen. Aber sie ist immerhin stark genug, um davonzulaufen und die Männer meines Stammes dazu zu bringen, ihr zu folgen und wie brünstige Hirsche um sie zu kämpfen. Sie wird nicht mehr Xohkantakehs Frau sein. Im Grasland wird er Frauen seines eigenen Stammes finden, die sich für ihn öffnen. Die Frau aus der Roten Welt wird sterben. Jetzt!«

Kosar-eh wachte unvermittelt auf. Er lag auf dem Rücken da und starrte in den Himmel. Der Himmelsfluß war mit dem Licht des Morgens verblaßt. Er setzte sich vor einem kalten Feuer auf, während er überrascht und dankbar feststellte, daß jemand einen Reisemantel über ihn geworfen hatte. Der Morgen war bitterkalt, und seine Seele fröstelte zusätzlich vor Unruhe und Ungeduld. Kurz vor der Dämmerung war er aus dem Schlaf hochgeschreckt, in der festen Überzeugung, daß Ta-maya zu ihm kam und seinen Namen rief, doch im Jagdlager war alles ruhig gewesen. Als er sich umgeblickt hatte, hatte er im Sternenlicht nur die Gestalten der schlafenden Hunde und schnarchenden Jäger gesehen. In diesem Augenblick war ihm der Gedanke gekommen, daß, wenn er jetzt aufstand, seinen Speer nahm und fortging, niemand ihn bemerken würde, so daß er wenig später ein freier Mann sein würde. Dann hatte er ein schreckliches Gefühl der Einsamkeit empfunden. Was sollte er mit seiner Freiheit anfangen? Nach jenen suchen, die seine Frau getötet und seinen Sohn geraubt hatten? Ta-maya war tot. Klah-neh war vermutlich unter den vielen Kriegern in Sicherheit, die seinen Vater bestimmt sofort töten würden, wenn Kosar-eh ganz allein in ihr Lager lief. Niedergeschlagen hatte er sich wieder hingelegt, der Freiheit den Rücken zugekehrt und war schließlich noch einmal eingeschlafen. Er hatte keinen Zweifel daran, daß er das Richtige getan hatte, denn er hatte auf die harte Weise gelernt, daß die Rache nur die Belohnung des geduldigen Mannes war.

»Hier … nimm! Damit kannst du einen Markknochen aufbrechen. Iß! Es ist genug für alle da!«

Kosar-eh fing den handtellergroßen Stein auf, den Hrak ihm zuwarf. Kurz darauf hockte er auf den Knien vor dem Feuer und fischte einen verkohlten Knochen aus der Asche, um das Gelenkstück mit dem Stein zu zertrümmern. Nachdem er einen langen Splitter aus dem Oberschenkelknochen gezogen hatte, begann er, das wertvolle Mark in seinen Mund zu löffeln.

»Das ist gut! Mark ist die Kraft des Lebens!« stellte Tsana fest und kam näher. »Mein Bruder hat gut und lange geschlafen. Auch das ist gut. Die Schlitten sind beladen. Wir werden jetzt zu unserem Stamm zurückkehren und ihm ein großes Fleischgeschenk machen!«

»Und auf dem Rückweg zur Höhle sollen diese Schneeschuhe wieder dem Schwarzweißen Krieger dienen, der sein Leben für einen Bruder in Gefahr gebracht hat«, sagte Hrak, der sich eifrig zu Tsana gesellte und Kosar-eh seine Schneeschuhe reichte.

Kosar-eh, der immer noch den Markknochen in der Hand hielt, nahm sie an und starrte erstaunt darauf, als er feststellte, daß die Schneeschuhe ausgezeichnet repariert worden waren.

Hrak strahlte vor Stolz. »Dieser Mann hat freiwillig die Aufgabe übernommen, die zerbrochenen Rahmen mit Bisonblut und Masse von den Hufen zu richten und neue Sehnen aufzuziehen. Sie lagen die ganze Nacht über am Feuer, damit sie trockneten, aber nur langsam, damit die Verbindung zwischen Altem und Neuem gut gelingt. Dieser Mann sagt, daß diese Schneeschuhe – mit dem Einverständnis des Geistes des Bisons, dessen Kraft jetzt mit dem Schwarzweißen Krieger geht – dem neuen Bruder unseres Stammes nun bessere Dienste als je zuvor leisten werden.«

»Möge die Verbindung zwischen *uns* genauso stark sein, mein Bruder!« sagte Tsana feierlich zu Kosar-eh.

Hrak nickte. »So soll es sein, denn es heißt – und das ist

keine Prahlerei dieses Mannes –, daß eine Verbindung, die von Hrak hergestellt wurde, niemals zerbrochen werden kann!«

»Er spricht die Wahrheit«, bestätigte Tsana. »Die meisten der Frauen unseres Stammes wenden sich an Hrak, wenn sie eine gute Verbindung zwischen den steinernen und hölzernen Teilen ihrer Werkzeuge möchten. Und die Jungen suchen ihn auf, wenn sie lernen wollen, wie man einen Speer macht. Seine Hände sind stark und weise in diesen Dingen.«

Hrak war sichtlich zufrieden über das Kompliment des Häuptlings. »Es ist eine Fähigkeit, die sich ihren Mann erwählt«, erklärte er bescheiden. »Sie hat einen eigenen Geist. Dieser Geist dringt während der Jugend in einen Mann, und wenn er zum ersten Mal lernt, mit Stein, Knochen und Holz umzugehen, dann spricht der Geist durch seine Hände. Der Stein gibt seinem Griff nach, der Knochen bricht in seiner Hand, und das Holz biegt sich nach dem Willen des Geistes, der in seinen Händen lebt. Doch diese Gabe ist nicht sein Eigentum. Es ist ein Geschenk von den Mächten der Schöpfung, nicht an ihn, sondern an seinen Stamm.« Dann wandte Hrak sich mit gespanntem Gesichtsausdruck direkt an Kosareh. »Alle, die dieses Geschenk der Geister im Stamm des Wachenden Sterns erhalten haben, sind jetzt tot, im Krieg gefallen. Nur Hrak ist noch übrig, um unsere Jungen zu unterrichten und darauf zu achten, wessen Hände eines Tages dieses Geschenk der Geister beherbergen könnten. Nur er kann sie lehren, daß eine gute Verbindung eine Vereinigung von Stein mit Holz oder Knochen sein muß, daß beide bis zu ihrem Tod zusammenleben müssen, wie es früher einmal zwischen Mann und Frau war und wie es jetzt zwischen einem Krieger und seinem Stamm ist.« Er hielt inne und fügte dann zögernd mit offener Ehrfurcht hinzu: »Dieser Mann hat den Speer des Schwarzweißen Kriegers gesehen. Wahrlich, Mann, der seinen Feinden ins Gesicht spuckt, der Geist lebt stärker in deinen Händen als in meinen! Es ist schon lange her, seit dieser Mann das letzte Mal eine so vollkommene Vereinigung von Stein und Schaft oder einen so vollkommen geformten Stein gesehen hat.«

»Diese Fähigkeit habe ich im Grasland gelernt, unter denen, die jetzt meine Feinde sind.«

»*Unsere* Feinde«, stellte Tsana richtig.

Andere Männer hatten sich jetzt zu ihnen gesellt.

»Der Schwarzweiße Krieger bringt uns die Gunst der Geister«, sagte Xanahay, dessen breites, gerötetes Gesicht noch von der Morgenmahlzeit fettig war. »Er wird sein Geschick in der Steinbearbeitung mit unseren Jungen teilen. Und das Fleisch, das wir erbeutet haben, wird uns Kraft geben, wenn die Zeit kommt, daß er uns zum Schamanen Gelber Wolf führt und zur Macht des heiligen Steines und des Totems!«

»Das wird schon bald sein«, sagte Unai. »In jeder Nacht wandern die Sterne am Himmel weiter nach Westen. Diese Veränderung verspricht den baldigen Aufgang des Mondes der Wärme. Bald wird der Große Weiße Winter in den Norden zurückkehren. Die großen Pässe durch die Berge werden wieder den Weg nach Westen ins Grasland öffnen, und auch der Weg nach Osten ins Gesicht der aufgehenden Sonne wird für den Stamm des Wachenden Sterns wieder frei sein.«

Kosar-eh erzitterte, als er plötzlich einen unwiderstehlichen Drang verspürte, Rache zu üben. »Unsere Feinde werden sich mit der ersten Schneeschmelze nach Westen in Sicherheit bringen. Wenn wir sie nicht verfolgen, werden wir sie niemals ...«

»Wenn die Macht des Totems und des heiligen Steines uns unbesiegbar gemacht hat, werden wir ihnen in jenes Land folgen, um die Jagdgründe unserer Vorfahren wieder in unseren Besitz zu nehmen!« wurde er von Tsana unterbrochen. »Alle, die sich gegen uns stellen, werden für immer vom Wind davongeweht werden!«

»Und der Schwarzweiße Krieger wird jene finden, die sein Lager überfielen, und dafür sorgen, daß sie den Tag bereuen, an dem sie Tod und Verderben über seine Frau und seine Kinder brachten!« versprach Hrak. »Mit den vielen guten Speeren, die wir bis dahin gemacht haben, wird dies sicher so sein!«

Kosar-eh erhob sich und musterte seine Jagdgefährten. »Wer will behaupten, daß ihr nicht jetzt schon unbesiegbar seid?« fragte er sie.

Tsana betrachtete ihn aufmerksam und deutete schließlich auf die beladenen Schlitten. »Die Mächte der Schöpfung haben uns reichlich Fleisch geschenkt. Der Mann, der seinen Feinden ins Gesicht spuckt, hat die Spitze seines Speeres viele Male in das Blut und Fleisch der Bisons getaucht. Will er das Leben dieser Tiere entehren, deren Geister er in die Welt jenseits dieser Welt geschickt hat, indem er seine Beute achtlos zurückläßt? Will er seinen Kindern verwehren, mit Recht stolz auf ihren Vater zu sein, wenn er als großer Jäger zu ihnen zurückkehrt, als Krieger, der sein Leben aufs Spiel setzte, um seinen Häuptling zu retten?«

Kosar-eh blickte auf die Schlitten, dann auf den Schlachtplatz. »So viel Fleisch, das wir zurückbringen ... und so viel Fleisch, das wir zurücklassen. Ist das keine Entehrung unserer Beute?«

»Komm!« Hrak streckte ihm freundlich seine Hand hin. »Wir können nicht alles tragen. Wir haben noch einen weiten Weg vor uns. Diese Bisons im Schnee waren schon so gut wie tot, bevor wir kamen. Und obwohl wir viel Fleisch für die Wölfe und Füchse zurücklassen, haben wir immer noch genügend Fleisch zu tragen. Unsere Frauen und Kinder werden jubeln, wenn sie uns zurückkommen sehen!«

»Ich habe keine Frau«, entgegnete Kosar-eh düster.

Tsana schüttelte den Kopf. »Du bist ein Krieger des Wachenden Sterns. Du hast das Leben deines Häuptlings gerettet. Heute nacht wirst du eine Frau haben! Ein Geschenk von einem Mann, der einem Bruder sein Leben schuldet. Du hast genug getrauert.«

»Im Herzen dieses Mannes gibt es keinen Platz für eine Frau außer der Frau, die er für immer verloren hat«, erwiderte Kosar-eh steif.

Die Männer warfen sich gegenseitig Blicke zu.

Kosar-eh wußte nicht, was sie dachten, aber er wollte nicht glauben, daß sie kein Verständnis für das hatten, was in seinem Herzen vor sich ging.

Xanahay blickte Tsana länger als die anderen an, als wartete er auf die Erlaubnis, sprechen zu dürfen.

Doch Tsana winkte stirnrunzelnd mit einer ungeduldigen

Handbewegung ab. Dann atmete er zischend durch die Zähne aus und schüttelte den Kopf, während er Kosar-eh brüderlich einen Arm um die Schulter legte. »Dieser Mann hat nicht an das Herz seines Bruders gedacht, sondern an einen anderen Teil seines Körpers«, sagte er.

Alle anderen lachten über diese Bemerkung.

4

Joh-nee war übel.

Wieder stank die Höhle nach Blut und Fleisch.

Sie kniete am Fuß des Thrones der Geisterfrau und sagte sich, daß diesmal alles seine Richtigkeit hatte. Diesmal war es kein menschliches Fleisch oder menschliches Blut, das sie sah und roch. *Nein.* Was in jener Nacht des Schreckens an Fleisch angefallen war, hatte man an die Hunde und das Feuer verfüttert. Doch das kleine Mädchen konnte es immer noch sehen und riechen. Es schloß die Augen und sagte sich, daß es nicht mehr darüber nachdenken durfte. Wenn es seine Augen öffnete, war die Erinnerung an die Abschlachtung Cheelapats verschwunden!

Joh-nee starrte geradeaus in die zeremonielle Feuerstelle. Sie war ein willensstarkes Kind, und zumindest für den Augenblick fühlte sie sich ein wenig besser.

Die Männer und Jungen hatten sich in die Nähe der Flammen gehockt und rösteten Spieße mit fetten Buckelsteaks. Der Geruch war gut und tröstlich, bis sie die Bisonföten sah, die auf Knochengestellen gebraten wurden. Dieser Anblick und Geruch war für sie genauso widerlich wie die der langen Gedärme, die um Bratspieße gewickelt waren und an beiden Enden von Sklaven gehalten wurden. Angeekelt wandte das Mädchen den Blick vom Hauptfeuer ab und musterte die Umgebung. Es sah, daß neben jedem Kochfeuer der verschiedenen Familien Stücke geschlachteten Bisonfleisches lagen, dazu Haufen aus Knochen, Hörnern, Hufen, Pansen, verschiedenen Organen, aufgerollte und unbearbeitete Felle und aufgewickelte Sehnen.

»Es wird viele Tage lang Arbeit für die Frauen geben«, stellte Oan fest, die vor die Geisterfrau getreten war. »Aber nicht heute abend.«

Die Geisterfrau summte Doh-teyah etwas vor, die mit ihrer Brust spielte. Sie antwortete der narbengesichtigen Matrone nicht.

»Ich werde mich um die Seherin des Windes kümmern, wenn du dich zu den anderen gesellen möchtest«, bot Oan ihr an. »Die Jäger werden sich jetzt um das Hauptlagerfeuer versammeln, um von der Jagd zu erzählen. Sie werden für ihre Frauen und Söhne tanzen und uns eine großartige Vorstellung liefern!«

Die Geisterfrau achtete überhaupt nicht auf sie. Sie beschäftigte sich nur mit Doh-teyah, lächelte das Kind an, schürzte die Lippen und schnalzte in liebevollem Tadel mit der Zunge, als sie dem Kind erzählte, es sollte sich nur einmal umsehen, um zu erkennen, was für ein glückliches kleines Mädchen es war, daß es ein so wunderbares neues Heim und eine so gute neue Mutter gefunden hatte.

Joh-nee beobachtete die Priesterin und fragte sich, warum die ›Geister‹frau nicht sah, daß der Säugling blind war. *Weil sie überhaupt keine Geisterfrau ist! Sondern in Wirklichkeit Ban-ya aus der Roten Welt! Die schlaue, verlogene und selbstsüchtige Ban-ya! Dieses Mädchen erinnert sich an dich. Dieses Mädchen weiß, wer du bist. Dieses Mädchen hat gesehen, wozu du andere Menschen getrieben hast. Und es wird Doh-teyah nicht deiner Fürsorge anvertrauen!* »Laß dieses Mädchen die kleine Schwester ihres Stammes halten.« Sie sprach, ohne nachgedacht zu haben, und plapperte dann einfach weiter. »Doh-teyah ist unruhig, weil du sie ständig zu füttern versuchst und sie nicht von deinem Schoß herunterläßt, damit sie herumlaufen und ihre Beine strecken kann …«

»Was weißt du schon über den Umgang mit Babys?«

Joh-nee zuckte zusammen und zog sich zurück. Die Stimme, mit der die Frau zu ihr gesprochen hatte, war nicht dieselbe, mit der sie zu dem Kind sprach. Sie war tief und rauh, so gebieterisch und feindselig, daß Joh-nee sich dadurch verletzt fühlte. Ihre Augen weiteten sich, und sie bekam eine Gänsehaut. Sie erinnerte sich wieder an die Nacht des Schreckens, als sie ihr Vertrauen in alles und jeden verloren hatte, außer in sich selbst und das Baby in den Armen dieser Frau.

Erneut wurde Joh-nee übel. Sie begann plötzlich unkontrolliert zu zittern, senkte den Kopf und verbarg ihr Gesicht in den Händen. Tsana hatte recht! Die Geisterfrau war wirklich ein Geist, der im Körper einer Frau lebte, die aus ihrem Stamm verstoßen worden war, denn nicht einmal in ihren schlimmsten Augenblicken hätte Ban-ya so haßerfüllt sein können wie die Frau, die jetzt mit Doh-teyah in den Armen vor ihr saß.

»Ach, kleine Schwester des Wachenden Sterns, hat die Geisterfrau dich erschreckt? Du mußt keine Angst vor ihr haben!« Jetzt klangen die Worte der Frau etwas sanfter, und es lag keine Feindseligkeit mehr darin.

Trotzdem zuckte Joh-nee zusammen. Die Geisterfrau berührte ihren Kopf und strich mit langsamen, behutsamen Bewegungen über ihr Haar, die sie besänftigen und trösten sollten. Doch sie weckten in ihr eher den Drang, laut aufzuschreien. Sie erzitterte, griff mit einer Hand nach Tla-nees Puppe, zog sie von ihrem Schoß an ihre Brust und hielt sie dort fest. Der Geist in der Puppe gab ihr neuen Mut. *Ich muß tapfer sein, für Doh-teyah, bis Cha-kwena kommt … oder bis Kosar-eh sich daran erinnert, daß er ein Mann der Roten Welt ist und einen Weg findet, uns sicher aus diesem Tal der Toten fortzubringen!*

Kosar-eh spürte, daß das kleine Mädchen ihn anstarrte, als er zusammen mit den anderen Männern und Jungen vor dem Feuer kniete und das männliche Vorrecht genoß, die ersten Buckelsteaks zu rösten und sie mit seinen Söhnen zu teilen, während die Frauen das eigentliche Festmahl vorbereiteten. Die Geisterfrau blickte ebenfalls in seine Richtung. Man hatte ihm erklärt, wenn die Priesterin sich erhob und an das Feuer kam, würden die Dienerinnen mit ihrem Thron folgen. Dann sollten die Jäger ihr respektvoll etwas von den besten Stücken ihrer Beute abgeben. Erst danach würde die Feier der erfolgreichen Jagd beginnen. Kosar-eh gefiel der Gedanke nicht besonders, dieser Frau irgend etwas anbieten zu müssen, aber da ihm keine andere Wahl blieb, tröstete er sich damit, wie sehr Joh-nee das frische rote Fleisch guttun würde.

Seine Augenbrauen senkten sich, als er sah, wie sie starr im Schatten der Priesterin hockte, um ständig voller Mißtrauen Wache über Doh-teyah zu halten. Seit der Nacht des Todes von Cheelapat hatte sich das Mädchen mißmutig und zurückgezogen verhalten, kaum etwas gegessen und jeden Versuch der Frauen und Mädchen ignoriert, sich mit ihr anzufreunden. Sie hatte nicht ein Wort mit Tsana gesprochen und war Kosar-ehs Blicken jedesmal ausgewichen, wenn er in ihre Richtung gesehen hatte. Doch jetzt waren ihre Augen im kleinen, blassen Gesicht mit starrem Blick genau auf ihn gerichtet. Er fragte sich, was in ihrem Kopf vor sich gehen mochte, und konnte nur hoffen, daß sie zu verstehen begann und ihm verzieh, was er in dieser Höhle der Frau Shatehs angetan hatte.

Jetzt war jedoch nicht die Zeit, um sich Sorgen um die kleine Schwester von Gelbem Wolf zu machen, dessen Lügen und Täuschungen ihn letztlich in diese Situation gebracht hatten. Kiu-neh und Kho-neh aßen hungrig an seiner Seite. Gelegentlich sahen die Jungen auf, um freundliche Blicke mit anderen Jugendlichen auszutauschen. Kosar-eh freute sich darüber. Seine Söhne schienen bedingungslos von den anderen Jungen des Wachenden Sterns aufgenommen worden zu sein. Als er mit den Jägern in die Höhle zurückgekehrt war und sie ihn als Lebensretter ihres Häuptlings gelobt hatten, hatte er zum ersten Mal seit allzu langer Zeit in den Augen seiner Söhne Stolz auf ihren Erzeuger leuchten gesehen. Es hatte genügt, um seine Erinnerungen an das Gemetzel während der ersten Nacht in der Höhle auszulöschen und um sein Herz vor Freude schneller schlagen zu lassen, als er erkannte, daß er vielleicht doch nicht alles verloren hatte.

Die Geisterfrau erhob sich. Kosar-eh beobachtete, wie sie vortrat, langsam und hoheitsvoll, um die Blicke jedes Mannes, jeder Frau und jedes Kindes auf sich zu lenken. Während sie Doh-teyah auf einer Hüfte hielt, näherte sie sich barfüßig dem Feuer. Kosar-eh fragte sich, ob sein blindes Kind schließlich auch die Fähigkeit verlieren würde, die Arme und Beine zu benutzen, denn Ban-ya schien es sich in den Kopf gesetzt zu haben, das Baby niemals abzusetzen. Seine kleine Tochter würde zu einer fetten Frau heranwachsen, wenn man ihr nicht nur erlaubte, sondern sie sogar ermutigte, ständig an diesen übergroßen Brüsten zu nuckeln. Als Kosar-eh sie betrachtete, erinnerte er sich wieder an die ›Schlacht der Euter‹ des vergangenen Abends und mußte sich plötzlich zusammenreißen, um ein Lächeln zu unterdrücken.

Die Diener der Hohepriesterin zerrten den Thron nach vorn zum Ehrenplatz gegenüber von Tsana, der Kosar-eh heranwinkte. Mit seinen Fleischspießen in der Hand trat Kosar-eh vor, um seinen Platz einzunehmen, doch zuvor ging er noch genauso wie jeder andere Mann vor der Geisterfrau vorbei, um ihr ein Fleischopfer auf das geschnitzte Holzbrett zu ihren Füßen zu legen.

»Koschree!« rief Doh-teyah den Namen ihres Vaters und streckte ihre Arme nach ihm aus.

Er blickte verblüfft auf. Wie hatte das Kind ihn erkannt?

»Wahrlich, die Seherin des Windes, die Tochter des Schwarzweißen Kriegers, wurde von den Mächten der Schöpfung gesegnet!« verkündete Tsana und zeigte über das Feuer. »Sie sieht mit Augen, die nicht sehen können ... mit den Sinnen einer künftigen Schamanin! Wahrlich, Geisterfrau, dieses Kind ist deiner Brüste würdig!«

Kosar-eh stand auf und war überrascht, als Doh-teyah sich von den Armen der Geisterfrau löste und in seine drängte. Das Baby wiederholte seinen Namen, berührte sein Gesicht und lächelte. Trotz seiner gemischten Gefühle für sie erwiderte Kosar-eh das Lächeln und küßte unwillkürlich die tastende Hand der Kleinen. Ihr unerwarteter Drang, wieder in seiner Nähe zu sein, hatte ihn tief gerührt, bis Ban-ya ihm plötzlich das Mädchen aus den Armen riß.

»Meins!« kreischte die Frau wie ein habgieriges Kind, dem man sein Lieblingsspielzeug weggenommen hatte. Dohteyah quengelte und versuchte sich zu befreien, doch Ban-ya drückte sie nur um so fester an sich, während sie Kosar-eh mit Augen anstarrte, die so weit aufgerissen und wild waren wie die einer erschrockenen Hirschkuh.

Kosar-eh wunderte sich über das, was er im Gesicht der Frau sah. Qualen? Angst? Liebe? Diese Gefühlte schienen überhaupt nicht zu der dreisten und intriganten Frau zu passen, an die er sich aus der Roten Welt und den Lagern von Shateh erinnerte, und erst recht nicht zu der in Wolfsfelle gekleideten Gestalt, die jetzt vor ihm stand. Doch Kosar-eh war sich sicher, daß er genau diese drei Empfindungen in Ban-yas Augen gesehen hatte – die Qualen einer Frau, die unter einem Verlust litt, der nie wieder gutzumachen war, die Angst einer Frau, die wußte, daß sie einen weiteren solchen Verlust niemals ertragen konnte, und die Liebe einer Mutter zu einem Kind, das zum Mittelpunkt und zum einzigen Sinn ihres Lebens geworden war. Er runzelte die Stirn, als er sich daran erinnerte, wie Tsana ihm erzählt hatte, daß die Geisterfrau zwei Babys in dieser Höhle zur Welt gebracht hatte – von denen das eine zu Fleisch und das andere zum Köder geworden war. Er fühlte sich unbehaglich. Vermutlich waren diese Kindermorde selbst einem so egoistischen Geschöpf wie Banya aus der Roten Welt nicht leichtgefallen. Sie trauerte offenbar immer noch über das Leid, das sie anderen bereitet hatte, und über den Tod aller ihrer Kinder, die sie jemals geboren hatte.

In der Zuneigung eines Kindes der Roten Welt mußte sie endlich einen gewissen Trost gefunden haben. Wollte ausgerechnet er es ihr mißgönnen? Letzten Endes konnte er, der aus Liebe zu einer Frau und Sorge um ihr Wohlergehen verschuldet hatte, daß zwei Frauen, ein kleines Mädchen und sein ältester Sohn zu Tode gekommen waren, nur Mitgefühl für Ban-ya empfinden. Doch sein Mitleid hielt nur kurz an. Wenn er selbst seine Handlungen weder rechtfertigen noch entschuldigen konnte, wie sollte er dann ihre verzeihen? Und warum sollte er sich auf diese unangemessene Weise von der

Liebe seines blindes Kindes rühren lassen? Bis vorhin war Doh-teyah völlig damit zufrieden gewesen, sich von jeder Fremden umhegen und stillen zu lassen, die bereit war, ihre Windeln zu wechseln und ihr eine Brust anzubieten.

Genau das tat die Geisterfrau jetzt. Sie hatte sich ein wenig beruhigt und verhätschelte gurrend das Kind. Doh-teyah zog ein verärgertes Gesicht. »Nein!« sagte sie und sprach dann wieder den Namen ihres Vaters.

Darauf sah Ban-ya den großen Mann mit Augen an, die ihren vorherigen Ausdruck der Verletzlichkeit wieder verloren hatten. Sie blickten offen und ruhig, doch ohne jede Gefühlsregung, so kalt und undurchdringlich wie zugefrorene Teiche an einem sonnenlosen Tag. »Schwarzweißer Krieger, es ist nicht angemessen für einen Mann des Stammes des Wachenden Sterns, einen Säugling mit auf die Männerseite des Festfeuers zu nehmen«, sagte sie mit einer Stimme, die genauso kalt wie ihre Augen war.

»Es sei denn, versteht sich, er ist als Mann der Roten Welt gar kein richtiger Mann«, warf Indeh ein. »Wer weiß? Vielleicht kann er aus seinen Brustwarzen Muttermilch sprudeln lassen, so wie richtige Männer die Milch des Lebens durch ihre Mannknochen in ihre Frauen sprudeln lassen!«

Lautes Gelächter erhob sich unter den Anwesenden.

Kosar-eh spürte, wie sein Gesicht bei dieser unverschämten Verspottung errötete. »Fünf Söhne hat Kosar-eh mit seinen Frauen gemacht. Fünf! Auch wenn mir nur noch drei davon geblieben sind und einer davon als Gefangener unter Feinden lebt, kann niemand behaupten, daß dieser Mann sich nicht als Mann bewiesen hat! Wo sind die Söhne von Indeh? Ich habe noch keine Jungen gesehen, die diesen Mann ihren Vater nennen. Vielleicht war das der Grund, warum er seinen eigenen Stamm verlassen hat – weil er nicht männlich genug war, um Söhne zu machen, die an seiner Seite jagen!«

Indehs Gesicht war wutverzerrt. Dann hob er seine Augenbrauen und schnaufte verächtlich. »Pah! Ich habe Söhne gezeugt! Aber sie waren es nicht wert, sie zu behalten! Und nicht einmal der große Shateh hat es geschafft, männliches Leben mit seinen Frauen zu machen, in den letzten Tagen, als das Land unter dem Fluch des Gelben Wolfes lag. Der Stamm des Graslandes hatte keine Macht! Das ist der Grund, warum dieser Mann sich zusammen mit seinem Freudenspender dem Stamm des Wachenden Sterns anschloß – damit er sich der Herausforderung stellen kann, mit Frauen, die besser als die seines alten Stammes sind, neues Leben zu machen!«

Tsana lachte schallend.

Kosar-eh war trotz seiner Wut auf Indeh von der Klugheit seiner unverfrorenen Erwiderung beeindruckt, während er sah und hörte, wie sofort darauf ein zufriedenes Raunen durch die Frauen des Stammes ging.

Eine gutaussehende junge Frau klopfte sich auf den dicken Bauch und sagte: »Wenn der nächste Mond aufgeht, werden wir sehen, was die Milch aus dem Mannknochen von Indeh hervorgebracht hat, denn bevor diese Frau so wurde, wie sie jetzt ist, war er genauso oft bei ihr, wie er jetzt bei Eyah ist!«

Eine andere junge Frau warf Indeh einen Blick zu und kicherte, die Hand vor dem Mund.

Tsana stand auf und hob einen Arm. »Genug! Es gibt Fleisch in dieser Höhle!« Seine Worte kamen laut und ein wenig verärgert. »Es ist Feuer in dieser Höhle! Es gibt Grund zum Feiern in dieser Höhle! Zwischen den Stammesbrüdern sollen keine feindseligen Worte mehr gesprochen werden! Wie zu Anbeginn der Zeiten werden alle diese Menschen ein Stamm sein! So!« Er ballte die Finger seiner Hand zu einer Faust. »Darin wird unsere Stärke liegen! Jeder Mann ist wie ein Finger, der sich beugt, um dem Willen der Hand zu gehorchen, jeder gibt seine Kraft, damit sie sich gemeinsam zu einer Kraft verbindet! Darin wird unsere Macht liegen, wenn wir diese Festung verlassen, um den heiligen Stein und das Totem zu holen und unsere Feinde in ihrem Blut ertrinken zu lassen!«

Kosar-eh war erstaunt über die Wildheit in Tsanas Worten und seiner Haltung. Es war, als wäre eine unsichtbare Kraft in die Höhle eingedrungen, ein feuriger Sturm, der alle Anwesenden erschütterte und versengte, bis alle mit erhobenen Fäusten und lauter Stimme die Erklärung ihres Häuptlings bestätigten. Kurz darauf stimmten sogar die Hunde in das jubelnde Geheul ein.

»Ja!« rief Tsana, beide Arme erhoben und die Hände geöffnet, während ein wildes Lächeln auf seinem Gesicht stand. Nachdem der Stamm und die Hunde wieder verstummt waren, blickte der Häuptling wieder zu Kosar-eh. »Laß die Seherin des Windes bei der Milch der Geisterfrau, und komm zur Männerseite unseres Kreises, Schwarzweißer Krieger. Heute nacht werden wir die Geister der Bisons ehren, deren Fleisch, Blut und Knochen dem Stamm Kraft geben. Heute nacht werden wir die Jäger ehren, die uns dieses Fleisch gebracht haben. Heute nacht werden wir den Mann ehren, der den gefährlichen Hörnern eines angreifenden Bisons trotzte, um das Leben eines Bruders zu retten! Jetzt ... soll das Festmahl beginnen!«

Sie aßen, bis sie nicht mehr konnten, und die ganze Zeit über horchten die Frauen, die Kinder und die Männer, die nicht mit auf der Jagd gewesen waren, gebannt den leisen, entspannten Gesprächen der Jäger. Sie erzählten von der langen Reise über das kalte Land bis zu dem Ort, wo die Bisons darauf gewartet hatten, unter ihren Speeren zu sterben. Sie erzählten von der Jagd und von Kosar-ehs beispielloser Tapferkeit. Und sie sprachen über alles, was sie erduldet hatten, um Fleisch, Knochen, Blut und Felle zu ihren Familien zu bringen.

»Zeigt es uns!« rief ein Junge.

Dann traten Xanahay und Unai vor, die mit Hörnern und Fellen verkleidet waren. Sie umkreisten das Feuer, schlängelten sich zwischen den versammelten Menschen hindurch, scharrten mit den Füßen und schnauften nach Art der Bisons. Die Frauen riefen »Aah!« und »Ooh!«, und die Kinder juchzten vor Begeisterung über die Streiche der Tänzer auf, die das traditionelle Lied sangen, mit denen das alljährliche Kommen und Gehen der großen Herden geehrt wurde.

»Früher haben wir auf dieselbe Weise die Mammutjagd gefeiert!« sagte Tsana zu Kosar-eh und versetzte ihm zur Bestätigung einen Stoß mit dem Ellbogen, während er und alle anderen im Rhythmus des Tanzes mitklatschten. »So viele Mammuts! Jetzt sind alle aus dem Land verschwunden, so daß nur noch Knochen und Stoßzähne die Jäger des Wachenden Sterns daran erinnern, daß die Mammuts von anderen Stämmen nicht geehrt wurden … so wie wir sie immer noch verehren, obwohl jetzt die Bisons zu Fleisch, Blut und Knochen unserer Kinder geworden sind, abgesehen von dem, was wir von den Knochen des großen weißen Mammuttotems kratzen können.«

Die Tänzer wirbelten weiter im Kreis, doch Kosar-eh war durch das abgelenkt, was Tsana gerade gesagt hatte. *Was wir von den Knochen des Totems kratzen?* Hatte auch er von dieser verbotenen Nahrung gekostet, seit er an diesen Ort gekommen war? Er wollte dem Häuptling gerade eine entsprechende Frage stellen, doch dann begannen plötzlich zwei speertragende Jäger mitzutanzen, und Kosar-eh sah verblüfft, daß einer von ihnen seine eigene Kampfbemalung aus schwarzen und weißen Streifen trug, während der andere eine Nachbildung aus Bisonknochen von Tsanas Trophäenschmuck um den Hals gelegt hatte.

Die Menge wurde atemlos vor Ehrfurcht, als die Tänzer mit einer umständlichen und spannenden Darstellung begannen, wie Tsana mutig die große Bisonkuh angriff und das Tier unerschrocken zum Gegenangriff überging, worauf Kosar-ehs wagemutiger Sprung vor die tödlichen Hörner folgte.

»Aiee!« riefen die Frauen erstaunt über diese tapfere Tat auf.

»Ein wahrer Bruder des Wachenden Sterns!« Die Männer nickten und spendeten laut Beifall.

Kosar-eh war sich nicht sicher, wie er reagieren sollte, bis er die vor Stolz strahlenden Gesichter seiner Söhne sah, die mit vorgereckter Brust zwischen den anderen Jungen standen. Sein Herzschlag beschleunigte sich vor Freude über diesen Augenblick.

Die Tänzer bewegten sich jetzt in einem neuen Rhythmus, und zwei andere Jäger gingen durch die Menge und verteilten kleine Schoßtrommeln an die Frauen und Rasseln an die

Männer. Kosar-eh blickte auf das langstielige, keulenförmige Musikinstrument, das man ihm in die Hand gedrückt hatte.

Tsana, der seine Rassel bereits im neuen Rhythmus schüttelte, erklärte Kosar-eh: »Die Frauentrommeln sind aus den lebenserzeugenden weiblichen Teilen der Bisonkühe gemacht, die auf früheren Jagdzügen erlegt wurden. Die Männerrasseln bestehen aus den lebensspendenden Säcken zwischen den Schenkeln der großen Bullen. Sie wurden mit Samen gefüllt, dann zusammengenäht und in der Sonne getrocknet und gehärtet. Mit diesen Dingen machen wir die Musik des Lebens. Wir schlagen denselben Rhythmus, mit dem auch die großen Herden im Sommer über die Ebenen stampfen, in der Hoffnung auf neues Leben in ihnen … und in uns.«

Zum ersten Mal standen jetzt die Frauen auf, um sich am Tanz zu beteiligen. Während sie ihre kleinen Trommeln schlugen und die Bisons nachahmten, sprangen sie umher, bückten sich, als würden sie grasen, und taten, als würden sie ihre Schwestern ablecken, wie es die Kühe taten, um ihre Kälber zu putzen. Währenddessen folgten ihnen die zwei männlichen Bisontänzer, die wie brünstige Bullen witterten und sie von hinten anstießen.

Kosar-eh war nicht der einzige Mann, der laut auflachte, als die Stöße heftiger wurden und einige der ›Kühe‹ ihre Röcke hoben, damit die ›Bullen‹ an ihrer Hinterseite schnuppern konnten. Die Jungen johlten auf, und die Mädchen und jüngeren Kinder kicherten verlegen, bevor sie von den schwangeren Frauen mit entrüstetem Schnaufen aus dem Kreis geführt wurden.

Kosar-eh bemerkte plötzlich, daß die Geisterfrau ihn durch den aufgebrochenen Kreis der Tänzer von ihrem Platz auf der anderen Seite des Feuers wie gebannt anstarrte. Sie hatte immer noch Doh-teyah auf dem Schoß, und Joh-nee hatte wie üblich zu ihren Füßen Stellung bezogen. Seine Stirn legte sich in Falten. Es gefiel ihm nicht, wie Ban-ya ihn ansah, denn in ihrem Blick war etwas Abwartendes und Habgieriges, das ihn alarmierte, bis die Tänzer wieder den Kreis schlossen und er sie nicht mehr sehen konnte.

Kosar-eh war dankbar. Die Tänzer bewegten sich in einem neuen Rhythmus. Er war sich nicht sicher, ob sie ihn bestimmten oder darauf reagierten. Es war ein langsamer, sinnlicher und irgendwie drängender Rhythmus. Unwillkürlich hatte er es den anderen Männern gleichgetan und unterstrich jeden Taktschlag mit einem tiefen, bisonähnlichen Keuchen, bis er atemlos auf die sich drehenden Tänzer starrte.

Die Kühe schlüpften aus ihrer menschlichen Bekleidung, warfen die Hüllen fort und begannen mit langsamen provozierenden Bewegungen, sich die nackten Körper mit Fett einzureiben, das sie offenbar zu diesem Zweck bei sich getragen hatten. Während ihre Haut im Feuerschein glänzte, faßten sie sich gegenseitig an den Händen und traten zurück, bis zwei der jüngsten Frauen damit begannen, die zwei Bullen zu umkreisen. Als diese beiden ihre Beine spreizten und sich vorbeugten, mit den Brüsten schaukelten und mit den Hinterbacken wackelten, um zur Paarung aufzufordern, hielt Kosar-eh den Atem an und spürte, wie sich als Reaktion darauf Hitze in seinen Lenden ausbreitete.

Unter dem Beifall aller wurde der Rhythmus des Tanzes heftiger, schneller und noch drängender als zuvor. Dann zeigten Unai und Xanahay ihren beeindruckenden Zustand der Bereitschaft als Antwort auf die Einladung der zwei Frauen. Tanzend bekundeten sie ihre Absicht. Sie umkreisten die Kühe mit übermütigen, symbolischen Hüftbewegungen, um sich immer wieder zu nähern und zu entfernen. Sie stießen sie mit ihren angeschwollenen ›Hörnern‹ an und schnupperten zwischen den gespreizten Schenkeln. Als dann die Anfeuerungsrufe lauter und der Rhythmus eindeutiger wurde, trat jeder der Bullen hinter eine Kuh, krümmte seinen Körper über ihren, griff um sie herum nach ihren Brüsten, zog sie nach hinten und drang mit einem einzigen heftigen Stoß von hinten in sie ein. Die Menge gab einen gemeinschaftlichen Seufzer von sich, als jeder der zwei Bullen jetzt dem Höhepunkt des Tanzes zustrebte und sich mit heftigen Zuckungen in seine Kuh ergoß.

»Such dir eine Frau aus … irgendeine Frau«, wurde Kosar-eh von Tsana aufgefordert. »Alle sind hier versammelt, bis auf jene, die bereits mit neuem Leben erfüllt sind oder die ihre Blutzeit am Ort der Frauen auf der anderen Seite der Höhle verbringen. Nachdem die Bisonbullen jetzt ihren Kühen nach der traditionellen Art unserer Vorfahren Ehre erwiesen haben, erlaubt es die Sitte dem Häuptling, sich als erster eine von den übrigen Frauen auszuwählen. Tsana gibt diese Ehre an den Schwarzweißen Krieger weiter, als Belohnung dafür, daß er sein Leben riskierte, um das Leben dieses Mannes zu retten.«

Kosar-eh war über Tsanas Aufforderung nicht weniger verblüfft als über die Erkenntnis, daß jetzt tatsächlich alle Frauen des Stammes auf ihn zukamen. Alle waren nackt und bewegten sich auf eine Weise, die ihm deutlich zeigte, daß sie bereit für ihn waren. Obwohl sich auch sein Organ bereits aufgerichtet hatte, erinnerte er sich selbst und den Häuptling daran, ›daß dieser Mann noch um die Frau seines Herzens trauert und keine andere haben will.‹

»Und Tsana hat dem Schwarzweißen Krieger gesagt, daß er sich nicht wegen seines Herzens sorgt!« Der Häuptling machte keinen Hehl aus seiner Verärgerung. »Ein Mann und eine Frau für immer zusammen – das ist nicht gut! Das macht zu viele Herzschmerzen. Ich weiß es! Auch ich habe unter diesen Schmerzen gelitten. Deshalb hat sich in Tsanas Stamm des Wachenden Sterns ein neuer Weg ergeben, der durch Krieg und Tod und die Dezimierung des Stammes notwendig wurde. Diese Frauen, diese Männer ... sie und der Stamm sind eins! Das Bedürfnis eines Mannes, sich mit einer Frau zu vereinen, um neues Leben zu machen, darf niemals eingeschränkt werden. Jeder ist frei, sich mit allen zu paaren. Welche Rolle spielt es, wenn dieser Mann einmal in diese Frau dringt und diese Frau sich beim nächsten Mal einem anderen Mann öffnet? Es spielt nur eine Rolle, daß unsere Frauen immer wieder mit neuem Leben anschwellen, damit es immer wieder Krieger geben wird, um jene zu ersetzen, die im Kampf gefallen sind, und Mütter, um die zu ersetzen, die zu schwach geworden sind, um die Tortur des Gebärens zu überleben. Deshalb dürfen die harten Worte, die zwischen dir und Indeh gesprochen wurden, nie wieder gesprochen werden.

Denn bald wird in diesem Stamm kein Mann mehr wissen, welche Söhne oder Töchter durch die Milch seiner eigenen Leidenschaft gezeugt wurden. Jeder wird sich viele Male mit vielen Frauen vergnügt haben. Nach der neuen Sitte wird jeder Mann viele Söhne und viele Töchter haben, die alle dem Stamm gehören, so daß kein Kind mehr Schmerzen bereitet als ein anderes, wenn der Seelenräuber es ruft, um für immer vom Wind davongeweht zu werden.«

Tsana hielt inne.

Abgesehen vom Knistern des Feuers herrschte in der Höhle Totenstille. Der Häuptling blickte nur auf Kosar-eh, als er schließlich weitersprach: »Deine Frau ist tot, Schwarzweißer Krieger! Du hast das Recht, um sie zu trauern, solange du willst, doch während du dich mit dem gleichen Recht nach dem Tag sehnst, an dem du und deine neuen Brüder im Stamm des Wachenden Sterns ihren Tod an jenen rächen werden, die sie entehrt haben, mußt du dir trotzdem eine andere Frau nehmen. Und noch eine andere. Du mußt mit den Lebensspenderinnen des Stammes des Wachenden Sterns neue Söhne machen … starke, mutige Söhne wie jene, die du in diese Festung mitgebracht hast … um die Söhne zu ersetzen, die von unseren Feinden getötet oder gefangengenommen wurden. Der Geist deiner getöteten Frau würde genau dies von dir verlangen, denn alle Frauen wissen, daß die Macht der Schöpfung, die einen Mann zur Paarung treibt, nicht zu seinem Vergnügen existiert oder um seine Herzensliebe auszudrücken. Es geschieht zur Schöpfung neuen Lebens, daß die großen Bullen zu ihren Kühen gehen und die Hengste zu ihren Stuten und die Männer den Tanz des Lebens in ihren Frauen tanzen. Es geschieht zur Erhaltung der Herde und des Stammes … nicht zum Wohl eines einzelnen, sondern zum Wohl vieler!«

Tsanas Logik traf Kosar-eh wie ein kalter Wind, der einem Sturm vorausgeht. Irgendwie spürte er, daß er sich darin verfangen hatte, aber er verstand nicht wieso. Sich nur um der Sache willen zu paaren, ohne Hingabe an die Empfängerin seiner Leidenschaft? Ein Mann, der sich wie ein Bulle oder Hengst durch seine Herde bewegte und die Weibchen nur um der Sache willen besprang? Diese Aussicht ließ seinen Mannknochen hart werden, sie entsprach einem seit langem unerfüllten Bedürfnis. Nie zuvor hatte er die liebevolle Umarmung Ta-mayas mehr als in diesem Augenblick vermißt, doch seine Gedanken waren weit von Liebe entfernt, als Tsana eine kleine junge Frau mit straffem Bauch und vollen Brüsten heranwinkte. Sie kniete sich vor ihm hin, hatte die Augen niedergeschlagen, ihre Schenkel geöffnet und ihre Brüste auffordernd mit den Händen angehoben. Ihr Körper war ihm so nahe, daß er die Wärme ihres Atems und den feuchten Moschusduft der Bereitschaft zwischen ihren Beinen roch.

»Diese Frau Eyah war in der letzten Zeit Indehs Lieblingsfrau«, erklärte Tsana. »Und der Häuptling kann bestätigen, daß sie weiß, wie man mit einem Mann tanzt. Mache sie zu deiner ersten Wahl ... benutze sie, und während du sie mit der Hitze des Lebens füllst, zeige dem Krieger aus dem Grasland, daß es unklug von ihm ist, sich an nur eine Frau zu binden – und den Schwarzweißen Krieger vor dem Häuptling zu beleidigen, der ihn zu seinem Bruder ernannt hat!«

Mehrere Männer lachten, und einige Frauen buhten.

Hrak rief gutmütig: »Triff deine Wahl, Mann, der seinen Feinden ins Gesicht spuckt, damit wir endlich an die Reihe kommen!«

Wenn Kosar-eh nicht hinter Eyahs Schulter gesehen hätte, daß Indeh ihn finster anstarrte, hätte er diese Frau vielleicht zurückgewiesen. Doch als er den Mann des Graslandes vor Wut und Entrüstung kochen sah, während er von den anderen verspottet wurde, überkam Kosar-eh ein tiefes Gefühl der Befriedigung, das ihn zum Lächeln brachte. Er berührte mit einer Hand die immer noch schmerzende Verletzung, die Indeh ihm mit dem stumpfen Ende seines Speeres zugefügt hatte, als er in sein ausgeplündertes Lager zurückgekehrt war. Dann bemerkte er plötzlich, daß Eyah seine andere Hand genommen hatte und sie zwischen ihre Schenkel führte, um sich auf die Rassel zu setzen. Während sie ihn herausfordernd ansah, begann sie ihre Hüften zu bewegen und gab leise, stöhnende Laute der Erregung von sich, als sie auf der Rassel ritt, als wäre es der harte, aufrechte Knochen eines Mannes. Dabei schob sie ihre Zunge zwischen den geschürzten Lippen vor und zurück, um ihm unmißverständlich vorzumachen, was sie von ihm erwartete.

»Ay yah!« rief einer der Jäger.

»Tanze mit ihr, Schwarzweißer Krieger, oder laß jemand anderen diese Frau erfüllen, falls du eine andere wählst!«

Kosar-eh hörte gar nicht mehr zu. Er blickte Indeh genau in die Augen, als er immer noch lächelnd aufstand und den Teil seines Körpers für alle sichtbar entblößte, mit dem er der ›tanzenden‹ Frau viel mehr Vergnügen bereiten würde, als sie sich mit der Rassel verschaffen konnte.

Die Männer und Frauen waren voller Anerkennung über seinen beeindruckenden Zustand der Bereitschaft.

Immer noch lächelnd, zog Kosar-eh die Frau hoch, nahm Eyah die Rassel aus der Hand und warf sie dem verblüfften Indeh zu, der sie knurrend von sich stieß. Kosar-eh lachte, legte seine großen Hände um die schmale Taille der Frau und hob sie dann hoch. Während er sie langsam herabließ, spürte er, wie sich ihre Beine öffneten, um seine Hüften zu umschließen. Er drang mit einem einzigen Stoß in sie ein, und während er immer noch Indeh ansah, begann er mit ihr den Tanz des Lebens zu tanzen.

Es ging die ganze Nacht weiter.

Joh-nee glaubte schon, es würde niemals aufhören. Sie kauerte sich auf ihrer Matratze aus weichen Fellen am Fuß des Thrones der Geisterfrau zusammen, in der Nähe Doh-teyahs, die schon vor einiger Zeit in den Armen der Priesterin fest eingeschlafen war. Die Geisterfrau saß reglos da und starrte geradeaus, wie ein Bildnis aus Stein, wie eine Eidechse auf einem Felsen, und schien mit offenen Augen zu schlafen.

Joh-nee zog sich die Schlaffelle über den Kopf und versuchte ihre Ohren vor dem hellen, fröhlichen Lachen der Männer und Frauen zu verschließen, die ihre Spiele miteinander spielten, und vor den tieferen Geräuschen, dem härteren Keuchen und Stöhnen und den gelegentlichen Schreien der heftigeren Paarungen. Von Zeit zu Zeit döste sie ein. Dann wurde sie wieder von Träumen geweckt. Sie lugte unter ihren Fellen hervor und fragte sich, was schlimmer war – ihre Alpträume oder die Wirklichkeit.

Kiu-neh kam zu ihr. Er hatte einen seltsamen Blick in den Augen. Er kniete sich nieder, präsentierte sich ihr und flüsterte ihr zu: »Laß uns von hier weggehen, wo ›sie‹ alles sieht. Dann werde ich mit dir das machen, was auch die anderen machen ... sieh nur, wie groß ich bin!«

Entsetzt starrte Joh-nee auf seinen schwitzenden und bereiten Jungenkörper und flüsterte zurück: »Tu deinen Wurm weg, oder ich werde ihn abbeißen!«

Er blickte sie verärgert über ihre unerwartete Beleidigung an. »Ich bin der Dritte Sohn des Schwarzweißen Kriegers!« zischte er. »Mein Vater hat das Leben des Häuptlings gerettet und wird uns zum Totem und zum heiligen Stein führen. Drei Mädchen mit Brüsten haben sich heute nacht schon von mir anstechen lassen! Du wirst ...«

»Die Schwester des Schamanen wird sich von keinem Mann- oder Jungenknochen blutig stechen lassen, bevor sie mit dem zusammengekommen ist, der für sie erwählt wurde!« Die Worte der Geisterfrau kamen rasselnd aus ihrer Kehle und wurden von einem Kichern gefolgt. »Wenn die anderen Mädchen dich abweisen, Protzender Bursche, komm nur her und stecke deinen kleinen harten Knochen in diese Frau! Oder hast du vor mir genausoviel Angst wie vor den Mädchen, die du angeblich zum Bluten gebracht hast?«

Kiu-neh beantwortete ihre Frage auf die denkbar ehrlichste Weise – er drehte sich um und lief davon.

Joh-nee hörte das leise, krächzende Lachen der Frau auf der Plattform und blickte zu ihr auf. Sie sprach nur äußerst selten mit der Frau, doch jetzt sprach sie mit hörbarer Beklommenheit. »*Wer* wurde für mich erwählt?«

»Ach ... mit der Zeit wirst du es schon erfahren, Schwester des Schamanen. Es wird mit Blut vollzogen werden.«

»Blut!«

»Ist es nicht immer so mit Frauen? Blut ... Schmerz ... Tod ... und Wiedergeburt ... so wie mit diesem Kind, diesem süßen und lieben Kind!«

»Doh-teyah?«

»Ein Name aus der Roten Welt! Das kann nicht sein, nicht hier. Nicht an diesem Ort. Nein! Dieses Kind ist die Seherin des Windes! Ein würdiges Kind für die Geisterfrau! Meins ... endlich ein Kind, das Tsana mir gönnt ... *meins!*« Sie blickte auf Joh-nee herab, während in ihrem Gesicht ein wilder, ungehemmter Ausdruck stand. Und dann änderte er sich plötzlich, wurde sanfter, als sie flüsterte: »In deinem Stamm gab es eine alte Frau und einen kleinen Jungen ... eine Großmutter und den Sohn der Frau Ban-ya. Sind sie in Sicherheit, hinter dem Ende der Welt, bei Cha-kwena und ...«

Joh-nee war verblüfft. Diese Frau war doch Ban-ya! »Deine alte Großmutter Kahm-ree wurde von Shatehs Kriegern getötet, und dein erstgeborener Sohn Piku-neh wurde von Fiebergeistern geholt, um für immer vom Wind davongeweht zu werden, im großen Wald hinter dem Ende der Welt.«

Die Geisterfrau stöhnte auf. Als sie die Augen schloß und an ihrer Rückenstütze zusammensackte, schien es tatsächlich, als hätte diese Nachricht ihrer Seele einen tiefen Stich versetzt. Dann öffnete sie mit einem Seufzer wieder die Augen und starrte in die vom Feuerschein erhellte Höhle, während sie ohne Gefühlsregung sagte: »Wie du siehst, erleichtert Tsana sein Bedürfnis jetzt mit anderen. Er hat kein neues Leben mit mir gemacht ... keiner von ihnen hat neues Leben mit mir gemacht ... ich habe ihnen gezeigt, daß ich selbst das Leben bin!«

Joh-nee wußte, daß sie ihre Augen vor Schreck weit aufgerissen hatte. Die seltsame, gebannte Wildheit, die sie so oft im Blick der Geisterfrau sah, war wieder da, und irgendwie wußte das Mädchen, daß es der Blick des Wahnsinns war – und daß er gefährlich war, für sie und jeden, den sie liebte. Sie klammerte sich an ihre Puppe. »D-dieses Mädchen wird Doh-teyah halten, wenn d-die Geisterfrau schlafen will. Sie ist nicht zu schwer für mich, und ...«

»Die Geisterfrau schläft nicht! Wenn die Geisterfrau schläft, wird man ihre Babys wegnehmen! Man wird ihre Babys essen, so wie sie eines Tages das Totem essen werden!«

»Tsana ißt keine Babys.«

Die Geisterfrau lachte. Es war ein tiefes, boshaftes Glucksen – wie das Geräusch, das man aus dem blutigen Schnabel eines Kondors oder Teratornis erwarten würde, der auf den Knochen seiner letzten Mahlzeit hockte. »Lauf fort, du dummes Kind … bevor dieses Raubtier *dich* frißt!«

»Wir müssen gehen!«

Die Worte des Mädchens weckten Kosar-eh nur teilweise aus seinem tiefen Schlaf. Wie lange war es schon her, seit er auf den äußeren Sims vor der Höhle gegangen war, sich gegen die kalte Nachtluft in seine Schlaffelle gehüllt und die letzte der Frauen, mit der er sich gepaart hatte, fortgeschickt hatte, damit sie sich anderswo ihr Vergnügen suchte? Er hatte keine Ahnung. Wieviel konnte man nach der Jagd und der langen Wanderung über das gefrorene Land von einem Mann erwarten? Nicht zuviel.

Lächelnd kehrte er in den Schlaf zurück und erlaubte seinem erschöpften Körper, sich zu entspannen und zu erholen, während er davon träumte, wie es gewesen war – zuerst Eyah, die sich seiner heftigen, allzu schnellen Erfüllung hingab, dann andere, die vortraten und sich vor ihm hinknieten, um ihn mit unterwürfiger Ehrfurcht zu bitten, von dem Mann besessen zu werden, der es wagte, sich vor die Hörner des Todes zu stellen, um das Leben eines anderen zu retten, damit die Söhne, die er vielleicht mit ihnen in dieser Nacht machte, genauso mutig und stark wie der Schwarzweiße Krieger wurden. Tsana hatte gelacht und ihn ermutigt, jede Frau zu nehmen, die sein drängendes Bedürfnis ertragen konnte.

Als der Häuptling und die Männer des Stammes sich abgewandt hatten, um ihrem eigenen Vergnügen nachzugehen, hatte Kosar-eh Empfindungen erlebt, die er niemals für möglich gehalten hatte – Frauen hatten ihn berührt und gestreichelt, ihn mit Hand und Mund bearbeitet, wie er es seiner geliebten schönen Frau niemals gestattet hätte. Mit den Frauen des Stammes des Wachenden Sterns war es anders. Sie waren Fremde. Sie bedeuteten ihm nichts. Er ließ ihre Annäherungen und Ausschweifungen zu und ermutigte sie sogar, während sie gleichzeitig ihn dazu aufforderten – Zungen und Finger, die wonnig eindrangen, weiche Lippen, die ihn vor Lust seufzen ließen, bis er fast wahnsinnig vor Ekstase die eifrigste der Frauen in Stellung brachte und verlangte, daß sie für ihn tanzte, sich mit ihm vereinigte, sich auf ihm bewegte, ihn tief in sich aufnahm, bis er von der treibenden Hitze einer elementaren Leidenschaft überkommen wurde, von einer reinen männlichen Sinnlichkeit, ohne Zuneigung oder Liebe, sondern dem reinen Begehren, die beinahe unerträgliche Lust des Augenblicks zu vertiefen und zu verlängern. Als er schließlich erschöpft und erschüttert von der überwältigenden Befriedigung war, die er mit Frauen empfunden hatte, die völlig anders als die einer Frau waren, der er ewige Liebe geschworen hatte, hatte er sie alle fortgeschickt und sich am Eingang der Höhle schlafen gelegt.

Doch jetzt war er nicht mehr allein, wie es schien. Es war wieder ein weibliches Wesen, das zu ihm gekommen war. Es stand da und blickte auf ihn herab, ein sehr kleines Mädchen mit besorgtem Blick, das eine zerlumpte Lederpuppe an sich drückte. »Joh-nee«, sagte er. »Geh fort, Kind. Es ist spät. Dieser Mann muß sich ausruhen.«

Sie stand ganz ruhig da. Es dauerte eine Weile, bis sie erneut sprach. »Kiu-neh und Kho-neh sind wieder stolz auf dich. Sie werden dir wieder folgen. Weck sie auf. Sieh nur ... alle anderen schlafen. Sogar die Geisterfrau ist endlich eingenickt. Geh zu ihr. Brich ihr das Genick, so wie du es mit Cheelapat gemacht hast! Und während alle anderen träumen, können wir endlich fliehen! Bis Sonnenaufgang werden wir weit gekommen sein. Wenn die anderen aufwachen, wird es eine große Unruhe geben, aber ...«

»Diese Menschen haben uns in ihren Stamm aufgenommen, Joh-nee. Hier haben wir eine Zukunft. Hat Tsana mich nicht seinen Bruder genannt – und dich seine Schwester?«

Draußen vor der Höhle kreisten die Frühlingssterne auf dem schwarzen Mantel der Nacht, und Wölfe sangen im Tal der Toten. Sterne schimmerten in Joh-nees Augen und in den Tränen, die über ihre Wangen liefen, als sie zum Himmel aufblickte und dann über das Tal sah. Sie horchte auf die Wölfe und erzitterte. »Bald wird der Mond der Wärme aufgehen. Der Große Weiße Winter wird sich zusammen mit den Kalten Schwestern zurückziehen. Dann kommt die Zeit des Ersten Grünen Grases und der Heimkehrenden Enten. Dann werden sie von dir verlangen, daß du sie durch die Ödländer und den großen Wald führst, die hinter dem Ende der Welt liegen. Sie werden meinen Bruder und den heiligen Stein und das Totem jagen. Und wenn sie alles gefunden haben, werden sie mit uns tun, was sie schon mit Shateh getan haben und was du mit Shatehs Frau getan hast.«

»Nein.« Kosar-eh schüttelte den Kopf.

»Die Geisterfrau hat gesagt, daß sie ihr Doh-teyah wegnehmen werden, um sie zu essen!«

Wieder schüttelte er den Kopf. »Es ist kein Geheimnis, daß diese Frau sich von ihren eigenen Kindern ernährt hat, um ganz allein im Tal der Toten zu überleben. Ihre Gefühle der Schuld und der Reue lassen sie daran glauben, daß andere es getan haben. Die Geisterfrau ist alles, was noch von Ban-ya aus der Roten Welt übrig ist, Mädchen, und Tsana hat Mitleid mit ihr, weil seine Stammesmitglieder glauben, daß in ihrem Körper die Macht gestorbener Schamanen weiterlebt. Doch die Augen dieses Mannes haben gesehen, daß es Tsana ist, der an diesem Ort die Macht hat. Außerdem gibt die Milch der Geisterfrau meinem blinden Kind Leben. Du mußt wieder lernen, Vertrauen zu haben, meine Kleine. Es ist dein Bruder Cha-kwena, der uns betrogen hat. Und jetzt habe ich durch Tsana endlich erkannt, daß ich das tun muß, was er von mir erwartet, zum Wohl meiner Kinder und …«

»Ich bin nicht dein Kind! Ich bin Joh-nee, die Schwester Cha-kwenas, eine Tochter der Roten Welt, von U-wa und Tlana-quah, dem Häuptling des Stammes vom See der Vielen Singvögel!« Mit zitterndem Kinn unterdrückte sie einen Schluchzer. »Es wäre besser für uns gewesen, wenn wir alle gestorben wären, damit keiner von uns übrig ist, um jenen, die das Totem töten wollen, den Weg zu zeigen, den Cha-kwena mit den Mammuts und dem heiligen Stein gegangen ist. Denn wenn das weiße Mammut stirbt, werden auch die Menschen für immer sterben, alle Stämme – die der Roten

Welt und des Graslandes, alle! Aber du glaubst nicht mehr daran. Du bist einer von *ihnen* geworden!«

»Joh-nee, ich …«

»Es ist gut, daß Ta-maya für immer vom Wind davongeweht wurde, denn sie würde weinen, wenn sie sehen könnte, wie schnell du sie vergessen hast! Ich bin froh, daß mein Bruder den Mammuts ins Gesicht der aufgehenden Sonne folgte, wo du und die anderen Krieger des Stammes des Wachenden Sterns ihn niemals finden werden!«

Cha-kwena schritt mit einer Willenskraft durch den zu Ende gehenden Tag, die fast unerschütterlich war. Der riesige gefrorene See lag rings um ihn herum und unter ihm. Der westliche Wald, in den der Stern gefallen war, lag immer noch vor ihm, eine breite Wand aus dunklen Bäumen, die sich hinter einem Ufer erhob, das gerade erst sichtbar geworden war. Zwei Tage und eine Nacht hatte der Schamane bereits auf dem Eis verbracht. Und als er sich jetzt umdrehte und zurückblickte, sah er, daß er nicht mehr allein war. Zwei der Mammuts folgten ihm. Er runzelte die Stirn. Die Schatten der großen Kuh und des kleinen weißen Kalbes fielen lang über die Welt und auf den Mann mit dem Kopfschmuck aus Eulenfedern, der ihnen vorausging.

Cha-kwena hielt an. Der Wind kam kalt und trocken aus dem Osten, ein tiefes, hohles Keuchen, das heiser aus der Kehle eines unsichtbaren Riesen zu dringen schien. Und dieser Riese machte sich über ihn lustig. Den Schamanen überkam eine seltsame Empfindung der Leere. Er griff mit der Hand an seine Kehle. Er wußte, daß der heilige Stein nicht mehr dort war, doch zum ersten Mal, seit das Amulett in seinen Besitz gelangt war, fühlte er sich selbst des letzten Restes seiner Macht beraubt. Seit er zu seiner Heimreise aufgebrochen war, hatte er keine Träume und keine Visionen mehr gehabt, nur eine alles durchdringende Hoffnung und Sehnsucht, wieder mit seinem Stamm vereint zu sein … und mit seiner kleinen Frau.

»Mah-ree!« Cha-kwena sprach ihren Namen laut aus, den

Namen seiner ersten Frau, den Namen seiner einzigen Liebe, und hatte endlich die Gewißheit, daß sein Leben ohne sie keinen Sinn hatte. Ein Lächeln umspielte seine Lippen, während seine Augen unverwandt auf die langsam näher kommenden Mammuts gerichtet waren. Vielleicht konnte Mah-ree doch noch ihren Traum verwirklichen, hoch oben auf dem Kopf ihres Totems zu reiten.

Doch als er zusah, wie die Mammuts über das Eis auf ihn zustapften, brannte in seinen Eingeweiden ein bedrückendes Gefühl bevorstehenden Unheils. Wie lange würde das Eis ihr Gewicht noch tragen? Und falls das Totem einbrechen und ertrinken sollte, wie würde dann das Schicksal seines Stammes und seiner geliebten Frau aussehen?

»Geht zurück!« forderte Cha-kwena die Mammuts auf.

Doch die großen Tiere kamen weiter auf ihn zu.

Und in diesem Augenblick hörte der junge Schamane das, wovor er sich am meisten gefürchtet hatte – ein Krachen wie von einem Blitz. Doch es kam nicht vom Himmel. Es kam von unten, und während Cha-kwena über das Eis zu den Mammuts blickte, sah er, wie sich zwischen ihm und den Tieren ein Riß öffnete. Das Eis erbebte, verschob sich, hob sich auf der einen Seite und versank auf der anderen. Er sah, wie die Mammuts schwankten, während er selbst sein Gleichgewicht zu wahren versuchte. Kurz darauf sah er die Kuh in dem Spalt versinken, den ihr gewaltiges Gewicht aufgerissen hatte. Graues Wasser spülte schäumend um ihre Schultern, als ihre schweren Beine nach einem festen Grund suchten, den es nicht gab. Die Stoßzähne und den Rüssel erhoben, schrie sie wie eine verängstigte Frau, während das Kalb – das noch auf festem Eis stand – ihr erschrocken antwortete.

Cha-kwena reagierte instinktiv und rannte los. Er hatte keine Angst um sein eigenes Leben. Er warf seinen Körper auf eine Schräge, über die er schnell zum Rand des Spaltes rutschte. Dann benutzte er seinen Speer als Bremse, bis er das Kalb am Schwanz packte und mit aller Kraft daran zog, während er wieder auf die Beine zu kommen versuchte.

»Komm zurück! Zurück!« keuchte er.

Doch es war nutzlos. Das kleine weiße Mammut riß sich von ihm los und streckte den Rüssel nach seiner Mutter aus.

Das Eis bewegte sich und zerbrach in große Stücke, die auf den kalten Tiefen schwankten. Später würde Cha-kwena sich fragen, wie die große Kuh es geschafft hatte, so lange den Kopf über Wasser zu halten. Im letzten Augenblick, bevor sich das Eis über ihr schloß, stieß sich die ertrinkende Mammutkuh mit einem letzten Aufbäumen hoch, hob noch einmal ihren Kopf und die Schultern aus dem Wasser, schob sich vor und versetzte dem Kalb mit den Stoßzähnen einen heftigen Stoß, so daß es vom Rand des Eises wegrutschte. Es wurde umgeworfen und schlitterte mit hilflos rudernden Beinen davon. Als Cha-kwena zu ihm kam, heulte es vor Schmerz und Bestürzung.

Die große Kuh war verschwunden. Das kleine weiße Kalb nahm die Hand des Schamanen in sein Maul und nuckelte gierig daran, während es schwankte und verwirrt quiekte. Dann bewegte sich das Eis wieder ächzend unter ihren Füßen.

»Komm!« befahl Cha-kwena, und da das Totem nun keine Mutter mehr hatte, sondern nur noch den Menschen, folgte es ihm jetzt.

Teil 4

Südwind

Es gibt keine Veränderung … Alles ist gleißendes Licht … Ich bitte dich, schaffe etwas, das mich wärmt und das grelle Licht lindert.

Die Schöpfung der Welt
aus *Lakota Myth*
von James R. Walker

1

Der Große Weiße Winter verließ das Land, wie er angekommen war – in Regen und Nebel gehüllt, und wie ein tödlich verletzter Riesenwolf heulend.

Warakan saß lauschend im Innern der Hütte. Er kniete vor der Felltür und hatte sie einen winzigen Spalt geöffnet, während er nach draußen starrte und darauf wartete, daß Bruder Bär zurückkehrte.

»Komm wieder ans Feuer, Junge!« befahl Mah-ree mit der Selbstverständlichkeit einer Frau, die doppelt so alt wie sie war. »Du läßt den Wind und Regen herein! Möchtest du, daß sich unser Weiser erkältet? Willst du meine neue Eingangsmatte unter deinen Knien in einen Sumpf verwandeln, indem du mein geflochtenes Moos vom Regen trinken läßt?«

Warakan drehte sich zu ihr um und starrte sie an. Er hätte etwas gesagt, wenn sie ihm die Gelegenheit dazu gegeben hätte.

»Starr nicht, Junge!« befahl sie schroff. »Komm ins Trockene, sage ich! Unser Bärenbruder wird zu seiner Hütte zurückkehren, wenn er genug davon hat, im Schlamm und schmelzenden Schnee nach Mäusen und Eichhörnchen zu wühlen, und dann wirst du hinter ihm saubermachen, denn ich schaffe es nicht mehr! Ein Bär kann nicht für immer in einer Hütte leben, Warakan.«

Trotzig blieb Warakan, wo er war. Mah-ree klang mit jedem Tag mehr wie eine ständig nörgelnde Mutter. *Komm hierher! Geh dorthin! Tu dies! Räum das auf!* Dennoch machte sein Herz einen Satz, wenn er die junge Frau ansah. Sie war ein so hübsches kleines Ding, wie sie mit untergeschlagenen Beinen neben der Feuerstelle gegenüber von Jhadel saß. Trotzdem zog er eine finstere Miene, als er ihr zusah, wie sie die Singvögel rupfte, die er im Regen dieses Morgens mit Netzen gefangen hatte. Hatte sie ihm für seine Gabe gedankt? Er konnte sich nicht daran erinnern. Und seit wann hatte sie sich angewöhnt, ihn wieder ›Junge‹ zu nennen, als wäre dieses Wort sein Name?

Verärgert erwiderte Warakan: »Wie kommst du auf die Idee, ich würde in den Regen hinausschauen, um auf die Rückkehr von Bruder Bär zu warten? Vielleicht brauche ich nur etwas frische Luft, weil ich hier wegen deiner Nörgeleien nicht mehr atmen kann! Mein Kind wird zurückkehren, wenn die Wolken kommen und neuen Schnee bringen. Er kommt immer dann zur Hütte zurück, um zu schlafen.«

»Bruder Bär ist kein Kind mehr«, sagte sie. »Das mußt du allmählich verstehen. Bald wird er in den Wald gehen und nicht mehr zurückkommen. So ist es seine Art – die Bären leben die meiste Zeit allein, weit von den Hütten der Menschen entfernt.«

»Er ist mein Bruder, mein Kind. Wir werden immer zusammensein.«

Mah-ree schüttelte langsam den Kopf. »Nachdem jetzt die Zeit des Schnees vorbei ist, sucht er vielleicht nach seinen Artgenossen, nach einer Bärenfrau, damit sie für kurze Zeit gemeinsam durch den Wald streifen. Der Schlammond ist aufgegangen. Bald wird das Land grün und warm werden, und alle Geschöpfe werden danach streben, neues Leben zu machen und ...«

»Das ist gut«, warf Jhadel begeistert ein. Der alte Schamane erzitterte in seinen Fellen, schloß die tätowierten Augenlider und flüsterte wie jemand, der sich erinnerte: »Dieser Mann hatte schon befürchtet, daß die uralte Zeit zu Anbeginn der Zeiten zurückgekehrt sei. In jenem endlosen Winter war es so, daß Berge aus Eis über die Welt wanderten und Flüsse nicht mehr flossen. Es war eine Zeit ohne Bäume oder wachsende grüne Dinge, eine Zeit, in der Windgeister in den Stürmen Gestalt annahmen und als wilde Bestien durch das Land zogen. Lange dauerte der Schlaf von Große Tatze in jenen Tagen, als der Erste Mann und die Erste Frau zusammenkamen, um die künftigen Generationen der Menschen zu zeugen. Lange suchten der Große Weiße Winter und die Kalten Schwestern das Land und die Knochen der Menschen heim, bis ...«

»Fürs erste hat der Regen diese kalte Familie auf dem Rücken des Nordwindes fortgetrieben«, bestätigte Mah-ree und blickte Jhadel freundlich und besorgt an. »Jetzt ist die Jahreszeit des Südwindes. Ich habe seinen Atem im Nebel und Regen gewittert. In der Roten Welt meiner Vorväter heißt es, daß der Südwind die Zeit der Grünen Dämmerung bringt, der Erwachenden Erde, wenn die Vögel am klaren, trockenen Himmel heimwärts fliegen und die Schmerzen aus den Knochen alter Männer verschwinden und ihre Seelen wieder jung machen.«

»Ah … so möge es sein, so möge es sein«, seufzte der alte Mann.

Warakan war wütend aufgesprungen. Mah-rees Ansicht, daß Bruder Bär eines Tages nicht mehr von seinen Streifzügen zurückkehren könnte, hatte ihn tief erschüttert, und er war eifersüchtig darauf, wie Jhadel über jedes Wort der jungen Frau mit seligem Einverständnis lächeln konnte, sogar während er unter den Schmerzen der frischen Narbe litt, die seine Kopfhaut im Zickzack wie ein roter Blitz teilte. Jhadel lächelte ihn niemals so an, wie er Mah-ree anlächelte. In letzter Zeit hatte sich sogar eine solche Vertrautheit zwischen dem alten Mann und der jungen Frau entwickelt, daß Warakan sich allmählich wie ein Fremder in seiner eigenen Hütte vorkam. Nun gut, er war weder allein noch ausgestoßen, sondern einfach nur nebensächlich und – was noch viel schlimmer war – unwichtig.

Seine Gefühle befanden sich im Aufruhr, als er verkündete: »Ich werde in den Regen hinausgehen! Ich werde mein Kind, meinen Bruder und Freund suchen. Wir verstehen uns wenigstens. Frauengeschichten aus der Roten Welt! Geschichten von alten Männern! Warakan ist nicht an diesen Dingen interessiert.«

Mah-ree erwiderte kühl: »Ich sehe keinen Krieger in dieser Hütte. Ich sehe nur einen ungezogenen Jungen, der noch viel von den Erwachsenen lernen muß – auch, daß man sie respektiert!«

»So ist es!« bestätigte Jhadel. »Wir müssen lernen, als ein Stamm in der Welt zu leben, und zwar durch die alten Geschichten, um den Verlauf der langen Reise zu verstehen, die die Menschen durch die Zeit unternommen haben, bis sie sich in getrennte Stämme aufteilten, die sich gegenseitig als Fremde und Feinde betrachten.«

Warakan war angewidert. »Ich habe nicht den Wunsch, irgend etwas über den Stamm der Eidechsenfresser zu lernen oder über jene, die meinen Vater und meinen Großvater töteten und die meine Schwester enthäuteten, als wäre sie ein Tier, das auf der Jagd erlegt wurde, so daß ich bis zum Ende der Welt um mein Leben laufen mußte! Ich will ihren Stamm vernichten, für immer!«

Jhadel schnaufte verärgert über den Jungen. »Warakan, du trägst die Feder des Adlers, der der Bruder des Mondes und der Sonne ist und als einziger aller Vögel in den höheren Regionen des Himmels willkommen ist. Es war der Adler, der sich mit den Vier Winden verbündete, um die Seelen von Shateh und Masau herbeizutragen, damit sie in dir weiterleben, und der dich in die Obhut dieses Schamanen brachte, damit du lernst, alle Dinge zu sehen und zu wissen, so wie auch der Adler alle Dinge sieht und weiß. Warum bist du nach der langen Zeit, die du mit mir in diesem Wald hinter dem Ende der Welt verbracht hast, immer noch so blind wie eine Fledermaus in der schwarzen Höhle deines Hasses, der deine Seele gefangenhält?«

Warakans Oberlippe hob sich und zitterte. Die Worte des alten Mannes hatten seinen Stolz tief verletzt. Vor Mah-ree erniedrigt und von Jhadel beleidigt, drehte er sich um, griff nach seinem Mantel und seinen Speeren und stürmte aus der Hütte.

Es war nicht schwierig, Bruder Bär zu folgen. Während seiner Streifzüge hatte es sich das Bärenjunge zur Gewohnheit gemacht, immer wieder in seine eigenen Fußstapfen zu treten, so daß sich nun dauerhafte Eindrücke im schnell abtauenden Schnee und der schlammigen Erde gebildet hatten. Warakan folgte ihnen, während er sich Mühe gab, sich zwischen oder neben den Fußspuren zu halten, damit er nicht wadentief in den kleinen Pfützen mit Regenwasser versank, mit denen sich die Abdrücke gefüllt hatten. Als er nach einiger Zeit klitschnaß war und immer noch wütend auf Mah-ree und Jhadel vor sich hin murmelte, kam er an eine Stelle, wo sich die Fährte von Bruder Bär aufteilte.

Warakan war jetzt tief im Wald. Es regnete nicht mehr. Der Wind hatte sich seit einiger Zeit gelegt, und als die Sonne durch das tropfende Walddach drang, dampften dichte Nebelschwaden über dem Boden des Waldes. Er runzelte die Stirn, als er sah, wie die Bärenspuren unter dem Nebel verschwanden. »Welchen Weg soll ich jetzt nehmen?«

Ein Eichhörnchen rief, und ein zweites antwortete ihm.

Warakan blickte sich um und stieß dann selbst einen Ruf aus. »Bruder Bär! Wo bist du? Warakan möchte sich eine Weile zu dir gesellen!«

Sein Ruf breitete sich zwischen den Bäumen aus, zwischen der glänzenden Feuchtigkeit der Harthölzer und Nadelbäume, wo das Sonnenlicht jetzt auf unzählige Wassertröpfchen traf und ihn blendete. Irgendwo vor ihm brach etwas Großes aus einem Dickicht hervor. Warakan hielt den Atem an, hörte ein lautes Krachen und erkannte dann eine hohe braune Schulter, den stumpfen Samtschimmer von frischem Geweihwuchs, eine gebogene und herabhängende Schnauze, eine zitternde Wamme und den Blick aus einem runden, erschrockenen Auge.

»Elch!« rief Warakan, als das Geschöpf in den Tiefen des Waldes verschwand. Er neigte den Kopf und überlegte, ob das riesige Tier wohl einen Weg entlangtrottete, den vor kurzem auch ein Bär genommen hatte.

Die Eichhörnchen beantworteten seine unausgesprochene Frage. Ein gutes Stück weiter schimpften sie laut in den Baumwipfeln. Wieder neigte er den Kopf und fragte sich, ob etwas ihre Sprünge von Ast zu Ast behinderte, denn während er auf ihre scharfen, wiederholten Rufe lauschte, hörte er darin eine Mischung aus Wut, Verzweiflung und Furcht. Vor seinem inneren Auge sah er, wie sie auf den hohen Zweigen hockten, mit zuckenden Schwänzen, gesträubten Barthaaren und wild trommelnden Vorderpfoten, während sie über etwas am Boden schimpften.

»Bruder Bär!«

Ein träger Seufzer aus sonnengewärmter Luft wehte Warakan den unmißverständlichen Geruch nach Kiefernharz in die Nase. Dieser Duft war eine Bestätigung seines Ausrufs. Er hastete los, watete durch den Nebel, trat immer wieder in unsichtbare Pfützen, die sich in den Fußspuren seines Kindes gesammelt hatten. Er kletterte über Wurzeln und frische Ranken, kämpfte sich durch dichtes Gebüsch und blieb dann mitten in einem Gewirr aus gerade knospenden Johannisbeersträuchern stehen. Und dort war auch Bruder Bär, der ein Stück an einer jungen Tanne hochgeklettert war. Die Krone war fast bis zum Boden heruntergebogen, weil der Bär sich wie ein riesiges braunes Moospolster um den Stamm geschlungen hatte. Zufrieden schälte er mit den Schneidezähnen die Rinde ab und schlürfte laut den Saft aus den Verletzungen im Fleisch des Baumes.

Warakan hörte nicht die Geräusche, die der Nadelbaum unter dieser Belastung von sich gab. Aber auch allein die Krümmung des Baumes und die Position des Bären hätten ihn auf das Unvermeidliche aufmerksam machen müssen. Er war jedoch so froh darüber, sein Kind wiedergefunden zu haben, daß er nur mit einem seligen Grinsen dastand, bis der Baum zerbrach.

Der Junge schrie.

Der Bär heulte.

Warakan warf sich zur Seite, als über zweihundert Pfund Bär von oben auf die Stelle stürzten, wo er eben noch gestanden hatte.

Sekunden später waren beide, der Junge und der Bär, nebeneinander zwischen den Johannisbeersträuchern in der schlammigen Erde gelandet. Verwirrt und etwas benommen rieben sich beide den Hintern, der Junge mit der linken Hand, der Bär mit der rechten Vordertatze. Der Junge stöhnte, der Bär knurrte.

Als Warakan sich an seine Kindheitsträume vom Fliegen erinnerte und an das letzte Mal, als er in diesem Wald in einen bodenlosen Abgrund gesprungen war, um einer Katastrophe zu entgehen, konnte er der Situation etwas Lustiges abgewinnen. »Wir sind beide nicht sehr gut im Fliegen«, sagte er zum

Bären, während er sich nicht sicher war, was als Landeplatz vorzuziehen war – eine Schneewehe, in der ein kleiner Junge versinken konnte, oder fester Boden, auf dem man sich den Hintern weh tat.

»Mwaah!« beschwerte sich der Bär voller Selbstmitleid, als er sich in Warakans Schoß fallen ließ und schamlos nach einem beruhigenden Tätscheln verlangte. Er begrub den Jungen fast völlig unter einer Masse aus Muskeln und Fell.

Warakan befreite sich so weit, daß er wieder atmen konnte. Er grub seine Finger tief in den dicken Pelz und massierte die warme Haut hinter dem Ohr des Bärenjungen, worauf er von den zufriedenen Seufzern des Tieres getröstet wurde. »Wir sind Brüder, du und ich!« sagte er zum Bären. »Eines Tages werden wir gemeinsam große Krieger sein. Eines Tages, wenn wir beide erwachsen sind, werden unsere Feinde vor uns erzittern, wenn wir zu ihnen kommen, um ihnen den Tod zu bringen – du wirst aufrecht wie ein Mensch dastehen und mit den großen Krallen und Zähnen drohen, während ich mutig mit meinen Speeren und meinem Speerwerfer an deiner Seite gehe, stark in der Macht des heiligen Steines und so gefährlich wie ein Bär!«

Der Junge seufzte. Er konnte all das genau in seiner Vorstellung sehen. Die Zukunft glänzte wie eine köstliche Frucht, die in einem Teil des Waldes heranreifte, den er bestimmt bald entdecken würde. Er kuschelte sich an den Bären. »Bis es soweit ist, brauchen wir niemanden, Bruder Bär, vor allem keine Frauen – ob Bären- oder Menschenfrauen –, um mit uns durch die Wälder zu streifen oder uns zu sagen, was wir tun sollen.«

»Warakan!«

Der Junge erstarrte. Jhadel rief seinen Namen. Die schwache Stimme klang besorgt und sehr weit entfernt. Warakan lächelte. *Also liegt ihm doch etwas an mir!* dachte er zufrieden und dankbar, bis …

»Junge!«

Warakans Lächeln verschwand. Mah-rees Stimme war im Gegensatz zu Jhadels sehr stark und wütend vor Ungeduld.

»Wo bist du, Junge?« rief sie wieder.

Er verzog das Gesicht. *Junge!* Warakan, der Sohn von Masau und der Enkel von Shateh, würde nicht auf diesen Namen hören, selbst wenn sie so lange weiterrief, bis ihre Stimme genauso schwach wie die des alten Mannes geworden war. Und sie rief weiter. Warakan lauschte, pflegte seinen verletzten Stolz und weigerte sich hartnäckig, auf ihre Rufe zu antworten.

»Sie sollen beide im Saft ihres Bedauerns kochen, weil sie sich zusammengetan haben, um diesen Jungen zu beleidigen, und weil ihnen das Leben von Bruder Bär nicht mehr wert ist als das irgendeines Tieres!« verkündete er, und nachdem er den Geistern des Waldes gedankt hatte, daß sie ihre Spur verbargen, folgte er dem Bären tiefer in den Wald.

Der Tag wich der Dämmerung und die Dämmerung dem Abend.

Unter dem Dach des Waldes blieb Warakan hartnäckig in der Gesellschaft seines Bruders, während das Bärenjunge rastlos weiterzog, seiner Nase folgte und unermüdlich mit der Schnauze im feuchten Humus wühlte, um nach Maden, verschimmelten Nüssen und runzligen Beeren zu suchen. Gelegentlich hielt Bruder Bär in der zunehmenden Dunkelheit an, riß Baumstümpfe aus dem Boden oder drehte Steine um, worauf er sich schnüffelnd niederbeugte, um alles zu fressen, was darunter lebte. Es war auch für den Bären nur eine karge Kost, die für den Jungen eine ungenießbare und zum Teil sogar unverdauliche Nahrung dargestellt hätte, wenn das Tier nicht alles sofort nach der Entdeckung gierig selbst verspeist hätte.

»Mit solcher Nahrung werden wir nie zu Kriegern heranwachsen«, sagte Warakan, der ein wenig in seiner feuchten Kleidung zitterte und beschloß, die Selbstsüchtigkeit seines Bruders, die ihm zuvor noch nie an ihm aufgefallen war, zu ignorieren. »Wenn wir anhalten, um uns auszuruhen, werde ich Fallen aufstellen, bevor ich mit meinen Speeren für mich und meinen Bruder auf die Jagd gehe. Bald werden wir beide richtiges Fleisch zu essen haben!«

Bruder Bär machte jedoch keinerlei Anstalten, sich auszuruhen, damit der Junge, der ihn aufgezogen hatte, für ihn jagen und Nahrung beschaffen konnte. Die Fähigkeit des Tieres, sich selbst Nahrung suchen zu können, war unverkennbar und ebenso beeindruckend. Mit geweiteten Nüstern erschnupperte und erkannte es Gerüche, die Warakans menschlicher Nase entgingen, so daß es sich von einem Häppchen zum nächsten bewegte, von Dickicht zu Dickicht, über kleine Lichtungen und zurück in den Wald. Endlich rülpste es zufrieden, nachdem es ein Labyrinth aus Nagetiergängen geplündert hatte, die durch den schmelzenden Schnee freigelegt worden waren, setzte sich auf den Hintern und leckte sich die blutigen Pfoten.

Warakan, der hungrig und hundemüde war, starrte das Tier entgeistert an. »Du willst deine Jagdbeute wohl nicht mit deinem Bruder teilen, wie er es dir angeboten hat!« beklagte er sich und blickte dann nach unten, als eine winzige verwirrte Maus, die den Überfall von Bruder Bär überlebt hatte, zwischen den ausgestreckten Beinen des Bärenjungen hervorkam und direkt auf ihn zulief. Als das langschwänzige, huschende, graue Bündel zwischen den Mokassins des Jungen hindurch in den Wald flüchtete, blickte Warakan wieder den Bären an. »Eine Maus! Ist das alles, was du mit einem Bruder teilen würdest?« Er hockte sich auf die Fersen, lehnte sich gegen seine Speere und blickte finster. »Was soll's? Eine Maus ist sowieso keine angemessene Nahrung für Warakan, den Sohn von Masau und Enkel von Shateh! Ich werde mich jetzt ausruhen. Es ist besser für einen Krieger, gar nichts zu essen, als solche Nahrung zu sich zu nehmen, mit der sich der Bär offenbar zufriedengibt. Ich werde morgen für mich selbst jagen. Und wenn der Mausfresser meinen Zorn erregt, wird Warakan vielleicht *ihn* jagen!«

Das Bärenjunge starrte ihn plötzlich reglos an, als würde es einen bedrohlichen Fremden beobachten.

Warakan erschrak genausosehr über seine eigenen Worte wie über die Reaktion des Bären darauf. Wo hatte er diesen Ausdruck im Gesicht des Bären schon einmal gesehen? Im Wald nicht weit von der Hütte, als er sein Kind verfolgt hatte, nachdem es Jhadel zur Hälfte skalpiert hatte. Die Nackenhaare des Jungen sträubten sich. Standen die Augen von Bruder Bär schon immer so weit auseinander, oder lag es daran, daß der Kopf des Bären so weit wie ein Baumstamm auseinandergewachsen war? Er schluckte. Wenn sein Kind zu Anfang seines zweiten Sommers schon so groß war, wie groß würde es dann sein, wenn der Große Weiße Winter mit den Kalten Schwestern zurückkehrte und es mit starken Knochen und reichlich Sommerfett im Herbstwald eine Stelle zum Winterschlaf suchte? Diese Aussicht war ernüchternd. Warakan schluckte noch einmal, da sein Mund wie ausgetrocknet war. Er fuhr sich mit der Zunge über die Lippen und ärgerte sich schon im nächsten Augenblick über seine Dummheit.

Der Bär reagierte sofort. Er stand auf, legte die Ohren an, klappte die Kiefer zusammen und streckte dann eine lange feuchte Zunge heraus.

Warakan sah, wie die Fangzähne des Tieres lang und weiß im Zwielicht der anbrechenden Nacht aufblitzten. Er hätte sich fast übergeben. Die Schneidezähne von Bruder Bär waren fast so lang wie die Daumen eines erwachsenen Mannes! Langsam löste der Junge seine Beine voneinander und stand zitternd auf. Er erinnerte sich an Lahontay, den ältesten der Jäger Shatehs, der gesagt hatte, wenn der Bär seine Ohren anlegte, die Kiefer zusammenklappte und sich mit der Zunge über die Lippen leckte, mußte man sich auf seinen Angriff gefaßt machen. Lahontay hätte auf seinen eigenen Rat hören sollen, denn es war die Mutter dieses Bären gewesen, die ihn getötet hatte. Eine leise Stimme in Warakans Hinterkopf schien ihn zu verspotten: *Außerdem bist du gar kein Mann, sondern ein Junge! Ist es nicht allmählich an der Zeit, diesen Bären allein zu lassen, damit er mit seinen eigenen Artgenossen durch den Wald streifen kann?*

Der Bär bewegte seinen Kopf. Seine Nase prüfte die Luft, sog den Geruch des Jungen ein, und als er Angst darin entdeckte, schnaufte er entrüstet und schüttelte wütend den Kopf.

Warakan zitterte immer heftiger. Er wollte fortlaufen. Er wollte sich umdrehen und in den Wald flüchten. Er wollte schreiend losrennen, zur Hütte zurück, doch irgendwie konnte er sich dazu zwingen, hier bei dem Bärenjungen zu bleiben. Es war schließlich nicht irgendein Bär, sondern sein Bär, sein Kind, seit es zum ersten Mal die Milch seiner toten Mutter von seinen Fingern geleckt hatte, seit es ihm über das Land gefolgt war und von ihm Nahrung und Liebe angenommen hatte, als wären sie von derselben Mutter geboren worden – nicht wie Bär und Junge, sondern wie Brüder, die immer alles miteinander teilten. Warakan warf seine Speere beiseite.

»B-bruder? K-kennst du mich n-nicht mehr?« Der Junge mußte um jedes Wort kämpfen. Was hatte Mah-ree noch zu ihm gesagt? Daß man die eigene Furcht sehen konnte, wie sie sich im Auge des anderen widerspiegelte? Und etwas über Mißtrauen … ja! *Das ist der grausamste Schmerz … das Mißtrauen in den Augen eines Freundes, dem man für immer sein Herz geschenkt hat.*

»Vergib mir, Bruder.« Warakan sprach jetzt mit ehrlicher Reue. »Es war ein langer Tag. Wir haben einen weiten Weg zurückgelegt. Es macht nichts, daß wir einen unterschiedlichen Geschmack haben, denn so ist es auch mit vielen anderen Brüdern. Ich wollte dich nicht anknurren. Und selbst wenn es in dieser oder der nächsten Welt keine andere Nahrung mehr gäbe, würde Warakan trotzdem niemals seinen Bruder jagen.«

Die Ohren des Bären richteten sich wieder auf. Er schnaufte noch einmal und ließ sich dann auf alle Viere fallen, während er immer noch den Jungen anstarrte und ihn musterte. Nach einem letzten Murren begann er ausgiebig zu gähnen, worauf er sich umdrehte und in ein Gebüsch aus immergrünen Bäumen und Harthölzern wankte. Dort kratzte er Kiefernnadeln und verwelktes Laub zusammen, bis er einen großen Haufen geschaffen hatte. Als alles zu seiner Zufriedenheit angeordnet war, setzte er sich mitten in den Haufen, so daß er wieder den Jungen anstarren konnte.

Warakan starrte zurück.

Es war jetzt dunkel. Es war eine feuchte, schwere Dunkelheit, die ihn bis ins Mark frieren ließ. Eine Weile verging, während die Dunkelheit immer tiefer wurde. Bald konnte er den

Bären nicht mehr sehen, obwohl er ihn tief und gleichmäßig im Schlaf atmen hörte, bis er sich in der Finsternis an diesen Geräuschen orientierte und darauf zuging.

Dann legte Warakan sich zwischen den Bäumen neben seinem Kind nieder. Vorsichtig kuschelte er sich näher heran. Kurz darauf hielt der Bär ihn in den Armen und wärmte seinen Körper, so daß der Junge wußte, daß Bruder Bär ihm verziehen hatte, und froh darüber war, ihn in seiner Nähe zu haben.

Er lag noch lange Zeit wach, starrte zwischen pelzigen Armen in die Baumwipfel und die dichte, feuchte Dunkelheit hinauf. Die Nacht hatte sogar den Sternen das Licht geraubt, denn falls sie jetzt über dem Wald standen, konnte der Junge sie jedenfalls nicht sehen. Er schloß die Augen. Der Wind war leise, ein schwerer Seufzer aus dem Süden. Gelegentlich drehte er sich und wehte böig kühle Luft aus dem Norden in den Wald, und in diesen Momenten hörte Warakan Stimmen im Wind. Er lauschte. Weit entfernt suchten Jhadel und Mahree immer noch nach ihm.

Ihnen liegt wirklich etwas an mir, dachte er, während er die Augen aufriß und hörte, wie der alte Mann seinen Namen rief. Dann nannte die Frau ihn wieder einen Jungen. Er biß die Zähne zusammen und war entschlossen, nicht zu antworten.

Sie sollen weitersuchen! Sie sollen sich Sorgen machen, ob Warakan in dieser Nacht zum Fleisch im Bauch eines Raubtieres geworden ist!

Er schloß wieder die Augen. Allmählich wurden die Stimmen leiser. Während er einschlief, hörte er zwei Eulen, die sich in den Baumwipfeln unterhielten, während ferne Wölfe zur Begleitung eines bellenden Fuchses sangen. Einige Zeit später drang das Kreischen einer Raubkatze in seine Träume und erinnerte ihn daran, daß die Säbelzahnkatze immer noch durch den Wald streifte. Der Junge seufzte und versuchte wieder einzuschlafen, während er in den Armen seines Bruders keine Angst davor hatte, unbesorgt weiterzuträumen.

Er wachte in der Dämmerung auf. Irgendwo weit entfernt schimpfte ein Häher. Warakan richtete sich auf seine Ellbogen gestützt auf. Noch bevor der Ruf verklang, wußte er, daß kein Vogel jemals ›Junge! Junge!‹ durch die Bäume rufen würde.

»Wenn du nach mir rufst, dann benutzte meinen richtigen Namen, Mah-ree aus der Roten Welt! Vielleicht werde ich dann zur Hütte zurückkehren. In der Zwischenzeit kannst du so lange nach mir suchen, wie du willst, aber du solltest lieber nach der Macht des heiligen Steines suchen, wenn du mich finden willst, denn dem Klang deiner Stimme nach gehst du in die falsche Richtung!«

Bei diesen Worten breitete sich ein Lächeln auf Warakans Gesicht aus. Er blickte sich um und freute sich über die Gewißheit, daß seine Rebellion erfolgreich war, über die Wärme des neuen Tages und darüber, daß der Regen aufgehört hatte. Ein blauer Himmel zeigte sich über dem Walddach, und der Südwind erhob sich mit dem Morgen.

Warakan erhob sich ebenfalls. Unter den langen Strahlen des morgendlichen Sonnenlichts stand er von der Matratze auf, die Bruder Bär bereitet hatte. Seine Mokassins und Felle waren immer noch klamm, doch der Pelz des Bären hatte die meiste Feuchtigkeit aufgesogen. Er fror nicht mehr, als er sich erleichterte und fröhlich dem Bärenjungen zurief, es solle aufstehen und die Sonne begrüßen. Der Bär gehorchte. Er stand auf, streckte sich und scheuerte sich dann ausgiebig am nächsten Baum den Rücken. Die Feindseligkeiten der vergangenen Nacht waren vergessen, als er zu Warakan kam, um sich umarmen und kraulen zu lassen. Nach einem freundschaftlichen Ringkampf machte er sich mit einem Schnaufen auf den Weg und folgte wieder seiner Nase durch den Wald.

Warakan lachte vor Vergnügen, als er seine Speere nahm und seinem Bruder nachsetzte. Er watete durch den Bodennebel, stapfte spritzend durch Bäche und rutschte gelegentlich im Matsch und Schnee aus. Es war ein wunderbarer, freier Morgen, ohne daß ihm jemand sagte, wohin er gehen und was er tun sollte, wenn er dort angekommen war. Er rannte immer weiter und hielt nur dann zum Essen an, wenn der Bär von Knospen und Farnwurzeln und zarten Knollen fraß. Als sie auf mehrere Teiche stießen, die von Bächen gespeist wurden, konnte er ein paar Fische mit seinen Speeren aufspießen, während Bruder Bär sie aus dem seichten Wasser schlug und mit seinen Krallen durchbohrte.

Bruder Bär ging immer weiter, suchte sich schnuppernd den Weg von einer Mahlzeit zur nächsten, wie er es schon am vorigen Tag getan hatte, und Warakan folgte ihm. Sein Hunger war gestillt und seine Neugier durch die unbekannte Umgebung angestachelt. Der Gesang fremder Vögel und das ständige Summen der Insekten erfüllten seine Ohren. Der Wald raunte und seufzte unter jeder Frühlingsbrise. Während sie die vereinzelten schnell kleiner werdenden Schneeflächen überquerten, hörte er, wie der Schnee flüsterte, während er von der Haut der Erde aufgesogen wurde. Warakan lächelte, als er den Zusammenhang verstand: Der Schnee verwandelte sich in Wasser, das in den zahllosen Rinnsalen, Bächen und flachen, von Nebel umhüllten Teichen weiterlebte, durch die er an der Seite von Bruder Bär stürmte, leichtsinnig in seiner Freude, endlich den Winter hinter sich gelassen zu haben.

»Yah!« rief Warakan dem Morgen begeistert zu, ebenso der neuen Jahreszeit und der köstlichen Wärme der schweren Frühlingsluft. »Yah yah, hay!« Es waren gar keine Worte, sondern der Ausdruck seiner reinen Freude, Laute, die er aus seiner Erinnerung an die kurzen Tage und Nächte holte, die er in den Jagdlagern seines Großvaters am Fuß der hohen Berge verbracht hatte, deren Pässe sich in das Grasland öffneten. »Hay, yah yah!« Es war der Ruf des Häuptlings zum Zeichen, daß das Festmahl begann, wenn die Nacht anbrach und der Stamm sich um die Lagerfeuer versammelte, um Loblieder für die Jäger und die Geister des Wildes zu singen, die an diesem Tag unter den Speeren der Männer gestorben waren.

Warakan blieb plötzlich stehen. Ein Kloß hatte sich in seiner Kehle gebildet. Er war gleichzeitig schmerzhaft bitter und tröstend süß, als er seine Hand hob, um die Adlerfeder zu berühren, die in sein Stirnhaar geflochten war – Shatehs Feder, das Abschiedsgeschenk seines sterbenden Großvaters an ihn. Er flüsterte den Namen des toten Oberhäuptlings, und in diesem Augenblick brach das Sonnenlicht in schrägem

Winkel durch die Bäume, um den Jungen in Helligkeit und Wärme zu baden. Hoch oben kreiste ein Goldadler vor dem Auge des Mittags und rief: *Kjah, kjah, kjah!*

Er blickte nach oben und sah den dunklen Raubvogel mit den weiten Flügeln, wie er abdrehte und dabei ein goldener Schimmer an seinem Hals aufleuchtete, bevor er hinter den Bäumen verschwand.

»Goldadler, Geist meines Großvaters!« drang es aus der Kehle des Jungen. »Warakan hat Shateh nicht vergessen. Sieh nur! Warakan streift ohne Furcht mit dem Bären durch den Wald. Sieh nur! Bald wird Warakan ein Mann und ein Krieger sein, gestärkt von der Macht des Totems und des heiligen Steins. Dann werden wir unsere Feinde erzittern lassen, wenn er zusammen mit dem Bären kommt, um in deinem Namen Rache über sie zu bringen!«

Seine Worte schienen in der strahlend leuchtenden Luft zu schweben, wie Bilder, die man in den Wolken erkennen konnte, bevor sie sich kurz darauf wieder auflösten.

Stille erfüllte den Wald.

Warakan hielt den Atem an und wartete, obwohl er nicht wußte, worauf. Der Adler war fort. Im breiten Sonnenstrahl war kein Vogel, kein Tier und kein Insekt zu hören. Es war, als hätte die ganze Welt den Atem angehalten, bis der Ruf einer Frau die Stille zerriß.

»Junge … wo bist du? *Junge!*«

Warakan reagierte, als hätte man ihm eine Ohrfeige versetzt. Mah-ree nannte ihn immer noch einen Jungen! Die Stimme schien viel näher als während der Dämmerung zu sein. Eine Täuschung des Waldes, der schweren Luft, des goldenen Mittags? Verwirrt runzelte er die Stirn, doch sein Herz machte einen Satz. Hatten der alte Mann und die junge Frau die Sicherheit der Hütte und der umgebenden Lichtung verlassen, um ihm in die unbekannten Tiefen dieses großen und gefährlichen Waldes zu folgen? Hatten sie sich aus Sorge um seine Sicherheit selbst in Gefahr gebracht? Dieser Gedanke befriedigte ihn so sehr, daß Tränen in seinen Augen brannten. *Dann machen sie sich ganz bestimmt Sorgen um mich! Ich bin ihnen nicht gleichgültig. Sie …*

Seine Augen musterten die Umgebung. Er befand sich gar nicht in einem unbekannten Teil des Waldes! Er wußte plötzlich genau, wo er war! Zwischen den Wachtposten vereinzelter Fichten und Kiefern hatte ergrüntes Laub die harten winterlichen Winkel der vertrauten Hartholzbestände aufgeweicht. Felsbrocken – die im Winter grau gewesen waren – erhoben sich wie gewaltige Pilze aus dem Nebel, mit einem Fell aus Moos und Flechten überzogen. Mit offenem Mund wirbelte Warakan herum, und als er seine Position in Beziehung zum Sonnenstand gebracht hatte, wurde ihm klar, daß Bruder Bär ihn seit der Dämmerung in einem großen Bogen zur Hütte zurückgeführt hatte!

Der Junge war wütend. Mah-ree und Jhadel hatten sich überhaupt nicht in Gefahr begeben – Bruder Bär hatte ihn zu den beiden zurückgebracht! Er jedoch war noch nicht dazu bereit, sich wieder den Schikanen der jungen Frau auszusetzen, die hartnäckig darauf bestand, ihn wie ein kleines Kind zu behandeln, oder dem alten Mann zu begegnen, der ihrem Zauber verfallen war und zusammen mit ihr Partei gegen ihn ergriff.

Wieder blickte sich der Junge verwirrt um. Warum wollte das Bärenjunge zur Hütte zurückkehren, wenn er, Warakan, sich gar nicht darin aufhielt? Und wo war Bruder Bär überhaupt?

Er neigte den Kopf, um zu lauschen. Ein schlürfendes Geräusch lockte ihn durch dichtes Gestrüpp, wo sein Kind bauchtief im Bodennebel neben einem entwurzelten und ausgehöhlten Baum saß. Warakan starrte entgeistert, als er die neueste Jagdtechnik des Tieres beobachtete: Der Bär hielt seine Tatze so lange in das hohle Ende des Stammes, bis sich genügend der darin hausenden Ameisen im Fell gesammelt hatten, worauf er die Tatze erhob und sie gelassen, aber mit geräuschvollem Vergnügen sauberleckte.

Warakan war entgeistert. Er vergaß die Reaktion des Bären auf seine wütenden Worte in der vergangenen Nacht und schrie: »Ameisen! Maden! Mäuse! Käfer! Rinde von Bäumen und die Knospen und Wurzeln von wachsenden grünen Dingen! Das ist keine angemessene Nahrung für Krieger! Aber

Mah-ree aus der Roten Welt wäre stolz auf dich. Ihr eidechsenfressender Stamm ernährt sich auch von Ameisen und Maden und anderen üblen Dingen, die genauso geduckt über die Erde kriechen wie ihre eigenen armseligen Vorfahren. Und jetzt siehst du, was diese Nahrung aus ihnen gemacht hat! Es hat sie zu Ausgestoßenen gemacht, die verachtet und hinter das Ende der Welt gejagt wurden ...«

Der Bär blickte auf. »Mah-ree aus der Roten Welt hat den heiligen Stein der Vorfahren. Cha-kwena aus der Roten Welt lebt mit dem Totem hinter dem Ende der Welt. Sie ist die Medizinfrau! Er ist der listige Kojote, der Gelbe Wolf, der Schamane und der Krieger, der die Männer aller Stämme besiegt hat! Wer bist du, Junge, daß du die Sitten der Bären verachtest und vor der Weisheit davonläufst, die von dem Weisen und der Frau des Schamanen gesprochen wurde?«

Warakans Mund klappte auf. Hatte Bruder Bär gerade zu ihm gesprochen? Er stand auf, schnaufte, drehte sich um und ging dann fort – genau auf die junge Frau mit dem Speer in der Hand zu, die zwischen den Bäumen hervortrat.

»Mah-ree!« rief Warakan schockiert und beschämt, weil er ihre Anwesenheit nicht früher bemerkt hatte und erst jetzt erkannte, daß die Frau und nicht der Bär gesprochen hatte. Sein Herz klopfte wie gewohnt schneller, wenn er sie anblickte. Bruder Bär war vor ihr stehengeblieben. Er sah, wie sie zum Gruß eine Hand auf den Kopf des Tieres legte, doch in ihren Augen war ein eisiger Blick, als sie zu ihm herüberschaute. Sie hatte seine herabsetzenden Worte über ihren Stamm mitgehört. Sein Gesicht brannte vor Verlegenheit. »Ich, äh ... äh ...«

»Sag nichts!« Mah-ree war sichtlich verärgert. »Die Säbelzahnkatze hat in der letzten Nacht in der Nähe der Hütte ihre Spuren hinterlassen. Ist es möglich, daß du ihr Kreischen nicht gehört hast oder daß du dich überhaupt nicht um unsere Sicherheit gesorgt hast – wenn schon nicht um die dieser Frau, dann wenigstens um die von Jhadel, der deinetwegen in der Dunkelheit dieses verfluchten Waldes sein Leben wagte? Komm! Oder ist es dir gleichgültig, daß der Tod wegen deiner selbstsüchtigen und gedankenlosen Überheblichkeit ein Opfer in diesem Wald gefunden hat?«

»Jhadel?« keuchte Warakan den Namen des alten Mannes, aber er konnte sich nicht dazu überwinden, eine entsprechende Frage zu stellen. Ihm wurde übel. Als er seine Umgebung betrachtete, erkannte er, daß es genau hier an diesem Ort gewesen war, wo er den Todeswunsch zurückgenommen hatte, den er in jener lange zurückliegenden Nacht gegen den alten Mann ausgesprochen hatte, als er trotz des Befehls des Weisen in das blutrote Glühen der Tänzer des Nordens hinausgerannt war, um nach dem Windgeist zu suchen, der ihn vor Feinden gewarnt hatte. Als er jetzt in Mah-rees eiskalte Augen starrte, fragte er sich, ob sie vielleicht der gefürchtete Feind war, in Wirklichkeit doch ein Geist, ein Wesen, das nicht aus Fleisch, sondern aus Blut bestand, ein geisterhafter Wächter des heiligen Steines, der alle Männer, Tiere und dummen Jungen verzauberte, die nicht auf die Warnungen hörten, die aus ihrem eigenen Mund kamen.

Nimm dich in acht vor dem, was du sagst, Junge! Die Geister des Windes hören alles, und die Mächte der Schöpfung können die Worte eines unbedachten Sprechers auf seiner Zunge umdrehen, so wie ein Hund, der sich in den eigenen Schwanz beißt.

Warakan spürte, wie er in seiner eigenen Haut zusammenschrumpfte. Hatte sie seinen Todeswunsch für Jhadel gehört? Hatte sie sich seine Worte zu Herzen genommen und sie so lange für sich behalten, bis sie sich in einem Augenblick, als er unachtsam war, mit der Säbelzahnkatze verbündete, um Jhadels Seele vom Wind davonwehen zu lassen – und ihn zu verspotten und zu ärgern? »Nein!« schrie er gleichzeitig entsetzt und erzürnt. »Ich habe meine Worte gegen den Weisen zurückgenommen! *Ja!* Bestimmt haben die Mächte der Schöpfung auf mich gehört!«

»Wirklich?« hakte die Frau mit vernichtendem Vorwurf nach. »Geh zur Hütte und sieh selbst ... *Junge!*«

2

Mah-ree lachte.

Dies zu hören gefiel ihr, denn seit viel zu langer Zeit war Lachen ihrer Seele fremd gewesen. Sie lächelte und wurde von einem angenehmen Wohlgefühl gewärmt, während sie neben dem Bären stand und zusah, wie der in Angst und Schrecken versetzte Junge zwischen den Bäumen verschwand.

»Vielleicht wird er jetzt lernen, seinen Jähzorn unter Kontrolle zu bringen«, sagte sie.

Mah-ree wartete geduldig ab, lauschte auf das Platschen junger Füße in Pfützen und Lachen, auf das Rascheln und Knacken der Zweige, die dem Jungen im Weg waren. Sie hörte, wie überraschte Vögel unter protestierendem Geschrei aufflatterten, und dann ein lautes »Aiee!«

Mah-ree zuckte bei Warakans Ausruf nicht zusammen, denn sie hatte damit gerechnet. »So!« sagte sie mit stiller Befriedigung. Als der Bär sich mit offensichtlicher Beunruhigung in Bewegung setzte, folgte sie ihm dichtauf.

Sie unterdrückte ihr Lachen und zwang sich zu einem ernsten Gesichtsausdruck, als sie den Rand der Lichtung erreichte und über den Bach zum steinigen Ufer blickte, wo der Junge stand. Er starrte auf die Hütte und war vor Schrecken erstarrt.

Mah-ree hob zufrieden den Kopf. Alles war genauso, wie sie es erwartet hatte. Der Junge starrte wie gelähmt, das blutige Fell der Säbelzahnkatze war über einen aufrechten Rahmen aus verflochtenen Zweigen gespannt, der Kopf des Raubtieres hing mit aufgesperrten Kiefern da, so daß die furchtbaren Zähne in ihrer vernichtenden Pracht deutlich zu sehen waren und ihre toten Augen herabblickten auf …

»Jhadel!« schrie Warakan. Er stürmte vor und fiel neben der frisch aufgebahrten Leiche des alten weisen Mannes auf die Knie.

Mah-ree legte eine Hand auf den Mund, um ihr Kichern zu unterdrücken, während sie mit ihrem Speer zur Hütte eilte.

»Weiser Mann!« Warakan war erschüttert. »Herr der Geister! Lehrer! Dieser Junge wollte nicht … daß …«

»Daß *was?*« kam es fordernd aus dem tätowierten Mund der ›Leiche‹, als Jhadel, dessen Kopf von seinem rituellen Schmuck aus Rabenfedern gekrönt wurde, sich auf seiner Bestattungsbahre aus frisch geschnittenen Fichtenzweigen aufrichtete und einen knochigen Finger in die Brust des Jungen bohrte. »Daß er wutschnaubend davonrennt, wie er es immer tut, wenn jemand nicht seiner Meinung ist? Daß er andere dazu zwingt, ihr Leben aus Sorge um ihn zu wagen? Daß ...«

»Du lebst!« rief der Junge dazwischen und fiel vor Erleichterung beinahe in Ohnmacht.

»Natürlich lebe ich!« dröhnte Jhadel. »Sonst könnte ich wohl nicht zu dir sprechen! Oder hättest du dieses Gespräch lieber mit der Leiche geführt, die ich gewesen wäre, hätte Mah-ree nicht die Säbelzahnkatze getötet, als sie sich auf mich stürzen wollte, während wir beide unser Leben aufs Spiel setzten, um in der Dunkelheit der Nacht im Wald nach dir zu suchen?«

Mah-ree sah, wie Warakan blinzelte. Er drehte sich zu ihr um. Dann blickte er ehrfürchtig auf das Fell des Tieres, das sie getötet hatte. Sie selbst mußte zugeben, daß es ein beeindruckender Anblick war. Ihre Hand schloß sich fester um den Schaft ihres Speeres. In der vergangenen Nacht war die Waffe aus ihren Händen geflogen, als wäre es kein lebloses Werkzeug aus Holz und Stein, sondern ein lebender Teil ihres Körpers, der ihrem Willen gehorchte. Kurz vorher war sie noch Jhadel auf der Suche nach Warakan gefolgt, im zischenden Glühen der mit Öl getränkten Fellstreifen, mit der die stinkende Fackel des alten Mannes umwickelt war. Im nächsten Augenblick war sie zusammengeschreckt, als vor ihnen etwas in der Dunkelheit funkelte. Dann war plötzlich die Sprungkatze – in deren Augen sich das Licht von Jhadels Fackel spiegelte – zwischen den Bäumen hervorgekommen und hatte angegriffen. Ohne auch nur das geringste Zögern hatte Mahree ihren Speer gehoben und ihn mit aller Kraft geworfen, damit sich die Steinspitze in den Brustkorb der großen Katze bohrte.

Sie griff nach dem heiligen Amulett, das an ihrer Kehle

hing. Sie wußte, daß die Mächte der Schöpfung in der vergangenen Nacht bei ihr gewesen waren. Ihr Blick streifte die Überreste der Säbelzahnkatze. Es war das größte Tier dieser Art, das sie jemals gesehen hatte. Daß es von einer kleinen Frau mit einem einzigen Speerwurf getötet worden war, grenzte wirklich an ein Wunder, es sei denn, wie der Weise behauptet hatte, diese Frau war eine Schamanin und vielleicht sogar die wiedergeborene Erste Frau. Es war ein bedrückender Gedanke, der ihr den Atem raubte und die Sehnsucht nach ihrem Mann weckte.

Ach, Cha-kwena, wann wirst du zu deiner Ersten Frau zurückkehren? Ich glaube, jetzt mußt du dich nicht mehr schämen, Mah-ree aus der Roten Welt deine Frau zu nennen. Und in den kommenden Tagen und Nächten wird diese Frau aus dem Fell der großen Katze ein Willkommensgeschenk für ihren Mann machen, einen Mantel, auf den ihr Schamane stolz sein kann, keinen Umhang aus Kaninchenfellen, sondern ein Gewand, das ihn überzeugen wird, daß Jhadel recht hat, wenn er sagt, daß die Geister der Vorfahren Mah-ree aus der Roten Welt an diesen Ort geführt haben, zu diesem Speer und zu …

Erschrocken unterbrach sie ihre Gedanken, als sie sah, daß der Bär ihre Trophäe neugierig beschnüffelte und über das blutige Gewebe leckte, das sie noch nicht von der Innenseite der Haut entfernt hatte. »Halt!« rief sie, als sie erkannte, daß auch der Bär eine Verwendung für das unbehandelte Fell erkannt hatte – nicht als künftigen Mantel, sondern als sofortige Mahlzeit. Mit einem verzweifelten und besorgten Seufzer bedauerte sie, in Jhadels Plan eingewilligt zu haben, das Fell der großen Katze zu benutzen, um den störrischen Warakan einzuschüchtern und zum Gehorsam zu zwingen. Sie hatte immer noch die Worte des alten Mannes in den Ohren: *Hmm. Ich denke, wir werden diese Katze enthäuten, und wenn wir es geeignet präsentieren, werden wir damit auch dem Jungen das Fell über die Ohren ziehen. Ja! Er wird aus dem Tod dieser Katze lernen! Später kannst du damit tun, was du möchtest. Jetzt werden wir den Pelz nach der Sitte meines Stammes aufspannen, wenn ein Tier einen Jäger getötet hat und dann selbst den Tod fand. Ich werde mich unter das Fell legen. Auf frisch geschnittenen Zweigen werde ich wie eine Leiche daliegen! Und wenn der Junge endlich zurückkommt, wird er nach dem ersten Blick davon überzeugt sein, daß die Katze mich getötet hat und daß du die Katze erlegt hast. Bevor er den Trick durchschaut, wirst du ihm klarmachen, daß alles, was geschehen ist, nur durch seine Schuld geschah. Wenn er dann das nächste Mal überlegt, ob er wie ein Verrückter in den Wald hinausrennen soll, wird er sich vielleicht daran erinnern, welche Folgen seine Handlung beinahe gehabt hätte, wenn die Tochter der Roten Welt nicht so gut mit dem Speer umgehen könnte und die Macht des heiligen Steines uns alle nicht beschützt hätte!*

Sie schüttelte den Kopf. Wie hatte sie nur vergessen können, daß der Bär eine mögliche Gefährdung ihres Planes darstellte, das Katzenfell zu einem erstklassigen Kleidungsstück zu verarbeiten? »Geh weg, Bär, geh weg!« befahl sie.

Doch der Bär hörte genausowenig wie sein Bruder auf Befehle, die seinen eigenen Absichten zuwiderliefen. Das Tier dachte nicht daran, das Fell in Ruhe zu lassen, sondern richtete sich wie ein Mensch auf, nahm eine der Vorderpfoten der getöteten Katze zwischen die Zähne und riß mit einer heftigen Kopfbewegung daran, worauf das Fell zusammen mit dem Rahmen, auf den es gespannt worden war, zu Boden fiel.

»Halt!« rief Mah-ree noch einmal.

Der Bär hörte immer noch nicht. Er ging ein paar Schritte weiter und legte sich dann auf die Fleischseite des Pelzes, um die Reste von Blut und Gewebe abzulecken und abzuknabbern.

Mah-ree riß die Augen auf. Der Bär würde das Fell in wenigen Momenten durchlöchert und ruiniert haben, wenn er nicht aufhörte. Sie schwenkte ihren Speer und rannte unter wütendem Geschrei los, während sie durch den Bach watete und zum Ufer hinaufkletterte, um zum Bären zu gelangen.

Warakan sprang auf und trat ihr in den Weg.

Mah-ree stieß den Jungen beiseite.

Jhadel befahl ihr stehenzubleiben.

Mah-ree hielt nicht an.

Der Bär hob den Kopf und blickte sie an.

Mah-ree blieb stehen und erwiderte wütend den Blick des Tieres. »Dieses Fell ist für meinen Schamanen, nicht für dich!

Laß es in Ruhe, sonst wird diese Frau, die deine Verletzungen gepflegt und deine Pfote geheilt hat, dafür sorgen, daß du bald unter neuen Wunden leidest, die dieser Speer dir zufügen wird!«

Was dann geschah, schockierte sie in mehr als nur einer Hinsicht. Vielleicht war es der Geschmack des rohen Fleisch in Verbindung mit dem Gestank der abgezogenen Haut eines toten Tieres, was den Stimmungswechsel des Bären verursachte. Mah-ree war sich nicht sicher. Obwohl sie sehr wütend war, hatte sie nie die Absicht gehabt, mehr zu tun, als das Tier einzuschüchtern und zu vertreiben, damit sie sich das Fell der Säbelzahnkatze zurückholen konnte, bevor die Zähne des Bären es völlig zerfetzt hatten. Doch sie hatte dem Tier nicht lange genug in die Augen geblickt, um seine Stimmung beurteilen zu können. Als der Bär knurrte, hatte Mah-ree ihre Augen auf das Fell gerichtet, um es auf Beschädigungen zu untersuchen. Als sie mehrere Risse im Katzenfell bemerkte, sah sie wütend auf, erwiderte das Knurren des Bären und setzte mit ihrem Speer zu einem drohenden Scheinangriff an. Als sie in diesem Moment wieder Blickkontakt mit dem Tier aufnahm, wurde ihr der erste Schock versetzt.

Die Augen des Bären waren vor Zorn geweitet und blickten sie starr an. Es waren gelbe Augen, wie zwei Sonnen, deren haßerfülltes Glühen sie zu verbrennen drohte, während Mah-ree schlagartig klar wurde, daß sie sich auf gefährliches und unbekanntes Terrain begeben hatte. Warakans Bärenjunge war wirklich kein Junges mehr, und es war auch kein Freund oder Bruder oder Mitglied ihres kleinen Stammes. Das Geschöpf war genau das, was es eines Tages werden würde und wovon sie schon immer überzeugt gewesen war – ein Tier, ein großer, fast erwachsener Kurzschnauzenbär, fast ein Drittel größer als sein furchterregendster Verwandter, der Grizzlybär, und wie alle seine männlichen Artgenossen unbeugsam und kompromißlos, wenn es um die Verteidigung seines Reviers ging.

Der Bär richtete sich mit einer einzigen eleganten Bewegung zu voller Größe auf, streckte den Kopf und fletschte seine beeindruckenden Fangzähne.

Erschrocken hielt Mah-ree den Atem an, als der gewaltige Schatten des Tieres auf sie fiel. Sie wußte, daß sie zurückweichen sollte, langsam und Schritt für Schritt. Sie wußte, daß sie ihren Speer senken und in beschwichtigendem Tonfall sprechen sollte, um dem Bären das Streitobjekt zu überlassen. Doch sie wollte das Fell für sich, so sehr, daß sie sich nicht dazu überwinden konnte, es aufzugeben.

»Bruder Bär, sei nicht so böse!« Warakans Befehl klang unnatürlich hell und beklommen. »Es ist doch nur das Fell einer toten Katze! Laß es in Ruhe, mein Bruder!«

Doch der Bär hörte nicht auf ihn.

»Frau … wenn dir etwas an deinem Kopf liegt, solltest du jetzt zurückweichen!« sagte Jhadel warnend. »Oder möchtest du die Macht des heiligen Steines gegen das Tier erproben, das jetzt vor dir steht?«

Mah-ree wich nicht zurück, während sie dachte: *Hat dieser Bär nicht schon einmal diese Frau bedroht? Ja, und dann ist er aus Furcht vor dem Speer dieser Frau zurückgewichen! Und ist dieser Bär nicht auf ihren Befehl hin zu dieser Frau gekommen, um wie ein Baby in ihren Armen zu heulen und ihr dankbar das Gesicht abzulecken, nachdem sie seine Wunde versorgt hatte? Ja!*

Mah-ree wagte wieder zu atmen, als ihr Blick langsam vom Gesicht des Tieres zum Fell wanderte, das zwischen ihnen am Boden lag. *Es ist ein zu gutes Fell, als daß es einem Bären als Mahlzeit dienen kann!* dachte sie, während sie sah, daß der Bär nicht nur mehrere kleine Löcher hineingeknabbert hatte, sondern auch den Kopf teilweise aufgeschlitzt hatte. Sie runzelte die Stirn, als sie sich daran erinnerte, daß Jhadel mit einem einzigen Tatzenhieb des Tieres fast völlig skalpiert worden war. Sie schluckte verunsichert, aber nur für einen kurzen Moment.

Wieder blickte sie zum Tier auf. Von mutiger Entrüstung getrieben, stieß sie noch einmal drohend mit ihrem Speer zu. Und dann raubte ihr der Schrecken wieder den Atem. Jedes einzelne Haar auf der hohen, buckligen Schulter des Tieres hatte sich gesträubt. Die gelben Augen blickten brennend in ihre, und dann verstand sie ihn so deutlich, als hätte der Bär mit Worten gesprochen. Auch wenn sie die Säbelzahnkatze getötet hatte, so hatte der Bär nun die Spuren seiner Zähne und den Geruch seines Speichels im Fell hinterlassen. Jetzt würde der Bär das für sich behalten, was er sich angeeignet hatte, auch wenn ein geringeres Geschöpf es ihm mit kühnen und respektlosen Drohgebärden streitig machen wollte.

Dann folgte der zweite Schock. Eine große Tatze schoß plötzlich vor, brach die Spitze von Mah-rees vorgestrecktem Speer ab und zog sich dann mit einem Ruck wieder zurück. Hatte jemand in diesem Moment geschrien? Jhadel? Oder Warakan? Oder hatte Mah-ree ihren eigenen Schreckensschrei gehört? Sie war sich nicht sicher. Mit einem überraschten Keuchen spürte sie, wie sie nach vorn gerissen wurde, als der Bär mit solcher Kraft an ihrem Speer zerrte, daß sie gegen das Tier geworfen wurde. In entsetzter Panik sprang sie zurück, wollte sich umdrehen und flüchten, doch dann rutschte sie auf dem Fell der Säbelzahnkatze aus und stürzte hin. Während sie gegen ihre Benommenheit kämpfte, roch sie den intensiven süßlichen Blutgeruch. War es das Blut auf dem unbehandelten Fell oder ihr eigenes? Ihre rechte Schulter schmerzte heftig, und einen schrecklichen Augenblick lang war sie überzeugt, daß der Bär ihr zusammen mit dem Speer auch den Arm aus dem Körper gerissen hatte. Starr vor Schreck spürte sie, daß sich der Bär in ihrer Nähe bewegte und wild knurrte, während sie hörte, wie der hölzerne Schaft ihres Speeres von seinen mächtigen Kiefern zermalmt wurde und die Steinspitze gegen einen Felsen flog. Sie versuchte sich auf Händen und Knien aufzurappeln, wobei sie erleichtert feststellte, daß ihr rechter Arm noch mit ihrem Körper verbunden war. Dann wollte sie verzweifelt fortkriechen, dem Regen aus Speerfragmenten ausweichen, die der erzürnte Bär über sie warf – bis der Bär sich wie eine Gewitterwolke auf sie stürzte.

Mah-ree schrie vor Entsetzen auf, weil sie überzeugt war, daß sie jetzt genauso wie ihr Speer in Stücke gerissen würde. Jhadel war zu alt und schwach, um ihr helfen zu können, und Warakan hätte, selbst wenn der Bär auf ihn hören würde, niemals eine Hand gegen seinen Bruder erhoben. Ihr Leben war zu Ende. Nachdem sie jetzt endlich die Hoffnung auf die Zukunft wiedergewonnen hatte und sich nach dem Wiedertreffen mit ihrem Mann sehnte, wußte sie, daß Cha-kwena, wenn er endlich mit dem Totem aus dem Wald zurückkehrte, von keiner Frau mit einem schönen neuen Mantel begrüßt werden würde und daß ihm niemand den heiligen Stein der Vorfahren zurückgeben würde.

»Der Stein!« Als ihre Hoffnung wieder aufflammte, rollte Mah-ree sich zu einer Kugel zusammen, zog ihren Kopf zwischen die Hände und wünschte sich mit aller Kraft, daß die Macht der Ahnen sie rette.

Und dann folgte der dritte Schock.

»Bruder Bär, du wirst diese Frau *nicht* fressen!« schrie Warakan.

Ein Zittern lief durch den Körper des Bären.

Mah-ree hörte, wie das Tier aufheulte, als hätte es einen tödlichen Schlag erhalten. Dann spürte sie plötzlich, wie sich sein erdrückendes Gewicht von ihr löste, als er aufstand und in den Wald davonlief.

Sie setzte sich gerade noch rechtzeitig auf, um zu sehen, wie das Tier zwischen den Bäumen verschwand.

»Gut gemacht, Warakan!« sagte Jhadel atemlos vor Erleichterung.

Mah-ree drehte sich zum Jungen um. Er war totenbleich. Sein Gesicht zeigte einen zutiefst erschütterten Ausdruck, und der Speer in seiner linken Hand war feucht vom Blut seines Bruders.

3

Warakan folgte dem Bären nicht.

Noch viele Tage und Nächte nachdem er im Wald verschwunden war, ging er immer wieder an den Rand der Lichtung und rief nach ihm, doch seine Erinnerungen an die gelben Augen und die geifernd gefletschten Zähne hielten ihn zurück. Er hatte Angst. Und aus Furcht vor seinem Bruder kehrte Warakan jedesmal beschämt auf die Lichtung zurück.

Danach suchte er die Einsamkeit und hockte meistens auf einem Felsblock am Rand der Lichtung, um in den Wald zu starren und auf die Rückkehr von Bruder Bär zu warten, obwohl er im Innersten seines Herzens genau wußte, daß dies niemals geschehen würde. Er war in eine schreckliche Traurigkeit verfallen. Die Wunde, die er dem Bären zugefügt hatte, war kaum mehr als ein oberflächlicher Stich gewesen. Er war sicher, daß sie schnell verheilen würde. Aber wie stand es um das Vertrauen des Tieres? Warakan wußte, daß er es genauso zerstört hatte, wie Bruder Bär Mah-rees Speer zerbrochen hatte.

Er grübelte.

Er sah der jungen Frau von seinem Ausguck zu, wie sie das verfluchte Katzenfell bearbeitete, ungeachtet der Verletzungen, die sie während des kurzen Angriffs des Bären erlitten hatte. Sie flickte die Risse im Fell mit Sehnen, die sie von der Katze gewonnen hatte. Sie entfernte die letzten Fleischreste von der Haut und begann dann mit der Arbeit, es abwechselnd zu räuchern, in warmem Wasser aufzuweichen und es wieder zu trocknen, so gut dies im kärglichen Sonnenlicht des Waldes möglich war. Jetzt war es mit Pflöcken über den Boden gespannt, ein gutes Stück von der Hütte entfernt, und sie hockte den ganzen Tag lang auf Knien davor, um die Fleischseite mit einer Masse aus pulverisiertem Hirn und Niere der Katze zu gerben, die Haut zu bleichen und selbst die kleinsten Makel auszubessern. Nachts holte sie ihre Rückenstütze aus der Hütte und hielt in der Nähe des Fells Wache, zwei zugespitzte Spieße aus den Beinknochen der Katze im Schoß.

Warakan haßte sie, und er haßte das Fell der Säbelzahnkatze. Er mußte sich zusammenreißen, um sich nicht darauf zu stürzen und die Verwüstung zu Ende zu bringen, die der Bär begonnen hatte. Er wußte, daß Mah-rees Bemühungen nur dem Gelben Wolf galten, dem Schamanen Cha-kwena, der sie in diesem bösen Wald allein gelassen hatte, in dem er, Warakan, seinen Bruder verraten hatte, um ihr Leben zu retten. Während er sie im nächtlichen Nebel oder im bleichen Sonnenlicht beobachtete, dachte er, daß sie wirklich die unglückbringende Frau war, und er verfluchte die Nacht, als er sie in seiner Falle gefunden hatte. Viele lange, feuchte und neblige Tage und kürzer werdende, von Wolken verhüllte Nächte vergingen, in denen Warakan sich auf seinen Ausguck zurückzog oder mißmutig auf seinen Schlaffellen lag. Er wollte nicht antworten, wenn Jhadel ihn ansprach. Er hatte für Mah-ree nur verächtliches Schweigen übrig, obwohl sie ihre Dankbarkeit zu zeigen versuchte, indem sie sich besondere Mühe mit seinen Mahlzeiten gab, ständig seine Schlaffelle lüftete und duftende grüne Zweige für seine Matratze schnitt, bis sie sah, wie er sie mit einem Schnaufen aus der Hütte warf. Sie erinnerten ihn an die Bahre des Weisen und an den grausamen Streich, den sie und der alte Mann sich mit ihm geleistet hatten. Das würde er den beiden niemals verzeihen. Und er würde sich selbst niemals verzeihen, daß er sich gegen seinen Bruder gestellt hatte – und daß er Angst davor gehabt hatte, dem verwundeten Tier in den Wald zu folgen.

»Wie oft muß dieser Mann noch sagen, daß die Mutter und der Bruder des Bären nicht zulassen konnte, daß sein Bärenkind seine zukünftige Frau frißt?« fragte Jhadel mit einem ungeduldigen Murren, als er mit Mah-ree neben Warakans Felsblock trat.

»Diese Frau hat schon einen Mann, Weiser, einen Schamanen!« rief Mah-ree ihm behutsam ins Gedächtnis.

»Hmm.« Der alte Mann weigerte sich, mit der jungen Frau über diesen Punkt zu diskutieren. Er richtete seine nächsten Worte wieder an den Jungen auf dem Felsen. »Die eigene Mutter von Bruder Bär hätte ihn in seinem zweiten Jahr aus ihrer Hütte vertrieben. Es war Zeit für den Bären, genauso wie seine anderen Artgenossen allein durch den Wald zu streifen. Du darfst dir wegen seiner Abwesenheit keine Sorgen machen, denn er war eine Gefahr für uns alle. Es ist gut, daß er nicht mehr bei uns ist.«

Warakan fühlte sich durch die Worte des alten Mannes gekränkt und war froh, als er ihm den Rücken zuwandte und fortging.

Mah-ree reichte ihm einen Korb mit gebratenem Fleisch hinauf. »Hier. Das Fleisch der Säbelzahnkatze geht bald zu

Ende. Es ist gut. Du mußt davon essen. Und du mußt wissen, Warakan, daß die Worte des Weisen, auch wenn sie hart klingen, richtig sind, was dein Bärenjunges betrifft. Dein Bruder ist zu groß für uns und unsere Hütte geworden. Du hast diesen Bären aufgezogen. Durch deine Fürsorge ist er so groß und stark geworden, daß er nun ganz allein im Wald überleben kann. Bald wird er eine Bärenfrau finden, und sie werden zusammen ihre eigenen Jungen haben. Und dann, lange bevor sie sich in ihren Bau zurückzieht, wenn der Große Weiße Winter wiederkommt, wird sie deinen Bruder vertreiben, denn sie weiß, was du nicht wahrhaben willst – daß es die Art der männlichen Bären ist, allein durch den Wald zu ziehen. Sie brauchen ihre Artgenossen nicht, und erst recht keine Menschen, um zu überleben.« Sie lächelte ermutigend. »Glaub mir, im Wald wird es ihm gutgehen, und wenn der Schnee hoch auf dem Land liegt und die Kalten Schwestern wieder mit dem Nordwind singen, wird er allein in seinem Bau Winterschlaf halten, aber er wird von Warakan träumen, dem Sohn von Masau und Enkel von Shateh, und seine Tatzen werden vor Freude zucken, wenn er sich an die Tage erinnert, als ihr, du und er, gemeinsam jung wart. Und diese Frau sagt dir jetzt, daß auch sie niemals vergessen wird, daß Warakan ihr Leben gerettet hat … und daß sein tapferer Einsatz dazu geführt hat, daß er sich von einem Bruder entfremdet hat.«

Warakan wurde von ihren Worten erschüttert. Er wollte ihr sagen, daß sie sich irre, daß Bruder Bär ihn immer brauchen würde und er jetzt vermutlich in verwirrter Einsamkeit zwischen den Bäumen heulte. Doch dann erinnerte er sich, wie das Tier im Wald erfolgreich nach Nahrung gesucht hatte, und an die zwei gelben Augen, die über den scharfen, daumenlangen Zähnen gefunkelt hatten, und wußte, daß sie recht hatte. Er zog eine finstere Miene, verschmähte das Essen, das sie ihm anbot, und erkannte, daß er selbst es war, der Bruder Bär brauchte, einen Freund, einen Jagdgefährten, einen Bruder in einer Welt voller Feinde und alter Männer und unglückbringender Frauen!

Warakan neigte den Kopf. Als er auf Mah-rees Gesicht herabblickte, klopfte sein Herz wie gewohnt schneller. Sie sah so sehr wie ein junges Waldreh aus, daß er von ihrer Schönheit wie vor den Kopf geschlagen war – und von der erstaunten Erkenntnis, daß sie ihn gerade viermal bei seinem Namen und nicht ein einziges Mal ›Junge‹ genannt hatte.

An diesem Abend kam Warakan von seinem Felsen herunter und teilte zum ersten Mal, seit Bruder Bär fortgelaufen war, eine Mahlzeit mit Jhadel und Mah-ree. Er sprach kein Wort, aber er murrte auch nicht. Als die Dunkelheit sich über den Wald senkte und der alte Mann sich in der Hütte schlafen legte, kehrte Warakan nicht zu seinem Ausguck zurück, legte sich aber auch nicht auf seine Schlaffelle. Er hielt mit Mah-ree neben dem Fell der Großen Säbelzahnkatze Wache.

»Es ist gut, daß der Bär dich nicht gefressen hat.«

Sie blickte ihn an, verblüfft über den Klang seiner Stimme und über dieses Eingeständnis.

»Warakan wird Mah-ree einen neuen Speer machen«, teilte er ihr mit.

Mah-ree schüttelte den Kopf. »Dieser Speer gehörte Gah-ti. Er wurde von seinem Vater Kosar-eh aus der Roten Welt gemacht, nach Art der Krieger des Graslandes. Nur Kosar-eh konnte einen so guten Speer machen! Er war nicht für Mah-ree bestimmt. Er wurde ihr nur vorübergehend vom Geist Gah-tis geliehen, dem Kosar-eh den Speer mitgegeben hatte, damit sein erstgeborener Sohn stolz in der Welt jenseits dieser Welt auf die Jagd gehen kann.« Sie seufzte. »Dieser Speer kann nicht ersetzt werden.«

»Warakan wird ihn ersetzen!«

Mah-ree war gerührt von seiner Bereitschaft, ihr zu helfen. »Dann wird diese Frau dir danken«, sagte sie freundlich. Obwohl sie ihn gut genug kannte, um zu wissen, daß es sinnlos war, ihn von einem gefaßten Entschluß abbringen zu wollen, fügte sie trotzdem hinzu: »Obwohl diese Speere aus den Beinknochen der Säbelzahnkatze ihr gute Dienste leisten. Außerdem ehrt diese Frau dadurch den Geist des Tieres, dessen Fell hier vor uns liegt.«

»Zugespitzte Katzenknochen!« Der Junge machte keinen Hehl aus seiner Geringschätzung.

»Sie sind im Feuer gehärtet, genauso wie deine Spieße aus Bärenknochen.«

Jetzt war es Warakan, der den Kopf schüttelte, als er sich zu ihr hinüberbeugte, um ihr stolz anzuvertrauen: »Es heißt, daß Masau, der Mystische Krieger und Vater von Warakan, mit den Steinen der Erde sprechen und sie mit seinem Blick in Speerspitzen zerschneiden konnte! Die Männer des Wachenden Sterns schickten ihre Söhne zu Masau, damit sie diesen Zauber von ihm lernten. Und es heißt, daß Masau, als er noch ein kleiner Junge war und in seinem wahren Stamm lebte, von seinem Vater lernte, wie man Steine bearbeitet – von Shateh, dem Großvater dieses Jungen, der für seine Frau einen neuen Speer machen wird!«

In diesem Augenblick riefen sich hoch oben in den dunklen Baumwipfeln zwei Eulen etwas in der Sprache der nächtlichen Raubvögel zu. Mah-ree blickte auf. Ihre Gedanken strömten durch die Zeit bis zu einer Nacht des Windes und des Sternenlichts zurück, in der sie neben Cha-kwena über der Schlucht gestanden und auf Eule gelauscht hatte, dem helfenden Tiergeist der heiligen Männer ihres Stammes, der in den Bäumen gerufen hatte.

»Cha-kwena!« seufzte Mah-ree den Namen ihres Mannes, ohne die verdrossene Reaktion des Jungen zu bemerken. Es war, als säße ihr Schamane jetzt neben ihr, stark und prächtig in seinem Eulenkopfschmuck, sein Gesicht neben ihrem dem Nachthimmel zugewandt, während sie beobachteten, wie die Flügel der Eule den Mond verdunkelten, während ein großer Stern vom Himmel fiel und Mammuts jenseits des Endes der Welt trompeteten. Mah-ree hielt den Atem am, als sich ihre Hände um den heiligen Stein schlossen, der unter ihren Fellen an ihrer Kehle lag.

»Mein Mann wird zu mir zurückkehren, Warakan! Mit dem Totem wird er kommen! Und dann wird all das geschehen, was Jhadel sich für uns erhofft. Du wirst sehen. Warum sonst sollte diese Frau jetzt noch am Leben sein und hier neben Warakan von den Zwei Stämmen sitzen, statt totes

Fleisch im Bauch eines Bären zu sein, wenn es nicht einen Sinn hat, einen ...«

»Mah-ree ist jetzt hier, weil Warakan ihr das Leben gerettet hat!«

»Ja! Für ihn! Bald wird Cha-kwena kommen. Mit dem heiligen Mammut Lebensspender wird er kommen! Und dann werden wir weiterziehen, zurück hinter das Ende der Welt, zurück in das Land der drei Stämme, wo wir uns mit den Menschen deines und meines Stammes vereinen werden – mit Ta-maya und Kosar-eh und seinen Kindern, mit U-wa und der alten Kahm-ree und Tla-nee –, um für immer in Frieden zusammenzuleben!«

Warakan war aufgesprungen. »Niemals!« verkündete er und stapfte mit einem Knurren zurück zu seinem Ausguck auf dem Felsblock, um auf die Rückkehr seines Bruders zu warten.

Mah-ree sah, wie er in der Dunkelheit verschwand, den Rücken so steif und gerade wie einer seiner Speere, den Kopf erhoben, die Hände zu Fäusten geballt. Sie war sich nicht ganz sicher, womit sie ihn so verärgert hatte, und schüttelte verwirrt den Kopf. Er war wirklich ein schwieriger Junge mit Launen wie Mondlicht auf Wasser, wenn ein böiger Wind Wolken durch die Nacht wehte, so daß er in einem Moment glitzerte und sich im nächsten verdüsterte, immer auf unvorhersehbare Weise. Bildete er sich tatsächlich ein, sie könnte eines Tages seine Frau werden – oder daß der Bär irgendwann zurückkehren würde?

Sie stand auf und folgte dem Jungen über die Lichtung, blieb vor seinem Felsblock stehen und blickte zu ihm auf. Er hatte die Schultern zurückgeworfen und das Kinn gereckt, während seine länglichen, schmalen Augen so schwarz wie seine Stimmung waren, als er geradeaus starrte, das Gesicht stark und trotz der Narben gutaussehend. »Du hast das Leben dieser Frau gerettet, Warakan. Bis zum Ende ihrer Tage wird Mah-ree dich ihren Bruder nennen und immer einen besonderen Platz für dich in ihrem Herzen haben.«

»Warakans Schwester ist tot!« erwiderte er noch wütender als zuvor. »Er braucht keine neue!«

»Dann soll es zwischen uns wie Mutter und Sohn sein, so wie es zwischen dir und deinem Bärenjungen war, als ...«

»Warakans Mutter ist auch tot! Ein Krieger kann in seinem Leben nur eine Mutter haben. Und du bist eine Frau und kein Junges, das sich in einen Bären verwandelt und vor dem davonläuft, der ihn aufgezogen hat.«

»Diese Frau wird sich niemals gegen den Krieger wenden, der ihr Leben gerettet hat«, warf sie ein und meinte es völlig ernst, weil sie glaubte, endlich verstanden zu haben, was in seinem Herzen vor sich ging. »Sie wird ihm niemals den Rücken zukehren, um ohne ihn ihren eigenen Weg zu gehen.«

Er schnaufte. »So wie ihr Mann ihr den Rücken zugekehrt hat, um seinen eigenen Weg zu gehen?«

Mah-ree wollte sich dadurch nicht erschüttern lassen. »Mein Schamane wird zu mir zurückkommen, Warakan.« Sie hatte ihre Hand um den heiligen Stein geschlossen, und ihre Stimme war so klar und sicher wie ein Bach, der im Sonnenlicht floß. »Das Totem wird bei ihm sein. Und dann wird Chakwena mit uns und dem heiligen Stein zurückkehren. Wir werden uns wieder mit unserem Stamm vereinen und ...«

»Cha-kwena! Gelber Wolf! Der Verräter und Dieb! Der Betrüger der Frauen und Bote des Todes für Shateh und alle anderen, die ihm jemals vertrauten! Dein Stamm ist in das Land eurer Feinde gezogen, ohne daß sie unter dem Schutz des Schamanen, des Totems oder auch nur des heiligen Steins der Vorfahren stehen. Dein Stamm wurde längst vom Wind verweht!«

»Du irrst dich«, sagte sie zu ihm.

»Nein! Warakan irrt sich nicht! Und wenn Gelber Wolf hierherkommt, wird Warakan die Macht des heiligen Steins benutzen, um diesen Schamanen zu töten und das Totem zu schlachten. Dann wird das Fleisch und Blut Lebensspenders für Warakan sein, wie es schon für seinen Vater und Großvater bestimmt war! Und an diesem Tag wird die Frau von Gelbem Wolf Warakan gehören!«

Die Nacht war ruhig und warm, doch Mah-ree erzitterte.

Jetzt war sie es, die ›Niemals!‹ rief, worauf sie sich umdrehte und zur Hütte zurückstapfte, während sie den heiligen Stein so fest in ihrer Hand hielt, daß sie in der Faust ihren Herzschlag wie den eines gefangenen und sterbenden Vogels spüren konnte.

Danach sprachen sie mehrere Tag und Nächte nicht miteinander. Der Südwind wehte durch die Baumwipfel, ein warmer, feuchter Atem, der seufzend durch das Laub fuhr und mit wortlosen Frühlingsliedern das baldige Kommen des Sommers versprach. Am Waldboden jedoch lastete die Luft immer noch schwer und reglos, die Mutter des Nebels und der Verwesung und großer summender Schwärme kriegerischer Insekten, die alle Geschöpfe angriffen, die im Wald lebten.

Bruder Bär kehrte nicht zur Hütte zurück und wurde auch nirgendwo im Wald gesehen.

Es gab nur wenig Wild.

Und das Fleisch der Säbelzahnkatze war zu Ende gegangen.

Jhadel befahl Warakan und Mah-ree, ihre Gesichter und die freiliegende Haut mit einer dünnen Schicht aus Schlamm einzureiben, wenn sie die Hütte verließen, um am Bach zu fischen oder ihre Fallen zu überprüfen, ob die Mächte der Schöpfung ihnen etwas geschickt hatten – hauptsächlich Vögel und kleine Säugetiere, deren Fleisch nach den Amphibien und Insekten schmeckte, die ihre Hauptnahrung darstellten. Mah-ree ließ ständig ein rauchendes Feuer in ihrem Unterschlupf brennen, denn der Rauch trug nicht nur Gebete zur Geisterwelt hinauf, wie es schien, sondern vertrieb gleichzeitig beißende Mücken und Fliegen aus der Hütte.

Warakan war mißgelaunt. Ohne Bruder Bär an seiner Seite machte ihm das Leben im Wald keinen Spaß. Und sosehr er es auch versuchte, er konnte Mah-ree nicht dazu bringen, ihm die Worte zu verzeihen, die er im Zorn gegen ihren Schamanen und ihren Stamm gesprochen hatte.

Als er sich jetzt durch das dichte Unterholz bewegte, suchte er nach einem geeigneten Steinvorkommen, aus dem er eine Speerspitze für den schönen neuen Schaft aus dem nahezu makellosen Eschenschößling herstellen konnte, den er schon vorbereitet hatte.

»In diesem ganzen Wald findet sich kein einziger Stein, der sich zur Bearbeitung eignet!« beschwerte er sich laut und blickte sich gleichzeitig um, ob Mah-ree oder Jhadel ihn gehört hatten. Sie waren wie immer in der Nähe und stocherten geschäftig im Waldboden herum, wo sie nach vertrauten Wurzeln, Pilzen, Rinde und wachsenden grünen Dingen suchten, die ihrem kleinen dreiköpfigen Stamm als Nahrung oder Medizin dienen konnten. Als er sah, daß Mah-ree ernst in seine Richtung blickte, lächelte Warakan sie an. Doch sie lächelte nicht zurück.

Er seufzte wehmütig, als Mah-ree sich wieder ihrer Arbeit zuwandte. Sie sprach in den letzten Tagen kaum mit ihm. Wenn sie ihn jemals wieder anlächeln sollte, mußte er sein Versprechen erfüllen, ihr einen Speer zu machen – den schönsten und wunderbarsten aller Speere –, um den zu ersetzen, den Bruder Bär zerstört hatte. Sein Versprechen beunruhigte Warakan, der in seiner Kindheit gelernt hatte, daß er ein aufmerksames Auge besaß, wenn es darum ging, zur Bearbeitung geeignete Steine auszusuchen, denn er hatte ebenfalls gelernt, daß die Auswahl des richtigen Steins und das Geschick, brauchbare Splitter abzuschlagen, zwei völlig verschiedene Fähigkeiten waren. Er seufzte erneut, diesmal vor Reue, weil er sich fragte, welcher boshafte Geist der Gedankenlosigkeit seine Zunge besessen hatte, als er versprochen hatte, den Speer zu machen. Er konnte den Schaft mehr oder weniger nachbilden, aber falls nicht die Geister seines Vaters und Großvaters aus der Welt jenseits dieser Welt zurückkehrten, um ihm zu helfen, gab es für ihn keine Hoffnung, die Kunstfertigkeit zu erreichen, mit der der Krieger und Steinmeister Kosar-eh aus der Roten Welt diese hervorragende Speerspitze hergestellt hatte.

Während ihm eine Mischung aus Schlamm und Schweiß von der Stirn tropfte, drehte Warakan sich zu Jhadel um, der wieder einmal an seinem Stab zusammengesackt war. Der Junge runzelte besorgt die Stirn. Der Herr der Geister hatte seit seiner bedauerlichen Verletzung durch Bruder Bär seine volle Kraft immer noch nicht wiedererlangt. Die feuchte Luft des Waldes lastete zu schwer auf dem alten Mann. Sein Atem ging keuchend, er aß zu wenig und schlief zu viel. Doch seit den Zwischenfällen mit der Säbelzahnkatze und dem Bären hatte er Warakan und Mah-ree nicht mehr erlaubt, sich allein weiter von der Hütte zu entfernen.

Als ob seine alten schwachen Knochen uns beschützen könnten! dachte Warakan und sah, daß der alte Mann, obwohl er aufrecht dastand, fest eingeschlafen war.

Mah-ree hatte es ebenfalls bemerkt. Sie richtete sich auf und stützte den Rand ihres breiten, flachen und fast leeren Sammelkorbes, den sie aus grünen Ranken geflochten hatte, mit ihrer Hüfte ab und trat neben den alten Mann. »Weiser?«

Jhadel gab keine Antwort.

Warakan neigte den Kopf. Wie sanft Mah-ree den alten Schamanen an der Schulter berührte! Wie mitfühlend sie einen seiner vielen Namen aussprach! Wann hatte sie das letzte Mal so zu ihm gesprochen? *In der Nacht, als sie mit Essen und freundlichen Worten zu dir kam und du ihr nur mit lauten Drohungen gegen den Mann geantwortet hast, den sie liebt.* Der Junge kniff die Lippen zusammen. *Sie wird mich lieben! Eines Tages! Wenn Gelber Wolf tot ist!*

»Jhadel, kannst du mich nicht hören? Lehrer?« Der alte Mann hob eine Hand und strich sich eine Haarsträhne aus der schlammverschmierten Stirn. »Wie soll diese Frau neue Heilzauber lernen oder die Zauberblume finden, nach der du suchst, um daraus Medizin zu machen, die dein Herz beschleunigt und deinem Blut die Kraft zurückgibt, wenn du sie nicht in deiner Weisheit lehrst, wie sie diese Dinge erkennt?«

Jhadel schlief weiter.

»Zauberblume?« fragte Warakan nach. Er war neugierig und fühlte sich wieder einmal ausgeschlossen, als er durch das Unterholz vortrat.

Mah-ree ließ sich zu einer Antwort herab, behielt jedoch den Blick besorgt auf das Gesicht des alten Mannes gerichtet. »Der Weise sucht nach einem hoch wachsenden grünen Ding, mit vielen Blüten in der Farbe eines purpurnen Sonnenuntergangs, die wie Sterne an einem einzigen Stiel wachsen. Ich kenne diese Blume nicht.« Sie schüttelte den Kopf und rieb Jhadels Schulter. »Weiser, meine Mutter und die Großmütter der Roten Welt – sogar die alten Frauen des Graslandes – haben viel von ihrer heilenden Weisheit mit mir geteilt. Aber in diesem Wald bin ich eine Fremde, und selbst wenn es nicht so wäre, gibt es noch so viel, was ich nicht weiß. So viel, das meine Mutter mich noch nicht gelehrt hatte, als ihre Seele für immer vom Wind davongetragen wurde.«

Jhadel reagierte auf ihre Berührung, und seine Augen bewegten sich unter den Lidern, als ihre Worte durch seinen Schlaf drangen. Dann erstarrte er plötzlich, blinzelte, schüttelte sich wach und starrte die junge Frau in offensichtlicher Verlegenheit an.

»Hm-hmm!« Er räusperte sich. »Ich habe nur meine alten Augen ausgeruht. Nur ein wenig ausgeruht.«

»Ja, Weiser, natürlich«, stimmte sie zu, um seinen Stolz nicht zu verletzen.

Jhadel nickte würdevoll, als er Mah-ree eine knorrige, zitternde Hand in einer Geste der Liebe und Bestätigung auf die Wange legte. »Deine Mutter lebt! In dir! So wie alle Großmütter des Menschenstammes seit Anbeginn der Zeiten. Ja! Eines Tages wirst du dich zu ihnen gesellen. Eines Tages wirst du zusammen mit den Vorfahren im Blauen Land des Himmels tanzen und fröhliche Lieder singen. Bis dahin bist du die wiedergeborene Erste Frau! Bist du nicht im Schatten des großen weißen Mammuttotems über das Land gezogen? Trägst du nicht den heiligen Stein? Ja! Du mußt nur dein Herz öffnen, Schamanenfrau, und die Geister der Vorfahren werden aus dir selbst mit der Geisterstimme zu dir sprechen, die du Instinkt nennst.«

»Aber dieser Wald ist ganz anders als jeder Ort, den die Mutter oder die Großmütter dieser Frau jemals gekannt haben«, sagte sie zu ihm. »Wie können sie die heilenden Geheimnisse von Bäumen und wachsenden grünen Dingen mit mir teilen, die sie selbst niemals gesehen haben? Wenn ich etwas lernen soll, mußt du mich unterrichten, Weiser.«

Jhadel setzte zum Sprechen an, doch dann schüttelte ihn ein Hustenanfall. Er schwankte, obwohl er sich mit seinem Stab abstützte, und wäre zusammengebrochen, wenn die junge Frau ihn nicht aufgefangen hätte.

Warakan sprang vor, und zusammen mit Mah-ree setzte er den alten Mann auf den Boden. Die Hände um seinen Stab geklammert, saß Jhadel keuchend, hustend und nach Luft schnappend da.

Warakan spürte, wie ihm eiskalt wurde. Der alte Mann starb. Und die Frau mit dem heiligen Stein unternahm nichts, um es zu verhindern.

»Tu etwas!« fuhr der Junge Mah-ree an. »Bist du nicht die Medizinfrau? Die Schamanenfrau? Die Heilerin? Benutze die Macht des Steines … oder gib mir das Amulett!« Er hob die Hand, um nach dem heiligen Stein zu greifen, der um ihren Hals hing, doch dann hielt Jhadels Stab ihn zurück.

»Zurück, Junge, setz dich!« verlangte der alte Mann.

Jetzt wurde Warakans Gesicht rot, als er sich neben den Weisen hockte, der zu ihm gesprochen hatte, als wäre er ein Hund, den er an seine Seite rief.

Jhadel schnalzte tadelnd mit der Zunge und sprach dann keuchend: »Es ist noch nicht an der Zeit für diesen Schamanen, mit den Vorfahren im Blauen Land des Himmels zu tanzen, Warakan. Es gibt noch viel, was du von mir lernen mußt … und …« Er unterbrach sich, während er erfolgreich gegen einen neuen Hustenanfall kämpfte. Nachdem er sich erholt hatte, sagte er schwach: »Wir müssen die wachsenden grünen Dinge finden, die diesen Husten heilen, und die Wurzel der Blume, die diesen Mann wieder zu Kräften bringt.«

Mah-ree war verzweifelt. »Aber so viele der wachsenden grünen Dinge dieses Waldes sind mir fremd, Weiser!«

»Mir auch«, gab er zu.

Warakan sah, wie jede Farbe aus Mah-rees Gesicht wich.

Sie legte eine Hand auf das heilige Amulett an ihrer Kehle, als sie niederkniete und zum alten Mann sagte: »Du mußt dieser Frau glauben, wenn sie sagt, daß sie nicht respektlos sein will. Aber die erste Lektion, die sie von ihrer Mutter über die Benutzung von wachsenden grünen Dingen gelernt hat, war die, daß man *niemals* etwas Unbekanntes benutzen soll!«

»Und wo wären wir jetzt, wenn wir immer auf einen solchen Rat gehört hätten?« Jhadel hob eine Augenbraue und winkte dann Mah-ree näher heran. »In dieser Welt gibt es viele Medizingeister, um jede Krankheit der Menschen zu heilen. Sie verstecken sich in Wurzeln und Pilzen, in Sporen und Rinde, in den Hörnern und Organen und im Blut lebender Tiere und in wachsenden grünen Dingen. Es ist die Aufgabe des Medizinmannes, sie zu finden, sie einzufangen und seinem Gehorsam zu unterwerfen. Seit Anbeginn der Zeiten ist es so gewesen! Ich werde es dich lehren. Bald wird dieser Mann im Wissen der drei Welten der Menschen wieder stark sein, und es wird keinen Medizinmann geben, der dieser Schamanenfrau, die jetzt vor ihm steht, gleichkommt!«

»Die Wurzel der Blume, die du suchst, wird nicht vom Grasland auf der anderen Seite der großen Schlucht in diesen Wald laufen«, sagte Warakan mürrisch, als er sich wieder einmal ausgeschlossen fühlte.

Mah-ree blickte ihn fassungslos an, als sie aufstand. »Du kennst diese Medizinblume? Du weißt, wo sie wächst?«

»Nicht hier«, teilte Warakan ihr mit. »Es ist eine Blume des Graslandes und der Wiesen, die Sonnenlicht und Sand liebt, in dem ihre Wurzeln dick und kräftig mit Medizin werden. Als ich ein Junge im Stamm des Wachenden Sterns war, folgten die Jäger oft den Herden der stärksten und schnellsten Pferde zu den Stellen, wo sie von dieser Blume fraßen, wenn sie sich unter dem Mond des Gelben Grases öffnete, wenn die Bisons zusammenkamen, um ...« Der Junge verstummte. Bis zu diesem Augenblick hatte er keine Ahnung gehabt, wie sehr er die weiten Ebenen, den offenen Himmel und die sonnigen Bergwiesen vermißte.

»Dort sind unsere Feinde«, warf Jhadel ein. »Eines Tages werden wir in dieses Land zurückkehren. Jetzt ist es zu gefährlich. Nein. Wir werden die Medizin, die wir brauchen, hier suchen, in diesem dunklen und nebligen Wald. Wenn wir uns anstrengen, werden wir die Wurzel der Blume finden ...

die richtigen wachsenden grünen Dinge.« Er schloß die Augen und war sofort wieder eingeschlafen.

Mah-ree berührte den alten Mann an der Stirn und blickte dann zu Warakan auf. »In diesem Wald gibt es Weidenbäume. Die Medizingeister, die in ihren Trieben und Blättern wohnen, werden das Fieber des Weisen verzehren, aber er ist schon so alt und so schwach, daß ich mir große Sorgen um ihn mache. Ich habe die Mächte des Steines unzählige Male angefleht, ihn wieder gesund und kräftig zu machen. Vielleicht haben sie zu mir gesprochen. Ich bin mir nicht sicher, aber auch wenn das Wissen dieser Frau über das Heilen armselig im Vergleich zu dem von Jhadel ist, würde ich sagen, daß es die Sonne ist, die er braucht, und sauberen, trockenen Wind und den heilenden Duft von Salbeirauch in seiner Nase, und Antilopen, Hasen und Schneehühner auf Bratspießen unter einem offenen Himmel. Denn hier in diesem dunklen, nebligen Wald am Ende der Welt weiß ich genau, daß nicht einmal Jhadel die Geister herbeirufen kann, um sich selbst zu heilen.«

Warakan erzitterte und sah zu seiner Überraschung, daß Mah-ree ebenfalls zitterte. Zum ersten Mal seit allzu langer Zeit hatten sie dieselben Interessen: In ihrer gemeinsamen Sorge um das Wohlergehen des alten Mannes mußten sie in das sonnige, wildreiche Land auf der Südseite der Schlucht zurückkehren, durch die sie beide gewandert waren, um diesen Wald zu erreichen. Sein Herz klopfte schneller. Es war für keinen von ihnen eine einfache Entscheidung, und er wußte es. Eines Tages würde er in den Osten aufbrechen und nach Gelbem Wolf suchen, um die Lebenskraft des Totems zu rauben und diese Macht für seine Rache zu verwenden, doch jetzt rückte dieser Tag weiter in die Zukunft als je zuvor. Und Mah-ree, die sich nach der Rückkehr ihres Schamanen sehnte, damit er gestärkt in der Macht des Totems den heiligen Stein wieder in Besitz nehmen und an ihrer Seite leben konnte, mußte ihrem Mann den Rücken zukehren und den Stein weiter von ihm fortbringen, um die Blume zu finden, die den Weisen heilen würde.

»Wir werden den Stein für meinen Schamanen in der Hütte zurücklassen«, sagte sie.

»Nein«, widersprach Warakan. »Wir brauchen seine Macht im Land unserer Feinde.«

»Gemeinsam werden wir stark sein. Gemeinsam werden wir vorsichtig sein. Gemeinsam werden wir unseren Weisen wieder gesund machen. Dann werden wir gemeinsam zurückkehren. Und wenn mein Schamane aus dem Gesicht der aufgehenden Sonne kommt, während wir fort sind, wird er wissen, wo er uns findet, denn wir werden einen Weg durch den Wald bahnen, dem er folgen kann!«

Warakan antwortete nicht. Er erkannte an ihrem vorgereckten Kinn und dem festen Glühen ihrer Augen, daß sie sich nicht von ihrem Entschluß abbringen lassen würde.

Gemeinsam trugen sie Jhadel zur Hütte.

Gemeinsam packten sie ihre Sachen zusammen und bauten eine Trage für den alten Mann.

Gemeinsam errichteten sie in der Hütte einen Altar aus Holz und legten den heiligen Stein darauf. Darüber breitete Mah-ree den schönen neuen Mantel aus, den sie für ihren Schamanen gemacht hatte. Darauf stellte sie den Kopf der großen Katze, so daß ihre dolchartigen Zähne den Stein einrahmten und es aussah, als würde das getötete Tier mit aufgerissenem Maul das Amulett bewachen, um jederzeit zum Leben zu erwachen und jeden Eindringling anzuspringen.

»Geist der Säbelzahnkatze, diese Frau, die dich tötete, ehrt dich mehr als jeder andere. Warte hier darauf, daß Mah-ree und Warakan und Jhadel zurückkehren. Bewache den heiligen Stein unserer Vorfahren. Und falls Cha-kwena vor uns zurückkehrt, umarme ihn mit deinem weichen Fell und wärme seine Haut. Sag ihm, daß Mah-ree immer noch seine Frau ist … für immer und ewig.«

Gemeinsam machten sie sich auf den Weg durch den Wald. Sie reisten in feierlichem Schweigen, halfen sich gegenseitig bei der Pflege Jhadels und benutzten eine Steinaxt, um an den Baumstämmen Zeichen zu hinterlassen. Als sich schließlich die Nacht über die Welt senkte, machten sie sich bereit, bis zur

Dämmerung zu rasten – bis sie das tiefe, vibrierende Maunzen einer Säbelzahnkatze hörten.

Mah-ree schauderte und griff nach dem Trost eines Amuletts, das nicht mehr an ihrem Hals hing. »Die Sprungkatze ruft nach ihrem verlorenen Gefährten. Möge sein Geist ihre Einsamkeit trösten, und möge sie sich entscheiden, heute nacht in einem anderen Teil des Waldes zu jagen!«

»Sie ist nicht das einzige Raubtier, vor dem wir uns fürchten müssen«, sagte der alte Mann. »Seit wir von der Hütte aufbrachen, haben wir zweimal die Fährte eines Bären gekreuzt.«

»Ja, so ist es!« Warakans Gefühle waren plötzlich eine Mischung aus Freude und Besorgnis. »Mein Bruder geht uns voraus!«

»Hmm. Vielleicht«, gestand Jhadel ein. »Die Spur war alt, und wir können nicht sicher sein, daß es seine war.«

Mah-ree blickte sich um und verschränkte die Arme über ihrer Brust, nicht um sich zu wärmen, sondern um sich Mut zu machen. »Ich bezweifle, daß Warakans Junges der einzige Bär in diesem Wald ist.«

»Ohne die Weisheit des heiligen Steines werden wir es niemals wissen«, warf Warakan verdrossen ein.

Der alte Mann schrak auf den Fellen seiner Trage zusammen. »Der Stein ... was habt ihr mit dem heiligen Stein gemacht?«

Mah-ree erzählte es ihm. Sie sprach ohne Umschweife und ohne den Ansatz einer Entschuldigung. »Dort ist er sicherer, versteckt in den dunklen Tiefen des Waldes. Bis wir zurückkehren, um ihn zu holen, oder bis mein Schamane in seiner Macht zu uns stößt, werden der Instinkt und die Weisheit, die von den Ahnen an uns weitergegeben wurden, uns sagen, was wir tun müssen!«

Also entfachten sie ein rauchendes Feuer, um vierbeinige Fleischfresser, die am Boden jagten, und zweibeinige geflügelte Raubtiere fernzuhalten. Sie teilten ihre spärlichen Reiserationen, tranken vom Wasser aus einem Bach in der Nähe und sprachen leise darüber, welchen Weg sie gehen und wie lange sie dazu brauchen würden und wie sie in der Nähe der Jagdgründe ihrer Feinde überleben wollten, ohne daß das

Amulett der Vorfahren ihnen Schutz gewährte. Der alte Mann war so erschöpft von seinen Sorgen und seiner Schwäche, daß er bereits eingeschlafen war, bevor die letzten Worte gesprochen wurden. Auch Mah-ree gab sich bald ihren unruhigen Träumen hin.

Warakan lag noch wach. Er fragte sich, wo sein Bruder wohl in dieser Nacht schlief und ob der Bär die Gesellschaft seiner Artgenossen gefunden hatte. Die Spuren, die sich im Dornengestrüpp verloren hatten, waren die eines einzelnen Tieres gewesen, was ihn irgendwie befriedigt hatte. *Ach, Bruder, werden wir uns jemals wiedersehen? Und wenn es so ist, wie wird es dann zwischen uns sein?* Doch über die letzte Frage wollte er nicht nachdenken. Nicht jetzt. Nicht solange der angestrengte, unruhige Atem des alten Mannes ihn an den Zweck ihrer Reise erinnerte.

Der Südwind erwachte. Der Mond zeigte kurz sein Gesicht über dem bewegten Blätterdach des Waldes. Blaßsilbernes Licht sickerte hindurch und schien den Jungen gleichzeitig zu bestätigen und aufzufordern. Er stand auf, blickte zu den schlafenden Gestalten der jungen Frau und des schwachen alten Mannes hinüber und wußte, was er tun mußte.

Warakan nahm seine Speere und brach lautlos auf. Er lief mutig in die Nacht hinaus, den Weg zurück, den sie gekommen waren, während er sich einredete, daß er es sich nicht mehr leisten konnte, Angst zu haben. Der Mond erhellte seinen Weg. Der Südwind teilte für ihn die Bäume, während er immer weiter lief, bis er schließlich den Bach überquerte, das Ufer hinaufkletterte, über die Lichtung ging und die Felltür der Hütte zur Seite schlug.

Das Mondlicht schien ins Innere der Hütte, wo die Säbelzahnkatze wartete.

Warakan starrte auf das silbrige Raubtier, das Mah-ree getötet und als Geschenk für den Schamanen vorbereitet hatte, dessen böse Macht immer noch ihr Herz beherrschte. »Ich habe keine Angst vor dir, Geisterkatze, und vor ihm auch nicht!« Er trat vor den Altar und griff mutig zwischen die langen Zähne der toten Katze.

Er nahm den heiligen Stein in die linke Hand und sagte

zum Amulett: »Bevor Mah-ree in unser Leben trat, hat der Weise gesagt, daß du für mich bestimmt bist! Jetzt soll es so sein!« Er legte sich die Schnur, an der der Stein befestigt war, über den Kopf, öffnete seinen Mantel und schob sich das Amulett unter sein Hemd. »Warakan, der Sohn von Masau und Enkel von Shateh, wird den heiligen Stein der Ahnen nicht für den Gelben Wolf zurücklassen!« verkündete er, und nachdem er den Kopf der Säbelzahnkatze zertrümmert und ihren Pelz zerfetzt hatte, drehte er sich um und lief den Weg zurück, den er gekommen war.

4

»Sie kommen!«

Die Stimme des blinden Kindes klang singend durch die Luft. An jedem anderen Morgen hätte der Stamm des Wachenden Sterns vielleicht Verzweiflung in diesem hellen, zitternden Ruf gehört, aber nicht an diesem sonnigen Tag. Denn heute kehrten die Steinjäger und ihre Frauen aus dem Tal zurück, während riesige Wolken aus Vögeln von Süden über den Himmel zogen.

»Sie kommen!« rief die Kleine erneut und winkte mit offenen Händen nach draußen.

Ban-ya lächelte, als sie das Kind hielt. Sie genoß es, die kleinen starken Glieder zu spüren, die sich fest an ihre Hüfte klammerten. Doh-teyah war die ganze Nacht lang unruhig gewesen. Lange vor der Dämmerung war die Geisterfrau aufgestanden und hatte sich mit dem Kind in den Höhleneingang gesetzt. Sie hatte bemerkt, daß Joh-nee ihr gefolgt war und sich wachsam in der Nähe aufgehalten hatte, doch Banya hatte nicht auf sie geachtet. Das Mädchen war inzwischen zu ihrem zweiten Schatten geworden. Mit dem Säugling auf dem Schoß und dem angenehmen Südwind im Gesicht hatte die Geisterfrau auf die Dämmerung gewartet. Unter dem funkelnden Auge des Wachenden Sterns und im Schimmer der

Mondsichel hatte der Säugling in ihren Armen geschlafen und war beim ersten Licht aufgewacht. Das Kind hatte die Hände ausgestreckt, als wollte es die Wärme der aufgehenden Sonne berühren.

»Sie kommen!« rief das Kind.

Und während Ban-ya beobachtete, wie das Tal unter ihr vom heller werdenden Licht des neuen Tages verwandelt wurde, hörte sie allmählich auch, was der Säugling schon viel früher gehört hatte: ein schwaches Schwirren in der Luft, ein Wind, der kein Wind war. Sie runzelte die Stirn, starrte in die Ferne und hielt dann den Atem an, als sie längliche, wogende, schwarze Wolkenstreifen auf sich zukommen sah. Es dauerte eine Weile, bis sie das ferne Schreien und das Schlagen zahlloser Flügel hören konnte. Die Wolken waren gar keine Wolken. Es waren riesige Schwärme von Vögeln!

Ban-ya sprang aufgeregt auf die Beine, als sie plötzlich ferne singende Stimmen hörte und wußte, daß es die Männer waren, die die Höhle verlassen hatten, um zum Steinbruch zu ziehen, von dem Kosar-eh erzählt hatte, und daß sie jetzt zurückkehrten. Irgendwie hatte das blinde Kind in ihren Armen ohne Augen in die Dämmerung geblickt und gewußt, daß sie da waren.

»Seht nur!« verkündete die Geisterfrau freudig, um ihren Stamm zu wecken. »Wahrlich, die Seherin des Windes hat Schamanenaugen! Sie ist blind in dieser Welt, aber sie hat als erste die zurückkehrenden Jäger gesehen! Sie hat als erste gesehen, wie die Vögel aus der jenseitigen Welt in diese Welt zurückkehren, um für uns zur Nahrung zu werden! Wahrlich, der Schwarzweiße Krieger und seine Kinder bringen uns Glück! Lobt die Weisheit von Tsana, daß er sie zu uns geführt hat, denn mit ihnen kommen das Fleisch vieler Bisons, der Südwind und das Ende des Großen Weißen Winters!«

Joh-nee stand schweigend da. Sie drückte ihre Puppe an sich und starrte auf die Priesterin. Was war plötzlich in die Geisterfrau gefahren, daß sie so gut über die Menschen der Roten Welt sprach? Joh-nee traute ihr nicht – sie würde ihr niemals trauen! Allzu oft hatte das Mädchen bemerkt, daß sie von der Priesterin beobachtet wurde, als wäre sie irgendein kleines Beutetier, das man noch einmal bemitleidete, bevor man es verspeiste. Und wie oft hatte sie gesehen, daß die heimtückischen Augen der Frau verstohlen Tsana beobachteten, wie eine gefangene Wölfin, die den Mann musterte, der sie gefangen hatte? Joh-nee kniff die Lippen zusammen. Tsana hatte eine bessere Behandlung durch eine Frau verdient, die er mehr als alle andere ehrte und der er immer die besten Stücke seiner Jagdbeute brachte.

Das Mädchen verengte die Lider zu schmalen Schlitzen, als es zusah, wie die Geisterfrau in den Wind starrte. Sie hatte etwas Unheimliches an sich, etwas Entrücktes ... wie sie steif wie ein Speer dastand, als sei sie jederzeit bereit, auf den Flügeln des Windes davonzufliegen ... wie ihre langen Haare um ihre tätowierten Gesichtszüge wehten, als wären es geflochtene Strähnen aus ergrauten Sehnen ... wie sie ihren Wolfsfellumhang geöffnet hielt, um ihre großen Brüste für die aufgehende Sonne zu entblößen – und für die zurückkehrenden Jäger. Dabei hielt sie ständig Doh-teyah in ihren Armen gefangen. Das Mädchen seufzte verzweifelt. Wenn die Geisterfrau doch nur Doh-teyah ihrer Sorge anvertrauen würde, dann würde Joh-nee diejenige sein, die auf den Flügen des Windes davonflog, weit von dieser Höhle fort, in der Kosar-eh und seine Söhne für sie zu Fremden geworden waren.

»Zur Seite Mädchen, zur Seite!«

Joh-nee blickte auf, als sie Oans ungeduldigen, aber freundlichen Befehl hörte. Eine Menschenmenge bedrängte sie, als der Stamm des Wachenden Sterns dem Ruf der Geisterfrau folgte und zusammen mit den Hunden zu den besten Plätzen stürmte, um die Rückkehr der Jäger und der Vögel zu sehen. Sie ging einen Schritt zurück und stieß gegen Kiu-neh, der zusammen mit mehreren Jungen seines Alters zum Höhleneingang kam. Als er sich an ihr vorbei schob, gelang es ihm, ihr schmerzhaft in den Hintern zu kneifen.

»Aua!« rief sie überrascht auf und schlug nach Kiu-neh, der nur mit einem Kichern reagierte, bis einer der Jungen ihm einen bösen Blick zuwarf.

»He! Was soll das?« fragte der Junge Kiu-neh. »Sie ist die Schwester des Schamanen. Und sie nennt Tsana ihren Bruder. Du mußt ihr Respekt erweisen!«

Kiu-neh zuckte nur die Schultern und ging weiter.

Joh-nee war dankbar. Sie kannte den Namen des anderen Jungen nicht, aber er war ihr genauso fremd, wie Kiu-neh für sie geworden war. Obwohl sie ihr ganzes Leben als Mitglieder desselben Stammes verbracht hatten, kannte sie den Dritten Sohn von Kosar-eh nicht mehr. Seit sie zur Höhle gekommen waren, konnte sie ihn überhaupt nicht mehr ausstehen.

»Du bist immer so traurig, Joh-nee.«

Das Mädchen sah, daß Kho-neh vor ihr stehengeblieben war. Sein Haar war länger geworden, und genauso wie sein älterer Bruder hatte er zugenommen. Sein Gesicht war gut eingefettet. Trotz der Härten des vergangenen Winters und der Folgen der Überfälle mußte sie zugeben, daß man ihn gut versorgt hatte. Die Frostgeister fraßen nicht mehr an seinen Füßen. Ihm schien es sehr gutzugehen.

Joh-nee freute sich für den Jungen, doch als ihr Blick hinter ihn ins Innere der Höhle fiel, wurde ihr Herz wieder schwer. Sie musterte den hohen, gewölbten Raum, sah die Mammutknochen und Schlafmatratzen, die Trockenrahmen und bemalten Felle, die Jagdbanner aus Federn und Fellstreifen und den großen schwarzen Stern, der wie eine Spinne an der dunklen Decke der Höhle hing. Sie schauderte, als sie sich an Nächte mit Freudenfeuer und Tanz und Tod erinnerte. »Sehnst du dich nicht nach deinem eigenen Stamm, Vierter Sohn von Kosar-eh?« fragte sie ihn.

»Dies ist jetzt mein Stamm!« erwiderte Kho-neh ohne jedes Zögern. »Und niemand nennt meinen Vater mehr mit dem Namen aus seinem alten Leben. Mein Vater ist der Schwarzweiße Krieger! Mein Vater ist der Mann, der seinen Feinden ins Gesicht spuckt! Kosar-eh – dieser Name ist genauso tot wie unser Stamm.«

Seine Worte taten weh. Joh-nee drückte ihre Puppe fest an die Brust, als sie zusah, wie Kho-neh davonstapfte, um sich zu den anderen zu gesellen. Ihr Stamm tot? Ja! Sie hatte gesehen, was der Seelenräuber übriggelassen hatte. Doch hatte nicht

Tsana die Lehren ihres eigenen Stammes bestätigt, als er versprach, daß ihre Lieben so lange bei ihr sein würden, wie sie sie in ihrem Herzen am Leben erhielt? Ja! Also schloß Joh-nee fest die Augen. Sie wünschte sich, daß ihre Mutter und Schwester lebten. Sie bat sie, aus der Welt jenseits dieser Welt zu kommen und wieder bei ihr zu sein.

Für eine kurze Weile wirkte der Zauber des Wunschdenkens. Bis bellende Hunde und die Willkommensrufe von Männern, Frauen und Kindern sie aus ihrem Traum rissen und sie für einen wunderbaren Moment davon überzeugt war, Cha-kwena wäre vom Ende der Welt zurückgekehrt und würde mit Mah-ree an seiner Seite auf dem Totem reiten.

Kosar-eh betrat lächelnd die Höhle. Er strahlte eine ruhige, warme Selbstzufriedenheit aus, als er glücklich durch die Begrüßungsversammlung ging, bis er über den Ausdruck der tiefen Enttäuschung auf Joh-nees Gesicht erschrak. Irritiert stapfte er an ihr vorbei. Er hatte genug von der trübsinnigen Laune des Mädchens und sah keinen Grund, sie dadurch zu ermutigen, daß er auch nur das geringste Mitgefühl zeigte.

Die letzten Tage, die er außerhalb der Höhle verbracht hatte, waren gute Tage gewesen. Mit einer kleinen Gruppe aus Steinjägern und ihren Lieblingsfrauen hatte Kosar-eh den Häuptling zum alten Steinbruch geführt, den er vor vielen langen Monden entdeckt hatte, als er vor dem letzten Krieg mit Cha-kwena in diesem Tal gelebt hatte. Der anstrengende Marsch hatte mehr als einen halben Tag gedauert, doch niemand hatte sich beklagt, als er mit ihnen vor den hellen, zerklüfteten Klippen am Ufer eines Baches angehalten hatte. An dieser Stelle trat der beste braune Flintstein zutage, den sie jemals gesehen hatten. Während Eyah und die anderen Frauen zwischen den ergrünten Harthölzern das Lager aufschlugen, sammelten die Männer kleine, faustgroße Steine aus dem Bach ein und hämmerten und hackten auf die Klippen ein, bis große und kleine Brocken des kostbaren Flintsteins herausbrachen. Bald standen sie zwischen hohen Geröllhaufen und sangen bei der Arbeit, während sie sich gelegentlich bückten, um vielversprechende Steinbrocken zu untersuchen.

»Guter Stein! Guter Stein! Ja, ja! Guter Stein!«

In Kosar-ehs Ohren hallten immer noch Hraks begeisterte Ausrufe nach.

Nachdem sie später nur die besten, festesten und am feinsten gemaserten Flintsteine in Lederbeuteln zum Lager gebracht hatten, wurden die Jäger von ihren Frauen beköstigt und belobigt. Dann hatte jeder Mann einen Hammerstein in die Hand genommen und die Steinknollen in kleinere, leichter zu transportierende Stücke geschlagen.

Jeder Tag von so vielen Tagen, wie ein Mann mit den Fingern einer Hand zählen konnte, war auf diese Weise abgelaufen. Und als jetzt die Männer und Frauen der Jagdgruppe jeweils zwei oder sogar drei Lederbeutel mit wertvollen Steinkernen an der Hüfte trugen, hob Tsana die Arme und verkündete allen Anwesenden: »Der Schwarzweiße Krieger hat uns zum besten Stein geführt, den dieser Mann seit mehr Monden gesehen hat, als er sich erinnern kann.«

Kosar-ehs Brustkorb schwoll vor Stolz an. Seine Söhne waren vor ihn getreten. In ihren Augen sah er ebenfalls Stolz – und in Eyahs, als sie sich an ihn drückte und besitzergreifend ihre Hand um seine Hüfte legte. Dann schob sie herausfordernd ihre Finger über seinen Bauch nach unten. Der große Mann hob eine Augenbraue, als er auf sie herabsah. Sie war ein hübsches Ding, keine Schönheit, aber erregend, wie ein warmes kleines Tier ohne Pelz, das immer wieder von ihm gestreichelt werden wollte und immer feucht und bereit war, seine Leidenschaft zu empfangen. Eyah schien seine Gedanken zu erraten, denn sie blickte lächelnd zu ihm auf. Kosar-eh fragte sich, ob es irgendwo hinter der offenen Begierde, die er in ihren Augen sah, auch ein wenig Zuneigung für ihn gab. Er bezweifelte es. Und es war ihm auch gleichgültig. Das Verlangen der jungen Frau nach den Freuden des Fleisches deckte sich mit seinem eigenen.

Als er sah, wie Indeh ihn aus einiger Entfernung eifersüchtig anfunkelte, lächelte Kosar-eh und zog Eyah mit einem Arm rauh an sich, so daß sie kicherte, als sie kurz den Boden unter den Füßen verlor. Während Indeh vor unterdrücktem Zorn erzitterte, verspürte Kosar-eh keinerlei Mitgefühl für den Mann. Erst vor wenigen Tagen hatte die prahlerische Frau, mit der Indeh sich am liebsten vergnügt hatte, bevor er sich Eyah zuwandte, eine Tochter zur Welt gebracht. Es war kein Geheimnis, daß Indeh so angewidert über das Resultat seiner Paarung gewesen war, daß er das Neugeborene am liebsten erdrosselt und aus der Höhle geworfen hätte, wenn Tsana nicht eingegriffen hätte. Also stand Indeh jetzt abseits, weil der Häuptling so verärgert über diese herzlose Mißachtung des Lebens gewesen war, daß er den Mann damit bestraft hatte, ihn von der Teilnahme am Jagdausflug auszuschließen.

Als er Kosar-eh zusammen mit seiner Lieblingsfrau sah, verengten sich Indehs Augen in seinem häßlichen, fleischigen Gesicht. Kosar-eh erkannte, daß Haß darin stand. Wenn der Mann sich nicht von seiner Vernarrtheit in die auf entzückende Weise eigennützige Eyah lösen konnte, würde es früher oder später zu einem Revierkampf zwischen ihnen kommen. Seine Zungenspitze strich über die scharfe Kante des Eckzahns, den Indeh ihm mit dem Speerschaft herausgeschlagen hatte. Er hatte noch eine Rechnung mit dem Mann zu begleichen, und er freute sich bereits auf den Tag, wenn er Indeh zeigen konnte, warum er sich den Kampfnamen ›Mann, der seinen Feinden ins Gesicht spuckt‹, verdient hatte.

Die zurückkehrenden Steinjäger legten ihre schweren Beutel ab und breiteten ihre Schätze auf dem Höhlenboden aus, worauf die Anwesenden lautstark Beifall spendeten. Kosar-ehs hielt Indeh aufmerksam im Auge, als er hörte, wie man immer wieder seinen eigenen Namen lobend erwähnte. Xanahay und Unai kamen zu ihm und klopften ihm brüderlich auf die Schulter, nachdem sie sein scharfes Auge gerühmt hatten.

»Wenn es darum geht, den besten Stein zu finden, sind die Augen des Schwarzweißen Kriegers wie die Augen eines kreisenden Falken, der von hoch oben zwischen den Wolken Ausschau nach Beute auf der Erde hält!« rief Xanahay.

»So ist es!« pflichtete Unai bei.

Und überall in der Höhle blickten die Kinder voller Ehrfurcht zu Kosar-eh auf, die Männer und Jungen lobten ihn mit anerkennenden Blicken, und die Frauen und Mädchen betrachteten Eyah voller Neid.

Kosar-eh hob den Kopf, stolz auf seine zwei Jungen und seine neue Frau. Noch nie war er sich so sicher gewesen, daß er in jener Nacht im Feuerschein die richtige Entscheidung getroffen hatte – als er an genau derselben Stelle gestanden und erkannt hatte, daß die Menschen unter der Tünche ihrer unterschiedlichen Stammessitten im Grunde dieselben waren und daß diese Menschen, obwohl er lange Zeit gegen sie gekämpft hatte, zu seinen Brüdern und Schwestern geworden waren.

»Also, Schwarzweißer Krieger, jetzt wirst du uns allen doch sicher dein Geschick zeigen!« drängte Hrak und erhob sich von den Knien, während er einen zylindrischen Kern aus dunklem Stein in der Hand hielt. »Das ist doch ein guter Stein, nicht wahr? Fest und gleichmäßig gemasert. Kein innerer Makel, den das Auge sehen oder das Ohr hören könnte, nicht wahr?«

Kosar-eh musterte die Auswahl des Mannes. »Wenn Hrak sagt, daß es so ist, dann muß es wohl so sein!«

Der Mann errötete vor Freude. Mit höchstem Respekt reichte er Kosar-eh den Stein. »Unsere Söhne sollen sehen, wie die Hände des Schwarzweißen Kriegers diesen Stein an unserem Lagerfeuer verführten. Unsere Söhne sollen hören, wie diese Hände den Stein immer wieder zum Singen brachten. Ah! Als diese Hände einen Splitter nach dem anderen vom Körper des Steines abschlugen, schrie er immer wieder verzückt auf, wie die Schreie einer Frau in dem Augenblick, wenn ein Mann ihr sein Leben spendet! Du mußt unseren Söhnen die Splitter zeigen, die deine Hände aus diesem Stein geschaffen haben, Bruder!«

Kosar-eh löste den kleinsten der drei Lederbeutel von seinem Hüftgürtel, ging in die Knie und holte vorsichtig drei lange, schlanke und scharfe Steinsplitter heraus, die er mit den Schlägen eines Hammersteins von einem Kern gelöst hatte, der zu schwer war, um ihn ins Lager zu schaffen. »Dies sind die besten von vielen. Sie sind noch neugeboren und ungeformt«, sagte er. »Später werde ich ihnen eine Gestalt geben.«

Die Menge keuchte gleichzeitig vor Erstaunen auf, als alle diesen Beweis der meisterhaften Beherrschung des Steines sahen.

Der große Mann fühlte sich zufrieden und geschmeichelt, doch auch ein wenig eingeschüchtert und sehr verlegen über das Ausmaß der Bewunderung, die man ihm entgegenbrachte.»Hrak hat mir erzählt, daß die Geister des Steines die Hände des Mannes erwählen, dem sie sich fügen wollen. Wenn sie diesen Mann erwählt haben, geschah es nur, weil die Steinmeister im Stamm des Graslandes mir die Sprache beibrachten, durch die ich mit meinen Händen zu den Steinen sprechen kann.«

Tsanas Gesicht war ernst. »Der Speer, mit dem du in das Tal der Toten kamst und den du im Krieg gegen meinen Stamm benutztest, hat die Wahrheit deiner Worte bewiesen.«

Kosar-eh war verblüfft und blickte zum Häuptling auf. Das Gesicht des Mannes war verbittert, feindselig und verschlossen. »Erkennst du nicht die Ironie darin?«

Hrak schien die Anspannung gar nicht zu bemerken, die Tsana in diese Situation gebracht hatte. Die Ironie war ihm allem Anschein nach jedoch nicht entgangen. Er lächelte und hielt Kosar-eh eifrig seinen Steinbrocken hin. »Und jetzt wird der Schwarzweiße Krieger diese Sprache den Söhnen des Stammes des Wachenden Sterns beibringen, die ihre besten Steinsprecher im Krieg mit dem Stamm des Graslandes verloren haben!«

Kosar-eh nickte. »Ja. Ich werde sie unterrichten, wenn wir gemeinsam neue Waffen machen und uns auf den Krieg vorbereiten. Nachdem wir gemeinsam viele gute Speere gemacht haben, werden wir gegen unsere Feinde ziehen. Und dann werden jene, die meine Frau und meine Kinder töteten – wie sie auch die Frauen und Kinder von Tsana töteten –, das Geschenk des Todes durch Speere erhalten, die nur hergestellt werden konnten, weil sie so dumm waren, diesem Mann das Geschenk zu machen, das ich jetzt an euch weitergebe ... mit diesen Händen!«

Ein anerkennendes Raunen ging durch die Menge.

Tsana nickte und lächelte finster.

»Und wenn unsere Körper im Kampf fallen und unsere Seelen für immer vom Wind verweht werden, werden sich die Söhne der Krieger des Wachenden Sterns an die Sprache der Steine erinnern, die ein Krieger aus dem Grasland ihnen beigebracht hat!« schwor Hrak begeistert.

»Sollen Krieg und Tod auf ewig weitergehen?« Joh-nee hatte sich durch die Menschen vorgedrängt und stand anklagend vor Kosar-eh. »Sollen wir so lange kämpfen und sterben, bis es auf der ganzen Welt keine Menschen mehr gibt?«

Xanahay lachte rauh. »Bis wir die *einzigen* Menschen auf der Welt sind!«

Joh-nees Kinn zitterte. »Es ist gut, daß mein Bruder den heiligen Stein genommen hat und dem Totem gefolgt ist, um …«

»Wohin?« unterbrach Tsana sie so glatt und geschmeidig, als wäre seine Stimme Fett auf seiner Zunge.

Das Mädchen blickte aus traurigen Augen zu ihm auf. »An einen sicheren Ort, wo seine Feinde ihn oder den heiligen Stein oder das weiße Mammut niemals finden werden!« Nach dieser Erklärung machte sie auf dem Absatz kehrt und eilte davon.

Tsana kniff leicht die Augen zusammen, als er zusah, wie Joh-nee in der Menge verschwand. »Oan, kümmere dich um das Mädchen. Ich möchte nicht, daß meine Neue Schwester unglücklich ist.«

Die narbengesichtige Frau gehorchte.

Kosar-eh hätte beinahe seine Verärgerung über den Häuptling und das Kind ausgesprochen. Er konnte nicht verstehen, wie ein Krieger von Tsanas Format sich selbst und die Menschen seines Stammes mit abergläubischen Sorgen belasten konnte, die von toten alten Männern überliefert worden waren. Und er hatte die Geduld mit Joh-nees hartnäckiger Treue zu einem Bruder verloren, der sie im Stich gelassen und durch seinen Verrat Tod und Verderben über ihren Stamm gebracht hatte. Kosar-eh hatte genug von all dem Gerede über Totems, Schamanen und die Zauberkraft von Amulettsteinen.

Er nahm den Flintsteinbrocken von Hrak entgegen und stand auf. Er blickte in die Gesichter der Männer, die ihn umstanden – Tsana, Unai, Xanahay, Hrak und all die anderen, mit denen er gemeinsam gejagt und gelacht und Fleisch und Frauen geteilt hatte, seit er als Gefangener an diesen Ort gekommen war. Er sah seine Söhne Kiu-neh und Kho-neh, die kräftig und stolz zwischen den Söhnen ehemaliger Feinde standen. Und in diesem Augenblick empfand Kosar-eh gleichzeitig ein starkes Gefühl der Verbindung zu seinem neuen Stamm und des Verlustes seines alten.

»Die Knochen des großen weißen Mammuts liegen in dieser Höhle!« verkündete er. »Der Schamane Cha-kwena hat das Mammut getötet. Wenn es der Wille des Stammes des Wachenden Sterns ist, den Gelben Wolf zu jagen, wird dieser Mann seine Brüder in den Kampf führen. Doch jetzt sage ich, daß die Macht des Totems immer noch hier ist, nicht nur in den Knochen und Stoßzähnen des großen weißen Mammuts, sondern im Blut und Schweiß der Krieger und Frauen des Wachenden Sterns und in ihrem Willen, sich an ihren Feinden zu rächen!«

»Ey yah!« rief die Versammlung einstimmig.

Und der große Mann – der in der Roten Welt Kosar-eh war, der im Grasland der Mann, der seinen Feinden ins Gesicht spuckt, war und der jetzt im Stamm des Wachenden Sterns der Schwarzweiße Krieger war – hielt den Stein hoch, den Hrak ihm gegeben hatte. »Kommt! Jetzt wird euer Bruder das Wissen um die Sprache der Steine mit euch teilen!«

Sie teilten und lernten. Sie lachten vor Vergnügen, als Kosar-eh inmitten eines Kreises aus Jungen und Jugendlichen saß, um den herum sich die Krieger des Wachenden Sterns versammelt hatten, um alte Techniken gutzuheißen und zu bestätigen und neue zu beobachten. Die Frauen und Mädchen lugten in den Kreis und sahen mit großem Interesse zu, wie eine Klinge nach der anderen ›aus dem Stein gerufen‹ wurde, die dann durch Druckabschläge mit einem Hammerstein in Speerspitzen von unendlicher Schönheit, Ausgewogenheit und tödlicher Wirkung verwandelt wurde. Gelegentlich sprach eine Frau einen speziellen Wunsch aus, und Kosar-eh hörte aufmerksam zu, während sie ihm einen Flintsteinbrocken reichte, den ihr Mann aus dem Steinbruch mitgebracht hatte, und fragte, ob es für den ›Mann, der mit dem Stein spricht‹, möglich sei, einen speziellen Stichel oder eine Ahle, einen Bohrer oder Schaber für sie aus dem Stein zu rufen. Obwohl Kosar-eh den Stein manchmal als unbrauchbar zurückgab, suchte er sich dann aus seiner eigenen Sammlung einen Stein, so daß die Frau jedesmal das gewünschte Werkzeug erhielt und den ›Meister des Steines‹ mit leuchtenden Augen lobte. Auf die eine oder andere Art konnte er alle Herausforderungen bewältigen.

Tsana nickte zufrieden. »Ja. So ist es gut! Beobachtet, wie der Schwarzweiße Krieger die Werkzeuge benutzt, die er gemacht hat, um seinen Händen zu helfen, mit dem Stein zu sprechen«, forderte er seine Stammesgenossen auf. »Der Hammerstein … der Schlegel und Meißel aus Geweih … der kleine Druckschlaghammer … der lederne Handflächenschutz, die es ihm erlauben, in der Nähe der Schneide zu arbeiten. Beobachtet und lernt!«

Die Männer rückten näher heran, während der Lehrer weiterarbeitete. Die Jungen ärgerten sich murrend über ihre Fehler und seufzten dann kopfschüttelnd, wenn der große Mann ihnen freundlich versicherte, daß er früher einmal genau dieselben Fehler gemacht hatte.

»Ihr werdet viele Steine zerbrechen, spalten, falsch abschlagen und unbrauchbar machen«, sagte Kosar-eh zu ihnen. »Und die Hände und Schenkel vieler Steinarbeiter werden verletzt und eingeschnitten werden und den Stein mit Blut schmieren. Ihr dürft euch davon nicht entmutigen lassen. Nur wenn ihr es immer und immer wieder versucht, wenn ihr lernt, den Protest des Steines zu spüren, wenn sich euer Wille gegen die Struktur des Steines richtet, dann werdet ihr die Sprache des Steines *spüren* und die Feinheiten seines Wesens erlernen. Nur wenn ihr aus euren Fehlern lernt, werdet ihr ihn dazu bringen, sich eurem Willen zu fügen.«

»Es ist genauso wie mit Frauen!« warf Hrak lachend ein.

»Also lernt gut, Jungs!« erwiderte Oan kichernd.

Und vom Sonnenaufgang bis in die blauen Schatten des Abends dieses Tages war in der Höhle das Klingen und Singen von Stein und eifrigen, begeisterten Menschen zu hören. Kosar-ehs Hammerstein schlug immer wieder zu, und die Männer und Frauen und Kinder des Wachenden Sterns lobten seine Arbeit mit freudigen Ausrufen und Liedern. Gelegentlich ruhte er sich aus und beobachtete zufrieden, wie die anderen Männer arbeiteten und die Jungen seinem Beispiel folgten. Eyah brachte ihm schließlich zu essen und mehr, und als sein Hunger auf Fleisch und die Frau gestillt war, legte er sich schlafen.

Er wachte lange vor der Dämmerung auf. Tsana stand vor ihm. Hinter dem Häuptling strömte der Himmelsfluß hell durch die Nacht, und neben ihm stand eine nackte junge Frau. Tsana legte ihr eine Hand auf die Schulter und führte sie näher heran. Er zeigte auf Eyah, um anzuzeigen, daß er einen Austausch ihrer Schlafpartner wünschte. Kosar-eh betrachtete, was der Häuptling ihm anbot. In der Dunkelheit konnte er die Frau nicht erkennen, aber ihre Silhouette vor den Sternen verriet ihm, daß sie wohlgeformt und jung war, ein guter Handel.

Er stieß Eyah an. »Geh!« sagte er zu ihr, und obwohl sie schmollte und murrte, stand sie schnell auf und ging ohne Beschwerde zum Häuptling. Als Tsana sie an sich zog, kurz berührte und sie dann ungeduldig fortzerrte, konnte Kosar-eh hören, wie sie dem Häuptling ihre begierige Zustimmung zuflüsterte. Er lächelte; er empfand keine Eifersucht. Genauso wie Eyah beschwerte er sich nicht.

Die junge Frau, die nackt über ihm stand, wartete auf seine Einladung. Kosar-eh winkte sie heran. Sie gehorchte mit einem Seufzer. Obwohl er sie immer noch nicht erkennen konnte, wußte sie sofort, wie sie ihn befriedigen konnte. Daher war er überzeugt, daß er schon einmal bei ihr gelegen hatte. Ihr Name spielte keine Rolle. Sie war nicht Ta-maya. Keine von ihnen würde jemals wie Ta-maya sein. Sie war einfach nur eine Frau – mit Brüsten und Schenkeln und warmen, feuchten Tiefen, gesichtslos in der schwarzen Nacht, während sein Mannknochen tief in sie drang. Das genügte ihm.

Er schloß die Augen und arbeitete, bis die Erleichterung ihn überkam – wild, heftig und schmerzhaft für die Frau. Als sie aufschrie – vor Schmerz oder Vergnügen oder vielleicht in einer fremdartigen weiblichen Mischung aus beidem –, erstickte er ihren Schrei mit seinem Mund. Es war ihm gleichgültig. Sie war nicht Ta-maya. Hier in dieser Höhle, in diesem Tal der Toten, zu dem die Vier Winde und die Mächte der Schöpfung ihn geweht hatten, würden sie und die anderen Frauen ihm niemals mehr bedeuten. Ihre Vereinigung hatte nichts mit Zuneigung zu tun. Es war eine Paarung. Es war die Zeugung neuen Lebens. Und als sie keuchend ihre Arme um seinen Hals schlang und nach mehr verlangte, gab er ihr, was sie wollte.

Es genügte ihm. In einer Welt ohne Ta-maya war es alles, was er erwarten konnte.

»Aiee … dieser Mann ist beeindruckt! Der Schwarzweiße Krieger beherrscht auch die Sprache, um den ›Stein‹ in seiner eigenen ›Waffe‹ zu beherrschen, damit er die ganze Nacht über hart bleibt! Mein zweites Mädchen sagt, daß es mit dir besser als mit Tsana ist – aber sag's nicht weiter, ja?«

Kosar-eh öffnete die Augen. Die Dämmerung hatte gerade begonnen. Die Höhle war still. Die Menschen und Hunde schliefen noch. Hrak jedoch kniete in seiner Nähe. Der große Mann blinzelte, runzelte die Stirn und richtete sich dann plötzlich zwischen seinen Fellen kerzengerade auf.

»Dein Mädchen? Deine *Tochter?* Ich …« Er spürte, wie er erbleichte, als er sich umblickte. Die gesichtslose Empfängerin seiner Freuden der vergangenen Nacht kniete ebenfalls mit niedergeschlagenen Augen neben ihm. Sie war jetzt angezogen. Ihre Oberlippe war angeschwollen und verfärbt. In einer Hand hielt sie einen Feuerstock aus Knochen, mit dem sie die Glut in seiner Feuerstelle genauso geschickt weckte, wie er in der Nacht die Flammen in ihren Lenden entfacht hatte.

Hrak kicherte über Kosar-ehs offensichtliche Bestürzung und sagte mit leiser Stimme, um die anderen nicht in ihrem Schlaf zu stören: »Der Schwarzweiße Krieger ist immer noch kein Mann des Wachenden Sterns, wenn es um Frauen geht. Es ist gut, daß du mit meiner Tochter vielleicht neues Leben gemacht hast. Es war nicht das erste Mal, nicht wahr? Sie tanzt einen guten Tanz unter einem Mann. Tsana hat es selbst gesagt. Hrak hat seine Kinder gut unterrichtet!«

Kosar-eh starrte ungläubig. »Du hast ... sie unterrichtet?«

Hrak ballte eine Hand zur Faust und schlug sie ein paarmal lautlos gegen seine andere Handfläche. »Und zwar so!« flüsterte er. »Ja! Viele Male! Aber erst, nachdem Tsana sie erstmals zum Bluten gebracht hat.«

»Du hast bei deinem eigenen Kind gelegen?« Der große Mann konnte nicht fassen, was er gerade gehört hatte. »Das darf man nicht.«

Hrak zuckte nur die Schultern. »Es ist ein altes Sprichwort des Stammes – in neuen Zeiten müssen die Menschen neue Wege gehen!«

Das Mädchen kicherte leise und fügte hinzu: »Neue Wege in viele Frauen!«

»Hmm! Geh jetzt!« befahl Hrak, immer noch flüsternd. »Dein Vater möchte mit dem Schwarzweißen Krieger sprechen.«

Kosar-eh sah zu, wie die junge Frau aufstand und fortging – langsam und, wie er dachte, auf unverschämte Weise.

Hrak sagte ehrfurchtsvoll: »Dieser Mann bringt dem Schwarzweißen Krieger ein Geschenk, ein besonderes Geschenk für einen Mann, der die Sprache der Steine spricht. Gestern abend kam Tsana zu Hrak und sagte, daß es Zeit für ihn sei, es zu überbringen.«

Neugierig beobachtete Kosar-eh, wie Hrak eine lederne Falttasche öffnete und langsam vier große, ungleichmäßige Stücke aus seltenem weißem Chalzedon ans Licht des Morgens holte. Der große Mann hielt den Atem an. »Wo hast du diesen Stein gefunden? Er kommt nirgendwo im Tal der Toten vor! Ich habe so etwas noch nie in irgendeinem Steinbruch gesehen, den ich kenne!«

»Es war ein Geschenk der Mächte der Schöpfung, das Hrak einem verräterischen Balg gestohlen hat, den dieser Mann vor vielen Monden gefangennahm. Er war am See und sprach zu den Knochen des Totems, als würde er eine Antwort erwarten! Er hatte ein Bärenjunges bei sich. Kannst du dir das vorstellen – ein Kind, das mit einem Bären unterwegs ist und einen so seltenen und kostbaren Stein bei sich trägt? Doch als Warakan damals noch unter uns lebte, hätte niemand vorhersehen können, was dieser Junge …«

»Warakan? Er war Shatehs Adoptivsohn. Ich erinnere mich an ihn aus der Zeit, als ich im Stamm des Graslandes lebte. Ich dachte, er wäre ertrunken.«

»So möge es sein! Er hätte sicher durch Tsanas Hand das Ende seiner Tage erlebt, wenn er nicht so schlau gewesen wäre, mit Jhadel davonzulaufen, dem Herrn der Geister unseres Stammes, bevor die Geisterfrau kam. Mögen die Mächte der Schöpfung den alten Mann zu Staub zerfallen lassen, wo immer er sich aufhalten mag!«

Kosar-eh konnte den Blick nicht vom weißen Quarz abwenden, der unter der offenen Klappe der Tasche zum Vorschein gekommen war. Die Qualität des Steins war hervorragend. Er hatte eine solche Vollkommenheit bisher nur einmal in seinem Leben gesehen, vor langer Zeit, obwohl der Quarz damals nicht in rohem Zustand gewesen war. Er war in Gestalt der außergewöhnlichsten Speerspitzen gehauen worden, die er jemals erblickt hatte, und sie hatten auf den Schäften der Speere von Masau gesteckt, des Mystischen Kriegers, eines Schamanen, der geschworen hatte, damit das große weiße Mammut zu töten. Statt dessen war es Masau gewesen, der getötet wurde, und als der weiße Chalzedon vom Blut dieses berüchtigtesten und gefürchtetsten aller Krieger gerötet worden war, hatten die Mächte der Schöpfung diese Speerspitzen irgendwie Cha-kwena in die Hände gespielt. Kosar-ehs Gesichtszüge spannten sich an. Cha-kwena hatte geschworen, das Totem mit diesen Speerspitzen zu beschützen, doch er hatte seinen Schwur gebrochen. Er hatte damit das große weiße Mammut getötet, um sie anschließend in den tiefsten Teil des Sees im Tal der Toten zu werfen, wo niemand hoffen konnte, sie jemals wiederzufinden.

Hrak musterte ihn nachdenklich. »Weißt du, was man in meinem Stamm über weißen Stein wie diesen sagt? Daß nur Speerspitzen, die daraus hergestellt werden, das lebende Herz des großen weißen Mammuttotems finden können und daß der Mann, der das Totem tötet und das Fleisch und Blut von Lebensspender verzehrt, genauso wie alle seine Anhänger für immer leben werden.«

»Das Totem ist tot, Hrak. Die Knochen des großen weißen Mammuts liegen in dieser Höhle. Der Schamane Cha-kwena hat es mit Speerspitzen getötet, die aus Stein wie diesem gemacht waren, doch obwohl Cha-kwena weiterlebt, sind fast alle, die ihm folgten, tot. Und die Speerspitzen, die das Leben des Totems nahmen, liegen an einem Ort, wo sie kein Mensch erreichen kann.«

»Ja, so ist es. Und jetzt ist Cha-kwena das Totem. Ein *böses* Totem. Also wird mein Stamm ihn suchen, und wenn wir ihn gefunden haben, werden wir ihn töten. Mit diesem Geschenk, das Hrak dir jetzt bringt, werden wir uns die Macht zurückholen, die er geraubt hat, um sie gegen uns zu verwenden.« Er beugte sich näher heran. »Viele Male hat Tsana schon gefragt, wann Hrak Speerspitzen aus dem weißen Stein rufen wird. Hrak hat gewartet. Viele Male haben die Hände dieses Mannes zu seinem Kopf gesagt: ›Bring uns den weißen Stein! Gib uns die Werkzeuge, um ihn zu zerbrechen und zu formen, und laß uns aus dem Kern des weißen Steins das hervorholen, was darin wartet!‹ Doch der Kopf dieses Mannes sagte jedesmal zu seinen Händen, daß sie des weißen Steins nicht würdig sind, daß sie warten müssen, bis sie größeres Geschick erlangt haben. Doch als die Augen dieses Mannes den Speer von Kosar-eh sahen, sagten sie seinem Kopf, daß jetzt endlich die Hände gefunden waren, die den weißen Stein bearbeiten sollten. Diese Hände sind deine Hände, Schwarzweißer Krieger, nicht meine! Also nimm dieses Geschenk des Todes an, das die Mächte der Schöpfung dir durch mich gebracht haben. Nur mit der Kraft deiner Hände wird der Stamm des

Wachenden Sterns die Macht finden, jene zu jagen und zu zerstören, die deine Frau, deine Kinder und deinen Stamm töteten.«

5

Ta-maya verstand sie nicht, keinen von ihnen. Wie viele Tage und Nächte wollte der Riese noch vor seinem Unterschlupf Wache halten, auf die Berge starren und darauf warten, daß Axwahtal und die anderen zurückkehrten? Und wie viele Tage und Nächte wollte der störrische kleine Jäger Zakeh an der Seite seines Jagdbruders sitzen und Leid über seine Familie bringen, weil Xohkantakeh so leichtsinnig mit ihrem Stamm gebrochen hatte, nur um das Leben einer Gefangenen zu retten?

»Sie werden nicht zu uns zurückkommen!« brummte Neeracheela.

»Wir müssen ihnen bald folgen«, fügte Shan hinzu, die aus der Hütte in das Morgenlicht trat und einige Schlaffelle nach draußen zerrte. »Die Entfernung zwischen ihnen und uns dürfte bereits so groß sein, daß wir vermutlich ganz bis ins Grasland reisen müßten, bevor wir wieder den Rauch ihrer Feuer sehen können. Und mit jeder neuen Dämmerung fürchte ich, daß unsere Feinde dieses Lager entdecken werden. Wir haben uns schon viel zu lange hier aufgehalten!«

»Das Wild wird knapp«, sagte Zakeh, ohne aufzublicken, während er seine letzte Jagdbeute ausweidete – eine abgemagerte Wölfin.

»Sie werden zurückkommen«, knurrte Xohkantakeh.

»Aus welchem Grund? Wegen zweier alter Jäger, wegen weniger Mädchen, als eine Hand Finger hat, und wegen zweier Frauen, die so dumm waren, einer nutzlosen Gefangenen nicht den Hals umzudrehen, als sie noch die Gelegenheit dazu hatten?« Neeracheela hatte die Hände in die Hüften gestemmt, während sie ihre Anklage wie eine wütende Stute schnaufte und den Blick zwischen Xohkantakeh und Zakeh hin und her wandern ließ. »Hörst du deinen Jagdbruder, Zakeh? Seit Axwahtal die anderen in die Berge geführt hat, ist der Schlammond aufgegangen, um auf uns herabzublicken, und hat schon wieder das Gesicht abgewandt. Der Südwind ist gekommen, um den Schnee vom Boden zu fressen und die Flüsse des Landes vom Eis zu befreien. Jetzt geht im Osten der Mond der Heimkehrenden Enten auf. Und dein Jagdbruder wartet immer noch darauf, daß die anderen zurückkehren!«

»Der Große Weiße Winter hat sich noch nicht von den Höhen der Berge zurückgezogen.« Xohkantakeh blieb hartnäckig. »Sie *werden* zurückkommen!«

Die Morgensonne schien Ta-maya warm ins Gesicht, doch während sie auf den Knien hockte und sich mit ihrer gesunden Hand die Knoten aus dem gelösten Haar kämmte, tat es ihr leid, daß sie die Hütte verlassen hatte, um den neuen Tag zu begrüßen. Sie blickte zum Riesen mit der finsteren Miene hinüber. Es war immer dasselbe. Der Mann war in etwa so wandelbar wie die Eisenholzbäume ihrer fernen Heimat – nämlich überhaupt nicht. Und Neeracheelas Streiterei mit ihm und ihrem eigenen Mann wollte wieder einmal kein Ende nehmen, bis Zakeh wie schon an den Tagen zuvor die Geduld verlor und irgendeinen Gegenstand nach ihr warf. Gestern war es ein Eichhörnchen gewesen, das er auf einem Spieß geröstet hatte und zu Mittag essen wollte. Am Tag davor hatte er im kritischen Moment nichts Geeignetes zur Hand gehabt und einfach eine Handvoll schlammiger Erde aufgenommen und sie damit beworfen. An diesem Morgen waren es Wolfsgedärme.

Neeracheela duckte sich. Shan, die die Schlaffelle in der frischen Morgenluft ausschüttelte, tat es nicht. Obwohl sie direkt hinter der kleineren Frau stand, bemerkte sie Zakehs Wutausbruch einen Sekundenbruchteil zu spät. Die Wolfsgedärme flogen gegen das Fell, das sie gerade in den Händen hielt, verspritzten blutige Flüssigkeit, als sie sich um ihre Handgelenke wickelten und klatschten ihr dann ins Gesicht.

Shans Reflexe waren gut, denn schon im nächsten Augenblick flogen die Gedärme genau zu Zakeh zurück.

Ta-mayas Unterkiefer klappte herunter, als die beiden das schleimige, glitschige Geschoß immer wieder hin und her warfen, bis es platzte und sich der übelriechende Inhalt genau vor ihren Knien auf dem Boden verteilte. Sie hörte Neeracheela vor Schadenfreude laut auflachen, während Ta-maya zurückwich und sich die unangenehme Masse aus Gesicht und Haar zu wischen versuchte.

»Das muß aufhören!« brüllte der Riese in plötzlichem Zorn.

»Man sagt, wenn Menschen zu lange in einem Lager bleiben, beginnen sie wie die Hunde zu raufen«, sagte Neeracheela grinsend.

»Nicht daß uns noch irgendwelche Hunde geblieben wären, so daß wir den Vergleich anstellen könnten«, warf Shan ein.

Zakeh zuckte die Schultern. »Hunde würden zuviel Lärm machen und könnten die Aufmerksamkeit unserer Feinde wecken.«

»Nicht mehr als diese Kinder, wenn sie zanken und schreien!« rief Shan mit angespanntem, beinahe schon feindseligem Gesichtsausdruck, als sie mit einer Kopfdrehung auf die Kleinen deutete.

Ta-maya runzelte die Stirn. Die Kinder hockten in der Nähe im Kreis. Ihre Gesichter waren verschmutzt wie immer, während sie das teilten, was Shan oder Neeracheela ihnen zum Frühstück gebracht hatte. Die abgemagerten kleinen Mädchen waren Xree, Lana und Ika, die zwischen vier und sieben Wintern alt sein mußten. Ta-maya wußte weder das genaue Alter der Kinder noch zu welcher Frau sie gehörten. Sie wurden von beiden ohne Unterschied gefüttert und gescholten. Sie hatten plötzlich aufgehört, mit fettverschmierten Fingern zu essen, um Shan mit verängstigten Blicken anzustarren. Tamaya hatte Mitleid mit ihnen. »Es sind gute Kinder! Wenn die Frau von Zakeh ihnen ein wenig mehr Zuneigung entgegenbringen könnte, würden sie vielleicht keinen Grund zum Zanken oder Schreien haben!«

»Dann kümmere du dich um sie!« zischte Shan.

»Ja!« stimmte Neeracheela höhnisch in die Herausforderung ihrer Stammesschwester an die Gefangene ein. »Du mit deinem lahmen und ›gebrochenen Flügel‹. Es wird Zeit, daß du dich an diesem Ort des wenigen Fleisches und des vielen Schlammes nützlich machst! Statt dessen liegst du nur mit gespreizten Beinen auf dem Rücken da, damit dein Mann sich dazwischenlegen kann ... aber es ist offensichtlich, daß du nicht einmal dazu richtig nütze bist, sonst würde er nicht mürrisch durch dieses Lager streifen und wie eine Gewitterwolke brüllen, die sich nicht abregnen kann!«

Ta-mayas Gesicht errötete vor Scham, Wut und Verzweiflung. »Xohkantakeh macht mit mir, was er will! Und ob er nun bei mir liegt oder nicht, Neeracheela, ich sage dir, daß er *niemals* mein Mann sein wird! Ich habe einem anderen die Treue geschworen ... für immer und ewig!«

Das Gesicht des Riesen verzerrte sich in plötzlichem Zorn. Er fuhr herum und blickte zum wiederholten Male auf die hohen, tief verschneiten Berge. An seinem gequälten Ausdruck wurde offensichtlich, daß er sich gerade mit dem abgefunden hatte, was die anderen schon die ganze Zeitlang behauptet hatten: daß Axwahtal und seine Jäger und Frauen nicht zurückkommen würden. »Möge der Große Weiße Winter sie allesamt verschlingen, denn dieser Mann sieht jetzt, daß vierbeinige Hunde nicht die einzigen Hunde sind, die nur dem Rudel folgen! Nur aus Furcht kehren Männer ihren Brüdern den Rücken zu und lassen ihre Frauen und Kinder im Stich. Kommt! Xohkantakeh hat lange genug gewartet, um sich davon zu überzeugen, was sie wirklich wert sind. Jetzt werden wir den Hunden des Graslandes den Rücken zukehren. Wir werden diese hohen Hügel verlassen und in das Land zurückkehren, durch das wir gekommen sind. Die Jagdgründe im Osten waren gut, und dort wissen wir zumindest, wo unsere Feinde sind!«

Ta-maya hielt den Atem an. In das Land zurückkehren, durch das sie gekommen waren? *Kosar-eh ist dort! Mein Stamm ist dort! U-wa! Tla-nee! Joh-nee und ...*

»Du bist Xohkantakehs Frau!« unterbrach er ihre Gedanken, als hätte er sie genau erraten. »Und falls in diesem Land, zu dem wir jetzt aufbrechen, durch irgendeinen Zufall jener ›Für-immer-und-ewig-Mann‹ überlebt hat, werde ich ihn töten, sobald ich ihn sehe!«

Shan war noch verzweifelter als Ta-maya. »Aber unser Stamm lebt auf der anderen Seite der Berge! Sag es ihm, Zakeh, daß wir unseren Leuten folgen müssen, wenn wir Schutz vor ...«

»Von diesem Tag an«, knurrte der Riese, »werden Xohkantakeh und seine Frau für diesen Mann Stamm genug sein. Wenn du nicht damit einverstanden bist, dann geh mit deinem Mann und folge Axwahtal über die Berge. Xohkantakeh hat Zakeh nicht dazu gezwungen, bei ihm zu bleiben.«

Zakeh verzog sein wettergegerbtes Gesicht und sagte mit einem Schulterzucken: »Seit Zakeh und Xohkantakeh kleine Jungen waren, lebten wir gemeinsam als Jagdbrüder in Shatehs Stamm. Wir waren die Hüter der heiligen Flamme und des Rauches in den Schweißhütten von Shatehs Stamm. Jetzt ist Shateh tot. Axwahtal war vor dem letzten Krieg nicht unser Jagdhäuptling. Warum sollte er es jetzt sein? Außerdem sagt Zakeh, daß es zur Abwechslung ganz gut ist, einmal keinen Häuptling zu haben, der ihm sagt, was er tun soll. Es ist gut, das zu tun, was er will. Und jetzt will er gemeinsam mit seinem Jagdbruder weiterziehen. Also soll es jetzt kein Fraugeschwätz mehr geben! Wir werden unsere Hütten abbrechen und uns zur Weiterreise bereitmachen.«

So geschah es.

Niemand sprach ein Wort. Xohkantakeh ließ Ta-maya zur Seite treten, während die anderen arbeiteten. Gelegentlich spürte sie den vernichtenden Blick einer der Frauen Zakehs, und einmal flüsterte Neeracheela gehässig, daß Ta-maya wahrlich von den Mächten der Schöpfung gesegnet war, daß sie einen so versöhnlichen Mann wie Xohkantakeh gefunden hatte.

»Wenn diese Frau so nutzlos wie Ta-maya wäre, würde kein Mann in dieser oder der nächsten Welt mich an seiner Seite behalten wollen. Dein Gesicht ist zerschunden. Du schleppst dich wie ein alter und gebrochenem Flügel voran.

Wenn du sterben würdest, würde Xohkantakeh dich nicht sehr lange vermissen.«

Ta-maya ließ die Beleidigung ungerührt über sich ergehen, Xohkantakeh, der sie mitgehört hatte, jedoch nicht. Er brachte die Frau mit einem Handrückenschlag zum Schweigen, so daß sie rückwärts zu Boden geworfen wurde. Als Neeracheela mit blutigem Mund aufblickte, wußte Ta-maya, daß sie sich einen weiteren Feind gemacht hatte, in einer Welt, in der sie schon viel zu viele Feinde überlebt hatte – und in der sie gar nicht mehr überleben wollte.

»Weine nicht, Gebrochener Flügel.«

Ta-maya wischte sich die Tränen von den Wangen, als Ika, das älteste der drei Mädchen, zu ihr kam und besorgt zu ihr aufsah.

»Gebrochener Flügel ist eine gute Frau, so wie Ika ein gutes Kind ist, nicht wahr?« Als das Mädchen lächelte, entblößte es einen fehlenden Schneidezahn. »Ika wird Gebrochenen Flügel pflegen. Und Xokataka auch!«

Trotz ihrer Traurigkeit mußte Ta-maya über den mißglückten Versuch des Mädchens lächeln, Xohkantakehs Namen auszusprechen.

»Xokataka ist groß und knurrt viel, aber er ist gut, genauso wie Zakeh, der nicht so viel knurrt, aber viele Dinge wirft, obwohl er den Kindern manchmal Geschenke macht. Hier! Ika wird ihr Geschenk mit Gebrochenem Flügel teilen, aber nicht mit Xree und Lana. Die sind zu klein!«

Ta-maya sah, wie das Mädchen sich verstohlen umsah. Erst als das Kind davon überzeugt war, von niemandem beobachtet zu werden, öffnete es den Umhang und holte zwei winzige Wolfswelpen hervor. »Zakeh hat diese beiden im Bau von Mutter Wolf gefunden. Die Mutter gibt uns Fleisch und Fell. Die Welpen werden wie Hunde sein und unsere Winterschlitten ziehen – natürlich erst, wenn sie erwachsen sind!«

»Wölfe sind keine Hunde und können nicht zahm in den Lagern der Menschen leben, Ika.«

Das kleine Mädchen küßte die Welpen. »Xokataka sagt, daß Menschen wie Hunde sein können. Zakeh sagt, daß

Wölfe wie Hunde sein können. Ika sagt, daß diese Welpen besser als Hunde oder Menschen sind!«

Die Zuneigung des Mädchens zu den wilden Tieren erinnerte Ta-maya an die Zeit, als sie und Mah-ree noch Kinder waren und ihre kleine Schwester ständig Cha-kwena gefolgt war. Die beiden hatten immer wieder gespielt, wie sie Lebensspender fanden, das große weiße Mammuttotem, und wie sie seine Macht beschworen, um ihnen zu helfen, irgendein verletztes Geschöpf zu heilen. Die Erinnerung war so angenehm, daß sie weinen mußte, als sie an all das dachte, was sie verloren hatte und nie wiedersehen würde.

»Gebrochener Flügel weint zuviel!« mahnte Ika. »Hier! Nimm diesen Welpen! Liebe ihn. Du hast kein Baby, kein Kind. Dieser Welpe braucht eine neue Mutter! Für diesen kleinen Wolf mußt du stark sein!«

Als der Wolfswelpe ihr das Gesicht ableckte und das Kind kicherte, schloß Ta-maya die Augen. Der Südwind erhob sich mit dem neuen Tag. Die Morgenluft war von den Düften des erwachenden Landes erfüllt. Als die Sonne warm auf ihr Gesicht schien und sie die Nähe des Kindes und des Welpen spürte, durchströmte sie ein wunderbares Gefühl, obwohl sie immer noch hörte, wie Xohkantakeh und Zakeh den zwei Frauen schroffe Befehle gaben, um sie zur Arbeit anzutreiben.

Ta-mayas Augen öffneten sich wieder. Kosar-eh war irgendwo dort draußen! Er war *nicht* tot! Sie spürte seine lebende Seele mit jeder Faser ihres Wesens. Eines Tages würde er sie finden, und an diesem Tag würde Xohkantakeh sterben, denn irgendwo weit im Osten am Ende der Welt standen Cha-kwena und Mah-ree in der Macht des heiligen Steines und des Totems. Es waren ihre liebevollen Gedanken, die ihr das Leben gerettet hatten und sie sogar jetzt noch dem Wiedersehen mit ihrem Stamm und dem einzigen Mann entgegentrieben, den sie jemals geliebt hatte und jemals lieben würde.

»Gebrochener Flügel lächelt wieder!« stellte Ika fest.

»Ja, meine Kleine«, sagte Ta-maya. »Diese Frau lächelt wieder.«

Kosar-eh lächelte nicht. Er war wie besessen. Er hatte schon den ganzen Morgen lang allein dagesessen, der aufgehenden Sonne zugewandt, seine Steinwerkzeuge vor sich ausgebreitet. Auf seinen flachen Händen lagen die Stücke aus weißem Chalzedon, und seine Arme schmerzten bereits, weil er sie ständig vor die Sonne hielt.

Er sprach kein Wort. Er aß und trank nichts. Er starrte nur die Steine an. Hrak hatte seine Feuerstelle verlassen, und als die namenlose Tochter des Mannes mit Fleisch kam, schickte Kosar-eh sie mit einem geistesabwesenden Brummen wieder fort. Danach störte ihn niemand mehr. Erst zu Mittag legte er die Kristalle nieder. Und dann verbrachte er den Rest des Tages damit, einen Stein nach dem anderen aufzuheben, sie immer und immer wieder zu untersuchen, sie zu drehen und ans Ohr zu halten, während er mit Daumen und Zeigefinger dagegenschnipste.

Mit leiser Stimme erklärte Hrak den Neugierigen, daß der Schwarzweiße Krieger nach dem Herzen in jedem Quarzbrocken suchte und den Verlauf der Venen und Arterien bestimmen wollte, die den Körper des Steines durchzogen. Viele näherten sich fasziniert, um zuzusehen, doch die meisten spürten die Veränderung in Kosar-eh und wurden durch seine düstere Konzentration wieder vertrieben.

Schließlich schob sich die Sonne hinter die Gebirgszüge im Westen. Das Tal wurde blau, und Schatten erfüllten die Höhle. Kosar-eh legte die weißen Steine nieder, stand auf, erleichterte sich und kehrte dann zurück, um sich wieder vor die vier Stücke aus vollkommenem weißen Quarz zu hocken. *Einer für jeden der Vier Winde*, dachte er. *Und wenn der Stein sich meinen forschenden Händen fügt, eine Speerspitze für jedes tote Mitglied meines Stammes!* Diese Aussicht war so tröstlich wie die anbrechende Nacht.

Er zog sich sein Schlaffell um die Schultern, setzte sich gerade hin und sprach sich die geliebten Namen lautlos immer wieder vor, bis ihn der Schlaf überkam und er zu den Sternen hinaufflog, um ein weißes Mammut über den Himmelsfluß zu jagen, mit Speeren aus weißem Kristall in der Hand und dem blutenden Fell eines toten Kojoten auf dem Rücken.

»Du wirst meinen Bruder nicht mit den Speeren töten, die du aus diesem Stein machen willst!«

Kosar-eh öffnete die Augen. Joh-nee war aus der Höhle zu ihm gekrochen. Jetzt stand sie im ersten Licht der Dämmerung mit allen vier Stücken aus weißem Chalzedon in den schlanken Armen vor ihm. Als er den Zorn in ihren Augen sah, wußte er sofort, was ihre Absicht war – sie wollte die Steine aus der Höhle werfen, im verzweifelten Versuch, sie zu zerstören. Er streckte ihr seine Hände entgegen und sagte: »Joh-nee …«

Sie trat einen Schritt zurück. »Ja. *Joh-nee*, die Schwester Cha-kwenas. Du hast es vielleicht vergessen, aber ich nicht. Glaubst du, ich würde zulassen, daß du oder sonst jemand meinem Bruder etwas antut?« Sie wirbelte herum und lief zum Höhleneingang.

Kosar-eh sprang auf, bekam sie am Fußknöchel zu fassen und zerrte sie zurück. Sie stürzte zu Boden. Die Steine entfielen ihr, zerbrachen aber nicht. Er hörte, wie dem Mädchen die Luft aus den Lungen getrieben wurde, worauf ein unterdrückter Schmerzensschluchzer folgte. »Vergib mir, Kind, aber … Komm, ich will dir helfen.«

Sie stieß einen leisen, aber heftigen Protestschrei aus, schlug seine Hand weg und rappelte sich allein auf. »Dieses Mädchen ist kein Kind! Und dieses Mädchen will nichts von dir! Dieses Mädchen wünscht sich nur deinen Tod!«

Kosar-eh war traurig über diesen Fluch. Sie war so tapfer und so treu, aber gleichzeitig so uneinsichtig. Er bezweifelte nicht, daß sie schon längst davongelaufen wäre, wenn sie nicht so um Doh-teyah besorgt gewesen wäre. Als ob Joh-nee ganz allein überleben könnte! Und als ob Doh-teyah, die auch in diesem Augenblick fest an Ban-yas Brüsten schlief, ohne sie nicht überleben würde! »Joh-nee, unser aller Leben hat sich verändert. Du mußt lernen, das zu verstehen und anzunehmen. Du mußt …«

»Es ist Kosar-eh, der sich verändert hat!«

Er nickte in ernster Zustimmung. »Kosar-eh ist vor dem Tal der Toten gestorben, zusammen mit seinem Sohn und seiner Frau Ta-maya und der tapferen U-wa und der alten Kahm-ree und der kleinen Tla-nee, am Tag, als ihm sein jüngster Sohn geraubt wurde.« Er hielt inne und runzelte die Stirn, als er vor dem blassen Horizont einen unverkennbaren schwarzen Umriß fliegen sah. »Dort am Himmel! Siehst du den Teratornis? Wenn du nach Kosar-eh suchst, mußt du dort nach ihm suchen. Sein Lebensgeist wird auf den Flügeln des Vogels davongetragen, der ihn vor dem warnen wollte, was kommen sollte. Doch das ist schon lange her. Ja, Kosar-eh ist tot! Sein Vertrauen in deinen verlogenen Schamanenbruder hat ihn umgebracht!«

Tränen traten Joh-nee in die Augen. »Wenn Kosar-eh tot ist, dann nur, weil er nicht auf Cha-kwena hören wollte. Mein Bruder lügt nicht! Die Macht des heiligen Steines ist eine wahre Macht! Das Totem wurde wiedergeboren! Und du bist nicht tot! Du sagst dies nur, um dich für deine neuen Frauen und dein Leben voller Mord zu rechtfertigen. Hast du das Blut von Cheelapat an deinen Händen vergessen? Dieses Mädchen hat es nicht vergessen! Einmal hörte ich in der Nacht den Wind in das Tal der Toten hineinwehen, und mir schien, daß Ta-mayas Seele nach Kosar-eh gerufen hat, aber das kann überhaupt nicht sein, denn wenn ihre Seele sehen könnte, was aus ihrem Mann geworden ist, würde sie aus Schande für immer sterben!«

»Nur um ihre Schande zu rächen, werde ich diesen Stein bearbeiten. Dann wird sie wissen, daß jene, die ihre Seele in die Welt jenseits dieser Welt schickten, gerächt wurden, durch den Zorn des …«

»Frauentöters!« schluchzte Joh-nee. Dann lief sie davon, zum kleinen Teil der Höhle, den sie sich zu eigen gemacht hatte, in der Nähe von Ban-yas Thron aus Mammutzahn, wo Doh-teyah in den Armen der Geisterfrau schlief.

Tsana stand versteckt hinter dem Mammutstoßzahn, der dem brütenden Kosar-eh am nächsten war. Die Bewegung des Mädchens hatte den Häuptling geweckt, und er benötigte nicht den Instinkt eines Schamanen, um ihre Absicht zu erraten. Er hatte schon lange mit einer solchen Tat gerechnet. Mit erhobenem Kopf und grinsend beobachtete er, wie Kosar-eh auf die Anklage des kleinen Mädchens hin verletzt das Gesicht verzog. Langsam, damit er nicht vom trauernden Schwarzweißen Krieger bemerkt wurde, drehte Tsana sich um und durchquerte die Höhle, wobei er lautlos den Hunden und den Schlafstellen der Menschen auswich. Niemand sollte ihn beobachten, wenn er die heilige Höhlenkammer betrat. Doch im schwachen Licht der Dämmerung fühlte er sich beobachtet. Er blieb stehen und blickte sich über die Schulter um. Alles war friedlich, niemand war wach, außer dem grübelnden Mann und dem Mädchen, das ihn von seinem Platz aus nicht sehen konnte, wo es am Fuß des Throns der Geisterfrau unter den Schlaffellen verschwunden war, um mit seinem Kummer allein zu sein.

Tsana duckte sich und trat schnell in den niedrigen, gewölbten Eingang, hinter dem ein System labyrinthischer Gänge immer tiefer in den Hügel hinein führte. Die heilige Höhle lag am Ende des zweiten Tunnels. Er hatte ein Stück hinter dem Eingang eine Talglampe samt Feuerstein, Zunder, Ersatzdochten und Fett versteckt, um seinen Weg zu beleuchten. Niemand wagte sich noch an diesen kalten und dunklen Ort, wo er und seine Krieger Shateh in den Tod gelockt hatten – außer Tsana selbst. Hier war es, wo er neue Kraft schöpfte.

Er machte Licht. Mit der Lampe und dem Feuerwerkzeug lief er in die Dunkelheit. Er ging tief gebückt, um sich nicht den Kopf an der feuchten, rauhen Decke zu stoßen. Immer tiefer drang er in den kalten Bauch der Erde vor, während er die Lampe mit einer Hand hielt und mit den gekrümmten Fingern der anderen den Docht schützte. Er kannte den Weg, den er sich zusätzlich mit Zeichen aus Ocker und Kalkstein markiert hatte. Gelegentlich hielt er an, wenn er ein schwaches, geisterhaftes Flüstern in der Dunkelheit hinter sich hörte. Er lauschte und ging dann weiter. Er wollte sich nicht von den vertrauten kalten Luftzügen ablenken lassen, die sich geheimnisvoll, aber ständig durch diese unterirdischen Gänge bewegten.

Schließlich erreichte Tsana sein Ziel. Er hob die Lampe

empor. Der Docht erzitterte. Die Flamme schluckte gierig in der plötzlichen Zufuhr frischerer Luft. Das Licht breitete sich im hohen, gewölbten Raum aus, der vor ihm lag.

»Ahh!« seufzte Tsana, wie jedesmal in ehrfürchtigem Erstaunen über die Größe der heiligen Kammer. Und wie immer erinnerte er sich wieder daran, daß der Schamane Jhadel oft in diesem ›Mutterleib der Erde‹ nach mystischen Inspirationen gesucht hatte, wie ein alter Bär, der sich in seinen Bau verkroch. Tsana schüttelte den Kopf. Er hoffte, daß der alte Schamane nicht mehr lebte, genauso wie dieser nervtötende kleine Bengel, der wirklich daran zu glauben schien, er sei Shatehs Enkelsohn. Keiner von beiden hatte für ihn irgendeinen Nutzen. Die wahnsinnige Ban-ya reichte ihm und seinem Stamm als Schamanin völlig aus.

Er kniff die Lippen zusammen. Diese Höhle war voller Erinnerungen. Das Heulen der Frau Ban-ya hatte ihn tief in die Erde gelockt, wo er sie in dieser Kammer verschüttet gefunden hatte. Er würde niemals verstehen, wie sie hier so lange hatte überleben können, nachdem Shateh sie verstoßen hatte. Hier hatte sie eins ihrer Zwillingskinder gegessen und war darüber verrückt geworden, so daß sie behauptet hatte, die Geisterfrau zu sein, der Geist dieses Berges. Jhadel hatte ihr nicht geglaubt. Tsana auch nicht, aber er hatte in ihr eine Möglichkeit erkannt, wie er seinen alten Schamanen loswerden konnte, der nicht mehr dem Befehl seines Häuptlings gehorchen wollte. Also hatte er Ban-ya vor den Stamm geführt, als Kannibalenfrau, als Geistermutter des Berges, und die Menschen seines Stammes, die schon immer jede gut erzählte Geschichte bereitwillig geschluckt hatten, waren sofort von ihren Worten überzeugt gewesen.

Tsana lächelte bei dieser Erinnerung. Da Ban-ya den Wunsch hatte, ihr überlebendes Zwillingskind am Leben zu erhalten und an ihrer Brust zu nähren, war sie so einfach zu manipulieren gewesen wie warmes Fett, bis Tsana in einem Augenblick des Zorns und schlechten Urteilsvermögens das kränkelnde Kind getötet hatte. Der Tod des Babys hatte die Frau tief erschüttert. Sie hatte mit leeren Augen gestarrt, nur dann gesprochen, wenn sie angesprochen wurde, und war völlig nutzlos für ihn geworden. Doch dann hatte Tsana die spontane Eingebung gehabt, ihr die blinde Tochter von Kosar-eh an die Brust zu legen! Von dem Moment an, als der Säugling seinen Mund um ihre Brustwarze schloß, hatte Ban-ya wieder ihm gehört. Sie würde Tsana wieder gehorchen – wenn sie vermeiden wollte, daß einem weiteren Baby an der Höhlenwand der Schädel eingeschlagen wurde.

Zufrieden mit sich selbst trat Tsana vor in die innere Kammer. Als er die gegenüberliegende Wand erreichte, enthüllte sich ihm das eigentliche Wunder dieser Höhle in seiner ganzen Pracht. Lange bevor der letzte Krieg den Stamm des Wachenden Sterns in das Tal der Toten verschlagen hatte, war die äußere Höhle vom Stamm des Schamanen Cha-kwena aus der Roten Welt bewohnt worden. Und hier auf der innersten Wand der heiligen Höhlenkammer leuchteten die Zeichnungen, die Cha-kwena während dieser Zeit geschaffen hatte, rot und golden im Schein der Lampe auf.

»Ahh!« rief Tsana erneut voller Ehrfurcht aus, als seine Augen die wilde Schönheit und Wahrheit aufnahmen. Hier war alles aufgezeichnet. Der Weg des Ersten Mannes und der Ersten Frau, die aus dem nebelverhangenen Reich der Eisgeister kamen und die Welt der Lebewesen betraten. Lebensspender, das große weiße Mammuttotem, das sie und ihre Kinder in langen Wanderungen durch endlose Länder führte, bis sie sich schließlich unter dem ewig wachsamen Auge des Wachenden Sterns aufsplitterten und über die Welt verbreiteten, bis sie zu Fremden wurden, die ständig im Krieg miteinander lagen.

Tsana trat langsam näher und konzentrierte sich auf den Teil der Zeichnungen, in denen der Totemgeist festgehalten war – die Darstellung eines großen weißen Mammuts, das sich blutig aus einem See erhob, in den Bauch der Leitkuh einer kleinen Mammutherde drang und verwandelt als junges Kalb wieder hervorkam, das einen kleinen Stamm rot bemalter Menschen nach Osten in das Gesicht der aufgehenden Sonne führte.

Er legte seine Hand auf die Zeichnung des wiedergeborenen Totems und auf das Bild, das darüber zu tanzen schien –

ein Schamane mit dem Kopf eines Kojoten, der ein Amulett um den Hals trug, bei dem es sich nur um den heiligen Stein der Ahnen handeln konnte.

»Ja … ich weiß, daß du am Leben bist, Cha-kwena! In diesem Augenblick arbeitet Kosar-eh an dem Speer, der dich töten wird. Er wird mich an den Ort führen, wo du mit dem heiligen Stein und dem Totem in die Sonne gegangen bist. Ja … ich spüre, wie die Macht des neugeborenen Mammuts in dieser Welt wächst. Wenn du tot bist, Cha-kwena, wird sie mir gehören, und mit seinem Fleisch und Blut in mir werde ich das Totem sein, schon bald und dann für immer!«

Tsana zitterte vor Entschlossenheit gab seinem Drang nach, laut aufzulachen. Er schob sich näher an die Wand heran, und, die Hand auf sein gemaltes Bild gelegt, vertraute er dem Schamanen flüsternd an: »Was würde dein Krieger der Roten Welt sagen, wenn er wüßte, daß an dem Tag, als ich ihn und seine gefangenen Kinder in meinen Kriegsstamm zurückließ, so daß ich allein auf die Jagd gehen konnte, die Beute, nach der ich suchte, keine Tiere, sondern Menschen waren? Und was würde er sagen, wenn ich ihm verraten würde, daß frische Spuren im Schnee mich zu einem hohen Hügel führten, von dessen Höhe aus ich diejenigen sah, die wir suchen? Es waren zu viele Männer, um sie mit meinem kleinen Stamm angreifen zu können, ohne schmerzliche Verluste zu erleiden, und sie waren viel zu weit fort, um ihnen durch so viel Schnee zu folgen.«

Tsana lächelte schief. »Und was glaubst du, wie er reagieren würde, wenn ich ihm enthüllen würde, daß zwischen den Spuren der Feinde an diesem Hügel auch die kleineren Spuren einer humpelnden Frau waren … Kosar-ehs Frau? Glaubst du, daß sie noch am Leben ist, Gelber Wolf? Vielleicht. Meinst du, ich sollte deinem Krieger der Roten Welt all dies erzählen? Nein. Wenn Kosar-eh glauben würde, es gäbe eine Möglichkeit, daß seine Frau noch am Leben ist, hätte ich ihn nicht mehr so gut in der Gewalt. Und wenn Tsana seinen Stamm zum endgültigen Sieg über den Stamm des Graslandes führen soll, wie er es geschworen hat, braucht er Kosar-eh, um ihm den Weg zu zeigen, den du hinter das Ende der

Welt genommen hast, Gelber Wolf, damit Tsana für sich und seinen Stamm die unüberwindliche Macht des heiligen Steines und des Totems in Anspruch nehmen kann.«

Er trat von der Wand zurück und bestätigte mit einem Nicken, daß die Gefangenen aus der Roten Welt noch vor diesem Tag sterben würden – die dummen kleinen Jungen Kiuneh und Kho-neh, die fest daran glaubten, daß man sie für immer als Söhne des Wachenden Sterns annehmen würde, und Kosar-eh, der bis dahin seine Nützlichkeit eingebüßt hätte, nicht nur als Führer, sondern auch als Lehrer in der Kunst der Steinbearbeitung, und Ban-ya. Ja. Tsana beschloß, daß er genug von der Geisterfrau hatte. Er wollte das Kind, die Seherin des Windes, an ihrer Stelle als neue Schamanin einführen. Warum nicht? Sein Stamm hatte eine lange Tradition weiblicher Schamanen, und er würde genügend Zeit zur Verfügung haben, um ihr Vertrauen und ihre Liebe zu gewinnen, so daß sie sich in ihrer Stellung unter seiner Kontrolle fügen konnte. Wenn Doh-teyah zur Frau herangewachsen war, würde sie längst ihre Familie aus der Roten Welt vergessen haben, mit der sie als Gefangene in diese Höhle gekommen war – weil er die einzigen Menschen, die sie daran erinnern könnten, schon lange vorher beseitigt haben würde.

Ein Windhauch ließ die Flamme seiner Lampe flackern. Er drehte sich um – und sah das größte dieser Hindernisse für Doh-teyahs Vergessen im Eingang zur inneren Höhle stehen, mit einer eigenen Lampe.

»Es ist wahr ... Mein Bruder hat nicht gelogen.« Joh-nee hatte die Augen vor Erstaunen weit aufgerissen, als sie auf die Stelle der heiligen Zeichnungen blickte, wo ein kleines weißes Mammut dargestellt war, das die Menschen in das Gesicht der aufgehenden Sonne führte. »Warum hast du Kosar-eh nicht hierhergebracht? Wenn er diese Bilder sehen könnte, würde er wissen, daß Cha-kwena nicht gelogen hat! Er würde wissen, daß nur sein Mangel an Vertrauen in meinen Bruder und das Totem Verderben über unseren Stamm gebracht hat.«

Tsana starrte auf die lästige, mißtrauische kleine Schwester des Schamanen. Hatte sie mitgehört, was er über Ta-maya gesprochen hatte? Seine Stimme war leise gewesen, weil er nur mit dem Bild an der Wand geredet hatte, so daß er sich selbst kaum hatte verstehen können. Trotzdem – je früher sie das Schicksal erlebte, das er für sie erwählt hatte, desto besser würde es für alle sein. Aber es konnte noch nicht jetzt geschehen, nicht bevor Kosar-eh ihnen den Weg zum Schamanen der Roten Welt gezeigt hatte. Wenn er an diesem Tag seine Krieger aus der Höhle führte, würde er seinen Sieg über die Macht des Gelben Wolfes damit bekräftigen, daß er Joh-nee – die vom selben Fleisch und Blut wie Cha-kwena war – für Himmelsdonner opferte. Ban-ya würde das Opfer vollziehen, denn sie hatte das Ritual schon früher durchgeführt, ohne davor zurückzuschrecken. Er würde vertrauenswürdige Männer und Frauen zurücklassen, damit sichergestellt war, daß das Herz und Fleisch des Mädchens von allen geteilt wurde, ihr Körper richtig enthäutet und ihre Haut zu einem Umhang verarbeitet wurde, den er nach seiner Rückkehr tragen würde, wenn er irgendwann die neue Hohepriesterin des Wachenden Sterns weihte.

Tsana behielt seine Augen halb geschlossen, als er sich dem Kind näherte und vor ihm in die Knie ging. Wie klein und verletzlich Joh-nee aussah, während sie bleich und erschüttert dastand, ihre armselige, zerlumpte Puppe mit einer Hand fest an die Brust gedrückt, in der anderen zitternd eine Steinlampe haltend. Er machte es genauso wie am Tag, als er mit ihr inmitten der Überreste des Lagers ihres Stammes gestanden hatte, und nahm Joh-nees Hand, um wie ein liebevoller Freund über ihre Finger zu streicheln. »Es ist eine Sache des Glaubens, Mädchen. Des Vertrauens. So wie du diesem Licht zu mir gefolgt bist. Du möchtest doch deinen Bruder wiedersehen, nicht wahr?«

Joh-nee zögerte mißtrauisch, bevor sie vorsichtig nickte.

»Wenn Kosar-eh diese Bilder sieht, wird er wissen, daß alles, was du gerade gesagt hast, wahr ist«, sagte Tsana, während er sich bereits seine nächsten Worte überlegte. »Dann würde Kosar-eh uns nicht zum heiligen Stein, zum Totem und zum guten Schamanen Cha-kwena führen, weil ihm vor Kummer das Herz brechen wird. Er würde es nicht überleben, wenn er wüßte, daß einzig und allein er die Schuld an allem trägt, was seinem Stamm widerfahren ist.«

Immer noch mißtrauisch schüttelte Joh-nee den Kopf. »Du willst das Totem töten. Du willst sein Fleisch essen und sein Blut trinken, damit du die Macht gewinnst, um deine Feinde töten zu können. Dieses Mädchen hat gehört, wie du selbst es gesagt hat!«

»Wann?«

»In der Höhle. Als wir ankamen. Vor langer Zeit. Aber Joh-nee erinnert sich!«

»Ah.« Also hatte sie doch nicht mitgehört, was er vorhin zu den Bildern gesagt hatte. »Diese Worte waren für die Ohren des armen Kosar-eh bestimmt! Damit er in seinem Kummer wieder Lebensmut aus seinem Willen zur Rache zieht. Es ist Rache, was die meisten Männer antreibt, Neue Schwester. Und was Tsana betrifft, ja, er sucht wirklich das Totem. Und den heiligen Stein. Er ist ein Mann, der im Krieg siegreich war, der jedoch der Häuptling eines Stammes ist, der von seinem wahren Schamanen verlassen wurde. Die arme Geisterfrau. Sogar ein so junges Mädchen wie Joh-nee kann erkennen, daß wir Mitleid mit dieser traurigen Frau haben, deren Seele nicht mehr in ihrem Körper war, bis die kleine Seherin des Windes sie wieder glücklich machte. Trotzdem will mein Stamm daran glauben, daß mit ihr zumindest eine Art Schamanin gefunden wurde! Und Joh-nee muß auch erkennen, daß dieser Mann Kosar-eh erlaubt hat, seinen Kummer auf eine Weise zu lindern, die mir selbst und meinem Stamm verhaßt ist. Wir brauchen Kosar-eh, damit er uns zu Cha-kwena führt. Tsana möchte sich mit deinem Schamanenbruder beraten. Er steht in der Macht des Totems und des heiligen Steines unserer Vorfahren. Tsana möchte in seiner Macht Frieden finden.«

Joh-nee starrte ihn an. Sie war noch sehr jung, doch dieser Mann hatte wie zu einem Erwachsenen mit ihr gesprochen, und mit einer Ernsthaftigkeit, die sie verunsicherte. Sie wußte nicht, wie sie darauf reagieren sollte. »Warum sollte dieses Mädchen Tsana glauben, wenn er zugibt, daß er seinen Mund mit Lügen gefüllt hat?«

»Kleine Schwester des Gelben Wolfes, warum sollte Tsana

ein Mädchen anlügen, das er an seine Seite genommen hat, als wäre sie seine eigene Schwester?«

Sie runzelte die Stirn. Tsana konnte ein betörender Mann sein, und er war es auch jetzt. Doch Joh-nee hatte sehr häßliche Dinge gesehen, seit sie in dieser Festung lebte. Sie war noch mißtrauischer als zuvor. »Dieses Mädchen weiß es nicht. Aber Joh-nee glaubt, daß du es tust.«

Tsana versuchte die Situation einzuschätzen. Schließlich sagte er sanft: »Dann erzähle Kosar-eh, was du gesehen hast. Rufe seinen Namen. Hole ihn hierher. Die Tunnel werden deine Stimme bis zur äußeren Höhle tragen. Er wird dich hören. Alle werden dich hören. Sie werden kommen. Auch Kosar-eh wird kommen. Aber wenn dieser gute Mann an den Qualen zugrunde geht, die er bei diesem Anblick erleiden wird, wird es deine Schuld sein, Neue Schwester, nicht Tsanas.«

Joh-nee biß sich auf die Unterlippe. Sie überlegte lange und angestrengt. Doch sie rief nicht.

Hinter dem Ende der Welt träumte Cha-kwena von Wölfen und Sprungkatzen, von einem großen Bären, der unter fallenden Sternen aus der Erde kam, von Gespenstern, die sich aus rotem Nebel erhoben, um zu bemalten Kriegern zu werden, und von einer jungen Frau mit einem Speer in der Hand, die in einer dunklen, schwach vom Feuerschein erhellten Schlucht stand, in ein Bärenfell gekleidet war und durch die Zeit zu ihm blickte.

»Mah-ree!« rief Cha-kwena ihren Namen, als er sich aufsetzte und verblüfft bemerkte, daß das kleine weiße Mammut zufrieden mit dem Rüssel zarte, neue Blätter von einem Weidengebüsch am Bachufer pflückte. Von der anderen Seite des Ringes aus Steinen, mit denen er das Kochfeuer des vorigen Abends eingedämmt hatte, blickte ihn ein Kojote an.

»Ach, Cha-kwena ... ich sehe, daß du immer noch durch den Wald ziehst und der aufgehenden Sonne den Rücken zugewandt hast. Es ist gut, daß du dich auf die Rückreise in die Welt der Menschen begeben hast. Und es ist gut, daß du das Totem mitgebracht hast. Oh, ja. Das ist sehr gut!« sagte der Kojote und leckte sich das Maul, als freue er sich auf eine Mahlzeit.

»Es ist nicht klug, Cha-kwena. Überhaupt nicht klug. Hör nicht auf den Betrüger!«

Der junge Schamane blickte wieder überrascht auf, diesmal über die gurrend gesprochenen Worte, die aus dem Schnabel einer Eule kamen, die kaum noch Federn hatte und oben zwischen den Weidenzweigen hockte.

»Geh zurück hinter das Ende der Welt, dummer Mann!« krächzte der Vogel.

Und dann wehte plötzlich eine Böe des Morgenwindes durch den Wald und blies aus dem Süden feinen, körnigen Staub heran und genau in Cha-kwenas Augen. Er preßte die Lider zusammen, verfluchte den Wind und wartete ab, bis sich genügend Flüssigkeit in seinen Augen gesammelt hatte, um die winzigen Teilchen des erodierten Gletscherschutts fortzuspülen. Es dauerte eine Weile. Seine Augen brannten immer noch, als er sie schließlich wieder öffnete und sah, daß sowohl die Eule als auch der Kojote verschwunden waren. Er rieb sich mit den Fingern die Reste der Feuchtigkeit und des Staubes aus den Augenwinkeln und sah noch einmal hin. Daß weder das eine noch das andere Tier da war, bestätigte seinen Verdacht, daß er geträumt hatte. Er seufzte, stand auf, streckte sich und blickte sich dann um, ob es greifbarere Zeichen mit mystischer Bedeutung in der Nähe gab. Doch falls es welche gab, bemerkte er sie nicht.

Cha-kwena musterte den Wald, von dem er umgeben war. Nachdem er vom See aufgebrochen und mit dem kleinen weißen Mammut in den Wald vorgedrungen war, hatte er seit mindestens zehn Schlafpausen den Weg verloren. Wenn er nun die gegensätzlichen Geister des Kojoten und der Eule, des helfenden Tiergeistes seines Großvaters Hoyeh-tay, in seinen Träumen sah, stellten diese Erscheinungen sicherlich keine wahren Visionen dar, sondern nur Verkörperungen seines Wunschdenkens. Da er ohne den heiligen Stein auskommen mußte, konnte er sich, auch wenn er ein Schamane war, nur auf seine Instinkte und Erfahrungen als Jäger und Fährtenleser verlassen.

Dennoch hatte er in letzter Zeit mehrere Geister gesehen. Die Geister des aufbrechenden Großen Weißen Winters – windgepeitschte Bäume und schmutzige Schneeflecken an nordseitigen Abhängen, die noch im Sterben flüsterten, während sie in der ergrünenden Erde versickerten – und die Geister seiner eigenen Sehnsucht, unter den kalten, windigen Himmel zurückzukehren, wieder durch die große Schlucht am Ende der Welt zu ziehen, ihre gewaltige Schwemmebene zu erkunden und die niemals abtauenden Schneeflächen zu überqueren.

Cha-kwenas Herzschlag beschleunigte sich. Er fand es seltsam, daß er, ein Mann, der in der fernen Roten Welt mit ihren hohen Felskuppen und trockenen, von Pinien beschatteten Hügeln geboren war, sich in einem Land mit Eis und Kälte jenseits des Endes der Welt so wohl fühlte. Er war dort einsam gewesen, und seine Seele hatte sich vor Sehnsucht nach seiner Frau und seinem Stamm verzehrt. Doch es war, als hätte irgendein unbekannter Teil von ihm schon einmal unter diesem kalten Himmel gelebt, als Jäger und als Bruder von Tieren, die er noch nie selbst gesehen, sondern von denen er nur in den Geschichten aus dem Anbeginn der Zeiten gehört hatte, die von den Schamanen seines Stammes auf den heiligen blauen Tafelbergen erzählt wurden. Zaubergeschichten! Geschichte, die den Geist junger, unausgebildeter Menschen entflammten, so wie Sonnenlicht Farben in klares Eis zauberte! Geschichten vom Ersten Mann und der Ersten Frau, die in einem Land des Schnees am Rand eines gefrorenen Meeres lebten, die hakennasige Antilopen und Elche, Karibus und Moschusochsen jagten, bis die ewig verfeindeten Zwillingsbrüder des Himmels vom Wachenden Stern zur Erde herabfielen, um Krieg und Tod über die Welt zu bringen, und von Lebensspender, dem großen weißen Mammut, das dazu geboren war, die Menschen in das Gesicht der aufgehenden Sonne und zur Sicherheit und Unsterblichkeit zu führen.

Cha-kwena blickte auf und sah dem kleinen weißen Mammut zu, wie es Blätter von den Bäumen rupfte, und mußte lächeln. Das grüne Labyrinth dieses Waldes mochte seine Bemühungen behindern, zu seinem Stamm zurückzukehren, doch er war zuversichtlich, daß er irgendwann trotzdem den Rückweg finden würde, wenn er sich an den Bewegungen von Sonne und Mond orientierte.

Bald würde er seine kleine Frau wieder in den Armen halten, und zum ersten Mal in seinem Leben würde er ihr sagen, wie sehr er sie liebe und brauche. »So wird es sein!«

Bald würde er wieder das köstliche Lachen der Kinder hören und seine Schwester Joh-nee auf seinen Knien sitzen lassen, wenn er von seinen Abenteuern erzählte, während Kosar-ehs Jungen und die alte Kahm-ree gebannt zuhörten und seine Mutter U-wa es wieder wagte, voller Stolz auf ihren lange verlorenen Sohn zu blicken. »So wird es sein!«

Bald würde er mit dem kleinen weißen Mammutkalb an seiner Seite Kosar-eh gegenübertreten und erkennen, daß im Herzen dieses guten Mannes wieder Hoffnung und Vertrauen in die Prophezeiungen der Ahnen war. »So wird es sein!«

Und dann würde er seinen Stamm durch den Wald und über das Ende der Welt hinaus führen, damit sie in den kalten und kargen Ländern ein neues Leben beginnen konnten, dort, wo das Jagdwild ihrer Vorfahren reichhaltig war und die kriegerischen Stämme der Menschen sie niemals finden würden. »So *muß* es sein!«

Ein tiefes und alles durchdringendes Wohlgefühl erfüllte Cha-kwena. Wenn er das nächste Mal bei seiner kleinen Frau lag, würde sie in seinen Armen endlich wirklich zu einer Frau werden, denn er würde nie wieder Grund haben, ihr das überschäumende Geschenk seiner Männlichkeit zu verweigern, aus Furcht, daß eine Schwangerschaft sie in einem Land gefährdete, in dem die Krieger des Stammes des Wachenden Sterns und des Stammes des Graslands die Mitglieder seines Stammes wie hungrige Wölfe jagten. Er lächelte. Er und Mahree würden gemeinsam neues Leben machen! Seine Mutter U-wa würde sich über die Enkelkinder freuen, nach denen sie sich so lange gesehnt hatte! Und die Kinder von Kosar-eh und Cha-kwena würden gemeinsam in einem Land aufwachsen und alt werden, in dem der Krieg ein unwillkommener Fremder war und ihr Stamm für immer leben würde.

Der Schamane strahlte über das ganze Gesicht. Es gab so viel, auf das er sich freuen konnte! Bis es soweit war, wollte er sich keine Unzufriedenheit mehr erlauben. In diesem Wald gab es reichlich Wild für ihn und gute Weideplätze für das Kalb. Und im blassen, zottigen Körper des künftigen Mammuts lebten der Geist des Totems und die Hoffnung seines Stammes.

»Wie lange noch?« Die Frage wehte mit einer Windböe heran und traf das Herz des Schamanen wie ein unsichtbarer Speer, der von den dunklen Flügeln der Eule geschleudert worden war, die vom Baum über ihm aufflog.

Cha-kwena blickte stirnrunzelnd nach oben. Es war nichts zu sehen, nur das grüne Blätterdach des Waldes unter dem Wind, nur dunkle Äste, die sich in einen Himmel streckten, den er kaum erkennen konnte.

»Komm, Cha-kwena! Komm hinaus ins Licht!«

Er sprang auf die Beine. Der Kojote stand wieder auf der anderen Seite der Feuerstelle. »Du!« rief er, doch eigentlich war er gar nicht überrascht.

»Wir sind immer Brüder gewesen, du und ich!« sagte der Kojote zu ihm. »Komm, sage ich! Deine kleine Frau wartet wirklich auf dich. Folge diesem Gelben Wolf, und bald wird der Schamane erstaunliche Dinge sehen!«

Teil 5

Vier Winde

Du bist nicht auf dieser Erde, du bist in diesem Stein. Kein Wind soll dich erreichen, kein Eisberg wird dich zermalmen, denn er würde an den Kanten des Steines in Stücke zerbrechen…

Beschwörung der Tschuktschen
aus *Peoples of the Earth*
von Douglas Botting

1

Mah-ree war begeistert.

Der Wald lag hinter ihnen. Sie hatten endlich das obere Ende der Schlucht erreicht. »Kommt!« rief sie Jhadel und Warakan zu und kehrte dem dunklen Land der Bäume den Rücken zu, wo ihr Stamm soviel Kummer erlebt hatte. Eine Welt aus Licht und offenem Raum lag vor ihnen, und dahinter – sie wagte kaum daran zu denken – ein Land, das ihre Heimat war! Würde sie es jemals wiedersehen? Gemeinsam mit ihrem Mann? Vielleicht war es mehr, als sie sich erhoffen durfte.

»Unsere Feinde leben jenseits dieser Schlucht«, brummte Jhadel, stieg von seiner Trage und erhob sich mit Hilfe seines Stabes mühsam auf die Beine. »Unsere Feinde jagen und führen Krieg und schlachten ihre Gefangenen ab, im Land jenseits dieser Schlucht!«

Mah-ree war der ständigen Einwände des Alten überdrüssig und gab keine Antwort. Als sie über vertraute, flechtenbewachsene Felsblöcke kletterte, auf denen sie und Cha-kwena viele lange Nächte unter Sternen verbracht hatten, war sie außer Atem vor Aufregung. Sie zwang sich dazu, nur an gute Erinnerungen zu denken, als sie ihr Gesicht dem Westwind zuwandte und endlich über das Land blickte, durch das sie und ihr Stamm vor vielen langen Monden ihrem Schamanen und der heiligen Mammutherde gefolgt waren.

»Ah!« rief sie und zeigte nach unten, als glückliche Erinnerungen ihr Herz pochen ließen und ihr Tränen in die Augen trieben. »Ich kann den Fluß sehen! Und dort ist das Pappelwäldchen, in dem wir unser letztes Lager aufschlugen und mit köstlichem Elchfleisch ein Festmahl abhielten, als wir hierher kamen. Und seht! Dort gibt es Wild, so viel Wild … genauso wie damals!«

Es war alles genau so, wie Mah-ree es in Erinnerung hatte: der breite, seichte Fluß, der sich in endlosen Windungen durch ein hohes, gewelltes Plateau schlängelte, dazwischen verstreute Inseln aus hohen, schützenden Bäumen. Weit hinter der Ebene erhoben sich am Horizont ferne Berge, die unter ewigem Schnee weiß schimmerten. Und zwischen diesen Gipfeln und dem Plateau lagen in einer riesigen braunen Senke im Westen die Ödländer, durch die die Menschen ihres Stammes auf der Flucht vor Shatehs Kriegern um ihr Leben gelaufen waren.

Ihre Stirn legte sich in Falten. Wie weit waren sie ihnen gefolgt, diese großen, bemalten Männer mit ihren Kampfhunden und ihrem ungerechtfertigten Zorn auf ihren Schamanen? Und was war aus Kosar-eh und ihrer Schwester und ihrem Stamm geworden? Nicht ein einziges Mal hatte Mahree während der langen, kalten Wintermonde den rötlichen Schein eines Lagerfeuers unter dem von Sturmwolken bedeckten Himmel gesehen.

»Vielleicht«, sprach sie laut ihre Hoffnung aus, damit der Westwind ihre Worte zu den Mächten der Schöpfung trug, »sind sie inzwischen durch die Ödländer und die Berge zurückgekehrt. Kosar-eh hat meinen Stamm nach Südwesten zur Roten Welt geführt, und unsere Feinde sind in das nördliche Grasland der zwei Stämme gezogen, wo sie für immer zusammen leben und Krieg führen können – wo sie für uns keine Gefahr darstellen!«

Jhadel war keuchend und pfeifend zu ihr hinaufgeklettert. Sein Stab wackelte in einer zitternden Hand, während Warakan ihn am Ellbogen festhielt. Der alte Mann lehnte sich erschöpft gegen einen Felsblock, um sich zu erholen. Er schnappte eine Weile nach Luft, bevor er in die Ferne blinzelte und dann verdrossen und nicht ohne offensichtliche Überraschung feststellte: »Der Große Weiße Winter wohnt immer noch in den hohen Bergen!«

»Der Winter wohnt *immer* dort«, stellte Mah-ree richtig, dann vertraute sie ihm mit einem wehmütigen Lächeln an: »Als ich noch ein kleines Mädchen war, sagten die weisen Männer meines Stammes in der fernen Roten Welt auf der anderen Seite dieser Berge, daß das Auge eines Schamanen manchmal – am heißesten Sommertag, wenn die Vier Winde den Atem anhielten und die Luft völlig still und klar war – mit dem Goldadler fliegen und bis zum Ende der Welt blicken konnte, wo der Große Weiße Winter auf den Bergen schlief und den Himmel stützte. Cha-kwena hat den Großen Winter gesehen. Und anschließend hat mein Schamane uns allen versprochen, daß er eines Tages zu den großen Bergen reisen würde und daß er mit seinem Speer Schnee und Eis von den gezackten Zähnen des Großen Weißen Winters hacken wollte, damit er in die Sonne floh, wo er sicher für immer schmelzen würde!«

»Ha!« Warakan war niemals glücklich oder beeindruckt, wenn Mah-ree über Cha-kwena sprach.

Jhadel blinzelte in die Sonne und merkte sich ihre Stellung hinsichtlich Tages- und Jahreszeit. Dann wandte er kopfschüttelnd den Blick ab. »Es ist zuviel Schnee. Siehst du? Er liegt nicht nur auf den Gipfeln, sondern auch auf den Schultern des Bergrückens und noch weit unter der Baumgrenze, tief in den Schluchten und Pässen.«

»Möge der Große Weiße Winter lange und tief auf diesen Bergen schlafen, denn solange er dort liegt, werden unsere Feinde nicht mehr zurückkehren, falls sie ins Land ihrer Vorfahren zurückgekehrt sind!« Mah-ree lächelte zufrieden.

»Hmm.« Jhadel schüttelte immer noch den Kopf. »Doch falls unsere Feinde auf dieser Seite der Berge überwintert haben, sind sie vielleicht noch hier.«

Warakan hockte sich nieder, und während er seine linke Hand gegen die Kehle drückte, blickte er aus fast völlig zusammengekniffenen Lidern in die Ferne. »Wenn unsere Feinde dort draußen sind, müßten wir nachts von der Schlucht aus ihre Feuer sehen können und bei Tage vielleicht sogar ihre Witterung aufnehmen. Wir werden erfahren, wo sie sind.«

»Und wie wir ihnen ausweichen können!« Mah-ree drehte sich um und starrte dem Jungen entschlossen in die länglichen, dunklen Augen. Sie blickten ruhig und scharf und waren mit der kochenden, selbstsüchtigen Leidenschaft erfüllt, die sie nur allzu gut zu kennen glaubte. Dennoch waren seine Augen ihr manchmal ein Rätsel. »Du wirst noch nicht gegen sie Krieg führen, Warakan. Wir sind aus Sorge um Jhadel hierher gekommen, und du wirst ihn nicht in

Gefahr bringen. Bevor wir nicht zum heiligen Stein zurückgekehrt sind oder mein Schamane mit ihm und dem Totem aus dem Wald kommt, wird diese Frau nichts unternehmen, um die Mächte der Schöpfung in diesem Land herauszufordern!«

Warakan blickte auf und sagte ruhig: »Warakan wird seine Frau beschützen.«

Mah-ree hob ihre Augenbrauen. Dieser Junge war einfach unmöglich! »Womit? Mit dem schönen neuen Speer, den du für mich machen willst? Diese Frau glaubt allmählich, daß Warakan niemals einen Stein finden wird, der seinem ›Geschick‹ angemessen ist, denn wenn er ihn findet, wird diese Frau sehen, daß er überhaupt kein Geschick besitzt!«

Der Junge blickte sie unverwandt an. »Warakan hat einen Stein gefunden, der ihm angemessen ist«, antwortete er ausweichend, um dann nach Westen zu starren und seinen eigenen Gedanken nachzuhängen.

Sie rasteten nur kurz. Während Jhadel zufrieden im belebenden Licht der Sonne döste, brauchten der Junge und die Frau nicht lange, um ihre Sachen aus dem Wald zu holen. Gemeinsam hatten sie bald zwischen einer Felsengruppe ein Zelt errichtet und standen dann nebeneinander, um in die untergehende Sonne zu blicken und zuzusehen, wie die Täler zwischen den fernen Hügeln und Bergen sich mit langen purpurnen und blauen Schatten füllten.

»Mein Bruder ist irgendwo dort draußen und geht im hohen Gras auf die Jagd«, sagte Warakan.

»Ja. Auch ich habe seine Spuren gesehen. Eine Weile habe ich befürchtet, wir könnten ihn einholen ... oder er uns.« Mah-ree verschränkte die Arme über der Brust und ließ die Hände über das dichte dunkle Fell ihres Mantels gleiten. »Diese Frau möchte keinen weiteren Bären töten.«

Der Junge warf ihr einen bösen Blick zu. »Dieser Jäger würde sie daran hindern.«

Sie blickte ihn mit nachdenklich gerunzelter Stirn an. »Dann war es vielleicht aus Furcht um das Leben deines Bruders, daß du bislang noch keinen Speer für mich gemacht hast!«

Warakan reckte sein Kinn. »So ist es!« log er und hockte sich auf den Boden. Er legte die Unterarme auf seine Schenkel und blickte auf die Welt unter ihnen. »Sieh ... Wild kommt zum Trinken an den Fluß.«

»Und Vögel lassen sich auf jedem Teich nieder. Hörst du? Ihre Rufe dringen bis hierher! Kraniche und Reiher und sogar Schwäne! Und Gänse und Enten und fette Seetaucher ... und dort! Siehst du die Stelle, wo das Wasser scheinbar vor schwarzen Ameisen wimmelt? Rotäugige Wasserhühner!«

Warakan wunderte sich über ihre Begeisterung. Ihm lag nichts an Vögeln. In seinem Stamm hatte man jedes gefiederte Geschöpf außer einem Adler als Fleisch betrachtet, das höchstens für Frauen geeignet war.

»Es gab viele fette Fische in diesem Fluß, als mein Stamm dort unter dem Mond des Trockenen Grases lagerte. Vielleicht ist es jetzt unter dem Mond der Heimkehrenden Enten genauso«, sagte sie hoffnungsvoll.

Warakan verzog das Gesicht. Fisch war Nahrung für Hungerzeiten – oder, wie er sich verlegen eingestehen mußte, für hungrige Jungen, die einem Bären durch einen unbekannten Teil eines Waldes folgten.

»Siehst du, wo der Fluß breiter und seichter wird, wo er ruhiger fließt und vom Schilf besänftigt wird?« Mah-ree hatte den Arm ausgestreckt und deutete in die Ferne. »Dort gibt es bestimmt Schlangen, lang und voller köstlichem Fleisch! Und zarte Rohrkolbentriebe! Und Frösche und Salamander und viele Eier von nistenden Vögeln und ...«

»Eier? Frösche? Salamander?« Jhadel war aus seinem Nickerchen aufgewacht. Als er neben die zwei jungen Leute trat, war es offensichtlich, daß die Ruhe, die Wärme und der trockene Westwind ihn erfrischt hatten. Trotzdem zeigte sein Gesicht Abscheu, als er mit unverhüllter Fassungslosigkeit fragte: »Habe ich gerade gehört, wie diese Frau sagte, sie würde gerne Frösche und Salamander und die Eier von Vögeln essen?«

Mah-ree nickte. »Und die Eier von Fischen und Schlangen.

Und die Larven, die nach Nüssen schmecken und unter der alten, abblätternden Rinde von Pappeln leben. Es ist gute Nahrung. Wie in der Roten Welt.«

»Auch Eidechsen?« tönte der alte Mann.

»Ja«, bestätigte sie mit erhobenem Kopf und ohne Entschuldigung. »Auch Eidechsen.«

»Urrgh!« machte Warakan angewidert.

Mah-ree musterte ihn nachdenklich. Sie ließ einige Atemzüge verstreichen, bis sie ruhig und ohne den Hauch von Verachtung erwiderte: »Der Weise hat gesagt, daß Mah-ree aus der Roten Welt und Warakan von den Zwei Stämmen der Erste Mann und die Erste Frau sind, die durch den Bären wiedergeboren wurden. Warakan, der zur Mutter eines Bären wurde, den er seinen Bruder nennt, hat dieser Frau deutlich gesagt, daß er den Worten des alten Schamanen glaubt. Also sagt diese Frau, daß er keine Verachtung für eine Frau zeigen sollte, die das ißt, was auch der Bär ißt – das Fleisch aller wachsenden grünen Dinge, Samen und Sporen und schwarze Pilze und alle Geschöpfe, die sich in jeglicher Form als Nahrung für ihren Mund anbieten!«

»Iß, was du willst, aber du bist kein Bär!« höhnte er.

»Glaub, was du willst«, entgegnete sie. »Aber vor einiger Zeit warst du dir gar nicht so sicher, was diese Frau war. Vielleicht solltest du dir auch jetzt nicht so sicher sein. Vielleicht wird sie sich eines Tages für deine Überheblichkeit rächen und sich in einen Bären verwandeln – einen wütenden Bären, der nach dir schlägt, so wie dein Bruder seine Tatze gegen Jhadel erhoben hat!«

Warakans Unterkiefer klappte herunter. Er war verblüfft. Er hätte niemals gedacht, daß Mah-ree fähig wäre, eine solche Drohung gegen ihn auszusprechen.

Jhadel kicherte. Beeindruckt von dem heftigen Gefühlsausbruch der jungen Frau und amüsiert über Warakans fassungslose Reaktion, schüttelte er den Kopf und schnalzte tadelnd mit der Zunge. »Warakan scheint diesem Sprechenden Bären nichts entgegenzusetzen zu haben! Offenbar sind nicht alle Menschen der Roten Welt träge Madenfresser, die eine blutleere Sprache sprechen.«

Jetzt war es Mah-ree, die tadelnd schnalzte. »Im fernen Land der Vorfahren dieser Frau war der Krieg für uns sogar noch fremder als der Regen. Doch Lebensspender, das große weiße Mammuttotem, lebte in unserem Land. Der heilige Stein der Ahnen war in der Obhut unserer Schamanen der Roten Welt. Bis die Krieger der zwei Stämme kamen, Gefangene machten und Krieg über uns brachten, um diese Dinge für sich selbst zu rauben. Sie haben uns gesagt, wie wir essen und leben sollten, bis für uns nichts mehr übrig war, so daß wir fortlaufen und uns verstecken mußten, wenn wir nicht für das kämpfen und sterben wollten, was die Mächte der Schöpfung von Anfang an in unsere Obhut gegeben hatten.«

Jhadels tätowiertes Gesicht schien in sich zusammenzufallen. »Die Mammuts waren aus unserem Land verschwunden. Damit unser Stamm nicht gezwungen war, sich von geringerem Fleisch zu ernähren, haben wir nach dem Totem und dem Stein gesucht.«

»Bei denen, die seines Besitzes nicht würdig waren!« warf Warakan im höchsten Tonfall der Überlegenheit ein, den er zustande brachte.

»Du solltest nichts verspotten oder verunglimpfen, was du weder kennst noch verstehst«, erwiderte die junge Frau kühl. »In der Roten Welt der Vorfahren dieser Frau gibt es nur wenig Gras und Wasser, um große Jagdtiere zu ernähren. Doch die Mächte der Schöpfung haben genauso zu meinem Stamm gesprochen, wie sie zum Stamm von Warakan und Jhadel gesprochen haben. Sie haben uns gezeigt, wie wir leben sollen – in der Roten Welt von dem, was die Vier Winde in unsere Fallen und die Sammelkörbe unserer Frauen und vor die Wurfstöcke unserer Männer legen, im Grasland von den langhörnigen Bisons, die einst so zahlreich durch eure Jagdgründe zogen wie jetzt die Wasserhühner auf dem Fluß unter uns, und im Land, das unter dem Wachenden Stern liegt, von Fleisch der Mammuts, die in solcher Anzahl gejagt wurden, daß die großen Tiere nun fast völlig verschwunden sind.«

Sie hielt wieder inne, um schon kurz darauf erregt weiterzusprechen. »Nein! Diese Frau hat gesehen, wie die zwei Stämme jagen. Die Mächte der Schöpfung können eure Vorfahren niemals gelehrt haben, auf diese Weise zu jagen! Es ist eine Beleidigung von Vater Himmel und Mutter Erde, eine ganze Herde abzuschlachten, so lange zu töten, bis kein Tier mehr am Leben ist, um sich dann nur das beste Fleisch auszusuchen und den Rest für die Wölfe und Füchse und die aasfressenden Vögel des Himmel übrigzulassen! Wenn die Mammuts und die langhörnigen Bisons völlig aus den Jagdgründen eures Stammes verschwunden sind, so ist das überhaupt keine Überraschung für diese Frau, weil sie gesehen hat, wie eure Jäger das Leben selbst beleidigen, indem sie sich trächtige Tiere zur Jagd aussuchen, damit sie sich den Bauch mit dem Fleisch eines ungeborenen Kalbes oder Fohlens vollschlagen …«

»Das ist das zarteste Fleisch!« rief Warakan. Er ärgerte sich immer mehr über diese Frau. »Jeder weiß das! Außer den Leuten aus der Roten Welt. Und warum soll es eine größere Beleidigung der Mächte der Schöpfung sein, ungeborenes Fleisch zu essen als ungeborene Vögel aus ihren Eiern zu saugen oder die Maden von ungeborenen Insekten zwischen den Zähnen zu zerdrücken?«

Mah-ree starrte ihn bestürzt über seine letzte Frage an. Ihr Gesichtsausdruck verriet deutlich, daß sie beides noch nie als ›Leben‹ in seiner ganzen Bedeutung betrachtet hatte. Und sie war auch nicht bereit, es jetzt zu tun. »Das ist nicht dasselbe!«

»Natürlich ist es dasselbe«, stellte Jhadel völlig sachlich richtig. »Aber es spielt keine Rolle. Die Vögel, die Fische, die beinlosen und vielbeinigen Dinge, die Tiere mit Pfoten, Hufen oder Krallen, die Pilze im Kot neben einer Bisonsuhle, die wachsenden grünen Dinge … sogar die Flechten auf einem Stein. Das Leben muß Leben verzehren, um sich zu erhalten und neues Leben hervorbringen zu können! So ist es seit Anbeginn der Zeiten. Dies ist der große Kreis der Weisheit, die große Freude und die große Trauer, die große und unveränderliche Wahrheit, die alle Geschöpfe lernen und der sie sich fügen müssen.«

Mah-ree erzitterte.

Warakan blickte stirnrunzelnd zum alten Mann auf. »Stein lebt nicht – außer dem heiligen Stein der Vorfahren, in dem die Geister des Ersten Mannes und der Ersten Frau leben.«

»Sag das den Flechten, die vom Stein essen, und den Hirschen mit dem großen Geweih, die nur Flechten essen, und der Beißfliege, die sich am Blut dieses Hirsches sättigt, und dem Vogel, der diese Fliege ißt, und der Säbelzahnkatze, die den Vogel verschlingt, und diesem Mann und dieser jungen Frau, die hier vor Warakan stehen! Haben wir nicht nur deshalb Kraft zum Leben, weil wir vom Fleisch der Säbelzahnkatze gegessen haben, die den Vogel aß, der die Fliege aß, die vom Hirsch aß, der die Flechte aß, die den Stein aß?« Nach diesem Wortschwall mußte Jhadel nach Luft schnappen. Im erwachenden Wind des bevorstehenden Sonnenuntergangs zitterte er wie eine Espe, obwohl er sich mit seinem Stab stützte. Dann fügte er heiser hinzu: »Der heilige Stein der Vorfahren ist ein Stück der Knochen des Ersten Mannes und der Ersten Frau. Es ist ein Stein wie kein anderer. Er hat Macht wie kein anderer. Doch jeder Stein lebt. Jeder Mann, der seine eigenen Waffen und Werkzeuge für seine Frau macht, kann dir sagen, daß die Geister jedes einzelnen Steines in seinen Händen singen, um ihm die Form zu zeigen, in die sie sich verwandeln oder nicht verwandeln werden, wenn sein Hammerstein ihr neues Leben und ihren neuen Zweck freisetzt.«

»Kosar-eh hat dieselben Worte zu dieser Frau gesprochen«, bestätigte Mah-ree.

Jhadel nickte zufrieden. »Es ist ein Wissen, das vom Ersten Mann an die Männer jedes Stammes weitergegeben wurde, eine Überlieferung, die vom Anbeginn der Zeiten zu uns gekommen ist und beweist, daß die Menschen in dieser lange zurückliegenden Zeit des ewigen Winters wahrlich ein Stamm waren!«

Warakan hörte gar nicht auf die Worte des alten Mannes, sondern starrte nur fassungslos auf die junge Frau. »Männer sprechen nicht mit Frauen über solche Dinge!«

»Kosar-eh aus der Roten Welt hat aber mit dieser Frau darüber gesprochen!« entgegnete Mah-ree mit hochgereckter Nase. »Und wenn Warakan glaubt, daß Steine keine Seele besitzen, dann irrt Jhadel sich, wenn er meint, daß der heilige Stein der Vorfahren jemals für ihn bestimmt sein könnte, und dann ist dieser Frau völlig klar, warum Warakan noch keine Speerspitze gemacht hat, um die Waffe zu ersetzen, die sein Bruder zerstört hat. Weil seine Hände nämlich gar nicht mit dem Stein sprechen können, denn er muß ständig seine Ohren verschlossen haben, als die weisen Männer seines Stammes versuchten, ihm dieses Wissen zu vermitteln!«

Warakan sträubte sich gegen diese Teilwahrheit und wollte sich damit verteidigen, daß er sich über seine Tage und Nächte in den Lagern Shatehs ausließ, als er sich solche Mühe gegeben hatte, die Gunst dieses großen Kriegshäuptlings zu gewinnen, indem er all die Dinge meisterte, die er in seinem eingeborenen Stamm niemals gelernt hatte. Doch Jhadel hinderte ihn daran.

Der alte Mann nickte immer noch. Falls er den heftigen Wortwechsel zwischen den zwei jungen Leuten verfolgt hatte, ging er jedenfalls nicht weiter darauf ein, als er nun seine vorigen Gedanken weiterverfolgte. »Wenn ein Mann einen Stein in die Hand nimmt, berührt er die Haut von Mutter Erde. Zu Anbeginn der Zeiten drang der Blitz – der der silberne, vielverzweigte Freudenspender von Vater Himmel ist – tief in Mutter Erdes steinernes Fleisch ein. Und durch diese Paarung von Himmel und Erde wurde das Leben aus dem lebenden Stein erzeugt, ein Geschöpf aus Fleisch und Geist, das sich auf ewig selbst verzehren muß, um sich selbst immer und immer wieder neu zu erschaffen … für immer und ewig!«

»Also müssen die Stämme gegeneinander Krieg führen!« rief Warakan, als er die Gedanken des Alten nicht nur zu einer scheinbar logischen Schlußfolgerung führte, sondern daraus auch eine Lehre zog, für die er sich erwärmen konnte. »Es ist falsch, wenn Jhadel vom Frieden in einer Welt träumt, wo alle Dinge gegeneinander Krieg führen, um zu überleben.«

Wieder erzitterte Mah-ree. »Nein. Es ist falsch, wenn eine Art sich gegenseitig jagt. Wölfe fressen Hirsche und nicht andere Wölfe. Im Land der Vorfahren dieser Frau waren die Steinspitzen der Lanzen unserer Jäger für Antilopen bestimmt, nicht für andere Menschen.«

»Bis der Stamm des Wachenden Sterns kam und euch eines Besseren belehrte«, erwiderte Warakan mit einem spöttischen Grinsen.

Sie funkelte ihn wütend an. »Du willst also nicht auf die Vernunft hören! Du bist ein wahrer Sohn des Wachenden Sterns! Sieh doch nur, was der Krieg den Stämmen gebracht hat! Kummer und endlose Trauer! Ist es das, was deine Seele braucht, Warakan? Wird deine Seele nicht traurig beim Anblick leidender Menschen, die in einstmals wildreichen Jagdgründen hungern mußten, wo die dummen, gierigen Jäger der zwei Stämme so lange getötet haben, bis die Herden der Bisons und Mammuts völlig verschwunden waren? Und weint dein Herz nicht mit denen, die ihre Toten betrauern, während die Männer der zwei Stämme auf ewig gegen ihre Brüder und Schwestern Krieg führen – in einer Welt, in der der Tod ohnehin viel zu schnell zu uns kommt?«

Warakan war plötzlich gleichzeitig verärgert und nervös. So wie er es sah, verlief das Gespräch im Kreis, und ganz gleich, wie er argumentierte, die Schleife aus Worten führte immer wieder zu ernüchternden Gedanken zurück, die ihm unbehaglich waren. Ungeduldig und beunruhigt von Fragen, auf die er lieber keine Antwort wissen wollte, stand er auf und zeigte auf den prächtigen Sonnenuntergang zwischen dem weiten Land und dem offenen Himmel. Er wollte dieses Gespräch am Ende eines Tages auf hoffnungsvollere Weise abschließen. »Die Sonne geht hinter den fernsten Gipfeln unter! Wann hat jemand von uns zum letzten Mal einen Sonnenuntergang gesehen, der nicht von Bäumen versperrt war? Ah! Das ist gut. Es ist wunderbar. Spürt ihr den Westwind? Riecht ihr die offene Ebene, das Gras und den Fluß und das Wild ...?«

»Der Wind wird kühl«, unterbrach Jhadel ihn, wandte sich von der Sonne ab und wankte zurück zum Zelt. »Dieser Tag muß nun sterben, damit eine neue Nacht geboren werden kann, aber mit der Dämmerung des Morgens wird auch die kommende Dunkelheit ihr Leben verlieren, damit die Sonne aufs neue geboren werden kann.«

»Für immer und ewig!« versicherte Mah-ree.

»Aiee! Genug von solchem Gerede!« regte sich der Junge auf und rollte verzweifelt mit den Augen. Mah-ree legte einen Arm um die Hüfte des alten Mannes, damit sie seinen unsicheren Gang stützen konnte, während sie sich gemeinsam auf den Weg zum Zelt zwischen den Felsen machten.

»Nach der Geburt der morgigen Sonne werden diese Frau und Warakan die Zauberblume suchen, die unseren Weisen wieder gesund macht, nicht wahr, Warakan?«

Er blickte Mah-ree finster an. Sie sah über ihre Schulter zu ihm zurück. Ihr Gesicht war wunderschön im Licht des Sonnenuntergangs, doch ihre Augen waren von Sorge erfüllt, und ihre Worte waren keine Frage gewesen, sondern ein Befehl.

»Warakan *weiß*, wo diese Blume wächst!« teilte er ihr hochmütig mit, während er sich darüber ärgerte, daß sie ständig die irrige Vorstellung hegte, die Anzahl ihrer Jahre würde ihr irgendein Recht geben, ihm Befehle erteilen zu dürfen. »Warakan braucht keinen sprechenden Bären aus der Roten Welt, um ihm bei der Suche zu helfen. Der Sprechende Bär ist alt. Der Sprechende Bär muß hierbleiben, um sich zusammen mit ›dem‹ Weisen auszuruhen. Gemeinsam können sie über die Tage ihrer Jugend reden … wenn sie sich noch so weit zurückerinnern können!«

Mah-ree kniff leicht die Augen zusammen, aber es war offensichtlich, daß sie nicht bereit war, seine Beleidigung ernst zu nehmen. Sie warf den Kopf zurück, drehte sich um und führte Jhadel zum Zelt.

Schließlich saß Warakan allein im verblassenden Rotschimmer des Sonnenuntergangs. Doch es gefiel ihm nicht. Er konnte hören, wie leise im Unterschlupf gesprochen wurde – die schwache und geisterhafte Stimme des alten Mannes, die herrisch von künftiger Einheit und dauerhaftem Frieden zwischen den drei Stämmen flüsterte, und die leise und beschwichtigende Stimme der jungen Frau, die so lindernd wie eine heilende Salbe war. Wieder einmal fühlte der Junge sich ausgeschlossen. Und dann wurde er wütend. Warum sprach Mah-ree niemals zu ihm in diesem Tonfall voller Zuneigung und Respekt – warum nur zu Jhadel?

Warakan drehte sich auf dem Absatz um und trat mutig an den Rand der Schlucht. Er blickte auf die Welt hinunter, und plötzlich lächelte er. Genauso sah auch der Goldadler das Land der Menschen … vom Gipfel der Berge, hoch über allen Dingen außer der Sonne und den Sternen. Er griff nach der Adlerfeder, die in sein Haar geflochten war, und als seine Finger über den glatten Kiel strichen, verspürte er unvermittelt eine tiefe Verwandtschaft zu dem Raubvogel. Es war ein gutes Gefühl, ein berauschendes Gefühl, fast so nahrhaft wie rotes Fleisch von einer frisch erlegten Jagdbeute. Ermutigt rief er sich ins Gedächtnis, daß er Warakan war, der Enkel des großen Kriegshäuptlings Shateh! Sollten die Frauen und alten Männer doch von ›Weisheiten‹ sprechen, die den Geist entkräfteten, und in einer Welt des ewigen Krieges um Frieden winseln. Warakan würde sich nicht von solchen Weisheiten irritieren lassen! Nicht wenn jene, die seinen Großvater verraten und getötet hatten, immer noch lebten und lachten und ihn durch ihre bloße Existenz verhöhnten.

»Leben frißt Leben!« rief er ihnen knurrend zu. Der Westwind sollte seine Worte mitnehmen und sie zu jenen tragen, denen er Rache geschworen hatte. »Eines Tages wird Warakan seine Feinde fressen!«

Die Worte taten ihm gut, sie waren viel köstlicher als Fleisch. Doch als die Dämmerung der Dunkelheit wich, wurde ihm klar, daß er trotzdem Hunger hatte. Unter dem erstrahlenden Sternenlicht wartete er darauf, daß Mah-ree ihn ins Zelt rief oder herauskam, um sich zu entschuldigen oder ihm, was noch besser war, etwas zu essen zu bringen.

Doch Mah-ree rief nicht und kam auch nicht zu ihm. Im Zelt sang sie ein langsames, melodisches Lied, sicher um dem alten Mann zu helfen, unbesorgt einzuschlafen.

»Mah-ree liegt überhaupt nichts an Warakan«, sagte der Junge in trotzigem Selbstmitleid. »Sprechender Bär wird eines Tages Warakans Frau sein, aber jetzt kümmert sie sich nur um Jhadel und ihren verfluchten Gelben Wolf.«

Murrend setzte er sich auf den Boden, verschränkte die Beine und beschloß, die Nacht allein zu verbringen. Er konnte sich nicht dazu überwinden, zur Hütte zu gehen und um

Nahrung zu bitten, wenn es doch Mah-rees Pflicht war, ihm etwas zu essen zu bringen! Doch Warakan war ein Krieger, der schon früher gefastet hatte und nicht so schnell verhungern würde. Die Sterne sollten ihm als Gesellschaft genügen – sie würden sich wenigstens nicht mit ihm streiten.

Der Junge blickte auf und drehte sich auf dem Hintern, um den mächtigen, schimmernden Strom des Himmelsflusses zu überblicken. So viele Sterne! Sie waren wie alte Freunde, die in der Nacht auf ihn herabblickten – der funkelnde, vielfarbige kleine Haufen aus den ewig tratschenden Vielen Alten Frauen, die ewig kriegführenden Zwillingsbrüder des Himmels, der gewundene Körper der Großen Schlange und ganz in der Nähe des Kopfes dieses Sternenwesens das glitzernde, unverwandt blickende Auge des Wächters.

Warakan fror. Er wollte diesen Stern nicht ansehen, jetzt noch nicht. Er kehrte dem nördlichen Himmel den Rücken zu und ließ seinen Blick über die ausgestreckten Sternentatzen des Großen Bären wandern, bis zum Kleinen Bären, der neben seinem größeren Bruder ging.

»Ah!« seufzte der Junge, als er sich plötzlich nach seinem Kind sehnte. »Bruder Bär, in dieser Nacht sind wir beide allein. Aber wir werden uns schon bald wiedersehen. Und dann wird zwischen uns alles wie früher sein!«

Die Worte trösteten ihn, bis er tief im Wald hinter ihm das langgezogenen Kreischen einer Säbelzahnkatze hörte. Warakan lauschte. Er fragte sich, ob das Tier schrie, weil es das letzte seiner Art auf dieser Welt war. Er erinnerte sich an das beunruhigende Gespräch mit Mah-ree und Jhadel und sagte: »Unmöglich!« Dann wandte er seinen Blick von den Sternen ab und der Welt unter sich zu.

Das Land war in Dunkelheit versunken. Von den Lagerfeuern umherziehender Stämme war weder auf der Ebene noch in den Tälern der fernen Berge etwas zu sehen. Zumindest vorläufig war Warakan froh darüber. Er wußte, daß jemand, der nicht einmal eine vernünftige Speerspitze für eine Frau zustande brachte, nicht darauf hoffen konnte, gegen Männer zu kämpfen und zu siegen – noch nicht.

»Die Macht des heiligen Steins wird es mir beibringen«,

sagte er, als er sein Gesicht in den Wind hielt und tief den angenehmen Duft des Landes einatmete. Er konnte die Tiere hören, die auf der Ebene grasten. »So viele!« rief er, wollte aber nicht die Namen der verschiedenen Arten aussprechen, damit der Wind seine Beute nicht auf die Anwesenheit eines Jägers aufmerksam machte und die Herden flüchten ließ, bevor er auch nur in ihre Nähe gelangt war. Mit einem sehnsuchtsvollen Seufzer schob er die linke Hand unter sein Hemd. Während er den heiligen Stein fest umklammert hielt, richtete er seine Gedanken in die Ferne.

Mächte der Schöpfung, hört das Gebet dieses Jägers!

Gabelantilope!

Elch!

Kamel!

Pferd!

Und Bison!

Mögen die Mächte der Schöpfung euch dort halten, wo ihr in dieser Nacht seid, Tierbrüder und Tierschwestern dieser Welt! Trinkt vom kühlen Wasser und weidet im saftigen grünen Gras, solange die Zeit der Sterne und des Mondes dauert. Füllt eure Bäuche. Reibt eure Nasen gegeneinander und sprecht in eurer Sprache und träumt die Träume eurer Art. Am Morgen wird dieser Junge zu euch kommen! Am Morgen wird sich entscheiden, wer von euch zu Fleisch für Warakan, Jhadel und Mah-ree werden wird, bevor die Sonne morgen untergeht! Denn durch die Macht des heiligen Steines der Vorfahren, die diesem Jungen die Spur von Bruder Bär und den Weg zeigten, den sein Kind genommen hat, wird einer von euch – oder mehrere – unter den Bärenknochenlanzen von Warakan sterben! Und dann wird Jhadel vom kräftigen roten Fleisch und Blut eurer Art wieder stark werden. Nicht durch Zauberblumen. Auch nicht durch Fische oder Vögel oder anderes Frauenfleisch. Sondern durch die Nahrung der Krieger!

2

Er brach vor der Dämmerung auf, als Mah-ree und Jhadel noch fest schliefen. Mit seinen Speeren aus Bärenknochen in einer Hand, dem heiligen Stein um seinen Hals und in den warmen Bärenfellumhang gehüllt, stieg Warakan einen langen steilen Abhang aus Geröll hinunter. In der Dunkelheit bewegte er sich vorsichtig und versuchte, möglichst keine Geräusche zu verursachen. Das war nicht einfach, denn obwohl er sich alle Mühe gab, rutschten seine Mokassins gelegentlich doch auf den lockeren Steinen aus, worauf sich eine Lawine aus Erde und Geröll löste.

Der Junge blickte zur Schlucht zurück und rechnete fast damit, Mah-ree oder Jhadel als Silhouette vor den Sternen stehen zu sehen. Er wußte, daß einer von ihnen ihn zurückrufen würde. Keinem würde es gefallen, daß er allein auf die Jagd ging. Er erinnert sich an die Nacht des Todes der Säbelzahnkatze und zuckte zusammen. Dann bemühte er sich, seine Entschlossenheit zu festigen. Diesmal war er nicht im Zorn allein davongelaufen – sondern nur zum Wohl seines Stammes. Für sie ging er auf die Jagd, für seine Frau und den Weisen. In den nächsten Tagen brauchten sie Fleisch, und er würde ihnen bringen, was sie brauchten, und mit seinem Erfolg prahlen. Dem Zelt im Schutz der Felsen drohten keine Gefahren durch Raubtiere, solange er fort war.

Warakan ging weiter. Zweimal ließ ihn ein plötzliches Geräusch innehalten – das Zerbrechen eines trockenen Zweiges in einem kleinen Wäldchen ein Stück voraus und dann das Poltern von Steinen, die von Füßen gelockert wurden, die nicht seine eigenen waren. Er erstarrte, hob einen Spieß, hielt den Atem an und horchte. Nichts geschah, aber er wartete trotzdem ab, während er damit rechnete, daß sich die Gefährtin der Säbelzahnkatze, die Mah-ree getötet hatte, aus der Dunkelheit auf ihn stürzen würde. Tief unten irgendwo am Fluß wieherte ein Pferd, doch Warakan hörte darin keine Furcht. In der Schlucht war es still.

Der Junge schluckte und setzte eilig seinen Weg fort. Die

Geräusche waren vermutlich von Geschöpfen verursacht worden, die für ihn uninteressant waren – von Kaninchen oder Mäusen, von einer Buschschwanzratte, die ihr Nest aus Zweigen verließ oder wieder hineinhuschte, oder einem Bergschaf, das über den Geröllabhang kletterte. Doch dann dachte er auch an größere Raubtiere – bis er wieder das furchteinflößende Bild der großen Säbelzahnkatze vor sich sah. Vorsichtshalber umging er das kleine Wäldchen in weitem Bogen und hielt sich nach Möglichkeit auf offenen Flächen. Die Pferde mochten ungestört am Fluß grasen, und Mah-ree und Jhadel schliefen zweifellos ungefährdet im Zelt hoch oben, doch Warakan wußte, daß er trotz seiner stolzen Herkunft und der tröstlichen Nähe des heiligen Steines eine leichte Beute für Raubtiere war.

Irgendwann bemerkte er, daß der Abhang unter seinen Füßen immer flacher geworden war. Außerdem wurde es heller, wofür er dankbar war. Nachdem er jetzt mehr sehen konnte, fühlte er sich weniger angreifbar, vor allem, da er sich jetzt durch vertrautes Land bewegte. Es war diese Hochebene gewesen, über die er, Jhadel und das Bärenjunge gezogen waren, auf der Fährte alter Mammutspuren, Kerben in Baumstämmen und Haufen aus verkohlten Steinen, die ihnen verrieten, daß andere Menschen – die Anhänger des Gelben Wolfes – vor ihnen diesen Weg genommen hatten. Als er sich diese Wegspuren jetzt noch einmal ansah, stellte Warakan sich dieselbe Frage wie auch schon beim ersten Mal: Hatte der Gelbe Wolf gewollt, daß seine Feinde ihm folgten? Oder waren der verfluchte Schamane der Roten Welt und sein Stamm davon überzeugt gewesen, daß niemand jemals ihrer Spur bis über das Ende der Welt hinaus folgen würde?

Die zweite Frage brachte den Jungen zum Lächeln.

Vielleicht trifft der Betrüger nicht immer die richtigen Entscheidungen, solange das neugeborene Totem noch nicht die ausgereifte Macht des großen weißen Mammuts erreicht hat. Vielleicht ist er nicht unverletzlich. Als er mit der freien Hand das Amulett an seiner Kehle berührte, lachte Warakan laut auf, als er erkannte, daß es in der Tat so sein mußte. »Der heilige Stein der Vorfahren gehört nicht mehr Cha-kwena! Dank seiner ungehorsamen Frau aus der Roten Welt gehört er jetzt Warakan, so wie auch seine Frau bald Warakans Frau sein wird! Hörst du, Gelber Wolf? Hört ihr, Geister von Shateh und Masau? Yah hay! Warakan steht in der Macht der Ahnen! Schaut alle zu, was Warakan heute tun wird!«

Der Wind nahm seine Ansprache und trug sie in die Ferne davon, worauf Warakan sich plötzlich gar nicht mehr so allmächtig fühlte. Er hörte wieder das Wiehern des Pferdes, doch diesmal erkannte er Furcht darin. An mehreren Stellen auf der Ebene und am Fluß wurde Staub aufgewirbelt. Warakan schüttelte den Kopf. Er war froh, daß Mah-ree nicht bei ihm war, denn sie hätte ihn jetzt sicherlich – mit Recht – einen Narren gescholten.

Der Junge wartete ab. Langsam legte sich der Staub, und genauso langsam verbreitete sich das Morgenlicht über das Land. Warakan bemerkte, daß das üppige Grün des Frühlingsgrases bereits zu Gold verblaßte. Diese Färbung verriet ihm, daß es auf dieser Seite der Schlucht nicht oft regnete. Er starrte nach Westen und Norden und kniff die Augen vor dem blendenden Licht zusammen, das auf den fernen eisverhüllten Gipfeln funkelte. Jhadel hatte recht. Der Große Weiße Winter lag breit und schwer auf den Bergen. Wie viele helle Frühlingstage würden noch kommen und gehen müssen, bevor der Winter sich ganz zurückgezogen hatte?

Als er die frostigen Eismassen der Gletscher betrachtete, die auf den Bergen lasteten, erinnerte er sich an Jhadels Geschichten vom Anbeginn der Zeiten, als der Erste Mann und die Erste Frau in einem Land aus Eis gegen den ewigen Winter um ihr Überleben kämpfen mußten. War es möglich, daß, wenn Warakan und Mah-ree tatsächlich der wiedergeborene Erste Mann und die Erste Frau waren, daß diese Zeit der Kälte zurückkehren sollte? Die Frage beunruhigte ihn. Nachdem er gerade den längsten, kältesten und unangenehmsten Winter seines Lebens überstanden hatte, wollte Warakan nicht weiter über diese Möglichkeit nachdenken.

Ein kühler, trockener Wind wehte gegen seinen Rücken. Er fühlte sich gut und heilsam an und war für seine Seele fast genauso tröstend wie Mah-rees Stimme, wenn sie zum Zeitvertreib ihre leisen, ruhigen Lieder aus der Roten Welt sang. Warakan neigte den Kopf. Seit wann wurde er durch die Lieder von Sprechendem Bär getröstet? Sie waren immer nur für Jhadel bestimmt, niemals für ihn!

Während rings um ihn herum ein neuer Tag begann, besänftigte sich Warakans Wut auf Mah-ree. Er konnte es ihr nicht zum Vorwurf machen, daß sie sich um den Weisen sorgte. Der alte Mann wurde immer schwächer, und sie beide wußten es. Der Junge war froh, daß sie dazu gedrängt hatte, den Wald zu verlassen und in die Sonne zu ziehen, um Jhadel zu helfen. Er war überzeugt, daß hinter der Schlucht immer noch alles dunkel und feucht war. Er war so dankbar, dieses düstere Waldland endlich verlassen zu haben, daß er beinahe vor Freude laut gejubelt hätte. Doch er konnte sich gerade noch rechtzeitig zusammenreißen. Er blickte sich wieder zur hohen Schlucht um. Der halbe Vormittag würde vorüber sein, wenn die Sonnenscheibe sich über dem Gipfel zeigte. Bis dahin würde Warakan in der Kühle des Morgens jagen! Und wenn die Mächte der Schöpfung seinem Vorhaben günstig gesonnen waren, würde Mah-ree ihn heute abend zur Abwechslung anlächeln und all ihre zornigen und feindseligen Worte vergessen.

Er ging zu einem schräg aufragenden Felsen, von dem aus er sich einen guten Überblick über die Ebene verschaffen konnte. Sofort entdeckte er die Beute, der er folgen würde – eine lahme Kuh in einer kleinen Herde Gabelantilopen, die im hohen Gras am Fuß einer Flußböschung grasten. Die kleinen, gelbbraun und weiß gefärbten Tiere waren äußerst schmackhaft und die schnellsten Läufer, die kein Mensch mehr einholen konnte, wenn sie einmal aufgeschreckt waren. Warakan kniff leicht die Augen zusammen. Sogar aus der großen Entfernung konnte er erkennen, daß die Antilopenkuh ihr rechtes Vorderbein so sehr schonte, daß sie es fast gar nicht benutzte. Mit großer Vorsicht und Geduld würde er sich im Windschatten der Tiere bis zur Böschung vorarbeiten, so daß sie ihn weder hörten noch witterten, bis er seine Speere werfen konnte. Auch wenn er keinen tödlichen Wurf anbringen konnte, wäre die Kuh zusätzlich geschwächt, so daß er sie verfolgen konnte, bis sie zu Boden ging. Sie würde eine hervorragende Jagdtrophäe abgeben!

Warakan trat auf die Ebene hinaus. Das kitzelnde Gras wuchs ihm bis zur Schulter und duftete mit Blüten, die sich normalerweise erst im Spätsommer entfalteten. Ihre Blätter glänzten in den gestohlenen Farben des Regenbogens. Dem Jungen schwindelte vor Freude über die Schönheit seiner Umgebung. Langsam bewegte er sich vorwärts, ohne mehr Geräusche zu verursachen als der Wind.

Bald war er an der Böschung angelangt und kam mühelos durch eine breite rinnenförmige Vertiefung im Gras voran, bis er plötzlich einen strengen Geruch nach frischem Tierkot wahrnahm. Seine Nase führte ihn zu einem dunklen, halbflüssigen Haufen. Er hielt an, starrte auf den Boden und wußte genau, was für ein Tier sich vor ihm durch das Gras bewegte.

Ein Fleischfresser?

Ja!

Der auch Blätter und Blumen verzehrt?

Ja!

Und Fische und Insekten?

Ja!

Bruder Bär?

Ja! Vielleicht aber auch ein anderer Bär und gar nicht mein Bruder … ein erwachsenes Männchen oder ein Weibchen mit Jungen …

Seine Überlegungen führten zu einem unangenehmen Gefühl in den Eingeweiden. Warakan wußte auch ohne Mahree, daß er ein Narr war. In allen Jagdgründen, durch die er gewandert war, zuerst mit dem Stamm des Wachenden Sterns und später mit dem Stamm des Graslandes, hatte er niemals ein wildreiches Land gesehen, in dem nicht gleichzeitig Bären vorkamen. Und war es ein Wunder, daß er auf Bärenkot gestoßen war, nachdem er gedankenlos einem Pfad gefolgt war, den das Tier sich selbst geschaffen hatte? Für seine Unachtsamkeit gab es keine Entschuldigung.

Er schluckte, hielt einen Speer bereit und begann sich langsam durch das Gras zurückzuziehen, bis ihn ein plötzliches Geräusch innehalten ließ. Etwas Großes hatte sich gerade durch das Gras gewälzt und stürmte nun die Böschung hinunter. Warakan hörte trappelnde Hufe und dann das heftige Aufspritzen von Wasser. Er erstarrte, hörte das helle, unverkennbare *Njick-njick* einer erschrockenen Antilope und dann ... Stille.

Er hatte die Wahl, sich zurückziehen oder weiter vorzuwagen. Was auch immer gerade am Fluß geschehen war, sämtliches Wild in der Umgebung hatte jetzt auf jeden Fall die Flucht ergriffen, so daß es heute keine Hoffnung auf Jagdbeute mehr gab. Andererseits befand sich das, was ins Wasser gestürmt war, nicht mehr auf der Böschung. Da Warakan sich aufgrund der Hinterlassenschaften sicher war, daß es sich um einen Bären handelte, wollte er unbedingt in Erfahrung bringen, ob es sein Bär war. Er rückte vorsichtig vor und sagte sich, daß er unter der schützenden Macht des heiligen Steines stand.

Bald hatte er das Gras durchquert und den Rand der Böschung erreicht. Überall hatte der Bär gegraben und Blumen, grüne Triebe und eine bestimmte Wurzelart gefressen. Er blickte vom Boden auf und zum Fluß, und dort sah er den Bären – seinen Bären – der im seichten Wasser stand und noch viel mächtiger und größer wirkte als bei ihrer letzten Begegnung. Mit vorgerecktem Kopf starrte das Tier zum anderen Ufer, wohin die lahme Antilope geschwommen war und sich auf drei Beinen humpelnd in Sicherheit bringen konnte. Warakan ließ sich auf die Knie fallen. Es schien, daß weder er noch sein Bruder, weder Mah-ree noch Jhadel an diesem Tag Antilopenfleisch zu essen bekamen.

Er seufzte, schüttelte den Kopf und fragte sich, ob die Macht des gestohlenen Amuletts gar nicht so groß war, wie die Ahnen versprochen hatten. Geistesabwesend pflückte er einen abgeknickten Stengel und kaute darauf herum. Der Geschmack kam ihm irgendwie bekannt vor – noch recht unreif, aber ansonsten ...

Warakan starrte verblüfft auf den Boden. Die Pflanze blühte noch nicht, aber er erkannte die Form und die Musterung der Blätter. Er keuchte auf, als er sah, worauf er sich gesetzt hatte. »Die Medizinblume, die Jhadel wieder gesund machen wird!« Er hatte keine Ahnung, daß sie so nahe bei der Schlucht wuchs. »Aiee! Mögen die Geister des heiligen Steins Warakan verzeihen, daß er jemals an ihnen gezweifelt hat!« Nach diesem Ausruf juchzte er noch einmal vor Freude auf, um sich dann zu bücken und so viele von den Medizinpflanzen auszugraben, wie er finden konnte. Erst das Geräusch eines die Böschung hinaufstürmenden Tieres erinnerte ihn wieder an den Bären im Fluß.

Der Junge blickte auf.

Der Bär stürzte sich auf ihn.

Warakan schrie. Der Bär brüllte und ging neben ihm zu Boden, umschlang ihn mit beiden Vordertatzen und leckte ihn vor Freude über das Wiedersehen mit der Zunge ab.

Warakan lachte und weinte gleichzeitig. Der Bär war wieder zu seinem Bruder geworden, seinem Kind, seinem Freund! Sie wälzten sich im Gras und zwischen den Medizinblumen und heilten die Wunden der Feindschaft, die sie voneinander entfremdet hatten.

Schließlich setzten sie sich auf, und der Junge blickte den Bären an und sagte: »Es scheint, daß dein Hinterteil ohne Hilfe von mir oder dem Weisen oder der Medizinfrau verheilt ist. Und was sieht Warakan da in deinem Maul? Einen abgebrochenen Schneidezahn? Ha! Das kommt davon, wenn man Speere zu zerbeißen versucht!« Er machte ein tadelndes Gesicht und vertraute ihm an: »Weißt du, dein Bruder wollte gar nicht seine Hand gegen dich erheben! Aber diese Frau, sie macht uns beide so wütend! Trotzdem muß Warakan seinem Bruder sagen, daß es nicht gut wäre, wenn er diese Frau frißt. Antilopen sind besser … wenn sie sich fangen lassen.«

Der Bär seufzte, als teilte er seine Verwirrung über das andere Geschlecht, bis er begann, im Gras zu wühlen und an Kräutern zu knabbern. Warakan sah ihm zu und legte sich dann auf seinen großen Rücken, um das Gefühl zu genießen, wie das Tier sich unter ihm bewegte, wie es ihm wieder nah war, wieder sein Bruder war. Schließlich entfernte er sich ein paar Schritte weit und grub seinerseits einige der Medizinpflanzen aus, um sie sich unter sein Hemd zu stopfen, bis die Nähte zu platzen drohten.

»Komm jetzt, mein Bruder! Die Sonne steht schon hoch. Warakan muß zum Ende der Schlucht zurückkehren. Sie werden böse auf ihn sein, wenn sie sehen, wie dick er geworden ist! Dann werden sie gleichzeitig wütend und neugierig sein. Sie werden sich fragen, was er gegessen haben könnte, daß er so schnell zugenommen hat. Und dann wird Warakan ihnen zeigen, was er mitgebracht hat, wohin der heilige Stein und Bruder Bär ihn geführt haben – für Mah-ree und für Jhadel! Und dann, so glaubt Warakan, werden sie nicht mehr böse auf ihn sein. Also komm! Du bist viel zu lange von deinem Stamm fortgewesen!«

Der Bär folgte ihm, jedoch nur ein kurzes Stück. Bevor Warakan den Geröllabhang erreichte, verschwand das Tier im Gras. Warakan wartete. Er rief. Aber es war Mah-ree, die ihm antwortete, vom oberen Ende der Schlucht. Sie klang wieder wie eine Mutter.

»Junge! Wo bist du nur gewesen?«

Warakan erzählte ihr kühn von allem, was geschehen war – nur den heiligen Stein und seine Angst vor den unsichtbaren Raubtieren der Nacht ließ er unerwähnt.

Mah-ree starrte ihn tadelnd mit ernstem Blick an. Sie wirkte müde und erschöpft vor Sorge. »Der Weise ist so schwach. Diese Frau hat es nicht gewagt, ihn allein zu lassen! Was wäre gewesen, wenn du getötet oder verletzt worden wärest? Und wenn dein Bärenbruder dir bis hierher folgt … ach! Du mußt ihn allein lassen, Warakan. Siehst du nicht, wie gefährlich er ist? Wenn du diesem Bären den Rücken zukehrst, wird er die Gesellschaft seiner eigenen Artgenossen suchen, so wie du nach Wissen und Weisheit durch die Lehren Jhadels streben mußt! Und du und ich …«

Sie hielt inne, dann wurde ihr Tonfall weicher, und sie flehte ihn an: »Wir müssen endlich Frieden schließen, Warakan, wenn schon nicht um unseretwillen, dann wenigsten zum Wohl des Weisen. Er macht sich Sorgen um uns. Er erhofft sich soviel von uns. Und wir haben noch soviel von ihm zu lernen, doch er kann uns nichts beibringen, wenn wir uns ständig in den Haaren liegen.«

Warakan war schockiert über ihre versöhnlichen Worte. Er

runzelte mißtrauisch die Stirn. »Jhadels Worte waren nicht für Warakan bestimmt, seit Mah-ree in unser Leben getreten ist.«

»Nur weil Warakan ihm nicht mehr zuhört.«

»Warakan hört ihm zu!«

»Aber Warakan versucht nicht zu verstehen, was er hört.«

»Nein?«

»Nein!« Wieder machte sie eine Pause. Jetzt legte sich ihre Stirn in Falten. »Du bist so lange fort gewesen. Und du hast kein Fleisch mitgebracht. Trotzdem bist du plötzlich so fett geworden, Warakan! Wie ...«

»Warakan bringt etwas Besseres als Fleisch!« verkündete er, und kurz darauf machte sein Herz mehr als nur einen Satz, als Mah-ree im Regen aus Medizinblumen, die er in die Luft warf, vor Freude aufschrie und ihm einen Kuß auf den Mund gab.

3

In der Höhle im Tal der Toten waren die Speerspitzen aus weißem Chalzedon fertig.

Kosar-eh wandte den Blick nicht von ihnen ab, als er im Schneidersitz und mit steifem Rücken vor seiner Feuerstelle saß und stoisch die schmerzhaften Stiche der Tätowierungskünstlerinnen über sich ergehen ließ, die gleichzeitig beide Seiten seines Gesichts mit Griffeln aus zugespitzten Knochen bearbeiteten, die sie in einen Farbstoff aus Fett und Asche tauchten. Mit erhobenem Kopf blickte der große Mann unverwandt auf die Speerspitzen. Sie gehörten ihm nicht mehr, aber es half ihm dabei, sich vom Schmerz abzulenken, wenn er sich auf ihren Anblick konzentrierte.

Seine langen Augenlider schlossen sich halb, als er seine Erinnerung heraufbeschwor, wie man ihn angewiesen hatte, die fertigen Speerspitzen ausgebreitet auf der Falttasche, in der einst die vier weißen Steine aufbewahrt worden waren, durch die Höhle zu tragen, damit jeder Mann, jede Frau und jedes Kind des Stammes des Wachenden Sterns sie berühren konnte. Er hatte immer noch ihre ehrfurchtsvollen Gesichter vor Augen und ihr erstauntes Raunen in den Ohren, die seinen Weg durch die Höhle begleitet hatten. Nachdem die Speerspitzen dann in heiligem Rauch und im gesammelten Blut des Stammes gebadet worden waren, hatte Hrak sie liebevoll an langen, im Feuer gehärteten Schäften aus sorgfältig ausgesuchtem Hartholz befestigt, das noch nicht bemalt oder eingeritzt worden war. Dann waren sie als Geschenk an den ganzen Stamm zu Tsana gebracht worden. Nach einer Nacht, in der der Schwarzweiße Krieger als Meister des Steines und Hrak als Meister der Verbindung stürmisch gefeiert wurden, hatte man die neuen Speerspitzen noch einmal in Rauch gebadet, bevor die Geisterfrau sie in Streifen aus seltenem, vor Alter aufgeweichten Mammutfell gewickelt hatte. Jetzt standen die Speere aufrecht zu beiden Seiten der Plattform der Hohepriesterin. An diesem Ehrenplatz sollten sich die Geister in den neu geschaffenen Waffen ausruhen und stark werden, bis man für die letzte Jagd auf das große weiße Mammut auf ihre Dienste zurückgreifen würde. An diesem Tag würde der Häuptling mit jedem der Geister, die in den vier Speerspitzen lebten, sprechen und sich beraten lassen, welche Waffe von welchem Mann getragen werden sollte.

Kosar-eh lächelte. Alle wußten, daß die besten Waffen der Reihe nach an Tsana, den Häuptling des Stammes, an Hrak, den Meister der Verbindung, dessen Geschick die Speerspitzen mit den Schäften vereint hatte, die sie zu ihrem Ziel fliegen ließen, und an den Schwarzweißen Krieger gehen würden, dessen Hände die Speerspitzen aus dem Stein gerufen hatten.

Obwohl die Spitzen der heiligen Speere verhüllt waren, konnte der große Mann mit seinem geistigen Auge durch die Umwicklung aus Mammutfell blicken und die kunstvoll kannellierten Speerspitzen sehen. An der Basis waren sie breit und liefen in einer langen Spitze aus, wie in Stein gehauene Weidenblätter. Wenn man sie vor die Sonne hielt, waren sie fast durchsichtig und so scharf, daß er sich manchmal fragte, ob er sich daran verletzen könnte, wenn er nur seinen Blick an den lanzettförmigen Schneiden entlanggleiten ließ. Noch nie hatte er so hervorragende Arbeit abgeliefert! Auch wenn Kosar-eh schon seit langem das Vertrauen in Geister oder Mächte außerhalb des menschlichen Verständnisses verloren hatte, mußte er sich trotzdem eingestehen, daß es gewesen war, als hätte etwas außerhalb von ihm selbst seine Hände geführt, als er diese Speerspitzen zu einer Vollendung gebracht hatte, die er bislang für unmöglich gehalten hatte. Nachdem er jetzt wußte, zu welchem Zweck sie bald eingesetzt würden, waren sie der ganze Stolz und der Mittelpunkt seiner Existenz.

Sie bedeuteten ihm mehr als seine Söhne – mehr als seine blinde Tochter.

Und sicherlich mehr als irgendeine der vier Frauen, einschließlich Hraks Tochter, die kein Mondblut mehr vergossen hatten, seit er die feuchte Hitze seiner männlichen Leidenschaft in sie gepumpt hatte.

»Ein neues Leben für jeden der Vier Winde, die den Schwarzweißen Krieger zu seinem neuen Stamm geführt haben! Das ist ein gutes Zeichen!« hatte Tsana verkündet.

Kosar-eh jedoch war sich gar nicht so sicher, daß er derjenige gewesen war, der für irgendeine der vier Schwangeren neues Leben gemacht hatte. Und es war ihm auch gleichgültig. Er hatte bei allen gelegen, und seine Chancen, der Erzeuger einiger oder auch aller Kinder zu sein, die irgendwann zwischen ihren Schenkeln hervorkommen würden, standen gut. Doch in einem Stamm mit solchen Gewohnheiten wie in diesem konnte sich kein Mann sicher über das Ergebnis seiner Leidenschaft sein. Der große Mann war froh. Ihm lag nichts mehr an den Bindungen, die mit der Zeugung von Kindern einhergingen, und er hatte schon vor längerem Tsana recht gegeben, daß die Sitten seines Stammes hinsichtlich der Paarung die besten waren. Jeder durfte sich mit jedem vereinen, und alle Kinder waren die Kinder von allen.

Diese Gedanken erregten ihn. Er griff mit einer Hand nach hinten, bekam eine der Frauen am Handgelenk zu fassen und zog sie vor, um sie anzusehen. Es war Bhandi, eine Gefangene und eine der jüngeren Frauen von Shateh, eine große junge

Frau mit schlanken Hüften, die Tochter des Riesen Xohkantakeh vom Stamm des Graslandes. Kosar-eh kniff die Augen zusammen. Xohkantakeh war unter den Räubern gewesen, die seine Frau geschändet und getötet hatten. Jetzt konnte er die Tochter dieses Mannes nehmen und erniedrigen, wann immer ihm der Sinn danach stand, was nicht selten vorkam. Seine Augen verrieten deutlich sein Bedürfnis. Als Sklavin konnte Bhandi ihn nicht zurückweisen, im Gegensatz zu freien Frauen des Stammes, falls der Häuptling keinen anderslautenden Befehl gab. Doch bislang hatte sich noch keine Frau dem Bedürfnis des Schwarzweißen Kriegers und Meisters des Steines verweigert.

Kosar-eh zog seinen Lendenschurz beiseite und enthüllte, wie bereit er war. Sie starrte auf ihn. Er lächelte. Er wußte genau, daß er viel zu groß für sie war. Ungeduldig und grob brachte er sie für sein Vergnügen in Stellung, doch sie war nicht bereit für ihn. Ihre Augen weiteten sich und baten ihn um Gnade. Doch in seinem Herzen gab es keinen Platz für Gnade mehr. Er stieß tief hinein und spürte, wie trockene, angespannte Muskeln zerrissen. Sein Lächeln wurde noch breiter, denn er würde sein Glied bei dieser Paarung blutig stoßen. Ihr tapferer Versuch, sich keine Schmerzen anmerken zu lassen, trieb ihn dazu, ihr soviel zu geben, daß sie schließlich doch aufschreien mußte – so wie seine geliebte Frau sicherlich aufgeschrien hatte, immer wieder, bis der Vater dieser Frau und seine Stammesgenossen genug von ihr gehabt und sie erledigt hatten. Also hielt er die Tochter Xohkantakehs fest und bearbeitete sie, bis sie schluchzte, während er sie in der Art seines neuen Stammes nahm. Es bestand kein Grund, sich an einen abgeschiedenen Ort zurückzuziehen, solange es nicht ausdrücklich erwünscht war. Erklärungen oder Entschuldigungen waren überflüssig. Es wurde einfach getan und genossen, wie es sich aus dem Augenblick ergab, bis es ohne Reue vorbei war.

»Wir müssen bald gegen unsere Feinde in den Kampf ziehen, sonst sind alle unsere Frauen von den Ergüssen des Lebens dieses Mannes angeschwollen und nutzlos für die Bedürfnisse von uns anderen Männern!« höhnte Indeh.

»Keine Sorge, ich achte schon darauf, daß die Gefangenen kein neues Leben austragen, damit sie ständig zum Vergnügen aller zur Verfügung stehen!« beruhigte Oan ihn.

Indeh ließ sich nicht beschwichtigen. »Sie haben kein Vergnügen mehr daran, nachdem er bei ihnen gelegen hat.«

»Seit wann sorgt sich ein Mann des Wachenden Sterns um das Vergnügen der Gefangenen?« warf Tsana ein.

Als Kosar-eh mit der jungen Frau fertig war und sie sich wieder zu ihrer Stammesschwester gesellte, verscheuchte Kosar-eh die beiden mit einer ungeduldigen Handbewegung. Für einige Zeit sollten sie ihn nicht mehr mit ihren Klauen berühren. Er blickte zur anderen Seite der Höhle, wo Indeh an seiner eigenen Feuerstelle hockte und die Spitze eines Speeres reparierte, die vor kurzem während einer Jagd abgebrochen war. *Eines Tages,* dachte Kosar-eh, *eines Tages, schon sehr bald, wird dieser Mann Indeh einen neuen Speer zum Geschenk machen, und zwar wird er ihn genau in sein unverschämtes Maul stoßen!*

Tsana stand grinsend auf dem Felsvorsprung vor der Höhle, wo er von einem Stück Bisonfett aß und den Vormittag beobachtete. »Dem Schwarzweißen Krieger sind unsere Sitten immer noch fremd. Er muß ermutigt werden, nicht gescholten, wenn er oft die Gelegenheiten ergreift, die sich ihm bieten.«

Kosar-eh verzichtete auf die Bemerkung, daß es kaum einen Mann des Stammes gab, der, wenn er nicht gerade jagte, aß oder sich um die Pflege der Werkzeuge und Waffen kümmerte, nicht auf irgendeiner Frau lag. In diesem Stamm und in dieser Höhle war die Paarung eindeutig der beliebteste Zeitvertreib. Sogar die Jungen wurden dazu ermutigt, sich auszuprobieren, und wenn er sich wie jetzt in der Höhle umsah, entdeckte er meistens irgendwo seinen Kiu-neh, wie er es gerade mit einem der älteren Mädchen trieb – einem pummeligen, nicht sehr hübschen Kind, das offensichtlich keinen großen Spaß daran hatte, weil es dabei jedesmal das Gesicht verzog.

Der große Mann schüttelte den Kopf. Es war ihm gleichgültig, ob oder wie oft sich der Junge paarte. Seine Sorgen um seine Söhne und seine Tochter hatten sich im Verlauf des Frühlings zerstreut. Sie brauchten ihn nicht mehr. Es waren nicht mehr seine Kinder, sondern die Kinder des Wachenden Sterns. Noch nie hatte er seine Jungen glücklicher oder körperlich kräftiger erlebt als jetzt, und nicht einmal in seinen kühnsten Träumen hatte er zu hoffen gewagt, daß seine blinde Tochter so sorgsam umhegt wurde, und das durch jene Menschen, die er lange Zeit seine Feinde genannt hatte, und durch eine Frau, die er für lange Zeit tot gehalten hatte.

Die Geisterfrau blickte gerade zu ihm herüber. Kosar-ehs Lächeln verschwand, als er sah, wie sie aufstand und sich vor ihrer Plattform postierte. Ban-ya aus der Roten Welt, die Hohepriesterin des Wachenden Sterns – wer auch immer dieses seelenlose Geschöpf sein mochte, er hatte jedenfalls seit der Nacht der Feier nach der Bisonjagd kein Mitleid mehr für sie empfunden. Er bekam jedesmal eine Gänsehaut, wenn er ihre tätowierte Haut, ihr geflochtenes Haar und den Halsschmuck aus menschlichen Haaren und Fingerknochen betrachtete – und die Tochter seines Fleisches, die sich an ihre Brust klammerte. Warum starrte sie ihn an? Was wollte sie von ihm? Diese Frau mit den hohlen Augen und dem geheimnisvollen Gesichtsausdruck und ...«

»Schwarzweißer Krieger!« Tsana hatte seinen Namen gerufen.

Kosar-eh war dankbar für die Ablenkung.

»Komm!« forderte der Häuptling ihn auf. »Es ist bald Mittag! Im Tal gibt es Wild. Unai, Xanahay, Hrak ... nehmt eure Speere! Begleitet diesen Mann und den Schwarzweißen Krieger! Tsana hat an diesem Tag das Bedürfnis, etwas zu töten!«

Sie gingen in die Sonne hinaus, liefen durch das Tal und um den See herum und vergnügten sich damit, große Schwärme von Wasservögeln himmelwärts aufzuscheuchen, indem sie Steine nach ihnen warfen und sie über das Wasser hüpfen ließen.

»Ihr eßt kein geflügeltes Fleisch?« fragte Kosar-eh stirnrunzelnd, als ein gut geworfener Stein ins Ziel traf und ein Vogel vom Himmel stürzte, den die Männer achtlos liegen ließen.

»Nur in Hungerzeiten«, gab Unai zu. »Aber jetzt leiden wir keinen Hunger.«

Kosar-eh hätte fast gesagt: *Und warum tötet ihr dann ein Geschöpf, wenn ihr nicht die Absicht habt, seine Lebenskraft zu eurer Nahrung zu machen?* Aber er hatte nicht das sinnlose Gemetzel unter den Bisons vergessen und nicht den Entschluß, die Sitten der Männer zu respektieren, unter denen er lebte. Und nachdem seine Haut tätowiert und seine Seele durch den Drang verwandelt war, Rache an den Mördern seiner geliebten Frau zu nehmen, war er längst einer von ihnen geworden.

»Ay yah!« rief Kosar-eh. Plötzlich war er auf unerklärliche Weise wütend – auf sie, auf sich selbst, auf die Vögel und sogar den Himmel – so daß er eine Handvoll kleiner Steine aufhob und sie einen nach dem anderen in das blaue Licht des Tages schleuderte.

»Die Vögel sind außer Reichweite, Schwarzweißer Krieger«, stellte Tsana fest. »Worauf wirfst du deine Steine?«

»Auf die Vier Winde«, antwortete er, und als ihm Ta-mayas mit einer Feder besetzte und in sein Stirnhaar geflochtene Knochenspange von der nachmittäglichen Brise ins Gesicht geweht wurde, fügte er hinzu: »Sie sollen nicht vergessen, wie groß der Wille dieses Mannes ist, das Blut jener zu schmecken, die seine Frau und seine Kinder töteten.«

Tsana lächelte. »Sie haben es nicht vergessen. Und wir auch nicht. Komm!« forderte er ihn auf und ging mit langen Schritten zu den Hügeln, durch die sie Kosar-eh und die Kinder als Gefangene ins Tal gebracht hatten. »Der Schwarzweiße Krieger sagte uns, er hätte in der Nacht des Überfalls auf sein Lager einen von ihnen getötet. Wir wollen an diesen Ort zurückkehren und die Leiche suchen, die du zurückgelassen hast.«

Kosar-eh blieb unvermittelt stehen. »Und die Leiche meiner Frau?« Die Erde schien unter seinen Füßen zu schwanken.

Hrak runzelte die Stirn. »Der Große Weiße Winter ist schon lange aus diesem Land verschwunden, so daß die Leichen längst von Fleischfressern gefunden wurden. Es wird nichts mehr übrig sein. Es ist besser für meinen Bruder, der mit den Steinen spricht, diese Geister ruhen zu lassen.«

Tsana war bereits weitergelaufen. »Die Vier Winde sollen dem Schwarzweißen Krieger Antwort geben!« rief er über die Schulter zurück. Dann winkte er den anderen, ihm zu folgen.

Ohne daß Kinder ihr Vorankommen behinderten, hetzten sie wie Wölfe über das Land. Bald lag das Tal der Toten unter ihnen, und viel zu schnell war die Dunkelheit angebrochen.

»Wir hätten dem Stamm sagen sollen, daß wir vielleicht länger fortbleiben«, rief Hrak, doch seine Stimme klang nicht so, als würde er tatsächlich Reue wegen dieser Unterlassung empfinden.

»Die Geisterfrau wird verstehen, was wir in dieser Nacht und in den kommenden Tagen vorhaben«, erwiderte Tsana.

Weil sich Feinde aus dem Grasland in der Nähe aufhalten könnten, wies Tsana die Männern an, auf dem höchsten Punkt des Passes ein kaltes Lager aufzuschlagen. Sie setzten sich und teilten eine leichte Mahlzeit aus getrocknetem Bisonfleisch, und während sie aßen, starrte Kosar-eh auf das Land hinaus, in dem seine Frau vergewaltigt und ermordet und seine Kinder und sein Stamm gefangen oder abgeschlachtet worden waren.

»Der Steinsprecher muß essen«, sagte Hrak und kam an seine Seite, um ihm etwas anzubieten. Kosar-eh hatte jedoch keinen Appetit. Er winkte ab und fragte sich kurz, warum sie überhaupt Proviant mitgenommen hatten, wenn vor ihrem Aufbruch angeblich jeder davon ausgegangen war, sie würden bis zum Sonnenuntergang zurück sein. Doch das war nicht weiter wichtig, sondern wieder nur etwas, das er noch von seinen neuen Brüdern lernen mußte, die sich immer auf alle Eventualitäten vorbereiteten, wenn sie ihre Festung verließen.

Die ganze Nacht lang saß Kosar-eh allein in der Dunkelheit. Einmal glaubte er für einen Moment das Leuchten eines Lagerfeuers in den fernen Hügeln zu sehen. Doch als das Licht kurz darauf wieder verschwand, entschied er, daß es gar kein Feuer gewesen war, sondern nur das Licht eines hellen Sterns, der sich kurz in einem fernen Teich oder Fluß spiegelte. Er blickte auf und betrachtete die Stellung der Spätfrühlingssterne, die ihn durch ihre Vertrautheit zu verspotten schienen. Seine ganze Welt hatte sich verändert, seit er das letzte Mal auf diese Sterne geblickt hatte, fast jeder, den er geliebt hatte, war auf grausame Weise ums Leben gekommen, doch die Sterne hatten sich ungerührt und ungestört in ihrer alljährlichen Wanderung über den Himmel weiterbewegt. Und dort im nördlichsten Teil des Himmel glomm blaß der Wachende Stern.

Er starrte voller Haß zu ihm auf. Der Stern schien einen langen, schwarzen und unsichtbaren Schatten auf die Welt zu werfen und nur Verachtung für die Menschen zu empfinden. Kosar-eh erschauderte.

»Yah!« rief der große Mann verzweifelt, und nachdem er in der Dunkelheit einige lose Steine zusammengesucht hatte, sprang er auf die Beine und warf sie dem Stern entgegen.

Die anderen wachten davon auf und starrten den Mann an, der offenbar von Geistern besessen war. Nur Tsana verstand ihn und lächelte.

»Versuch nicht, diesen Stern zu töten, Schwarzweißer Krieger. Er scheint jetzt für dich.«

Das Spalier der Leichen, an das er sich noch gut erinnerte, lag jetzt hinter ihnen. Kosar-eh blickte sich nicht um. Die aufgespießten Köpfe und Leichen der getöteten Krieger aus dem Grasland und ihres Häuptlings Shateh hatten in der Frühlingsluft einen starken Verwesungsgeruch abgegeben und keinen angenehmen Anblick geboten. Trotzdem hatte es Kosar-eh befriedigt, wie die Überreste seiner Feinde zur Schau gestellt wurden, und die Erinnerung daran verlieh seinen Schritten Kraft und festigte seine Entschlossenheit.

Ohne die Schneedecke sah das Land ganz anders als in seiner Erinnerung aus. Doch schon bald sichteten er und die anderen vertraute Fels- und Baumgruppen. Sie kamen schnell voran und machten einen Bogen um die Stelle, wo sie U-was Leiche zurückgelassen hatten, damit sie für immer in den

Himmel blicken konnte. Kosar-eh hatte kein Bedürfnis, noch einmal ihre Bahre zu sehen, und seine Jagdgenossen zogen es vor, ihren Geist nicht zu stören. Dann waren sie plötzlich da, im Land der breiten Hügel, wo Kosar-eh einen Teratornis und Raben am Himmel gesehen hatte, an jenem lange zurückliegenden Tag, an dem er zusammen mit seinem Stamm gestorben war.

Hrak sprach zu ihm.

Doch Kosar-eh hörte ihn nicht. Er bewegte sich jetzt wie in Trance, als ihn die Erinnerungen an Ereignisse überwältigten, die seine Sinne versengten. War ein ganzer Tag vergangen – oder sogar zwei? Hatte er eine weitere Nacht damit verbracht, zu den Sternen hinaufzustarren? Er wußte es nicht. Und es war ihm gleichgültig. Mit Tsana und den anderen suchte er nach der Leiche seiner geliebten Frau und wußte nicht, ob er vor Verzweiflung toben oder vor Erleichterung weinen sollte, als sie nichts fanden.

»Hrak hat recht«, sagte Xanahay. »Die Fleischfresser der Erde und des Himmels dürften nichts vom zarten Fleisch und den markreichen Knochen einer jungen Frau übriggelassen haben, die allein und nackt in die Nacht und in den Tod geschickt wurde.«

»So ist es«, bestätigte Unai.

Kosar-eh zuckte zusammen. Die Worte seiner Jagdgefährten schnitten wie scharfe Steinklingen – genauso wie die Augen Tsanas, der zurückhaltend, aber nicht unfreundlich zu ihm sprach.

»Wahrlich, Schwarzweißer Krieger, wagst du immer noch daran zu glauben, daß trotz der Mächte, die der Schamane gegen deinen Stamm gerichtet hat, deine Frau überlebt haben könnte? Oder daß ihre Leiche nicht genauso grausam von Tieren zerfetzt wurde, wie dein Leben von den bösen Geistern vernichtet wurde, die der Gelbe Wolf dir geschickt hat?«

»Seht! Neben dem umgestürzten Baum … es ist nicht viel übrig, aber es scheinen die Knochen eines Menschen zu sein …«

Hraks Worte trafen ihn wie ein Schlag ins Gesicht. Kosar-eh stürmte zu der Stelle, wo der Mann stand. Noch bevor er die Knochen sah, wußte er, daß es hier gewesen war, wo er Ranamal getötet hatte.

»Dort ... seht ihr?« sagte Hrak. »Unter dem Baumstamm!«

Kosar-eh sah es. Der Schnee des Winters hatte schwer auf der Leiche und dem umgestürzten Baum gelastet, an dem Ranamal seinen letzten Atemzug getan hatte. Mehrere dicke Äste waren unter dem Gewicht des Schnees abgebrochen und lagen jetzt wie schützende Arme über dem, was noch von dem Mann übrig war.

»Ranamal«, keuchte Kosar-eh den Namen des Toten, als ihm geisterhaft die letzten Worte des Mannes in den Sinn kamen: *Die Tage und Nächte, die wir in dieser Welt der Lebenden verbringen, sind ohnehin nur kurz, nicht wahr? Ja, so ist es. Die Geister der Toten deines Lagers und deiner Frau Ta- maya warten schon im Wind auf dich. Ich werde bald bei ihnen sein. Und ich werde mich auch dort mit ihrem Körper vergnügen, in der Welt jenseits dieser Welt, genau so, wie ich es in der Welt der Lebenden getan habe, bis du kamst ...*

»Ich bin zurückgekommen«, sagte er mit neuer Entschlossenheit. Obwohl durch kleine Raubtiere und die Verwesung fast keine Haut und kein Fleisch mehr an der Leiche war, befand sich auf dem Schädel noch ein Rest Haare, und das Skelett schien mehr oder weniger vollständig zu sein. »Zu lange warst du von deinen Stammesgenossen getrennt, Ranamal!«

Die anderen sahen zu, wie Kosar-eh mit einer Kraft, die seinem gerechten Zorn entsprang, seine Hände nacheinander auf zwei Äste legte und so lange daran zerrte, bis sie abbrachen. Ohne ein Wort blickte der Mann auf das nun freiliegende Skelett herab. Er konnte kaum glauben, welches Glück er gehabt hatte. In seiner überstürzten Flucht nach der Verstümmelung der Leiche hatte er dem Mann sein Haar gelassen. Und wo Haar war, war auch noch eine Seele. Und wo eine Seele war, war noch genügend Leben übrig, das von Feinden entehrt werden konnte. Für Kosar-ehs Zwecke war noch ausreichend verfilztes Haar und von der Sonne getrocknete Kopfhaut übrig, so daß er die Finger in Ranamals Skalp krallen und die Überreste des Toten hervorzerren konnte.

Die anderen traten zurück, als sich die Kopfhaut in Kosar-ehs Hand vom Schädel der Leiche löste. Die aufgerissene Haut setzte einen bestialischen Verwesungsgestank frei.

»Ist im Land seiner Feinde noch ein Spieß aus Mammutknochen übrig, um den Kopf dieses toten Hundes aus dem Grasland aufzunehmen?« fragte Kosar-eh.

Tsana hob den Kopf. »Ja!« rief er. »Und auch für den Gelben Wolf, der sich mit dem Totem und dem heiligen Stein unserer Vorfahren hinter das Ende der Welt flüchtete und der seine Macht als Schamane benutzte, um diesen Hund aus dem Grasland dazu zu bringen, deine Frau und deinen Stamm zu töten! Schon bald, Schwarzweißer Krieger, werden wir unsere Festung verlassen, um diesen Gelben Wolf zu jagen. Und du wirst uns den Weg zu unserer Jagdbeute zeigen!«

Kosar-eh hatte ebenfalls den Kopf erhoben. »Ja!« Diese Zustimmung fühlte sich gut auf seiner Zunge an, ebenso wie das Gewicht von Ranamals Leiche, das an seiner Hand zog. Tsana hatte recht. Cha-kwenas Lügen hatten seinen Stamm ins Verderben geführt. Warum sollte er nicht den Schamanen jagen, der sein Leben zerstört hatte? Spielte es eine Rolle, in welcher Reihenfolge er seine Rache vollzog? Kosar-eh war entschlossen, daß alle, die am Überfall auf sein Lager beteiligt und für den Tod seiner Frau verantwortlich waren, früher oder später das Schicksal Ranamals teilen sollten, bevor sein Leben zu Ende war. Denn Ta-maya war tot, ihre Überreste von Tieren gefressen und ihre Seele für immer in ihren Bäuchen gestorben!

Er zitterte vor Wut. Wenn Tsana und seine Krieger sich nicht von ihrem Vorhaben abbringen lassen wollten, sich den heiligen Stein zu holen, den Schamanen Gelber Wolf zu töten und ein Mammuttotem zu verzehren, warum sollte er sie davon abhalten? Anschließend würden sie an seiner Seite in den Kampf ziehen, und mit ihrer Unterstützung waren seine Chancen auf einen endgültigen Sieg über seine Feinde so gut wie sicher. Warum sollte er ihnen weiterhin Mißtrauen entgegenbringen? Hatten sie sich nicht als seine Jagdbrüder bewährt? Hatten sie nicht ihre Frauen mit ihm geteilt und seine Kinder wie ihre eigenen aufgenommen? Hatten sie ihm nicht die schönsten Steine in die Hände gelegt, mit denen er jemals gearbeitet hatte, und ihm die große Ehre erwiesen, derjenige zu sein, der daraus die Speerspitzen fertigte, die für sie nun heilig waren? Und hatten sie jetzt nicht sogar eine Jagd abgebrochen, als sie seine Unzufriedenheit bemerkten, um ihm die Möglichkeit zu einem kleineren Akt der Rache an jenen zu geben, die ihm – und ihnen – solches Leid zugefügt hatten?

»Ja!« sagte Kosar-eh noch einmal, und mit den Namen seiner geliebten schönen Frau auf den Lippen ging er in die Knie, um sich den Kopf von Ranamal zu holen.

Joh-nee schrie, als sie ihn sah.

»Kosar-eh gehört jetzt zu ihnen!« Der Seufzer der Geisterfrau fuhr raschelnd durch ihre Stimmbänder wie der Wind durch eine vertrocknete Schlange. »Tsana wußte, daß es so sein würde, wenn er ihn an den Ort zurückführte, an dem seine Frau starb.«

»Yah hay! Seht! Wir kommen und bringen Fleisch!« Hrak trat stolz zusammen mit den anderen Jägern vor, die nach vielen Tagen und Nächten in die Höhle zurückgekehrt waren. »Und wir kommen mit der Nachricht, daß der Schwarzweiße Krieger den Kopf eines Feindes neben dem von Shateh aufgespießt hat! Seht, wir sind mit einem neuen und wahren Krieger des Wachenden Sterns zurückgekehrt!«

Joh-nee sprang auf und wich vor Schreck zurück, um sich hinter die Plattform aus Mammutknochen zu kauern und den tätowierten Fremden namens Kosar-eh anzustarren, der an Tsanas Seite in die Höhle kam. Er trat mit neu gewonnener Selbstsicherheit auf und zeigte seinen neuen Armreifen aus menschlichen Fingerknochen und ein neues wild entschlossenes Lächeln, das sie seit jener Nacht nicht mehr auf seinem Gesicht gesehen hatte, als Cheelapat durch seine Hände gestorben war. Das Mädchen starrte mit weit aufgerissenen Augen auf das Armband und drückte seine Puppe fest an sich, während es flüsterte: »Er trägt die Finger eines Menschen am Arm! Aiee! Er ist genauso wie die Geisterfrau geworden!«

»Niemand kann wie die Geisterfrau sein!« gluckste die in Wolfsfelle gekleidete Frau auf dem Mammutknochenthron und provozierte Joh-nee absichtlich, indem sie mit ihren langen Fingern durch den Kragen aus menschlichen Haaren und Fingerknochen strich, den sie um den Hals trug. »Ach, es sind so kostbare und schöne Knochen!« Sie lächelte und ermunterte das blinde Kind auf ihrem Schoß, nach den Knochen zu greifen und damit zu klappern. »Ja! Mach hübsche Musik mit den Knochen der Geisterfrau! Ja, ja! Richtig so! Welch ein Wohlklang! Die Seherin des Windes muß keine Angst vor den Rufen der zurückkehrenden Männer oder vor dem Gewimmer eines dummen Mädchens haben!«

Joh-nee preßte ihre Hand auf den Mund und unterdrückte einen Schluchzer, als Doh-teyah zu lachen begann und ihre kleinen pummeligen Händen fröhlich mit den Knochen klapperten. Sie hatte nicht damit gerechnet, daß jemand ihre Worte mithörte, die sie zu ihrer Puppe gesprochen hatte, und sie war wütend wie jedesmal, wenn das Kind in den Armen der verrückten Frau glücklich war. »Ich bin kein dummes Mädchen!«

»Du bist aber nicht fortgelaufen.«

»Ich werde Doh-teyah nicht allein lassen.«

»Dieses Baby ist tot. Statt dessen hat die Seherin des Windes seinen Platz in den Armen der Geisterfrau eingenommen. Also lauf fort, Schwester des Schamanen. Für dich gibt es hier keine Zukunft. Bald wird der Morgenstern aufgehen, um dem Wächter seine strahlende Schönheit zu zeigen. Dann wird die Zeit des Essens kommen. Sieh, der Fleischfresser ist in die Höhle zurückgekehrt. Er wird allmählich hungrig.«

Joh-nee sah zum Höhleneingang. Sie wußte, daß die Geisterfrau von Tsana sprach, aber es war Kosar-eh, der die Hohepriesterin des Stammes des Wachenden Sterns anstarrte, und Joh-nee konnte ihren Blick nicht von ihm abwenden.

4

Xohkantakeh gefielen die Zeichen überhaupt nicht.

Ta-maya beobachtete ihn, während er in den Himmel starrte. Das Wetter war klar und kühl gewesen, seit der Entenmond aufgegangen war, doch im Verlauf ihrer Wanderung unter der Führung des Riesen durch das Land ihrer Feinde hatte es nicht ein einziges Mal geregnet. Xohkantakeh machte sich deswegen Sorgen, denn unter dem Entenmond regnete es immer, wie sie ihn hatte sagen hören, doch obwohl Zakeh und seine Frauen ihm zustimmten, wußte Ta-maya es besser.

»Vielleicht ist es so in den Jagdgründen der Vorfahren des Stammes des Graslandes, aber diese Frau hat schon einmal mit ihrem Stamm in diesen trockenen Hügeln gelagert«, sagte sie zu ihnen. »Wir haben den Regenschatten der Berge hinter uns gelassen. Hier ist das Wasser knapp. An manchen Stellen gibt es gar keins. Doch stellenweise finden sich Quellen und Teiche und von Bäumen gesäumte Bäche, deren Ufer grün mit Schilf sind und wo es auch viel Wild gibt.«

Xohkantakeh glaubte ihr nicht. »Im letzten Jahr gab es Regen und Wärme in den Tagen des Entenmondes. Viel Schnee schmolz in den Bergen. Eine große Flut bedeckte das Land.«

»Du hast uns am Rand der Schwemmebene des großen reißenden Flusses entlanggeführt«, erwiderte Ta-maya. »Doch wenn die Luft so trocken und die Sonne so kühl ist, glaubt diese Frau nicht, daß der Fluß wie im letzten Jahr über seine Ufer treten und das Land ertränken wird.«

Der Riese musterte sie nachdenklich.

Alle starrten sie an. Der Tag war noch neu, doch der Groll in Neeracheelas Augen war alt.

»Xohkantakeh hat Gebrochener Flügel nicht gefragt, was sie glaubt!« entgegnete die Frau mit unverhohlener Verärgerung.

Ta-maya gab keine Antwort. Sie wußte, daß Neeracheela sie nicht mochte. Die Frau machte kein Geheimnis aus ihren Gefühlen, und nichts, was Ta-maya sagte oder tat, konnte daran etwas ändern. Dennoch hatte die Frau Zakehs ihr bislang noch nichts zuleide getan, wenn man von den ständigen Verletzungen durch ihre spitze Zunge absah. Seit sie die Berge verlassen hatten, war sie zwar nicht freundlich, aber rücksichtsvoll von Shan behandelt worden, die froh darüber war, daß Ta-maya die drei kleinen Mädchen unter ihre Fittiche genommen hatte. Ta-maya konnte nicht verstehen, wie eine Mutter einen solchen Haß auf ihre eigenen Kinder empfinden konnte. Und die Kleinen hatten Ta-maya sofort in ihr Herz geschlossen. Sie ließen sich von ihr umsorgen, ohne zuviel von ihr zu verlangen. Denn obwohl ihr Arm allmählich heilte, war nicht zu übersehen, daß die Knochen und die Muskeln nie wieder so stark wie früher sein würden. Ta-maya konnte nicht viel für die Kinder tun, aber sie waren dankbar für ihre Sorge und Zuneigung.

Sie saßen an ihrer Seite, Ika ein Stück von den jüngeren beiden entfernt, während sie die Wolfswelpen mit den Eingeweiden des Kaninchens fütterte, das Ta-maya vor kurzem mit ihrem Wurfstock erlegt hatte.

»Sie fressen diesem Stamm das Fleisch weg und wären uns viel nützlicher, wenn sie selbst zu Fleisch würden!« protestierte Neeracheela.

Ika wurde wütend. »Zakeh, sag dieser Frau, daß sie nicht so reden soll!«

Zakeh warf Neeracheela einen Blick zu, der ihr zeigte, wie sehr seine Geduld bereits strapaziert war. »Frau, hör auf, so zu reden! Die Welpen werden wachsen und dem Stamm wie Hunde nützlich sein. Eines Tages wird das Fleisch, mit dem wir sie füttern, zu Muskelkraft geworden sein, die unsere Jagdbeute den langen Weg vom Schlachtplatz zu unserem Lager ziehen wird. Du wirst diesem Mann dankbar sein, daß er den Weitblick hatte, sie in unsere Familie aufzunehmen. Bis dahin soll deine Zunge schweigen! Ich habe genug von deinen scharfen Worten!«

Neeracheelas Gesicht war verzerrt. Diesmal wollte sie nicht darauf warten, daß Zakeh sie mit irgend etwas bewarf. Sie suchte selbst nach etwas, das sie auf ihn schleudern konnte.

»Nein!« In Xohkantakehs zornigem Befehl lag genügend Drohung, um die Frau sofort erstarren zu lassen.

Neeracheela holte tief Luft, um sich zu beruhigen.

»Vielleicht sollte dieser Mann die Frau, die mit Dingen wirft, an seinen Jagdbruder weitergeben!« spöttelte Zakeh.

»Es ist Zakeh, der mit Dingen nach Neeracheela wirft!« verteidigte sie sich. »Und wenn du diese Frau aufgeben willst – nur zu!«

Zakeh zuckte die Schultern. »Jetzt noch nicht, aber diesem Mann scheint es, daß Neeracheela wie ein guter Hund sofort kommt, sobald Xohkantakeh ruft!«

Ta-maya runzelte die Stirn, da sie nicht wußte, ob der Mann absichtlich diese zweideutigen Worte gewählt hatte, um seine Frau anzuklagen.

Neeracheelas Gesicht wurde knallrot. »Wozu sollte Xohkantakeh wohl diese Frau benötigen, wenn er doch seinen Gebrochenen Flügel hat?« giftete sie ihn an, während ihre Augen wild funkelten. »Xohkantakeh ist zufrieden mit der Frau, die er sich ausgesucht hat, mit dieser kleinen und nutzlosen Frau! Aber darüber sollte Neeracheela gar nicht überrascht sein! Vor langer Zeit hat ihre Mutter zu ihr gesagt, daß der Freudenspender eines Mannes immer seiner Körpergröße entgegengesetzt ist. Deshalb ist Xohkantakehs männliches Bedürfnis genauso klein wie das, was er unter seinem Lendenschurz versteckt. Zwei Frauen wären zuviel für ihn. Und solange er nur eine Frau hat, ist es besser für ihn, sich an die Kleinste und Nutzloseste zu halten, denn Neeracheela wäre sicherlich zuviel für ihn!«

Ta-maya war fassungslos.

Genauso wie Xohkantakeh.

Zakeh und Shan keuchten schockiert auf, genauso wie die Kinder, die sich nicht ganz sicher waren, was Neeracheela dem Riesen gerade unterstellt hatte.

Ta-mayas Herzschlag beschleunigte sich. Sie empfand keine freundschaftlichen Gefühle für die streitsüchtige Neeracheela, aber sie wollte auch nicht mit ansehen, wie die Frau wieder vom Riesen verprügelt wurde. Auf Neeracheelas Oberlippe war immer noch eine kleine rötliche Narbe zu erkennen, die von seinem letzten Wutausbruch übriggeblieben war.

»Xokataka, was ist ein Freudenspender?« fragte Ika verwirrt.

Die Erwachsenen warfen sich überraschte Blicke zu.

Ika schmollte, weil sie ihre Reaktion nicht verstand. »Zeig es mir!« forderte sie.

Und plötzlich lachte der Riese laut auf. Es war ein tiefes, gutmütiges Lachen, bis er Ika antwortete: »Eines Tages, meine Kleine, wenn du in den Armen deines ersten Mannes liegst, wird er dir damit Freude spenden. Dann wirst du es sehen, wissen und verstehen.«

Das kleine Mädchen runzelte die Stirn, blickte sich im Lager um und wandte sich dann wieder Xohkantakeh zu. »Wer wird der Mann dieses Mädchens werden, in diesem Land ohne Menschen?«

Eine bedrückende Stille folgte auf die Frage des Kindes. Shan warf dem Riesen einen anklagenden Blick zu.

»Ja, Xohkantakeh«, sagte sie. »Wenn wir in den kommenden Tagen und Nächten älter werden, wenn diese Kinder erwachsen sind und die Welpen in den Armen des Mädchens zu Wölfen geworden sind, wer wird dann Ikas Mann sein? Hast du schon so weit vorausgedacht, seit die Frau unserer Feinde dir sämtlichen Verstand aus dem Kopf gesaugt hat, so daß du außer ihren Bedürfnissen nichts anderes mehr siehst?«

»Mein Stamm lebt in diesem Land«, warf Ta-maya ein, ohne auf die Gehässigkeit der beiden einzugehen. »Vielleicht müssen sie gar nicht eure Feinde sein … genausowenig wie ihr meine Feinde seid.«

Xohkantakeh starrte über das Land. »Wir haben uns weit von dem Ort entfernt, an dem du gefangengenommen wurdest, Gebrochener Flügel. Dieser Mann und Zakeh wollen nicht die Geister der Toten stören, die bestimmt schon ›für immer in den Himmel blicken‹, seit wir den Ort verlassen haben.«

Zakeh schüttelte den Kopf. »Es war nicht gut, dieser Überfall auf das Lager. Frauen zu töten, Kinder und einen Jungen … nein, das ist nicht gut. Es beschämt meine Ehre als

Krieger, wenn ich daran denke. Als Ranamal und Ynau sahen, daß der Schamane mit dem heiligen Stein und dem Totem nicht bei ihnen waren, gab es keinen Grund für sie ...«

»Vielleicht machen die Geister dieser Toten gemeinsame Sache mit ihrem bösen Schamanen«, unterbrach Shan ihn. »Sie haben sich mit dieser Frau der Roten Welt verbündet, um uns für das zu bestrafen, wozu Ranamal die anderen an jenem Tag getrieben hat. Vielleicht ist sie schuld daran, daß es in diesem Land nicht regnet.«

»Cha-kwena ist kein böser Schamane!« Ta-maya war wütend, denn sie hatte diese Infamie gegen ihn und ihren Stamm schon zu oft von jenen gehört, die sie auf so abscheuliche Weise behandelt hatten. »Es war weise von den Mächten der Schöpfung, den heiligen Stein und das Totem in seine Obhut zu geben. Wenn sich nur mein Mann dazu entschieden hätte, an seiner Seite zu bleiben! Und ...« Sie unterbrach ihre Gedanken, denn dies war das erste Mal, daß sie in ihrer Anwesenheit über den Angriff auf ihr Lager sprachen. Sicherlich hatten sie schon früher im Lager von Axwahtal und den anderen darüber gesprochen und sich vielleicht sogar über Ta-maya lustig gemacht, doch damals hatte sie nichts davon verstanden. Als sie jetzt Zakeh ansah, erinnerte sie sich an den Tod von Ka-neh, hörte wieder die alte Kahm-ree im Schatten der Winterhütte schnarchen, sah U-wa vor sich, wie sie Doh-teyah und die Kinder um sich versammelte. Falls diese gute Frau keinen Erfolg gehabt hatte, war alles, was Ta-maya erduldet und erlitten hatte, umsonst gewesen – dann hatte sie dadurch einzig das Leben des jungen Klah-neh und ihr eigenes retten können. Sie war wie benommen, als sie fragte: »Frauen? Kinder?«

»Ein Junge. Eine alte Frau. Und ein junges Mädchen. Es gab viel Blut. Und dann das Feuer. Ynau hat die Hütte über ihren Köpfen angezündet, bis sie darunter begraben wurden. Das Mädchen hat lange geschrien und konnte nicht entkommen. Das war nicht gut.«

Ta-maya starrte ins Leere. Sie konnte nicht mehr sprechen. Die alte Kahm-ree tot? Und ihre liebe, ständig fröhliche kleine Schwester Tla-nee ... oder war es Joh-nee gewesen, die immer so klug, schnell und hilfsbereit mit dem Baby war? Ta-maya blinzelte, räusperte sich und sagte mit Mühe: »Da war noch ein Baby ... und noch eine Frau und ein Mädchen.«

Zakehs Gesicht zeigte Mitleid und Bedauern. Er zuckte verlegen die Schultern und bemühte sich, die erschütterte Frau aufzumuntern. »Ranamal sagte, daß drei davonliefen, die keiner wiedergesehen hat. Vielleicht leben sie noch und sind in Sicherheit bei deinem Mann ... ich meine, beim Häuptling deines Stammes und denen, die an diesem Tag nicht im Lager waren.«

Ein Zittern durchlief Ta-mayas Körper. Diese Mitteilungen durchbohrten ihr Herz wie Messerstiche. Sie spürte, wie ihre Seele ausblutete, als sie erkannte, daß all ihre Hoffnungen und Gebete für ihren Stamm nicht erfüllt worden waren. Falls die Vier Winde ihre Beschwörungen zu den Mächten der Schöpfung getragen hatten, so waren sie nicht bereit gewesen, sie zu erhören ... oder was noch schlimmer war, sie hatten ihnen nicht einmal zugehört.

Bis in die Tiefen ihrer Seele erschüttert, schloß Ta-maya die Augen und mußte sich eine niederschmetternde Wahrheit eingestehen – daß Kosar-eh recht gehabt hatte, sein Vertrauen in den uralten Glauben der Vorfahren aufzugeben. Gebete und Beschwörungen, die an die unfaßbaren Mächte in der Welt jenseits dieser Welt gerichtet waren, hatten keinerlei Einfluß auf diesseitige Ereignisse. Die Vier Winde und die Mächte der Schöpfung veränderten das Leben der Menschen und Tiere gleichermaßen ohne Erbarmen, sie schufen und zerstörten, ohne sich um das Ergebnis zu kümmern, während sie auf ewig am wunderbaren und grausamen Muster der Schöpfung webten. Abgesehen davon handelten sie in erschreckender Gleichgültigkeit, gefühllos und leidenschaftslos, und kannte weder Freude noch Mitleid, weder Trauer noch Bedauern.

Wieder erzitterte Ta-maya. Sie erkannte die trostlose Wahrheit im Licht der folgenschweren Entscheidungen, die ihr Mann für ihren Stamm getroffen hatte. Sie öffnete die Augen und wurde von den Rufen ziehender Gänse abgelenkt, so daß sie zum Himmel aufblickte, wo langgezogene Vogelschwärme nordwärts flogen. Und dort flog der Leitvogel mutig allen anderen voraus, um sie unerschütterlich durch den Himmel zu führen. Er folgte den auftauenden Wasserflächen und dem ergrünenden Gras, wie es seine Art schon seit Anbeginn der Zeiten tat. Was trieb ihn dazu, die Führung zu übernehmen? Was gab ihm die Gewißheit, daß die Wasser der Nistgründe seiner Vorfahren ohne Eis war, wenn sie dort eintrafen, daß das Gras zur Nahrung aller, die ihm folgten, gereift war?

Hoffnung auf die Zukunft seiner Art.

Und wenn seine großen Flügel ihn im Stich ließen, oder wenn ein Adler ihn faßte, oder wenn das Wasser an seinem Ziel von Eis versiegelt war und Wölfe in einem Land warteten, wo es kein Gras gab, um seine Kinder zu füttern? Dann würde ein anderer seinen Platz einnehmen. Ein anderer würde seine Artgenossen anführen. Und unter dem blauen, mitleidslosen Himmel und auf der gefühllosen Haut der Erde würden einige überleben. Für diese würde das Leben köstlich und klar sein, bitter und düster – und um so wunderbarer in der Schmerzlichkeit und ständigen Gefahr.

Ta-maya erschrak, als ihre Erkenntnis plötzlich eine andere Wendung nahm. Sie konnte ihrem geliebten Kosar-eh keinen Vorwurf wegen der Tragödien machen, die ihren Stamm heimgesucht hatten. Ebensowenig wie die Gänse die Schuld daran trugen, sich selbst und ihre Jungen auf ihrer ewigen Suche nach Wärme, Nahrung und Überleben im Gesicht der aufgehenden Sonne in Gefahr zu bringen! Jedes Geschöpf war im großen Netz der Schöpfung verstrickt, jedes Individuum mußte sterben, doch solange das Leben gedieh, wurden alle Lebewesen dazu getrieben, sich nach ihrer Art und zum Wohl aller am Leben zu erhalten. Und war dies in einer Welt der Gewalt und Schönheit nicht schlußendlich doch ein großes Geschenk der Mächte der Schöpfung?

»Für immer und ewig«, bekannte Ta-maya, während sie die Vögel im Auge behielt, bis sie in der Ferne verschwunden waren. »Nach ihrer Art.« Sie verstand die tiefe Wahrheit in diesen Worten. Eine seltsame, fast lyrische Traurigkeit hatte sie ergriffen, als sie ihre Entführer ansah und leise zu ihnen sagte: »Es mag sein, daß eines Tages der Zorn meines Mannes Kosar-eh über jene hereinbrechen wird, die seine Frau und seinen Sohn raubten und andere Menschen seines Stammes töteten. Doch selbst an jenem Tag wird Kosar-eh aus der Roten Welt – im Gegensatz zu den Kriegern des Graslandes – keine unschuldigen Frauen oder Kinder mit Messer oder Speer töten und ihr Lager mit Feuer verwüsten. Sein Herz schlägt für das Wohl der Menschen nach unserer Art ... für immer und ewig.«

»Nach eurer Art?« Xohkantakeh musterte sie nachdenklich. »Unterscheidet sich euer Stamm so sehr von meinem? In meinem Stamm wurde dein Mann zu einem Krieger und verdiente sich den Namens eines Mannes, der seinen Feinden ins Gesicht spuckt!«

»Frauen und Kinder sind nicht Kosar-ehs Feinde«, erwiderte Ta-maya.

Er schnaufte verächtlich. »Ob Mann der Roten Welt oder des Graslandes ... im Krieg und Kampf tun alle Männer Dinge, die später schwer auf ihrer Seele lasten.«

Zakeh nickte. »Wenn ein Mann zu einem Stamm gehört, muß er das tun, was seine Anführer ihm befehlen. Was kann er sonst tun, solange er kein Häuptling ist oder eine bedeutende Stimme im Rat hat?«

»Er kann den Stamm verlassen und sein eigener Häuptling werden«, sagte Xohkantakeh. »Dieser Mann hat zu viele Überfälle wie den miterlebt, den Ranamal gegen das Lager von Gebrochenem Flügel anführte, und nur wenige ehrenvolle Kriege.« Er starrte Ta-maya und dann die drei Mädchen an. »Xohkantakeh bereut es nicht, auf die Gesellschaft von Hunden wie Axwahtal verzichtet zu haben, die den Tod unschuldiger Frauen befehlen und elternlose weibliche Kinder aussetzen, weil sie nur ihr Vorankommen behindern würden, während sie aus Furcht vor Feinden fliehen, die sie sich selbst gemacht haben!«

Ta-maya riß die Augen auf. »Ausgesetzte Kinder? Ohne Eltern?«

»Dies sind nicht unsere Töchter, Gebrochener Flügel«, erklärte Shan. »Ihre Mütter und Väter wurden von den Männern des Wachenden Sterns getötet. Sie machen nur Ärger, genauso wie du, aber da Axwahtal befahl, sie zurückzulassen, konnten wir ihnen doch nicht einfach den Rücken zukehren, oder?«

Ta-maya war schockiert, dann überkam sie ein unerwartet heftiges Mitgefühl, als Shan sie mit harten Augen ansah und sagte: »Glaubt Gebrochener Flügel, daß sie die einzige Frau ist, die im Krieg gelitten und liebe Menschen verloren hat? Diese Frau und Neeracheela haben beide Söhne verloren! Und diese Frau hat gesehen, wie ihre erwachsene Tochter gemeinsam mit Xohkantakehs letzter überlebender Tochter von ihrem Stamm ausgestoßen wurde, weil sie zu Shatehs neuen Frauen erwählt wurden, bevor dieser Mann Krieg und Tod über uns alle brachte! Also hat man unsere Töchter als Unglück für den Stamm betrachtet! Zum Wohl aller kehrten wir ihnen den Rücken zu und ließen sie im Land unserer Feinde zurück, wo sie bestimmt, wenn sie nicht zu Sklavinnen wurden, schon längst für immer vom Wind davongeweht wurden, nachdem der Große Weiße Winter so lange das Land beherrschte!«

Ta-maya war erschüttert und beschämt. Sie erinnerte sich jetzt wieder an Worte des Riesen, die er, wie es schien, vor langer Zeit gesprochen hatte, ein grollendes Flüstern in der Dunkelheit … ein Geständnis der Trauer, etwas über eine getötete Frau und eine Tochter, die in den Wirren des Krieges verlorengegangen war. Seine Worte hatten sie damals nicht berührt. Denn damals war er ihr Feind. Und er war auch jetzt ihr Feind. Genauso wie alle, die freiwillig an seiner Seite gingen. Es war ihr niemals in den Sinn gekommen, daß auch sie Schmerz empfinden könnten, und selbst wenn, so wäre sie viel zu sehr mit ihrem eigenen Leid beschäftigt gewesen, um einen weiteren Gedanken daran zu verschwenden.

Shan vergrub weinend ihr Gesicht in den Händen, während Neeracheela sich zu ihr hinüberbeugte, um sie voller Liebe und Mitgefühl in die Arme zu nehmen.

Zakehs Gesicht verbarg kaum seinen eigenen Kummer. »Manchmal ist es nicht gut zurückzublicken. Und meine Shan ist manchmal so hart gegenüber diesen Kindern, weil sie sie viel zu sehr an unsere eigenen erinnern. Ein Kind zu lieben und es dann zu verlieren ... manchmal wäre es besser, wenn man nie jemanden in sein Herz geschlossen hätte.«

Als Ta-maya ihn und die weinenden Frauen ansah, glaubte sie, auch ihr Herz müßte brechen, doch statt dessen wurde es eiskalt.

Im auffrischenden Wind des neuen Tages erklangen ferne Trommeln in den Bergen, die der Stamm weit hinter sich gelassen hatte. Ta-maya wand sich vor Furcht. War Kosar-eh bei ihnen, ein Gefangener des menschenfressenden Stammes des Wachenden Sterns, und waren die überlebenden Kinder ihres Stammes bei ihm?

»Komm!«

Ta-maya blickte auf. Xohkantakeh stand über ihr und streckte ihr seine riesige Hand hin.

»Wir müssen weiterziehen«, sagte der Riese mit belegter Stimme. »Wenn die Mächte der Schöpfung uns in den kommenden Tagen wohlgesonnen sein sollen, wird das Leben besser für uns sein, wenn wir uns außerhalb des Schattens der kriegerischen Stämme befinden.«

Sie brachen das Lager ab und zogen weiter. Die folgenden Tage und Nächte verliefen fast genauso wie die vorausgegangenen. Doch für Ta-maya war seit dem Augenblick ihrer erschütternden Erkenntnis nichts mehr genauso wie vorher. Wie leichtfertig sie sich selbst über alle anderen gestellt hatte! Sie hatte sie nur durch den Schleier ihrer eigenen Schmerzen und Leiden beurteilt und hatte sich überhaupt keine Gedanken darüber gemacht, wer diese Menschen wirklich waren oder was sie in dieses trostlose Land verschlagen hatte.

Zakeh war in ihren Augen nun kein Räuber und Mörder mehr, sondern ein gehorsames Stammesmitglied mit schweren Gewissensbissen, ein treu ergebener Freund und ein trauernder Vater.

Shan und Neeracheela waren nun keine grausamen und empfindungslosen Matronen mehr, sondern tapfere, treue Frauen, die um den Tod von Söhnen und Töchtern trauerten.

Sie waren nicht in der Lage gewesen, von sich aus über ihren Kummer zu sprechen, weil ihre Seelen so tief vom Schmerz verletzt worden waren, daß sie befürchteten, nie wieder Freude empfinden zu können.

Ika, Xree und Lana waren nicht länger schmutzige, von ihren Eltern vernachlässigte Kinder, sondern elternlose Waisen, die von Fremden beschützt und versorgt wurden, die nicht mit ansehen konnten, daß man sie einfach aussetzte.

Xohkantakeh war nicht länger ein feindlicher Riese, sondern ein besorgter, trauernder Mann, der erkannt hatte, daß der Krieg und die Kampflust seiner Stammesgenossen verachtenswert waren, so daß er ihnen für immer den Rücken zugekehrt hatte.

Während der kleine Stamm durch das immer trockener werdende Land zog, drückte Ta-maya ihre Gedanken nicht durch Worte aus, sondern versuchte durch Taten zu zeigen, was in ihrem Herzen vor sich ging.

»Es wird Zeit, daß Ta-maya ihr eigenes Gepäck trägt«, sagte sie zu Xohkantakeh. »Mein Arm heilt. Ich humple zwar, aber ich kann laufen. Glaubt Xohkantakeh, daß Ta-maya die einzige Frau ist, die in ihrem Leben viel Leid durchgemacht hat? Es wird Zeit, daß die Frau, die er Gebrochener Flügel nennt, mehr tut, als sich nur um die Kinder zu kümmern.«

Shan und Neeracheela waren völlig verblüfft. Sie dankten ihr nicht, aber sie stritten auch nicht mehr. Auf diese Weise wurden die Tage für sie alle einfacher, und in der Nacht war Ta-maya oftmals froh, einen arbeitsreichen Tag hinter sich zu haben, denn während sie angespannt und ängstlich auf das wartete, was der Riese mit ihr tun würde, konnte sie sich jetzt mit Müdigkeit und Erschöpfung entschuldigen.

»Sagst du immer noch, daß Xohkantakeh nicht dein Mann ist?« fragte er sie eines Nachts, bevor sie einschliefen.

»Mein Mann ist nicht in diesem Lager.«

»Dieser Mann könnte dich einfach nehmen.«

»Diese Frau könnte dich nicht aufhalten, doch wenn du fertig bist, würde diese Frau immer noch sagen, daß ihr Mann nicht in diesem Lager ist.«

»Und es wird immer so sein, ›für immer und ewig‹, wie du sagst?«

»Für immer und ewig ... Ta-maya und Kosar-eh.«

»Hmm. Wir werden sehen. Es war ein langer Tag. Schlaf jetzt.«

Und so war es in vielen Nächten, bis Ta-maya eines Morgens im kühlen, blauen Licht der Dämmerung wie so oft allein in ihren Schlaffellen aufwachte, doch diesmal hörte sie das leise Keuchen einer Frau und das ebenso leise Knurren eines Mannes, das von außerhalb des Zeltes zu ihr hereindrang. Das Knurren kam von dem Riesen und das Keuchen von Neeracheela, und gemeinsam ergaben sie die Geräusche einer Vereinigung.

Ta-maya setzte sich auf. Etwas regte sich in ihr. Eifersucht? Unmöglich! Überraschung? Ja! Sie legte sich wieder hin und fragte sich, was Zakeh auf Neeracheela werfen würde, wenn er sie dabei erwischte.

Bei Sonnenaufgang erfuhr sie alles.

»Zakeh sagt zu allen Menschen dieses Stammes, daß beim Aufgang dieser Sonne, während die Vier Winde und die Mächte der Schöpfung zuhören, seine Frau Neeracheela nun die ständige Frau Xohkantakehs sein soll. Es ist nicht gut, wenn in einem Stamm mit nur zwei Jägern ein Mann zwei Frauen hat und der andere ... fast keine.«

Ta-maya wartete auf eine Reaktion der beiden Betroffenen. Sie nickten nur knapp, tauschten einen kurzen Blick aus, und in Neeracheelas Mundwinkel deutete sich ein zufriedenes Grinsen an. Das Gesicht des Riesen war völlig ausdruckslos.

Mehr wurde dazu nicht gesagt. Als Ta-maya später hinter den anderen hertrottete und neben Zakeh lief, mußte sie ihm einfach eine verlegene Entschuldigung zuflüstern, weil sie wußte, daß sie nicht ganz unschuldig an der Situation war. »Dieser Frau tut es leid, daß Zakeh Neeracheela weggegeben hat ... doch in Wirklichkeit wird Ta-maya schon bald nicht mehr in der Lage sein, sich von Xohkantakeh fernzuhalten. Deine Frau hatte Mitleid mit dem Bedürfnis eines Stammesbruders, und bald wird Xohkantakeh zwei Frauen haben und ...«

»Mitleid? Neeracheela und Gebrochener Flügel für Xohkantakeh?« Zakeh blieb stehen. »Nein, Gebrochener Flügel«, stellte er behutsam richtig und winkte sie näher heran, damit er leiser sprechen konnte. »Das ist nicht die Zukunft, die Xohkantakeh in seinem Herzen für dich vorgesehen hat. Niemals. Wenn diese Worte nicht den Stolz einer tapferen Frau verletzen und wenn diese tapfere Frau nicht mit dem tapferen Mann darüber sprechen wird, der in ihren Augen nicht schwach erscheinen möchte, wird Zakeh der tapferen Frau etwas verraten. Während der ganzen Zeit, die wir zusammen sind, sucht Xohkantakeh nach Spuren des Mannes von Gebrochener Flügel, um das unrechtmäßig verletzte Geschöpf an ihren Stamm zurückzugeben. Wenn diese Menschen und ihr ›Für-immer-und-ewig-Mann‹ noch leben, möchte Xohkantakeh ihnen die tapfere Frau zurückgeben, um auf diese Weise Frieden mit den schlimmen Dingen zu schließen, die er getan hat – um zumindest die Seele, wenn schon nicht den gebrochenen Knochen des verletzten Geschöpfes zu heilen.«

Ta-maya brachte kein Wort heraus. Wieder wurde sie von einer niederschmetternden Wahrheit erschüttert. Xohkantakeh, ein Mann, dem sie immer wieder den Tod durch die Hände ihres geliebten Mannes gewünscht hatte, war bereit gewesen, zu einem Ausgestoßenen zu werden, nicht weil er von einer zwanghaften Lust auf eine gefangene Frau getrieben wurde, sondern weil er sich der edelsten aller menschlichen Empfindungen verpflichtet fühlte: dem Mitleid für ein anderes menschliches Geschöpf. Tränen traten ihr in die Augen.

Zakeh nickte verständnisvoll. »Xohkantakeh ist ein guter Mann. Der beste aller Männer. Zakeh ist stolz darauf, sein Freund und Jagdbruder zu sein! Und Zakeh ist stolz darauf, in den vielen Monden seine Neeracheela mit ihm geteilt zu haben, seit Xohkantakehs Frau für immer vom Wind davongeweht wurde. Sie wollten schon seit langem zusammen sein. Jetzt haben wir drei durch dich, Gebrochener Flügel, einen Weg gefunden, wie es mit dem Segen der Vier Winde und der Mächte der Schöpfung getan werden kann, die es nicht gerne sehen, wenn ein Versprechen gebrochen wird. Also entschuldige dich nicht bei Zakeh. Statt dessen muß Zakeh dir danken!«

»Ich habe euch alle falsch eingeschätzt.«

Er zuckte beiläufig mit der Schulter, wie er es oft tat, und ging weiter.

Ta-maya sah zu, wie Zakeh zu den anderen aufschloß. Das Land, über das sie zogen, war ihr unbekannt, doch weiter im Süden und Osten lagen die Ödländer. Es war offensichtlich, daß Xohkantakeh dieser kahlen und abweisenden Gegend auswich, durch die Cha-kwena den Stamm Shatehs zu besseren Jagdgründen geführt hatte und wo der Stamm des Graslandes das Vertrauen in den Schamanen der Roten Welt verloren hatte, weil er ihnen angeblich nur Hunger und Elend brachte. Sie hätten sich nicht gegen Cha-kwena stellen sollen, um Jagd auf die heilige Mammutherde zu machen, dachte Tamaya. Sie hätten ihn nicht dazu zwingen sollen, mit ihrer Schwester Mah-ree um sein Leben zu laufen, während er die Mammuts in einen heraufziehenden Schneesturm trieb.

Ihr Herz klopfte heftig bei diesen Erinnerungen. Hinter den Ödländern lagen wirklich bessere Jagdgründe. Shateh hatte sie niemals gefunden, weil er nach seinem Streit mit Cha-kwena kehrtgemacht und seinen Stamm genau ins Land seiner Feinde zurückgeführt hatte, wo er und viele seiner Männer später getötet wurden. Doch Kosar-eh und ihr Stamm waren mit Cha-kwena in den Sturm geflohen und hatten das goldene, wildreiche Grasland gefunden, das am Fuß einer großen, sonnenbeschienenen Schlucht lag.

Ach! Was hat die Mammuts nur tiefer in die Schlucht und in den dunklen Wald hinter dem Ende der Welt getrieben? Vielleicht sind sie schon mit Mah-ree und Cha-kwena in dieses wunderbare Grasland zurückgekehrt, und vielleicht hat sich ihnen auch mein Mann wieder angeschlossen, zusammen mit Kiu-neh und Kho-neh, mit U-wa und Doh-teyah und Tla-nee … oder Joh-nee … ach!

»Gebrochener Flügel!«

Xohkantakehs Ruf riß Ta-maya plötzlich aus ihren Träumereien. Er lief auf sie zu, ein Riese mit einem kleinen Mädchen auf jeder Schulter, einem dritten an seiner Seite, das neben zwei Wolfswelpen hertollte, und einer glücklichen Neeracheela, die seine Hand hielt. Und in diesem Moment wurde Ta-maya klar, daß auch sie glücklich war. Als sie ihre Gedanken wieder auf die Gegenwart konzentrierte, hoffte sie mit ganzem Herzen, daß ihr geliebter Kosar-eh und die anderen noch am Leben waren und daß es ihnen gutging. Doch bis sie sie wiedersah, mußte sie sich um einen anderen Stamm kümmern, einen Stamm guter und liebevoller Menschen! Plötzlich wußte Ta-maya, daß sie sie liebte, sie alle, besonders den riesigen Mann mit der knurrenden Stimme, den bärenhaften Pranken, den schroffen Worten und seiner Veranlagung zur Grübelei.

»Du bist viel zu weit hinter deinen Mann zurückgefallen, Gebrochener Flügel!« knurrte der Riese. »Hast du kein richtiges Benehmen von deinem Stamm und deinem Mann gelernt, über den du ständig jammerst?«

»Gebrochener Flügel möchte Neeracheelas Mann nicht über die Hügel im Norden folgen, weil er den Weg nach Osten nehmen sollte. Dort, jenseits der Ödländer, gibt es Wasser und gute Jagdgründe. Ta-maya möchte ihren Stamm dorthin führen – wenn Xohkantakeh und Zakeh bei der Macht der Vier Winde schwören, daß sie nie wieder Mammuts jagen werden.«

»Ich schwöre es!« erwiderte Zakeh sofort. »Warum soll ich Mammuts jagen, wenn es leichter zu erlegendes Fleisch gibt?«

»Dort gibt es viel Wild!« versprach Ta-maya.

Xohkantakeh jedoch brummte mißtrauisch.

»Dein Für-immer-und-ewig-Mann ist wahrscheinlich in diese Jagdgründe gezogen, falls seine Seele noch in dieser Welt lebt.«

»Vielleicht«, antwortete Ta-maya ehrlich und nicht ohne Hoffnung, als sie mit den Fingerspitzen die kleine gefiederte Knochenspange berührte, die sie repariert hatte und wieder in ihrem Haar trug. Irgendwie gab diese Berührung ihr die Gewißheit, daß ihr geliebter Mann in Sicherheit war, weil er durch die Spange ihrem Herzen nah war, obwohl sie in einem dunklen Teil ihrer Seele wußte, daß er längst zu ihr gekommen wäre, wenn er noch lebte. »Kosar-eh ist vielleicht in dieses Land zurückgekehrt. Als wir es verließen, war es ein Land ohne Menschen und ohne Feinde, und Cha-kwena hatte den heiligen Stein und folgte dem Totem irgendwo in den tiefen Wald hinter dem Ende der Welt. Falls er ins Grasland zurückgekommen ist und ihr an meiner Seite zu ihm geht, würde Cha-kwena euch als Freunde begrüßen, und Kosar-eh ...«

»Du hast mir den Tod durch die Hand dieses Mannes gewünscht«, unterbrach Xohkantakeh sie. »Als Ynau und Axwahtal und die anderen Gebrochenen Flügel fragten, wohin der Schamane mit dem Stein und dem Totem geflohen ist, wollte Ta-maya sich lieber dem Seelenräuber ausliefern, als die Worte zu sprechen, die sie hören wollten. Warum will Gebrochenen Flügel Xohkantakeh jetzt den Weg zeigen?«

Es dauerte eine Weile, bis Ta-maya antwortete: »Um hungrigen Frauen und Kindern zu helfen und einem Mann, der nicht mehr mein Feind ist.«

»Wenn Kosar-eh an diesem Ort ist, dann wird Xohkantakeh vielleicht doch sein Feind sein, und vielleicht wird er von den Händen des neuen Mannes von Gebrochener Flügel sterben!«

Ta-maya erinnerte sich an Zakehs Worte, aber sie wollte ihr Wissen nicht verraten, um damit nicht den Stolz eines tapferen Kriegers zu verletzen, der nicht wollte, daß eine Frau in sein Herz sah und sein Mitgefühl nicht Schwäche verwechselte. Also gab sie vor, über seine Drohung zu erschrecken und nicht mehr sagen zu können.

Xohkantakeh lächelte und hob ihr Kinn an. »Gebrochener Flügel, du wirst diesen Mann zu einem Land des vielen Fleisches und zu einem Ort ohne Feinde führen, wo diese Kinder stark und kräftig werden, und wenn dein Für-immer-und-ewig-Mann dort ist, werde ich Gebrochener Flügel an ihn zurückgeben – und dann werde ich ihn freudig meinen Bruder nennen!«

5

Kosar-eh kam der Gedanke, daß er gar nicht unglücklich war.

Die Zeit verging schnell, während der Stamm des Wachenden Sterns sich auf die Reise nach Osten zur großen Schlucht am Ende der Welt und in den Wald dahinter vorbereitete. Unter einem klaren, trockenen und windigen Himmel war die Jagd gut im Tal. Alle Hände, außer denen der jüngsten Kinder, halfen dabei, Fleisch und Felle, Knochen und Hufe und wertvolle Sehnen und Fett in die Höhle zu tragen. Die Rahmen zum Trocknen und Räuchern bogen sich unter der Last des Fleisches. Kriebelmücken, die aus den Pfützen in der inneren Höhle schlüpften, umschwirrten Menschen, Hunde und das Fleisch, während die Mahlsteine vor Fett glänzten und die Frauen mit all den guten und nützlichen Dingen prahlten, die sie für die Männer machten, die sich auf die Reise begeben würden.

Tagsüber jagte Kosar-eh mit den Männern des Wachenden Sterns und übte sich mit ihnen im Kampfgeschick. Zwischendurch unterrichtete er weiter seine eifrigen Schüler in den Feinheiten der Steinbearbeitung. Nachts genoß er das Fleisch seiner Jagdzüge und ließ geduldig die rituellen Tätowierungen über sich ergehen, die sein Gesicht allmählich hinter einem kunstvollen Muster aus schwarzen und weißen Streifen versteckten. Oan übernahm jetzt diese Arbeit, da Kosar-eh den Gefangenen nicht mehr vertraute. Er lag häufig auf ihnen, vor allem auf der Tochter des Riesen Xohkantakeh, dessen Schritte er damals deutlich zwischen denen der anderen Räuber hatte ausmachen können. Es bereitete ihm ein besonders Vergnügen, sie brutal zu behandeln. »Für Tamaya!« sagte er immer wieder, bis er sie benommen, geschunden und zitternd vor Furcht zurückließ. Oft bemerkte er, wie Tsana ihn nickend und mit einem anerkennenden Lächeln beobachtete. Wenn die Kochfeuer heruntergebrannt und das Fleisch von Faultieren, Antilopen und Elchen aufgegessen waren, kamen der Häuptling und andere Männer manchmal in der Dunkelheit mit Frauen zu ihm, und nach der Art ihres

Stammes teilten sie gemeinsam die unersättlichen Freuden der Nacht.

»Der Mann, der seinen Feinden ins Gesicht spuckt, ist jetzt einer von uns«, versicherte Hrak ihm.

»Nach Art dieses Stammes«, fügte Unai hinzu.

»Was würde deine Frau aus der Roten Welt sagen, wenn sie dich jetzt sehen könnte, Schwarzweißer Krieger?« Die bissige Bemerkung von Xohkantakehs Tochter sollte Kosar-eh tief verletzen.

Doch es war die junge Frau, die verletzt wurde. Kosar-eh, der bereit war, in sie einzudringen, schlug ihr brutal seine Stirn ins Gesicht. »Meine Frau ist tot! Du bedeutest mir nichts! Das alles bedeutet mir nichts!« Er fiel wie ein Sturm über sie her und quälte sie, bis sie ihn anflehte aufzuhören. Während Hrak und die anderen ihn weiter anfeuerten, versengte er Bhandi mit seinem Zorn, bis sie ihren Schmerz hinausschrie. Seine Erfüllung kam so wild wie ein Blitz, der in nacktes Fleisch einschlug. Gleichgültig gegenüber ihren Gefühlen überließ er es Hrak und den anderen, die Bestrafung fortzusetzen, bis Tsana in der Dunkelheit an seine Seite kam.

»Ja! Das ist gut!« flüsterte der Häuptling. »Vergiß das niemals! Bis zum Tag, an dem du im Namen deiner Frau Rache nehmen wirst, soll die Erinnerung an sie dein Herz versengen und der Trieb hinter allen deinen Taten sein!«

Kosar-eh schlief tief und fest. Selbst nachdem man Bhandi tot aufgefunden hatte, wie sie mit aufgeschnittenen Handgelenken in einer Pfütze aus ihrem eigenen Blut lag, träumte er nur selten. Er gab sich keine Schuld am Tod der jungen Frau. Ihr Vater hatte seine geliebte Frau geschändet, warum sollte seine Tochter also weiterleben, wenn Ta-maya den Tod gefunden hatte? Morgens wachte er meistens befriedigt auf, gewöhnlich gut ausgeruht, aber niemals erfrischt, vor allem nicht, wenn er spürte, wie die Geisterfrau ihn vom anderen Ende der Höhle aus beobachtete, mit leeren und reglosen Augen. Gelegentlich starrte sie nur für eine Weile, um dann die mit Federn besetzten Felle zu schließen und in ihrem Reich um die Plattform aus Mammutknochen allein zu sein.

Manchmal jedoch öffnete sie ihren Wolfsfellumhang und zeigte ihm ihre angeschwollenen Brüste, um ihn zu verspotten und ihm eine Regung zu entlocken – sei es der Lust oder des Abscheus. Sein Instinkt riet ihm, weder das eine noch das andere zu zeigen. Kein Mann durfte bei der Priesterin liegen. Kein Mann durfte sie beleidigen. Alle schienen sich vor ihr zu fürchten – außer Tsana und Kosar-eh. Der Krieger aus der Roten Welt wußte, wer sie war – nämlich niemand anders als die arme, wahnsinnige Ban-ya aus der Roten Welt. Er hatte trotz ihrer Wichtigkeit für die Zeremonien längst erkannt, daß es Tsana war, der ihr sagte, was sie zu tun hatte, und der die absolute Macht in der Festung des Stammes des Wachenden Sterns besaß.

Auch jetzt starrte Ban-ya ihn an. Kosar-eh wollte ihr bereits den Rücken zukehren, doch dann erkannte er überrascht, daß Mitleid in ihren Augen stand. Mitleid? Von Ban-ya? Er versuchte es zu verstehen, doch die Frau stillte Doh-teyah an ihrer Brust, und er wurde von Erinnerungen abgelenkt, die seinen Geist zu verbrennen schienen. Erinnerungen an Tamaya, wie sie das Baby gehalten hatte, es liebevoll gewiegt und auf die Stirn geküßt hatte, wie sie mit ihrer zarten, lieblichen Stimme gesungen hatte …

»Ah!« Kosar-eh konnte diese Gedanken nicht ertragen. Er kniff fest die Augen zusammen und zwang sich dazu, die Vergangenheit aus seinem Geist zu verbannen. Er wollte nur an das denken, was sein würde, wenn er seine Erinnerungen endlich im Blut seiner Feinde ertränken konnte. Bald war der Schmerz der Erinnerung gewichen. Er öffnete wieder die Augen und sah zu seiner Erleichterung, daß die Geisterfrau ihre Sichtblenden aus Fell geschlossen hatte.

Joh-nee hatte bemerkt, daß er aufgewacht war, und eilte los, um sich vor die Plattform der Geisterfrau zu setzen.

Kosar-eh gefiel es überhaupt nicht, wie das Mädchen ihn immer wieder mißbilligend anstarrte. Es war wirklich ein unerträgliches Kind! Es wurde von Tsana verhätschelt und verwöhnt, erhielt bei jedem Jagdfestmahl zusammen mit der Geisterfrau das beste Fleisch und dazu Geschenke in Form von schöner Kleidung, Federn und duftendem Fett für ihr

Haar und ihre Haut! Allmählich entspannte Joh-nee sich ein wenig in der Gesellschaft der anderen Mädchen und der vielen Frauen, die sie bemuttern wollten, aber sie weigerte sich immer noch, Doh-teyah aus den Augen zu lassen. Oan hatte sich große Mühe gegeben, um Joh-nee mit einer neuen Puppe zu überraschen. Doch die kleine Schwester von Cha-kwena hatte das Geschenk zurückgewiesen und sich lieber an ihre alte zerlumpte Lederpuppe geklammert. Darin war sie genauso hartnäckig wie in ihrer Weigerung, die Sitten ihres neuen Stammes anzunehmen.

Doch in letzter Zeit hatte Kosar-eh eine Veränderung in ihrer Einstellung zu Tsana bemerkt. Während des frühen Abends drängte der Häuptling sie dazu, sich auf sein Knie zu setzen, damit er ihr Haar streicheln, gemeinsam mit ihr essen und ihr Geheimnisse ins Ohr flüstern konnte, als wäre sie in der Tat eine liebe kleine Schwester. Gelegentlich kicherte das Mädchen sogar über etwas, das der Mann zu ihm sagte, und mehr als einmal entdeckte Kosar-eh einen zögernden Ausdruck zunehmender Bewunderung auf ihrem Gesicht. Doch für Kosar-eh hatte sie immer nur Blicke voller Verachtung übrig.

Jetzt saß sie wie an jedem Morgen da und gab ihm deutlich ihre Mißbilligung zu verstehen. Sie sah aus wie ein großer braunäugiger Pilz, der trotzig aufgeschossen war und ihn anstarrte, als würde all das, was er in diesem neuen Leben für sie, seine Söhne und sich selbst erreicht hatte, überhaupt nichts bedeuten!

Zutiefst verärgert drohte Kosar-eh ihr mit verzerrtem Gesicht und schüttelte wütend die Fäuste. Joh-nee schrak zusammen und wandte sich ab. Er lachte. Dann blickte er auf, als er überrascht feststellte, daß Tsana neben ihm stand und den Kopf schüttelte.

Der Häuptling hockte sich neben ihn. »Dein Verhalten gegenüber dem Mädchen macht mir Sorgen, Schwarzweißer Krieger.«

»Wieso das?«

»Du weißt, daß ich ihr gesagt habe, wir würden bald losziehen, um ihren Bruder vom Ende der Welt zu ihr zu bringen, damit wir uns mit ihm beraten und an seiner Macht teilhaben können.«

»Sie hat die Speerspitzen aus weißem Kristall gesehen. Es ist kein Geheimnis, was die Ahnen darüber sagen oder zu welchem Zweck sie eingesetzt werden sollen.«

»Ich habe erklärt, daß wir bereit sein müssen, gegen jeden Feind zu kämpfen, auf den wir unterwegs stoßen, und aus diesem Grund brauchen wir diese Speere. Ich habe ihr versichert, daß dem Schamanen der Roten Welt und dem Totem kein Leid von deinen Händen zugefügt wird. Willst du, daß sie dich und uns alle haßt, Schwarzweißer Krieger?«

»Sie haßt mich schon jetzt.«

»Dein Herz ist erkaltet.«

»Nein. Mein Herz glüht vor Ungeduld, endlich meine Rache stillen zu können.«

»Und hast du gar kein Mitgefühl für ein vertrauensvolles Kind mehr übrig, das schon zuviel Tod erlebt hat? Es besteht kein Grund, daß das Mädchen die Wahrheit erfährt.«

»Es wird sie früh genug erfahren, wenn ich vom Ende der Welt zurückkehre und das Haar seines verlogenen, verräterischen Bruders in mein Haar geflochten ist, so wie du jetzt das Haar Shatehs trägst. Und es wird alles wissen, wenn es sieht, daß du den heiligen Stein trägst.«

»Und wenn die anderen das Fell und das Fleisch und die Stoßzähne des großen weißen Mammuts tragen!«

Kosar-eh mußte sich zwingen, nicht vor Ungeduld die Augen zu verdrehen, weil der Häuptling immer noch hartnäckig an etwas glaubte, das gar nicht mehr existierte. »Wenn es das ist, was du wünschst und glaubst, dann möge es so sein!«

Tsana kniff die Augen zusammen. »An diesem Tag wird es der Schwester des Schamanen gleichgültig sein, ob die Wahrheit, die ich ihr vorenthalte, angenehm ist oder nicht.«

Kosar-eh hob eine Augenbraue. »Daß ihr Bruder getötet und das Totem verzehrt wird, falls es wirklich noch ein Totem gibt, wird Joh-nee niemals angenehm sein, Tsana.«

Die länglichen Augenlider des Häuptling zuckten kurz, doch dann senkte er seine Stimme und sagte: »Schwarzweißer Krieger, schon sehr bald wirst du Tsanas Krieger über das Ende der Welt hinaus zu den Jagdgründen des Gelben Wolfes führen. Mit deinen eigenen Händen hast du die Speerspitzen gefertigt, die ihn und das Totem töten werden. Dieser Mann hat dich zu seinem Freund und seinem Bruder ernannt. Dieser Mann hat deine Söhne und deine blinde Tochter als Kinder des Stammes aufgenommen. Doch auch wenn wir bei Tag gemeinsam jagen und bei Nacht das Fleisch und die Frauen teilen, darfst du niemals vergessen, daß Tsana der Häuptling ist! Und in dieser Angelegenheit, was die Rücksichtnahme auf die Schwester des Schamanen betrifft, wirst du ihm gehorchen!«

Kosar-eh war bestürzt. Der Mann hatte seine Stimme nicht erhoben, aber sein Wechsel von alltäglicher zu formeller Sprache war unmißverständlich gewesen. Hatte eine Drohung im Tonfall des Häuptlings gelegen, oder war es nur eine absichtliche Distanzierung, eine untertriebene, aber vielleicht notwendige Erinnerung an seine Befehlsgewalt?

Kosar-eh war sich nicht sicher. Verwirrt bestätigte er: »Dieser Mann hat nicht vergessen, daß Tsana der Häuptling ist, aber er versteht nicht, warum die Zufriedenheit eines störrischen kleinen Mädchens aus der Roten Welt für den Stamm des Wachenden Sterns so wichtig sein soll. Was auch immer mit Joh-nee geschieht, sie wird die Wahrheit ohnehin irgendwann erkennen, ob sie ihr nun gefällt oder nicht.«

Tsana legte Kosar-eh brüderlich eine Hand auf den Unterarm. »Das Leben ist für uns alle kurz, Schwarzweißer Krieger. Bald werden du und ich diesen Ort verlassen und in den dunklen Wäldern, die, wie du sagst, hinter dem Ende der Welt liegen, auf die Jagd gehen. An diesem Tag möchte Tsana davon überzeugt sein, daß seine neue Schwester mit offenen Armen und freudigem Herzen alles angenommen hat, was sie im Stamm des Wachenden Sterns erwartet.«

»Du hast sie zu deiner Schwester ernannt, aber ich habe meine Geduld mit diesem Mädchen verloren. In ihren Adern fließt das Blut eines Menschen, den ich verabscheue, und sie verabscheut mich. Sobald wir die Festung verlassen haben, werde ich ohne Rücksicht auf ihre Gefühle handeln.«

Tsanas Augenlider zuckten kaum spürbar. »Gut«, sagte er. »Wir werden morgen aufbrechen, bevor der Morgenstern aufgeht. Er wird ein gutes Zeichen für unsere Reise setzen.«

Den ganzen Tag lang und bis in die Nacht hinein wurden die letzten Vorkehrungen getroffen. In der Morgendämmerung war der größte Teil der Krieger des Wachenden Sterns und die Hunde – dazu zwei Hände voll Frauen, mehr als die Hälfte davon Sklavinnen – bereit, die Höhle zu verlassen. Trommeln ertönten. Man verabschiedete sich. Lieder wurden gesungen. Nachdem Tsana mit den Geistern der Speerspitzen aus weißem Quarz gesprochen hatte, überreichte er die Waffen feierlich den vier Männern, denen die Ehre zuteil geworden war, sie tragen zu dürfen. Die Verteilung entsprach Kosar-ehs Erwartungen, außer daß der Empfänger eines Speeres ein Mann war, von dem er verlangt hatte, daß Tsana ihn zurückließ.

»Indeh?« Kosar-eh konnte es nicht fassen. »Wie können die Geister der Speerspitzen, die ich gemacht habe, jemanden ehren, der mich immer wieder ehrlos behandelt hat?«

»Niemand weiß vorher, wie die Geister entscheiden werden!« erwiderte Tsana. Seine Worte klangen wie eine Entschuldigung, doch sein Gesichtsausdruck, mit dem er Indeh bedachte, war gleichzeitig ermutigend. »Kommt! Es sollen keine weiteren feindseligen Worte mehr zwischen uns fallen!«

Niemand widersprach dem Befehl des Häuptlings. Während Flöten, Pfeifen und Trommeln gespielt wurden, brachen die Krieger auf.

»Sag meinem Bruder, daß seine Schwester hier auf ihn wartet!« rief Joh-nee Tsana nach.

Kosar-eh war sich nicht sicher, aber er glaubte, daß die Versammlung für einen Augenblick vor Schreck erstarrt war. Also glaubte das Mädchen immer noch an Tsanas wohlmeinende Lügen über den Grund für diese Reise.

»Und Kosar-eh!«

Er drehte sich überrascht um, als er Joh-nee seinen Namen rufen hörte.

»Wenn du das weiße Mammut mit deinen eigenen Augen siehst, wirst du es wissen! Dann wirst du ...« Joh-nees Erklärung wurde von Oan unterbrochen, die das Mädchen nach hinten schob, um einen besseren Blick auf die aufbrechenden Krieger zu haben.

Kosar-eh empfand unvermittelt große Sorge um Joh-nee. Sie war so ein vertrauensseliges Kind! Sie glaubte immer noch an das Totem und an einen Bruder, der doch ihren Stamm ins Verderben geführt hatte, und an Tsanas Beteuerungen seiner friedlichen Absichten gegenüber diesem Bruder, während seine Krieger sich zum Töten bereitgemacht hatten. Wenn die Jäger Glück hatten, würde das Mädchen schon bald die Wahrheit erfahren, und dann hoffte Kosar-eh – obwohl er Tsana das Gegenteil gesagt hatte –, daß das Kind nicht zu schwer dadurch erschüttert wurde. Aber all das lag noch in der Zukunft.

Der Schwarzweiße Krieger hob den Kopf und wollte sich schon dem neuen Tag und der bevorstehenden Reise zuwenden, als er wieder den mitfühlenden Blick in den Augen der Geisterfrau sah. Sie hielt Doh-teyah in den Armen, und Joh-nee stand treu neben dem blinden Kind, das plötzlich zu weinen begann.

»Böse Dinge!« jammerte es und zeigte auf Kosar-eh. »Böse Dinge.«

Die Worte des Kindes schienen ein schlechtes Omen zu sein.

Niemand sprach, bis Tsana den Kopf schüttelte und seine Männer wegen ihrer Dummheit verspottete. »Hat von euch noch niemand gehört, wie ein Kind sich wegen des Lärms der Flöten und Pfeifen und Trommeln beklagt hat?«

Es war eine gute Erwiderung. Viele Kinder waren wegen der lauten Musik in der Höhle verstört gewesen. Die Männer entspannten sich.

Als sie später am Tag Rast machten, waren wieder Trommeln aus dem Tal der Toten zu hören. Jetzt klangen sie gebieterisch und schlugen in einem fernen, dröhnenden Rhythmus. Der Häuptling lächelte.

»Die Trommeln klingen wie ... nein, ich glaube nicht, daß ich so etwas schon einmal gehört habe«, sagte Kosar-eh.

Tsana mußte sich anstrengen, um sich nichts anmerken zu lassen, und war stolz auf seine Brüder des Wachenden Sterns, daß sie es ihm gleich taten. *Und du wirst so etwas in deinem Leben auch nie wieder hören, Kosar-eh, denn heute nacht macht sich mein Stamm bereit, den Morgenstern nach unserer Tradition zu begrüßen ... in der Art, die den Vier Winden am angenehmsten ist ... mit Blut und Fleisch ... mit einem Geschenk an die Mächte der Schöpfung ... einem Geschenk, um unseren Sieg gegen Schamanen, Totems und die Mächte des heiligen Steines zu gewährleisten!*

Cha-kwena hielt den Atem an. Ihm war, als hätte man sein Herz durchbohrt.

Es war Morgen, und er war hellwach. Doch dann träumte er mit offenen Augen noch einmal seinen Traum – sah, wie sich Phantome aus rotem Nebel erhoben, um zu bemalten Kriegern zu werden, sah den Fluß aus Blut, den großen Bären, die speertragende Frau – und dann hörte er seine Schwester schreien.

»Joh-nee!« rief er ihr zu.

Das kleine weiße Mammut, das Besorgnis in seiner Stimme spürte, rief ebenfalls.

Die Rufe des Schamanen und des Totems wurden zu ihrem Ausgangspunkt zurückgeworfen. Der Schall war in der schweren Waldluft gefangen und zitterte wie die Vibrationen eines sterbenden Insekts, das hilflos in einem Spinnennetz hing.

Wenn er doch nur den heiligen Stein hätte! Irgendwie war irgend etwas in der Welt aus den Fugen geraten. Er wußte es, spürte es! Es waren gefährliche Schwingungen der Veränderung in der Luft, die er atmete, und tief im Mark seiner Knochen spürte er, daß sein Stamm in großer Gefahr war.

Cha-kwena eilte weiter. Er hatte jedes Gefühl für die Zeit verloren. Außer in der tiefsten Nacht und am hellen Mittag war das Licht im Wald ständig trübe und diffus, so grün wie die Bäume. Die Luft war erstickend, weder warm noch kalt, sondern feucht und schwer, und sie wimmelte vor Insekten. Der Kojote war seit mehreren Schlafperioden verschwunden, doch gelegentlich hallte sein Gelächter durch die Bäume, und irgendwie wußte Cha-kwena, daß die Tiere oder Geister – der Gelbe Wolf und die Eule, die ihm vorausflog – ihn auf dem Weg führten, den er gehen mußte.

Bevor die Sonne am höchsten stand, kletterte er jeden Tag auf den größten Baum in seiner Nähe und blickte, so gut es ging, über das Blätterdach. Nachts, wenn die Bäume ihm die Sicht auf den Himmel versperrten, tat er dasselbe. Er hatte den Meteor nicht vergessen, dessen Leuchtspur sich in den Nachthimmel und seine Sinne eingebrannt hatte. Seine Erinnerung an den feurigen Speer zeigte ihm zwischen den Sternen seinen Weg nach Hause.

6

Warakan schreckte aus dem Schlaf hoch. Mah-rees Arme hielten ihn. Er machte einen kleinen Satz, nicht auf sie zu, sondern von ihr fort. Dann neigte er den Kopf, um seine Tränen zu verbergen.

»Es war nur ein böser Traum«, beruhigte Mah-ree ihn.

»Ich brauche keine Mutter, um so etwas zu mir zu sagen!« erwiderte er heftig, doch dann ließ er bestürzt über seine eigenen Worte die Stirn auf seine Knie fallen. Erniedrigt und erschüttert, vergrub er seinen Kopf in den Armen und schniefte seine Tränen hoch, damit sie nicht noch mehr davon sah.

»In dieser Welt der kriegerischen Stämme haben wir alle schlimme Träume, Warakan.« Mah-rees Stimme war sanft und tröstend. »Du hast in letzter Zeit einfach nur mehr davon als gewöhnlich gehabt, das ist alles. Aber jetzt ist das Leben für uns wieder gut. Jhadel kommt zu Kräften. Wir haben zwei gute Lager, eins hier oben am Ende der Schlucht und eins unten im Pappelwäldchen! Vertreibe jetzt die bösen Träume aus deinem Geist und ...«

»Ein Schamane muß seinen Geist für Träume öffnen, wie sich ein Auge dem Licht öffnet«, wurde sie von Jhadel unterbrochen. »Beide Arten zu sehen sind wahres Sehen. Erzähle uns von diesem Traum, der dich zum Weinen gebracht hat, Warakan.«

Warakan wollte nicht darüber sprechen. Das Leben war in letzter Zeit wirklich gut für ihren kleinen Stamm. Lange, warme Tage, an denen ständig die Sonne schien, unter der er und Mah-ree zusammen mit Spießen und Schlingen gejagt hatten, klare, kühle Nächte mit funkelnden Sternen, unter denen sie saßen und Jhadels endlosen Geschichten der Weisheit lauschten. Warakan hatte sogar begonnen, sich einzugestehen, daß die Worte des alten Mannes tatsächlich eine kostbare und wundervolle Nahrung waren. Wenn er sie angemessen verdaute, nährten sie ihn auf geheimnisvolle Weise besser als Fleisch. Der Weise erzählte Geschichten von der Jagd, von Zauber und Wirklichkeit, von tausend zusammenhanglosen Dingen, die dennoch einen Zusammenhang besaßen. Es waren Geschichten, die den Geist seiner Zuhörer erweiterten und sie auf den Vier Winden mit auf eine Reise zurück zum Anbeginn der Zeiten nahmen. Manchmal waren Mah-ree und Warakan so tief in seinen Bildern versunken, daß sie es kaum bemerkten, wenn Bruder Bär gelegentlich schnüffelnd die Schlucht heraufkam und um etwas Eßbares bettelte. Erst wenn seine goldenen Augen im Feuerschein aufblitzten, nahmen sie die Gegenwart des Tieres wahr.

Doch Warakan hatte immer wieder Alpträume gehabt, seit sie den Wald verlassen hatten. Er dachte, daß sein Geist bestimmt nur auf den offenen Himmel und das weite Land reagierte, die in ihm furchteinflößende Erinnerungen an sein früheres Leben im Grasland und den Bergen jenseits der Hochebene weckten. Doch immerhin hatte er nicht von Neea geträumt. Bis jetzt.

Den Kopf auf die auf seinen Knien verschränkten Arme gelegt, runzelte Warakan die Stirn. Er war früh aufgestanden, wie er es oft tat, und hatte vom höchsten Punkt der Schlucht aus nach Osten über den Wald geblickt, um den Sonnenaufgang zu beobachten. An diesem Morgen war kurz zuvor ein Stern aufgegangen, ein heller Stern, der Morgenstern. Da dieser Anblick ihm nur häßliche Erinnerungen brachte, hatte er sich sein Essen mitgenommen, die kalten Reste eines gebratenen Kaninchens, und war weitergezogen, den Osten im Rücken, um nach einem anderen Ausblick zu suchen.

Im blassen Licht der Dämmerung hatte er geglaubt, kurzzeitig ein funkelndes Feuer am westlichen Rand der Hochebene zu sehen. Als die Sonne dann aufgegangen war, hatten ferne Kristallfelsen im ersten Licht des Tages geleuchtet, so daß Warakan schließlich überzeugt war, daß das, was wie ein Feuer ausgesehen hatte, nur eine Täuschung des Morgenlichts gewesen war. Er erzählte Mah-ree und Jhadel nichts davon, denn er war auf eine frische Fährte von Bruder Bär gestoßen und ihr ein Stück gefolgt, bis er sah, daß das Tier sich in Richtung Wald bewegte. Da er seinem Bruder nicht vom Sonnenlicht in den feuchten, grünen Nebel folgen wollte, war er zum Ende der Schlucht zurückgekehrt.

Stunden später, nachdem er den wunderbaren, trägen Morgen damit verbracht hatte, Mah-ree zuzusehen, wie sie kleine Tierfelle von Fleischresten befreite, während sie sich angeregt mit Jhadel über all die neuen und vertrauten Medizinpflanzen unterhielt, die sie unten im Grasland gefunden hatte, war er eingedöst ... und hatte dann den Traum geträumt.

Einen Traum vom Morgenstern.

Einen Traum von einer fernen Festung, die mit Feuer, Farben und Lärm erfüllt war – so viel davon, daß seine Sinne schmerzten. Er kannte die Lieder, die Tänze, die zitternden Muster der Tätowierungen und Körperbemalungen der Feiernden, die ihn in diesem Traum umringten.

Einen Traum von ihm selbst, wie er ängstlich und klein war, wie sein Körper hilflos gefesselt in einem Spinnennetz hing, das ihn an einer bemalten Wand festhielt.

Einen Traum von seiner Schwester, die jung war und

lächelte und zu einem Feuer schritt, vor dem sie verwandelt wurde.

Warakan schauderte.

In seinem Traum hatte er Neea als Vogel gesehen, nicht als anmutigen Vogel mit Federn, sondern als geflügeltes Wesen, das zu einer dünnen Haut flachgedrückt war. Es war kreischend durch die Höhle der Festung geflattert, während ihr ausgeweideter Körper Blut auf die tätowierte Frau gespritzt hatte, die sie geschlachtet und enthäutet hatte, um dann ihr Fleisch an alle Feiernden zu verteilen, während ein Schamane mit einem Stirnband aus Rabenfedern sich auf einen krummen Stab stützte und seine Hände zum Wachenden Stern erhoben hatte.

Warakan blickte auf. »Du warst in meinem Traum, Jhadel.«

Das Gesicht des alten Mannes nahm einen verbitterten Ausdruck an. Seine tätowierten Lippen zitterten. Er kannte die Gedanken des Jungen. Auch er war Schamane und vor der Dämmerung aufgestanden. »Der Morgenstern geht auf. Wir können seinen Weg über den Himmel nicht aufhalten. Also schau nicht in die Vergangenheit, Warakan. Wir haben sie für immer hinter uns gelassen. Anders als die Sterne besitzen wir die Freiheit, ein neues Leben zu wählen … einen neuen Weg … und das wird gut sein!«

Mah-ree nickte. »Ich dachte, ich hätte in der letzten Nacht ein Mammut im Wald gehört. Auch ich muß geträumt haben! Es war ein guter Traum … von meinem Schamanen und dem Totem, die zu uns kommen, gefolgt von Kosar-eh und Tamaya und den Kindern!«

Am Rand des Graslandes war Xohkantakeh wütend auf die Kinder.

»Ika, du nimmst jetzt deinen Welpen und hörst sofort damit auf! Und ihr, Xree und Lana, warum lacht ihr, um dieses gedankenlose und nachlässige Mädchen noch zu ermutigen?«

»Aber, Xokataka, ich …«

»Nein, Ika! Du bist die älteste! Aus deinem Mund will ich

keine Worte mehr hören! Du wirst jetzt auf Xohkantakeh hören! Sieh! Die Frauen haben hart gearbeitet, um dieses Kochfeuer mit Erde und kleinen Steinen einzudämmen. Und was machst du, Kind, sobald sie sich umdrehen, um zu packen und alles zur Weiterreise vorzubereiten? Hast du ihnen geholfen? Hast du auch nur einen Beutel oder eine Tasche gepackt? Hast du angeboten, etwas zu tragen? Nein! Du scheuchst deinen Wolfswelpen durch die Feuerstelle und wirbelst die Asche auf, in denen noch schlafende Glut versteckt sein könnte!«

»Das Mädchen hat es nicht böse gemeint, Xohkantakeh«, sagte Shan.

Ta-maya freute sich, als sie sah, daß Zakehs Frau endlich dazu in der Lage war, Zuneigung für die Kleinen zu zeigen. »Wir kümmern uns um die Feuerstelle«, versicherte sie dem Riesen.

Doch er ließ sich dadurch überhaupt nicht beschwichtigen. »Nein! Ika wird es tun. Und nie wieder wird sie in diesem Land des trockenen Grases in der Nähe von Feuer spielen! Wenn dieser Mann nur an die Brände denkt, die er in seinem Leben schon gesehen hat! Wenn sie von Jägern entfacht werden, um das Wild zu treiben, sind sie eine wunderbare Sache, aber wenn sich der Wind dreht, dreht sich auch das Feuer und frißt Luft und Gras, bis es lebendig wird und alles verschlingt, was in seinem Weg liegt!« Er blickte die erschrockene Ika eindringlich an. »Es frißt auch kleine Mädchen! Und ganze Stämme! Und Welpen! Ist es das, was Ika will?«

»Xohkantakeh, hör auf! Jetzt hast du die Kleine zum Weinen gebracht!« Ta-maya legte tröstend einen Arm um das Kind.

Er ließ sich davon nicht rühren. Sein Gesicht war ernst und unversöhnlich. »Wenn wir die Kontrolle über das Feuer verlieren, wird ein großes Leuchtfeuer auf dieser Hochebene brennen. Wenn unsere Feinde in der Nähe sind, werden sie es wissen und nach uns suchen. Vergeßt niemals die Kriegstrommeln, die ihr aus dem fernen Tal der Toten gehört habt, bevor wir diesen verfluchten Ort hinter uns ließen. Ein Stamm, der so klein wie dieser ist, muß sich ständig bemühen, unsichtbar zu bleiben, und stets auf Feinde achtgeben!«

Die warnenden Worte machten Ta-maya traurig, denn sie erinnerte sich daran, daß Kosar-eh ihrem eigenen kleinen Stamm denselben Rat gegeben hatte – ohne Erfolg. Es war nicht Feuer gewesen, das die fremden Krieger angelockt hatte. Es waren Raben gewesen, die über dem Fleisch in den Fallen kreisten. Sie seufzte. Alle waren so vorsichtig gewesen. Sie hätte sich niemals eine solche Gefahr vorstellen können. Doch jetzt würde sie es nie wieder vergessen.

Doch die Sonne stand hoch, die Luft war warm, und Ta-maya wurde bald von den glücklichen Kindern und herumtollenden Welpen aufgemuntert, als der Stamm weiterzog.

Am späten Nachmittag hatten sie die Ödländer ganz hinter sich gelassen und durchquerten die weite Salbeifläche, an die sie sich noch gut erinnerte. Abends hatten sie die Quellen erreicht. Sie schlugen ein neues Lager auf und nahmen eine weitere Mahlzeit ein. Die Kleinen beschäftigen sich bald wieder mit ihren Spielen, diesmal jedoch unter den wachsamen Augen Zakehs und Xohkantakehs, die in der Nähe saßen und Speerspitzen reparierten, die während der Jagd beschädigt worden waren. Ta-maya hatte gerade damit begonnen, die Fleischspieße aus Knochen in der Asche der Feuerstelle zu reinigen, als Neeracheela und Shan sie riefen.

»Mach später sauber!« forderte Shan sie auf.

»Ja, komm!« drängte Neeracheela. »Sieh dir das Geschenk an, das wir für Ta-maya gemacht haben!«

»Ein Geschenk? Für mich?« Ta-maya war überwältigt und freudig erregt, plötzlich von allen umringt zu werden. Die Mädchen kicherten. Neeracheela und Shan strahlten vor Stolz. Und Zakeh und Xohkantakeh gaben sich alle Mühe, gelassen zu wirken, obwohl sich rings um ihre Augen Lachfältchen bildeten, als beide Frauen gleichzeitig je einen Mokassin hinter dem Rücken zum Vorschein brachten und Ta-maya überreichten.

»Hier. Für den Sommer!« erklärte Neeracheela. »Deine Mokassins sind schon ziemlich abgenutzt!«

»Es ist Zeit, das Alte mit dem Neuen auszutauschen. Ein

neuer Stamm und neue Schuhe. Von deinen neuen Schwestern!«

Ta-mayas Augen füllten sich mit Tränen, als sie das unerwartete Geschenk annahm. Die Mokassins waren hübsch, kunstvoll aus verschiedenen, aber guten Fellen kleiner Tiere zusammengenäht, die die Frauen irgendwie beiseite geschafft und bearbeitet hatten, ohne daß sie davon erfuhr. Ta-maya wußte, daß sie sich ihretwegen große Mühe gegeben hatten. Doch obwohl sie sich überschwenglich bedankte und die ausgezeichnete Arbeit lobte, fiel es ihr nicht leicht zu lächeln. In Wirklichkeit bedrückte es ihr Herz, als sie die alten Mokassins auszog, die Kosar-eh für sie gemacht hatte. Irgendwie schien diese Handlung den endgültigen Abschied von einer Vergangenheit darzustellen, von der sie sich gar nicht trennen wollte.

»Endlich!«

Cha-kwena folgte weder dem Kojoten noch der Eule, sondern den alten Mammutspuren, denen er schon zuvor in die entgegengesetzte Richtung gefolgt war, als er das kleine weiße Mammut durch den Wald führte. Irgendwann entdeckte er auch die Spuren eines Jungen und eines Bären. Seine Neugier trieb ihn dazu, ihren weiteren Verlauf zu erkunden, worauf er bald auf eine verlassene Hütte stieß. Als er hineinging, fand er darin einen leeren Altar und das zerfetzte Fell einer großen Säbelzahnkatze.

»Komm!« sagte er zu dem Kalb, während er sich an diesem Ort einsam und niedergeschlagen fühlte. »Hier gibt es nichts für uns.«

Doch als er den Bach überquerte und durch den Nebel zum anderen Ufer watete, überkam ihn ein seltsames Gefühl – als hätte hier einmal etwas auf ihn gewartet, das dann wieder verschwunden war. Er legte seine Hand an die Kehle. »Ja«, sagte er. Irgendwie wußte er plötzlich, daß der Altar für den heiligen Stein bestimmt gewesen war – und daß seine kleine Frau in irgendeiner Weise daran beteiligt war. In der Luft nahm er ihre Witterung wahr, spürte, daß sie dagewesen und wieder fort war. »Wir sind immer noch weit von der Stelle entfernt, wo ich das Amulett für Mah-ree zurückließ und ihr befahl, ohne mich zum Dorf zurückzukehren.«

Er verstand es nicht. Die Hütte, die er gerade verlassen hatte, war nicht von Menschen seines Stammes erbaut worden. Wer hatte in den vergangenen Monden hier gewohnt? Und warum waren die Unbekannten wieder fortgegangen? Und wer war der Junge, der mit einem Bären durch den Wald gestreift war? Kosar-eh würde bestimmt niemals zulassen, daß seine Söhne sich mit solchen Tieren anfreundeten. Dem Mann fiel es sogar schwer, Lasthunde in seinem Lager zu dulden.

Cha-kwenas Gedärme verkrampften sich. Er blieb im Nebel stehen. Seine Umgebung und die Abdrücke der Bärentatzen erinnerte ihn an eine oft gesehene Vision – wie er selbst als kleiner Junge mit seinem Großvater durch den Wald ging, und wie sich ein großer Bär aus dem Nebel erhob, der aufrecht in einem Fluß aus Blut stand, im Schatten kreisender Raben und Kondore, und der mit der Stimme einer Frau zu ihm sprach, um ihm den weiteren Weg durch seine neblige Vision zu versperren, während Löwen und Wölfe bedrohlich von beiden Seiten näher rückten.

Dem jungen Schamanen war unwohl bei dieser Erinnerung. Er packte den Speer in der einen Hand fester und ging aus Rücksicht auf das Kalb langsam weiter, weil es Probleme damit hatte, sich im beengenden Wald zu bewegen, ohne daß eine Mammutmutter ihm zeigte, was es essen durfte. »Wenn wir meinen Stamm gefunden haben, werden wir zum kühlen Land des offenen Himmels hinter dem Ende der Welt zurückkehren«, schwor Cha-kwena. Er bereute es längst, dieses Land überhaupt verlassen zu haben, während das kleine weiße Mammut mit gesenktem Kopf ging, sein Schwanz halbherzig nach Fliegen schlug und sein Rüssel ständig um Cha-kwenas Hüfte oder Handgelenk geschlungen war oder sein Mund an seiner tröstenden Hand nuckeln wollte. »Wenn meine Mah-ree hier wäre, wüßte sie, was du fressen kannst. In den Tagen deines Vaters Lebensspender ging sie oft in den Wald, um dem Großvater aller Mammuts Süßgras und besondere Leckerbissen zu bringen.«

Als er an Mah-ree dachte, lief Cha-kwena schneller, bis das Kalb schließlich neben ihm schwankte und keuchte, so daß er stehenblieb. Er kannte diese Stelle. Hier standen mehrere moosüberwachsene, uralte Nadelbäume. Überall waren Mammutspuren, fast verwischt, aber ein ermutigender Anblick für das Kalb und den Menschen. »Ja!« rief der Schamane. »Ich erinnere mich an diesen Ort!«

Er sah zu, wie das kleine weiße Mammut schnuppernd umherging, wie es blökte und brummte, während es alte Überreste von Mahlzeiten und Kot untersuchte und den Geruch von Stellen aufnahm, wo sich Sträucher und Baumrinde wieder von den Zähnen und Stoßzähnen der Herde erholen mußten, die diese Stelle in den letzten Tagen des Sommers vor einem Jahr zu ihrem Weidegrund erwählt hatten. Cha-kwena kam es vor, als wäre seit dieser Zeit ein ganzes Leben verstrichen.

Er atmete erleichtert auf, als er sah, daß das Kalb hungrig mit dem Rüssel vertraute Blätter und Nadeln abzupfte und verschlang. »Iß! Erneure deine Kraft! Bald werden wir das Dorf unseres Stammes erreichen. Und wenn Kosar-eh sieht, daß du wirklich bist, daß du das Totem bist, wird er wieder Vertrauen in die Mächte der Schöpfung fassen, und zwischen uns wird alles verziehen sein!«

Der junge Schamane empfand Hoffnung und Trost bei diesem Gedanken. Er hockte sich nieder und sah zu, wie die Nacht über den bedrückend stillen Wald hereinbrach. In dieser Stellung schlief er ein, gegen seinen Speer gelehnt, ohne Hunger oder Durst zu verspüren. Das Dorf seines Stammes war nicht mehr weit. Das kleine weiße Mammut hatte endlich Nahrung gefunden. Cha-kwena war zufrieden.

Doch als er sich am folgenden Tag dem Dorf näherte, erkannte er an der Stille und an der Abwesenheit von Rauch, daß es schon seit längerer Zeit verlassen war. Trotzdem rief er. Niemand antwortete ihm. Er rief erneut, drängender als zuvor. Das kleine Mammut hob seinen Rüssel und trompetete, so gut es konnte, als wollte es ihn unterstützen.

Die Stille war bedrückend und lastete schwer auf Cha-kwenas Herz. Tief enttäuscht stand er an dem Ort, wo sein

Stamm einst gelebt hatte. Er sah die eingefallenen Hütten, die Steinringe, die kleine Narben aus verbrannter Erde umgaben, wo sich einmal Kochfeuer befunden hatten. Einen kurzen Moment lang wagte er zu hoffen, daß er den heiligen Stein in der kleinen Schamanenhütte finden könnte, in die er sich einst zurückgezogen hatte, wenn er nach Visionen suchte. Hier hatte er nachts heiligen Rauch aufsteigen lassen und Beschwörungen an die Ahnen gesungen. Die mit Zweigen gedeckte Hütte war noch mehr oder weniger intakt, auch wenn die Zweige längst vertrocknet waren, doch der heilige Stein war nicht dort.

Das Mammut fand schließlich das offene Gerüst aus Pfählen und Ästen. Als Cha-kwena erkannte, daß es eine Bestattungsbahre war, schrie er auf und drängte das Mammut zurück. Es gehorchte, aber erst nachdem es die Konstruktion umgeworfen hatte und mit einem Bündel aus trockenen Waldgräsern davongetrottet war, die man als Opfer für den Geist der verkohlten Knochen zurückgelassen hatte. Der junge Schamane war entsetzt. Die Bahre war völlig in sich zusammengestürzt. Er hatte große Angst davor, die Zweige fortzunehmen und feststellen zu müssen, daß seine kleine Frau hier bestattet war. Trotzdem räumte er sie fort – und keuchte gleichzeitig vor Erleichterung und Trauer auf, als er die Überreste erkannte.

»Gah-ti«, sagte er. Das verkohlte Skelett war auseinandergefallen, aber es besaß nur einen Arm. Als hätte dies nicht genügt, um die Knochen zu identifizieren, war der Tote zusätzlich durch einen schwarzweißen Fellstreifen vom Schwanz eines Löwen als Kosar-ehs ältester Sohn ausgewiesen. Cha-kwena war tief betrübt. Der junge Gah-ti hatte den Angriff eines Löwen überlebt, bei dem er seinen Arm verloren hatte. Er war sich so sicher gewesen, daß er auch die Fiebergeister überstehen würde, die ihn im Wald heimgesucht hatten.

Das Mammut kam zurück und tastete mit dem Rüssel nach weiterem Gras. Cha-kwena erschrak plötzlich. Von den Zweigen, die die Bahre bedeckt hatten, stieg der Geruch nach frischem Saft auf. Als er einen Zweig anhob, sah er, daß die

Nadeln erst zu trocknen begonnen hatten und daß die Schnittstellen im dünnen Holz noch feucht waren.

»Jemand hat sie vor weniger als ein oder zwei Monden erneuert!« verkündete er. Von den Dörfern, die sein Stamm errichtet hatte, nachdem sie zum Ende der Welt gekommen waren, befanden sich zwei im Wald und eines neben der großen Schlucht, die sich zum Grasland im Westen öffnete. Hoffnung flammte hell in seinem Herzen auf. »Sie sind zu einem der anderen Dörfer gezogen. Dort warten sie auf uns!«

Also eilte Cha-kwena weiter.

Wie weit war das erste Waldlager noch entfernt? Etwas mehr als einen vollen Tagesmarsch. Er wünschte sich, daß er fliegen könnte! Je näher sie der Schlucht kamen, desto stärker wurde Cha-kwenas visionäre Ahnung. Er hatte das deutliche Gefühl, daß der heilige Stein in unmittelbarer Nähe war, um ihn zu seinem Stamm und in die Arme seiner kleinen Frau zu führen.

»Komm, Cha-kwena, Bruder der Tiere, Gelber Wolf, Artgenosse des Kojoten! Komm!«

Er schrak zusammen. Der Kojote lief ihm durch den Wald voraus und blickte sich mit seinem Wolfsgesicht zu ihm um. »Gelber Wolf, führst du mich ... oder lockst du mich in eine Falle?«

»Bist du nicht selbst ein betrügerischer Wolf, mein Bruder?« entgegnete der Kojote. »Sind wir nicht beide der Gelbe Wolf? Erkennst du nicht die Gedanken deines eigenen Geistes? Du bist diesem Weg schon so weit gefolgt, und jetzt zögerst du auf einmal, ihn weiterzugehen ... mit dem Totem!«

»Nimm dich in acht vor dem Betrüger!«

Cha-kwena blieb stehen, drehte sich um und suchte nach dem Ursprung der Stimme. Ja! Da war die Eule, der helfende Tiergeist seines Großvaters. Sie schwebte hoch über den Bäumen und bewegte die ausgebreiteten Flügel, als würde sie sich von einer Thermik tragen lassen – doch es ging überhaupt kein Wind.

»Bin ich nicht zu deinem helfenden Tiergeist geworden, du dummer Junge?« kreischte der alte Vogel. »Ist es nicht meine Haut, die du auf deinem Kopf trägst? Siehst du nicht durch meine Augen, und versucht mein Geist nicht, dich zu führen, während ich ...«

»Ich bin schon seit viel zu vielen Jahren kein Junge mehr!« erwiderte Cha-kwena eingeschnappt. Er hob seine Hand, um den Kopfschmuck aus Haut, Federn und Schnabel zu berühren, als er hinzufügte: »Wenn ich doch nur wieder ein kleiner Junge wäre! Dann würde mir die Welt viel einfacher erscheinen.«

»Pah! Was scheint und was ist – ist niemals dasselbe, niemals dasselbe! Du kannst im Leben nicht in deine Vergangenheit zurückkehren. Alles Neue liegt im Gesicht der aufgehenden Sonne. Warum richtest du deinen Blick also nach Westen? Dort sterben die Sonne, die Sterne und der Mond, und wenn sich von dort der Westwind erhebt, flüstert er vom Ende der Welt der Menschen und der Tiere!«

Cha-kwena hielt den Atem an. »Mein Stamm lebt im Westen. Ich kann nicht ohne ihn sein!«

Der Kojote kläffte, und dieser Laut klang irgendwie höhnisch, als würde er sich über den Schamanen und die Vision des Vogels über den Bäumen lustig machen. »Komm, Chakwena! Was du suchst, liegt noch vor dir.«

»Kehre dem, was vor dir liegt, den Rücken zu!« warnte die Eule.

»Nimm dich in acht vor dem Westwind, Cha-kwena! Er spricht immer vom Ende!«

Diese Stimme war weder von der Eule noch vom Kojoten gekommen.

Cha-kwena drehte sich um, starrte nach Osten und sah im Schleier des gedämpften grünen Schattens und des Nebels des Waldtages eine durchscheinende Gestalt, die sich wie blauer Rauch von einem unsichtbaren Feuer erhob. Es war die geisterhafte Gestalt eines Mannes mit blauem Gesicht, hellen Augen und Runzeln wie die einer Schildkröte, die die Kopfbedeckung eines Schamanen der Roten Welt mit Grasbüscheln trug. »Großvater Hoyeh-tay!«

»Ja. Dieser tote Schamane kennt seinen eigenen Namen. Aber was ist mit dir? Bist du nicht mehr Cha-kwena, der Bruder der Tiere, der Wächter des heiligen Steines und des

Totems? Oder haben die Nebel dieses Waldes dich blind für die Rufe der Ahnen gemacht?«

»Ich suche den Stein.«

»Er ist für einen anderen bestimmt ... das Herz der Stämme ... für immer.«

Cha-kwena war fassungslos. »Ich ...«

»Nimm dich in acht vor dem Westwind, Cha-kwena!« mahnte die Nebelgestalt des Ahnen. »Und vergiß nicht, zu welchem Zweck du zum Schamanen berufen wurdest!«

Das kleine weiße Mammut stieß nervös gegen Cha-kwena. Er blickte hinunter. Sah auch das Kalb die Visionen? Oder machte es sich wegen der Angewohnheit seiner menschlichen Mutter Sorgen, laute Selbstgespräche zu führen und seine Anwesenheit zu vergessen? Er tätschelte den blassen Kopf mit dem borstigen Haar und kraulte es hinter den zuckenden Riesenohren. Das Kalb seufzte und lehnte sich gegen ihn, betastete mit dem Rüssel sein Gesicht, damit der Mensch durch seinen Atem spürte, daß es getröstet und dankbar war ... für seinen *Schutz*.

»Ja!« verkündete der Geist des Schamanen Hoyeh-tay. »Wenn das letzte Mammut von der Erde verschwunden ist ... wenn der Geist Lebensspenders nur noch ein Phantom in der Erinnerung der Menschen ist ... dann werden die Menschen für immer sterben! Und dann wird die Sonne vom Westwind verschlungen und nie wiedergeboren werden!«

In diesem Moment wehte der Wind kräftig aus dem Westen und trug die Geister Hoyeh-tays und der Eule in einem Sturm davon, der die Bäume schüttelte und dem Vogel die Federn vom Rücken und dem Schamanen die Grasbüschel vom Kopf riß, bevor er nachließ und ruhiger wehte. Das Mammut trompetete und suchte nervös nach Cha-kwenas Hand. Er gab ihm seine Hand und stand für einen Augenblick in einem Regen aus fallenden Federn und Grashalmen da. Doch als er seinen Speer gegen die Schulter lehnte und mit seiner freien Hand danach griff ... waren sie nicht mehr da.

»Komm, Cha-kwena! Komm, sage ich!«

Er blickte sich wieder zum Kojoten um, dem der Wind sein

gelbes Fell zerzauste, wie das Gras auf der goldenen sonnenbeschienenen Ebene, die jenseits der Schlucht lag.

»Warum zögerst du, Gelber Wolf?« stachelte der Kojote ihn an. »Deine Frau wartet auf dich. Du erinnerst dich doch bestimmt noch an den Weg durch den dunklen Wald. Und nach dem langen dunklen Weg, den du schon gegangen bist, hast du doch bestimmt keine Angst mehr, mir zu folgen!«

Es hatte noch nie in Cha-kwenas Natur gelegen, sich einer Herausforderung zu verweigern. Er folgte dem Betrüger, eilte immer weiter, bis er jedes Gefühl für die Zeit verlor. Es schien ihm, daß ein Tag verging und dann eine Nacht, und schließlich wieder ein Tag. Er hatte offenbar gerastet, gegessen und geschlafen, doch seine Erinnerung daran war verschwommen. Er lief immer weiter, nahm das kleine weiße Mammut am Ohr, wenn es zögerte, drängte es weiter, bis plötzlich die große Schlucht vor ihm lag und er stehenblieb. Ein Kojote stieß ein helles Kläffen aus, das auf beunruhigende Weise wie Gelächter klang. Dann war alles still. Der gelbe Wolf war zwischen den Bäumen verschwunden. Und Cha-kwena stand, von einer weiteren Vision benommen, da.

Ein Junge … und ein Bär, der sich drohend aufgerichtet hatte.

Sie standen im Nebel und Wind, der große Bär aus den Träumen des Schamanen und der wilde und eigensinnige Junge. Einen Moment hatte Cha-kwena schwören können, er würde sich selbst sehen. Und in diesem Moment war er wieder jung und folgte seinem Großvater Hoyeh-tay in die Wälder seines fernen Heimatlandes zur verborgenen Salzquelle, wohin die heiligen Mammuts zum Trinken kamen und wo die Krieger des Stammes des Wachenden Sterns unter der Führung von Masau die heilige Herde gefunden und alle Tiere abgeschlachtet hatten … bis auf eins.

Cha-kwena starrte geradeaus.

Der Junge starrte zu ihm zurück. Der Bär tat dasselbe.

Bewegten sie sich überhaupt? Atmeten sie?

Cha-kwena war sich nicht sicher, aber plötzlich glaubte er den Jungen zu erkennen! Diesen wilden und narbengesichtigen Jungen, der trotzdem hübsch aussah, mit seinen Augen, die so lang und schwarz und scharf wie Obsidiandolche waren! »Warakan!« rief er erstaunt, als er die Gesichtszüge von Masau im Jungen wiedererkannte und sah ... daß er den heiligen Stein der Vorfahren um den Hals trug!

Das Gesicht des Jungen verzerrte sich. Seine rechte Hand klammerte sich um drei schlanke Knochenlanzen. »Cha-kwena ... Gelber Wolf ... und das Totem!« Die Worte entströmten seinem Mund wie Blut. »Der Tag ist jetzt gekommen! Und du wirst jetzt sterben!«

Und dann flog ein Speer auf ihn zu.

Cha-kwena duckte sich und hob seinen eigenen Speer, um das Geschoß abzuwehren, doch er hatte nicht damit gerechnet, daß der Junge so schnell und so gut gezielt einen zweiten mit der linken Hand werfen würde. Auch wenn der erste vor den Füßen des kleinen weißen Mammuts klappernd zu Boden fiel, traf der zweite das Kalb. Das kleine Tier schrie auf und flüchtete blind in den Wald.

»Yah yah!« rief der Junge triumphierend. Er stürmte vorwärts und schleuderte seinen letzten Spieß auf Cha-kwena.

Wütend duckte sich der Schamane ein zweites Mal und spürte, wie die leichte Waffe harmlos über seinen Rücken hinwegschoß. Der Junge hatte ihm keine Wahl gelassen. Als er losgerannt war, hatte sich auch der Bär in Bewegung gesetzt. Also zielte Cha-kwena auf die hohe bucklige Schulter des Ungeheuers aus seinen Träumen, um es zu erlegen, bevor es ihn töten konnte.

Mah-ree sortierte gerade Medizinblätter, als sie aufblickte und etwas Braunes zwischen den Bäumen hervorstürmen sah. Mit einem Schrei sprang sie auf, doch Bruder Bär rannte einfach an ihr vorbei, als wäre sie gar nicht da. Unter jämmerlichem Geheul raste er nach Westen den steilen Abhang der Schlucht hinunter auf das Grasland.

Jhadel kam aus dem Zelt zwischen den Felsen. »Was ist gerade wie ein Wirbelwind durch das Lager gebraust?«

»Warakans Bruder«, verriet sie ihm und starrte dem Tier hinterher. Sie hatte kurz blaue und rote Streifen an seinen

Schultern aufblitzen sehen. Was war das? Ein Speer? Ja. Es hatte wie ein Speer ausgesehen. Für einen Moment dachte sie daran, daß Warakan offenbar endlich sein Versprechen erfüllt und eine Waffe für sie gemacht hatte – nicht daß sie sie in diesem Land benutzen wollte, wo sie geschworen hatte, nie wieder die Gesetze der Ahnen zu verletzen.

Und dann wurde ihr plötzlich mit brennender Deutlichkeit die Bedeutung der Farben klar. Es waren Cha-kwenas Farben! Rot für die Erde der Roten Welt ihrer Vorfahren und blau für die heiligen blauen Tafelberge, auf denen sich die Schamanen der vielen Stämme versammelten, um unter dem Blauen Land des Himmels mit den Geistern der Ahnen zu sprechen.

»Cha-kwena!« keuchte sie seinen Namen wie ein sehnsuchtsvolles Gebet.

Und schon im nächsten Augenblick wurde ihr Gebet erhört.

Warakan tauchte schnaufend und schwitzend zwischen den Bäumen auf. »Ich habe im Wald meinen Speer auf das Totem geworfen, und Gelber Wolf hat es gewagt, seine Waffe gegen meinen Bruder zu erheben! Was starrst du mich so an? Hol deine Medizinsachen, Frau von Warakan!« befahl er, während er auf den Boden blickte und den blutigen Spuren des verwundeten Bären folgte. »Komm, sage ich! Du mußt mir helfen! Bruder Bär braucht die Hilfe der Medizinfrau!«

»Du hast das Totem angegriffen!« Jhadel hatte seine zitternde Hand ausgestreckt.

Mah-ree starrte den Jungen fassungslos an. »Du trägst den heiligen Stein! Du hast ihn gestohlen! Dieb! Lügner! Gib mir das Amulett! Ich werde es ihm bringen. Und wenn du wirklich deine Hand erhoben hast, um das Totem zu verwunden, werden wir es gemeinsam heilen und zu den Mächten der Schöpfung beten, daß sie dir vergeben!«

»Die Mächte der Schöpfung werden Warakan bald zu seinem Fleisch führen! Mein Bruder braucht den Zauber des Steines und das Geschick der Medizinfrau! Beeil dich! Folge mir mit Salben und Dingen zum Nähen! Ich werde meinen Bruder beruhigen, damit er bereit ist, Heilung durch deine Hände zu empfangen.«

Dann war er verschwunden.

Mah-ree starrte ihm entsetzt nach, als die kleine, schlanke Gestalt die Geröllhalde hinunterstürmte und mit aller Kraft dem Bärenjungen zuschrie, es solle stehenbleiben und auf ihn warten. Und dann sah sie etwas anderes – Rauch am Horizont. Ihr Herzschlag schien kurz auszusetzen. »Kosar-eh kommt mit meinem Stamm zurück!«

»Nein.« Jhadel hatte ihr eine Hand auf die Schulter gelegt. »Der Westwind erhebt sich. Jetzt wird geschehen, was Warakan vorhergesehen hat. Jene, die uns jagen wollen, werden über das Land kommen.«

»Wie kannst du dir sicher sein, Weiser?«

»Wenn das Totem mit dem Gelben Wolf im Wald ist, würdest du dann den Zweifel dieses alten Mannes auf die Probe stellen und die Gefahr eingehen, beide unseren Feinden auszuliefern?«

Sie wußte, daß er recht hatte, und versuchte ihre Nerven zu beruhigen. »Wir werden nicht hier sein, um sie mit offenen Armen zu empfangen. Hilf mir, die Medizinsachen zusammenzupacken, Jhadel. Cha-kwena ist im Wald! Ob mit oder ohne den heiligen Stein, diese Frau muß zu ihm und zum Totem gehen! Nach allem, was zwischen uns geschehen ist, will er mich vielleicht gar nicht mehr, aber gemeinsam könnten du und ich ihm helfen, das Totem zu heilen und …«

»Zwischen uns ist nichts mehr.«

Mah-ree schauderte, als sie den Klang von Cha-kwenas Stimme hörte. Sie wirbelte herum. Da war er! Er stand am Rand des Waldes. Ihr Schamane war endlich zu ihr zurückgekehrt! »Ah!« rief sie, löste sich von Jhadel und vergaß alles andere, als sie auf ihn zulief. Er wirkte viel älter und kräftiger, und unter dem heiligen Eulenkopfschmuck war sein Gesicht ernst vor Erschöpfung. Sie streckte ihre Arme nach ihm aus, wollte ihre Hände auf sein geliebtes Gesicht legen, ihren Körper an seinen drücken, den süßen Hauch seines Atems riechen, seinen Mund und seine Augenlider mit ihren Lippen streicheln. Dann erstarb plötzlich all ihre Sehnsucht. Sie sah den blutigen Spieß in seinen Händen und hielt unvermittelt vor ihm an. Jetzt bemerkte sie zum ersten Mal den Zorn und die entsetzliche Qual in seinen Augen.

»Das Totem?« Der Augenblick wurde von Jhadels bebender, aber dennoch gebieterischer Frage unterbrochen. »Hat der Junge das weiße Mammut getötet?«

Cha-kwena blickte den alten Mann verständnislos an. »Jhadel vom Wachenden Stern. Was führt dich an diesen Ort?«

»Ich suche nach dem, was der Gelbe Wolf im Mutterleib der Erde gemalt hat. Ich suche ein weißes Mammut, das sich aus dem Tal der Toten erhoben hat, um wieder über das Land zu ziehen. Ich suche den Lebensgeist, der allein das Herz der drei Stämme erhalten kann. Ich suche dich, Schamane, Erster Mann ... und Wächter des Totems.«

Cha-kwena hob den Kopf und blickte ihn voller Mißtrauen an. Seine Augen suchten die Umgebung ab und konzentrierten sich dann auf den Rauch, der am Horizont aufstieg. »Wo sind Kosar-eh und der Rest meines Stammes?«

»Sie haben diesen Ort schon vor langer Zeit verlassen«, teilte Jhadel ihm mit. »Sie sind in den Westwind gegangen ... schon lange fort ...«

»Trotzdem ist der heilige Stein hier bei dem wilden Jungen, der mit einem Bären durch den Wald zieht!« rief Cha- kwena. Er sah Mah-ree an. »Du hast das Amulett nicht zu ihnen zurückgebracht, wie ich dir befohlen habe.«

Mah-ree ließ den Kopf hängen. »Diese ungehorsame Frau hatte Angst, allein durch den dunklen Wald zurückzugehen. Sie hat auf dich gewartet. Viele Tage lang. Erst als du nicht kamst, fand sie schließlich den Mut, dir zu gehorchen. Doch da waren Kosar-eh und die anderen schon fort ...«

Sie sprach nicht weiter, denn jetzt lag sie in seinen Armen. Er hielt sie so fest, daß sie kaum atmen konnte.

Er küßte ihr Gesicht und sagte: »Vergib mir, Mah-ree. Der Stein ist für einen anderen bestimmt. Die Ahnen haben es vorausgesagt! Nie wieder wird Cha-kwena zulassen, daß Zorn oder etwas anderes zwischen ihn und seine Erste und Ewige Frau kommt! Aber jetzt hol deine Medizinsachen,

Medizinfrau, und komm mit mir. Wir müssen das Totem suchen.«

»Jhadel wird euch dabei helfen. Dieser weise Mann ist zwar alt, aber er ist immer noch Schamane.«

7

Es war schon fast dunkel, als Warakan endlich seinen Bruder einholte. Cha-kwenas Speer hatte sich aus der Wunde gelöst, und der Junge hatte ihn aufgehoben, bevor er zu der Stelle weiterging, wo der Bär oben auf einem grasbewachsenen Hügel stehengeblieben war. Obwohl Warakan beruhigend sprach, warnte sein Bruder ihn jedesmal mit einem mürrischen, drohenden Knurren, wenn er sich näher heranwagte.

»Wie du meinst, aber bald wird die Medizinfrau kommen, und sie wird wütend auf dich sein, wenn du sie nicht in deine Nähe läßt, denn sie hat schließlich ihren Schamanen im Stich gelassen, um sich um deine Wunde zu kümmern!«

Doch Mah-ree kam nicht.

Und Bruder Bär fand schließlich eine Stellung, in der er sich selbst seine Wunde lecken konnte, ohne seinen Hals allzu sehr verrenken zu müssen.

Warakan beobachtete den Bären. Er war erleichtert, daß das Tier keine tödliche Verwundung erlitten hatte. Die Speerspitze war in der dicken Fettschicht steckengeblieben, die sich auf seinen Schultern angesammelt hatte. Die Verletzung würde auch ohne Mah-rees Hilfe heilen und keine bleibenden Schäden hinterlassen.

Der Junge machte ein finsteres Gesicht, als die Nacht anbrach. Er sah, wie die Sterne am Himmel erschienen, heller wurden und dann mit ihrer langsamen, aber unaufhaltsamen Wanderung begannen, der Dämmerung entgegen, bis er sich schließlich eingestehen mußte, daß Mah-ree nicht kommen würde. Sie hatte sich für den entschieden, dem ihre Treue galt, und es war nicht Warakan oder das Bärenjunge, sondern der verfluchte Gelbe Wolf. »Nur bis zu dem Tag, an dem ich ihn getötet habe!« schwor er. Er betrachtete den Speer des Mannes in seiner Hand und dachte an die köstliche Ironie, die er an dem Tag empfinden würde, wenn er ihn damit tötete, bis er einschlief.

Es war der Geruch nach gebratenem Fleisch, der ihn weckte. Hungrig setzte er sich auf und blickte sich um. Bruder Bär war verschwunden. Der Mond stand hoch am Himmel. Er wußte, daß der Geruch aus der Schlucht kommen mußte, aber seltsamerweise wehte der Wind aus dem Westen. Er zuckte verwundert die Schultern, doch da ihm mehr an der Gesellschaft seines Bruders als an einer Mahlzeit lag, verfolgte er die Spur des Bären über den Hügel, bis sie sich auf der anderen Seite mit der Spur eines zweiten, wesentlich größeren Bären vereinigte. Schließlich verschwanden beide Spuren in einer Baumgruppe.

Warakan beschloß, ausnahmsweise einmal Diskretion walten zu lassen, und verzichtete darauf, in das Wäldchen zu gehen. Statt dessen rief er seinen Bruder. Er wartete. Und er wartete immer noch, als er wieder einschlief. Und schon bald dämmerte es.

Er erwachte mit einem Zucken und sah sich um, da er damit gerechnet hatte, daß Bruder Bär an seiner Seite schlief. Mit einem enttäuschten Seufzer mußte er jedoch feststellen, daß er allein war. Wieder einmal hatte ihn ein Mitglied seiner Familie im Stich gelassen. Dann bemerkte er wieder den Geruch nach gebratenem Fleisch. Neugierig stellte er die Windrichtung fest, um den Ursprung dieses köstlichen Dufts zu bestimmen, denn er kam auf keinen Fall aus der Nähe der Schlucht. Warakan folgte seiner Nase und ging über das hügelige Land, bis er einen trockenen, grasbewachsenen Abhang hinaufkletterte. Plötzlich ließ er sich zu Boden fallen. Eine große Gruppe von Männern war ausgeschwärmt und rückte ebenfalls mit äußerster Vorsicht auf die Quelle des Fleischduftes zu. Er wehte von einem kleinen Lager aus nur drei Hütten her, die in der Nähe einer Flußbiegung standen.

Die Farben der bemalten Felle waren ihm vage vertraut –

diese Menschen gehörten zum Stamm des Graslandes. Und an den zwei unterschiedlichen Mustern auf den nahe zusammenstehenden Hütten erkannte er, daß es sich um zwei kleine Familien handeln mußte, die gemeinsam unterwegs waren.

Warakan schluckte, denn sein Mund war vor Furcht wie ausgetrocknet. Die Männer, die das Lager einkreisten, waren sein wirklich gewordener Alptraum. Selbst von seinem fernen Aussichtspunkt sah er deutlich, daß die Männer zum Kampf fast nackt waren. Ihr Haar war gelöst und die Haut tätowiert. Die Farben und Muster ihrer Körperbemalung verrieten ihre Stammeszugehörigkeit – es waren Krieger des Stammes des Wachenden Sterns.

Ihm wurde übel, doch gleichzeitig fühlte er sich auf seltsame Weise aufgeregt und erleichtert. Sie waren hier! Seine böse Ahnung, daß sie kommen würden, hatte sich bestätigt. Sie waren mit dem auffrischenden Westwind gekommen! Warakan nahm den heiligen Stein in die Hand und war dankbar, daß der Weg von Bruder Bär ihn hierhergeführt hatte, wo er seine Feinde sehen konnte, wie sie die Hütten des schlafenden Stammes des Graslandes angriffen, bevor sie die Gelegenheit erhielten, ihn, Mah-ree und Jhadel zu überfallen. Ihm kam der Gedanke, daß er umkehren und loslaufen sollte, um die anderen zu warnen, aber er war immer noch wütend auf Mah-ree, weil sie sich geweigert hatte, seinem Bruder zu helfen. Jetzt sollte Gelber Wolf ihr und Jhadel zu helfen. Also blieb er, wo er war, und fragte sich, warum die Krieger des Wachenden Sterns ihren Angriff so lange hinauszögerten.

Kosar-eh konnte sein Glück nicht fassen. Vor einigen Tagen hatte Tsana auf einem fernen Grat ein kurzes Flackern von Funken und dann Rauch bemerkt. Daraufhin war der Häuptling mit einigen Kundschaftern aufgebrochen, um sich die Sache aus der Nähe anzusehen. Sie hatten das Lager gefunden, vor dem sie jetzt standen, und Kosar-ehs Herz brannte mit düsterer und erhebender Entschlossenheit. Er hatte sein Versprechen an den Stamm des Wachenden Sterns erfüllt. Vor ihnen lag die Schlucht und dahinter der Wald. Bald würden sie den Gelben Wolf, das Totem und den heiligen Stein suchen. Nach langer Zeit waren die Mächte der Schöpfung wieder auf Kosar-ehs Seite.

»Leute aus dem Grasland!« Hrak war sich völlig sicher.

»Zwei Männer, drei Frauen und eine Handvoll kleiner Mädchen … ein kleiner Stamm. Wer weiß, warum sie sich von den anderen getrennt haben?« sagte Indeh, während er den Blick starr auf Kosar-eh gerichtet hielt. »Auch wenn keine Spuren kleiner Jungenmokassins da sind und somit der Sohn, der dir geraubt wurde, nicht bei ihnen ist, waren die Männer dieses Stammes eindeutig unter den Kriegern, die deine Frau töteten. Die Fußspuren des Riesen lassen daran keinen Zweifel!«

»Xohkantakeh!« sprach Kosar-eh den Namen aus und zitterte vor Verlangen, diesen Mann zu töten, während er sich vorstellte, wie der Riese auf seiner geliebten schönen Frau lag, sie schändete und ihr weh tat. »Ich werde gehen!« erklärte er. »Für meine Frau muß ich gehen! Ein Mann mit Haß im Herzen kann sie alle auf einmal töten.«

»Bist du sicher, daß du dies allein tun willst, Schwarzweißer Krieger?« Tsana klang besorgt wie ein Mann, der seinen Freund nicht verlieren wollte.

»Das ist es, wofür ich in den vergangenen Monden gelebt habe.«

»Aber wenn du getötet wirst, werden wir unseren Bruder nicht bei uns haben, wenn wir den Gelben Wolf und den heiligen Stein und das Totem holen!« wandte Hrak ein, der seine aufrichtige Sorge nicht unterdrücken konnte.

»Wie schade«, spöttelte Indeh mit einem wölfischen Lächeln.

Kosar-eh war so ungeduldig, daß er diesen Kommentar einfach überging. »Wir haben es bereits besprochen. Ich habe euch den Weg zur Schlucht gezeigt.« Er blickte Tsana an. »Ich habe euch gesagt, wie ihr den Weg durch den Wald findet. Ihr müßt nur wie der Gelbe Wolf den Mammutspuren folgen, die die heilige Herde vor langer Zeit hinterlassen hat. Aber in dieser Dämmerung sage ich euch, daß die Mächte der Schöpfung mit mir sind! Ich werde von keinem Mann des Graslandes getötet werden. Sie werden von meiner Hand sterben! Und ich werde zurückkommen, um mit euch gegen ihre Brüder zu kämpfen, nachdem wir mit dem Gelben Wolf fertig sind.«

»Nachdem du mit ihren Frauen und Kindern getan hast, was sie mit deinen taten … falls ein Mann aus der Roten Welt den Mut dazu hat.« Indehs Worte waren eine unverhohlene Beleidigung und eine direkte Herausforderung.

Kosar-eh hatte gar nicht beabsichtigt, sich zu bewegen, doch plötzlich lag die Spitze seines Kriegsspeeres an der Kehle des Mannes. »Ich werde ihr Leben und ihre Haut nehmen, wie ich es mit Cheelapat getan habe. Und dann werde ich die Häute und die Köpfe der Männer als Kriegstrophäen zu Tsana bringen … damit sie am Eingang zum Tal der Toten aufgespießt werden, neben deinem Kopf, wenn du noch einmal so zu mir sprichst!« Er nahm seinen Speer fort und trat einen Schritt zurück. Er lächelte, als er bemerkte, daß Blut an Indehs Hals herablief, bis er sah, daß der andere Mann zu grinsen begann.

»Geh nur!« sagte Indeh. »Ich sehe, du trägst die Feder deiner Frau im Haar, um dir Mut zu machen. Geh! Wir wollen sehen, was der Schwarzweiße Krieger in ihrem Namen tun wird. Bring uns die Häute derjenigen, die an ihrem Tod beteiligt waren. Dann wird dieser Mann nie wieder deinen Mut anzweifeln!«

Darauf erhob sich ein allgemeines zustimmendes Gemurmel.

Tsana schätzte die Situation und den Wind ein. »Wenn sich der Wind dreht, wird der Schwarzweiße Krieger seinen Vorteil verlieren. Es soll jetzt geschehen – durch ihn allein, wie er verlangt hat. Unai, hol das, was du für den Fall mitnehmen solltest, daß mein Bruder sich nicht von seinem Vorhaben abbringen läßt.«

Verwirrt sah Kosar-eh zu, wie Unai vortrat. In der einen Hand hielt er einen eingewickelten Speer und in der anderen eine schwere Keule mit Steinkopf. Als Unai an der Sehnenschnur riß, löste sich die Hülle aus Wildleder von der Speerspitze. Es war Tsanas eigener Speer mit der besten der Spitzen aus weißem Chalzedon.

»Sie ist doch für das Mammut bestimmt!« protestierte Kosar-eh.

»Wir haben noch mehr davon. Kosar-eh hat sie gemacht … es ist seine beste und schönste Arbeit. Er soll sie benutzen, um an diesem Tag die Sprache seines Herzen zu sprechen.«

Also machte sich Kosar-eh allein auf den Weg. Er lief in weitem Bogen um das Lager herum, bis es in Windrichtung lag. Er blieb erst dann stehen, als er wußte, daß der Westwind den Tod nicht vorzeitig verraten würde, wenn er zu jenen kam, denen Kosar-ehs Rache bevorstand.

Während er langsam vorzurücken begann, wurde er von seinen Brüdern des Wachenden Sterns beobachtet.

»Glaubst du, ihm wird der Scherz gefallen, den wir uns mit ihm leisten?« fragte Hrak die anderen.

»Ich hoffe, daß er ihn das Leben kostet«, entgegnete Indeh.

»Deine Verbitterung ist tief und angemessen für einen Mann des Wachenden Sterns«, sagte Tsana lobend und schlug dem Mann freundlich auf den Rücken. »Ich habe von Anfang an gewußt, daß es nicht stimmte, daß seine Frau getötet worden sei. Ich habe ihm dieses Wissen vorenthalten, um zu garantieren, daß sein Haß groß genug ist, uns hierherzuführen. Als du die Fußspuren einer humpelnden Frau gefunden hast, war ich mir sicher, daß sie noch lebt.«

Auf Indehs Gesicht erschien ein breites, zufriedenes Grinsen. »Laßt uns näher herangehen. Ich will sehen, wie er sich heute an seiner eigenen Frau ›vergnügt‹!«

Neeracheela und Xohkantakeh hatten sich im schwachen, schattigen Licht der Dämmerung geliebt, und anschließend waren sie beide leise aufgestanden und hatten flüsternd wie Kinder gekichert, als sie sich nackt in den Fluß gleiten ließen, um zu baden. Das Wasser war kalt, schnell und tief an dieser Stelle, wo es mit einer Biegung durch das Pappelwäldchen schnitt. Der Riese planschte wie ein Flußotter herum, doch Neeracheela verlor bald den Boden unter den Füßen, und es wurde ihr zu kalt. Sie ließ ihren Mann allein weiterschwimmen. Vielleicht würde er sich später, wie er es oft tat, damit vergnügen, ein paar Fische, Schneehühner oder Kaninchen zu erlegen.

Zitternd hüllte Neeracheela sich schnell wieder in ihre Kleidung und eilte zurück, um das Morgenfeuer zu entfachen. Sie wollte das Essen vorbereiten, bevor Xohkantakeh zurückkam, denn dies sollte ein ganz besonderer Morgen werden. Sie ging vor dem Feuer in die Knie und arbeitete leise, um Zakeh und Shan oder Gebrochenen Flügel und die Kinder nicht zu wecken. Xohkantakeh würde nach einiger Zeit gesäubert und erfrischt zurückkehren. Bis dahin wären die Keulen der lahmen kleinen Antilope, die Zakeh gestern erlegt hatte, fast durchgekocht.

Neeracheela lächelte still, als sie daran dachte, wie wenig Männer bemerkten, wenn sie bei ihren Frauen lagen oder sie ansahen. In der vergangenen Nacht war wieder der Vollmond aufgegangen, doch weder Xohkantakeh noch Zakeh hatten bemerkt, daß seit dem Aufgang des letzten Vollmondes keine einzige der drei Frauen in ihrem Lager verlangt hatte, daß eine Bluthütte für sie errichtet wurde. Ihr Lächeln wurde noch breiter. Wieso bemerkte ihr Mann nichts von den offensichtlichen Veränderungen ihres Körpers, vom Anschwellen ihrer Brüste oder der Straffung ihres Bauches? Vielleicht war es einfach nur die Art der Männer, denn auch Zakeh hatte nichts von Shans Schwangerschaft bemerkt, die die Frau versucht hatte abzubrechen, bevor er seine Entscheidung traf, bei Xohkantakeh zu bleiben. Arme Shan. Nachdem sie alle ihre Kinder überlebt hatte, war sie damit zufrieden gewesen, keine neuen Kinder mehr zu bekommen. Doch seit sie durch das Land des gelben Grases zogen und ihre Männer den Krieg verachteten, bedauerte Shan ihren Zustand nicht mehr, sondern dankte den Mächten der Schöpfung, daß sie ihre abtreibende Medizin hatten unwirksam werden lassen. Sie freute sich im stillen, während sie alles für das Neugeborene plante, das sie bald nach der Rückkehr des Großen Weißen Winters auf die Welt bringen würde.

Neeracheela schüttelte in liebevoller Ergebenheit den Kopf ob der Blindheit ihres Mannes, wenn es um Frauen ging. An diesem Morgen mußte sie endlich etwas sagen. Sie konnte ihren Körper nicht länger den leidenschaftlichen Stößen seines wunderbar großen und geschickten Freudenspenders öffnen. Und sie konnte sich auch keine solchen Balgereien wie vorhin im Fluß mehr erlauben. Xohkantakehs Leben war jetzt in ihr! Neeracheela wußte es und freute sich über diese Gewißheit, die sie seit zwei Monden hatte.

Sie drehte die Spieße um, auf denen die Keulen steckten. Fett spritzte auf die Glut, und das Feuer flackerte auf. Rauch stieg empor, und der Duft nach geröstetem Antilopenfleisch verbreitete sich. Er war genauso köstlich, wie das Fleisch bald schmecken würde. Neeracheela hockte sich so vor das Feuer, daß ihr Körper die stürmischen Böen des Westwindes abhielt.

Eines der Wolfswelpen in der Hütte von Gebrochenem Flügel und den Mädchen begann zu knurren. Eine leise Stimme flüsterte: »Psst! Willst du deine Schwestern aufwecken?« Neeracheela empfand eine zärtliche Zuneigung zu der jungen Frau, die im Innern der Hütte gesprochen hatte. Sie hoffte,daß Gebrochener Flügel nur deshalb kein Frauenblut vergossen hatte, weil sie vor ihrer Entführung und Schändung ein Baby gestillt hatte. Der junge Körper der Frau war wiederholt und absichtlich brutal verletzt worden. Sie hatte jetzt eine Ruhepause und eine Zeit der sanften Heilung verdient. Xohkantakeh hatte geschworen, sie ihr zu gewähren. Für den Fall, daß der Mann von Gebrochenem Flügel nicht wiedergefunden wurde, hatte er geschworen, sie bis zum Ende seiner Tage wie seine eigene Tochter zu behandeln – genauso, wie er hoffte, daß man sich um seine Tochter und die von Zakeh kümmerte, falls sie den harten Winter als Gefangene des Stammes des Wachenden Sterns überlebt hatten.

Neeracheelas Herz schwoll vor Stolz auf ihren Mann an. Sie hörte das stetige Rauschen des Flusses und fragte sich, ob er schon aus dem Wasser gekommen war oder ob er sich vielleicht nackt auf einen flachen Felsen am Ufer gelegt hatte, um sich glücklich im Licht des Morgens zu sonnen, wie er es so gerne tat, oder ob er bereits aus dem Wäldchen zum Lager unterwegs war.

Sie atmete tief durch. Es war so ein schöner Morgen. Der Wind wehte warm aus dem Westen. Er durchkämmte rauschend die Grashalme und ließ die Blätter der Pyramidenpappeln am Fluß flüsternd rascheln. Die Sonne ging gerade über den hohen, von einer Schlucht durchzogenen Hügeln im Osten auf und übergoß die Ebene mit dem ersten Licht des Tages. Ein neues Leben begann für sie! Ein besseres Leben als das, welches sie hinter sich gelassen hatte.

Neeracheela lächelte strahlend, als sie ihr Gesicht der Sonne zuwandte. Es war nur seltsam, daß sie schon seit einiger Zeit keine Vögel mehr zwitschern gehört hatte. Und warum knurrte der kleine Wolf immer noch?

Hinter ihr knackte etwas, worauf sie überrascht zusammenschrak, sich umdrehte und sah … wie ein Mann mit einem Speer eine Keule erhob und …

Er schlug zu.

Bevor sie auch nur einen Laut von sich geben konnte, bevor sie auch nur abwehrend die Arme erheben konnte, hatte Kosar-eh bereits zugeschlagen. Mit einem kräftigen Hieb, hinter dem sein gesamtes Körpergewicht lag. Die scharfe Kante des Steines an der Spitze der Keule traf den Schädel der Frau, drang tief in ihre Schläfe ein, bis zu ihrem Auge und dem Nasenrücken, bevor er die Waffe für einen zweiten Schlag zurückzog. Hatte sie ein Geräusch von sich gegeben? Er war sich nicht sicher. Vielleicht ein überraschtes Aufstöhnen? Er wußte es nicht, und es war ihm auch gleichgültig. Er schlug noch ein zweites Mal zu, genau ins Genick, während sie vornüber fiel. Blut spritzte, das Blut der Feinde. Er blickte auf die erste Leiche des heutigen Tages herab.

»Was war das? Hast du das gehört, Zakeh?«

Kosar-eh erschrak, als er die Stimme einer weiteren Frau aus der Hütte zu seiner linken kommen hörte. Er trat zurück, so daß er vom Eingang aus nicht mehr zu sehen war, als er sich daran erinnerte, daß es noch zwei weitere Frauen der Feinde in diesem Lager gab, dazu drei Kinder und zwei Welpen … und zwei Männer, von denen nur einer eine echte Bedrohung darstellte.

Der Name ›Zakeh‹ hatte ihm verraten, in welcher Hütte er

den Riesen finden würde. Sein Körper erzitterte vor Erregung. Er war gut vorbereitet. Von seinem Hüftriemen nahm er einen kleinen Lederbeutel mit Öl und goß den Inhalt auf die zwei Hütten zu seiner Rechten. Kurz darauf hatte er ein Grasbüschel von seinem Gürtel gelöst, hielt es kurz ins Kochfeuer und trat dann schnell vor, um die ölgetränkten Felle in Brand zu setzen. In der Zwischenzeit war der Kopf eines Mannes im Eingang der Hütte links von ihm erschienen. Kosar-eh wirbelte herum und schlug noch einmal für Tamaya zu. Der Mann brach zusammen, doch Kosar-eh ließ noch einen zweiten Hieb folgen – und noch einen, bis der Schädel nur noch eine blutige Masse war. Dann zerrte er den Toten hervor und wartete darauf, daß auch die Frau neugierig und arglos herauskam. Dann war auch sie tot.

Als Kosar-eh sich dann den anderen beiden Hütten zuwandte, sah er zu, wie der Wind für ihn die Arbeit erledigte. Mit dem Fuß trat er Kohlen und Funken zu den kleinen Zelten hinüber. Viele Tage ohne Regen hatten die Felle ausgetrocknet, so daß sie schnell zu brennen begannen. Gleich würde der Riese hervorkommen und sein Leben mit einer Speerspitze im Hals beenden. Nicht im Herzen. Er sollte noch lange genug leben, um zu sehen, wie seine Kinder bei lebendigem Leib verbrannten, wie seine Frau vor seinen Augen geschändet wurde, um dann durch seine eigene Schöpfung getötet und enthäutet zu werden – durch einen Mann, der einst als sein Jagdbruder hatte leben wollen und der durch den Verrat des Stammes des Graslandes in einen rachedurstigen Krieger des Wachenden Sternes verwandelt worden war!

»Xohkantakeh!« schrie Kosar-eh der Hütte zu. »Was du mit meiner Frau getan hast, hat dieser Mann in der Festung des Stammes des Wachenden Sterns mit deiner Tochter getan! Komm jetzt! Der Schwarzweiße Krieger wird dich und deine Frau und deine Kinder töten, so wie du meine Familie getötet hast!«

Sein Herz klopfte. Die Welt schien in ein helles rotes Licht getaucht. Ein seltsamer, wunderbarer Pulsschlag hallte in seinem Kopf. Der Geruch nach Wind und Feuer und brennenden

Tierfellen war ein köstliches Erlebnis für seine Sinne. Wo blieb der Riese? Warum kam er nicht? »Yah hay!« rief er voller Verachtung und sprang vor, um seinen Speer in jede der zwei brennenden Hütten zu stoßen.

Und plötzlich kroch ein kleines verängstigtes Kind auf den Knien aus einer der Hütten.

Kosar-eh hörte drinnen eine Frau schreien: »Nein! Warte! Ika, hol sie zurück! Warte, Lana, warte!«

Seine Stirn legte sich in Falten. Ein zweites Geschöpf folgte dem ersten. Ein Wolfswelpe? Kosar-eh war auf einmal voller Abscheu auf das Tier und das Kind. Ka-neh war tot und Klah-neh geraubt! Und diese Nachkommen des Mannes, der ihm seine Söhne genommen hatte, lebten weiter, um sich mit Tierjungen zu vergnügen! Der nackte Haß übernahm die Kontrolle über Kosar-ehs Hand. Durch den blutroten Schleier seines Mordwahns war alles verschwommen, dennoch waren seine Sinne schärfer, als er es je zuvor erlebt hatte. Eine große und schreckliche Finsternis schien in seinem Kopf zu bluten und verdrängte das Rot, das hinter seinen Augen brannte. Dann löste sich ein markerschütternder Schrei aus seiner Seele, und er heulte wie ein sterbender Wolf im Wind.

»Für Klah-neh, meinen geraubten Sohn! Für Ka-neh, meinen getöteten Sohn!« Er wußte, daß er in diesem Augenblick nicht mehr Kosar-eh aus der Roten Welt oder der Mann des Graslandes, der seinen Feinden ins Gesicht spuckt, oder der Schwarzweiße Krieger des Stammes des Wachenden Sterns war. Das Blut von Ranamal und Cheelapat brannte hinter seinen Augen. Er konnte es in seinem Mund schmecken. Und jetzt hatten bereits ein Mann und zwei Frauen von seiner Hand den Tod gefunden. Er war selbst zum Tod geworden. Außer seinem Drang, das zu Ende zu bringen, wonach er sich so lange gesehnt hatte, spielte jetzt nichts mehr eine Rolle.

Er war in unmittelbarer Nähe des Kindes. Er mußte sich nicht einmal bücken, um seine Keule zu benutzen. Ein fester Schlag mit dem stumpfen Ende seines Speeres würde genügen, ihm den Kopf zu zertrümmern. Doch dann hing der Wolfswelpe an seinem Knöchel. Verärgert hob er den Fuß und zertrat das Tier unter seiner Ferse. Dann wandte er sich seinem nächsten Opfer zu.

»Aiee! Mann meines Herzens, nein!«

Die Worte drangen gar nicht durch seinen schwarz und rot pulsierenden Haß. Die Schreie dieser Frau waren für ihn nicht mehr als ein armseliges weibliches Flehen um Gnade. Er konnte sich nicht erinnern, wann er das letzte Mal einer solchen Bitte nachgegeben hatte. Also würde er sich auch jetzt nicht erweichen lassen. Die Stimme selbst und die lange nicht mehr gehörte Liebesanrede seiner Frau berührten ihn überhaupt nicht.

Aus dem Zelt kam hektisch humpelnd eine Frau hervor. Sie blieb stehen und konnte nur mit Mühe ihr Gleichgewicht halten, als sie mit ihrem Körper ein kreischendes Kind und ein zweites, älteres Mädchen deckte, das einen Welpen in den Armen hielt. Die Frau hatte ein Fleischmesser in der Hand, nicht wie man ein Werkzeug hielt, sondern wie eine Waffe. Der Wind ließ ihr Haar über ihr Gesicht flattern. Er konnte ihre Züge nicht richtig erkennen, sondern sah nur ihre Augen, deren Blick sich verzweifelt zwischen den windgepeitschten schwarzen Strähnen hin und her bewegte. Sie musterte schnell den Zustand des Lagers und blickte ihm dann entsetzt genau in die Augen.

»Du … du bist es wirklich!« Sie sprach in einem leisen und verzerrten Flüstern, so daß er sich fragte, ob ihre Seele gleichzeitig durch ihren Mund entwich und sich im Wind auflöste. »Du … du kannst so etwas nicht tun!« Sie stotterte atemlos, während sie den Kopf schüttelte. Tränen stiegen ihr in die Augen. »Bitte. Wirf deinen Speer fort. Laß das Kind in Frieden. Bitte!«

Bei ihren flehenden Worten mußte er laut auflachen. Er würde das Kind töten und dann die Frau und die anderen zwei Kinder der Männer, die seine eigenen Söhne getötet hatten. In diesem Augenblick hörte er weit hinter sich den Wutschrei eines Mannes und erinnerte sich wieder an den Riesen.

Kosar-eh wirbelte herum und brachte instinktiv seinen Speer und die Keule in Stellung, um sie am wirkungsvollsten einsetzen zu können. Xohkantakeh war größer als in seiner

Erinnerung, und er kam mit einem Speer auf ihn zugerannt, den er werfen würde, sobald er nahe genug heran war. Und dieser Moment war jetzt. Kosar-eh zögerte nicht. Er hob seinen Speer, lehnte sich zurück und …

»Nein! Kosar-eh, nein!« schrie die Frau. »Xohkantakeh, halt!«

Und genau im Augenblick, als beide Männer ihre Waffen schleuderten, wußte Kosar-eh, daß sein Wurf verdorben war. Der großartige Schaft mit der Spitze aus glitzerndem Kristall verfehlte sein Ziel. Kosar-eh hörte, wie die Waffe zu Boden fiel und ein Stück weiterrutschte. Etwas war gegen seinen Rücken gestoßen. Verwirrt und entsetzt erkannte er, daß sich die Frau mit einer Geschwindigkeit und Kraft auf ihn geworfen hatte, die er niemals für möglich gehalten hätte. Sie zerrte an ihm. Er könnte hören, wie sie weinte, spürte ihr Messer tief in seiner Schulter, während ihr Gewicht ihn aus der Flugbahn von Xohkantakehs Speer zu zerren versuchte. Doch es war zu spät.

Benommen von der Wucht des Schlags taumelte Kosar-eh zurück. Ihm wurde nur undeutlich klar, daß er wirklich getroffen worden war, bis ihn seine Kraft verließ und er in die Knie ging. Die Keule fiel ihm aus der Hand. Eine überraschende Kälte breitete sich in seinem Bauch und der unteren Rückenpartie aus. Als er nach unten blickte, stellte er entsetzt fest, daß seine Hände sich um eine Waffe klammerten, die sich mitten durch seinen Körper gebohrt hatte.

Die Frau schrie: »Nein! Aiee, nein!«

Und dann war plötzlich alles ganz ruhig und hell. So klar! Er lauschte. Das rote und schwarze Wallen in seinem Kopf ließ nach. Das Pulsieren war verstummt. Allmählich wurden ihm Geräusche bewußt, das Rauschen des Flusses und der Wind, der durch Gras und Blätter strich. Dann drangen nach und nach andere Geräusche in die Stille – das Weinen einer Frau, das Schluchzen eines verängstigten Kindes, das leise Winseln eines Welpen und das Klatschen, als ein Mann versuchte, mit bloßen Händen das Feuer von seinen Hütten zu schlagen.

Und dann stand der Mann vor ihm – ein Riese, der das

Licht der Sonne verdunkelte und einen langen und schweren Schatten warf. Kosar-eh starrte ihn an, als er sich an andere Schatten erinnerte – die von Raben und einem Teratornis geworfen wurden, die hoch über einem anderen verwüsteten Lager kreisten.

Ein Schaudern durchlief seinen Körper. Er selbst war der Rabe, der gekommen war, um an diesem Tag über diesem Lager zu kreisen. Er selbst war der Teratornis, der gekommen war, um im Licht der aufgehenden Sonne ein Festmahl des Todes abzuhalten. Doch als er die Toten betrachtete, die an diesem Tag durch seine Hand ums Leben gekommen waren, empfand er keine Befriedigung. Ein Mann und zwei Frauen, an die er sich kaum aus den Tagen und Nächten erinnerte, die er in Shatehs Stamm verbracht hatte. Überall war Blut, und es sah irgendwie bedauerlich aus, wie die Leichen dalagen. Er wurde von einem schmerzhaften Gefühl erschüttert, von etwas, das sich zu sehr wie Reue anfühlte, als das Schluchzen des Kindes wieder in sein Bewußtsein drang, mit derselben Heftigkeit, mit der der Speer sich in sein Fleisch gebohrt hatte. Dieser Racheakt war so häßlich. Er empfand keinerlei Vergnügen daran, sondern nur die allzu vertraute Leere und jetzt einen durchdringenden Schmerz, wo die steinerne Spitze des Speeres des Riesen ihn zerstört hatte.

Er sackte zusammen und fiel auf die Hüfte. Der darauf folgende Schmerz war überwältigend, aber nur für einen Moment. Als er vorbeiging, spürte er, daß seine Gliedmaßen taub geworden waren. Er hätte nicht mehr aufstehen können, wenn er es versucht hätte. Sein ganzer Körper fühlte sich irgendwie fremd an, so ungewohnt schwer in seinen Eingeweiden und Lenden, während er innerlich verblutete und sich von seiner Seele zu lösen schien. Er erschauderte und war überzeugt, daß die Verwundung, die Xohkantakeh ihm zugefügt hatte, tödlich war. Er war froh darüber.

»Mann, der damit geprahlt hat, die Tochter Xohkantakehs getötet zu haben! Was du Zakeh angetan hast ... wird sein Jagdbruder jetzt dir antun!«

Kosar-eh blickte auf. Der Riese machte sich bereit, ihm mit seiner eigenen Keule den Schädel einzuschlagen. Kosar-eh hieß diesen schnellen Tod willkommen. Es war angenehmer als das, was er in der umgekehrten Situation getan hätte.

»Nein!« schluchzte die Frau. »Nicht mehr! Ob von deiner oder seiner Hand, Xohkantakeh, diese Frau will an diesem Tag keinen weiteren Tod erleben!«

Kosar-eh runzelte die Stirn. Die Stimme der Frau war von Verzweiflung verzerrt – aber trotzdem so vertraut, daß sein Herz einen Satz machte. Er spürte eine furchtbare Verbitterung, als er erkannte, daß die Mächte der Schöpfung ihn sogar jetzt noch verspotteten, denn er hätte schwören können, daß es die Stimme seiner geliebten schönen Ta-maya war, die aus dem Mund dieser Frau gekommen war, die mitgeholfen hatte, ihn zu töten. Sie hatte die Leichen untersucht, die er hinterlassen hatte. Jetzt hielt sie das Kind, das er beinahe getötet hätte, in den Armen. Der Wind wehte immer noch ihr Haar über ihr Gesicht, als sie humpelnd vortrat und die Hand des Riesen zurückhielt, als er gerade zum letzten Schlag ansetzen wollte.

»Bitte, Xohkantakeh«, rief sie. »Ich flehe dich an, nein!«

Kosar-eh hatte bereits seinen eigenen Tod in den Augen des Mannes gesehen, doch trotz seiner riesigen Größe wurde der Mann schwach, als die Frau ihm ihren Willen aufzwang. Er ließ die Kriegskeule sinken. Kosar-eh empfand Verachtung für den Mann. Die Frau schluchzte und reichte das Kind an ihren Mann weiter, worauf sie sich neben Kosar-eh auf die Knie fallen ließ, um mit gesenktem Kopf und vorsichtig tastenden Fingern seine Wunde zu untersuchen. Ihre Berührung verursachte ihm Schmerzen, und ihr verzweifeltes Gemurmel ärgerte ihn. Er schlug ihre Hand weg. »Du kannst diese Wunde nicht heilen, die du und dein Mann mir zugefügt haben, Frau«, knurrte er.

»Mein Mann?« Die Frage kam als leises, atemloses Keuchen, doch irgendwie veränderte sich bei diesen Worten die Haltung der Frau. Sie hatte sich tief über seine Wunde gebeugt, während ihre Schultern herabhingen und bei jedem Schluchzer erzitterten. Jetzt erstarrte sie. Als sie sich aufrichtete und eine Hand hob, um sich das Haar aus dem Gesicht zu streichen, blickte sie ihn an. In diesem Moment hatte

Kosar-eh das Gefühl, in einen bodenlosen Abgrund zu stürzen. Noch bevor sich sein Blick auf die kleine, mit einer Feder besetzte Haarspange aus Knochen konzentrierte, die sie trug, und er erkannte, daß es das Gegenstück zu der war, die er selbst trug, sah er ihr Gesicht.

»Ta-maya!« rief er, und einen scheinbar endlosen Augenblick lang konnte er weder atmen noch sich bewegen. Er blickte nur auf ihr Gesicht und wagte nicht zu blinzeln, damit sie nicht vor seinen Augen verschwand. Ihr Gesicht war ernst und beherrscht. Es sah aus, als wäre es aus weichem und gleichzeitig unnachgiebigem Stein geschnitzt. Ihre Schönheit war nun durch Narben am Mund und auf der Wange entstellt, die bestimmt von brutalen Schlägen herrührten, wie er überzeugt war, aber sie war am Leben. *Sie lebte!* Und er hatte sie beinahe mit seinen eigenen Händen getötet! Er war zutiefst verwirrt.

»Ta-maya!« rief er wieder den Namen seiner geliebten Frau. »Frau meines Herzens, wie ist das möglich?«

Sie hielt den Atem an, als hatten seine Worte sie tief getroffen. Kurz darauf war sie aufgesprungen und stand steif an Xohkantakehs Seite. In ihrem Gesicht war keine Spur von Liebe zu Kosar-eh, als sie sprach. »Ja. Wie ist das möglich?« Ihre Stimme brach. Ihr Kinn und ihre Mundwinkel zitterten. Ihre Augen waren geweitet, und Tränen strömten über ihre Wangen, als sie wieder sprach. »Diese Frau kennt diesen Mann nicht! Der Mann ihres Herzens könnte niemals die Tätowierungen des Stammes des Wachenden Sterns tragen. Der Mann, der der Seele dieser Frau während all dieser langen, blutigen Monde den Lebenswillen gegeben hat, weil er sich so aufopfernd und liebevoll um seine Kinder und die Kinder von anderen sorgt – er hätte niemals … das hier tun können!« Wieder drang ein Schluchzer aus ihrer Kehle, aber diesmal weinte sie nicht um ihn. »Neeracheela! Shan! Zakeh! Meine Schwestern und mein Bruder! Du hast sie getötet und hättest auch dieses Kind getötet, wenn ich dich nicht zurückgehalten hätte!«

Das ältere der zwei Mädchen, die an Ta-mayas Seite getreten waren, blickte ihn finster an. Sie hielt den überlebenden kleinen Wolf an ihre Brust gedrückt. »Töte ihn, Xokataka! Er hat meinen Welpen umgebracht!«

Ta-maya erzitterte, als würde ein Sturm an ihr zerren. »So wie er auch uns alle getötet hätte, wenn Xohkantakeh nicht zurückgekehrt wäre, um ihn aufzuhalten!« Verzweifelt riß sie sich die Knochennadel aus dem Haar und warf sie Kosar-eh ins Gesicht. »Warum hast du mich nicht zurückgeholt? In all den vielen Hügeln und all dem vielen Schnee habe ich gewartet. Ich habe alles ertragen! Ich habe sogar alles gewagt, um zu versuchen, zu dir zurückzukehren! Und ich habe immer gewußt, daß du am Leben bist. Ich ... ich ...« Ihr Gesicht verzerrte sich. »Aiee! Schau dich nur an! Du bist einer von ihnen geworden – schlimmer als sie selbst je waren!«

»Ranamal ... Bevor ich ihn in deinem Namen tötete, sagte er mir, er hätte gesehen, wie man dich tötete.«

»Und du hast ihm geglaubt.«

»Ich ...«

»Glaubst du, man hätte mir nicht versichert, du seist tot? Aber ich wollte nicht daran glauben! Ich *konnte* nicht daran glauben! Ich habe dein Leben in mir gespürt ... du warst ein Teil meiner Seele, dein Herz schlug in meinem! Und selbst wenn ich mit eigenen Augen deine Knochen gesehen und jede Hoffnung aufgegeben hätte, dich in dieser Welt jemals wiederzusehen, glaubst du, daß Ta-maya nach all der Trauer, die sie in ihrem Leben erfahren hat, ihren Kummer darauf gerichtet hätte, anderen Leid zuzufügen, Frauen und Kinder zu töten – im Namen ihrer verlorenen Liebe?«

Er wollte ihr alles erklären. Er wollte ihr von seinen Qualen erzählen. Er wollte ihr erklären, wie seine Seele geschmerzt hatte, als er von ihrem Tod und dem ihrer kleinen Schwester Tla-nee und dem von Ka-neh und von der Entführung des kleinen Klah-neh erfahren hatte. Er wollte ihr von allem erzählen, das er erlitten und erduldet hatte, um seine Kinder, die ihm noch geblieben waren, am Leben zu erhalten, daß er das Gefühl gehabt hatte, ohne sie zu sterben, langsam, Tag für Tag, Nacht für Nacht. Er öffnete den Mund, um die Worte zu formen, doch plötzlich blies ihm der Wind heftig ins Gesicht ... von allen Seiten, nicht der Westwind, sondern die

Vier Winde, jeder einzelne der Atemhauch der Mächte der Schöpfung … und sie verwehten seine Gedanken, bis sich mit blendender Deutlichkeit ein Bild in seinen Geist brannte, das Bild einer riesigen Höhle im Feuerschein, in der ein Mann seinen Kummer an den Körpern anderer Frauen und im Schmerz, den er ihnen zufügte, befriedigte.

Kosar-eh roch und schmeckte mehr als nur sein eigenes Blut, das in seiner Kehle aufstieg. Es war auch das Blut von Cheelapat und von Bhandi – der großen verängstigten Tochter des Riesen –, die es vorgezogen hatte, in einer Pfütze aus ihrem eigenen Blut zu ertrinken, statt sich noch einmal von seinen Händen quälen zu lassen.

Er schloß die Augen. Wieder erzitterte er. Er fühlte sich schwach und unendlich müde. Hatte er wirklich diese Dinge getan? Den Körper einer Frau enthäutet und eine weitere in den Tod getrieben? Ja. Und er hatte seine Taten genossen, genauso wie er es genossen hatte, die Menschen in diesem Lager zu ermorden.

Er öffnete die Augen. Der Wind trug winzige Staubteilchen heran, die auf seiner Gesichtshaut und in seinen Augen brannten. Dann wurde er plötzlich wütend und verspürte den Drang, sich zu rechtfertigen, als er zum Riesen aufblickte, die kaum verhüllte Mordlust ignorierte, die das Gesicht des Mannes verzerrte, und zu Ta-maya sagte: »Dieser Mann … dieser Räuber, der mein Kind und deine Schwester tötete … er hält dich jetzt als Sklavin? Er wird den Drang eines Mannes nach Rache verstehen, das Bedürfnis eines Mannes nach Frauen in der langen dunklen Nacht, wenn die Trauer an seiner Seele nagt, wie ein Wolf an den Knochen der Toten nagt.«

Ta-maya erstarrte. »Es war Ranamal, der den Namen des Wolfes annahm, der die Felle dieses Tieres trug und der Axwahtals Männer beim Überfall auf unser Lager anführte! Vielleicht ist seine Seele auf dich übergegangen, als du ihn getötet hast!«

Kosar-eh war so betroffen von dieser Vorstellung, daß er nicht sprechen konnte.

Ta-maya redete weiter. Jetzt hatte sich etwas an ihr verändert. Bei seinen letzten Worten hatte ihr Gesicht eine abweisende Kälte angenommen. »Xohkantakeh und Zakeh waren nicht am Tod von Ka-neh oder Tla-nee beteiligt! Nach dem Überfall hat Xohkantakeh das Leben dieser Frau gerettet, hat ihr Wohlergehen höher als alles andere gestellt und ihretwegen sogar seinem Stamm den Rücken zugekehrt. Und gemeinsam mit der Familie von Zakeh und diesen elternlosen Kindern, die er zu seinen eigenen gemacht hat, entschied er sich dazu, ein Leben ohne Krieg und Mord zu führen. Nicht ein einziges Mal hat er in all den langen Monden, die sie in seinen Lagern gewohnt hat, sein männliches Bedürfnis an dieser Gefangenen gestillt! Er hat es geachtet, daß ihr Herz einem anderen gehört. Er hat versprochen, wenn unsere zwei Stämme in diesem Land der guten Jagd zusammenkommen, würde er Kosar-eh aus der Roten Welt freudig seinen Bruder nennen.« Sie hielt inne. In ihren Augen lag eine tiefe Traurigkeit, als sie ihn ansah. Ein Beben durchlief ihren Körper. »Du, Mann mit den Tätowierungen und dem Durst nach Blut und dem Hunger nach Tod in den Augen! Nicht ein einziges Mal hast du nach Klah-neh gefragt. Nicht ein einziges Mal hast du dich erkundigt, ob dein kleiner, tapferer Sohn lebt oder tot ist! Aiee! Vielleicht ist es besser für ihn, bei Axwahtal und den anderen zu leben, weil diese Frau jetzt sieht, daß Kosar-eh längst tot ist! Du bist nicht mein Mann! Xohkantakeh ist Tamayas Mann, von diesem Tag an bis zum Ende ihrer Tage ... für immer und ewig!«

Die folgende Stille wurde von einer schrillen Kriegspfeife unterbrochen.

Kosar-eh sah, wie sich der Riese anspannte, und zum ersten Mal, seit er sie verlassen hatte, erinnerte er sich wieder an Tsana und die anderen. »Sie kommen jetzt ... die Krieger des Wachenden Sterns ... meine Brüder. Nimm diese Frau meines Herzens und fliehe, Xohkantakeh, oder dieser Mann wird dir heute wirklich den Tod gebracht haben!«

Sie flohen.

Ta-maya weinte, während sie lief. Sie zwang sich zu einem Tempo, das sie gar nicht für möglich gehalten hätte, vor allem weil sie Xree mit ihrem gesunden Arm an sich gedrückt hielt. Es war keine Zeit, um die Toten zu trauern, keine Zeit, die Verwundungen Kosar-ehs zu beklagen. Ihr Herz war zerrissen. *Mann meines Herzens ... ich verstehe dich nicht, ich werde dich nie verstehen. Aiee! Neeracheela ... Shan ... Zakeh! Mögen eure Geister uns folgen und uns verzeihen, daß wir euch zurückgelassen haben!*

»Mein Welpe!« jammerte Ika, während sie lief und eine schreiende Lana mitzerrte. »Ich habe ihn fallen gelassen! Mein Welpe ist noch dort, Xokataka! Wir können ihn doch nicht zurücklassen! Er hat keine Mutter und keine ...«

»Blick nicht zurück auf das, was verloren ist und niemals zurückgeholt werden kann!« befahl der Riese und nahm beide Mädchen ohne Mühe in seine starken Arme, während er weiter auf das Pappelwäldchen und den Fluß zulief. »Jetzt gehen wir ins Wasser!« rief er, setzte die Mädchen ab und begann damit, die Sehnenschnüre zu entwirren, die er von seiner Hütte mitgenommen hatte, bevor sie losgerannt waren.

Ta-maya blickte auf die Strömung und erbleichte. »Das ist unmöglich! Die Wassergeister werden uns ...«

»In Sicherheit bringen!« unterbrach er sie.

Ta-maya hatte Angst, nicht um sich selbst, sondern um die Kleinen. Und obwohl sie sich vorgenommen hatte, es nicht zu tun, mußte sie plötzlich doch an den Mann denken, den sie zurückgelassen hatten. Ihr Herz schmerzte, und ihre Seele blutete für ihn. »Seine Wunde war schlimm ... und nicht mehr zu heilen?«

»Eine tödliche Wunde«, bestätigte der Riese und blickte sie an, während er die Schnüre zu einem Geschirr verknotete, mit dem er die Kinder an seinen Körper binden wollte, wenn er mit seiner Frau aus der Gefahrenzone schwamm. »Trauere um die anderen Toten in diesem Lager, Gebrochener Flügel. Trauere um meinen Jagdbruder und deine Schwestern und das neue Leben, das sie in sich trugen, wie ich weiß. Was Kosar-eh betrifft, so werden seine Brüder bald bei ihm sein, und er wird bei ihnen den Tod sterben, den er sich selbst erwählt hat!«

»Ah … es scheint, daß sich die Dinge in diesem Lager auf eine Weise entwickelt haben, mit der keiner von uns gerechnet hat, Eidechsenfresser«, stellte Tsana belustigt fest, nachdem er die Leichen untersucht hatte und sich dann neben Kosar-eh kniete. »Ist deine Frau eine von den Toten? Vielleicht die mit dem zerschlagenen Gesicht?«

»Was … was hast du mich gefragt?«

»Ich frage dich, ob du deine eigene Frau getötet hast, Eidechsenfresser.« Er lächelte über den bestürzten Ausdruck des sterbenden Mannes. »Sie war hier bei diesem Stamm – eine humpelnde Frau, dieselbe Frau, deren Mokassinspuren ich im Schnee sah, bevor ich dich und deine eidechsenfressende Familie in die Festung des Wachenden Sterns brachte.«

»W-was …?«

»Ach, der Eidechsenfresser ist überrascht, daß wir ihn dazu verleitet haben, seine eigene Frau zu töten! Aber was können wir von seinesgleichen schon erwarten? Sie lassen sich so leicht täuschen und benutzen. Kriegsbemalung und Tätowierungen können einen Mann nicht verändern!«

»Sie haben sich selbst in den Fluß geworfen!« gab Indeh bekannt, der zusammen mit Hrak vom Pappelwäldchen zurückkehrte.

»Das Wasser ist tief und fließt schnell«, meldete Hrak.»Sie sind schon längst tot, vermute ich!«

»Ach … hast du das gehört, Eidechsenfresser? Es scheint, daß deine Rache schließlich doch das Ergebnis erbracht hat, das von uns geplant war. Obwohl wir nach all den Nächten und Tagen, die du mit unseren Frauen verbringen durftest, gehofft hatten, wir könnten erleben, wie du deine eigene Frau schändest.« Tsana lächelte. Er genoß diesen Augenblick. Es war sogar noch besser, als er sich erhofft hatte!

»Bereitet dieser Speer dir Bauchschmerzen, Eidechsenfresser?« Indeh kam näher, packte den Schaft und rüttelte heftig daran. »Yah hay!« rief er, als Kosar-eh schrie und Blut spuckte.

Tsana winkte den Mann zurück. »Unternimm nichts, was sein Ende beschleunigen könnte. Es wird noch mehrere Tage und Nächte dauern, bis er an dieser Wunde gestorben ist – falls der Gestank und der Blutgeruch keine Fleischfresser anlockt.« Er stand auf und wartete ab, bis der am Boden liegende Mann aufgehört hatte, sich zu übergeben, bevor er wieder sprach. »Während du stirbst, Schwarzweißer Krieger, sollst du wissen, daß du selbst es warst, der für den Tod deiner Frau verantwortlich ist. Das Totem lebt. Dein Schamane hat nicht gelogen. Du hättest auf ihn hören sollen. Und weil du ihn verraten hast, werden die Krieger des Wachenden Sterns bald mit der Macht des heiligen Steines und dem Blut des Totems unbesiegbar sein. Jetzt werden wir unser Kriegslager an den Fuß der Schlucht verlegen, zu der du uns geführt hast. Wir werden die Nacht im Versteck der Schatten verbringen. Wir werden die Geister unserer Vorfahren anrufen. Morgen werden sie mit uns sein, wenn wir in den Wald vordringen, um mit der Jagd auf den Gelben Wolf zu beginnen. Und dann werden wir seine Macht und die des Totems und des heiligen Steines für uns beanspruchen! Unser Erfolg wurde durch das Blut und Fleisch der Schwester des Schamanen gewährleistet, das von meinem Stamm in der Dämmerung des Tages verzehrt wurde, als der Morgenstern aufging und Kosar- eh aus der Roten Welt uns aus dem Tal der Toten führte – mit Speeren, die er selbst gemacht hat. Und er hat sich nicht ein einziges Mal in Sorge um das lebende Opfer umgeblickt, das er uns gebracht hat!«

Warakan war so nahe herangekrochen, wie er es wagen durfte. Er hatte alles gesehen. Die Farben und Muster der bemalten Hütten waren die zweier Jäger, an die er sich aus seiner Zeit beim Stamm des Graslandes erinnern konnte. Zakeh und Xohkantakeh waren die Hüter des heiligen Rauchs und Feuers der Schweißhütte des Häuptlings gewesen. Er hegte keine besonderen Gefühle für die beiden Männer, aber sie waren seinem Großvater treu ergeben gewesen, und er war froh, als er sah, daß dem Riesen zusammen mit seiner Frau und den Kindern die Flucht durch die Bäume und in den Fluß gelang. Vielleicht überlebten sie. Die Flußgeister waren auch Warakan schon einmal freundlich gesonnen gewesen. Er wünschte sich beim heiligen Stein, daß sie auch dem Riesen und seiner Familie wohlgesonnen waren.

Und jetzt war endlich alles vorbei. Nach einem kurzen, schrecklichen Geheul, das geklungen hatte, als käme es von einem tödlich verwundeten Wolf, hatten die Krieger des Stammes des Wachenden Sterns sich von dem Essen bedient, das die Frau, die als erste getötet worden war, gekocht hatte. Dann hatten sie die rauchenden Hütten eingerissen und waren weitergezogen, einige von ihnen in Richtung der Schlucht, die anderen in die entgegengesetzte Richtung zum Lager, das versteckt zwischen den westlichen Hügeln lag, wie Warakan inzwischen bemerkt hatte. Sie hatten den schwarzweiß bemalten Krieger zwischen den anderen Toten zurückgelassen. Der Speer, der ihn getötet hatte, ragte noch aus seinem Bauch, und der andere, den er auf den Riesen geworfen hatte, lag immer noch unter dem eingestürzten Trockenrahmen, unter den er nach dem mißglückten Wurf gerutscht war.

Zwei Speere!

Warakan konnte sein Glück kaum fassen. Die Macht des heiligen Steines mußte tatsächlich für ihn am Werk sein! Wenn er die Schäfte ein wenig nachbearbeitete, so daß ihre Herkunft nicht mehr offensichtlich war, könnte er Mah-ree doch noch damit beeindrucken! Doch durfte er sich die Zeit nehmen, die Speere zu holen, während fast die Hälfte der Streitmacht des Wachenden Sterns bereits zur Schlucht unterwegs war?

Er starrte den tätowierten Kriegern nach. Sie schienen nicht sehr in Eile zu sein, und die Schlucht war noch weit entfernt. Wenn er sich schnell bewegte, konnte er die Speere holen und dann die Krieger des Wachenden Sterns in weitem Bogen überholen, während die Macht des heiligen Steins seinen Füßen Flügel verlieh. Dann würde er die anderen früh genug erreichen, um sie zu warnen – falls das Geheul und der Rauch der brennenden Hütten es nicht bereits getan hatten.

Mit kühner Entschlossenheit rannte Warakan auf das verwüstete Lager zu. Der Tod war ihm nicht fremd. Er hatte schon früher die Überreste eines Angriffs gesehen. Trotzdem hielt er mit einer Hand den heiligen Stein fest und wurde langsamer, als er das Lager betrat. Er sagte zu den Geistern der Toten, daß er nur ein kleiner Junge war, der die Speere brauchte, und daß er ihnen gegenüber nicht respektlos sein wollte. Sie widersprachen ihm nicht, als er auf den liegenden Krieger zuging und dann stehenblieb. Der Mann lag auf der Seite und hatte sich um seine Wunde gekrümmt. Überall waren Blut und ein Gestank, der auf eine schwere Bauchwunde hindeutete. Warakan verzog das Gesicht. Es würde keine angenehme Arbeit werden, den Speer herauszuziehen. Er holte tief Luft, kehrte der Leiche den Rücken zu, in der der schwere Schaft steckte, und wollte zunächst die zweite Waffe unter dem Trockenrahmen hervorziehen, während er seinen Mut sammelte, um sich anschließend die erste zu holen.

Der Schaft war unter den Trümmern kaum zu erkennen. Kein Wunder, daß die Männer des Wachenden Sterns ihn nicht mitgenommen hatten. Er ging in die Knie, griff nach dem stumpfen Ende des Speeres und zog ihn hervor, wobei er begeistert feststellte, daß das Holz glatt und ohne Verzierungen war. Er konnte ohne Mühe seine eigene Markierung anbringen, und Mah-ree würde niemals auf die Idee kommen, daß er ihn nicht selbst gefertigt hatte. Obwohl er sich glücklicher fühlte, als es der Umgebung angemessen war, zwang Warakan sich dazu, nicht zu lächeln. Kurz darauf hatte er den Speer aufgerichtet, doch die Spitze funkelte so sehr im Sonnenlicht, daß er sie nicht deutlich erkennen konnte. Erst als er sie nach unten kippte, sah er sie und hätte die Waffe vor Schreck beinahe fallen gelassen.

»Weißer Stein!« Er starrte fassungslos. *Ein Speer, um das Totem zu erlegen! Wahrlich, nur der heilige Stein kann mir dieses Geschenk gemacht haben!* Er neigte den Kopf zur Seite, und strich mit der Hand über die Speerspitze. Obwohl die Schneide seine Finger aufritzte, so daß Blut hervortrat, lächelte er. Er hatte noch nie etwas so Schönes gesehen oder berührt. Dieser Speer war nicht für Mah-ree bestimmt. Er gehörte ihm, er war ein Geschenk der Mächte der Schöpfung.

Sie würde den anderen bekommen, der noch im toten Krieger steckte … nachdem er ihn gesäubert hatte, verstand sich.

Das Winseln eines Welpen ließ ihn herumfahren. Verblüfft sah er, wie ihn ein kleines pelziges Gesicht unter einer der eingestürzten Hütten anblickte. Warakan kam näher, lehnte sein wertvolles Geschenk aufrecht gegen seine Schulter, ging vor der Hütte in die Knie und hatte zu seiner Verwunderung plötzlich einen Welpen im Schoß. Er erinnerte sich an das Geheul. Das Tier leckte sein Gesicht ab.

Warakan runzelte die Stirn und fragte sich, was ein Wolfswelpe in diesem Lager zu suchen hatte. Er hatte eigentlich schon genug Schwierigkeiten mit einem Tier und konnte kein zweites gebrauchen, auch wenn es nur ein Wolf war und niemals so groß wie ein Bär werden würde. Doch als er bemerkte, daß der Wind Funken von den eingestürzten Hütten und der unbeaufsichtigten Feuerstelle verweht hatte, so daß an einigen Stellen innerhalb des Lagers das Gras Feuer gefangen hatte, hob er den Welpen auf. Er holte den heiligen Stein hervor und ließ das kleine Tier unter sein Hemd gleiten. Es leckte mit der Zunge an seinem Kinn, doch er achtete nicht weiter darauf. Die Feuerherde machten ihm Sorgen. Damit sie sich nicht zu einem Flächenbrand ausweiteten, der vielleicht Bruder Bär in Gefahr brachte, wenn er mit seiner neuen Bärenfreundin unterwegs war, machte Warakan sich daran, sie auszutreten.

Das letzte, womit der Junge in dieser Situation gerechnet hatte, war, daß sein Fuß plötzlich von der Hand eines Toten gepackt wurde.

»Laß das … Laß es brennen, damit das Feuer die Absichten jener zunichte macht, die mich verraten und die Kinder getötet haben, die mir vertrauten!«

Warakan erstarrte, als er den gurgelnden, aber eindringlich gesprochenen Befehl der Leiche hörte. Dann sprang er senkrecht wie ein erschrockener Hase hoch, löste sich aus dem Griff des Toten und landete wieder auf beiden Füßen. Er war bereit, entweder fortzurennen oder den Speer zu benutzen – doch er war zu verblüfft und neugierig, um das eine oder das andere zu tun.

Der tote Mann hatte sich auf einen Ellbogen gestützt und wandte dem Jungen sein tätowiertes Gesicht zu. »Warakan ... Shatehs Findelkind und Sohn des Wachenden Sterns ... ich sehe, daß wenigstens ein Teil eurer Steine in euren Besitz zurückgekehrt ist.«

Der Junge starrte ihn entgeistert an, bis er ihn nach einer Weile wiedererkannte. »Mann, der seinen Feinden ins Gesicht spuckt?«

»Früher einmal. Jetzt spucken sie mir ins Gesicht ... und verhöhnen mich hiermit ... Komm, zieh ihn heraus!«

Warakans Kinnlade klappte herunter. Er starrte auf die Stelle, wo der Speer eingedrungen war, und schüttelte den Kopf. »Wenn ich ihn herausziehe, wirst du sterben.«

»Ich bin schon vor langer Zeit gestorben.«

Warakan schüttelte erneut den Kopf. Die Leiche war gar keine Leiche. »Ich glaube dir nicht.«

»Urteile selbst.« Langsam und abgehackt erzählte der Mann davon, wie und warum er an diesen Ort gelangt war.

Warakan schüttelte immer noch den Kopf, als das letzte Wort gesprochen war. »Du darfst Mah-ree nichts davon erzählen«, sagte er. »Sie würde sich nur Vorwürfe machen. Sie würde sagen, daß nichts von alledem geschehen wäre, wenn sie den heiligen Stein zu dir zurückgebracht hätte, wie der Gelbe Wolf befohlen hat, und ...«

»Mah-ree ist bei dir? Cha-kwena hat befohlen ... den heiligen Stein zu mir zu bringen?« Kosar-ehs Atem ging schwer. Es kostete ihn große Kraft, diese Worte hervorzubringen.

»In der Zwischenzeit wollte er das Totem dazu bringen, mit ihm durch den Wald zurückzukehren, damit du es mit eigenen Augen sehen kannst – so wie ich es gesehen habe!« Und jetzt war der Junge an der Reihe, darüber zu sprechen, wie er an diesen Ort gelangt war, wie der Nebelgeist in den Wäldern gar kein Geist gewesen war, sondern eine junge Frau, die auf die Rückkehr eines Schamanen wartete, damit sie ihn wegen ihres Ungehorsams um Verzeihung bitten und ihm den heiligen Stein der Vorfahren wieder anvertrauen konnte. »Er ist mit dem Totem zurückgekehrt, wie er versprochen hat. Er ist jetzt im Wald, kurz hinter der Schlucht.

Aber genau wie du glaube ich nicht an seine Macht. Sieh! Ich habe den heiligen Stein gestohlen! Mit seiner Macht werde ich ihm all den bösen Zauber heimzahlen, den er gegen den Stamm bewirkt hat. Und mit diesem Speer wird Warakan, der Enkel von Shateh und der Sohn von Masau, das Totem erlegen. Gemeinsam werden du und ich von seinem Fleisch essen und von seinem Blut trinken. Dann wird deine Wunde heilen, Kosar-eh, und wir beide werden für unsere Feinde unbesiegbar sein! Und wenn deine Frau im Fluß entkommen ist, werden wir sie wiederfinden, und sie wird wieder dir gehören, und alles wird wieder sein, wie es war! Sieh ... hier ... der heilige Stein! Berühre ihn, und du wirst wieder gesund werden!«

Der Mann stöhnte auf und sackte um den Speer zusammen. »Sprich nicht von Zauber zu mir, Junge ... Für mich gibt es keinen mehr. Aber ich werde dir jetzt sagen, daß am Ende dieses Tages die Vier Winde sich verbünden und von den Höhen herabwehen werden ... so haben es die Mächte der Schöpfung in diesem Land bestimmt. Also lauf jetzt! Wenn du den Fuß der Schlucht erreicht hast, wird sich der Wind gedreht haben. Lege dort Feuer an das Gras! Mache eine Flammenwand, die unsere Feinde in das Land des Westwindes zurücktreiben wird ... Wenn die Frau meines Herzens noch lebt, soll sie mit ihrem neuen Mann endlich in Sicherheit leben! Gehe zu Cha-kwena, Junge, und gib ihm den heiligen Stein unserer Vorfahren zurück ... Sag ihm, er soll mit Mahree hinter das Ende der Welt fliehen, ins Gesicht der aufgehenden Sonne ... wo Männer wie ich ... und Jungen wie du ... sie niemals finden werden!«

Warakan zitterte. »Der Stein gehört mir! Ich werde ihn nicht dem Gelben Wolf geben! Und wie kann ich Feuer an das Gras legen, wenn mein Bruder Bär im Weg der Flammen steht?«

»Du mußt es tun, zum Wohl jener, die auf deine Rückkehr warten! Dein Bruder Bär wird klug genug sein, vor dem Feuer zum Fluß zu fliehen, Junge! Aber wenn die Krieger des Wachenden Sterns jene finden, die du zurückgelassen hast, wird Mah-ree an Cha-kwenas Seite bis zu ihrem Tod kämpfen, um das Totem zu schützen … und Jhadel wird als Verräter getötet werden, von denen, die ihn einst ihren Schamanen nannten.«

Warakan war hin und her gerissen. Der Stein lag in seiner geballten Faust, doch er gab ihm keine Vision, keinen Hinweis, um sich für das Richtige entscheiden zu können. »Ich … ich …«

»Entscheidungen … ach …« Der Mann verdrehte die Augen, so daß nur noch das Weiße zu sehen war. Sein ganzer Körper verkrampfte sich, als er sich dazu zwang, den Jungen anzusehen. Er mußte um jedes Wort ringen, das er nun sprach. »Meine Entscheidungen haben mich an diesen Ort geführt … und zu diesem Ende. Was du jetzt tust, Warakan, sei es mit oder ohne Rücksicht auf andere, wird dich auf den Weg bringen, auf dem dein Leben von diesem Tag an verlaufen wird. Ich wünsche dir, daß dein Leben nicht an einem Ort wie diesem endet, so daß du voller Kummer auf all deine Tage zurückblicken mußt … Vielleicht bist du zu guter Letzt doch kein Sohn des Wachenden Sterns, kein Enkel Shatehs aus dem Grasland, sondern ein Sohn der Menschen … ein Sohn aller Stämme. Bring den heiligen Stein zu Cha-kwena zurück, Junge! Gib dein Streben nach Rache und Krieg für immer auf. Geh! Geh zu den Menschen zurück, die sich um dich sorgen. Sag ihnen, daß sie Kosar-eh nicht vergessen sollen, während du ihnen hilfst, das Totem in Sicherheit zu bringen … fort von hier …«

Warakan war betroffen, als der Sterbende mit seinem letzten Atemzug genau dieselben Hoffnungen wie Jhadel aussprach. Er hielt das Amulett fest, ohne auf den Welpen zu achten, schloß die Augen und wußte, daß er in diesem Augenblick nur eine Wahl hatte. Bruder Bär würde zum Fluß fliehen. Er wußte es mit derselben Gewißheit, wie er auch wußte, daß er nicht zulassen durfte, daß Jhadel und Mah-ree durch seine Feinde das Leben verloren. Ein dicker Kloß steckte in seiner Kehle, als er erkannte, wie sehr er sie beide liebte … mehr als Bruder Bär … und vielleicht sogar mehr als das Leben selbst.

Also suchte Warakan hastig nach einem geeigneten Stück

Fell, in dem er die Sachen mitnehmen konnte, die er brauchte, um schnell Feuer zu machen. Danach zog er den Speer aus Kosar-ehs Körper. Er überlegte, ob er die Speerspitze im Feuer säubern und dann mitnehmen sollte, aber er wollte sie jetzt nicht mehr, nicht nach allem, was die Waffe angerichtet hatte. Außerdem war der Mann, den sie getötet hatte, ein Krieger. Auch wenn Kosar-eh noch so viel darüber gesprochen hatte, daß er keinen Krieg mehr wollte, wußte der Junge, daß er in der Welt jenseits dieser Welt einen Speer brauchte, denn seine Seele würde sicherlich zusammen mit vielen Feinden im Wind wehen. Deshalb legte der Junge den Speer neben den Mann. Und nachdem er das kleine Lager in Brand gesteckt und das Feuer und den Wind gebeten hatte, die Seelen der Getöteten und des Mannes, der sie getötet hatte, in die Welt jenseits dieser Welt zu bringen, in Ehren und in Frieden, kehrte er dem Tod den Rücken zu und lief los.

Warakan lief unsichtbar im schulterhohen Gras und unter dem Schatten eines kreisenden Goldadlers. Mit dem heiligen Stein um seinen Hals, dem weißen Speer in der Hand und der Flugfeder eines Adlers im Haar wußte er, daß die Geister von Shateh und Masau und Kosar-eh bei ihm waren, um ihm die Kraft und den Willen zu geben, seinen Feinden vorauszueilen. Schließlich erreichte er in den länger werdenden blauen Schatten des späten Nachtmittags den Fuß der Schlucht.

Dort hielt er zum ersten Mal an, seit er das Lager im Grasland verlassen hatte. Kosar-eh hatte recht behalten. Die Vier Winde sammelten sich. Warakan wartete ab, während er spürte, wie sich wirbelnd ihre Macht erhob, bis plötzlich die Vereinigung der Mächte der Schöpfung vollzogen war. Jetzt wehte der Wind aus dem Osten, warm und stetig, und trieb die Sonne nach Westen in den Tod, damit sie morgen erneuert wiedergeboren werden konnte.

»Wer von meinen Feinden wird noch am Leben sein, um es zu sehen?« Der Junge hatte laut gesprochen, denn die Vier Winde und die Mächte der Schöpfung sollten ihn hören, während er weiterlief. Entschlossen steckte er das Gras in einer langen Reihe zwischen der Schlucht und den heranrückenden Kriegern des Wachenden Sterns in Brand.

»Lauf, Bruder Bär!« rief Warakan den Vier Winden zu. »Lauf zum Fluß, du und dein Artgenosse, denn was Warakan jetzt tut, muß er für seine Artgenossen tun!«

8

Der Himmel brannte.

Warakan rutschte aus und fiel, nachdem er bereits ein Stück die Schlucht hinaufgehastet war. Der Speer polterte auf den steinigen Boden. Erschöpft zog er ihn an sich und lag einen Moment lang auf dem Bauch da, damit sein Körper und seine Lungen die Gelegenheit erhielten, sich ein wenig zu erholen, bevor er wieder aufstand und weiterkletterte. Der Wolfswelpe beklagte sich, als sein Gewicht auf das Tier drückte. Er drehte sich auf den Rücken und kraulte den Welpen geistesabwesend mit versengten Fingerspitzen, während er nach Osten über die Ebene blickte. Die ganze Welt brannte, sogar der Himmel über seinem Kopf schien in Flammen aufgegangen zu sein.

Dem Jungen stockte der Atem in der Kehle. Seit der Nacht der Tänzer des Nordens hatte er keinen solchen Himmel mehr gesehen. Und genau wie in jener Nacht sah er im Feuer wieder seinen Alptraum. Die Körper bemalt und mit Kriegsfedern geschmückt, das knöchellange Haar zum Kampf gelöst und im Wind flatternd rückten die tätowierten Krieger des Wachenden Sterns auf ihn zu. – Nein ... sie flohen vor ihm! Und sie schrien, während sie bei lebendigem Leib verbrannten.

Warakan setzte sich auf. »So soll es für sie sein!« rief er in die Nacht hinaus und dem Feuer entgegen, während ihm gleichzeitig heiße Tränen über das Gesicht liefen. »Bruder Bär ... sei in Sicherheit! Sei am Leben und heute nacht mit deinem Artgenossen im Fluß!«

Er schloß die Augen. Seine Finger wanderten vom kleinen Wolf zum heiligen Stein. Plötzlich drängte sich ihm mit schneidender Schärfe eine Eingebung auf, als er durch seine geschlossenen Lider einen Fluß aus Sternen sah, der sich in die Unendlichkeit ergoß. Und in diesem Fluß watete fröhlich heulend ein Bär, der an der Seite einer Gefährtin Sternenstaub mit der Schnauze aufwühlte. Fern im Süden an einer Biegung des großen Himmelsflusses hielt ein riesenhafter Mann eine weinende Frau und drei kleine Kinder schützend in seinen starken Armen. Noch weiter entfernt drückte ein kleines Mädchen eine Lederpuppe an ihre schmale Brust, während es neben einer Frau herlief, die ein blindes Kind an ihren großen Brüsten trug. Die Frau sprach zu dem kleinen Mädchen. Ihre Stimme floß den großen Himmelsfluß entlang, bis Warakan plötzlich das leise kratzende Geflüster verstehen konnte.

»Komm … Ja, es ist gut, daß du dich aufgerafft hast, mir zu folgen, Schwester des Schamanen … Laß uns beide in die Dunkelheit hinausgehen, denn im Schatten des Wachenden Sterns müssen wir das Tal der Toten verlassen. Komm jetzt mit mir, Mädchen, wenn du die Dämmerung noch erleben willst. Die Macht des Steines und des Totems und des Schamanen Cha- kwena sind immer noch mit uns! Alles Gute wurzelt darin. Komm, sage ich! Ban-ya aus der Roten Welt ist nicht deine Feindin! Ich habe aufmerksam auf einen Augenblick gewartet, vor denen zu fliehen, die es sind. Komm! Glaubst du, ich würde zulassen, daß das Raubtier noch eins meiner Kinder frißt? Wir werden gemeinsam den Rückweg in die Rote Welt finden.«

Warakan riß unvermittelt die Augen auf. Es war eine sehr intensive Vision gewesen. »Sie sind in Sicherheit … alle!« sagte er, und wie zur Antwort darauf kroch der Wolfswelpe seine Brust hinauf, schob sich über die Hand, die den heiligen Stein hielt, und leckte seine Nase ab. Warakan lächelte und leckte seinerseits über das Gesicht des Tieres. »Ja, auch du bist in Sicherheit. Die Mutter des Wolfes wird sich um dich kümmern! Aber jetzt müssen wir gehen. Falls einige unserer Feinde den Weg durch das Feuer gefunden haben sollten, müssen wir die anderen warnen. Und ich glaube, Jhadel wird froh sein, wenn er erfährt, daß Warakan noch am Leben ist. Was er allerdings von dir halten wird … nun, wir werden es bald erfahren!«

Sie waren verschwunden.

Das Lager am oberen Ende der Schlucht war aufgegeben worden. Warakan setzte sich erschüttert auf den Boden. Sie hatten ihn allein gelassen! Obwohl Jhadel und Mah-ree gewußt hatten, daß er draußen auf der Ebene war und nach seinem Bruder suchte, hatten sie ihn im Sich gelassen.

»Warakan?«

Die erste Reaktion des Jungen war Erleichterung, doch dann machte sich Beklommenheit breit. Er sprang auf und ließ den Welpen unter seinem Hemd verschwinden. Jhadel kam von den Bäumen her auf ihn zu, auf seinen Stab gestützt, den Kopf erhoben und in den Schein des Feuers getaucht, das in der Welt unter ihnen brannte. Er hatte einen äußerst seltsamen Gesichtsausdruck. Warakan erstarrte und fragte sich, ob er vielleicht das Totem getötet hatte und der alte Mann nun aus dem Wald kam, um ihn nun für immer zu verstoßen.

»Ich habe das Totem gesehen!« Bei dieser Offenbarung bebte Jhadels Stimme vor Freude. »Lebensspender wurde tatsächlich wiedergeboren!«

»Ich habe ihn nicht getötet?«

»Du hast ihn nur gestreift, mehr nicht. Schließlich ist er das Totem, weißt du! Eines Tages wird es wie das alte Totem sein … ein großes weißes Mammut mit Schultern, die bis in den Himmel ragen, und Stoßzähnen so lang und so dick wie große Baumstämme, und einer Stimme, die wie der Donner des Himmels hallen wird. Bis zu diesem Tag haben Mah-ree und Cha-kwena es tief in den Wald geführt, fort von jenen, die es verfolgen und vernichten wollen.«

»Ich denke, daß ich sie vielleicht aufgehalten habe«, sagte Warakan und deutete mit einer Kopfbewegung hinter sich auf den brennenden Himmel.

»Für wie lange?«

Warakan konnte ihm keine Antwort geben.

»Cha-kwena wird das Totem nicht noch einmal in Gefahr bringen. Er hat diesem Schamanen gesagt, daß er endlich Gewißheit darüber erlangt hat, wozu die Macht der Ahnen ihn berufen hat. Er wird für immer der Wächter des Totems sein. Und nachdem die Medizinfrau jetzt von Jhadel das heilende Wissen gelernt hat, wird sie für sich selbst, ihren Mann und das Mammut sorgen können, während sie hinter das Ende der Welt ziehen, wo niemand sie jagen wird.«

»Du hast dich geirrt, als du sagtest, sie würde meine Frau werden«, sagte Warakan. Die Worte schmerzten ihn sehr, doch in diesem Augenblick wußte er, daß er endlich erwachsen genug war, um sie aussprechen zu können. »Aber sie und ihr Schamane können nicht ohne den heiligen Stein gehen. Wir werden ihn zu ihnen bringen!« Er war selbst über seine plötzliche Selbstlosigkeit erstaunt, doch dann lächelte er darüber. »Komm! Ich bin bereit. Welchen Weg haben sie genommen?«

»Du kannst ihnen nicht folgen, Warakan.«

»Natürlich kann ich ihnen folgen! Und ich werde es auch tun! Ich habe jetzt einen Speer. Ich habe keine Angst. Ich …«

»Du hast niemals Angst. Das ist nicht gut. Auch der Speer mit der weißen Spitze, der rot wie Blut im Feuer glüht, das du entfacht hast, ist nicht gut. Eine weiße Speerspitze … um ein weißes Mammut zu töten!«

Warakan zuckte die Schultern. »Nicht unbedingt.«

»Vergrabe ihn!«

»Ich …«

»Vergrabe ihn oder kehre in das Land des Todes zurück, aus dem du gekommen bist! Ich will nicht wissen, wie dieser Speer in deine Hände gelangt ist. Aber ich sage dir, daß jemand, der einen solchen Speer trägt, nicht mit mir gehen wird.«

Entscheidungen.

Kosar-ehs Worte verfolgten Warakan immer noch. Sollte er den Speer behalten und allein in das brennende Land der Feinde zurückkehren? Oder sollte er ihn vergraben und das Vertrauen eines Freundes wiedergewinnen, auch wenn dieser Freund Jhadel war? Der Junge seufzte in widerwilliger Zustimmung auf. In diesem Augenblick, wo der alte Schamane sein einziger Freund auf der ganzen Welt war, wußte er, was er tun mußte.

Und während das Grasfeuer die Nacht erhellte, vergrub Warakan also den Speer, während der alte Mann leise von dem sprach, was sein würde. »Gemeinsam haben wir uns entschieden, den heiligen Stein der Vorfahren zu schützen. Die Geister des Ersten Mannes und der Ersten Frau aller Menschengenerationen leben in diesem Amulett. Sie haben zu Cha-kwena gesprochen. Jetzt werden sie durch dich sprechen. Der Stein ist die lebende Verbindung zum Anbeginn der Zeiten, das einzige, was die Stämme in den kommenden Tagen des Krieges daran erinnern wird, daß es auch einen anderen Weg gibt ... und eine andere Hoffnung. Das Schicksal der Menschen liegt jetzt in den Händen Cha-kwenas, wenn er mit Lebensspender geht und mit Mah-ree durch den dunklen Wald in das ferne Land aus Eis zurückkehrt, wo sie nach der Art des Ersten Mannes und der Ersten Frau für immer zusammenleben werden, als Vater und Mutter einer neuen Generation und eines neuen Stammes. Irgendwann werden ihre Kinder aus diesem Wald kommen. Sie werden den Stein suchen. Er wird auf sie warten, in der Obhut jener, die auf dich folgen werden, Warakan – damit er die Menschen wieder zu einem Stamm machen kann.«

Warakan erhob sich. Seine Hände schmerzten. Der Welpe hatte sich durch sein Hemd nach unten vorgekämpft, wo er jetzt am Boden stand und an den Schnüren seiner Mokassins zerrte.

»Was ist das an deinen Füßen?« fragte Jhadel.

Warakan zuckte die Schultern, und da er wußte, daß er der Wahrheit nicht länger ausweichen konnte, hob er den Welpen auf und hielt ihn hoch, damit der Alte ihn bewundern konnte. »Das ist Schwester Wolf.«

»Ein Tier? Schon wieder? Es wird irgendwann nach seinen eigenen Artgenossen suchen.«

»Genauso wie ich.«

Der alte Mann schüttelte den Kopf, als hätte der Junge völlig den Verstand verloren. »Also soll es so sein. Komm! Auch wir müssen in den Wald gehen, um uns vor den Winden des

Krieges zu verstecken, die sich erheben. Die Geister des Steines werden uns führen. Wir werden hinter den grünen Nebeln einen sicheren Ort finden, an dem wir uns eine neue Zuflucht errichten werden, wo dieser Mann dir alles beibringen wird, was er weiß. Komm. Ich habe nicht mehr viel Zeit. Und du hast noch viel zu lernen.«

Warakan seufzte. Als der alte Mann sich umdrehte und losging, schob der Junge den Welpen wieder unter sein Hemd und warf einen letzten langen Blick auf den brennenden Himmel und das Land. Bruder Bär war irgendwo dort draußen ... genauso wie die Überlebenden des Stammes des Wachenden Sterns und des Stammes des Graslandes. Irgendwie wußte er, daß er sie wiedersehen würde.

Mit Schwester Wolf an seinem Herzen, mit dem heiligen Stein der Ahnen um den Hals und der Goldadlerfeder eines Kriegshäuptlings im Haar machte Warakan, der Enkel von Shateh und Sohn von Masau, dem Mystischen Krieger, sich auf und folgte Jhadel, dem Friedensträumer, unter einem blutroten Himmel in den Wald.

ENDE

Nachwort des Autors

Als ich vor einigen Monaten von Recherchen in den Hallen der Eremitage und in der russischen Provinz zurückkehrte, wo ich nach den Wurzeln der ersten Amerikaner gesucht hatte, befand ich mich auf einem Transpolarflug bei Tag über Grönland und den Weiten des Nordostens von Kanada.

In einer klaren Nacht vom Flugzeug aus betrachtet, sieht dieses Land wie eine Spiegelung des sternenlosen Himmels aus. Gelegentlich zittert ein schwaches silbernes Funkeln in der Schwärze auf, um gleich wieder zu verschwinden. Eine Stadt? Ein Dorf? Vielleicht nur ein Jagdlager. Wie viele Seelen schauen in diesem Augenblick himmelwärts? Es spielt keine Rolle. In der unermeßlichen Dunkelheit ist Licht immer ein Zeichen menschlicher Anwesenheit. Wenn man aus einem geflügelten Luftbehälter, der mit tausend Kilometern pro Stunde durch die höheren Schichten der Atmosphäre schießt, hinunterschaut, ist dieser Anblick, ganz gleich, wie schwach oder flüchtig er sein mag, irgendwie tröstlich.

Bei Tageslicht ist es jedoch etwas ganz anderes. Der Anblick ist ehrfurchteinflößend und läßt einen frösteln. Ich mußte mir ins Gedächtnis rufen, daß es Mai 1994 war. In St. Petersburg trieben die Knospen der Lindenbäume auf dem belebten Newski Prospekt. In Moskau standen die Tulpen in Blüte, und Lenin wurde auf dem Roten Platz gezeigt. In den Bergen von Südkalifornien, wohin ich unterwegs war, begrünten Espen die Gehwege von Big Bear Village, und im höher gelegenen Land verbreitete der Flieder seinen Frühlingsduft. Doch hier unten wurden die subarktischen Wüsten und die arktischen Wälder von Labrador noch vom ›Großen Weißen Winter‹ beherrscht. Da keine Straßen oder Städte zu sehen waren, schien es, als befände sich die Welt immer noch in der Eiszeit.

Seen, Flüsse, weiß verschneites Land, dunkle Flecken mit Bäumen. All das lag erfroren unter mir. Die Narben, die vom zurückweichenden Laurentischen Inlandeis hinterlassen wurden, waren aus zehntausend Metern Höhe deutlich zu erkennen. Moränen, Geschiebehügel und Geröllflächen, die Unebenheiten eines Landes, das abgeschliffen, aufgewühlt und erdrückt worden war, durch das Kommen und Gehen erbarmungsloser, kilometerdicker Eismassen, die sich mehrfach von Küste zu Küste quer über diesem Kontinent geschoben hatten.

Im funkelnden Sonnenlicht wirkte das Laurentische Hochland erschöpft, wenn nicht sogar gedemütigt, nachdem es eine Eiszeit über sich hatte ergehen lassen müssen, die im geologischen Zeitrahmen erst gestern zu Ende ging. Mehr als zehntausend Jahre sind seit diesen letzten kalten Tagen des Pleistozäns vergangen, Zeit genug für den Aufstieg und Niedergang menschlicher Zivilisationen, aber nicht genug Zeit für das Wetter, die Flechten und die vom Klima verkrüppelte Vegetation, die harte Kruste der Ödländer in fruchtbaren Erdboden zu verwandeln, oder für die Laubbäume und Gräser, in das düstere, von immergrünen Pflanzen beherrschte Herz der Taiga vorzudringen.

Dennoch stieg während dieses Fluges über scheinbar endlose Weiten nacheiszeitlicher Trostlosigkeit der Geist einer toten Epoche vor meinem inneren Auge auf. Hatte ich nicht vor kurzem den schlafenden Rest seiner Gegenwart in der grönländischen Eiskappe erblickt? Hatte ich nicht gesehen, daß die Eiszeit trotz der vergangenen Jahrtausende immer noch gegenwärtig war? Wartete sie am ›Ende der Welt‹ geduldig auf eine minimale Schwankung in der Strahlungsenergie der Sonne oder eine noch nicht zu bemerkende Störung der Erdumlaufbahn oder den Einfluß irgendeines fernen Sternes, um ihre Wiedergeburt einzuleiten? Würde sie sich dann wie ein großer weißer Bär erheben, der aus dem Winterschlaf aufwachte – oder wie der Wíndigo aus den Mythen der nördlichen Cree und Ojibwa – und würde dieser menschenfressende Riese mit dem Herz, aus Eis aus dem Norden zurückkommen, um das Land zu ›verschlingen‹?

Ich rückte näher ans Fenster und starrte auf eine Landschaft hinunter, die ich vor meiner Abreise nach Rußland in dem Buch zu beschreiben versuchte, daß Sie gerade gelesen haben. Als Autor von sieben Romanen, die während der Eiszeit in Nordamerika spielen, hatte ich natürlich schon vorher die Tundra, die Taiga und die Eiswüsten der Gletscher erlebt und geschildert. Doch während dieses langen Fluges über das sonnenbeschienene Labrador war mir, als würde ich diese Ödländer zum ersten Mal sehen. Ohne einen Horizont, der meine Vorstellungskraft an die Erde gekettet hätte, war die Unermeßlichkeit der Eisflächen nicht nur beeindruckend, sondern erschütternd. Und gleichzeitig war es wunderbar!

Dieses Land war so, wie Cha-kwena es sah, als er durch den großen Wald an den Rand der Ödländer kam, die am Ende der Welt lagen. Es war, als würde ich einen Blick in die Vergangenheit werfen, in die Zeit der drei Stämme, als die verstreut lebenden Menschen das kühle Grasland verließen, das im Regenschatten der Rocky Mountains lag, um unter dem Schatten des Wachenden Sterns ein weißes Mammut zu jagen. Das Laurentische Inlandeis hatte in jenen Tagen sein Zentrum in Labrador. Es war eine ehrfurchtgebietende, wenn auch schrumpfende Masse miteinander verbundener Gletscher, unter dem der Nordosten Kanadas und Grönland begraben waren. Auf dem Rückzug befindliche Ausläufer erstreckten sich in die Großen Seen, die sich gerade erst gebildet hatten, während der größte Teil von Minnesota, North Dakota, Manitoba und Saskatchewan am Grund eines prähistorischen Sees lag, dessen gewaltige Ausmaße die menschliche Vorstellungskraft überfordern. Und vor der zurückweichenden Eiswand, die sich von Neuengland über den Mittleren Westen nach Norden bis zur heutigen Prärie erstreckte, breitete sich ein Tundragürtel aus, der genauso öde und trostlos war wie das Land, über das ich gerade flog.

Unter den vereinzelten Wolken erstreckte sich die überwältigende Weite der Tundra und der arktischen Wälder Labradors scheinbar bis in die Unendlichkeit, so daß man sich kaum vorstellen konnte, was einen Menschen oder gar eine ganze Familie dazu veranlaßt haben mochte, sich der Lebensgefahr einer Durchquerung dieses Landes auszusetzen. Trotzdem sind seit Anbeginn der Zeiten in der großen Jagdtradition aller subarktischen Völker des Paläolithikums immer wieder eingeborene Amerikaner wie schon ihre paläosibirischen Vorfahren den wandernden Tierherden bis zum Ende dieser Ödländer und weiter in die Urwälder gefolgt.

Auf der Basis zunehmender archäologischer Erkenntnisse, alter Aufzeichnungen und Abhandlungen sowie den wunderbaren Überlieferungen der eingeborenen Menschen wurde in diesem Roman versucht, das Leben verschwundener Stämme nachzuzeichnen und durch die erzählte Geschichte eine mögliche Wurzel der eingeborenen amerikanischen Mythologie freizulegen.

Laufende Forschungen beweisen immer wieder, daß ›die Menschen überall gleich sind‹, daß jedoch ständig Kriege um Jagdterritorien geführt wurden – und ›aus Spaß an der Sache‹, schon seit Anbeginn der Zeiten. Rituelle Opfer und Kannibalismus im Zusammenhang mit der Morgenstern-Zeremonie reichen bis in den Nebel der Vorzeit zurück und wurden von Reisenden und Völkerkundlern auf der Prärie bei den Pawnee und Arikara bis ins neunzehnte Jahrhundert hinein beobachtet und aufgezeichnet.

Ich stelle mir vor, daß Warakan das Vorbild für den heldenhaften und unnachgiebigen Steinjungen aus dem Mythos der Lakota sein könnte – oder vielleicht für Ish-na-e-cha-ge, den Erstgeborenen der Santee-Legende, der gleichzeitig Mensch und Tier, Dunkelheit und Licht, Ernährer und Vernichter ist.

Die von Jhadel erzählte Legende des Bären geht auf mehrere amerikanische Märchen der Eingeborenen zurück, die die einzigartige Verwandtschaft zwischen Bären und Menschen betonen. Und Cha-kwena ist als Wächter der Tiere und des Totems der Vorläufer einer Schamanenfolge, die bis zum heutigen Tag in den Jägerkulturen des hohen Nordens besteht, wo die Menschen das Land und den Himmel verehren sowie die Tiere, die sie jagen, und selbstverständlich auch den Bären.

Große Tatze. Großvater. Der wie ein Mensch geht. Bruder!

Die Starke. Die Großmutter. Die Grizzlybär-Frau!

Der Bär war und ist eine Metapher für den Menschen, für die Reinkarnation, für die Geburt und Wiedergeburt, ein transzendentes Symbol für das menschliche Ideal der gleichzeitigen Stärke und Sanftheit und für alles, was schrecklich und tierhaft am menschlichen Wesen – sowohl männlich als auch – weiblich ist.

Wie schon in den vorausgegangenen Bänden der Serie *Die Großen Jäger* möchte der Autor den unvergleichlichen Mitarbeitern von Book Creations danken, daß sie das Projekt bis zum Ende betreut haben – vor allem der leitenden Herausgeberin Pamela Lappies, der Lektorin Elizabeth Tinsley und zu guter Letzt Sally Smith für die herzliche Unterstützung und Aufmunterung während der Arbeit!

William Sarabande
Fawnskin, Kalifornien

Band 13 675

Patricia Rowe

Ashan und der Adler des Lichts

Deutsche Erstveröffentlichung

Vor dem Cañon, durch den ein reißender Fluß strömt, bereitet sich ein Stamm auf das große Fest vor: Die junge Ashan soll, nachdem sie eine Prüfung auf Leben und Tod gemeistert hat, die neue Stammesführerin werden.
Als Seherin und Anführerin des Shahala-Volkes ist es Ashan verboten, mit einem Mann zusammenzuleben. Aber ihre Liebe zu Tor, dem jungen, gewandten Jäger, stürzt sie in große Verwirrung; denn er scheint ihre Gefühle scheu zu erwidern. Noch lenken äußere Bedrohungen – durch die ungezähmte Natur, feindliche Stämme und wilde Tiere – Ashan und Tor von ihrer erwachenden Leidenschaft ab. Doch der Tag, da sie sich zwischen Auflehnung und Gehorsam entscheiden müssen, rückt unaufhaltsam näher.

Mit diesem detailgenau recherchierten und mitreißend erzählten Epos führt PATRICIA ROWE den Leser in das neunte Jahrtausend vor unserer Zeit zurück.

BASTEI LÜBBE

Sie erhalten diesen Band im Buchhandel, bei Ihrem Zeitschriftenhändler sowie im Bahnhofsbuchhandel.

Band 13 683

Margaret Allan

Maya und der Zorn der Götter

Deutsche Erstveröffentlichung

Von Geburt an dazu bestimmt, Hüterin des Mammutsteines zu sein, trifft es Maja schwer, als plötzlich eine andere Schamanin ihren Platz einnimmt und sie aus dem Volk der Mammutjäger verstößt. Ihre Verzweiflung wächst, als sie von zwei grausamen Kriegern überwältigt und verschleppt wird, die bereits einen Gefangenen haben: einen verletzten Jungen.
Bei dessen Anblick glaubt Maja, die Erde beben zu fühlen. Wie sie hat auch er ein grünes Auge und ein blaues, und auch er ist Hüter eines Heiligen Steines – des Gegenstückes zu dem der Mammutjäger. Und nur Maja weiß eines: Bringt man die Steine zusammen, erlangt man damit soviel Macht, daß sogar die Götter sich herausgefordert fühlen . . .

BASTEI LÜBBE

Sie erhalten diesen Band im Buchhandel, bei Ihrem Zeitschriftenhändler sowie im Bahnhofsbuchhandel.

Band 13 770

Margaret Allan

Mayas Kinder

Deutsche Erstveröffentlichung

Die große Maya ist tot, der Mammutstein verschwunden, und das Volk der Mammutjäger steht nicht mehr in der Gunst der Götter. Tod und Vernichtung regieren das Grüne Tal, das nun nicht länger ein sicherer Ort ist. Doch Gotha kann die Kinder Mayas nicht aufrufen, ihm auf dem Weg in eine bessere Welt zu folgen. Er weiß, daß seine Macht als Schamane erloschen ist. Und er ahnt, daß alle Hoffnung auf Errettung auf den Schultern von zwei noch unwissenden Kindern liegt. Allein Aufgehende Sonne, gerade erst vom Knaben zum Mann geworden, und Laufendes Reh, ein junges Mädchen, vermögen den Ort zu finden, an dem der Segen der obersten Gottheit wieder auf die Menschen herabgerufen werden kann – oder aber ihr endgültiger Fluch…

BASTEI LÜBBE

Sie erhalten diesen Band im Buchhandel, bei Ihrem Zeitschriftenhändler sowie im Bahnhofsbuchhandel.